Diogenes Taschenbuch 24518

DENNIS LEHANE, irischer Abstammung, geboren 1965 in Dorchester, Massachusetts, schrieb für *The Wire* und war Creative Consultant für *Boardwalk Empire*. Seine erfolgreich verfilmten Bücher *Mystic River* und *Shutter Island* sind Weltbestseller. Dennis Lehane lebt in Los Angeles und Boston.

Denis Lehane

Der Abgrund in dir

ROMAN

Aus dem Amerikanischen von
Steffen Jacobs und Peter Torberg

Diogenes

Titel der 2017 bei Ecco, an imprint of HarperCollins, New York,
erschienenen Originalausgabe: ›Since we fell‹
Copyright © 2017 by Dennis Lehane
Die deutsche Erstausgabe
erschien 2018 im Diogenes Verlag
Covermotiv: Artwork by Antonio Mora, ›Bye‹
Copyright © Antonio Mora

Veröffentlicht als Diogenes Taschenbuch, 2020
Alle deutschen Rechte vorbehalten
Copyright © 2018
Diogenes Verlag AG Zürich
www.diogenes.ch
150/20/852/1
ISBN 978 3 257 24518 9

When you just give love and never get love
you'd better let love depart
I know it's so, and yet I know
I can't get you out of my heart
Buddy Johnson,
›Since I Fell For You‹

Maskiert trete ich auf.
René Descartes

Nach der Treppe

An einem Dienstag im Mai, im Alter von sechsunddreißig Jahren, erschoss Rachel ihren Mann. Er stolperte mit einem seltsam wissenden Gesichtsausdruck rücklings, als ob er schon immer geahnt hätte, dass sie es tun würde.

Gleichzeitig wirkte er auch überrascht. Sie nahm an, dass sie ähnlich aussah.

Ihre Mutter wäre nicht überrascht gewesen.

Ihre Mutter, die niemals verheiratet gewesen war, hatte einen berühmten Ratgeber geschrieben, wie man erfolgreich verheiratet blieb. Die einzelnen Kapitel waren nach Phasen benannt, welche Dr. Elizabeth Childs in allen Beziehungen ausgemacht hatte, die mit gegenseitiger Zuneigung begannen. Das Buch trug den Titel *Die Treppe* und war so erfolgreich, dass man ihre Mutter überzeugte (»nötigte«, hätte sie gesagt), zwei Fortsetzungen zu schreiben, *Höher auf der Treppe* und *Treppenstufen: ein Arbeitsbuch*, von denen sich jedes ein wenig schlechter verkaufte als das vorangegangene.

Insgeheim hielt ihre Mutter alle drei Bücher für »emotional unausgegorene Quacksalbereien«, aber sie bewahrte sich in ihrem Herzen eine wehmütige Zuneigung für *Die Treppe*, denn ihr war beim Schreiben nicht klar gewesen, wie wenig sie tatsächlich wusste. Das sagte sie Rachel, als diese zehn war. Im selben Sommer, sie hatte schon einige ihrer

Nachmittagscocktails gekippt, sagte sie auch: »Ein Mann ist das, was er dir über sich erzählt, und das meiste davon sind Lügen. Schau ja nicht zu genau hin. Wenn du seine Lügen durchschaust, wird das für euch beide nur peinlich. Am besten kaufst du ihm den ganzen Quatsch einfach ab.«

Dann hatte ihre Mutter sie auf den Kopf geküsst. Ihre Wange getätschelt. Ihr gesagt, dass sie nichts zu befürchten habe.

Rachel war sieben gewesen, als *Die Treppe* erschien. Sie erinnerte sich an die endlosen Telefongespräche, die nie endende Abfolge von Reisen, die neu auflebende Zigarettensucht ihrer Mutter und den verzweifelten, seltsam abgeklärten Ruhm, der sie plötzlich ereilte. Sie erinnerte sich an ein Gefühl, das sie kaum ausdrücken konnte: dass nämlich ihre stets unglückliche Mutter mit wachsendem Erfolg nur verbitterter wurde. Viele Jahre später vermutete sie, dass der Ruhm und das Geld ihrer Mutter die Ausflüchte für ihre Unzufriedenheit nahmen. Zwar konnte sie die Probleme anderer Menschen hervorragend diagnostizieren, hatte aber keinen Schimmer, wie sie sich selbst analysieren sollte. So suchte sie ihr Leben lang nach Lösungen für Probleme, die ihr so tief in den Knochen steckten, dass sie sie gar nicht erkannte. Davon wusste Rachel mit sieben Jahren natürlich noch nichts, und auch nicht mit siebzehn. Sie wusste nur, dass ihre Mutter eine unglückliche Frau war – und folglich war Rachel ein unglückliches Kind.

Als Rachel ihren Mann erschoss, standen sie auf einem Boot in Boston Harbor. Ihr Mann hielt sich nur kurz auf den Beinen – sieben Sekunden? Zehn? –, ehe er vom Hinterdeck ins Wasser stürzte.

Aber in diesen letzten Sekunden wurde ein ganzer Katalog von Gefühlen in seinem Blick sichtbar.

Bestürzung. Selbstmitleid. Entsetzen. Eine Verlassenheit, die so umfassend war, dass sie ihn dreißig Jahre jünger machte und vor ihren Augen in einen Zehnjährigen verwandelte.

Wut natürlich. Empörung.

Eine plötzliche und erbitterte Entschlossenheit, als ob alles in Ordnung kommen würde, als ob er diese Sache gesund und munter überstehen würde, obwohl das Blut aus seinem Herzen floss und über die Hand, mit der er die Wunde bedeckte. Er war schließlich stark, er hatte alles, was in seinem Leben von Wert war, durch bloße Willenskraft erreicht, und mit Willenskraft würde er auch hier durchkommen.

Dann das Dämmern der Erkenntnis: nein, würde er nicht.

Er sah ihr direkt in die Augen, während das unbegreiflichste aller Gefühle sein Recht einforderte und alle anderen überlagerte:

Liebe.

Aber das war unmöglich.

Und dennoch …

Es konnte kein Zweifel daran bestehen. Wild, hilflos, rein. Rot erblühend und um sich greifend wie das Blut auf seinem Hemd.

Er formte die Wörter mit den Lippen, wie er es oft von der anderen Seite eines überfüllten Raumes aus getan hatte: Ich. Liebe. Dich.

Und dann fiel er aus dem Boot und verschwand unter der schwarzen Wasseroberfläche.

Wäre sie zwei Tage zuvor gefragt worden, ob sie ihren Mann liebte, hätte sie »ja« gesagt.

Wäre ihr dieselbe Frage gestellt worden, selbst noch während sie den Abzug drückte, hätte sie »ja« gesagt.

Ihre Mutter hatte ein Kapitel darüber geschrieben – Kapitel 13: »Missverhältnis«.

Oder war das nächste Kapitel – »Tod eines Mythos« – zutreffender?

Rachel wusste es nicht genau. Manchmal brachte sie die beiden durcheinander.

I

Rachel im Spiegel
1977–2010

I
Dreiundsiebzig Mal James

Rachel wurde im Pioneer Valley in West-Massachusetts geboren. Die Gegend war bekannt als die Region der fünf Colleges – Amherst, Hampshire, Mount Holyoke, Smith und die Universität Massachusetts –, und sie beschäftigte zweitausend Lehrkräfte, um fünfundzwanzigtausend Studenten zu unterrichten. Rachel wuchs in einer Welt der Cafés, Frühstückspensionen, weitläufigen öffentlichen Grünanlagen und altmodischen Holzschindelhäuser auf – Häuser mit umlaufenden Veranden und modrig riechenden Dachböden. Im Herbst begruben die Blätter die Straßen und Bürgersteige unter sich und blieben in den Zwischenräumen der Holzlattenzäune stecken. Manchen Winter deckte der Schnee das Tal so dicht zu, dass Stille zum vorherrschenden Geräusch wurde. Im Juli und August trug der Postbote die Briefe mit dem Fahrrad aus, eine altmodische Klingel am Lenker, und es kamen Touristen, welche die Theater und Antiquitätengeschäfte bevölkerten.

Ihr Vater hieß James. Sonst wusste sie wenig über ihn. Sie erinnerte sich an sein dunkles, gewelltes Haar und dass sein überraschend hervorbrechendes Lächeln immer ein wenig unsicher gewirkt hatte. Mindestens zweimal war er mit ihr auf einem Spielplatz mit einer dunkelgrünen Rutsche gewesen, über dem die Wolken von Berkshire so tief hingen, dass er das Kondenswasser von der Schaukel wischen musste, ehe er sie daraufsetzen konnte. Auf einem dieser Ausflüge hatte er sie zum Lachen gebracht, aber sie erinnerte sich nicht mehr, womit.

James war Lehrer an einem College gewesen. Sie hatte keine Ahnung, an welchem, und sie wusste auch nicht, ob er wissenschaftlicher Mitarbeiter, Dozent oder fest angestellter Professor gewesen war. Sie wusste nicht einmal, ob er an einem der »berühmten Fünf« unterrichtet hatte. Er hätte auch am Berkshire oder Springfield Technical, am Greenfield cc oder am Westfield State arbeiten können oder an irgendeinem der anderen Colleges, von denen es in der Region mindestens ein Dutzend gab.

Ihre Mutter unterrichtete am Mount Holyoke, als James die beiden verließ. Rachel war nicht mal drei Jahre alt und hätte später nicht mit Sicherheit sagen können, ob sie dabei gewesen war, als ihr Vater fortging, oder ob sie sich das bloß eingebildet hatte, um sich über seine Abwesenheit hinwegzutrösten. Sie hörte, wie die Stimme ihrer Mutter durch die Wände des kleinen Hauses an der Westbrook Road drang, das sie in jenem Jahr gemietet hatten. *Hast du mich verstanden? Wenn du durch diese Tür gehst, werde ich dich aus meinem Leben auslöschen.* Kurz darauf das dumpfe Poltern eines Koffers auf der Hintertreppe, gefolgt vom Zuschnappen der Kofferraumklappe. Das Krächzen und Pfeifen eines kalten Motors in einem kleinen Auto, der gegen das Anlassen protestiert. Dann Reifen, die über das herbstliche Laub und die gefrorene Erde gleiten, gefolgt von … Stille.

Vielleicht hatte ihre Mutter nicht geglaubt, dass er wirklich gehen würde. Vielleicht hatte sie sich nach seinem Weggang eingeredet, dass er zurückkehren würde. Als er fortblieb, verwandelte sich ihre Bestürzung in Hass, und der Hass steigerte sich ins Unermessliche.

»Er ist weg«, sagte sie, als Rachel ungefähr fünf war und begonnen hatte, hartnäckige Fragen nach seinem Verbleib zu stellen. »Er will nichts mit uns zu tun haben. Und das ist in Ordnung, Liebling, weil wir ihn nicht brauchen, um uns zu definieren.« Sie kniete vor Rachel nieder und strich ihr eine widerspenstige Haarsträhne hinter das Ohr. »Und jetzt werden wir nie wieder von ihm sprechen. Einverstanden?«

Aber natürlich sprach Rachel weiter von ihm und stellte ihre Fragen. Anfangs machte das ihre Mutter wütend; wilde Panik flammte dann in ihren Augen auf, und sie atmete scharf ein. Aber schließlich trat an die Stelle der Panik ein seltsames schwaches Lächeln. So schwach, dass man es kaum ein Lächeln nennen konnte, nur ein leises Aufwärtszucken ihres rechten Mundwinkels, das zugleich arrogant, bitter und triumphierend war.

Es dauerte Jahre, bis Rachel in diesem Lächeln den Entschluss ihrer Mutter erkannte (ob bewusst oder unbewusst, war ihr nie ganz klar), die Identität ihres Vaters zum zentralen Schlachtfeld eines Krieges zu machen, der Rachels gesamte Jugend bestimmen sollte.

Es begann damit, dass sie versprach, Rachel an ihrem sechzehnten Geburtstag James' Nachnamen zu nennen, vorausgesetzt, dass Rachel bis dahin die nötige Reife zeigen würde. Aber in dem Sommer bevor sie sechzehn wurde, verhaftete man sie in einem gestohlenen Auto zusammen mit Jarod Marshall, mit dem sie sich eigentlich nie mehr hatte treffen wollen – so lautete zumindest das Versprechen, das sie ihrer Mutter gegeben hatte. Das nächste Stichtag war ihr Highschool-Abschluss, aber nach einem Ecstasy-Absturz hatte sie Glück, dass sie ihren Abschluss überhaupt bekam. Später, sagte ihre Mutter, später. Wenn sie aufs College ginge, und zwar auf ein »richtiges« College, dann, so sagte ihre Mutter, dann vielleicht.

Sie stritten dauernd deswegen. Rachel schrie und warf Sachen durch die Gegend, und das Lächeln ihrer Mutter wurde kälter und noch schwächer, als es sowieso schon war. Immer wieder fragte sie Rachel: »Warum?«

Warum willst du das wissen? Warum willst du einen Fremden kennenlernen, der niemals Teil deines Lebens war oder irgendetwas zu deiner finanziellen Sicherheit beigetragen hat? Solltest du nicht erst einmal herausfinden, was in dir selbst dich so unglücklich macht, ehe du in die Welt hinausgehst und einen Mann suchst, der dir keine Antworten geben kann und keinen Frieden?

»Weil er mein Vater ist!«, schrie Rachel immer wieder.

»Er ist nicht dein Vater«, sagte ihre Mutter mit einem Anflug salbungsvoller Anteilnahme. »Er ist mein Samenspender.«

Das sagte sie am Ende einer ihrer schlimmsten Auseinandersetzungen, dem Tschernobyl der Mutter-Tochter-Debatten. Rachel glitt geschlagen an der Wand des Wohnzimmers hinab und flüsterte: »Du bringst mich um.«

»Ich beschütze dich«, sagte ihre Mutter.

Rachel sah hoch und erkannte zu ihrem Entsetzen, dass es ihrer Mutter ernst war. Schlimmer noch, sie hielt sich an dieser Überzeugung aufrecht.

Als Rachel während ihres ersten Collegejahres in Boston

in einem Einführungsseminar zum Thema »Britische Literaturwissenschaft seit 1550« saß, übersah ihre Mutter eine rote Ampel in Northampton, und ein Tanklaster fuhr mit Höchstgeschwindigkeit in die Flanke ihres Saab. Anfangs befürchtete man, dass der Benzintank bei dem Unfall leckgeschlagen sei, aber das stellte sich als unbegründete Sorge heraus. Feuerwehr und Rettungskräfte, die sogar aus dem entfernten Pittsfield gekommen waren, atmeten erleichtert auf, denn die Kreuzung befand sich in einem dichtbesiedelten Gebiet zwischen einem Altersheim und einer Vorschule.

Der Fahrer des Tanklasters erlitt ein leichtes Schleudertrauma und einen Bänderriss im Knie. Elizabeth Childs, die einst berühmte Autorin, starb bei dem Aufprall. Auch wenn ihre landesweite Prominenz längst abgeklungen war, so war sie doch immer noch eine glanzvolle regionale Berühmtheit. Sowohl der *Berkshire Eagle* als auch die *Daily Hampshire Gazette* druckten einen Nachruf auf dem unteren Teil ihrer Titelseiten, und ihr Begräbnis war gut besucht. Der anschließende Leichenschmaus allerdings weniger. Rachel verschenkte den Großteil des Essens an ein Obdachlosenheim. Sie sprach mit mehreren Freundinnen ihrer Mutter und einem Mann namens Giles Ellison, der am Amherst College Politikwissenschaften unterrichtete und, wie Rachel seit langem vermutet hatte, der Gelegenheitsliebhaber ihrer Mutter war. Sie sah sich in ihrer Annahme bestätigt, weil er kaum sprach und die Frauen ihn besonders aufmerksam behandelten. Giles, normalerweise ein geselliger Mensch, hob öfters zum Sprechen an, schloss den Mund dann aber wieder, als hätte er es sich anders überlegt. Er sah sich im Haus um, als ob er jede Kleinigkeit aufsaugen wollte, als ob ihm alles vertraut wäre und ihm einst Geborgenheit geschenkt hätte. Als ob dies alles wäre, was ihm von Elizabeth geblieben wäre, und er zu begreifen versuche, dass er nichts davon jemals wiedersehen würde. Es war ein regnerischer Apriltag, und das Wohnzimmerfenster, das auf die Old Mill Lane hinaussah, rahmte ihn ein. Rachel spürte ein ungeheures Mitleid für Giles Ellison in sich aufsteigen, wie er dastand und dem Ruhestand und Greisentum entgegenalterte. Er hatte gehofft, diese Lebensphase mit einer wehrhaften Löwin an seiner Seite durchzustehen, und nun musste er sie allein bewältigen. Es war wenig wahrscheinlich, dass er eine neue Partnerin finden würde, die ebenso intelligent und zornig war wie Elizabeth Childs.

Auf ihre ganz eigene schikanöse und bissige Art war sie eine strahlende Persönlichkeit gewesen. Sie betrat nicht einfach einen Raum, sie rauschte hinein. Sie lud Freunde und Kollegen nicht einfach zu sich ein, sie scharte sie um sich. Sie schien fast keinen Schlaf zu brauchen, sie wirkte nur selten müde, und niemand konnte sich erinnern, dass sie jemals krank gewesen war. Wenn Elizabeth Childs einen Raum verließ, dann merkte man das sogar dann noch, wenn man erst nach ihrem Weggang eingetroffen war. Und als Elizabeth Childs die Welt verließ, war es das gleiche Gefühl.

Überrascht stellte Rachel fest, wie wenig sie auf den Verlust ihrer Mutter vorbereitet war. Elizabeth hatte vieles verkörpert, das meiste – zumindest nach Ansicht ihrer Tochter – auf keinesfalls positive Weise, aber sie war immer *anwesend* gewesen. Ohne Wenn und Aber. Und nun war sie unwiderruflich – und jäh – *abwesend*.

Aber Rachels eine und einzige Frage hatte sie überdauert.

Und die Möglichkeit, eine Antwort darauf zu bekommen, war mit ihrer Mutter dahingegangen. Elizabeth war vielleicht nicht willens gewesen, ihr diese Antwort zu geben, aber sie hatte sie zweifellos gekannt. Nun tat das vielleicht niemand mehr.

Wie gut Giles und ihre Freundinnen, ihre Agentin und ihr Verleger Elizabeth Childs auch immer gekannt hatten – und sie alle beschrieben eine bestimmte Facette von ihr, die sich leicht, aber deutlich von der Frau unterschied, mit der Rachel zusammengelebt hatte –, keiner von ihnen hatte sie länger gekannt als Rachel.

»Ich wünschte, ich wüsste etwas über James«, sagte Ann Marie McCarron, Elizabeths älteste Freundin in dieser Gegend, zu Rachel, nachdem sie ausreichend getrunken hatten, um das heikle Thema anzusprechen. »Aber ich habe deine Mutter erst mehrere Monate nach ihrer Trennung kennengelernt. Ich erinnere mich noch, dass er in Connecticut unterrichtet hat.«

»Connecticut?« Sie saßen auf der verglasten Veranda, nicht mehr als zweiundzwanzig Meilen von der Grenze zu Connecticut entfernt. Aus irgendeinem unerfindlichen Grund war es Rachel nie in den Sinn gekommen, dass ihr Vater, statt an einem der »berühmten Fünf« oder einem der fünfzehn anderen Colleges diesseits der Berkshire Mountains zu unterrichten, genauso gut eine halbe Autostunde südlich in Connecticut gearbeitet haben könnte.

»Die Universität von Hartford?«, fragte sie.

Ann Marie brachte es fertig, gleichzeitig die Nase zu rümpfen und die Lippen zu spitzen. »Keine Ahnung. Könnte sein.« Sie schlang einen Arm um Rachel. »Ich wünschte, ich könnte helfen. Und ich wünschte auch, du könntest die Sache einfach auf sich beruhen lassen.«

»Warum?«, fragte Rachel (schon wieder dieses ewige *Warum*, dachte sie). »War er so schlimm?«

»Das wäre mir neu«, sagte Ann Marie schon etwas lallend und setzte ein trauriges Gesicht auf. Sie sah durch die Fensterscheibe in den grauen Nebel, der über den grauen Bergen hing, und sprach mit Nachdruck und einer gewissen Endgültigkeit: »Schätzchen, ich weiß bloß, dass er sein altes Leben hinter sich gelassen hat.«

In ihrem Testament hatte ihre Mutter ihr alles vererbt. Es war weniger, als Rachel vermutet hatte, aber mehr, als sie mit einundzwanzig brauchte. Wenn sie bescheiden lebte und das Geld geschickt anlegte, würde es vielleicht zehn Jahre lang reichen.

In einer verschlossenen Schublade im Arbeitszimmer fand sie die beiden Schuljahrbücher ihrer Mutter: North Adams High School und Smith College. Ihren Abschluss und ihren Doktor hatte sie an der Johns-Hopkins-Universität gemacht (mit *neunundzwanzig,* wie Rachel feststellte – ach herrje), aber der einzige Hinweis darauf waren die beiden gerahmten Urkunden, die neben dem Kamin an der Wand hingen. Sie ging die Jahrbücher in einem selbstauferlegten Schneckentempo dreimal gründlich durch. Alles in allem fand sie vier Fotos von ihrer Mutter, zwei offizielle und zwei, auf denen sie als Teil einer Gruppe zu sehen war. Im Jahrbuch des Smith College gab es keine Studenten mit dem Namen James, da es sich um eine reine Mädchenschule handelte. Dafür zwei Lehrer, doch von denen hatte keiner das richtige Alter oder schwarzes Haar. Im Jahrbuch der North Adams High School fand sie sechs Jungen namens James, von denen zwei – James McGuire und James Quinlan – in Frage kamen. Es dauerte eine halbe Stunde, bis sie am Computer der Bücherei von South Hadley herausgefunden hatte, dass James McGuire aus North Adams noch während seiner Collegezeit beim Wildwasserfahren verunglückt war; James Quinlan hatte einen Abschluss in Betriebswirtschaft an der Universität von Wake Forest gemacht. Er hatte North Carolina kaum jemals verlassen und eine erfolgreiche Ladenkette für Teakholzmöbel gegründet.

In dem Sommer, ehe sie das Haus verkaufte, stattete sie der Detektei Berkshire Security & Partner einen Besuch ab, wo sie Brian Delacroix kennenlernte. Der hochgewachsene Privatdetektiv war kaum älter als sie und bewegte sich mit der schlaksigen Gelassenheit eines Joggers. Sie trafen sich in seinem Büro im zweiten Stock eines Gebäudes im Gewerbegebiet von Chicopee. Das Büro war eine Schuhschachtel, es passten gerade mal Brian, ein Schreibtisch, zwei Computer und ein paar Aktenschränke hinein. Als sie fragte, wo die »Partner« aus dem Firmennamen seien, erklärte Brian, dass er dieser Partner sei. Die Zentrale befände sich in Worcester. Seine Zweigstelle in Chicopee funktioniere auf Franchisebasis und sei eine günstige Gelegenheit für ihn, erste Berufserfahrungen zu sammeln. Er bot an, sie an einen erfahreneren Kollegen weiterzuleiten, aber ihr war wirklich nicht danach zumute, wieder in ihr Auto zu steigen und den ganzen Weg nach Worcester zu fahren, also ging sie das Risiko ein und erzählte ihm, weshalb sie gekommen war. Brian stellte einige Fragen und notierte sich etwas auf einem gelben Notizblock. Er sah ihr oft genug in die Augen, um sie eine schlichte Sanftheit in seinem Wesen spüren zu lassen, die sein Alter Lügen strafte. Er erschien ihr ernsthaft, und da er neu in diesem Beruf war, hatte er seine Ehrlichkeit noch nicht verloren – sie wusste, dass sie damit richtiglag, als er ihr zwei Tage später riet, weder ihn noch einen anderen mit der Suche nach ihrem Vater zu beauftragen. Brian sagte ihr, dass er ihren Fall annehmen und ihr vierzig Arbeitsstunden in Rechnung stellen könne, ehe er mit derselben Einschätzung herausrückte, die er ihr jetzt anbot.

»Sie haben zu wenig Informationen, um diesen Mann zu finden.«

»Deshalb will ich Sie ja mit der Suche beauftragen.«

Er rutschte auf seinem Stuhl hin und her. »Ich habe ein bisschen recherchiert. Nichts Großartiges, nichts, was ich Ihnen berechnen würde –«

»Ich zahle.«

»– aber genug. Wenn er Trevor hieße oder, was weiß ich, Zachary, dann hätten wir vielleicht eine Chance, einen Mann aufzuspüren, der vor zwanzig Jahren an einer von mehr als zwei Dutzend höherer Bildungseinrichtungen in Massachusetts oder Connecticut unterrichtet hat. Aber ich habe eine schnelle Computeranalyse durchführen lassen, Miss Childs, und in den letzten zwanzig Jahren haben an den siebenundzwanzig Schulen, die in Frage kommen, nicht weniger als dreiundsiebzig« – er nickte angesichts ihrer schockierten Reaktion – »wissenschaftliche Assistenten, Aushilfslehrer, Gastprofessoren, Honorarprofessoren und Vollzeitprofessoren mit dem Vornamen James gearbeitet – einige nur ein Semester lang, andere in Festanstellung.«

»Kann man Personalakten mit Fotos bekommen?«

»Von einigen bestimmt, vielleicht von der Hälfte. Aber wenn er nicht zu dieser Hälfte gehört – und wie würden Sie ihn überhaupt erkennen wollen? –, dann müssten wir immer noch über fünfunddreißig andere Männer mit dem Namen James aufspüren, die der demographischen Wahrscheinlichkeit nach über das gesamte Land verstreut wären, und eine Möglichkeit finden, zwanzig Jahre alte Fotos von ihnen in die Hände zu bekommen. Dann würde ich Ihnen nicht vierzig Stunden Arbeit berechnen. Dann würde ich vierhundert berechnen. Und wir hätten immer noch keine Garantie, diesen Burschen ausfindig zu machen.«

Sie durchlief ein Wechselbad der Gefühle: Angst, Zorn, Hilflosigkeit – die weitere Zorn hervorrief – und schließlich trotzige Wut über diesen Scheißkerl, der seine Arbeit nicht machen wollte. Gut, würde sie eben jemand anderen finden.

Er erkannte das alles in ihren Augen und an der Art, mit der sie nach ihrer Handtasche griff.

»Wenn Sie zu einer anderen Detektei gehen und die merken, dass Sie kürzlich eine Erbschaft gemacht haben, dann werden sie Ihnen das Geld aus der Tasche ziehen und trotzdem nichts herausfinden. Und dieser Diebstahl – denn etwas anderes ist es meiner Meinung nach nicht – wird völlig rechtmäßig sein. Dann sind Sie arm und immer noch vaterlos.« Er beugte sich vor und sprach mit sanfter Stimme: »Wo wurden Sie geboren?«

Sie neigte den Kopf in Richtung des südlichen Fensters. »Springfield.«

»Existiert eine Patientenakte?«

Sie nickte. »Mein Vater wird darin als ›unbekannt‹ vermerkt.«

»Aber Ihre Eltern waren damals ein Paar?«

Sie nickte wieder. »Einmal, als meine Mutter etwas getrunken hatte, erzählte sie mir, dass sie sich an dem Abend, als die Wehen einsetzten, gestritten hatten. Er verließ daraufhin die Stadt. Aus Wut hat sie sich nach der Geburt geweigert, dem Krankenhaus seinen Namen zu nennen.«

Sie saßen schweigend da. Dann fragte sie: »Sie wollen meinen Fall also nicht übernehmen?«

Brian Delacroix schüttelte den Kopf. »Lassen Sie es auf sich beruhen.«

Sie stand mit zitternden Händen auf und dankte ihm für seine Mühe.

Überall im Haus waren Fotos: im Nachttisch ihrer Mutter, in einer Kiste auf dem Dachboden, einer Schublade im Arbeitszimmer. Auf den meisten Fotos waren sie beide zu sehen. Rachel erkannte betroffen, wie deutlich die Liebe ihrer Mutter sich in ihren blassen Augen zeigte, auch wenn sie sogar auf den Fotos kompliziert wirkte: als ob sie gerade dabei sei, das Thema Mutterliebe noch einmal zu überdenken. Die restlichen Bilder zeigten Freunde, Kollegen aus der akademischen Welt und aus dem Verlagswesen. Die meisten waren auf Cocktailpartys und sommerlichen Grillfesten aufgenommen worden, und zwei in einer Kneipe mit Menschen, die Rachel zwar nicht kannte, die aber unverkennbar dem akademischen Milieu entstammten.

Zwei zeigten einen Mann mit dunklem, welligem Haar und einem unsicheren Lächeln.

Beim Verkauf des Hauses fand sie die Tagebücher ihrer Mutter. Zu diesem Zeitpunkt hatte Rachel ihr Studium an der

Emerson bereits abgeschlossen und plante, Massachusetts zu verlassen, um in New York City weiterzustudieren. Das alte viktorianische Haus, in dem sie mit ihrer Mutter seit der dritten Klasse gewohnt hatte, beherbergte nur wenige schöne Erinnerungen und war ihr immer wie ein Geisterhaus vorgekommen. (»Das sind bloß Geister von der Fakultät«, hatte ihre Mutter immer gesagt, wenn vom Ende des Flurs ein unerklärliches Knarren zu ihnen drang oder auf dem Dachboden etwas mit dumpfem Knall aufschlug. »Die lesen da oben wahrscheinlich Chaucer und trinken Kräutertee.«)

Die Tagebücher waren nicht auf dem Dachboden. Sie befanden sich in einer Kiste im Keller, einfache linierte Aufsatzhefte, versteckt unter nachlässig verpackten ausländischen Ausgaben von *Die Treppe*. Die Einträge waren so planlos, wie ihre Mutter es zeit ihres Lebens gewesen war. Die Hälfte war undatiert, und es klafften monatelange, manchmal sogar jahrelange Lücken zwischen ihnen. Am häufigsten schrieb sie über Angst. Vor der *Treppe* waren es finanzielle Ängste: Sie würde als Psychologiedozentin niemals genug verdienen, um ihr Studentendarlehen abstottern zu können, geschweige denn, um ihre Tochter an eine anständige Privatschule und auf ein anständiges College schicken zu können. Als ihr Buch die Bestsellerlisten stürmte, wurde sie von der Angst heimgesucht, niemals eine angemessene Fortsetzung schreiben zu können. Sie hatte auch Angst, dass man ihr Buch zur Hochstapelei erklären würde, dass man sagen würde, es sei ein Beschiss, und dass dieser Beschiss auffliegen würde, sobald sie etwas Neues veröffentlichte. Diese Angst, wie sich herausstellen sollte, war nur allzu gerechtfertigt.

Aber die meisten Ängste galten Rachel. Rachel wurde Zeugin, wie sie sich von einem ungestümen, manchmal lästigen Freudenquell (»Sie hat diese unbändige Spielfreude ... Sie hat ein so großes und schönes Herz, dass ich mich frage, was die Welt einmal daraus machen wird ...«) in eine verzweifelte und selbstzerstörerische Querulantin verwandelte (»Die Selbstverletzungen machen mir fast weniger Sorge als die häufigen Partnerwechsel; sie ist doch erst dreizehn ... Sie springt ins kalte Wasser und beschwert sich, dass es kalt ist, und *ich* bin diejenige, die sie verantwortlich macht.«).

Fünfzehn Seiten später hieß es: »Ich muss mich dieser Einsicht stellen: Ich war keine gute Mutter. Ich hatte noch nie Geduld für das unterentwickelte Stirnhirn. Ich bin zu bissig, will auf den Punkt kommen, obwohl ich eigentlich Geduld vorleben sollte. Ich fürchte, dass sie mit einer schroffen Reduktionistin aufwachsen musste. Und ohne Vater. Das hat sie innerlich ausgehöhlt.«

Einige Seiten später kam ihre Mutter erneut auf das Thema zu sprechen. »Ich fürchte, sie wird ihr Leben mit der Suche nach etwas verschwenden, womit sie ihre innere Leere füllen kann: kurzlebige Moden, Seelenklimbim, New-Age-Therapien, Kräutermedizin. Sie hält sich für rebellisch und widerspenstig, aber sie ist nur eines von beidem. Sie ist so schrecklich *bedürftig*.«

In einem undatierten Eintrag einige Seiten später schrieb Elizabeth Childs: »Jetzt ist sie krank, liegt in diesem fremden Bett und ist sogar noch bedürftiger als sonst. Immer wieder stellt sie die gleiche Frage: *Wer ist er, Mutter?* Sie sieht so zerbrechlich aus – sentimental und zerbrechlich. Sie hat so viele wunderbare Anlagen, meine liebste Rachel, aber stark ist sie nicht. Wenn ich ihr sage, wer James ist, wird sie ihn ausfindig machen. Er wird ihr das Herz brechen. Und warum sollte ich ihm diese Macht einräumen? Warum sollte ich ihm nach all diesen Jahren erlauben, sie noch einmal zu verletzen? Mit ihrem schönen, angeschlagenen Herz sein Spiel zu treiben? Erst heute habe ich ihn gesehen.«

Rachel, die auf der vorletzten Stufe der Kellertreppe saß, hielt den Atem an. Sie krampfte die Hände um das Tagebuch, und die Welt verschwamm vor ihren Augen.

Erst heute habe ich ihn gesehen.

»Er hat mich nicht bemerkt. Ich habe oben an der Straße geparkt. Er stand auf dem Rasen seines Hauses – das, in dem er wohnt, seit er uns verlassen hat. Und sie waren bei ihm: die Ersatzfrau, die Ersatzkinder. Seine Haare haben sich gelichtet, und um die Hüften und am Kinn ist er ganz schön wabbelig geworden. Ein schwacher Trost. Er ist glücklich. So wahr mir Gott helfe! Er ist glücklich. Und ist das nicht das Schlimmste, was hätte passieren können? Ich glaube nicht einmal, dass das Glück existiert – nicht als Ideal, nicht als echter Seinszustand. Glück ist etwas für kindische Gemüter; und dennoch ist er glücklich. Und dieses Glück würde er von der Tochter bedroht sehen, die er nie wollte – nach ihrer Geburt weniger denn je. Weil sie ihn an mich erinnerte. Daran, wie sehr er mich zu verabscheuen lernte. Er würde sie verletzen. Ich war der einzige Mensch in seinem Leben, der sich weigerte, ihn anzuhimmeln, und das würde er Rachel niemals verzeihen. Er würde glauben, dass ich ihr nicht viel Schmeichelhaftes über ihn erzählt hätte, und James war noch nie ein Mensch, der Kritik an seinem kostbaren, ernsthaften Selbst ertragen konnte.«

Rachel war nur ein einziges Mal in ihrem Leben bettlägerig gewesen, in ihrem zweiten Jahr an der Highschool. Sie hatte sich kurz vor den Weihnachtsferien mit dem Pfeifferschen Drüsenfieber angesteckt. Ein glücklicher Zeitpunkt, denn es dauerte dreizehn Tage, bis sie wieder aufstehen konnte, und fünf weitere, um genug Kraft für die Schule zu sammeln. Am Ende hatte sie trotzdem nur drei Tage Unterricht verpasst.

Und irgendwann in diesem Zeitraum hatte ihre Mutter James gesehen. Während sie Gastprofessorin am Wesleyan war. Sie wohnten in einem Haus in Connecticut zur Miete, in Middletown, und dort hatte das »fremde Bett« gestanden, an das Rachel gefesselt gewesen war. Ihre Mutter war – wie sie sich jetzt mit halb widerwilligem Stolz in Erinnerung rief – während ihrer gesamten Krankheit nur ein einziges Mal von ihrer Seite gewichen: um Lebensmittel und Wein zu kaufen. Rachel hatte eine Videokassette mit *Pretty Woman* angesehen, und als ihre Mutter zurückkehrte, war der Film noch nicht vorbei gewesen. Elizabeth hatte bei ihr Fieber gemessen und die Ansicht geäußert, dass Julia Roberts' breites Grinsen »wahnsinnig nervtötend« sei, ehe sie mit den Einkaufstaschen in der Küche verschwunden war.

Als sie in Rachels Zimmer zurückkam, hielt sie ein Glas Wein in der einen Hand und einen warmen, feuchten Waschlappen in der anderen. Sie warf Rachel einen flehentlichen, hoffenden Blick zu und sagte: »Das haben wir doch ganz gut hingekriegt, oder?«

Rachel sah zu ihr hoch, während sie ihr den Waschlappen auf die Stirn legte. »Natürlich haben wir das«, sagte sie, denn in jenem Augenblick fühlte es sich wirklich so an.

Ihre Mutter tätschelte ihr die Wange und sah zum Fernseher hinüber, wo gerade das Ende des Films lief. Richard Gere, der Märchenprinz, war mit Blumen gekommen, um seine Märchennutte Julia zu retten. Er streckte ihr ungelenk die Blumen entgegen, Julia lachte und bekam feuchte Augen, im Hintergrund setzte laut die Musik ein.

Ihre Mutter sagte: »Also wirklich, jetzt reicht's aber mit dem Gegrinse.«

Somit ließ sich der Tagebucheintrag auf Dezember 1992 datieren. Oder auf den frühen Januar 1993. Acht Jahre später wurde Rachel, auf einer Kellertreppe sitzend, klar, dass ihr Vater irgendwo in einem Umkreis von dreißig Meilen um Middletown gelebt hatte. Mehr konnten es nicht sein. Ihre Mutter war zu seinem Haus gefahren, hatte ihn und seine Familie beobachtet, und dann hatte sie ihre Einkäufe gemacht und im Spirituosenladen Wein gekauft – alles in weniger als zwei Stunden. Das hieß, dass James ganz in der Nähe unterrichtet haben musste, wahrscheinlich an der Universität Hartford.

»*Falls* er überhaupt noch unterrichtet hat«, sagte Brian Delacroix, als sie ihn anrief.

»Stimmt.«

Aber Brian pflichtete ihr bei, dass sie nun genug Informationen zum Weitermachen hätten, so dass er ihren Fall und ihr Geld annehmen und morgens trotzdem noch in den Spiegel sehen könne. Und so begannen Brian Delacroix und Berkshire Security & Partner im Spätsommer des Jahres 2001 mit den Ermittlungen zur Identität ihres Vaters.

Sie förderten nichts zutage.

Es gab keinen James, der in jenem Jahr an einer Hochschule im nördlichen Connecticut gelehrt hatte, den sie nicht bereits zuvor unter die Lupe genommen hatten. Einer hatte blondes Haar, einer war Afroamerikaner, und der dritte war siebenundzwanzig Jahre alt.

Wieder einmal hieß es, Rachel solle die Sache auf sich beruhen lassen.

»Ich gehe bald«, sagte Brian.

»Weg von hier?«

»Ja, aber ich will auch raus aus diesem Beruf. Ich will kein Privatdetektiv mehr sein. Es ist einfach zu trostlos. Den ganzen Tag lang muss ich Menschen enttäuschen, selbst dann, wenn ich ihnen liefere, wofür sie mich bezahlt haben. Es tut mir leid, dass ich Ihnen nicht helfen konnte, Rachel.«

Sie spürte eine Leere in sich. Noch ein Abschied. Ein weiterer Mensch in ihrem Leben, wie unwichtig er auch sein mochte, der sie verließ, ohne dass sie etwas dagegen tun konnte. Sie hatte keinen Einfluss darauf.

»Was wollen Sie tun?«, fragte sie.

»Ich gehe wahrscheinlich zurück nach Kanada.« Seine Stimme klang fest, als ob er eine Entscheidung getroffen hätte, die er schon sein ganzes Leben hatte treffen wollen.

»Sind Sie Kanadier?«

Er lachte leise. »Aber sicher doch.«

»Was erwartet Sie dort?«

»Die Holzfirma meiner Eltern. Wie steht's mit Ihnen?«

»Das College ist prima. New York gerade nicht so.«

Es war der späte September des Jahres 2001, weniger als drei Wochen nach dem Anschlag auf das World Trade Center.

»Natürlich«, sagte er ernst. »Natürlich. Ich hoffe, dass

sich für Sie alles zum Guten wendet. Ich wünsche Ihnen viel Glück, Rachel.«

Sie war überrascht, wie intim ihr Name aus seinem Mund klang. Sie sah seine Augen vor sich, die Sanftheit in ihnen, und sie ärgerte sich ein bisschen, dass sie sich nicht schon früher eingestanden hatte, wie sehr sie sich zu ihm hingezogen fühlte. Sie hätten sich vielleicht zum Essen verabreden können.

»Kanada also?«

Wieder dieses leise Lachen. »Kanada.«

Sie verabschiedeten sich voneinander.

Ihre Kellerwohnung an der Waverly Place in Greenwich Village, nur wenige Gehminuten von der New York University entfernt, lag inmitten von Ruß und Asche, die noch Wochen nach 9/11 alles in Lower Manhattan bedeckten. Am Tag nach dem Anschlag hatte sich eine dicke staubige Schicht auf ihre Fensterbretter gelegt: eine Decke aus Haaren und Knochenstücken und Körperzellen, die immer mehr anwuchs, wie Schnee. Die Luft roch verbrannt. Nachmittags streifte sie ziellos herum. Einmal kam sie an der Notaufnahme des Krankenhauses St. Vincent vorbei, vor der Rollbahren aufgereiht standen für Patienten, die niemals eintrafen. In den folgenden Tagen tauchten an den Mauern und Zäunen des Krankenhauses immer mehr Fotos auf, die meisten mit einer einfachen Botschaft beschriftet: »Haben Sie diese Person gesehen?«

Nein, hatte sie nicht. All diese Personen waren fort.

Sie war von Verlusten umgeben, die um ein Vielfaches größer waren als alles, was sie in ihrem eigenen Leben erfahren hatte. Wo immer sie sich hinwandte, umgaben sie

Trauer, nicht erhörte Gebete und ein umfassendes Chaos, das so viele Gestalten annahm – sexuelle, emotionale, psychologische, moralische –, dass es schnell zu einem Band wurde, das die Menschen miteinander verband.

Wir sind verloren, erkannte Rachel und beschloss, ihre eigenen Wunden so gut sie konnte zu verbinden und nicht mehr an ihnen zu kratzen.

In jenem Herbst stieß sie auf zwei Sätze in einem Tagebuch ihrer Mutter, die sie wochenlang wie ein Mantra vor dem Schlafengehen aufsagte:

James, hatte ihre Mutter geschrieben, *war nie für uns bestimmt.*

Und wir nie für ihn.

2
Blitze

Ihre erste Panikattacke erlitt Rachel im Herbst des Jahres 2001, kurz nach Thanksgiving. Sie ging die Christopher Street entlang und kam an einer jungen Frau vorbei, die auf einer schwarzen gusseisernen Treppe unter dem Vordach eines Apartmentgebäudes saß. Die Frau hatte die Hände vor das Gesicht geschlagen und schluchzte – damals kein ungewohnter Anblick in New York City. Die Menschen weinten in den Parks, auf öffentlichen Toiletten und in der U-Bahn, manche still, andere gepresst oder geräuschvoll. Tränen überall. Aber man musste immer noch nachfragen, sich immer noch vergewissern.

»Geht es Ihnen gut?« Rachel streckte den Arm aus, um die Frau zu berühren.

Die Frau zuckte zurück. »Was tun Sie da?«

»Ich will nur wissen, ob es Ihnen gutgeht.«

»Alles in Ordnung.« Das Gesicht der Frau war trocken. Sie rauchte eine Zigarette, was Rachel zuvor gar nicht aufgefallen war. »Geht es *Ihnen* gut?«

»Sicher«, sagte Rachel. »Ich wollte bloß –«

Die Frau reichte ihr einige Papiertaschentücher. Ihre Augen waren nicht gerötet. Sie hatte nicht die Hände vor das Gesicht geschlagen. Sie hatte eine Zigarette geraucht.

Rachel nahm die Taschentücher. Sie tupfte sich das Gesicht ab, fühlte den Tränenstrom dort, die Tropfen, die sich unter ihrer Nase sammelten und über Kinn und Wange liefen.

»Geht es Ihnen gut?«, wiederholte die Frau.

Sie sah Rachel an, als ob sie überhaupt nicht so wirke. Sie sah Rachel an, und dann sah sie an Rachel vorbei, als hoffte sie, jemand würde sie aus dieser Situation befreien.

Rachel murmelte ein paarmal »danke schön« und stolperte weiter. Sie schaffte es bis zu der Kreuzung an der Weehawken Street. Ein roter Transporter stand an der Ampel. Der Fahrer starrte Rachel aus blassen Augen an. Lächelte ihr mit nikotingelben Zähnen zu. Jetzt strömten nicht nur Tränen über ihr Gesicht, sondern auch Schweiß. Angst schnürte ihr den Hals zu. Sie spürte den Drang, etwas hervorzuwürgen, obwohl sie an diesem Morgen noch gar nichts gegessen hatte. Sie bekam keine Luft. Scheiße, sie konnte nicht atmen. Ihre Kehle ließ keine Luft durch. Sie konnte nicht mal mehr ihren Mund öffnen. Sie musste ihren Mund öffnen.

Der Fahrer stieg aus dem Transporter. Er kam mit seinen blassen Augen und dem bleichen Falkengesicht und den kurzgeschorenen roten Haaren auf sie zu, und als er sie erreichte …

War er schwarz. Und ein bisschen rundlich. Seine Zähne waren nicht gelb. Sie waren weiß wie Kopierpapier. Er kniete sich neben sie (wann hatte sie sich auf den Bürgersteig gesetzt?), und seine großen braunen Augen sahen sie besorgt an. »Alles in Ordnung? Soll ich jemanden anrufen, Miss? Können Sie aufstehen? Hier, nehmen Sie meine Hand.«

Sie nahm seine Hand, und er zog sie hoch, an der Kreuzung von der Weehawken und Christopher Street. Es war längst nicht mehr Vormittag. Die Sonne ging unter. Der Hudson hatte die Farbe von hellem Bernstein angenommen.

Der rundliche nette Mann nahm sie in den Arm, und sie weinte an seiner Schulter. Sie weinte, und er musste ihr versprechen, bei ihr zu bleiben und sie niemals zu verlassen.

»Nennen Sie mir Ihren Namen«, sagte sie. »Nennen Sie mir Ihren Namen.«

Sein Name war Kenneth Waterman, und natürlich sah sie ihn nie wieder. Er fuhr sie in seinem roten Transporter zu ihrer Wohnung zurück, und es war kein großer Kastenwagen, der nach Schmieröl und schmutziger Unterwäsche roch, wie sie sich das vorgestellt hatte, sondern ein Kleinbus mit Kindersitzen in der mittleren Reihe und Chipskrümeln auf den Bodenmatten. Kenneth Waterman hatte eine Frau und drei Kinder und lebte in Fresh Meadows in Queens. Er war Tischler. Er hielt vor ihrer Haustür und bot an, jemanden für sie anzurufen, aber sie versicherte ihm, dass es ihr jetzt wieder bessergehe. Alles in Ordnung. Die Stadt mache einen manchmal einfach fertig, nicht wahr?

Er sah sie lange und besorgt an, aber hinter ihnen staute sich der Verkehr, und die Abenddämmerung brach herein. Jemand hupte. Dann noch einer. Er gab ihr seine Visitenkarte – *Kennys Kommoden* – und sagte, sie könne ihn jederzeit anrufen. Sie bedankte sich und stieg aus. Als er wegfuhr, bemerkte sie, dass der Kleinbus nicht einmal rot war. Er war bronzefarben.

Sie ließ ihr nächstes Semester an der NYU sausen. Verließ kaum die Wohnung, außer, um zu ihrem Seelenklempner in

Tribeca zu gehen. Er hieß Constantine Propkop, und alles, was er jemals von sich preisgab, war, dass seine Familie und Freunde ihn Connie nannten. Connie versuchte, Rachel davon zu überzeugen, dass sie die nationale Tragödie dazu benutze, die Tiefe ihres eigenen Traumas zu verleugnen, und dass sie sich damit ernsthaften Schaden zufüge.

»Mein Leben ist nicht tragisch«, sagte Rachel. »Klar war es manchmal traurig. Wessen Leben ist das nicht? Aber meine Mutter hat sich immer um mich gekümmert, wir hatten genug zu essen, und ich bin in einem hübschen Haus aufgewachsen. Alles andere sind doch Luxusprobleme, oder?«

Sie saßen in Connies kleinem Praxisraum, und er warf ihr einen Blick zu. »Ihre Mutter hat Ihnen eines Ihrer grundlegenden Rechte – das Wissen um die Vaterschaft – vorenthalten. Sie hat Sie emotionaler Tyrannei unterworfen, um Sie an sich zu binden.«

»Sie hat mich beschützt.«

»Wovor?«

»Na gut«, korrigierte sich Rachel, »sie hat geglaubt, dass sie mich vor mir selbst beschützt, vor dem, was ich mit dem Wissen anfangen könnte.«

»Ist das wirklich der Grund?«

»Welchen Grund sollte es sonst geben?« Rachel wäre am liebsten aus dem Fenster gesprungen.

»Wenn jemand etwas hat, das Sie nicht einfach nur wollen, sondern wirklich *brauchen,* was würden Sie diesem Menschen dann niemals antun?«

»Sagen Sie nicht, ›ihn hassen‹, denn gehasst habe ich sie.«

»Ihn verlassen«, sagte er. »Sie würden diesen Menschen niemals verlassen.«

»Meine Mutter war der unabhängigste Mensch, der mir jemals begegnet ist.«

»Sie konnte diesen Schein aufrechterhalten, weil Sie sich an sie geklammert haben. Aber was ist passiert, als Sie gegangen sind? Sobald sie gespürt hat, dass es Sie woanders hinzieht?«

Sie wusste, worauf er hinauswollte. Immerhin war sie die Tochter einer Psychologin. »Verdammt, Connie, lassen Sie diese Geschichte aus dem Spiel.«

»Welche Geschichte?«

»Es war ein Unfall.«

»Eine Frau, die Sie als überwach, überaufmerksam, überkompetent beschreiben? Die am Tag ihres Todes weder Drogen noch Alkohol im Blut hatte. *Diese* Frau übersieht am helllichten Tag ein Stoppschild?«

»Jetzt habe ich also meine Mutter umgebracht.«

»Ich wollte Ihnen das Gegenteil sagen.«

Rachel nahm ihren Mantel und ihre Tasche. »Meine Mutter hat nie als Psychologin praktiziert, weil sie nicht mit dilettantischen Quacksalbern wie Ihnen in einen Topf geworfen werden wollte.« Sie warf einen Blick auf die Diplome, die an der Wand hingen. »Abschluss an der Rutgers«, schnaubte sie verächtlich und stolzierte hinaus.

Tess Porter, ihre nächste Therapeutin, ging etwas sanfter vor, und die Fahrt zu ihrer Praxis war wesentlich kürzer. Sie sagte, dass sie in Rachels eigenem Tempo die Wahrheit über die Beziehung zu ihrer Mutter herausfinden würden. Bei Tess fühlte Rachel sich sicher. Connie hatte ihr immer das Gefühl gegeben, dass er gleich zum Schlag ausholen würde. Und so hatte sie stets versucht, ihn abzuwehren.

»Was würden Sie eigentlich zu ihm sagen, wenn Sie ihn fänden?«, fragte Tess eines Nachmittags.

»Ich weiß es nicht.«

»Haben Sie Angst?«

»Ja. Ja.«

»Vor ihm?«

»Was? Nein.« Sie dachte nach. »Nein. Nicht vor ihm. Nur vor der Situation. Wie soll das ablaufen? ›He, Dad! Wo zum Teufel hast du mein ganzes Leben lang gesteckt?‹«

Tess lachte leise, sagte dann aber: »Sie haben kurz gezögert. Als ich fragte, ob Sie Angst vor ihm hätten.«

»Wirklich?« Rachel starrte eine Zeitlang an die Decke. »Na ja, manchmal hat sie ziemlich widersprüchliche Sachen über ihn gesagt.«

»Zum Beispiel?«

»Meistens hat sie ihn als unmännlich beschrieben. ›Der arme süße James‹, hat sie gesagt, oder ›der liebe, sensible James‹. Und dabei hat sie die Augen verdreht. Nach außen hin war sie aber zu fortschrittlich, um zuzugeben, dass er ihr nicht männlich genug war. Ich erinnere mich, dass sie ein paarmal sagte: ›Du bist genauso boshaft wie dein Vater, Rachel.‹ Und ich dachte mir: ›Ich bin genauso boshaft wie meine *Mutter,* du Hexe!‹« Sie starrte wieder an die Decke. »›Sieh ihm in die Augen, und betrachte dich selbst.‹«

»Was sagten Sie?« Tess lehnte sich auf ihrem Sessel vor.

»Das hat sie mir ein paarmal gesagt. ›Sieh ihm in die Augen, und betrachte dich selbst. Dann sag mir, was du da entdeckst.‹«

»In welchem Zusammenhang war das?«

»Alkohol.«

Tess quittierte das mit einem schwachen Lächeln. »Aber was wollte sie Ihrer Meinung nach damit sagen?«

»Sie war stinksauer auf mich, beide Male. So viel weiß ich noch. Ich dachte immer, es würde heißen, dass er … Wenn er mich je sehen würde, wäre er …« Sie schüttelte den Kopf.

»Was?« Tess' Stimme war sanft. »Wenn er Sie je sehen würde, wäre er was?«

Es dauerte eine Weile, bis sie ihre Fassung wiedergewonnen hatte. »Er wäre enttäuscht.«

»Enttäuscht?«

Rachel hielt ihrem Blick eine Weile stand. »Angewidert.«

Die Straße draußen verdunkelte sich, als ob etwas Gewaltiges, Jenseitiges die Sonne auslöschen und seine Schatten über die gesamte Stadt werfen würde. Ganz plötzlich begann Regen zu fallen. Der Donner klang wie die Reifen schwerer Laster, die eine alte Brücke überqueren. Der Blitz war ein fernes Bersten.

»Warum lächeln Sie?«, fragte Tess.

»Habe ich gelächelt?«

Sie nickte.

»Wegen etwas anderem, das meine Mutter gesagt hat, vor allem an Tagen wie diesem.« Rachel zog die Beine unter sich auf den Sitz. »Sie sagte, sie würde seinen Geruch vermissen. Als ich sie das erste Mal fragte, was sie meinen würde, wie er denn gerochen hätte, hat sie die Augen zugemacht, die Luft eingesogen und gesagt: ›Wie Blitze.‹«

Tess' Augen weiteten sich ein wenig. »Entspricht das Ihrer Erinnerung an seinen Geruch?«

Rachel schüttelte den Kopf. »Er roch nach Kaffee.« Sie

sah in die Regentropfen draußen vor dem Fenster. »Kaffee und Cordsamt.«

Sie erholte sich von jener ersten Panikattacke und ihrer leichten Platzangst im Frühsommer des Jahres 2002. Zufällig begegnete sie einem Kommilitonen, der wie sie im vergangenen Semester den Kurs »Fortgeschrittene Recherchetechniken« besucht hatte. Er hieß Patrick Mannion, und er war ausgesprochen rücksichtsvoll. Er war außerdem ein bisschen übergewichtig und besaß die unglückliche Angewohnheit zu schielen, wenn er etwas nicht richtig verstand – und das geschah oft, weil er fünfzig Prozent des Hörvermögens in seinem rechten Ohr bei einem Schlittenunfall in der Kindheit eingebüßt hatte.

Pat Mannion konnte kaum glauben, dass Rachel immer noch mit ihm sprach, obwohl sie sich bereits erschöpfend über den gemeinsam besuchten Kurs ausgetauscht hatten. Er traute seinen Ohren nicht, als sie vorschlug, etwas trinken zu gehen. Und sein Gesichtsausdruck, als sie ein paar Stunden später in seiner Wohnung standen und sie nach seiner Gürtelschnalle griff, war der eines Mannes, der mal eben nachschauen will, wie bewölkt der Himmel ist, und dann Engel über sich vorbeiziehen sieht. Dieser Ausdruck wich mehr oder weniger während der gesamten zwei Jahre, die ihre Beziehung andauerte, nicht aus seinem Gesicht.

Als sie schließlich Schluss mit ihm machte – so sanft, dass er fast glaubte, es wäre eine gemeinsam getroffene Entscheidung –, starrte er sie mit einer seltsamen, wilden Würde an und sagte: »Ich habe früher nie verstanden, warum du mit mir zusammen warst. Ich meine, du bist umwerfend und ich so … gar nicht.«

»Du bist –«

Er hob eine Hand, um sie zu unterbrechen. »Doch eines Tages, vor ungefähr sechs Monaten, dämmerte es mir. Für dich ist nicht die Liebe das Wichtigste, sondern Sicherheit. Ich habe schon geahnt, dass du mich früher oder später verlassen würdest, und zwar, ehe ich dich verlassen würde, weil – und das ich der wichtige Teil, Rach – *weil ich dich nie verlassen würde.*« Er warf ihr ein schönes verletztes Lächeln zu. »Und das war die ganze Zeit mein Daseinszweck.«

Nach dem Studium arbeitete Rachel ein Jahr lang beim *Times Leader* in Wilkes-Barre in Pennsylvania, dann kehrte sie nach Massachusetts zurück und bekam eine Stelle im Kulturteil des *Patriot Ledger* in Quincy. Eine Reportage, die sie über ethnisches Profiling bei der Polizei von Hingham schrieb, fand einigen Beifall – und genug Aufmerksamkeit, um ihr eine E-Mail von niemand anderem als Brian Delacroix einzubringen. Er sei geschäftlich unterwegs gewesen, und im Wartezimmer eines Holzhändlers in Brockton wäre ihm eine Ausgabe des *Ledger* in die Hände gefallen. Er wollte wissen, ob sie dieselbe Rachel Childs sei und ob sie ihren Vater gefunden habe.

Sie schrieb, sie sei dieselbe Rachel Childs und, nein, sie habe ihren Vater nicht gefunden. Ob er die Sache noch mal angehen wolle?

Geht nicht. Bin mit Arbeit zugeschüttet. Reisen reisen reisen. Geben Sie gut auf sich acht, Rachel. Sie werden

nicht lange beim Ledger *bleiben. Große Dinge erwar-*
ten Sie. Mir gefällt Ihr Stil.

Er sollte recht behalten. Ein Jahr später ließ sie den Lokal-
journalismus hinter sich und begann beim *Boston Globe.*

Und dort machte Dr. Felix Browner sie ausfindig, der
Gynäkologe ihrer Mutter. Die Betreffzeile seiner E-Mail
lautete: »Ein alter Freund Ihrer Mom«, aber nachdem sie
ihm geantwortet hatte, stellte sich schnell heraus, dass sie
weniger eine Freundin als eine Patientin gewesen war. Soweit Rachel zurückdenken konnte, hatte ihre Mutter einen
anderen Gynäkologen besucht. Als sie selbst in die Pubertät
kam, brachte Elizabeth sie zu Dr. Veena Raho, welche die
meisten jungen Frauen in ihrem Bekanntenkreis behandelte.
Von Felix Browner hatte sie zuvor noch nie gehört. Aber er
versicherte ihr, dass er der Arzt ihrer Mutter gewesen sei, als
diese damals nach Massachusetts gekommen war, und sogar
derjenige, der Rachel zur Welt gebracht hatte. *Sie waren eine*
ganz Zapplige, schrieb er.

In einer späteren E-Mail schrieb er, dass er über wichtige
Informationen über ihre Mutter verfüge, die er zwar mit ihr
teilen wolle, aber nur unter vier Augen. Sie vereinbarten,
sich auf halber Strecke zwischen Boston und seinem Wohn-
ort Springfield zu treffen, und entschieden sich für ein Café
in Millbury als Treffpunkt.

Vor dem Treffen googelte sie nach Dr. Browner, und das
Ergebnis gab, wie sie bereits seit seiner ersten E-Mail befürchtet hatte, kein schmeichelhaftes Bild ab. Im Jahr zuvor,
2006, hatte man ihm ein Berufsverbot erteilt, weil mehrere
Patientinnen Anschuldigungen wegen sexueller Nötigung

oder sexueller Übergriffe erhoben hatten, von denen die ältesten bis in das Jahr 1976 zurückreichten, als der gute Doktor gerade mal eine Woche sein Medizinstudium abgeschlossen hatte.

Dr. Browner brachte zwei Rollkoffer voller Akten mit. Er war ungefähr zweiundsechzig Jahre alt und hatte dichtes silbergraues Haar, das er vorne kurz und hinten lang trug, was ihn wie einen Sportwagenfahrer und einen Fan des Countrysängers Jimmy Buffett aussehen ließ. Er trug hellblaue Jeans, Pennyloafer ohne Socken und ein Hawaiihemd unter einer schwarzen Leinensportjacke. Um seine Körpermitte hatte sich ein mindestens zehn Kilo schwerer Rettungsring gelegt, den er wie ein Statussymbol vor sich hertrug, und er gab sich jovial im Umgang mit der Kellnerin und den Bedienhilfen. Er kam ihr wie jemand vor, der von Fremden generell gemocht wird, aber verdutzt ist, wenn jemand nicht über seine Witze lacht.

Nachdem er seine Anteilnahme am Tod ihrer Mutter bekundet hatte, wiederholte er, was für ein zappeliges kleines Neugeborenes Rachel gewesen sei – »und so glitschig, als ob man Sie in Palmolive getaucht hätte«. Dann enthüllte er ein wenig atemlos, dass seine erste Anklägerin – »Nennen wir sie mal Lianne, und nicht nur, weil das ein wenig wie Lügen-Anne klingt, nicht wahr?« – mehrere seiner anderen Anklägerinnen kannte. Er zählte deren Namen an der Hand ab, und Rachel fragte sich sofort, ob er Pseudonyme verwendete oder das Recht der Frauen auf ihre Privatsphäre mit nonchalanter Gleichgültigkeit verletzte: Tonya, Marie, Ursula, Jane und Patty, sagte er, hatten *alle* miteinander zu tun.

»Na ja, die Region ist ja nicht so groß«, sagte Rachel. »Da kennen sich die Leute.«

»Ach ja?« Er schüttelte sein Zuckertütchen, ehe er es öffnete, und warf ihr ein kühles Lächeln zu. »Tatsächlich?« Er ließ den Zucker in den Kaffee rieseln und griff in einen seiner Rollkoffer. »Lügnerin Lianne hatte, wie ich herausgefunden habe, zahlreiche Liebhaber. Sie wurde zweimal geschieden *und* –«

»Doktor –«

Er hob die Hand, um sie zum Schweigen zu bringen. »*Und* bei einer weiteren Scheidung als die ›andere Frau‹ erwähnt. Patty ist eine heimliche Säuferin. Marie und Ursula haben Drogenprobleme, und Tonya – halten Sie die Luft an – hat noch einen *anderen* Arzt wegen sexueller Nötigung verklagt.« Er verdrehte in gespielter Entrüstung die Augen. »Stellen Sie sich das mal vor. Anscheinend gibt es eine Epidemie an lüsternen Ärzten in den Berkshires.«

Rachel kannte eine Tonya in den Berkshires. Tonya Fletcher. Sie leitete ein Hotel, das Minute Man Inn. Wirkte immer leicht abwesend und ein wenig verstört.

Dr. Browner ließ einen Papierstapel von der Größe eines Betonziegels auf den Tisch fallen und sah sie triumphierend an.

»Sie mögen wohl keine USB-Sticks«, sagte Rachel.

Er überging ihre Bemerkung. »Sehen Sie, ich weiß alles über diese Frauen. Sehen Sie?«

»Ja, das sehe ich«, sagte Rachel. »Und was habe ich damit zu tun?«

»Sie sollen mir helfen.« Er sagte es, als ob sich das von selbst verstünde.

»Und warum sollte ich das tun?«

»Weil ich unschuldig bin. Weil ich mir nicht das Geringste habe zuschulden kommen lassen.«

Er streckte ihr die offenen Handflächen auf dem Tisch entgegen. »Diese Hände bringen Menschen zur Welt. Sie haben auch Sie zur Welt gebracht, Rachel. Diese Hände waren das Erste, was Sie auf dieser Welt gehalten hat. Diese Hände.« Er starrte sie an, als wären sie seine zwei teuersten Schätze. »Diese Frauen haben meinen Namen in den Dreck gezogen.« Er verschränkte die Finger und sah auf sie hinab. »Meine Familie ist unter all dem Druck und Streit zerbrochen. Ich habe meine *Praxis* verloren.« Tränen glitzerten in seinen Augenlidern. »Das habe ich nicht verdient. Ganz bestimmt nicht.«

Rachel versuchte, ihm teilnahmsvoll zuzulächeln, vermutete aber, dass sie bloß angewidert wirkte. »Ich verstehe immer noch nicht, was Sie von mir wollen.«

Er lehnte sich auf seinem Stuhl zurück. »Sie sollen etwas über diese Frauen schreiben. Decken Sie auf, dass sie böse Absichten verfolgten, dass sie mich für ihre Zwecke *auswählten*. Dass sie geplant haben, mich zu zerstören, und dass ihnen das gelungen ist. Sie müssen büßen. Sie müssen widerrufen. Sie müssen bloßgestellt werden. Jetzt verklagen sie mich vor dem Zivilgericht. Wissen Sie, junge Dame, dass es im Durchschnitt eine Viertelmillion Dollar kostet, sich vor dem Zivilgericht verteidigen zu lassen? Nur *verteidigen* zu lassen. Ob man gewinnt oder verliert, zweihundertfünfzigtausend Dollar sind futsch. Wussten Sie das?«

Rachel hatte immer noch mit dem »junge Dame« zu tun, aber sie nickte.

»Dieser *Hexenzirkel* hat mich vergewaltigt. Welches Wort würde besser passen? Sie haben meinen guten Namen beschmutzt, meine Familie zerstört und meine Freunde entfremdet. Aber das reicht ihnen noch nicht. Nein. Jetzt wollen sie mich auch noch bluten sehen. Sie wollen an die wenigen Ersparnisse heran, die mir geblieben sind. Damit ich meine letzten Jahre als Bettler verbringe. Damit ich irgendwo auf einem Klappbett in einem Obdachlosenheim verrecke wie ein einsamer, elender Versager.« Er spreizte seine Finger über dem Papierstapel. »Auf diesen Seiten stehen alle dreckigen Fakten über diese dreckigen Weiber. Schreiben Sie darüber. Zeigen Sie der Welt, wer diese Frauen wirklich sind. Da steckt ein Pulitzerpreis für Sie drin, Rachel.«

»Ich bin nicht hier, um einen Pulitzerpreis zu bekommen«, sagte Rachel.

Seine Augen verengten sich zu schmalen Schlitzen. »Warum sind Sie dann hier?«

»Sie sagten, Sie hätten Informationen über meine Mutter.«

Er nickte. »Danach.«

»Wonach?«

»Nachdem Sie den Artikel geschrieben haben.«

»So kommen Sie bei mir nicht weiter«, sagte Rachel. »Wenn Sie Informationen über meine Mutter haben, dann nennen Sie mir die einfach, und dann sehen wir, ob –«

»Es geht nicht um Ihre Mutter. Es geht um Ihren Vater.« Seine Augen blitzten. »Wie Sie selbst sagten, es ist eine kleine Region. Die Leute reden. Und über Sie, meine Liebe, hat man sich erzählt, dass Elizabeth sich geweigert habe, Ihnen die Identität Ihres Vaters zu verraten. Wirklich, jeder aufrichtige Mensch in der Stadt hat Sie bedauert. Wir hätten

Ihnen so gerne die Wahrheit gesagt, aber wir konnten es ja nicht. Na ja, *ich* schon. Ich habe Ihren Vater ziemlich gut gekannt. Aber so, wie die Schweigepflicht für Ärzte heutzutage nun mal geregelt ist, konnte ich seine Identität nicht gegen den Willen Ihrer Mutter aufdecken. Aber nun ist sie tot. Und ich darf nicht mehr praktizieren.« Er nahm einen Schluck von seinem Kaffee. »Also, Rachel, wollen Sie wissen, wer Ihr Vater ist?«

Rachel brauchte einen Augenblick, um ihre Stimme wiederzufinden. »Ja.«

»Wie war das?«

»Ja.«

Er quittierte das mit einem kurzen Augenzwinkern. »Dann schreiben Sie diesen verdammten Artikel, Schätzchen.«

3
JJ

Je mehr sich Rachel in das Thema vertiefte – in die Gerichtsakten und die von Browner gelieferten Unterlagen –, desto schlimmer wurde es. Wenn Dr. Felix Browner kein Serienvergewaltiger war, dann spielte er die Rolle überzeugender, als es Rachel seit langem gesehen hatte. Im Gefängnis saß er nur deshalb nicht, weil Lianne Fennigan, die einzige Frau, die innerhalb des Verjährungszeitraumes Anklage erhoben hatte, in der letzten Prozesswoche, kurz vor ihrem Zeugentermin, eine Überdosis Oxycontin genommen hatte. Lianne hatte zwar überlebt, den Termin jedoch in der Entzugsklinik statt im Zeugenstand verbracht, und so hatte der Staatsanwalt ein Gesuch akzeptiert, das den Entzug der ärztlichen Zulassung beinhaltete, außerdem eine sechsjährige Bewährungsstrafe, die Anrechnung von sechs Monaten Untersuchungshaft und ein Redeverbot. Aber keine Gefängnisstrafe.

Rachel schrieb ihre Reportage. Sie brachte sie zum Café in Millbury mit und zog sie aus der Tasche, nachdem sie sich Dr. Felix Browner gegenübergesetzt hatte. Er sah das schmale Papierbündel an, ließ sich aber nichts anmerken.

»Sie mögen wohl keine USB-Sticks.«

Sie gab mit einem knappen Lächeln zu verstehen, dass sie die Anspielung verstanden hatte. »Sie wirken so zufrieden.«

Das stimmte. Er hatte den Jimmy-Buffett-Look gegen ein weißes Hemd und einen dunkelbraunen Anzug ausgetauscht. Das Haar hatte er sich großzügig mit Gel zurückgekämmt. Seine raupenartigen Augenbrauen waren gestutzt. Er hatte einen gesunden Teint, und seine Augen glänzten hoffnungsvoll.

»Ich *bin* zufrieden, Rachel. Sie sehen auch phantastisch aus.«

»Danke.«

»Diese Bluse bringt das Grün in Ihren Augen gut zur Geltung.«

»Danke.«

»Ist Ihr Haar immer so seidig?«

»Ich war gerade beim Friseur.«

»Die Frisur steht Ihnen.«

Sie strahlte ihn an. Seine Augen traten hervor, und er gönnte sich ein kleines, privates Lachen. »Du liebes bisschen!«, sagte er.

Sie sagte nichts, nickte bloß wissend und hielt seinem Blick stand.

»Ich wette, Sie können den Pulitzerpreis schon *riechen*.«

»Ach«, sagte sie, »überstürzen wir mal nichts.« Sie reichte ihm den Artikel.

Er setzte sich bequem auf seinem Stuhl zurecht. »Wir sollten etwas zu trinken bestellen«, sagte er geistesabwesend, während er sich in den Text versenkte. Als er die erste Seite umblätterte, warf er ihr einen Blick zu, und sie lächelte aufmunternd. Er las weiter und runzelte die Stirn. Seine freudige Erwartung verwandelte sich in Entsetzen, dann in Verzweiflung und schließlich in Entrüstung.

»Hier steht«, sagte er und scheuchte die sich nähernde Kellnerin mit einer Handbewegung fort, »dass ich ein Vergewaltiger bin.«

»Irgendwie schon, nicht wahr?«

»Hier steht, dass die Drogensucht, der Alkoholismus und die sexuellen Schweinereien der Frauen meine Schuld sind.«

»Weil das stimmt.«

»Hier steht, ich hätte Sie zu *erpressen* versucht, damit Sie das Leben dieser Frauen ein zweites Mal zerstören.«

»Weil es so war.« Sie nickte freundlich. »Und Sie haben sie in meiner Gegenwart verleumdet. Ich wette, wenn ich mich mal ein bisschen in den Kneipen in Ihrer Umgebung umhöre, finde ich Beweise, dass Sie sie vor der Hälfte der männlichen Bevölkerung in West-Massachusetts verleumdet haben. Was ein Verstoß gegen Ihre Bewährungsauflagen wäre. Und das bedeutet, Felix, wenn der *Globe* diese Geschichte druckt, wandern Sie geradewegs in Zellenblock D.«

Sie lehnte sich zurück und sah zu, wie er nach Worten rang. Als er endlich aufsah, liefen seine Augen fast über von Märtyrertum und Ungläubigkeit.

»Diese Hände« – er hob sie in die Höhe – »haben Sie zur Welt gebracht.«

»Ihre Hände sind mir scheißegal«, sagte sie. »Wir haben jetzt eine neue Abmachung. Ich werde diese Geschichte *nicht* einreichen.«

»Danke.« Er setzte sich auf. »Gleich, als ich Sie sah, wusste ich –«

»Nennen Sie mir den Namen meines Vaters.«

»Natürlich, mit Vergnügen, aber lassen Sie uns doch erst mal einen Drink bestellen und darüber reden.«

Sie nahm ihm den Text aus der Hand. »Nennen Sie mir den Namen meines Vaters hier und jetzt, oder ich reiche diesen Artikel ein, und zwar« – sie zeigte zum Tresen – »von dem Telefon dort.«

Er sackte in seinem Stuhl zusammen und betrachtete den Deckenventilator, der sich mit rostigem Quietschen langsam über ihm drehte. »Sie nannte ihn JJ.«

Rachel steckte den Artikel in ihre Tasche zurück, um das Zittern zu verbergen, das sich von ihren Händen bis zu den Ellbogen ausbreitete. »Warum JJ?«

Er zuckte mit den Schultern, ein bedrängter, dem Schicksal ausgelieferter Bittsteller. »Was soll ich jetzt tun? Wovon werde ich leben?«

»Warum hat sie ihn JJ genannt?« Sie bemerkte, dass sie mit den Zähnen knirschte.

»Ihr seid alle gleich«, flüsterte er. »Ihr nehmt Männer aus, bis sie nichts mehr haben. Gute Männer. Ihr seid eine Pest.«

Sie stand auf.

»Setzen.« Er sagte es laut genug, dass zwei Gäste sich nach ihnen umsahen. »Bitte. Nein, nein. Einfach hinsetzen. Ich werde brav sein. Ich werde ein braver Junge sein.«

Sie setzte sich. Dr. Felix Browner zog ein einzelnes Blatt Papier aus seiner Jacketttasche. Es war alt und doppelt gefaltet. Er öffnete es und reichte es ihr über den Tisch. Ihre Hand zitterte noch stärker, als sie es nahm, aber das war ihr egal.

Oben auf dem Blatt stand der Name seiner Praxis: Dr. Browner – Fachklinik für Frauengesundheit. Darunter: »Anamnese des Kindsvaters«.

»Er kam nur zweimal in meine Praxis. Ich hatte den

Eindruck, dass sie sich oft stritten. Manche Männer haben Angst vor Schwangerschaften. Sie legen sich ihnen um den Hals wie ein Galgenstrick.«

Unter »Nachname« hatte er in blauer Tinte und mit ordentlichen Blockbuchstaben »JAMES« geschrieben.

Deshalb hatten sie ihn nicht gefunden. James war sein Nachname.

Sein Vorname war Jeremy.

4

Gruppe B

Jeremy James hatte im September 1982 eine Vollzeitstelle am Connecticut College angenommen, einer kleinen geisteswissenschaftlichen Einrichtung in New London. Im selben Jahr hatte er ein Haus in Durham gekauft, einer Kleinstadt mit siebentausend Einwohnern, sechzig Meilen auf der I-91 entfernt von South Hadley, wo Rachel aufgewachsen war, und zehn Autominuten von dem Haus, das ihre Mutter in Middletown gemietet hatte, als Rachel so krank gewesen war.

Im Juli 1983 hatte er Maureen Widerman geheiratet. Theo, ihr erstes Kind, war im September 1984 zur Welt gekommen. Charlotte, das zweite, war 1986 als Weihnachtsbaby geboren worden. *Ich habe Halbgeschwister,* dachte Rachel, *Blutsverwandte.* Und zum ersten Mal seit dem Tod ihrer Mutter hatte sie das Gefühl, irgendwo im Universum verankert zu sein.

Nun, da sie seinen vollen Namen kannte, lag Jeremy James' Leben in weniger als einer Stunde vor Rachel ausgebreitet – zumindest der öffentlich verzeichnete Teil. Im Jahr 1990 war er Privatdozent für Kunstgeschichte geworden und fünf Jahre später ordentlicher Professor auf Lebenszeit. Als Rachel ihn im Herbst 2007 aufspürte, hatte er bereits seit einem Vierteljahrhundert am Connecticut College gelehrt und leitete nun das Institut. Seine Frau Maureen Widerman-James war Kuratorin für Europäische Kunst am Wadsworth Atheneum in Hartford. Rachel fand mehrere Fotos von ihr im Netz, und ihr Blick war so sympathisch, dass sie beschloss, sie zu ihrer ersten Anlaufstelle zu machen. Auch von Jeremy James hatte sie Fotos gefunden. Er hatte jetzt eine Glatze und einen Vollbart und sah sehr gebildet und imposant aus.

Als sie bei Maureen Widerman-James anrief und ihren Namen nannte, trat nur eine winzige Pause ein, ehe Maureen sagte: »Fünfundzwanzig Jahre lang habe ich mich gefragt, wann du anrufen würdest. Du weißt gar nicht, was für eine Erleichterung es ist, endlich deine Stimme zu hören, Rachel.«

Als Rachel aufgelegt hatte, starrte sie aus dem Fenster und versuchte, nicht zu weinen. Sie biss sich so fest auf die Lippe, dass sie blutete.

An einem Samstag Anfang Oktober fuhr sie nach Durham. Die Kleinstadt war lange eine bäuerliche Gemeinde gewesen, und die schmalen Landstraßen, auf denen sie hinfuhr, führten an großen alten Bäumen, verblassten roten Scheunen und der einen oder anderen Ziege vorbei. Die Luft roch nach Holzrauch und Apfelgärten.

Maureen Widerman-James öffnete die Tür des bescheidenen Hauses an der Gorham Lane. Sie war eine attraktive Frau und trug eine große Brille mit runden Gläsern, welche die ruhige, aber neugierige Ausstrahlung in ihren hellbraunen Augen unterstrich. Ihr kastanienbraunes Haar hatte sie zu einem unordentlichen Pferdeschwanz zusammengebunden; es war stellenweise schon leicht ergraut. Sie trug ein rotschwarzkariertes Arbeitshemd, das über ihre schwarzen Leggings fiel, und ging barfuß. Ihr Lächeln breitete sich wie ein strahlender Lichtschein auf ihrem ganzen Gesicht aus.

»Rachel«, sagte sie mit derselben Mischung aus Erleichterung und Vertrautheit, die sie bereits am Telefon gezeigt hatte. Rachel hatte das Gefühl, dass sie ihren Namen im Verlauf der Jahrzehnte mehr als einmal ausgesprochen hatte. »Komm herein.«

Sie machte einen Schritt beiseite, und Rachel betrat ein Heim, das wie das typische Zuhause von zwei Akademikern aussah: Bücherregale in der Diele, an allen Wänden des Wohnzimmers, unter einem Fenster in der Küche; die Wände mit kräftigen Farben gestrichen, mit abgeblätterten Stellen, die niemand aufgefrischt hatte; Statuetten und Masken aus Drittweltländern, die an den unterschiedlichsten Orten zur Schau gestellt wurden; haitianische Kunst an den Wänden. Im Verlauf der Karriere ihrer Mutter war Rachel in unzähligen solcher Häuser gewesen. Sie wusste, welche LPs auf den Einbauregalen im Wohnzimmer standen, welche Zeitschriften in einem Korb im Badezimmer lagen, dass das Küchenradio auf einen nichtkommerziellen Sender eingestellt war. Sie fühlte sich hier sofort zu Hause.

Maureen führte sie zu einer doppelflügeligen Schiebetür im hinteren Teil des Hauses. Sie steckte die Hand zwischen die beiden Flügel und blickte über die Schulter. »Bist du bereit?«

»Wer kann dafür jemals bereit sein?«, gestand Rachel mit einem verlegenen Lachen ein.

»Alles wird gut«, sagte Maureen herzlich, aber Rachel

erkannte in ihren Augen auch Traurigkeit. Sosehr sie den Anfang von etwas Neuem erreicht haben mochten, sie waren doch auch am Ende von etwas Altem angelangt. Rachel war sich nicht sicher, ob die Traurigkeit daher rührte, aber sie vermutete es. Ihr Leben würde niemals wieder so sein wie zuvor.

Er stand in der Mitte des Raumes und drehte sich um, als die Tür aufging. Seine Kleidung war der seiner Frau nicht unähnlich, doch er trug graue Jeans anstelle von Leggings. Sein Arbeitshemd war ebenfalls kariert und hing lässig über die Hose, aber es war schwarzblau, und er trug es offen über einem weißen T-Shirt. Einige unkonventionelle Akzente hatte er auch gesetzt: einen kleinen Ring im linken Ohrläppchen, drei dunkle, aus Seil geflochtene Armbänder am linken Handgelenk, eine klobige Uhr mit einem dicken schwarzen Lederarmband am rechten. Sein Kahlkopf glänzte. Sein Bart war gepflegter als auf den Fotos, die sie im Internet gefunden hatte, und er wirkte älter, mit stärker eingesunkenen Augen und einem etwas schlafferen Gesicht. Er war größer als vermutet, aber seine Schultern waren gebeugt. Er lächelte, als sie die Hände nach ihm ausstreckte, und es war das Lächeln, an das sie sich erinnerte, das Merkmal, an das sie sich bis an ihr Lebensende erinnern würde. Das unvermittelte, unsichere Lächeln eines Mannes, der darauf getrimmt worden war, um Erlaubnis zu fragen, ehe er seiner Freude Ausdruck verlieh.

Er nahm ihre Hände, und sein Blick richtete sich forschend auf sie, sog sie ein, nahm sie in allen Facetten auf. »Sieh sich das einer an«, flüsterte er.

Mit unbeholfener Heftigkeit zog er sie an sich. Rachel

erwiderte die Umarmung. Er war ein fülliger Mann, schwer um die Hüften, an den Armen und am Rücken, aber sie umarmte ihn so fest, dass sie spürte, wie ihre Knochen sich an ihn drückten. Sie schloss die Augen und hörte seinen Herzschlag wie eine Welle in der Dunkelheit.

Er riecht immer noch nach Kaffee, dachte sie. Nicht mehr nach Cordsamt. Aber immer noch nach Kaffee. Immer noch.

»Daddy«, flüsterte sie.

Und er schob sie ganz sanft von sich fort.

»Setz dich.« Er machte eine vage Geste in Richtung des Sofas.

Sie schüttelte den Kopf und bereitete sich innerlich auf das Schlimmste vor. »Ich bleibe stehen.«

»Dann trinken wir etwas.« Er ging zu einem Servierwagen, auf dem verschiedene Flaschen standen, und bereitete drei Drinks für sie alle zu. »Sie starb, als wir gerade im Ausland waren, deine Mutter. Ich hatte einen einjährigen Forschungsurlaub in Frankreich genommen und habe jahrelang nicht von ihrem Tod erfahren. Wir hatten ja keine gemeinsamen Freunde, die mir davon hätten berichten können. Es tut mir sehr leid für dich.«

Er sah sie direkt an, und die Tiefe seines Mitgefühls traf sie wie eine Faust.

Aus irgendeinem Grund fiel ihr nichts anderes ein, als zu fragen: »Wie habt ihr euch kennengelernt?«

Er hatte ihre Mutter, wie er erklärte, im Zug auf der Rückfahrt von Baltimore kennengelernt, das er im Sommer '76 zur Beerdigung seiner Mutter besucht hatte. Elizabeth fuhr nach Osten, um ihre erste Lehrerstelle am Mount Holyoke anzutreten, die Promotion frisch in der Tasche. Jeremy hatte schon seit zwei Jahren eine Teilzeitstelle als Hochschulassistent am Buckley College inne, fünfzehn Meilen weiter nördlich. Innerhalb der folgenden Woche verabredeten sie sich mehrmals, einen Monat später lebten sie zusammen.

Er brachte Rachel und Maureen ihren Scotch und hob sein eigenes Glas. Sie tranken.

»Es war das erste Arbeitsjahr deiner Mutter in einer extrem liberalen Gegend eines liberalen Staates in einem liberalen Jahrzehnt, deshalb wurde unser außereheliches Zusammenleben akzeptiert. Eine uneheliche Schwangerschaft wäre vielleicht sogar mehr als akzeptiert worden: Manche betrachteten das als bewundernswert, als Schlag ins Gesicht der herrschenden Normen und so weiter. Was aber, wenn sie von einem Unbekannten geschwängert worden wäre? *Das* hätte sie fragwürdig und kläglich aussehen lassen wie ein armseliges Opfer, das außerstande ist, die Grenzen der eigenen Herkunft zu überschreiten. Das zumindest war es, was sie befürchtete.«

Rachel bemerkte, dass Maureen sie aufmerksam beobachtete. Ihr Glas war schon zur Hälfte geleert.

Jeremy begann jetzt, überhastet zu sprechen, so dass er sich mehrmals verhaspelte und ins Stottern geriet. »Diese Idee in der Öffentlichkeit zu … zu … zu verbreiten, bei ihren Kollegen et cetera, ist das eine. Aber es ist etwas ganz anderes, die Sache zu Hause zu verkaufen. Ich bin zwar kein Mathematikprofessor, aber ich kann rechnen. Und deine Mutter lag mit dem Geburtstermin zwei Monate daneben.«

Da war es. Gerade hat er es gesagt, dachte Rachel und nahm einen großen Schluck von ihrem Scotch, aber irgendwie habe ich es nicht gehört. Ich weiß, was er sagt, aber ich begreife es nicht. Ich schaffe es einfach nicht.

»Ich wäre bereit gewesen, sogar mit Freuden bereit gewesen, nach außen den Schein zu wahren, aber ich war nicht bereit, die Lüge in unserer Küche aufrechtzuerhalten, in unserem Schlafzimmer, in unserem Alltagsleben. Das wäre wie ein schleichendes Gift gewesen.«

Rachel spürte, dass ihre Lippen sich ein kleines bisschen bewegten, aber aus ihrem Mund drang kein Wort. Die Luft im Raum war dünn, die Wände wirkten wie zusammengezogen.

»Ich habe eine Blutprobe machen lassen«, sagte Jeremy.

»Eine Blutprobe«, wiederholte Rachel langsam.

Er nickte. »Die einfachste, die es gibt. Beweisen kann man die Vaterschaft damit zwar nicht eindeutig, widerlegen aber schon. Du bist Blutgruppe B, oder?«

Eine Taubheit breitete sich in ihr aus. Sie nickte.

»Elizabeth hatte Blutgruppe A.« Er leerte sein Glas. Stellte es auf dem Schreibtisch ab. »Ich habe auch A.«

Maureen schob einen Stuhl hinter Rachel. Rachel setzte sich.

Jeremy sprach immer noch. »Verstehst du? Wenn deine Mutter A hatte, und ich habe A, aber du bist B? Dann –«

Rachel machte eine unbestimmte Geste. »Dann kannst du auf keinen Fall mein Vater sein.« Sie trank ihren Scotch aus. »Ich verstehe.«

Jetzt erst fielen ihr die Fotos auf, die auf seinem Schreibtisch und überall auf den Bücherregalen und Beistelltischen im Arbeitszimmer standen und die immer dieselben zwei Menschen zeigten: Jeremys und Maureens gemeinsame Kinder, Theo und Charlotte, in unterschiedlichen Phasen ihres Lebens. Als Kleinkinder, am Strand, auf Geburtstagsfeiern, beim Schulabschluss. Herausragende Momente ihres Lebens und viele andere, die ohne die Kamera wohl in Vergessenheit geraten wären. Es waren zwei ganze Leben, die hier gelebt worden waren, von der Geburt bis zur Hochschule. Die letzten zweiundsiebzig Stunden lang hatte sie geglaubt, sie wären ihre Halbgeschwister. Jetzt waren sie einfach nur zwei junge Leute, mit denen sie nichts verband. Und sie war wieder ein Einzelkind.

Sie sah, dass Maureens Blick auf ihr ruhte, und warf ihr ein schiefes Lächeln zu. »Das hättet ihr mir wohl nicht schon am Telefon sagen können, oder? Nein, ich verstehe schon. Natürlich nicht.«

Sie stand auf, und Maureen stand auch auf, und Jeremy tat zwei schnelle Schritte auf sie zu. Ihr wurde klar, dass sie glaubten, sie könne in Ohnmacht fallen.

»Geht schon.« Aus irgendeinem Grund sah sie zur Decke und bemerkte, dass sie kupferfarben war. Wie seltsam. »Ich bin bloß sehr …« Sie suchte nach dem richtigen Wort. »Traurig?« Sie beantwortete ihre eigene Frage mit einem Lächeln. »Genau. Traurig. Und müde. Das war eine lange Suche, wisst ihr? Ich gehe jetzt besser.«

»Nein«, sagte Jeremy. »Nein.«

»Bitte«, sagte Maureen. »Geh nicht. Wir haben das Gästezimmer für dich vorbereitet. Bleib heute Nacht bei uns. Ruh dich aus. Bitte bleib, Rachel.«

Sie schlief. Bei so viel Schande hätte sie das nicht für möglich gehalten. Bei der Schande zu wissen, wie sehr sie von ihnen bemitleidet wurde. Dass sie dieses Gespräch so lange vermieden hatten, weil sie Rachel nicht auf das hatten reduzieren wollen, was sie jetzt war: eine Waise. Sie schloss die Augen, hörte in der Ferne einen Traktor, und das Geräusch tuckerte durch ihre Träume, an die sie sich später nicht mehr erinnern konnte. Als sie die Augen neunzig Minuten später wieder öffnete, fühlte sie sich sogar noch erschöpfter als zuvor. Sie ging an das Fenster, öffnete die schweren Vorhänge und sah auf den Garten der Familie James und das angrenzende Grundstück hinunter. Im Nachbargarten lag Kinderspielzeug verstreut, es gab eine kleine Rutsche aus Hartplastik, einen schwarzrosa Buggy. Dahinter ragte ein einstöckiges Giebelhaus mit hellem Schieferdach auf, und noch weiter hinten lagen Äcker. Der Traktor, den sie gehört hatte, stand unbenutzt auf einem Feld.

Sie hatte zu wissen geglaubt, wie sich Einsamkeit anfühlt, aber das stimmte nicht. Eine Illusion hatte ihr Gesellschaft geleistet, der Glaube an einen Götzen. Ein mythischer Vater. Sobald sie ihn wiedersähe, so hatte sie sich gewissermaßen seit ihrem vierten Lebensjahr eingeredet, würde sie sich zumindest wieder wie ein intakter Mensch fühlen. Aber jetzt hatte sie ihn wiedergesehen, und er stand zu ihr in keiner innigeren Verbindung als der Traktor.

Sie ging die Treppe hinab, und die beiden warteten unten in dem kleinen Wohnzimmer auf sie. Rachel blieb im Türrahmen stehen, und wieder bemerkte sie das Mitleid in ihren Augen. Sie kam sich vor wie ein Mensch, der Gefühle erbettelte. Eine Bettlerin, die mit ihrer Biographie hausieren ging und völlig Fremde um etwas zu essen bat. Füttert mich. Füllt mich.

Ich bin ein Gefäß ohne Boden. Füllt mich bis zum Rand.

Sie begegnete Jeremys Blick, und ihr kam in den Sinn,

dass es vielleicht kein Mitleid war, das sie darin sah, sondern seine eigene Scham.

»Ich habe verstanden, dass wir nicht blutsverwandt sind«, sagte sie.

»Rachel«, sagte Maureen, »bitte, komm herein.«

»Aber war es deshalb in Ordnung für dich, uns zu verlassen?«

»Ich wollte euch nicht verlassen.« Er streckte die Hände aus. »Nicht dich. Nicht meine Rachel.«

Sie betrat das Zimmer. Sie stellte sich hinter den Stuhl gegenüber dem Sofa, auf dem die beiden saßen.

Er senkte die Hände. »Aber sobald sie entschieden hatte, dass ich ihr Feind sei – und das entschied sie noch am selben Tag, an dem ich erste Zweifel an ihrer Geschichte über den Kindsvater andeutete –, gab es kein Erbarmen.«

Sie setzte sich.

»Du kennst deine Mutter besser als jeder andere, Rachel. Bestimmt weißt du, wie wütend sie werden konnte. Sobald ihre Wut einen Anlass oder ein Ziel gefunden hatte, gab es kein Halten mehr. Und keine Argumente, die sie zum Einlenken bewegen konnten. Nachdem ich die Blutprobe gemacht hatte, verwandelte ich mich von einer Gefahr zum Feind in den eigenen vier Wänden. Sie verfolgte mich mit unbeirrbarem« – er suchte nach dem passenden Wort – »Wahnsinn. Entweder würde sie mich völlig gefügig machen, oder sie würde mich verstoßen.«

»Dich auslöschen.«

Er blinzelte nervös. »Was sagtest du?«

»Das hat sie am letzten Abend geschrien: *Ich werde dich aus meinem Leben auslöschen.*«

Jeremy und Maureen wechselten besorgte Blicke.

»Daran erinnerst du dich?«

Rachel nickte. Sie schenkte sich ein Glas Wasser aus der Karaffe ein, die auf dem Couchtisch zwischen ihnen stand. »Und genau das hat sie getan. Wenn sie dich nur verstoßen hätte, Jeremy, dann wären wir beide damit wahrscheinlich ganz gut klargekommen. Aber weil sie die Erinnerung an dich auslöschte, war es so, als hätte es dich nie gegeben. Die Toten haben Namen und Grabsteine. Die Ausgelöschten haben nie existiert.«

Sie nahm einen Schluck von ihrem Wasser und sah sich im Wohnzimmer um: Die Bücher und Bilder, der Plattenspieler mit den LPs – sie alle befanden sich an genau den Stellen, wo sie sie vermutet hatte. Sie sah die selbstgehäkelten Wurfkissen, die Stelle, wo der Sessel auf der Teppichkante kippelte, die Kratzer im Holzboden, die Abnutzungsspuren in der Wandtäfelung, den etwas unaufgeräumten Eindruck, den alles machte. Sie dachte, wie schön es gewesen sein musste, hier aufzuwachsen, ein Kind von Jeremy und Maureen zu sein. Sie senkte den Kopf und schloss die Augen, und in der Dunkelheit sah sie ihre Mutter und den Spielplatz, zu dem Jeremy früher mit ihr gegangen war. Sie sah die tiefhängenden Wolken und die nassen Schaukeln. Sie sah das Haus an der Westbrook Road, vor dem sich an dem Tag, nachdem er sie verlassen hatte, das durchnässte Laub häufte. Dann sah sie ein Parallelleben vor sich, in dem Jeremy James nicht gegangen war. Ein Leben, in dem er ihr – wenn auch nicht blutsverwandter – Vater war, ein Leben, in dem er sie aufzog, ihr Rat erteilte und ihre Fußballmannschaft in der Mittelstufe trainierte. Und in diesem Parallelleben war ihre

Mutter keine Frau, die davon besessen war, alle Menschen ihrem eigenen Willen unterzuordnen und ihnen eine Rolle in der Schmierenkomödie zuzuweisen, die sie für ihr Leben hielt. Sondern sie war die Frau, die sie in ihren Büchern und in ihrer Arbeit als Professorin gewesen war: objektiv, rational, selbstironisch und zu einer einfachen, unmittelbaren und menschlich reifen Liebe fähig.

Aber Jeremy und Rachel hatten etwas anderes bekommen. Sie hatten eine aggressive, giftige Mischung aus übergroßer Intelligenz, übergroßer Angst und übergroßer Wut bekommen. Und all das von einer innerlich zerrissenen Frau, die sich nach außen hin kompetent, kühl und gelassen gab.

»Ich werde dich aus meinem Leben auslöschen.«

Du hast ihn ausgelöscht, Mutter. Und zugleich hast du die glückliche Familie ausgelöscht, die wir so leicht hätten sein können. Wenn du dich nur ein bisschen angestrengt hättest, du böses, dämonisches Biest.

Sie hob den Kopf und strich sich das Haar aus den Augen. Maureen stand – Rachel hatte es bereits geahnt – mit einer Schachtel Papiertaschentücher bereit. Wie nannte man diese Art der Aufmerksamkeit? Ja, genau. Mütterlich. So sah das also aus.

Jeremy hatte sich vor sie auf den Boden gesetzt, die Hände um die Knie geklammert, und sah voller Freundlichkeit und Bedauern zu ihr hoch.

»Maureen«, sagte er, »kann ich kurz mit Rachel allein sprechen?«

»Natürlich, natürlich.« Maureen wollte die Schachtel mit den Papiertüchern auf einen Buffetschrank zurückstellen, doch dann änderte sie ihre Meinung und stellte sie auf den

Couchtisch. Sie schenkte Wasser in Rachels Glas ein. Sie fummelte nervös an der Ecke eines kleinen Teppichs herum. Dann warf sie beiden einen Blick zu, der eigentlich beruhigend wirken sollte, aber eine Wendung ins Entsetzte nahm. Sie verließ das Zimmer.

»Als du zwei Jahre alt warst«, sagte Jeremy, »haben deine Mutter und ich uns so ziemlich jede Minute gestritten, die wir zusammen waren. Weißt du, wie es sich anfühlt, jeden Tag mit jemandem zu streiten? Jemandem, der behauptet, Konflikte abzulehnen, in Wahrheit aber nichts so sehr liebt?«

Rachel neigte den Kopf zu Seite und sah ihn an. »Fragst du mich das im Ernst?«

Er lächelte. Und dann verschwand das Lächeln. »Es zerrt an der Seele und tötet das Herz. Man spürt, wie man langsam abstirbt. Mit deiner Mutter zusammenzuleben – zumindest von dem Zeitpunkt an, als sie mich zu ihrem Feind erklärt hatte – war wie ein Leben in ständigem Kriegszustand. Einmal ging ich nach der Arbeit auf das Haus zu und musste mich plötzlich übergeben. Ich habe einfach in den Schnee gekotzt, der in unserem Vorgarten lag. Es war nichts besonders Bedrohliches passiert. Aber sobald ich ins Haus ginge, würde sie sich wegen irgendeiner Kleinigkeit auf mich stürzen. Es konnte alles sein – mein Tonfall, meine Krawatte; etwas, das ich drei Wochen zuvor gesagt hatte; etwas, das jemand anderes über mich gesagt hatte; ein Gefühl, das sie hatte; eine Ahnung, eine göttliche Eingebung, dass etwas mit mir nicht stimmte, oder ein Traum ...« Er schüttelte den Kopf und schnaufte leise, als wäre er überrascht, wie frisch die Erinnerungen selbst jetzt, dreißig Jahre später, sein konnten.

»Warum hast du dann so lange durchgehalten?«

Er kniete vor ihr. Er nahm ihre Hände und drückte sie an seine Oberlippe und sog ihren Duft ein. »Du«, sagte er. »Deinetwegen wäre ich geblieben und hätte mich jeden Abend im Vorgarten übergeben und ein Geschwür bekommen und eine frühe Herzerkrankung und jede erdenkliche Krankheit. Wenn ich dich nur hätte aufziehen dürfen.«

Er ließ ihre Hand los und setzte sich vor sie auf den Couchtisch.

»Aber«, brachte sie hervor.

»Aber«, sagte er, »deine Mutter wusste das. Sie wusste, dass ich keine rechtlichen Ansprüche hatte, aber dass ich ein Teil deines Lebens bleiben würde, ob sie es wollte oder nicht. Und so wachte ich eines Nachts auf – es war die letzte Nacht, in der wir miteinander geschlafen hatten, daran erinnere ich mich gut –, und sie war fort. Ich rannte in dein Zimmer, und du warst dort und schliefst seelenruhig. Ich ging um das Haus herum. Keine Nachricht, keine Elizabeth. Damals gab es keine Handys, und wir hatten keine Freunde, die ich anrufen konnte.«

»Ihr habt damals doch schon zwei Jahre dort gewohnt. Und ihr hattet immer noch keine Freunde?«

»Zweieinhalb.« Er beugte sich auf der Kante des Couchtisches vor. »Deine Mutter hat jeden Versuch eines gesellschaftlichen Lebens untergraben. Damals habe ich das nicht erkannt – wir hatten alle Hände voll zu tun mit unserer Arbeit, und dann kam die Schwangerschaft hinzu, du als Neugeborenes und all die Anstrengungen, die ein Kind so mit sich bringt. Ich weiß gar nicht, ob mir bis zu jener Nacht klar war, wie isoliert wir lebten. Ich unterrichtete damals in

Worcester, am Holy Cross College. Ich musste jeden Tag eine Riesenstrecke pendeln, und deine Mutter war weit davon entfernt, Kontakte in Worcester zu knüpfen. Wenn ich vorschlug, dass wir mit ihren Kollegen ausgehen könnten, den Leuten aus ihrem Fachbereich und so weiter, dann sagte sie: ›Soundso ist ein heimlicher Frauenhasser‹, oder ›Soundso ist so schrecklich aufgeblasen‹, oder – das absolute Totschlagargument – ›Soundso sieht Rachel immer so komisch an‹.«

»Mich?«

Er nickte. »Wie sollte ich darauf reagieren?«

»Bei meinen Freundinnen hat sie es auch so gemacht«, sagte Rachel. »Immer diese beiläufigen Gemeinheiten, weißt du? ›Jennifer macht einen netten Eindruck … für jemanden, der so unsicher ist.‹ Oder: ›Chloe könnte so hübsch sein, aber warum trägt sie immer diese Klamotten? Weiß sie nicht, was sie damit signalisiert?‹« Rachel tat diese Sprüche jetzt mit einem Schulterzucken ab, aber sie spürte dennoch einen Stich in der Magengrube, als ihr klarwurde, wie viele Freundschaften ihre Mutter ihr auf diese Weise madiggemacht hatte.

Jeremy sagte: »Manchmal hat sie sich wirklich mit einem anderen Paar oder einer Gruppe von Mitarbeitern verabredet. Und dann, im allerletzten Moment, hat sie die Verabredung platzen lassen. Das Auto des Babysitters war kaputt; Elizabeth fühlte sich nicht gut; du sahst aus, als ob du dir etwas eingefangen hättest – ›Fühlt sich ihre Stirn nicht heiß an, JJ?‹ –, das andere Paar rief angeblich an und sagte ab, obwohl ich kein Telefonklingeln gehört hatte. Jeder dieser Gründe schien völlig triftig zu sein. Erst mit der Zeit und im Rückblick erkannte ich das Schema. Jedenfalls hatten wir keine Freunde.«

»Und in dieser Nacht verschwand sie?«

»Im Morgengrauen kam sie zurück«, sagte er. »Jemand hatte sie verprügelt.« Er sah zu Boden. »Und Schlimmeres. Alle sichtbaren Verletzungen waren an ihrem Körper, nicht im Gesicht. Aber jemand hatte sie vergewaltigt und geschlagen.«

»Aber wer?«

Er sah ihr in die Augen. »Das ist die Frage. Jedenfalls war sie bei der Polizei. Es wurden Fotos gemacht. Sie stimmte einer Untersuchung zu, bei der die Polizei alle Spuren an ihrem Körper dokumentierte.« Er atmete tief ein. »Sie sagte der Polizei, sie würde ihren Angreifer nicht identifizieren. Damals zumindest nicht. Aber dann kam sie irgendwann nach Hause und sagte mir, wenn ich nicht zur Besinnung käme und die Wahrheit zugäbe, würde sie –«

»Moment mal«, sagte Rachel. »Welche Wahrheit?«

»Dass ich sie geschwängert hatte.«

»Aber das hattest du nicht.«

»Genau.«

»Das heißt …«

»Das heißt, sie bestand darauf, dass ich Lügen erzähle. Sie sagte, wir könnten nur dann zusammenbleiben, wenn ich ganz aufrichtig mit ihr wäre und aufhören würde, sie wegen der Vaterschaft anzulügen. Ich sagte: ›Elizabeth, ich sage aller Welt, dass ich Rachels Vater bin. Ich unterzeichne alle Dokumente, in denen das steht. Falls wir uns trennen sollten, zahle ich ihr Unterhalt, bis sie achtzehn ist. Aber was ich nicht tun werde, was ich nicht tun kann, was schlichtweg *verrückt* wäre, ist, dir gegenüber zu behaupten, dass ich der leibliche Vater bin. Das kannst du niemandem abverlangen.«

»Und was hat sie darauf gesagt?«, fragte Rachel, auch wenn sie es sich schon vorstellen konnte.

»Sie fragte mich, warum ich auf meiner Lüge bestehen würde. Sie fragte mich, wie krank ich sei, dass ich bei einer derart entscheidenden Frage so tun würde, als ob *sie* die Unvernünftige wäre. Sie verlangte das Eingeständnis von mir, dass ich versuchen würde, sie als Verrückte hinzustellen.« Er presste die Handflächen aneinander, als ob er betete, und seine Stimme wurde ganz weich, senkte sich fast zu einem Flüstern. »Das Spiel lief, so, wie ich es verstand, darauf hinaus, dass sie niemals an meine Liebe glauben könnte, wenn ich nicht diesem unzumutbaren Abkommen zustimmte. Der unzumutbare Aspekt war für sie der Sinn der Sache. Das war es, woran sich das Ganze für sie entschied – entweder, du folgst mir in die dunklen Tiefen meines Wahnsinns, oder du folgst mir nirgendwohin.«

»Und du hast dich für das Nirgendwohin entschieden.«

»Ich habe mich für die Wahrheit entschieden.« Er lehnte sich auf dem Couchtisch zurück. »Und für meine geistige Gesundheit.«

Rachel spürte, dass ein bitteres Lächeln um ihre Mundwinkel zuckte. »Das hat ihr ganz und gar nicht gefallen, nicht wahr?«

»Sie sagte mir, wenn ich mich entscheiden würde, ein Leben der Feigheit und Lüge zu führen, dann dürfe ich dich nie wiedersehen. Wenn ich ginge, würde ich für immer aus deinem Leben verschwinden.«

»Und du bist gegangen?«

»Und ich bin gegangen.«

»Und hast nie mehr versucht, in Kontakt mit mir zu treten?«

Er schüttelte den Kopf. »Sie hatte mich schachmatt gesetzt.« Er beugte sich vor. Legte seine Handflächen leicht auf ihre Knie. »Wenn ich jemals versucht hätte, in Kontakt mit dir zu treten, hätte sie der Polizei erzählt, dass ich sie vergewaltigt habe.«

Rachel versuchte, das alles zu verstehen. Wäre ihre Mutter wirklich so weit gegangen, um Jeremy James – und letztlich jeden anderen – aus ihrem Leben zu drängen? Damit hätte doch selbst für Elizabeth jede Grenze überschritten sein müssen, oder? Aber dann erinnerte sich Rachel an die Schicksale anderer, die während ihrer Kindheit mit Elizabeth Childs in Konflikt geraten waren. Da hatte es einen Dekan gegeben, gegen den Elizabeth langsam, aber sicher das ganze Kollegium aufgebracht hatte; eine andere Psychologieprofessorin, deren Vertrag nicht verlängert worden war; einen Hausmeister, der gefeuert worden war; eine Angestellte in der Bäckerei, der man gekündigt hatte. All diese Menschen – und noch einige mehr – hatten es sich aus wahren oder eingebildeten Gründen mit Elizabeth Childs verscherzt, und ihre Vergeltung war herzlos und perfide gewesen. Ihre Mutter, das wusste Rachel nur zu gut, hatte immer taktisch gedacht.

»Glaubst du, dass sie wirklich vergewaltigt wurde?«, fragte sie.

Jeremy schüttelte den Kopf. »Ich denke, sie hat mit mir geschlafen, und dann hat sie entweder jemanden bezahlt oder genötigt, sie zu verprügeln. Ich habe jahrelang darüber nachgedacht, und das ist der Schluss, zu dem ich gekommen bin.«

»Alles nur, weil du nicht mit einer Lüge leben wolltest?«

Er nickte. »Und weil ich in den Abgrund ihres Wahnsinns geblickt habe. Weil sie mir das niemals verzeihen konnte.«

In Rachels Kopf drehte sich immer noch alles. Schließlich machte sie dem Mann, der ihr Vater hätte sein sollen, ein Geständnis: »Wenn ich an sie denke – und ich denke viel zu oft an sie –, dann frage ich mich manchmal, ob sie ein schlechter Mensch war.«

Jeremy schüttelte den Kopf. »Nein, das war sie nicht. Sie war bloß der seelisch am stärksten beschädigte Mensch, dem ich in meinem ganzen Leben begegnet bin. Und sie war unerbittlich feindselig, wenn man ihr in die Quere kam, das muss ich eingestehen. Aber in ihrem Herzen war viel Liebe.«

Rachel lachte. »Für wen?«

Er sah sie verwirrt an. »Für dich, Rachel. Für dich.«

5
Über den Luminismus

Nachdem Rachel den Mann kennengelernt hatte, den sie irrtümlich für ihren Vater gehalten hatte, geschah etwas Überraschendes – sie und Jeremy James wurden Freunde. Der Vorgang hatte nichts Tastendes an sich; vielmehr passierte es einfach, sie tauchten in den Strom des Geschehens ein wie verloren geglaubte Geschwister, nicht wie ein dreiundsechzig Jahre alter Mann und eine dreißig Jahre alte Frau, die gar nicht miteinander verwandt waren.

Als Elizabeth Childs starb, hatten Jeremy und seine Familie sich in der Normandie aufgehalten, wo Jeremy ein Studienjahr lang über ein Thema geforscht hatte, das ihn seit langem faszinierte: die mögliche Verbindung zwischen dem Luminismus und dem Impressionismus. Nun, da seine Karriere an der Uni allmählich dem Ende zuging und die Emeritierung bevorstand, versuchte Jeremy, seinen lange gehegten Traum zu verwirklichen: ein Buch über den Luminismus zu schreiben, eine Form der amerikanischen Landschaftsmalerei, die oft mit dem Impressionismus verwechselt wird. Wie Jeremy der in diesen Dingen völlig ahnungslosen Rachel erklärte, hatte sich der Luminismus aus der Hudson River School entwickelt. Jeremy glaubte fest daran, dass zwischen den beiden Kunstrichtungen eine Verbindung bestand, auch wenn die herrschende Lehrmeinung – eher ein Dogma, spottete er – darauf beharrte, dass beide Stile sich im späten neunzehnten Jahrhundert auf den entgegengesetzten Seiten des Atlantiks völlig unabhängig voneinander entwickelt hätten.

Ein Mann namens Colum Jasper Whitstone, erzählte Jeremy ihr, habe als Lehrling für zwei der berühmtesten Luministen gearbeitet – George Caleb Bingham und Albert Bierstadt. Er sei im Jahr 1863 verschwunden, zusammen mit einer großen Summe Geldes aus der Western-Union-Filiale, in der er beschäftigt war. Weder das Geld noch Colum Jasper Whitstone seien auf dem amerikanischen Kontinent jemals wieder aufgetaucht. Aber das Tagebuch der Madame de Fontaine, einer reichen Witwe und Kunstmäzenin, erwähnte im Sommer des Jahres 1865 zweimal einen gewissen Callum Whitestone und bezeichnete ihn als einen amerikanischen Gentleman von guten Manieren, verfeinertem Geschmack und ungewisser Herkunft. Als Jeremy dies Rachel zum ersten Mal erzählte, leuchteten seine Augen wie die eines Geburtstagskindes, und seine Baritonstimme wanderte mindestens eine Oktave in die Höhe. »Monet und Boudin malten in jenem Sommer die Küste der Normandie. Jeden Tag bauten sie ihre Staffeleien am Ende der Straße auf, die zu Madame de Fontaines Sommerhaus führte.«

Jeremy glaubte, dass die beiden Giganten des Impressionismus Colum Jasper Whitstone begegnet seien und dass Whitstone das fehlende Bindeglied zwischen dem amerikanischen Luminismus und dem französischen Impressionismus sei. Jetzt musste er nur noch den Beweis dafür finden. Rachel half mit den Recherchearbeiten, wobei sie sich sehr wohl der Ironie bewusst war, dass sie und ihr Nicht-Vater nach einem Mann suchten, der hundertfünfzig Jahre zuvor im Staub der Geschichte verschwunden war, während sie außerstande waren, den Mann ausfindig zu machen, der sie wenig mehr als dreißig Jahre zuvor gezeugt hatte.

Jeremy besuchte sie oft in ihrer Wohnung, wenn er für Forschungsarbeiten nach Boston fuhr, in das Kunstmuseum, das Atheneum oder die öffentliche Bibliothek ging. Sie hatte mittlerweile ihre Stelle beim *Globe* gekündigt und war zum Fernsehen gegangen. Außerdem war sie mit Sebastian zusammengezogen, einem Produzenten bei Kanal 6. Manchmal war Sebastian da und leistete ihnen beim Abendessen oder bei einigen Drinks Gesellschaft, aber meistens arbeitete er oder war auf seinem Boot.

»Ihr seid ein so ansprechendes Paar«, sagte Jeremy eines Abends in ihrer Wohnung, und das Wort »ansprechend« klang aus seinem Mund alles andere als ansprechend. Er hatte die Fähigkeit erworben, genau die richtigen Bemerkungen über Sebastian zu machen – seine Intelligenz zu erwähnen, seinen trockenen Witz, sein gutes Aussehen, seine kompetente Ausstrahlung – und dabei zu klingen, als würde er nichts davon meinen.

Er betrachtete eingehend ein Foto, das die beiden auf Sebastians geliebtem Boot zeigte. Er stellte es auf das Kaminsims zurück und warf Rachel ein freundliches, leicht abwesendes Lächeln zu, als ob er versuchte, sich noch irgendetwas Positives über die beiden einfallen zu lassen, es aber einfach nicht schaffte. »Er arbeitet bestimmt sehr viel.«

»Tut er«, sagte sie.

»Ich wette, er will eines Tages den ganzen Sender leiten.«

»Er will die ganze Fernsehgesellschaft leiten.«

Er lachte leise und ging, sein Weinglas in der Hand, zum Bücherregal, wo er ein Foto von Rachel und ihrer Mutter anvisierte, dessen Existenz Rachel fast vergessen hatte. Sebastian, der weder das Foto noch den Rahmen mochte, hatte es an das Ende einer Bücherreihe geschoben, wo es im Schatten von *Eine Geschichte Amerikas in 101 Objekten* ein karges Dasein fristete. Jeremy zog es sanft hervor und stellte das Buch schräg, so dass es nicht umfiel. Sie sah, dass sein Gesichtsausdruck sowohl träumerisch als auch traurig wurde.

»Wie alt warst du hier?«

»Sieben«, sagte sie.

»Daher die Zahnlücken.«

»Mm-hm. Sebastian findet, dass ich darauf wie ein Hobbit aussehe.«

»Hat er das wirklich gesagt?«

»Im Spaß.«

»So nennt man das jetzt also?« Er ging mit dem Foto zurück zum Sofa und setzte sich neben sie.

Die siebenjährige Rachel, der beide oberen und ein unterer Schneidezahn fehlten, hatte damals gerade aufgehört, für Fotos zu lächeln. Ihre Mutter ließ das nicht gelten. Sie hatte in irgendeinem Scherzartikelladen ein Gummigebiss mit Vampirzähnen aufgetrieben und mit einem schwarzen Edding einen der oberen Schneidezähne und zwei der unteren schwarz bemalt. An einem regnerischen Nachmittag hatte Ann Marie in dem Haus in South Hadley einige Fotos von Rachel und ihr gemacht. Auf diesem Foto – dem einzigen, das von der Serie überlebt hatte – hielt ihre Mutter sie fest umschlungen, und beide grinsten ihr Horrorgrinsen in die Kamera, so breit sie nur konnten.

»Ich hatte ganz vergessen, wie hübsch sie war.« Jeremy warf Rachel ein ironisches Lächeln zu. »Meine Güte. Sie sieht wie dein Freund Sebastian aus.«

»Sei bloß still«, sagte Rachel, aber leider hatte er recht. Wieso war ihr das noch nie aufgefallen? Sowohl Sebastian als auch ihre Mutter sahen wie Vorzeigearier aus: Ihr Haar war heller als Vanilleblüten; Wangenknochen und Kieferpartie waren stark ausgeprägt, die Augen blickten arktisch, und die Lippen waren so dünn, dass sie gar nicht anders konnten, als verschwiegen zu wirken.

»Ich weiß ja, dass Männer ihre Mütter heiraten«, sagte Jeremy, »aber das hier ist –«

Sie stupste ihm mit dem Ellbogen in den fülligen Bauch. »Es reicht.«

Er lachte, küsste sie auf den Kopf und stellte die Fotografie an ihren Platz zurück. »Hast du noch mehr?«

»Bilder?«

Er nickte. »Ich konnte dich ja nicht aufwachsen sehen.«

Sie suchte die Schuhkiste mit den Fotos und fand sie in ihrem Wandschrank. Sie kippte sie auf dem kleinen Küchentisch aus, so dass ihr Leben die Form einer chaotischen Collage annahm – was ja auch angemessen war. Da waren: ihr fünfter Geburtstag; ein Strandausflug als Jugendliche; eine Tanzveranstaltung an der Highschool; sie in Fußballkleidung irgendwann während der Mittelstufe; sie und Caroline Ford im Keller (da musste sie elf gewesen sein, weil Carolines Vater nur eine einjährige Gastprofessur gehabt hatte); Elizabeth und Ann Marie und Don Klay bei einer Cocktailparty; Rachel und Elizabeth zu Rachels Mittelstufenabschluss; Elizabeth, Ann Marie, deren erster

Ehemann Richard und Giles Ellison beim Theaterfestival in Williamstown und dann bei einer Grillparty, als alle schon etwas dünneres und graues Haar hatten; Rachel an dem Tag, als ihre Zahnspangen entfernt wurden; zwei Fotos von Elizabeth und einem halben Dutzend namenloser Freunde an einem Kneipentresen. Ihre Mutter war ziemlich jung, vielleicht noch in den Zwanzigern, und Rachel erkannte weder die anderen Personen noch die Kneipe, in der sie sich getroffen hatten.

»Wer sind diese Leute?«, fragte sie Jeremy.

Er warf einen Blick auf das Foto. »Keine Ahnung.«

»Sie sehen wie Geisteswissenschaftler aus.« Sie nahm das Foto und das darunter, das direkt nach dem ersten aufgenommen zu sein schien. »Sie sieht so jung aus. Ich dachte immer, das sei aus der Zeit, als sie in diese Gegend kam.«

Er betrachtete das Foto in ihrer Hand, auf dem ihre Mutter vom Fotografen überrascht worden war und ihre Augen auf den Flaschen hinter dem Tresen ruhten. »Nein, ich kenne keinen von diesen Leuten. Ich kenne nicht mal die Kneipe. Das ist auch nicht hier in den Berkshires. Jedenfalls an keinem Ort, an dem ich schon mal war.« Er rückte seine Brille zurecht und beugte sich näher über das Bild. »The Colts.«

»Was?«

»Schau her.«

Sie folgte seinem Finger. In der Ecke beider Fotografien, gleich hinter dem Tresen und am Eingang zu dem holzverkleideten Gang, der wohl zu den Toiletten führte, hing ein Siegeswimpel an der Wand. Es war nur eine Hälfte davon zu sehen, das Abzeichen der Sportmannschaft: ein weißer

Helm mit einem dunkelblauen Hufeisen in der Mitte. Das Abzeichen der Indianapolis Colts.

»Was hat sie denn in Indianapolis gemacht?«, fragte Rachel.

»Die Colts sind erst 1984 nach Indy gegangen. Vorher waren sie in Baltimore. Dieses Foto stammt wahrscheinlich aus der Zeit vor deiner Geburt, als sie an der Johns-Hopkins-Universität unterrichtet hat.«

Sie legte das Foto, auf dem ihre Mutter nicht in die Kamera sah, zurück auf den Tisch, und beide starrten das Foto an, auf dem alle in die Kamera blickten.

»Warum starren wir diese Fotos an?«, fragte Rachel schließlich.

»Hast du deine Mutter jemals rührselig oder nostalgisch erlebt?«

»Nein.«

»Warum hat sie dann diese beiden Bilder aufgehoben?«

»Gute Frage.«

Im Zentrum der Aufnahme saßen drei Männer und drei Frauen, ihre Mutter inbegriffen. Sie hatten sich an einer Ecke des Tresens zusammengefunden und ihre Barhocker nah zueinander gezogen. Breites Lächeln und glasige Augen. Der Älteste, ganz links, war ein fülliger Mann. Er schien um die vierzig zu sein, hatte Koteletten und trug ein kariertes Sakko zu einem hellblauen Hemd und einer breiten Strickkrawatte, die er unter dem offenen Kragenknopf gelockert hatte. Neben ihm saß eine Frau in einem violetten Rollkragenpullover, die ihr dunkles Haar zu einem Knoten gebunden trug und eine winzige Nase und ein fliehendes Kinn hatte. Daneben saß eine schlanke Schwarze mit einer wildgelockten Dauerwelle; sie trug einen weißen Blazer mit hochgestelltem Kragen und darunter ein Kleid mit Spaghettiträgern. Sie hielt eine lange, unangezündete Zigarette auf Ohrhöhe. Ihre linke Hand ruhte auf dem Arm eines adretten Schwarzen in einem hellbraunen Dreiteiler, der mit ernsthaftem, direktem Blick durch seine dicken quadratischen Brillengläser schaute. Neben ihm saß ein Mann mit braunem Haar, der ein weißes Hemd zu einer schwarzen Krawatte und einen Velourspullover mit Reißverschluss trug. Seine Frisur war in der Mitte gescheitelt und an den Schläfen zu einer Löwenmähne geföhnt. Seine grünen Augen blickten schelmisch drein, vielleicht sogar ein bisschen lasziv. Er hatte einen Arm um Rachels Mutter geschlungen, aber sie alle hatten ihre Arme um die Schultern des Nachbarn gelegt und einen verschworenen Halbkreis gebildet. Elizabeth Childs saß am Ende der Reihe; sie trug eine Bluse mit geschwungenen Nadelstreifen, deren drei oberste Knöpfe offen standen und mehr Dekolleté preisgaben als jemals zu Rachels Lebzeiten. Ihr Haar, das sie während ihrer Zeit in den Berkshires immer kurzgeschnitten getragen hatte, fiel ihr fast bis auf die Schultern und war, ganz im Stil der Zeit, im Farrah-Fawcett-Look frisiert. Aber trotz der Modesünden jener Ära zog einen die schiere Kraft ihrer Persönlichkeit in den Bann. Sie begegnete dem Blick des Betrachters aus einer Entfernung von drei Jahrzehnten, als ob sie zum Zeitpunkt der Aufnahme genau gewusst hätte, dass ihre Tochter und ein Mann, den sie beinahe geheiratet hätte, sich einst in dieser Situation wiederfinden würden: wieder einmal auf der Suche nach Hinweisen auf ihre Seele. Aber genau wie im richtigen Leben war ihr Gesicht auf dem Foto nicht lesbar und die Suche vergebens. Ihr Lächeln war sowohl das strahlendste auf dem Foto als auch das einzige, das sich dem Betrachter verschloss. Sie lächelte, weil das von ihr erwartet wurde, nicht, weil ihr danach zumute war. Dieser Eindruck wurde durch das zweite Foto noch verstärkt, das so aussah, als sei es wenige Sekunden vor oder nach der gestellten Aufnahme gemacht worden.

Es musste Sekunden danach gewesen sein, wie Rachel jetzt bemerkte, denn die Zigarette der schwarzen Frau erglühte auf dem zweiten Foto in frischem Rot. Das Lächeln war aus dem Gesicht ihrer Mutter verschwunden, und sie wandte sich wieder dem Tresen zu. Ihre Augen ruhten auf den Flaschen rechts von der Kasse. Whiskeyflaschen, wie Rachel mit leichter Überraschung bemerkte, nicht die Wodkaflaschen, an denen ihre Mutter später so interessiert war. Ihre Mutter lächelte zwar nicht mehr, aber sie sah glücklicher aus. Ihr Gesicht drückte eine Intensität aus, die Rachel als erotisch beschrieben hätte, wenn sich der Blick auf etwas anderes als Whiskeyflaschen konzentriert hätte. Es sah so aus, als ob ihre Mutter bei einer Tagträumerei ertappt worden wäre, in Vorahnung der Begegnung mit dem Mann, in dessen Begleitung sie die Kneipe verlassen würde oder mit dem sie sich später verabredet hatte.

Vielleicht schaute sie aber auch bloß die Whiskeyflaschen an und fragte sich, was sie morgen frühstücken würde. Rachel musste sich peinlich berührt eingestehen, dass sie viel zu viel ihrer eigenen Sehnsucht auf den Blick ihrer Mutter projizierte, weil sie sich so sehr wünschte, dass diese eigentlich wertlosen Fotos eine tiefere Bedeutung hätten.

»Das ist doch lächerlich.« Sie ging zum Küchentresen, um von dort eine Weinflasche zu holen.

»Was ist daran lächerlich?« Jeremy legte beide Fotos nebeneinander.

»Ich habe das Gefühl, als ob wir hier nach ihm suchen würden.«

»Genau das tun wir.«

»Es sind zwei Fotos von einem Kneipenabend, als sie noch an der Uni war und wahrscheinlich an ihrer Doktorarbeit schrieb.« Sie schenkte ihnen nach und stellte die Flasche auf dem Tisch ab. »Sonst nichts.«

»Ich habe drei Jahre lang mit deiner Mutter zusammengelebt. Außer Aufnahmen von dir gab es keine Fotos. Kein einziges. Jetzt sehe ich diese beiden Bilder, die sie die ganze Zeit irgendwo versteckt hatte, so dass ich sie niemals zu Gesicht bekam. Warum? Was ist auf den Fotos von diesem Abend so wichtig? Ich würde sagen, dass es dein Vater ist.«

»Es könnte einfach ein Abend sein, an den sie sich gern erinnert hat.«

Er runzelte die Stirn.

»Könnte auch sein, dass sie die Fotos vergessen hat.«

Immer noch dieser skeptische Blick.

»Na gut«, sagte sie. »Schieß los.«

Er zeigte auf den Mann, der ihrer Mutter am nächsten saß – den Veloursmann mit der brünetten Fönfrisur. »Der hat dieselbe Augenfarbe wie du.«

Das stimmte. Wie Rachel hatte er grüne Augen, auch wenn seine einen viel intensiveren Farbton hatten; ihre waren so hell, dass sie fast grau wirkten. Und wie Rachel hatte er braunes Haar. Seine Kopfform erinnerte an Rachels; auch die Nase war ähnlich. Sein Kinn war ziemlich spitz, wohingegen Rachels etwas eckiger war. Andererseits hatte ihre

Mutter auch ein eckiges Kinn, so dass man argumentieren konnte, sie habe das Kinn ihrer Mutter geerbt, aber die Haar- und Augenfarbe ihres Vaters. Er war ein attraktiver Mann, trotz der damals so beliebten Rotzbremse, aber etwas an ihm wirkte seicht. Und ihre Mutter war nicht dafür bekannt, sich zu seichten Menschen hingezogen zu fühlen. Jeremy und Giles waren vielleicht nicht die offenkundig virilsten Männer, die Rachel kennengelernt hatte, aber beide hatten einen harten Kern, und ihre Intelligenz war sofort spürbar. Der Veloursmann wirkte hingegen, als wolle er gleich einen Schönheitswettbewerb moderieren.

»Sieht er so aus, als ob er ihr Typ wäre?«, fragte Rachel.

»Sehe ich so aus?«, fragte Jeremy.

»Du hast Würde«, sagte Rachel. »Meine Mutter stand auf Würde.«

»*Dieser* Typ ist es jedenfalls nicht.« Jeremy legte seinen Finger auf den stämmigen Burschen mit dem Kopfschmerzsakko. »Und dieser ist es auch nicht.« Er legte seinen Finger auf den Schwarzen. »Vielleicht der Fotograf?«

»Die Fotografin.« Rachel zeigte auf den Barspiegel, in dem die Frau zu sehen war. Sie hielt die Kamera mit beiden Händen, und eine braune Haarmähne wallte unter ihrer bunten Strickmütze hervor.

»Ah ja.«

Sie sah sich die anderen Leute an, die unfreiwillig auf Film gebannt worden waren. Zwei alte Männer und ein Paar mittleren Alters saßen weiter oben am Tresen. Der Barkeeper stand an der Kasse und gab Kleingeld heraus. Und ein jüngerer Mann in einer schwarzen Lederjacke, der gerade durch die Eingangstür kam, war mitten in der Bewegung eingefroren.

»Was ist mit dem?«, fragte sie.

Jeremy rückte seine Brille zurecht und beugte sich tief über das Foto. »Ich sehe nicht gut genug. Warte mal.« Er stand auf und ging zu dem Segeltuchrucksack, ohne den er keine seiner Recherchereisen unternahm. Er holte einen gläsernen Briefbeschwerer mit Lupenfunktion heraus und brachte ihn zum Tisch. Er hielt den Briefbeschwerer über das Gesicht des Mannes in der Lederjacke. Der Bursche hatte den überraschten Gesichtsausdruck eines Menschen, der um ein Haar einem Fotografen ins Motiv gelaufen wäre und dadurch das Foto ruiniert hätte. Er war außerdem dunkelhäutiger, als er aus der Entfernung aussah. Vielleicht ein Lateinamerikaner oder Indianer. Jedenfalls nicht im Einklang mit Rachels ethnischer Herkunft.

Jeremy schob das Vergrößerungsglas über den Veloursmann. Der hatte eindeutig dieselbe Augenfarbe wie Rachel. Was hatte ihre Mutter gesagt? *Sieh ihm in die Augen und betrachte dich selbst.* Rachel starrte die vergrößerten Augen des Veloursmannes an, bis sie verschwammen. Sie blickte zur Seite, um einen klaren Blick zu bekommen, und dann schaute sie wieder auf das Foto.

»Sehen meine Augen so aus?«, fragte sie Jeremy.

»Die Farbe stimmt«, sagte er. »Die Form ist anders, aber deinen Knochenbau hast du sowieso von Elizabeth geerbt. Soll ich ein paar Telefonate führen?«

»Mit wem?«

Er legte den Briefbeschwerer auf den Tisch. »Lass uns ein wenig weiterspekulieren und annehmen, dass dies ihre Kommilitonen im Doktorandenstudium der JHU sind. Wenn diese Annahme richtig ist, lässt sich vermutlich jeder auf diesem Foto identifizieren. Wenn sie falsch ist, habe ich nichts als ein paar überflüssige Telefonate mit Freunden geführt, die dort arbeiten.«

»Gut.«

Er fotografierte beide Aufnahmen mit seinem Handy und überzeugte sich davon, dass alle Personen deutlich zu sehen waren. Dann steckte er das Telefon in die Tasche.

An der Tür drehte er sich um und sagte: »Alles in Ordnung?«

»Alles bestens. Warum?«

»Du siehst auf einmal ziemlich mitgenommen aus.«

Es dauerte eine Weile, ehe sie die richtigen Worte beisammenhatte. »Du bist nicht mein Vater.«

»Nein.«

»Ich wünschte, du wärest es. Dann wäre die ganze Geschichte vorbei. Und ich hätte einen coolen Typen wie dich als Dad.«

Er rückte seine Brille zurecht, was er immer tat, wenn er verlegen war. »In meinem ganzen Leben hat mich niemand ›cool‹ genannt.«

»Deshalb bist du ja cool«, sagte sie und gab ihm einen Kuss auf die Wange.

Brian Delacroix schickte ihr nach zweijähriger Pause wieder eine E-Mail. Sie war kurz – nur drei Zeilen –, und er gratulierte ihr darin zu einer Reihe von Beiträgen über Bestechungen und Vetternwirtschaft in der Bewährungshilfe von Massachusetts, die sie gedreht hatte und die vor zwei Wochen gesendet worden waren. Der Leiter der zuständigen Abteilung, Douglas »Dougie« O'Halloran, hatte diese wie sein persönliches Lehnsgut geführt, aber auf Grundlage der Arbeit von Rachel und einigen ihrer alten Kollegen beim *Globe* bereitete die Staatsanwaltschaft jetzt Anklagen vor.

Als Dougie Sie durch die Tür kommen sah, schrieb Brian, *sah er aus, als ob er sich vor Angst gleich in die Hosen machen würde.*

Sie stellte fest, dass sie über beide Ohren strahlte.

Gut zu wissen, dass es Leute wie Sie gibt, Miss Childs.

Gleichfalls, wollte sie gerade antworten. Aber dann sah sie sein PS:

Ich überquere demnächst wieder die südliche Grenze. Kehre nach Neuengland zurück. Können Sie 'ne nette Gegend empfehlen?

Sie googelte ihn sofort, obwohl sie das bis jetzt bewusst vermieden hatte. Bei Google Bilder gab es nur ein einziges, ziemlich körniges Foto von ihm, das zuerst in einem Bericht der *Toronto Sun* über eine Wohltätigkeitsgala im Jahr 2000 erschienen war. Aber er war es zweifellos, in einem schlechtsitzenden Smoking und mit seitlich abgewandtem Gesicht. In der Bildunterzeile wurde er als »Sprössling der Holzdynastie Delacroix« bezeichnet. In dem zugehörigen Artikel wurde er als »zurückhaltend« und »sehr zurückgezogen lebend« geschildert, mit einem Abschluss an der »noblen« Master University und einem Master in Betriebswirtschaft von der »renommierten« Wharton Business School. Wer um alles in der Welt hätte solche Abschlüsse erworben und wäre dann …

Ein Jahr lang Privatdetektiv in Chicopee bei Massachusetts geworden?

Sie lächelte, als sie daran dachte, wie er in seinem schuhschachtelgroßen Büro gesessen hatte – ein Junge aus gutem Hause, der versuchte, einen anderen Weg zu gehen als den, der ihm von seiner Familie zugedacht worden war, und der dennoch großes Unbehagen an seiner Wahl verspürte. So ernsthaft, so ehrlich. Wenn sie bei irgendeinem anderen Privatdetektiv durch die Tür marschiert wäre und ihm ihren Fall anvertraut hätte, wäre genau das passiert, wovor Brian sie gewarnt hatte: Man hätte sie finanziell gemolken.

Brian hatte das abgelehnt.

Sie sah sein Foto an und stellte sich vor, dass er ein oder zwei Viertel entfernt wohnen würde. Oder vielleicht nur ein oder zwei Straßenzüge.

»Ich bin mit Sebastian zusammen«, sagte sie laut.

»Ich liebe Sebastian.«

Sie klappte ihren Laptop zu.

Sie nahm sich vor, am nächsten Tag auf Brians E-Mail zu antworten, aber irgendwie kam sie dann doch nicht dazu.

Zwei Wochen später rief Jeremy James an und fragte sie, ob sie sitzen würde. Das tat sie zwar nicht, aber sie lehnte sich an die Wand und sagte »ja«.

»Ich habe quasi alle identifizieren können. Das schwarze Pärchen ist immer noch zusammen, und beide arbeiten in einer Privatpraxis in St. Louis. Die andere Frau ist im Jahr 1990 gestorben. Der Dicke hat am Institut gearbeitet; der ist auch ein paar Jahre später verstorben. Und der Mann im Velourspullover ist Charles Osaris, ein Psychologe, der in Oahu praktiziert.«

»Hawaii«, sagte sie.

»Wenn sich herausstellt, dass er dein Vater ist« sagte Jeremy, »hast du einen schönen Ausflug vor dir. Ich hoffe, du lädst mich ein.«

»Aber natürlich.«

Drei Tage verstrichen, ehe sie Charles Osaris anrief. Es hatte nichts mit den Nerven oder irgendeiner Art von Angst zu tun. Ihre Zögerlichkeit hatte ihre Ursache in schierer Verzweiflung. Sie wusste, dass er nicht ihr Vater war, ihr Bauchgefühl gab ihr ein klares Signal, und ihr Gehirn funkte das Gleiche.

Und doch erhoffte sie sich das Gegenteil.

Charles Osaris bestätigte, dass er am Graduiertenkolleg der Johns-Hopkins-Universität zusammen mit Elizabeth Childs Psychologie studiert habe. Er konnte sich an mehrere Besuche in einer Kneipe namens Milo's in East Baltimore erinnern und dass dort tatsächlich rechts vom Tresen ein Wimpel der Baltimore Colts an der Wand gehangen habe. Es tue ihm leid, von Elizabeth Childs' Tod zu erfahren; er habe sie immer für eine faszinierende Frau gehalten.

»Ich habe gehört, dass Sie mit ihr zusammen waren«, sagte Rachel.

»Wer hat um alles in der Welt Ihnen denn so was erzählt?« Charles gab ein Geräusch von sich, das teils an ein Bellen, teils ein Lachen erinnerte. »Ich habe mich schon in den Siebzigern zu meiner Homosexualität bekannt, Miss Childs. Und ich habe mir nie Illusionen über meine Sexualität gemacht – verwirrt war ich, das schon, aber Illusionen habe ich mir nie gemacht. Ich hatte nie eine Beziehung zu einer Frau, nicht mal geküsst habe ich eine.«

»Dann hat man mir eindeutig etwas Falsches erzählt«, sagte Rachel.

»Ja, eindeutig. Warum interessiert es Sie, ob ich eine Beziehung mit Ihrer Mutter hatte?«

Rachel sagte die Wahrheit: dass sie auf der Suche nach ihrem Vater sei.

»Sie hat Ihnen nie seine Identität verraten?«

»Nein.«

»*Warum* nicht?«

Und Rachel nannte ihm die Erklärung, die ihr mit jedem Jahr lächerlicher erschien. »Offenbar glaubte sie, mich beschützen zu müssen. Sie hat sich eingeredet, ihre Geheimniskrämerei sei Schutz.«

»So verwirrt war die Elizabeth, die ich kannte, niemals.«

»Warum sollte sie sonst ein so großes Geheimnis für sich behalten?«, fragte Rachel.

Als er antwortete, klang seine Stimme auf einmal traurig. »Ich habe Ihre Mutter zwei Jahre lang gekannt. Ich war der einzige Mann im Umkreis von zehn Meilen, der sie nicht ins Bett kriegen wollte, also kannte ich sie vermutlich besser als jeder andere. Sie hat sich in meiner Gesellschaft sicher gefühlt. Und, Miss Childs, selbst ich habe sie in Wahrheit überhaupt nicht gekannt. Sie hat niemanden ins Vertrauen gezogen. Sie hatte gerne Geheimnisse, weil sie das genoss. Geheimnisse sind Macht. Für sie waren Geheimnisse besser als Sex. Ich glaube, dass Ihre Mutter an Geheimnissen hing wie andere an einer Droge.«

Nach ihrer Unterhaltung mit Charles Osaris erlitt Rachel drei Panikattacken in einer Woche. Eine ereilte sie auf der Angestelltentoilette von Kanal 6, eine zweite auf einer Bank am Charles River, als sie eigentlich joggen wollte, und die dritte eines Abends unter der Dusche, nachdem Sebastian eingeschlafen war. Sie verbarg alle drei vor Sebastian und ihren Kollegen. Soweit das bei einer Panikattacke überhaupt möglich war, hatte sie das Gefühl, die Sache im Griff zu haben: Sie war imstande, sich klarzumachen, dass sie keinen Herzinfarkt erlitt, dass sich ihr die Kehle nicht wirklich zuschnürte, dass sie eigentlich atmen konnte.

Ihr Wunsch, drinnen zu bleiben, wurde zunehmend stärker. Einige Wochen lang konnte sie sich nur mit aller Willenskraft und unter innerem Verzweiflungsgeheul dazu bringen, morgens das Haus zu verlassen. An den Wochenenden ging sie gar nicht hinaus. Während der ersten drei Wochenenden nahm Sebastian an, sie habe einen Anflug von Nesttrieb. Am vierten zeigte er sich verärgert. Damals standen sie auf der Gästeliste so ziemlich jeder Feier in der Stadt – jeder Gala, jeder Wohltätigkeitsveranstaltung, jeder Gelegenheit, zu sehen und gesehen zu werden und sich dabei einen hinter die Binde zu kippen. Sie waren ein einflussreiches Paar geworden, das regelmäßig in den Klatschspalten von *Inside Track* und *Names & Faces* auftauchte. Und sosehr sie es auch versuchte, konnte Rachel doch nicht abstreiten, dass sie diese Aufmerksamkeit genoss. Wenn sie schon keine Eltern hatte, so wurde ihr rückblickend klar, hatte doch zumindest die Stadt sie in ihre Arme geschlossen.

Also ging sie wieder hinaus. Sie schüttelte Hände und küsste Wangen und trank in Gesellschaft des Bürgermeisters, des Gouverneurs, der Richter, Milliardäre, Komiker, Schriftsteller, Senatoren, Banker, der Spieler und Trainer der Red Sox, Patriots, Bruins und Celtics und der Hochschulrektoren. Auf Kanal 6 schoss sie die Karriereleiter hoch, von der freien Mitarbeiterin ins Bildungsressort, von dort ins Kriminalressort und schließlich ganz nach oben als Reporterin für die großen Storys – und das alles in gerade mal sechzehn Monaten. Ihr Gesicht tauchte auf Plakatwänden zusammen mit Shelby und Grant auf, den beiden wichtigsten Moderatoren im Abendprogramm, und man zeigte sie an herausragender Stelle in einem Werbespot, der das aufpolierte Logo des Senders bekannt machen sollte. Als sie und Sebastian zu heiraten beschlossen, hatten sie das Gefühl, sich selbst zum Königspaar gekrönt zu haben und dass die Stadt die Entscheidung bewilligte und ihnen den Segen gab.

Eine Woche nachdem sie die Einladungen verschickt hatten, lief ihr Brian Delacroix über den Weg. Sie hatte gerade zwei republikanische Abgeordnete im Parlamentsgebäude zu einem prognostizierten Haushaltsdefizit interviewt. Ihr Aufnahmeteam war zum Transporter zurückgegangen, aber sie hatte beschlossen, zu Fuß zum Sender zurückzugehen. Sie hatte gerade die Beacon Street überquert, als Brian in Begleitung eines kleineren, älteren Mannes mit rotem Haar und ebenso rotem Bart das Atheneum verließ. Ein Gefühl der Verwirrung und des Wiedererkennens durchfuhr sie, das sie normalerweise nur verspürte, wenn sie einer Berühmtheit auf der Straße begegnete. Es war ein Gefühl des *Ich kenne dich. Aber eigentlich kenne ich dich nicht.* Die beiden Männer waren drei oder vier Meter von Rachel entfernt, als Brian sie sah. Dem plötzlichen Wiedererkennen in seinen

Augen folgte ein Blick, den Rachel nicht zuordnen konnten – war es Verärgerung? Furcht? Keines von beiden? Der Blick verschwand so plötzlich, wie er gekommen war, und an seine Stelle trat etwas, das sie rückblickend eigentlich nur als rasende Freude beschreiben konnte.

»Rachel Childs!« Er durchmaß die Entfernung zwischen ihnen mit einem einzigen großen Schritt. »Wie lange ist das jetzt her – neun Jahre?«

Sein Handschlag war fester, als sie erwartet hatte – zu fest.

»Acht«, sagte sie. »Wann haben Sie –«

»Darf ich vorstellen: Dies ist Jack«, sagte Brian. Er machte einen Schritt beiseite, so dass der kleinere Mann an seine Stelle treten konnte. Nun bildeten sie eine Dreiergruppe auf dem Bürgersteig, während die Menschenmenge ringsum zur Mittagspause strömte.

»Jack Ahern.« Der Mann schüttelte ihr die Hand. Sein Handschlag war deutlich sanfter.

Jack Ahern strahlte etwas entschieden Altväterliches aus. Sein Hemd hatte doppelte Manschetten mit silbernen Knöpfen, die unter den Ärmeln seines maßgeschneiderten Anzugs hervorlugten. Er trug eine Fliege, und sein Bart war gepflegt und präzise gestutzt. Seine Hand war trocken und weich. Rachel konnte sich gut vorstellen, dass er Pfeife rauchte und sich mit klassischer Musik und altem Cognac auskannte.

Er fragte: »Sie sind befreundet über –?«

Brian schaltete sich ein. »Freunde wäre ein bisschen zu viel gesagt. Wir haben uns vor zehn Jahren kennengelernt. Rachel ist Reporterin beim hiesigen Kanal 6. Sie ist eine hervorragende Journalistin.«

Jack bedachte sie mit einem höflichen Blick, der fast an Respekt grenzte. »Gefällt Ihnen Ihre Arbeit?«

»Meistens«, sagte sie. »In welchem Bereich arbeiten Sie?«

»Jack ist im Antiquitätenhandel tätig«, sagte Brian eilig. »Er ist aus Manhattan hergekommen.«

Jack Ahern lächelte. »Mit einem Umweg über Genf.«

»Ich bin mir nicht ganz sicher, was das bedeutet«, sagte Rachel.

»Nun, ich lebe in Manhattan und Genf, aber ich betrachte Genf als meine Heimat.«

»Ist schon ein Ding, wie?«, behauptete Brian etwas grundlos. Er warf einen Blick auf seine Uhr. »Wir müssen los, Jack. Ich habe für Viertel nach zwölf reserviert. Rachel, war mir ein Vergnügen.« Er beugte sich zu ihr vor und verteilte Luftküsse links und rechts. »Wie ich höre, werden Sie heiraten. Freut mich sehr für Sie.«

»Gratulation.« Jack Ahern nahm wieder ihre Hand und verbeugte sich galant. »Ich hoffe, Sie und der Bräutigam werden sehr glücklich.«

»Alles Gute, Rachel.« Brian hatte ein distanziertes Lächeln aufgesetzt, und seine Augen strahlten zu sehr. Er war schon auf dem Sprung. »War toll, Sie wiederzusehen.«

Sie gingen die Park Street entlang und verschwanden links um eine Ecke.

Sie stand auf dem Bürgersteig und ließ die Begegnung Revue passieren. Brian Delacroix war seit ihrem letzten Treffen etwas fülliger geworden. Es stand ihm gut. Der Brian, den sie im Jahr 2001 kennengelernt hatte, war zu mager gewesen, sein Hals zu dünn für seinen Kopf. Seine Wangen und sein Kinn hatten ein wenig zu weichlich gewirkt. Jetzt hatte er viel markantere Gesichtszüge. Er hatte das Alter erreicht, in dem er vermutlich seinem Vater zu ähneln begann und nicht mehr wie jemandes Sohn aussah – fünfunddreißig, schätzte sie. Er kleidete sich besser und war bestimmt doppelt so attraktiv wie im Jahr 2001, und schon damals war er ansehnlich gewesen. Was sein Äußeres betraf, gab es nur Gutes zu konstatieren.

Aber seine Ausstrahlung kam ihr – auch wenn sie sich als Höflichkeit maskiert hatte – leicht verstört und verängstigt vor. Es war die Ausstrahlung eines Maklers, der einem eine faule Immobilie anzudrehen versucht. Sie wusste durch ihre Googlesuche, dass er für die Firma seines Vaters den internationalen Handel leitete, und es machte sie traurig, dass weniger als ein Jahrzehnt in dieser Stellung ihn in einen grinsenden Händeschüttler und aalglatten Verkäufertypen verwandelt hatte.

Sie stellte sich Sebastian vor, der jetzt wahrscheinlich im Schneideraum vom Kanal 6 saß und an einem Bleistift nagte, während er über einen Filmschnitt nachdachte – Sebastian, der König der straffen Beiträge. Genau genommen, war alles an Sebastian straff. Straff, forsch, sauber und ordentlich. Sie konnte sich ihn so wenig im Verkauf vorstellen, wie sie sich vorstellen konnte, dass er einen Acker pflügte. In jenem Augenblick wurde ihr klar, dass sie Sebastian attraktiv fand, weil es an seiner Persönlichkeit nichts Verzweifeltes oder Bedürftiges gab.

Brian Delacroix, dachte sie. Schade, dass das Leben ihn zu einem stinknormalen Geschäftsmann gemacht hat.

Jeremy führte sie zum Altar, und seine Augen waren feucht, als er ihren Schleier hob. Jeremy, Maureen, Theo und Charlotte kamen alle zur Hochzeitsfeier im Hotel Vier Jahreszeiten. Sie hatte kaum Gelegenheit, mit ihnen zu sprechen, aber wie immer fühlte sie sich in Jeremys Gegenwart wohl, und mit Maureen und den Kindern war es so unbehaglich wie sonst auch.

Nach ihrer ersten Begegnung, bei der Maureen ehrlich erfreut schien, dass Rachel sie gefunden hatte, war sie mit jedem darauffolgenden Treffen distanzierter geworden, als ob sie Rachel in der Annahme willkommen geheißen hatte, sie danach nie wiederzusehen. Sie war keinesfalls unhöflich oder abweisend; sie wirkte einfach immer ein wenig abwesend. Sie lächelte Rachel an und machte ihr Komplimente über ihr Aussehen oder ihre Kleidung, fragte sie nach dem Beruf und nach Sebastian, und sie versäumte nie zu erwähnen, wie sehr Jeremy sich freue, dass sie wieder eine Rolle in seinem Leben spiele. Aber sie sah Rachel dabei nicht in die Augen, und ihre Stimme klang angestrengt fröhlich – wie die einer Schauspielerin, die sich ihren Text in Erinnerung zu rufen versucht und dessen Bedeutung dabei ganz vergisst.

Theo und Charlotte, die beiden Halbgeschwister, die keine waren, behandelten Rachel mit einer Mischung aus Hochachtung und heimlicher Panik. Sie haspelten sich durch ihre Unterhaltungen, senkten den Blick zu Boden und stellten ihr nie eine Frage über sie selbst. Sie wollten Rachel offenbar unbedingt als jemanden sehen, der aus mystischem Nebel aufgetaucht, unaufhaltsam ihrer Haustür zugestrebt, aber nie wirklich dort angekommen war.

Als sich Maureen, Theo und Charlotte nach ungefähr einer Stunde verabschiedeten, war ihnen die Erleichterung anzusehen. Nur Jeremy gefiel die plötzliche Abfahrt überhaupt nicht (Maureen und Charlotte schützten eine beginnende Sommergrippe und die lange Rückfahrt vor). Jeremy nahm Rachels Hand und sagte ihr, sie solle auf ihrer Hochzeitsreise die Luministen und Colum Jasper Whitstone nicht vergessen; bei ihrer Rückkehr werde es einiges zu tun geben.

»Ich werde sie auf jeden Fall vergessen«, sagte sie lachend.

Der Rest der Familie ging hinaus, um darauf zu warten, dass ein Hotelangestellter das Auto brachte.

Jeremy rückte seine Brille zurecht. Er fummelte an seinem Hemd herum, das sich an seinem Bauch zusammengerollt hatte, denn wie immer war er in ihrer Gegenwart befangen wegen seines Übergewichts. Er warf ihr ein unsicheres Lächeln zu. »Ich weiß, dir wäre es lieber gewesen, wenn dich dein richtiger Vater zum Altar geführt hätte, aber –«

Sie fasste ihn bei den Schultern. »Nein. Nein. Es war mir eine Ehre.«

»– aber, aber …« Sein Blick schweifte mit einem unentschlossenen Lächeln zur Wand hinter ihr, dann sah er sie aber wieder an. Seine Stimme wurde tiefer und stärker. »Es war mein ganzes Glück, dass ich das tun konnte.«

»Meins auch«, flüsterte sie.

Sie legte die Stirn an seine Schulter. Er legte ihr die Hand in den Nacken. Und in jenem Moment fühlte sie sich so ganz und unversehrt, wie man sich nur fühlen kann.

Nach der Hochzeitsreise stellten sich dem nächsten Treffen mit Jeremy allerlei Hindernisse in den Weg. Maureen ging es nicht gut, nichts Ernstes, vermutlich nur das Alter. Aber sie wollte, dass er in ihrer Nähe bliebe, statt sich in Boston herumzutreiben und den Sommer in den Lesesälen des

Atheneum oder der öffentlichen Bibliothek zu verbringen. Einmal schafften sie es, sich auf ein kurzes Mittagessen in New London zu treffen, doch sein Gesicht war grau und angespannt, und er wirkte erschöpft. Maureen gehe es nicht gut, vertraute er ihr an. Zwei Jahre zuvor habe sie Brustkrebs gehabt. Damals habe sie sich einer doppelten Brustamputation unterziehen müssen. Doch die letzten Untersuchungsbilder seien uneindeutig gewesen.

»Und das heißt?« Sie streckte die Hand über den Tisch aus und legte sie auf seine.

»Das heißt«, sagte er, »dass der Krebs wiedergekehrt sein könnte. Nächste Woche werden weitere Untersuchungen gemacht.« Er rückte seine Brille mehrfach zurecht, dann lächelte er ihr mit einem Blick über die Brillengläser hinweg zu, der besagte, dass er jetzt das Thema wechseln wolle. »Wie geht es den beiden Neuvermählten?«

»Sie kaufen ein Haus«, sagte sie strahlend.

»In der Stadt?«

Sie schüttelte den Kopf und versuchte nicht zum ersten Mal, sich mit diesem Gedanken vertraut zu machen. »Ungefähr dreißig Meilen weiter südlich. Es muss noch einiges modernisiert und renoviert werden, wir werden also nicht gleich einziehen, aber das Städtchen ist nett, und sie haben gute Schulen dort, falls wir Kinder bekommen. Sebastian ist ganz in der Nähe aufgewachsen. Sein Boot hat er auch dort.«

»Er liebt dieses Boot.«

»Mich aber auch.«

»Das habe ich ja auch nicht bestritten.« Jeremy warf ihr ein verschmitztes Lächeln zu. »Ich habe nur gesagt, dass er dieses Boot liebt.«

Vier Tage später erlitt Jeremy in seinem Büro im College einen Schlaganfall. Zwar vermutete er, dass es ein Schlaganfall sein könnte, aber da er sich nicht hundertprozentig sicher war, fuhr er eigenhändig ins nächstgelegene Krankenhaus. Er fuhr in Schlangenlinien vor und wankte zum Eingang. Er schaffte es aus eigener Kraft in die Notaufnahme, nur um im Wartezimmer einen zweiten Schlaganfall zu erleiden. Der erste Krankenpfleger, der ihn hochziehen wollte, war überrascht von der Stärke in Jeremys weichen Professorenhänden, als dieser ihn am Aufschlag seines Kittels packte.

Die letzten Wörter, die Jeremy für längere Zeit sprechen sollte, ergaben weder für den Krankenpfleger noch für irgendjemand sonst einen Sinn. Mit einem Ruck zog er das Gesicht des Mannes zu sich herab, und seine Augen quollen hervor.

»Rachel«, lallte er, »ist im Spiegel.«

6
Trennungen

Maureen erzählte Rachel von dem Bericht des Krankenpflegers während Jeremys dritter Nacht im Krankenhaus.

»Rachel ist im Spiegel?«, wiederholte Rachel.

»Das waren Amirs Worte.« Maureen nickte. »Du siehst müde aus. Du solltest dich erholen.«

Rachel musste in einer Stunde zurück zur Arbeit. Sie würde zu spät kommen. Schon wieder. »Mir geht's gut.«

Jeremy lag im Bett und starrte zur Decke. Sein Mund stand offen, und sein Blick war leer und ausdruckslos.

»Die Fahrt muss anstrengend sein«, sagte Charlotte.

»Das ist nicht so schlimm.« Rachel saß auf dem Fensterbrett, denn es standen nur drei Stühle im Raum, und die waren von den Familienmitgliedern besetzt.

»Die Ärzte meinen, so könne es noch Monate weitergehen«, sagte Theo. »Oder länger.«

Charlotte und Maureen begannen zu weinen. Theo ging zu ihnen. Die drei umarmten einander. Eine Weile lang sah Rachel nichts als ihre abgewandten Rücken und hörte ihr Schluchzen.

Eine Woche später wurde Jeremy in eine Rehaklinik verlegt und erlangte nach und nach einen Teil seiner motorischen Fähigkeiten zurück. Auch einige elementare Sprachbrocken konnte er sagen: *ja, nein, Toilette.* Er sah seine Frau an, als wäre sie seine Mutter, und seinen Sohn und seine Tochter, als wären sie seine Großeltern. Rachel sah er an, als ob er sie nicht ganz zuordnen könnte. Sie versuchten es mit Vorlesen, zeigten ihm seine Lieblingsgemälde auf einem iPad, spielten seinen geliebten Schubert. Nichts zeigte Wirkung. Er wollte essen, er wollte getröstet werden, er wollte, dass die Schmerzen in seinem Kopf und Körper nachließen. Er hielt alle Welt mit dem Narzissmus eines verschreckten Kleinkindes auf Trab.

Die Familienmitglieder signalisierten Rachel, dass sie so oft zu Besuch kommen könne, wie sie wolle – sie waren viel zu höflich, um etwas anderes zu sagen –, aber sie schlossen sie aus den meisten Gesprächen aus und waren stets sichtbar erleichtert, wenn sie ging.

Sebastian war verärgert. Sie habe den Mann doch kaum gekannt, meinte er. Sie würde sich eine Verbindung schönreden, die in Wahrheit niemals existiert habe.

»Du musst mal loslassen«, sagte er.

»Nein«, entgegnete sie, »das musst du.«

Er hob entschuldigend die Hand und schloss einen Moment lang die Augen, um zu signalisieren, dass er kein Interesse an einem Streit habe. Als er sie wieder öffnete, war seine Stimme sanfter und versöhnlicher. »Du weißt, dass du für die ›großen Sechs‹ im Gespräch bist?«

Die ›großen Sechs‹ nannten sie das überregionale Fernsehnetzwerk in New York.

»Das wusste ich nicht.« Sie versuchte, nicht allzu begeistert zu klingen.

»Du bist bestens vorbereitet. Jetzt ist nicht die richtige Zeit, vom Gas runterzugehen.«

»Tu ich doch gar nicht.«

»Sie werden dich auf etwas Großes ansetzen. Etwas, das landesweit ausgestrahlt wird.«

»Wie zum Beispiel?«

»Ein Hurrikan, ein Massenmord, was weiß ich, vielleicht auch der Tod eines Promis.«

»Man kann es sich kaum vorstellen«, sinnierte sie, »das Leben, nachdem Whoopi das Zeitliche gesegnet hat.«

»Leicht wird es nicht werden«, pflichtete er bei, »aber sie hätte gewollt, dass wir mit Zuversicht voranschreiten.«

Sie kicherte, und Sebastian schmiegte sich auf dem Sofa an sie.

Er küsste sie auf den Hals. »So sind wir, Schatz, du und ich. Wie siamesische Zwillinge. Wohin ich gehe, da gehst du auch hin. Wohin du gehst, da gehe auch ich hin.«

»Ich weiß.«

»Ich glaube, in Manhattan zu leben wird richtig super.«

»Welches Viertel?«, fragte sie.

»Upper West Side« sagte er.

»Harlem«, sagte sie gleichzeitig.

Sie taten es mit einem Lachen ab, denn das schien ihnen das Richtige zu sein, wenn sich grundsätzliche Unterschiede in ihrer Ehe auf so abstrakte Weise äußerten.

Jeremy James' Zustand verbesserte sich über den Herbst erheblich. Er erinnerte sich daran, wer Rachel war, wenn auch nicht an das, was er dem Krankenpfleger gesagt hatte, und er schien ihre Anwesenheit eher zu dulden, als zu benötigen. Er erlangte den größten Teil seiner Kenntnisse über die Luministen und Colum Jasper Whitstone wieder, aber er war zerstreut und brachte zeitlich alles durcheinander, so dass er Whitstones Verschwinden im Jahr 1863 kurz vor seiner ersten Reise in die Normandie im Jahr 1977 verortete, als er sein Postgraduiertenstudium absolvierte. Er hielt Rachel für jünger als Charlotte, und an manchen Tagen verstand er nicht, wie Theo neben der Highschool so viel Zeit für Besuche aufbringen konnte.

»Er bringt sowieso schon nicht genug Zeit fürs Lernen auf«, sagte er zu Rachel. »Ich will nicht, dass er meine Krankheit als Ausrede benutzt, noch weniger zu tun.«

Im November kehrte er zurück in das Haus an der Gorham Lane und wurde dort von einer Krankenpflegerin versorgt. Körperlich wurde er wieder kräftiger. Aber sein Verstand blieb unzuverlässig. »Ich habe einfach keinen richtigen *Zugriff*«, sagte er einmal. Maureen und Rachel waren im Zimmer, und er lächelte sie zögerlich an. »Als ob ich in einer wunderbaren Bibliothek stünde, aber die Bücher hätten keine Titel.«

Im späten Dezember des Jahres 2009 stellte Rachel fest, dass er während der ersten zehn Minuten ihres Besuches zweimal verstohlen auf seine Uhr sah. Sie konnte es ihm kaum verübeln. Nun, da es keine Detektivgeschichten gab, die sie teilen konnten – seine Suche nach Beweisen, dass Colum Jasper Whitstone und Claude Monet sich begegnet waren, ihre Suche nach ihrem Vater und den gemeinsamen Versuch, Elizabeth Childs zu verstehen –, hatten sie kaum noch Gesprächsthemen. Keine gemeinsamen Ziele, keine gemeinsame Vergangenheit.

Sie versprach, sich gelegentlich zu melden.

Als sie das Haus verließ und zu ihrem Auto ging, spürte sie den Verlust aufs Neue. Spürte den alten Verdacht wieder aufkeimen, dass das Leben eine Abfolge von Trennungen sei. Protagonisten gingen über die Bühne, einige verweilten etwas länger, aber letztlich gingen sie alle ab.

Als sie das Auto erreichte, sah sie zurück zum Haus. *Du warst mein Freund,* dachte sie. *Du warst mein Freund.*

Zwei Wochen später, am zwölften Januar, wurde Haiti um fünf Uhr nachmittags von einem Erdbeben der Stärke 7 erschüttert.

Wie Sebastian vorausgesagt hatte, wurde Rachel damit beauftragt, für die »großen Sechs« von der Katastrophe zu berichten. Die ersten Tage verbrachte sie in Port-au-Prince. Sie und ihr Team berichteten über den Abwurf von Lebensmitteln und Hilfsgütern aus der Luft, der meist zu gewalttätigen Unruhen führte. Sie berichteten über die Leichen, die auf dem Parkplatz des Krankenhauses aufgeschichtet wurden. Sie berichteten, wie überall in der Stadt in behelfsmäßigen Krematorien Leichen verbrannt wurden – wie der ölig schwarze Rauch, von grauem Schwefel durchsetzt, aufstieg wie eine beschwichtigende Opfergabe. Die Leichen waren bereits eine Abstraktion, die Rauchsäulen wenig bemerkenswert unter all den anderen, die aus den schwelenden Gebäuden aufstiegen und aus den geplatzten Gasleitungen, die immer noch nicht ausgebrannt waren. Sie berichteten aus Zeltstädten und von medizinischen Versorgungsposten. Im ehemaligen Geschäftsviertel filmten Rachel und ihre Kamerafrau Greta Kilborne einige Polizisten, die auf Plünderer schossen, und einen jungen Mann, dessen Zähne ebenso hervorstanden wie seine Rippen und der mit zerschossenem Fuß inmitten von Asche und Schutt lag, einige gestohlene Konservendosen knapp außer Reichweite.

Wenige Tage nach dem Beben schien es in Port-au-Prince nur von einem noch mehr zu geben als von Krankheit und Hunger: Journalisten. Bald beschlossen Greta und Rachel, der Spur zum Epizentrum des Bebens nach Léogâne zu folgen. Die Küstenstadt lag nur vierzig Kilometer südwestlich von Port-au-Prince, aber sie brauchten zwei Tage für die Fahrt. Sie konnten die Leichen schon drei Stunden vor ihrer Ankunft riechen. Es gab keine Infrastruktur mehr, keine Hilfsgüter, keine Unterstützung und keine Polizei, die Plünderer hätte erschießen können.

Als Rachel einen Vergleich mit der Hölle zog, widersprach Greta.

»In der Hölle«, sagte sie, »gibt es jemanden, der das Sagen hat.«

In ihrer zweiten Nacht in einer provisorischen Siedlung aus Bettlaken – Bettlaken als Dächer, Bettlaken als Wände – schleusten sie, Greta, eine ehemalige Nonne und ein auszubildender Krankenpfleger vier junge Frauen von einem Zelt zum anderen. Die sechs Vergewaltiger, die auf der Suche nach den Mädchen durch das Lager zogen, waren mit Messern und *serpettes* bewaffnet, den Macheten mit gebogenen Klingen, die unter Bauern verbreitet waren. Vor dem Erdbeben, so versicherte man Rachel, hätte die Hälfte dieser Männer gute Arbeitsplätze gehabt. Ihr Anführer Josué Dacelus kam aus einem der Dörfer östlich des Erdbebengebietes. Er war der neunte Erbe einer kleinen Hirsefarm in Croix-des-Bouquets, und seine Enttäuschung war groß, als ihm klarwurde, dass er die Farm niemals erben würde. Josué Dacelus sah aus wie ein Schauspieler und bewegte sich wie ein Rockstar. Er trug ein grünweißes Fußballtrikot über einer hellbraunen Cargohose mit hochgekrempeltem Aufschlag. An der linken Hüfte baumelte eine .45er Automatikpistole und an der rechten seine *serpette* in einer zerkratzten Lederscheide. Er sagte allen und jedem, dass die *serpette* nur seiner Verteidigung diene – und die Pistole, so gab er zwinkernd zu verstehen, diene der Verteidigung anderer. Schließlich trieben doch so viele Bösewichte und Übeltäter ihr Unwesen und verbreiteten überall Schrecken. Dann bekreuzigte er sich und blickte zum Himmel empor.

Achtzig Prozent von Léogâne waren bei dem Erdbeben verwüstet worden. Dem Erdboden gleichgemacht. Recht und Gesetz waren ein Gerücht aus der Vergangenheit. Es hieß, dass bald britische und isländische Rettungstrupps kommen sollten. Rachel hatte sich gleich nach ihrem Eintreffen davon überzeugen können, dass im Hafen ein kanadischer Zerstörer angelegt hatte und dass japanische und argentinische Ärzte sich ihren Weg in die verwüstete Innenstadt bahnten. Aber bislang war niemand eingetroffen.

Sie hatten den Tag damit verbracht, Ronald Revolus bei seiner Arbeit zu helfen. Revolus war der Krankenpfleger, dessen Ausbildung durch das Erdbeben jäh unterbrochen worden war. Sie hatten drei schwerverwundete Lagerinsassen zu einem Ambulanzzelt transportiert, das drei Meilen weiter östlich von Friedenstruppen aus Sri Lanka betrieben wurde. Dort hatte sie mit einem Dolmetscher gesprochen, der versprochen hatte, so bald wie möglich Helfer zu schicken. Hoffentlich schon am Abend des nächsten Tages, spätestens aber in zwei Tagen.

Rachel und Greta kehrten in das Lager zurück, in dem inzwischen die vier jungen Frauen eingetroffen waren. Die hibbeligen, hungrigen Männer in Josués Bande hatten sie sofort bemerkt, und ihre scheußlichen Gelüste hatten sich schneller herumgesprochen, als man den Frauen Wasser zu trinken geben und sie auf Verletzungen untersuchen konnte.

Rachel und Greta vergaßen ihre journalistische Neutralität, zumal sowieso niemand einen Bericht aus diesem Gebiet hätte senden können, und unterstützten die ehemalige Nonne und Ronald Revolus dabei, die Mädchen im ganzen Lager zu verteilen. Sie hielten sie in ständiger Bewegung und brachten sie im Stundentakt von einem Versteck zum nächsten.

Das Tageslicht würde die Männer nicht abhalten – Vergewaltigung war etwas, dessen sie sich in ihrer Welt und unter ihren Altersgenossen nicht schämen mussten. Der Tod war normal geworden, er wurde sowieso nur beklagt, wenn Einheimische starben, und selbst dann nur von engen Familienangehörigen. Die Männer tranken und setzten ihre Suche die ganze Nacht hindurch bis zur Morgendämmerung fort. Die ganze Zeit hoffte Rachel, dass sie irgendwann schlafen gehen würden. Schließlich wurden zwei der vier Mädchen gerettet, als ein Lkw der UN morgens ins Lager rollte, begleitet von einem Bulldozer, der die Leichen in der zusammengestürzten Kirche am Fuß des Berges beseitigen sollte.

Doch die anderen beiden Mädchen sah man nie wieder. Sie waren in das Lager gekommen, nachdem sie ihre Eltern und ihr Zuhause verloren hatten. Esther hatte ein verblasstes rotes T-Shirt und Jeansshorts getragen. Widelene, die von allen nur Widdy genannt wurde, ein hellgelbes Kleid. Es war völlig einleuchtend, dass Esther abweisend und schweigsam war und selten den Blick hob. Weniger verständlich war, warum Widdy heiter war und so freundlich lächelte, dass einem das Herz aufging. Rachel hatte in dieser bangen Nacht viel Zeit mit Widdy verbracht. Widdy mit ihrem gelben Kleid und ihrem großen Herzen und ihrer Angewohnheit, unidentifizierbare Lieder zu summen.

Es war rätselhaft, wie die beiden so vollständig vom Erdboden hatten verschwinden können. Als ob sie sich in Luft aufgelöst hätten. Eine Stunde nach Sonnenaufgang wurde ihr Verschwinden bemerkt, doch aus ihren beiden Gefährtinnen war kein Wort herauszubekommen. Drei Stunden später war es, als ob außer Rachel, Greta, der ehemaligen Nonne Veronique und Ronald Revolus keiner im Lager sie jemals gesehen hätte. Am Abend des zweiten Tages glaubte auch Veronique nicht mehr daran, und Ronald bezweifelte sein Erinnerungsvermögen.

Um neun Uhr an jenem Abend sah Rachel zufällig einen der Vergewaltiger, den Naturkundelehrer Paul, der immer ausgesucht höflich war. Paul saß vor seinem Zelt und schnitt sich die Nägel mit einem rostigen Nagelknipser. Inzwischen kursierten Gerüchte, dass zu der Zeit, als die beiden Mädchen im Lager gewesen waren – aber das waren sie ja gar nicht, das war ja nur dummes Gerede –, drei der sechs Männer, die betrunken herumgestreift waren, bereits geschlafen hatten. Wenn die Mädchen also vergewaltigt worden waren – und das war ja nicht möglich, da sie nie existiert hatten –, dann war Paul daran beteiligt gewesen. Wenn sie jedoch ermordet worden waren – und das war ja nicht möglich, da sie nie existiert hatten –, dann hatte Paul längst geschlafen. Er war ja nur ein Vergewaltiger, der Naturkundelehrer Paul, kein

Mörder. Falls ihm das Schicksal der Mädchen in irgendeiner Weise nachging, dann konnte er das gut verbergen. Er erwiderte Rachels Blick. Er formte eine Pistole mit Daumen und Zeigefinger. Er zielte damit auf Rachels Unterleib, und dann schob er sich den Finger in den Mund und lutschte daran. Er lachte geräuschlos.

Dann stand er auf und ging auf Rachel zu. Er baute sich vor ihr auf und sah ihr direkt in die Augen.

Sehr höflich, beinahe unterwürfig, forderte er sie auf, das Lager zu verlassen.

»Sie lügen«, erklärte er sanft, »und das macht die Menschen ängstlich. Sie sagen Ihnen das nicht, weil sie höflich sind. Aber Ihre Lügen bringen alle auf. Heute Nacht« – er reckte einen Finger in die Höhe – »wird niemand seine Aufgebrachtheit zeigen. Heute Nacht« – wieder dieser Finger – »wird Ihnen und Ihren Freunden wahrscheinlich nichts Schlimmeres passieren.«

Greta und sie verließen das Lager zwanzig Minuten später, zusammen mit einigen Helfern aus Sri Lanka. Es war auf absehbare Zeit die einzige Möglichkeit, aus Léogâne herauszukommen. Im Versorgungszelt hatte sie auf die Tamilen und die Soldaten der kanadischen Friedenstruppe eingeredet, die sich weiter ins Landesinnere vorarbeiten wollten.

Niemand verstand, warum sie sich so aufregte. Ein paar junge Frauen waren verschwunden? Na und? Soweit man wusste, waren *Tausende* verschwunden, und ihre Zahl nahm ständig zu.

»Die sind nicht verschwunden«, sagte einer der Kanadier. »Die sind tot. Sie wissen es doch selbst. Tut mir leid, aber so ist es. Und niemand hat die Zeit und die Mittel, nach ihren Leichen zu suchen.« Er sah sich im Zelt unter seinen Begleitern um. Alle nickten zustimmend. »Jedenfalls keiner von uns.«

Am nächsten Tag fuhren Rachel und Greta nach Jacmel. Drei Wochen später waren sie zurück in Port-au-Prince. Inzwischen war Rachel so weit, dass sie jeden Tag mit einem kräftigen Schluck Rum und mehreren Beruhigungspillen vom Schwarzmarkt begann. Sie hatte den Verdacht, dass Greta einen Rückfall in ihre Heroinsucht erlitten hatte, von der sie Rachel in Léogâne erzählt hatte.

Schließlich erreichte sie die Aufforderung ihrer Redaktion, nach Hause zu kommen. Als Rachel protestierte, deutete der zuständige Redakteur über Skype an, dass ihre Berichte zu bitter geworden seien, zu gleichförmig, dass sie einen unerwünschten Unterton von Verzweiflung hätten.

»Unsere Zuschauer brauchen Hoffnung«, sagte er.

»Die Haitianer brauchen Wasser«, sagte Rachel.

»Jetzt geht das schon wieder los«, sagte der Redakteur zu jemandem außerhalb des Bildschirms.

»Nur ein paar Wochen noch.«

»Rachel«, sagte er. »Rachel, Sie sehen fürchterlich aus. Und damit meine ich nicht nur Ihre Frisur. Sie sind völlig abgemagert. Wir beenden die Berichterstattung, basta.«

»Allen ist egal, was hier los ist.«

»Uns war es nicht egal«, versetzte der Redakteur scharf. »Die Vereinigten Staaten schicken über anderthalb Milliarden Dollar auf diese verdammte Insel. Und unser Sender hat wochenlang berichtet. Was wollen Sie noch?«

Und Rachel dachte in ihrem von Beruhigungspillen benebelten Hirn: *Gott.*

Ich will den Gott, von dem die Fernsehprediger behaupten, dass er Berge versetzen könne. Den Gott, der bei denen, *die an ihn glauben, Krebs und Arthritis heilt, der Gott, dem die Profisportler dafür danken, dass er sich für das Ergebnis des Super Bowl oder der Fußballweltmeisterschaft interessiert hat oder für einen Homerun im siebenundachtzigsten Spiel der hundertundzweiundsechzig Spiele, zu denen die Red Sox in diesem Jahr antreten.* Sie wollte, dass der Gott, der in menschliche Angelegenheiten eingriff, sich aus dem Himmel herabbeugte und sich um die Wasserversorgung der Haitianer kümmerte und die haitianischen Kranken heilte und die zerfallenen Schulen und Krankenhäuser und Wohnhäuser wieder ganz machte.

»Was zum Teufel reden Sie da?« Der Redakteur starrte sie an.

Ihr war nicht klar gewesen, dass sie laut gesprochen hatte.

»Nehmen Sie einen Flieger, solange wir noch dafür bezahlen«, sagte er. »Und dann können Sie zu Ihrem Provinzsender zurückkehren.«

Und so erfuhr sie, dass all ihre ehrgeizigen Bestrebungen, es im überregionalen Fernsehen zu schaffen, gestorben waren. Kein New York für sie. Keine Karriere bei den »großen Sechs«.

Zurück nach Boston.

Zurück zu den kleinen Sechs.

Zurück zu Sebastian.

Sie kam von den Beruhigungspillen herunter (sie brauchte mehrere Anläufe, aber beim vierten schaffte sie es). Sie reduzierte ihren Alkoholkonsum auf die Prä-Haiti-Menge (zumindest annähernd). Aber die Chefs der kleinen Sechs gaben ihr nie wieder eine Titelgeschichte. Eine Neue, Jenny Gonzalez, war während ihrer Abwesenheit auf der Bildfläche erschienen.

Sebastian sagte: »Sie ist klug, offen und sieht nicht so aus, als würde sie gleich mit dem Kopf gegen die Kamera rennen.«

Die hässliche Wahrheit war, dass Sebastian recht hatte. Rachel hätte Jenny Gonzalez gern aus tiefstem Herzen gehasst (und bei Gott, sie hatte es versucht) und geglaubt, dass ihr gutes Aussehen und ihr Sexappeal sie so weit gebracht hatten. Und auch wenn ihre Attraktivität ihr sicher nicht geschadet hatte, konnte Jenny doch ein abgeschlossenes Journalistikstudium an der Columbia-Universität vorweisen, besaß eine gute Improvisationsgabe, war immer gut vorbereitet und behandelte von der Empfangsdame bis zum Geschäftsführer alle mit dem gleichen Respekt.

Jenny Gonzalez hatte Rachel nicht den Rang abgelaufen, weil sie jünger, hübscher und mit einer größeren Oberweite ausgestattet war (auch wenn das alles zutraf, verdammt) – sie hatte ihr den Rang abgelaufen, weil sie besser war, unbeschwerter, und weil man sich gern mit ihr unterhielt.

Dennoch hatte Rachel immer noch eine Chance. Wenn sie nur durch eine gesunde Lebensweise ihre frühere Frische wiedererlangte, wenn sie ihre Reizbarkeit überwand, die seit Haiti immer schlimmer geworden war, wenn sie sich bei den richtigen Leuten einschleimte, wenn sie kooperierte und sich selbst in die teils begehrenswerte, teils burschikose, teils intellektuelle (sie hatte bei ihren Auftritten immer eine rote Hornbrille anstelle ihrer Kontaktlinsen tragen müssen), rundum kompetente Superreporterin zurückverwandelte, die man dem *Globe* einst für viel Geld abgeworben hatte … dann würde sie immer noch ihr Plätzchen bei den kleinen Sechs finden.

Sie versuchte es. Sie berichtete über eine Katze, die wie ein Hund bellte, und über das jährliche »Eisbrechen« der L-Street-Brownies, einer Gruppe größtenteils nackter Männer, die sich alljährlich tapfer als Erste ins Wasser von Boston Harbor wagten. Sie berichtete über das Koalababy, das im Franklin-Park-Zoo geboren worden war, und den »Wettlauf der Bräute«, eine eintägige Sonderangebotsaktion für Brautmode, die zweimal im Jahr vom Bekleidungskaufhaus *Filene's Basement* ausgerufen wurde.

Sie und Sebastian zogen in das Haus zurück, das sie am südlichen Stadtrand gekauft hatten. Ihre Terminpläne brachten es mit sich, dass immer einer arbeitete, während der andere zu Hause war. Dass sie sich selten sahen, war so angenehm, dass Rachel im Rückblick zu der Überzeugung gelangte, die Ehe habe nur deshalb ein Jahr länger gehalten.

Sie erhielt einige E-Mails von Brian Delacroix. Und obwohl eine – *Sie haben in Haiti großartige Arbeit geleistet. Die Menschen in dieser Stadt nehmen jetzt Anteil, weil Sie Anteil genommen haben* – ihr half, einen ansonsten beschissenen Tag durchzustehen, rief sie sich in Erinnerung, dass Brian Delacroix ein Verkäufer war, ein Mann mit einer unheimlichen Ausstrahlung, die vermutlich daher rührte, dass seine Seele nicht im Einklang mit seiner Berufswahl war. Sie konnte sich nicht sicher sein, dass es noch einen *echten* Brian gab, und so fielen ihre Antworten auf seine E-Mails knapp und höflich aus: *Danke. Freut mich, dass es Ihnen gefallen hat. Alles Gute.*

Sie redete sich ein, dass sie glücklich sei. Sie redete sich ein, dass sie versuche, wieder die Reporterin und Ehefrau und Person zu werden, die sie früher gewesen war. Aber sie konnte nicht schlafen, und sie konnte nicht aufhören, sich im Internet Berichte aus Haiti anzusehen, die zeigten, wie das Land sich zum Wiederaufbau aufzuraffen versuchte, während es in Wahrheit weiter dahinsiechte. Entlang des Flusses Artibonite brach die Cholera aus. Es folgten Gerüchte, dass UN-Soldaten die Ursache sein könnten. Sie bettelte ihren Redakteur Klay Bohn an, sie eine Woche hinzuschicken. Sogar auf eigene Kosten. Er würdigte die Bitte nicht einmal einer Antwort, sondern sagte ihr bloß, auf dem Parkplatz hinter dem Sender warte ein Sendewagen auf sie, der sie zu einem Sechsjährigen in Lawrence bringen solle, der behauptete, Gott habe ihm die Zahlen eingegeben, mit denen seine Mutter im Lotto gewonnen hatte.

Als Kameras heimlich filmten, wie UN-Soldaten ein undichtes Abwasserrohr entlang des Artibonite entfernten, und das Video sich wie ein Lauffeuer im Internet verbreitete, interviewte Rachel einen hundertjährigen Fan der Red Sox, der eben sein erstes Spiel im Fenway-Park-Stadion besucht hatte.

Während die Cholera sich weiter ausbreitete, berichtete Rachel über Brände in Reihenhäusern, einen Wettbewerb im Hot-Dog-Essen, ein Wochenende mit Bandenschießereien in Dorchester, zwei betagte Schwestern, die Beistelltische aus Flaschenverschlüssen fertigten, eine außer Kontrolle geratene Party in Cleveland Circle und einen früheren Wallstreet-Börsenmakler, welcher der Hochfinanz den Rücken gekehrt hatte, um sich um die Obdachlosen an der North Shore zu kümmern.

Nicht alle diese Geschichten waren Quatsch, nicht alle waren belanglos. Rachel hatte sich fast schon davon überzeugt, dass sie der Öffentlichkeit zumindest gelegentlich einen wichtigen Dienst erwies. Doch dann brach Hurrikan Tomas über Haiti herein. Nur wenige Menschen starben, aber die Notunterkünfte wurden dem Erdboden gleichgemacht, Kanalrohre und Jauchegruben flossen über, und die Choleraepidemie verbreitete sich auf der gesamten Insel.

Sie war die ganze Nacht wach, sah sich die verfügbaren Filmaufnahmen an und las die nach und nach eintreffenden Berichte, als der Name von Brian Delacroix in ihrem E-Mail-Eingang aufpoppte. Sie öffnete seine Nachricht, und dort stand kurz und bündig:

Warum sind Sie nicht auf Haiti? Wir brauchen Sie dort.

Es fühlte sich an, als ob jemand ihr eine warme Hand in den Nacken gelegt hätte, als ob sie ihr Gesicht an jemandes Schulter gelehnt und die Augen geschlossen hätte. Vielleicht hatte sie Brian nach jener seltsamen Begegnung vor dem Atheneum zu harsch verurteilt. Vielleicht hatte sie ihn an einem schlechten Tag erwischt, während er ein Geschäft mit Jack Ahern abschließen wollte, dem Antiquitätenhändler aus Genf. Rachel hatte keine Ahnung, welche gemeinsamen geschäftlichen Interessen ein Holzhändler und ein Antiquitätenhändler haben mochten, aber im Finanzwesen kannte sie sich nicht wirklich aus – vielleicht war Jack Ahern so eine Art Investor. Jedenfalls hatte Brian sich ein bisschen seltsam, ein bisschen nervös verhalten. Aber was war so schlimm daran, ein bisschen seltsam und ein bisschen nervös zu sein?

Warum sind Sie nicht auf Haiti? Wir brauchen Sie dort.

Er verstand sie. Über all diese Jahre hinweg, mit einer Handvoll knapper E-Mails, verstand er, dass sie einfach dorthin zurückmusste.

Und als hätte sie eine Bestellung beim Pizzalieferdienst aufgegeben, kam Sebastian eine halbe Stunde später nach Hause und sagte: »Sie schicken dich wieder hin.«

»Wohin?«

Er nahm eine Plastikflasche Wasser aus dem Kühlschrank und legte sie sich an die Schläfe. Er schloss die Augen. »Wahrscheinlich, weil du die Leute kennst und weißt, wie's dort läuft.«

»Haiti. Sie schicken mich zurück nach Haiti.«

Er öffnete die Augen und rieb sich mit der Flasche weiter die Schläfe. »Haiti, genau.« Auch wenn er es nie gesagt hatte, wusste Rachel, dass er Haiti die Schuld für ihren Karriereknick gab. Und er gab ihrem Karriereknick die Schuld dafür, dass es mit seiner eigenen Laufbahn nicht weiterging. Wenn er also »Haiti« sagte, dann klang das wie ein Schimpfwort.

»Wann?« Sie war wie elektrisiert. Sie hatte sich die Nacht um die Ohren geschlagen, aber jetzt war sie hellwach.

»Klay sagte, spätestens morgen. Muss ich dich daran erinnern, dass du es diesmal nicht vermasseln darfst?«

Sie fühlte, wie ihr die Gesichtszüge entglitten. »Das sind deine aufmunternden Worte?«

»So ist es nun mal«, sagte er erschöpft.

Darauf hätte sie einiges entgegnen können, aber das hätte nur zu Streit geführt, und sie wollte jetzt nicht streiten. Also versuchte sie es mit: »Ich werde dich vermissen.«

Sie konnte es kaum erwarten, im Flugzeug zu sitzen.

»Ich dich auch«, sagte er, während er in den Kühlschrank starrte.

7
Hast du mich gesehen?

Zurück in Haiti – die gleiche Hitze und dieselben eingestürzten Häuser, dieselbe erschöpfte Verzweiflung. Der gleiche fassungslose Ausdruck auf den meisten Gesichtern. Wo keine Bestürzung war, war Zorn. Wo kein Zorn war, waren Hunger und Angst. Aber meist war es Bestürzung: Sollen wir nach all dem Leid akzeptieren, so schienen die Gesichter zu fragen, dass außer weiterem Leid nichts auf uns wartet?

Auf dem Weg zu ihrem ersten Beitrag – sie sollte das Filmteam vor einem Krankenhaus in der Cité Soleil treffen, dem Elendsviertel von Port-au-Prince – ging Rachel durch Straßen, die so ärmlich waren, dass sie schon vor dem Beben zerstört ausgesehen haben mussten. Fotos klebten an abgebrochenen Laternenmasten, zersplitterten Strommasten und den niedrigen Mauern, welche die Straßen säumten – manchmal Fotos von Toten, aber meist Fotos von Vermissten. Unter den meisten von ihnen stand eine Frage oder Bitte:

Èske ou te wè m?

Hast du mich gesehen?

Das hatte sie nicht. Oder vielleicht doch. Vielleicht gehörte das Gesicht des Mannes in mittleren Jahren, an dem sie vorbeikam, als sie um eine Ecke bog, zu einer der Leichen, die sie in der eingestürzten Kirche oder auf dem Parkplatz des Krankenhauses gesehen hatte. In beiden Fällen weilte er nicht mehr auf Erden. Und würde, dessen war sie sich ziemlich sicher, auch nicht wiederkehren.

Rachel bestieg eine Anhöhe, und das Ghetto erstreckte sich zu ihren Füßen, ein Flickenteppich aus notdürftig errichteten Hütten aus Betonziegeln, die von der Sonne ganz ausgebleicht waren. Ein Junge fuhr auf einem schmutzigen Fahrrad vorbei. Er sah aus, als wäre er elf, höchstens zwölf, und hatte ein Schnellfeuergewehr umgehängt. Als er sie über die Schulter ansah, rief Rachel sich in Erinnerung, dass dieses Gebiet von Banden beherrscht wurde. Kleine Kriegsgötter hatten das Sagen und fochten von einem Ende zum anderen ihre Territorialkriege aus. Essen gab es keines, aber dafür jede Menge Waffen. Sie hätte hier nicht allein herumlaufen sollen. Nicht ohne Panzer und Luftunterstützung.

Aber sie empfand keine Furcht. Sie fühlte sich wie betäubt. Sie fühlte sich von Gefühllosigkeit übermannt.

Dafür hielt sie es zumindest.

Hast du mich gesehen?

Nein, habe ich nicht. Hat keiner. Wird auch keiner mehr. Selbst wenn du ein ganzes Leben lang hier warst. Egal – du bist im Moment deiner Geburt verschwunden.

Das war die Stimmung, die ihr auf den kleinen Platz vor dem Krankenhaus folgte. Das einzig Gute an dem, was nun folgte, war, dass es wenigstens nur im Regionalfernsehen gesendet wurde, in diesem Fall in Boston. Die großen Sechs wollten später entscheiden, ob sie das Material benutzten. Die kleinen Sechs jedoch hatten geglaubt, dass eine Liveschaltung eine gewisse Dramatik vermitteln würde, da man schwindendes Zuschauerinteresse befürchtete – die Leute waren es schlichtweg leid, so viel Elend zu sehen.

So postierte sie sich also für eine Liveschaltung vor dem Krankenhaus. Die Sonne schlüpfte hinter einer massigen schwarzen Wolkenwand hervor und verbreitete sofort sengende Hitze. Grant, der Moderator bei den kleinen Sechs, klang über die internationale Schaltung noch dümmer als sonst.

Rachel ratterte die statistischen Zahlen herunter – zweiunddreißig bestätigte Fälle von Cholera, die Kranken lägen in dem Krankenhaus hinter ihr; die durch den Hurrikan verursachten Überflutungen verbreiteten die Krankheit auf der ganzen Insel und erschwerten die Rettungsaktionen; man erwarte, dass die Situation sich in den nächsten Tagen noch verschlimmern werde. Hinter dem Kamerateam erstreckte sich die Cité Soleil wie ein Opfer an den Sonnengott, und Rachel spürte, dass etwas in ihr brach. Ein Stück von ihr löste sich einfach, etwas Spirituelles, das bislang von der Welt unberührt geblieben war, vielleicht ein kleiner Splitter ihrer Seele, der nun von der Sonne und all den Verlusten aufgezehrt wurde. An seiner Stelle begann ein Spatz in ihrem Brustkorb, mit den Flügeln zu flattern. Unvermittelt, ohne Warnung. Plötzlich war er da, mitten in ihrem Brustkorb, und flatterte so heftig, wie er nur konnte.

»Und entschuldigen Sie, Rachel«, sagte Grant in ihrem Ohr, »aber Rachel …«

Warum sagte er dauernd ihren Namen?

»Ja, Grant?«

»Rachel?«

Sie unternahm eine bewusste Anstrengung, nicht mit den Zähnen zu knirschen. »Ja?«

»Gibt es Schätzungen, wie viele Menschen sich mit dieser tödlichen Krankheit angesteckt haben? Wie viele Menschen krank sind?«

Die Frage kam ihr absurd vor.

Wie viele Menschen krank sind?

»Wir sind alle krank.«

»Bitte?«, fragte Grant.

»Wir sind alle krank«, sagte Rachel. Bildete sie sich das nur ein, oder kamen die Wörter ein wenig lallend aus ihrem Mund?

»Rachel, wollen Sie sagen, dass Sie und andere Mitglieder Ihres Teams sich mit Cholera angesteckt haben?«

»Was? Nein.«

Danny Marotta sah hinter der Kamera hervor und warf ihr einen fragenden Blick zu. »Alles in Ordnung?«, schien der Blick zu fragen. Widdy trat hinter ihn mit einem anmutigen Schritt, der gar nicht zu ihrer Jugend und dem Blut auf ihrem Kleid passen wollte, oder zu dem zweiten Lächeln, das ihr jemand in die Kehle geschnitten hatte.

»Rachel«, sagte Grant. »Rachel? Ich fürchte, ich verstehe nicht ganz.«

Und Rachel, die zu diesem Zeitpunkt bereits heftig schwitzte und so stark zitterte, dass das Mikro in ihrer Hand auf und ab sprang, antwortete: »Ich sagte, dass wir alle krank sind. Wir sind alle, wir sind alle, was ich sagen will, ist, wir sind einfach krank. Verstehst du?« Die Worte strömten aus ihr heraus wie Blut aus einer Stichwunde. »Wir sind verloren und krank, und wir tun so, als wären wir es nicht, aber dann verschwinden wir. Verdammte Scheiße, wir verschwinden einfach. Alle.«

Als die Sonne unterging, ging die Aufnahme von Rachel, die zu dem verdutzten Moderator wiederholt »Wir sind alle krank« sagt, während ihre Hände und Schultern zittern und ihr der Schweiß von der Stirn in die Augen läuft, bereits viral.

In der Leitung des Senders war man sich bei einer anschließenden Besprechung einig, dass es zwar löblich gewesen sei, den Beitrag vier Sekunden ehe Rachel »Verdammte Scheiße« gesagt hatte abzubrechen, dass man aber gut daran getan hätte, schon ganze zehn Sekunden früher abzubrechen. Sobald klar gewesen sei, dass Rachel seelisch verstört war, hätte man sofort Werbung einspielen sollen.

Rachel wurde per Handy gefeuert, während sie über die Rollbahn des Flughafens Toussaint Louverture auf die Flugzeughalle zuging.

Am Abend ihrer Rückkehr nach Boston ging sie in eine Kneipe in der Nähe ihres Wohnhauses. Sebastian arbeitete die Nacht durch und hatte deutlich zu verstehen gegeben, dass er im Moment nicht das Bedürfnis verspürte, sie zu sehen. Er hatte gesagt, dass er in Marshfield wohnen würde, bis »ich verarbeitet habe, was du uns angetan hast«.

Sie konnte es ihm nicht einmal verübeln. Es würde zwar noch einige Wochen dauern, bis ihr wirklich klarwurde, was aus ihrer Karriere geworden war, aber als sie ihr Spiegelbild sah, während sie ihr Wodkaglas leerte, war sie erschrocken, wie verängstigt sie wirkte. Sie fühlte sich nicht verängstigt, sie fühlte sich betäubt. Und doch sah sie dort im Spiegel, der über den Whiskeyflaschen rechts von der Kasse hing, eine Frau an, die ein wenig ihrer Mutter ähnelte, ein wenig auch ihr selbst, und die durch und durch verängstigt schien.

Der Barkeeper hatte das Video ihres Zusammenbruchs nicht gesehen, so viel war klar. Er behandelte sie auf dieselbe Weise, mit der gelangweilte Barkeeper überall auf der Welt Kunden bedienen, die ihnen im Grunde scheißegal sind. Es war wenig los, viel Trinkgeld war also nicht drin, egal, wie sehr er lächelte und charmierte. Und so versuchte er es gar nicht erst. Er stand am anderen Ende des Tresens, las eine Zeitung und tippte SMS. Sie sah nach, ob sie selbst Nachrichten erhalten hatte, aber ihre Bekannten hielten sich bedeckt und warteten, bis die Götter entschieden hatten, ob sie Rachel zermalmen oder doch begnadigen würden. Sie hatte allerdings eine E-Mail erhalten, und noch ehe sie das Mailsymbol angetippt hatte, wusste sie, von wem sie war. Sie lächelte, als sie Brian Delacroix' Namen sah.

Rachel,
Sie haben keine Strafe dafür verdient, dass Sie sich menschlich verhalten, während ringsum Unmenschlichkeit herrscht. Sie haben nicht verdient, dass man Sie feuert oder verurteilt. Sie hätten einen Orden verdient. Das ist meine Meinung. Halten Sie durch.
BD

Wer bist du?, dachte sie. *Du seltsamer Mann, der sich fast immer im richtigen Moment meldet. Irgendwann, Brian Delacroix, würde ich gern mal …*

Was?

Ich würde dir gern die Gelegenheit geben, die seltsame Begegnung vor dem Atheneum zu erklären. Weil ich den Mann dort nicht mit dem Mann in Verbindung bringen kann, der mir gerade diese Mitteilung geschickt hat.

Der Barkeeper schenkte ihr noch einen Wodka ein, und sie beschloss, in ihre Wohnung zurückzukehren und vielleicht eine Nachricht an Brian Delacroix zu verfassen, die einige der Gedanken, die ihr gerade durch den Kopf gegangen waren, zum Ausdruck brachte. Sie gab dem Barkeeper ihre Kreditkarte und sagte ihm, dass sie zahlen wolle. Als er zur Kasse ging, überkam sie ein Déjà-vu, das stärker war als jedes andere, an das sie sich erinnern konnte. Nein, es war nicht bloß ein Déjà-vu: Genau diesen Augenblick hatte sie schon einmal erlebt, dessen war sie sich sicher. Sie fing den Blick des Barkeepers im Spiegel auf. Er musterte sie neugierig, als ob er sich fragte, warum sie ihn so unverwandt anstarrte.

Ich kenne dich nicht, dachte sie. *Aber ich kenne diesen Augenblick. Ich habe ihn gelebt.*

Und dann wurde ihr klar, dass nicht sie das gewesen war. Sondern ihre Mutter. Es war eine Neuinszenierung der Fotografie, auf der ihre Mutter an einem ähnlichen Ort, an einem ähnlichen Tresen, in ähnlichem Licht gestanden hatte – vor einunddreißig Jahren. Wie ihre Mutter starrte sie abwesend auf die Flaschen. Wie auf dem Foto hatte der Barkeeper ihr den Rücken zugewandt, während er die Kasse betätigte. Sein Blick ging in Richtung des Spiegels. Ihr Blick ging in Richtung des Spiegels.

Sieh ihm in die Augen, hatte ihre Mutter gesagt.

Rachel ist im Spiegel, hatte Jeremy gesagt.

Der Barkeeper brachte ihr die Rechnung. Sie fügte ein Trinkgeld hinzu und unterschrieb.

Sie ließ ihren Drink auf dem Tresen stehen und lief zurück in die Wohnung. Sie ging ins Schlafzimmer und öffnete den Schuhkarton mit den Fotos. Die Fotos aus der Kneipe in East Baltimore lagen oben auf dem Stapel, wo sie und Jeremy sie zwei Sommer zuvor hatten liegenlassen. Rachel folgte dem Blick ihrer Mutter über die Whiskeyflaschen hinweg zu dem Spiegel dahinter, zu dem wahren Objekt ihres Interesses, das diesen *erotisierten* Ausdruck auf ihr Gesicht gezaubert hatte.

Der Barkeeper stand hinter der Kasse, und sein Blick war auf ihre Mutter gerichtet. Das Grün seiner Augen war so blass, dass es fast grau war.

Rachel ging mit dem Foto ins Badezimmer und stellte sich vor den Spiegel. Sie hielt es neben ihren Kopf. Seine Augen waren ihre Augen – die gleiche Farbe, die gleiche Form.

»Ach du Scheiße«, sagte sie. »Hallo, Dad.«

8
Granit

S ie hatte angenommen, dass die Kneipe längst verschwunden sei, aber als sie Milo's in East Baltimore
googelte, erschien die Website sofort auf dem Bildschirm.
Auf den zahlreichen Fotos konnte sie sehen, dass die Kneipe
sich ein wenig verändert hatte – zur Straße hin gab es drei
große Fenster, die Beleuchtung war weicher, die Kasse com-
putergesteuert, und die Schemel hatten Rückenlehnen und
geschnitzte Armlehnen –, aber derselbe Spiegel hing über
dem Tresen, und die Flaschen waren immer noch auf die
gleiche Weise angeordnet. Der Wimpel der Baltimore Colts
war durch einen der Baltimore Ravens ersetzt worden.

Sie rief an und fragte nach dem Eigentümer.

Als er ans Telefon ging, sagte er: »Ronnie hier.«

Sie erklärte, dass sie Reporterin für Kanal 6 sei. Sie sagte
nicht, welcher Kanal 6, und sie sagte auch nicht, dass sie
an einem bestimmten Artikel arbeitete. Sich als Reporterin
auszugeben würde entweder sofort eine Tür öffnen oder
zuschlagen – beide Möglichkeiten sparten Zeit.

»Ronnie, ich versuche, einen Barkeeper ausfindig zu
machen, der im Jahr 1976 im Milo's gearbeitet hat. Und ich
habe mich gefragt, ob Sie vielleicht Unterlagen über Ihre
Angestellten von damals haben, in die ich einen Blick werfen
könnte.«

»Barkeeper im Jahr sechsundsiebzig?«, sagte er. »Das war vermutlich Lee, aber ich frage besser meinen Vater.«

»Lee?«, fragte sie, aber er hatte den Hörer schon hingelegt. Einige Minuten lang hörte sie kaum etwas, vielleicht ein Gespräch, das in größerer Entfernung geführt wurde, das war schwer zu sagen. Dann hörte sie Schritte, die sich dem Telefon näherten, und das Schaben des Hörers, der vom Tresen aufgehoben wurde.

»Milo hier.« Eine kratzige Stimme, gefolgt von einem Schnaufen.

»*Der* Milo?«

»Genau der. Um was geht es denn?«

»Ich suche einen Mann, der vor fast fünfunddreißig Jahren bei Ihnen hinter dem Tresen gearbeitet hat. Ihr Sohn erwähnte einen gewissen Lee?«

»Ja, der hat damals für uns gearbeitet.«

»Und Sie erinnern sich an ihn?«

»Na klar, der war mindestens fünfundzwanzig Jahre lang bei uns. Ist vor ungefähr acht Jahren gegangen.«

»Und er war der einzige Barkeeper, der damals bei Ihnen arbeitete?«

»Nein, aber er war am häufigsten hier. Ich habe manchmal hinter dem Tresen gestanden, meine verstorbene Frau auch, und der alte Harold, der wurde damals aber schon etwas senil. Hilft Ihnen das weiter?«

»Wissen Sie, wo ich Lee finden könnte?«

»Warum sagen Sie mir nicht erst mal, warum Sie das so sehr interessiert, Miss …«

»Childs.«

»Miss Childs. Warum interessieren Sie sich für Lee?«

Ihr fiel kein Grund ein, warum sie hätte lügen sollen, also sagte sie die Wahrheit. »Er hat vielleicht meine Mutter gekannt.«

»Lee hat viele Frauen gekannt.«

Sie wagte den Sprung ins kalte Wasser. »Es kann sein, dass er mein Vater ist.«

Sie hörte lange nichts als seinen schnaufenden Atem. Beinahe hätte sie aus schierer Nervosität wieder gesprochen.

»Wie alt sind Sie?«, fragte er schließlich.

»Dreiunddreißig.«

»Tja«, sagte Milo langsam, »er sah damals schon verdammt gut aus. Hatte Affären mit einigen Frauen – an ungefähr zehn erinnere ich mich. Der Vorteil der Jugend. Später war er dann nicht mehr so frisch.« Wieder dieses Schnaufen.

Sie dachte, er würde noch etwas sagen, aber nach einer Weile merkte sie, dass er weiterschweigen würde, wenn sie nichts sagte. »Ich würde mich gern mit ihm in Verbindung setzen. Wenn Sie mir helfen könnten, wäre das ganz –«

»Er ist tot.«

Zwei kleine Hände packten ihr Herz und pressten es zusammen. Eiskaltes Wasser sammelte sich in ihrem Nacken und flutete ihren Schädel.

»Er ist tot?« Das klang lauter, als sie beabsichtigt hatte.

»Seit etwa sechs Jahren, ja. Er hat bei uns gekündigt und für eine andere Kneipe in Elkton gearbeitet. Ein paar Jahre später ist er gestorben.«

»Woran?«

»Herzinfarkt.«

»Er war doch noch jung.«

»Dreiundfünfzig«, sagte Milo. »Vielleicht vierundfünfzig. Ja, er war jung.«

»Wie hieß er mit Nachnamen?«

»Wissen Sie, Miss, ich kenne Sie nicht. Vielleicht wollen Sie seinen Hinterbliebenen eine Vaterschaftsklage an den Hals hängen. Ich weiß mit so was nicht Bescheid. Wie gesagt, ich kenne Sie nicht. Das ist das Problem.«

»Würde es helfen, wenn Sie mich kennenlernen?«

»Aber sicher.«

Am nächsten Morgen stieg sie in Buck Bay in den Zug nach Baltimore. Auf dem Bahnsteig streifte ihr Blick ein Mädchen im Collegealter, und der jungen Frau gingen die Augen über, als sie Rachel erkannte. Rachel ging mit gesenktem Kopf ans Ende des Bahnsteigs. Sie setzte sich in die Nähe eines älteren Herrn in grauem Anzug. Er warf ihr ein trauriges Lächeln zu und las weiter seine Börsenzeitung. Sie wusste nicht, ob sein Lächeln aus Mitgefühl traurig gewesen war oder ob er immer so lächelte.

Ohne weitere Zwischenfälle bestieg sie den Zug und setzte sich in den hinteren Teil des fast leeren Wagens. Mit jedem Kilometer, den sie zurücklegte, hatte sie das Gefühl, ihre neue Identität als öffentliche Versagerin ein wenig hinter sich zu lassen. Als der Zug durch Rhode Island fuhr, fühlte sie sich fast entspannt. Sie fragte sich, ob diese Erleichterung teilweise daher rührte, dass sie, wenn schon nicht nach Hause, doch zumindest an den Ort ihrer Herkunft zurückkehrte. Auf seltsame Weise tröstete es sie auch, dass sie den umgekehrten Weg der Strecke fuhr, die ihre Mutter und Jeremy James im Sommer des Jahres 1976 nach West-Massachusetts zurückgelegt hatten. Es war Mitte November, und mehr als drei Jahrzehnte waren vergangen. Die großen und kleinen Städte, durch die sie fuhr, steckten irgendwo zwischen spätem Winter und nahem Frühling fest. Auf einigen Parkplätzen sammelten sich immer noch Streusalz und Sand, und manche Bäume trieben bereits zögerlich spärliche Blätter.

»Das ist er.« Milo legte eine gerahmte Fotografie auf den Tresen, und sein dicker Zeigefinger deutete auf einen nicht mehr ganz jungen Mann mit fliehendem Haaransatz. Er hatte eine hohe Stirn, eingesunkene Wangen und Rachels Augen.

Milo war um die achtzig und atmete mit Hilfe einer Sauerstoffflasche, die in einer Hüfttasche steckte. Der durchsichtige Silikonschlauch lief an seinem Rücken hoch und war hinter den Ohren festgeklemmt. Von dort führten die Aufsätze entlang der Wangenknochen in seine Nasenlöcher. Er hatte Rachel erzählt, dass er seit etwa zehn Jahren mit einem Lungenemphysem lebte. In letzter Zeit hätte sich der Sauerstoffmangel verschlimmert, aber nicht so sehr, dass er nicht noch acht bis zehn Zigaretten am Tag rauchen könne.

»Gute Gene«, sagte Milo, als er ein ungerahmtes Foto vor sie hinlegte. »Die habe ich. Lee hatte sie nicht.«

Das ungerahmte Foto wirkte ein bisschen spontaner als das andere, auf dem die gesamte Belegschaft posiert hatte. Es war vor Jahrzehnten aufgenommen worden. Lee hatte volles, langes dunkelbraunes Haar, und seine Augen waren noch nicht so stark eingesunken. Er lächelte über etwas, das ein Gast gesagt hatte. Während mehrere Stammgäste vor Lachen den Kopf in den Nacken warfen, wirkte Lees Lächeln verhalten – nicht einladend, sondern distanziert. Er sah aus, als ob er siebenundzwanzig, höchstens achtundzwanzig Jahre alt wäre, und sie sah sofort, was ihre Mutter an ihm angezogen hatte. Das verhaltene Lächeln ließ versteckte Lebensfreude und tiefe Verschwiegenheit erahnen. Es versprach gleichzeitig zu viel und zu wenig. Lee sah wie der schlechteste Partner und der größte Liebhaber aller Zeiten aus.

Sie verstand, warum ihre Mutter gesagt hatte, er rieche nach »Blitzen«. Und sie vermutete, dass auch sie, wenn sie im Jahr 1976 in diese Kneipe gekommen wäre und diesen Mann hinter dem Tresen gesehen hätte, auf mehr als einen Drink geblieben wäre. Er entsprach dem Klischee des lasterhaften Dichters, des drogenvernebelten Malergenies, des Musikers, der, einen Tag nachdem er seinen ersten großen Plattenvertrag unterschrieben hat, bei einem Autounfall stirbt.

Doch das, was sie auf den Fotos, die Milo ihr zeigte, von Lees Leben zu sehen bekam, war größtenteils auf genau den Tresen beschränkt, an dem sie jetzt saß. Sie spürte mit jedem Foto, wie seine Welt, seine Chancen, seine Aussichten auf Affären mit interessanten Frauen schrumpften. Bald war die Welt vor dem Tresen kein Stoff mehr für Träume, sondern etwas, wovor man sich besser versteckte. Aus den Frauen, die ihm einst nachgestellt hatten, wurden erst Frauen, denen man nachstellen musste, dann Frauen, die mit Humor und Alkohol überzeugt werden wollten. Irgendwann hatten sie angewidert oder amüsiert reagiert, wenn sie merkten, dass er scharf auf sie war.

Aber während Lees sexuelle Anziehungskraft mit jedem Jahr nachließ, wurde sein Lächeln immer breiter. Als Rachel zur Mittelschule ging, trug er immer noch die Kluft, die Milo zur Vorschrift für seine Barkeeper gemacht hatte – schwarze Weste und weißes Hemd –, aber seine Haut war fleckig geworden und sein Gesicht eingesunken. Sein Lächeln gab gelbe Zähne preis, zwei Backenzähne fehlten. Trotzdem wirkte er mit jedem Foto entspannter und weniger belastet von dem, was hinter seinem früheren Du-kannst-mich-mal-Lächeln gesteckt hatte, seinem trägen sexuellen Charisma. Seine Seele schien aufzublühen, während der Körper welkte.

Als Nächstes kramte Milo einen Stapel Fotos von den Softballspielen mit anschließendem Picknick hervor, die das Team von Milo's jedes Jahr am Unabhängigkeitstag veranstaltet hatte. Zwei Frauen waren immer wieder in Lees Nähe zu sehen: Die eine war eine magere Brünette, deren Gesicht angespannt und besorgt wirkte; die andere war eine ungepflegte Blondine, die fast immer einen Drink in der einen Hand und eine Zigarette in der anderen hielt.

»Das war Ellen«, sagte Milo und zeigte auf die dunkelhaarige Frau. »Die hatte immer eine Mordswut im Bauch. Kein Mensch wusste, warum. Eine von der Sorte, die einem jede Geburtstagsparty oder Hochzeit ruinieren kann – ich weiß es, ich war dabei. Sie hat Lee so um sechsundachtzig, höchstens siebenundachtzig verlassen. Die andere war seine zweite Frau, Maddy. Soweit ich weiß, lebt sie noch. In Elkton. Sie und Lee haben ein paar gute Jahre miteinander verbracht, aber dann haben sie sich auseinandergelebt.«

»Hatte er Kinder?«, fragte Rachel.

»Nicht mit diesen beiden.« Milo sah sie prüfend an,

während er an seiner Sauerstoffflasche herumrückte. »Sie glauben, dass er Ihr Vater ist, stimmt's?«

»Ich bin mir ziemlich sicher«, sagte Rachel.

»Sie haben seine Augen«, sagte Milo, »so viel steht fest. Tun Sie mal so, als ob ich etwas Lustiges gesagt hätte.«

»Bitte?«

»Lachen Sie«, sagte er.

»Haha«, machte sie.

»Nein, richtig.«

Sie sah sich in der Kneipe um. Sie war leer. Sie stieß ein lautes Lachen aus und war überrascht, wie echt es klang.

»Das ist sein Lachen«, sagte Milo.

»Dann ist die Sache ja klar«, sagte sie.

Er lächelte. »Als ich jung war, hieß es immer, ich würde wie Warren Oates aussehen. Wissen Sie, wer das ist?«

Sie schüttelte den Kopf.

»Filmschauspieler. Hat in vielen Western mitgespielt. *Sie kannten kein Gesetz* und so.«

Sie zuckte verlegen mit den Schultern.

»Na, jedenfalls sah ich wie Warren Oates aus. Jetzt sagen die Leute, ich würde wie Wilford Brimley aussehen. Kennen Sie *den*?«

Sie nickte. »Der Typ auf der Haferflockenpackung.«

»Genau der.«

»Sie sehen ihm wirklich ähnlich.«

»Stimmt.« Er reckte den Zeigefinger in die Höhe. »Und trotzdem bin ich, soweit ich weiß, nicht mit ihm verwandt. Und mit Warren Oates auch nicht.« Er hielt Daumen und Zeigefinger eine Haaresbreite auseinander. »Nicht mal so viel.«

Sie quittierte das mit einem kurzen Nicken. Auf dem Tresen war das Leben eines Mannes ausgebreitet, so, wie auch ihr Leben einst vor ihr und Jeremy James ausgebreitet gewesen war. Noch so eine Collage, die alles und nichts besagte. Vermutlich konnte man einen Menschen jeden Tag seines Lebens fotografieren, ohne die tiefere Wahrheit über ihn zu erfassen, seinen Wesenskern. Zwanzig Jahre lang hatte ihre Mutter Tag für Tag vor ihr gestanden, und doch wusste sie nicht mehr über sie, als sie ihr hatte zeigen wollen. Und hier war ihr Vater, sah sie aus Fotos verschiedener Formate an, 4 × 6, 5 × 7, 8 × 12 Zoll, teils scharf, teils verschwommen, mal über- und mal unterbelichtet. Doch letztlich war er unerkennbar. Sie konnte sein Gesicht sehen, aber nicht, was dahinterlag.

»Er hatte ein paar Stiefkinder«, sagte Milo. »Ellen hatte schon einen Sohn, als er mit ihr zusammenkam, Maddy eine Tochter. Wüsste nicht, dass er eins von denen offiziell adoptiert hätte. Habe nie herausgefunden, ob er sie mochte oder nicht. Und sie ihn.« Er zuckte die Schulter und sah hinab auf die Fotocollage. »Mit Whiskey kannte er sich aus, und im Verlauf der Jahre hatte er einige Motorräder, an denen ihm viel lag. Eine Zeitlang hatte er auch einen Hund. Dann bekam der Hund Krebs, und danach hat er sich nie wieder einen angeschafft.«

»Und er hat hier fünfundzwanzig Jahre lang gearbeitet?«

»So ungefähr.«

»Wollte er jemals etwas anderes als Barkeeper sein?«

Milo starrte eine Weile ins Leere und versuchte, sich zu erinnern. »In seiner Motorradzeit wollte er mit einem anderen Typen eine Werkstatt aufmachen. Als der Hund starb, hat er sich für eine Tierarztausbildung interessiert. Aber es ist nie was daraus geworden.« Milo zuckte die Schultern. »Falls er sonst noch Träume hatte, hat er sie gut versteckt.«

»Warum hat er aufgehört, hier zu arbeiten?«

»Es hat ihm vermutlich nicht gefallen, dass er sich Ronnie unterordnen musste. Ist schwierig, sich was von einem Mann sagen zu lassen, den man schon als kleines Kind gekannt hat. Vielleicht ist ihm auch die Pendelei auf die Nerven gegangen. Er wohnte in Elkton. Der Verkehr auf der Strecke wird Jahr für Jahr schlimmer.«

Er sah sie an, und es war klar, dass er versuchte, sie einzuschätzen und eine Entscheidung zu treffen. »Sie tragen teure Kleidung und sehen aus, als ob's Ihnen gutgeht.«

Sie nickte.

»Er hatte kein Geld. Wussten Sie das? Das wenige, das er hatte, haben sich seine Exfrauen gekrallt.«

Wieder nickte sie.

»Grayson.«

Diesmal streichelten die kleinen Hände ihr Herz. Sie waren kalt, aber ganz sanft.

»Leeland David Grayson«, sagte Milo. »Das war sein voller Name.«

Sie traf sich mit Maddy, seiner zweiten Frau, in einem kleinen Park in Elkton, Maryland, einer Stadt, die irgendwie abgehängt wirkte. Auf den umgebenden Anhöhen standen vereinzelt leere Fabrikgebäude und Eisengießereien, an deren Glanzzeit sich vermutlich kein Lebender erinnern konnte.

Maddy Grayson war übergewichtig mit einer Tendenz

zur Fettleibigkeit, und an die Stelle des frechen Lächelns, das sie auf den meisten Fotos gezeigt hatte, war eines getreten, das nach einer Sekunde schon wieder versiegte.

»Meine Tochter Steph hat ihn gefunden. Er lag auf den Knien vor dem Sofa, mit dem rechten Ellbogen immer noch auf dem Sofa drauf. Als ob er aufstehen wollte, um sich was zu trinken zu holen oder pinkeln zu gehen, und es ihn dabei erwischt hätte. Er hat da mindestens einen Tag lang so gekniet, vielleicht zwei. Steph war hin, um sich Geld zu borgen, weil Lee an seinen Sauftagen manchmal weich wurde. Sonst wollte er immer nur in Ruhe gelassen werden. An seinen freien Tagen hat er am liebsten einen guten Whiskey getrunken, geraucht und alte Fernsehsendungen angeschaut. Niemals neue. Er mochte das Zeug aus den Siebzigern und Achtzigern – *Mannix* und *Das A-Team. Miami Vice.*« Sie saßen auf einer Bank, und sie drehte sich zu ihr und redete ohne Pause. »Oh, *Miami Vice* hat er geliebt. Aber nur die frühen Folgen. Er sagte immer, dass es mit der Serie bergab gegangen wäre, als Crockett die Sängerin geheiratet hat. Wäre danach völlig unglaubwürdig geworden.« Sie kramte in ihrer Handtasche herum und brachte eine Zigarette zum Vorschein. Sie zündete sie an, nahm einen Zug und sah dem Rauch nach. »Er mochte diese Serien, weil die Welt damals noch einen Sinn hatte. Das waren gute Zeiten, vernünftige Zeiten.« Sie sah sich um und betrachtete den leeren Park. »Nicht wie jetzt.«

Rachel hätte Schwierigkeiten gehabt, zwei Jahrzehnte ihres Lebens zu nennen, die weniger Sinn ergaben als die Siebziger und Achtziger, oder zwei, die ihr instabiler und teilnahmsloser erschienen waren. Aber es hätte vermutlich wenig gebracht, das gegenüber Maddy Grayson zu erwähnen.

»Hat er jemals was gewollt?«, fragte sie.

»Wie meinen Sie das?« Maddy hustete in ihre Faust.

»Ich weiß nicht. Was aus sich machen, vielleicht?« Rachel bereute ihre Wortwahl schon, ehe der Satz zu Ende war.

»Wie ein Arzt, oder was?« Maddys Blick verhärtete sich sofort. Sie wirkte wütend und verwirrt, und wütend, dass sie verwirrt war.

»Na ja, ich meine« – Rachel stotterte und versuchte, freundlich zu lächeln – »irgendwas anderes als Barkeeper.«

»Was ist falsch daran, Barkeeper zu sein?« Maddy warf ihre Zigarette vor sich auf den Bürgersteig und wandte sich Rachel zu. Sie begegnete Rachels hilflosem Lächeln mit einem eisigen Blick. »Ich meine es ernst. Über fünfundzwanzig Jahre lang sind die Leute ins Milo's gegangen, weil sie wussten, dass Lee hinter dem Tresen stand. Sie konnten ihm alles anvertrauen, und sie wussten, dass er sie nicht kritisieren würde. Sie konnten kommen, wenn ihre Ehe am Arsch war, wenn sie ihren Job verloren hatten, wenn aus ihren Kindern Arschlöcher oder Junkies wurden, wenn die ganze Welt um sie herum im Dreck versank. Aber sie konnten sich vor Lee an den Tresen setzen, und er schenkte ihnen einen Drink ein und hörte ihnen zu.«

Rachel sagte: »Klingt nach einem feinen Kerl.«

Maddy spitzte die Lippen und fuhr so rasch zurück, als ob eine Kakerlake aus einem Teller voller Spaghetti gekrochen wäre. »Er war kein *feiner Kerl*. Oft war er ein richtiges Arschloch. Zum Schluss konnte ich nicht mehr mit ihm zusammenleben. Aber er war ein großartiger Barkeeper, und vielen Leuten hat es etwas bedeutet, dass sie ihn kannten.«

»Etwas anderes wollte ich auch nicht andeuten.«

»Haben Sie aber.«

»Tut mir leid.«

Maddy atmete schwer aus, und es klang zugleich verächtlich und melancholisch. »Sachen wie ›Wollte er noch was anderes als Barkeeper sein?‹ fragen nur Leute, die werden können, was sie wollen. Alle anderen sind einfach Amerikaner.«

Alle anderen sind einfach Amerikaner.

Rachel erkannte die wohlfeile Selbstverherrlichung, die in diesem Spruch steckte, genauso wie die falsche Bescheidenheit. Sie konnte förmlich hören, wie sie ihn auf Cocktailpartys zitierte, sich das Gelächter vorstellen, das er hervorrufen würde. Und doch beschämte sie das. Immerhin hatte sie sich des Erfolges schuldig gemacht, eines Erfolges, der aus ihrem Geburtsrecht und Privilegien herrührte. Sie hielt Hoffnung für etwas Selbstverständliches, betrachtete günstige Gelegenheiten als etwas, das ihr zustand, und hatte sich nie ernsthaft Sorgen machen müssen, in einem Meer übersehener Gesichter und überhörter Stimmen unterzugehen.

Aber das war das Reich, in dem ihr Vater gelebt hatte. Das Reich der Ungesehenen und der Ungehörten. Und der nach ihrem Tod Vergessenen.

»Es tut mir leid, wenn ich Sie gekränkt habe«, sagte sie zu Maddy.

Maddy machte eine abwehrende Bewegung mit ihrer frisch angezündeten Zigarette. »Schätzchen, Ihr Kram ist mir scheißegal.« Sie drückte kurz und freundlich Rachels Knie. »Wenn Sie Lees Fleisch und Blut sind, soll mir das recht sein. Ich hoffe, es bringt Ihnen Frieden. Wäre bestimmt nett für Sie gewesen, wenn Sie ihn gekannt hätten.«

Sie klopfte die Asche von ihrer Zigarette. »Aber wir bekommen nicht das, was wir wollen, sondern das, was wir bewältigen können.«

Sie besuchte sein Grab. Ein gewöhnlicher Grabstein aus Granit, schwarz mit weißen Sprenkeln. Den gleichen Granit hatte sie als Arbeitsoberfläche in den Küchen bei mindestens zwei Kolleginnen gesehen. Bei Lee Grayson war allerdings deutlich weniger Granit zum Einsatz gekommen. Der Stein war klein, nicht höher und breiter als fünfzig Zentimeter. Maddy hatte ihr gesagt, Lee habe ihn auf Anzahlung zurücklegen lassen, als seine eigenen Eltern gestorben waren, und ihn drei Jahre vor seinem Tod abbezahlt.

LEELAND D. GRAYSON

20. NOVEMBER 1950

9. DEZEMBER 2004

Das konnte doch nicht alles sein. Da musste es doch noch etwas geben.

Aber wenn es noch etwas gab, dann konnte sie es nicht finden.

Sie stoppelte sich eine Biographie zurecht aus dem, was Milo über ihn gesagt hatte, was Maddy über ihn gesagt hatte und was laut Maddy und Milo andere über ihn gesagt hatten.

Leeland David Grayson war in Elkton, Maryland, geboren und aufgewachsen. Er hatte den Kindergarten, die Grundschule und eine Highschool besucht. Er hatte in einer Firma für Pflasterarbeiten, einer Lkw-Spedition, einem Schuhgeschäft und als Fahrer für einen Blumenhändler gearbeitet, ehe er seine Stelle bei Milo's in East Baltimore gefunden hatte. Allem Anschein nach hatte er sein Erbgut mindestens einmal weitergegeben, hatte geheiratet, war geschieden worden, hatte wieder geheiratet und war wieder geschieden worden. Hatte ein Haus besessen, das er in der ersten Scheidung verlor. Hatte von da an in einer Mietwohnung gelebt. Im Verlauf seines Lebens hatte er neun Autos besessen, drei Motorräder und einen Hund. Er war in seiner Geburtsstadt gestorben. Vierundfünfzig Jahre auf dieser Erde, und allem Anschein nach hatte er wenig von anderen erwartet und entsprechend wenig gegeben. War kein zorniger Mensch gewesen, auch wenn die meisten den Eindruck hatten, dass man ihn besser nicht reizte. War kein glücklicher Mensch gewesen, aber über einen guten Witz konnte er immer lachen.

Eines Tages würden alle, die sich an ihn erinnerten, vom Antlitz der Erde verschwunden sein. So, wie die Menschen in Lees Umfeld auf ihre Gesundheit achteten, würde dieser Tag nicht mehr allzu lange auf sich warten lassen. Dann wäre der einzige Mensch, der seinen Namen kannte, derjenige, der das Gras neben seinem Grab mähte.

Ihre Mutter hätte gesagt: Er hat nicht sein Leben gelebt, sein Leben hat ihn gelebt.

Und in jenem Moment wurde Rachel klar, warum ihre Mutter Lee niemals von ihr oder ihr von Lee erzählt hatte. Elizabeth hatte gesehen, wie sein Leben ablaufen würde. Sie hatte gewusst, dass seine Bedürfnisse gering, seine Phantasie begrenzt, sein Ehrgeiz spärlich war. Elizabeth Childs, die in einer Kleinstadt aufgewachsen war und sich entschieden hatte, in einer Kleinstadt zu leben, hatte kleinstädtisches Denken verachtet.

Ihre Mutter hatte ihr nie gesagt, wer ihr Vater war, denn wenn sie zugegeben hätte, wem sie sich hingegeben hatte, dann hätte sie auch zugeben müssen, dass es einen Teil in ihr gab, der niemals ihrer Herkunft hatte entfliehen können.

Und so hast du uns einander vorenthalten, dachte Rachel.

Rachel saß fast eine Stunde lang an seinem Grab. Sie wartete darauf, seine Stimme im Wind oder im Rascheln der Bäume zu hören.

Und sie ließ sich hören, wirklich hören. Aber was sie sagte, war nicht schön.

Du willst, dass dir jemand das Warum erklärt.

Ja.

Warum es Schmerz und Verlust gibt. Erdbeben und Hunger.

Aber vor allem:

Warum sich niemand einen feuchten Kehricht um dich schert.

»Hör auf.« Sie war sich ziemlich sicher, dass sie das laut gesagt hatte.

Kennst du die Antwort?

»Hör bitte auf.«

Darum.

»Darum? Was darum?«, fragte sie in die Stille des Friedhofes.

Nichts weiter. Einfach darum.

Sie senkte den Kopf und weinte nicht. Gab kein Geräusch von sich. Aber eine ganze Weile konnte sie nicht zu zittern aufhören.

Du hast lange gebraucht, um diese Antwort zu finden.

Und hier ist sie. Endlich. Direkt vor deiner Nase.

Sie hob den Kopf. Öffnete die Augen. Starrte ihn an.

Einen halben Meter hoch, fünfzig Zentimeter breit.

Granit und Erde.

Und das ist alles.

Sie blieb auf dem Friedhof, bis die Sonne halb hinter den schwarzen Bäumen versunken war. Es war kurz vor vier. Sie war um zehn Uhr gekommen.

Sie hörte seine Stimme nie wieder. Kein einziges Mal.

Auf der Heimfahrt schaute sie aus dem Zugfenster, aber es war Nacht, und von den Städten war nichts zu sehen als verschwommene Lichtflecken in der Dunkelheit.

Meistens sah sie überhaupt nichts. Nur ihre eigene Spiegelung. Nur Rachel. Immer noch allein.

Immer noch auf der falschen Seite des Spiegels.

II

Brian
2011–2014

9
Der Spatz

Rachel und Brian Delacroix trafen sich ein Jahr nach ihrer letzten E-Mail in einer Kneipe im South End wieder. Er war dort gestrandet, weil seine Wohnung nur wenige Straßenblocks entfernt lag und weil die Luft in jener Nacht – der ersten des Jahres, in der sich ein Hauch von Sommer erahnen ließ – feucht und hoffnungsvoll roch. Sie war in die Kneipe gegangen, weil sie an jenem Nachmittag geschieden worden war und sich tapfer fühlen musste. Sie fürchtete, dass ihre Angst vor Menschen sich wieder verschlimmerte, und sie wollte die Sache in den Griff bekommen und sich beweisen, dass sie die Herrin ihrer Neurosen war. Es war Mai, und seit dem frühen Winter hatte sie das Haus kaum verlassen. Sie war einkaufen gegangen, aber nur dann, wenn der Supermarkt am leersten war. Dienstagmorgen um sieben Uhr war ideal – die Paletten mit verschweißten Waren standen noch auf den Gängen, der Typ aus der Abteilung für Molkereiprodukte blödelte mit dem aus der Feinkostabteilung herum, die Kassiererinnen steckten ihre Geldtaschen weg und gähnten in Pappbecher von Dunkin' Donuts, ließen sich über den langen Arbeitsweg aus, das Wetter, ihre unmöglichen Kinder, ihre unmöglichen Männer.

Wenn sie zum Friseur gehen musste, nahm sie immer den letzten Termin am Tag. Das Gleiche galt für Maniküre und Pediküre, aber da ging sie sowieso selten hin. Die meisten anderen Bedürfnisse konnten im Internet gestillt werden. Sie hatte aus eigenen Stücken begonnen, die Öffentlichkeit zu meiden, um prüfenden und kritischen Blicken zu entgehen, aber bald entwickelte sich ihr Verhalten zu einer fast suchtartigen Gewohnheit. Ehe Sebastian sich offiziell von ihr trennte, hatte er ein halbes Jahr lang im Gästezimmer geschlafen; während des vorangegangenen Sommers hatte er auf seinem Boot auf dem South River übernachtet, einem Wattgebiet an der Massachusetts Bay. Das schien nur angemessen – Sebastian hatte sie vermutlich nie geliebt, hatte vermutlich nie einen Menschen geliebt, aber dieses Boot, Mann, das hatte er geliebt. Sobald er weg war, löste sich auch ihr Hauptgrund auf, das Haus zu verlassen: ihm und all seiner giftigen Missachtung zu entkommen.

Aber dann kam der Frühling, und mit ihm die Rückkehr entspannter und heiterer Menschenstimmen auf der Straße, Kindergeschrei und das Klackern der Kinderwagen entlang des Bürgersteigs, das Quietschen und Einrasten von Fliegengittertüren. Das Haus, das sie mit Sebastian gekauft hatte, lag in Marshfield, dreißig Meilen südlich von Boston. Marshfield war ein Küstenstädtchen. Ihr Haus stand zwar eine Meile landeinwärts, aber Rachel war sowieso keine Meeresenthusiastin. Sebastian liebte das Meer natürlich, und als sie frischverliebt waren, hatte er ihr sogar das Tauchen beigebracht. Als sie ihm viel später endlich gestand, dass sie es hasste, unter Wasser zu sein, während Raubtiere sie möglicherweise aus der Tiefe beobachteten, war er nicht etwa geschmeichelt, dass sie ihre Furcht zeitweilig überwunden hatte, um ihn glücklich zu machen, sondern warf ihr vor, dass sie vorgegeben hätte, Interessen mit ihm zu teilen, um ihn »einzufangen«. Sie entgegnete, dass man etwas nur einfinge, um es zu essen, und dass sie ihren Appetit auf ihn vor langer Zeit verloren habe. Das war eine Gemeinheit, aber wenn eine Beziehung so schnell und heftig kollabierte wie ihre, dann wurden Gemeinheiten zur Normalität. Sobald die Scheidung rechtskräftig war, würden sie das Haus zum Verkauf anbieten und sich den Erlös teilen, und dann würde sie sich eine neue Bleibe suchen müssen.

Und das war in Ordnung. Sie vermisste die Stadt, und sie hatte sich nie daran gewöhnt, überallhin mit dem Auto fahren zu müssen. Es war schwierig genug, ihrer traurigen Berühmtheit in der großen Stadt zu entfliehen, aber in einer Kleinstadt war es völlig unmöglich. Erst vor einigen Wochen war sie beim Tanken von Gaffern überrascht worden. Drei Highschoolmädchen, die mit ihren Push-up-BHs, Yogahosen, seidig glänzenden Fönfrisuren und ausgeprägten Wangenknochen so aussahen, als würden sie am liebsten in einer Reality-TV-Show mitspielen, kamen aus dem Tankstellenshop und gingen auf einen Burschen in hautengem Sweatshirt und künstlich zerrissenen Jeans zu, der einen makellosen Lexus-SUV betankte. Als die drei Rachel bemerkten, begannen sie, zu tuscheln und sich gegenseitig anzustupsen. Als sie zu ihnen hinübersah, wurde eine von ihnen rot und senkte den Blick, aber die beiden anderen legten erst richtig los. Die Dunkelhaarige mit den pfirsichfarbenen Strähnchen ahmte jemanden nach, der einen kräftigen Schluck aus der Pulle nahm, und ihre honigblonde Freundin verzog das Gesicht zu einer Pantomime hilflosen Weinens, dann fuchtelte sie mit den Händen in der Luft. Die Dritte sagte: »Jetzt hört schon auf«, aber das klang halb klagend, halb kichernd, und dann drang Gelächter aus ihren hübsch-hässlichen Mündern wie Fuselkotze am Freitagabend.

Seitdem hatte Rachel das Haus nicht mehr verlassen. Sie hatte fast kein Brot mehr. Der Wein war ihr ausgegangen. Dann der Wodka. Sie wusste nicht mehr, welche Webseiten sie noch besuchen und welche Fernsehserien sie ansehen sollte. Dann rief Sebastian an, um sie daran zu erinnern, dass ihr Scheidungstermin auf den einundzwanzigsten Mai um halb vier festgesetzt war.

Sie richtete sich her und fuhr mit dem Auto nach Boston. Auf der Route 3 wurde ihr klar, dass sie seit sechs Monaten nicht mehr auf einem Highway gefahren war. Die anderen Autos rasten und beschleunigten und drängelten. Ihre Karosserien glänzten im grellen Sonnenlicht wie Messer. Sie umzingelten sie, umbrandeten sie, durchstachen die Luft, und ihre Bremslichter blitzten wie zornige Augen. *Na toll,* dachte Rachel, als die Angst ihr in die Kehle kroch, unter die Haut und bis in die Haarwurzeln, *jetzt habe ich auch noch Angst vor dem Autofahren.*

Sie schaffte es irgendwie in die Stadt, und es fühlte sich an, als hätte sie etwas Unrechtmäßiges getan, weil sie in diesem verletzlichen und hysterischen Zustand gar nicht auf die Straße gedurft hätte. Aber sie schaffte es. Und keiner wusste, wie sie sich gefühlt hatte. Sie verließ das Parkhaus, überquerte die Straße und erschien pünktlich vor dem Familiengericht in der New Chardon Street.

Die Verhandlung ähnelte Sebastian und ihrer Ehe – sie

war routinemäßig und blutleer. Als sie vorbei war und ihre Verbindung, soweit es den Staat betraf, rechtskräftig aufgelöst, drehte sie sich um, um mit ihrem frischgebackenen Exmann einen Blick auszutauschen – vielleicht nicht den Blick zweier Soldaten, die insofern einen kleinen Sieg errungen haben, als sie das Schlachtfeld unversehrt verlassen, aber doch den Blick zweier Menschen, die mit einem Mindestmaß an Anstand auseinandergehen. Doch Sebastian stand nicht mehr an seinem Platz. Er war schon auf halbem Weg aus dem Gerichtssaal, wandte ihr den Rücken zu, reckte das Kinn in die Höhe, ging mit langen, zielstrebigen Schritten hinaus. Und sobald er durch die Tür gegangen war, blickten die anderen Menschen im Saal sie mit mitleidigen oder ablehnenden Blicken an.

Das ist also aus mir geworden, dachte sie. *Jemand, den man nicht einmal mehr verachtet.*

Das Parkhaus lag direkt gegenüber dem Gerichtsgebäude, und von dort hätte sie nur zweimal rechts abbiegen und auf die 93 South fahren müssen, um nach Hause zu kommen. Aber sie dachte an all die rasenden, bremsenden und jäh die Spur wechselnden Autos, und so bog sie stattdessen nach Westen in die Innenstadt ab und fuhr über Beacon Hill, durch Back Bay und weiter, bis sie das South End erreicht hatte. Während der Fahrt fühlte sie sich gar nicht schlecht. Nur einmal, als sie glaubte, dass ein Nissan sie kurz vor einer Kreuzung rechts überholen wollte, begannen ihre Handflächen zu schwitzen. Nachdem sie einige Minuten lang herumgefahren war, fand sie etwas, das in dieser Gegend eine echte Rarität war, nämlich einen Parkplatz. Sie blieb eine Weile im Wagen sitzen und ermahnte sich, das Atmen nicht zu vergessen. Zwei anderen Autofahrern signalisierte sie, dass sie nicht wegfahren wolle, sondern erst angekommen sei.

»Dann schalt gefälligst deinen Scheißmotor aus«, schrie der zweite und hinterließ bei seinem Kavalierstart eine Gummispur, die wie der Rülpser eines Kettenrauchers roch.

Sie stieg aus und spazierte durch das Viertel, nicht völlig ziellos, aber doch ein wenig desorientiert. Sie erinnerte sich, dass es hier in der Gegend eine Kneipe gab, in der sie einmal einen schönen Abend verbracht hatte. Damals hatte sie noch beim *Globe* gearbeitet. Es hatten Gerüchte kursiert, dass eine Artikelreihe, die sie über eine Sozialbausiedlung geschrieben hatte, für den Pulitzerpreis nominiert werde könnte. Zwar wurde sie dann doch nicht nominiert (auch wenn sie den Horace-Greeley-Preis und den PEN/Winship-Preis für besondere Leistungen im investigativen Journalismus bekam), aber letztlich war es ihr egal; sie wusste, dass sie gute Arbeit geleistet hatte, und damals reichte ihr das. Es war eine Altmännerkneipe mit roter Tür, und wenn sie sich recht erinnerte, hieß sie Kenneally's Tap und versteckte sich in einem der letzten nicht gentrifizierten Häuserblöcke des Viertels. Der Name erinnerte an eine Zeit, als irische Kneipen noch nicht vage literarisch klingende Namen wie St. James's Gate, Elysian Fields oder Isle of Statues tragen mussten.

Nach einigem Suchen fand sie die rote Tür – in einem Block, den sie zuerst nicht erkannt hatte, weil anstelle von Toyotas und Volvos nun Wagen der Marken Mercedes und Range Rover hier standen und weil die schlichten Gitterstäbe vor den Fenstern durch filigran verzierte ersetzt worden waren. Kenneally's gab es also immer noch, aber die

Speisekarte hing jetzt draußen, und anstelle von frittierten Mozzarellastäbchen und Hähnchennuggets gab es Schweinebacke und geschmorten Grünkohl.

Sie steuerte auf einen freien Hocker im hinteren Bereich des Tresens zu, und als der Barkeeper schließlich zu ihr kam, bestellte sie Wodka auf Eis und fragte, ob es eine Tageszeitung gebe. Nach dem Gerichtstermin hatte sie ihr Haar zu einem Knoten zusammengebunden und eine Baseballmütze mit dem Schriftzug der Sox aufgesetzt. Sie trug eine graue Kapuzenjacke über einem weißen T-Shirt mit V-Ausschnitt und dunkelblaue Jeans. Ihre flachen Schuhe waren schwarz, abgewetzt und so unscheinbar wie der Rest ihrer Kleidung. Es war egal. Trotz allen Geredes über den Fortschritt, über Gleichberechtigung, über eine postsexistische Generation konnte eine Frau immer noch nicht allein an einem Tresen sitzen und etwas trinken, ohne angestarrt zu werden. Sie hielt den Kopf gesenkt und las den *Globe,* nahm kleine Schlucke von ihrem Wodka und versuchte, den verwirrten Spatz in ihrem Brustkorb vom Flattern abzuhalten.

Die Kneipe war höchstens zu einem Viertel voll, das war gut, aber die Gäste waren viel jünger, als sie gedacht hatte – und das war nicht gut. Die Veteranen, die sie hier zu finden erwartet hatte, bestanden aus gerade mal vier alten Knackern, die an einem verschrammten Tisch im hinteren Teil des Gastraumes saßen und gelegentlich rausgingen, um eine zu rauchen. Es war naiv gewesen anzunehmen, dass ausgerechnet hier, in der angesagtesten Gegend Bostons, die Bier-und-Schnaps-Fraktion die Stellung gegen die Single-Malt-Kohorten hätte halten können.

Alte Kerle, die sich tagsüber volllaufen ließen und sich

Prollbiersorten wie PBR und Narragansett ohne jedes ironische Augenzwinkern hinter die Binde kippten, sahen nur selten die Sechs-Uhr-Nachrichten. Die jungen Leute sahen sie zwar auch nicht im Fernsehen, aber vielleicht streamten sie sie auf ihren Laptops. Und ganz gewiss sahen sie sich regelmäßig an, was auf YouTube lief. Als Rachels Zusammenbruch sich im vergangenen Herbst wie ein Lauffeuer im Internet verbreitet hatte, war das Video in den ersten zwölf Stunden achtzigtausendmal angeklickt worden. Innerhalb von vierundzwanzig Stunden kursierten sieben Meme – und ein Videozusammenschnitt, der eine nervös zwinkernde, schwitzende, stotternde und hyperventilierende Rachel zu einem Remix von Beyoncés *Drunk in Love* zeigte. Danach hatte es ausgesehen: Betrunkene Reporterin verliert während einer Liveschaltung aus dem Ghetto von Port-au-Prince die Kontrolle. Sechsunddreißig Stunden nach dem Vorfall hatte das Video zweihundertsiebzigtausend Klicks.

Ihre Freunde sagten Rachel, dass sie die Zahl der Menschen überschätze, die sie in der Öffentlichkeit erkannten. Sie versicherten ihr, dass es im Wesen des Internets liege, fortlaufend neue Inhalte zu generieren, und dass das Video zwar von vielen gesehen worden sei, aber auch schnell wieder vergessen werde. Trotzdem konnte man davon ausgehen, dass die Hälfte der Kneipengäste unter fünfunddreißig es gesehen hatte. Vielleicht waren sie bekifft oder betrunken gewesen, was die Wahrscheinlichkeit erhöhte, dass sie lediglich eine einzelne Frau mit Baseballmütze sahen, die am Tresen saß und ihre Zeitung las, und keine Verbindung herstellten. Aber vielleicht waren einige nüchtern gewesen und hatten ein gutes Gedächtnis.

Mit einigen raschen, unauffälligen Blicken verschaffte sie sich einen Überblick über die Situation am Tresen: zwei Frauen, die Martinis mit einem Spritzer von irgendetwas Rosafarbenem schlürften, wahrscheinlich Büroangestellte; fünf Makler, die sich ein Bier nach dem anderen hinter die Binde gossen und mit der Faust auf den Tresen hieben, wenn sich irgendwas in dem Spiel tat, das auf dem Fernseher über ihnen lief; eine gemischte Gruppe von Nerds Ende zwanzig, die es schafften, sogar beim Trinken die Schultern hängen zu lassen; und ein gutgekleidetes und gepflegtes Paar Anfang dreißig, bei dem der Mann sichtlich betrunken und die Frau sichtlich angewidert und leicht verängstigt war. Diese beiden saßen Rachel am nächsten – vier Barhocker zu ihrer Rechten. Beinahe wären mehrere Hocker umgefallen, als der Betrunkene gefährlich schwankte. Die Frau sagte: »Jetzt reicht's aber«, und in ihren Augen und in ihrer Stimme lagen Furcht und Ekel. Als der Typ sagte: »Halt die Fresse, du dumme –«, begegnete Rachel unabsichtlich erst seinem Blick, dann dem seiner Freundin, und plötzlich taten alle so, als wäre nichts passiert, während er seinen Hocker wieder in die richtige Stellung rückte.

Sie hatte ihren Drink fast ausgetrunken und war zu dem Schluss gekommen, dass es keine gute Idee gewesen war, die Kneipe zu besuchen. Ihre Furcht vor bestimmten Menschen – solchen, die gesehen hatten, wie sie in den Abendnachrichten einen Nervenzusammenbruch erlitten hatte – hatte sie ihre allgemeine Menschenphobie vergessen lassen: eine ständig wachsende Angst, deren ganzes Ausmaß sie erst jetzt zu erahnen begann. Sie hätte vom Gericht aus direkt nach Hause fahren sollen. Sie hätte sich nie an einen

Kneipentresen setzen sollen. Verdammt. Der Spatz hatte begonnen, mit den Flügeln zu schlagen. Nicht allzu schnell, nicht allzu verzweifelt, noch nicht. Aber die Geschwindigkeit nahm zu. Sie spürte mit schmerzhafter Klarheit, dass ihr Herz in ihrem Brustkorb baumelte, an nichts als Blutschnüren festgemacht. Die ganze Kneipe beobachtete sie, und sie war sich beinahe sicher, dass sie hinter sich ein Flüstern gehört hatte: »… diese *Reporterin*.«

Sie legte einen Zehndollarschein auf den Tresen und war erleichtert, dass sie einen dabeihatte, denn sie konnte sich nicht vorstellen, auf das Wechselgeld zu warten. Sie konnte keine Sekunde länger hierbleiben. Die Kehle schnürte sich ihr zu. Ihre Sicht verschwamm an den Rändern. Die Luft sah aus, als wäre sie geschmolzen. Sie wollte gerade aufstehen, als der Barkeeper einen Drink vor sie hinstellte.

»Der geht auf einen Herrn, mit ›Respekt‹.«

Das Grüppchen der Anzugsträger verfolgte das Spiel.

Sie hatten die Ausstrahlung von Ex-Burschenschaftern oder Möchtegernvergewaltigern. Alle fünf waren Anfang bis Mitte dreißig, zwei hatten schon Fett angesetzt, alle hatten Augen, die zugleich zu klein und zu hell waren. Der Größte nickte ihr zu und hob sein Glas.

Sie sagte zum Barkeeper: »Der da?«

Der Barkeeper warf einen Blick über die Schulter. »Nein, keiner von denen. Jemand anders.« Er ließ den Blick prüfend durch den Schankraum schweifen. »Muss auf der Toilette sein.«

»Sagen Sie ihm danke schön, aber –«

Scheiße. Jetzt kam der Betrunkene, der den Hocker umgestoßen hatte, auf sie zu. Er zeigte mit dem Finger auf sie, als wäre er der Moderator einer Spielshow und sie hätte gerade einen Esstisch gewonnen. Seine angeekelte und verängstigte Freundin war weit und breit nicht zu sehen. Je näher er kam, desto schlimmer sah er aus. Nicht, dass er nicht fit gewesen wäre oder nicht einen dichten dunklen Haarschopf gehabt hätte oder volle Lippen und ein breites Lächeln, das weiße gesunde Zähne zum Vorschein brachte, oder dass er sich nicht mit einer gewissen Eleganz bewegte. Das alles gehörte bei ihm zum Gesamtpaket. Genau wie die Augen, die so tiefbraun wie englisches Toffee waren. Aber was hinter diesen Augen lag – Gott, was *in* ihnen lag, das war pure Grausamkeit. Die Grausamkeit eines dummen, eitlen Menschen.

Ich kenne diesen Blick. Sie hatte ihn bei Felix Browner gesehen. Bei Josué Dacelus. In Trabantenstädten und Sozialbausiedlungen. Bei Raubtieren, die von ihrer Unverwundbarkeit überzeugt sind.

»He, tut mir leid wegen eben.«

»Weswegen?«

»Meine Freundin. Die jetzt meine *Ex*-Freundin ist. Wurde auch Zeit. Die hat's gern dramatisch. Bei der ist alles Theater.«

»Ich glaube, sie hat sich nur Sorgen gemacht, dass Sie zu viel trinken.«

Warum redest du überhaupt mit dem, Rachel? Geh einfach weg.

Er öffnete weit die Arme. »Manche Leute werden gemein, wenn sie ein oder zwei zu viel intus haben. Das sind Problemtrinker. Ich? Ich werde fröhlich. Ich bin bloß ein fröhlicher Typ, der sich einen schönen Abend mit netten Leuten machen will. Ich wüsste nicht, warum das ein Problem sein sollte.«

»Tja, alles Gute. Ich werde dann mal –«

Er zeigte auf ihren Drink. »Den müssen Sie erst noch austrinken. Wäre schade drum.« Er streckte ihr die Hand entgegen. »Ich bin Lander.«

»Ich wollte gerade gehen.«

Er ließ die Hand sinken und drehte sich zum Barkeeper um. »Einen Patrón Silver, guter Mann.« Er wandte sich ihr wieder zu. »Warum haben Sie uns beobachtet?«

»Ich habe Sie nicht beobachtet.«

Der Barkeeper brachte seinen Drink.

Er nahm einen Schluck. »Aber ja. Ich habe es doch selbst gesehen.«

»Sie beide sind ein bisschen laut geworden, und da habe ich hochgeschaut.«

»Wir sind laut geworden?«, feixte er.

»Ja.«

»Haben wohl Ihr Anstandsgefühl verletzt, wie?«

»Nein.« Sie konnte ein Seufzen nicht unterdrücken.

»Langweile ich Sie?«

»Nein, Sie machen auf mich einen netten Eindruck, aber ich muss jetzt gehen.«

Er lächelte sie breit an. »Nein, müssen Sie nicht. Trinken Sie erst Ihr Glas aus.«

Der Vogel flatterte jetzt heftig, sein Kopf und Schnabel stießen von unten gegen ihren Kehlkopf.

»Ich werde gehen. Danke.« Sie hängte sich die Handtasche über die Schulter.

Er sagte: »Sie sind die Frau aus den Nachrichten.«

Ihr war nicht danach, fünf oder zehn Minuten damit zu verbringen zu leugnen, noch mal zu leugnen und ihm letzten Endes doch recht zu geben. Trotzdem spielte sie die Ahnungslose. »Welche Frau?«

»Die, die ausgerastet ist.« Er blickte auf das Glas vor ihr, das sie immer noch nicht angerührt hatte. »Waren Sie betrunken? Oder high? Was von beidem war es? Na los, mir können Sie es ruhig sagen.«

Sie warf ihm ein verkniffenes Lächeln zu und wollte an ihm vorbeigehen.

Lander sagte: »He, he, he«, und drängte sich mit geschwellter Brust zwischen sie und die Tür. »Ich will bloß wissen …« Er trat einen Schritt zurück und kniff die Augen zusammen. »Ich will bloß wissen, was Sie sich dabei gedacht haben. Wir wollen doch Freunde sein.«

»Ich würde gern gehen.« Sie bedeutete ihm mit der rechten Hand, dass er zur Seite treten solle.

Er legte den Kopf in den Nacken, kräuselte die Unterlippe und ahmte ihre Geste nach. »Ich stelle bloß eine Frage. Viele Menschen haben Ihnen Vertrauen geschenkt.« Er tippte ihr mit dem Finger auf die Schulter. »Ich weiß schon, klar, Sie denken, ich bin betrunken, und vielleicht bin ich's ja auch. Aber was ich sage, ist wichtig. Ich bin ein fröhlicher Mensch, ein netter Mensch, meine Freunde finden mich urkomisch. Ich habe drei Schwestern. Die Sache ist doch die, Sie glauben, es ist schon in Ordnung, wenn Sie Ihren Job nicht ernst nehmen, weil, wenn die Sache schiefgeht, haben Sie immer noch ein Sicherheitsnetz. Stimmt doch, oder? Irgendeinen Göttergatten, der Arzt ist oder Spekulant, und der …« Er verlor den Faden, fand ihn wieder, spreizte seine rosa Finger und legte sie an seinen rosa Hals. »*Ich* kann das nicht. Ich muss Geld verdienen. Ich wette, Sie haben so einen Sugardaddy, der zahlt für Ihre Pilatesstunden und Ihr schickes Auto und die Mittagessen mit Ihren Freundinnen, und Sie scheißen auf das, was er für Sie tut. Trink das Glas leer, Schlampe. Das hat dir jemand ausgegeben. Zeig ein bisschen Respekt.«

Er stand wankend vor ihr. Sie fragte sich, was sie tun sollte, wenn er ihre Schulter noch einmal berührte. Alle in der Kneipe hielten den Atem an. Niemand gab einen Ton von sich. Niemand versuchte zu helfen. Sie saßen einfach da und gafften.

»Ich möchte gern gehen«, sagte sie wieder und machte einen Schritt auf die Tür zu.

Wieder tippte er ihr in dieser penetranten Weise auf die Schulter. »Nur noch eine Minute. Trink einen mit mir. Mit uns.« Er gestikulierte in Richtung der übrigen Gäste. »Es soll doch niemand glauben, dass du schlecht über mich denkst. Du denkst doch nicht schlecht über mich? Ich bin bloß ein einfacher Mann. Ich bin bloß ein ganz normaler Typ. Ich bin bloß –«

»Rachel!« Brian Delacroix tauchte links neben Lander auf, glitt an ihm vorbei und stand plötzlich neben ihr. »Es tut mir so leid. Ich bin aufgehalten worden.« Er warf Lander ein abwesendes Lächeln zu, ehe er sich ihr wieder zuwandte. »Du, wir sind spät dran. Tut mir leid. Einlass war um acht. Wir müssen los.« Er nahm ihren Drink vom Tresen und trank ihn in einem Zug aus.

Brian trug einen dunkelblauen Anzug, ein weißes Hemd mit offen stehendem Kragenknopf und gelockerter, etwas schiefsitzender Krawatte. Er war immer noch ziemlich attraktiv, aber nicht so, dass man das Gefühl hatte, er würde sich jeden Morgen stundenlang herausputzen. Er wirkte markanter, sein Gesicht auf interessante Weise zerfurcht, sein Lächeln ein bisschen schief, sein welliges schwarzes Haar ungebändigt. Wettergegerbte Haut, Krähenfüße um die Augen, kräftiges Kinn und Nase. Seine blauen Augen blickten offen und belustigt, als ob er überrascht wäre, sich in einer Situation wie dieser wiederzufinden.

»Du siehst übrigens großartig aus«, sagte er. »Wie gesagt, tut mir leid, dass ich aufgehalten wurde. Dafür gibt's keine Entschuldigung.«

»He, langsam.« Lander blinzelte kurz sein eigenes Glas an. »Klar?«

Es konnte durchaus sein, dass die beiden unter einer Decke steckten. Lander spielte den Wolf, sie war das ahnungslose Schaf, und Brian Delacroix gab den rettenden Schäfer. Sie hatte nicht vergessen, welche seltsame Ausstrahlung er an jenem Tag gehabt hatte, als sie ihm vor dem Atheneum begegnet war, und dass sie sich ausgerechnet am Tag ihrer Scheidung erneut über den Weg liefen, erschien ihr ein bisschen zu viel des Zufalls.

Sie beschloss, nicht mitzuspielen. Sie zuckte mit den Schultern und sagte: »Ich denke, ich werde jetzt einfach –«

Aber Lander hörte sie nicht, weil er Brian einen Stoß gab. »He, Kumpel, du machst dich besser vom Acker.«

Brian zog eine Augenbraue hoch und warf ihr einen amüsierten Blick zu, als Lander ihn »Kumpel« nannte. Sie musste sich Mühe geben, ein Lächeln zu unterdrücken.

Er wandte sich Lander zu. »Ich würde ja gern, aber es geht nicht. Ich weiß schon, Sie sind enttäuscht, aber Sie wussten eben nicht, dass sie auf mich gewartet hat. Sie sind ein lustiger Typ, das sehe ich schon. Und die Nacht ist noch jung.« Er zeigte auf den Barkeeper. »Tom kennt mich. Stimmt's, Tom?«

Tom sagte: »Stimmt genau.«

»Und – wie heißen Sie?«

»Lander.«

»Cooler Name.«

»Danke.«

»Schatz«, sagte er zu Rachel, »warum holst du nicht schon mal das Auto?«

»Sicher«, hörte Rachel sich zu ihrer eigenen Verwunderung sagen.

»Lander«, sagte er, aber er warf Rachel einen Seitenblick zu und deutete mit dem Kopf unauffällig in Richtung der Tür, »mit Ihrem Geld kommen Sie hier heute Abend nicht weiter. Alles, was Sie trinken, geht nämlich auf meine Rechnung.« Er warf ihr wieder diesen Blick zu, etwas dringlicher diesmal, und sie setzte sich in Bewegung. »Wollen Sie den Mädels da drüben am Billardtisch vielleicht eine Runde ausgeben? Geht auch auf mich. Die im grünen Flanellhemd und mit den schwarzen Jeans guckt schon die ganze Zeit zu Ihnen herüber …«

Sie hatte es bis zur Tür geschafft und sah sich nicht um, sosehr sie es auch gewollt hätte. Aber das Letzte, was sie von Lander sah, war der Gesichtsausdruck eines Hundes, der den Kopf zur Seite neigt und wartet, ob er ein Leckerli kriegt oder einen Befehl ausführen soll. In weniger als einer Minute hatte ihn Brian Delacroix um den Finger gewickelt.

Sie konnte ihr Auto nicht finden. Sie ging Block um Block ab. Sie ging nach Osten, nach Westen, bog nach Norden ab und wieder zurück nach Süden. Irgendwo in dieser Ansammlung von schmiedeeisernen Zäunen und Geländern und schokoladenbraunen oder roten Backsteinhäusern stand ihr hellgrauer Prius.

Es war Brians Stimme, die sie so sehr für ihn einnahm. Zu diesem Schluss kam sie, während sie auf einer Seitenstraße den Lichtern des Copley Square entgegenging. Sie war warm, selbstbewusst und geschmeidig, aber nicht so geschmeidig wie bei einem Autoverkäufer. Es war die Stimme eines Freundes, den man sein ganzes Leben kennenzulernen gehofft hatte, oder eines mitfühlenden Onkels, der nach langer Abwesenheit endlich zurückgekehrt war. Es war eine Stimme, die Geborgenheit ausstrahlte.

Wenige Minuten später hörte sie genau diese Stimme hinter sich. »Ich würde es nicht persönlich nehmen, wenn Sie mich für einen Stalker halten und weggehen. Ich würde hier stehen bleiben und Sie nie wiedersehen.«

Sie blieb stehen. Drehte sich um. Sah ihn an der Einmündung der Seitenstraße stehen, die sie dreißig Sekunden zuvor überquert hatte. Er stand unter einer Straßenlaterne, mit verschränkten Händen, und rührte sich nicht vom Fleck. Er trug jetzt einen Regenmantel über dem Anzug.

»Aber wenn Sie wollen, folge ich Ihnen in zehn Schritten Abstand zu jeder beliebigen Kneipe und lade Sie auf einen Drink ein.«

Sie sah ihn eine ganze Weile an, und sie bemerkte, dass der Spatz nicht mehr in ihrem Brustkorb flatterte. Die Beklommenheit in ihrem Kehlkopf hatte sich aufgelöst. Sie fühlte sich so ruhig, wie sie sich zuletzt hinter verschlossenen Türen in ihrem Haus gefühlt hatte.

»Fünf Schritte reichen auch«, sagte sie.

10
Lichter hoch

Sie gingen durch das South End, und bald wurde ihr klar, warum er den Regenmantel trug. In der Luft lag ein Nebel, der so dünn war, dass sie ihn erst bemerkte, als ihr Haar feucht und ihre Stirn nass war. Sie zog sich ihre Kapuze über den Kopf, aber die war jetzt natürlich auch feucht.

»Haben Sie mir den Wodka ausgegeben?«

»Ja.«

»Warum?«

»Ehrlich?«

»Nein, unehrlich.«

Er lachte leise. »Weil ich auf die Toilette musste und wollte, dass Sie immer noch da wären, wenn ich rauskomme.«

»Warum haben Sie mich nicht einfach angesprochen?«

»Nervosität. Sie wirkten in all den Jahren nie besonders erfreut, wenn ich Kontakt zu Ihnen aufnahm.«

Sie verlangsamte ihre Schritte, und er holte sie ein.

»Ich habe mich über Ihre E-Mails gefreut«, sagte sie.

»Komisch. Ihren Antworten hat man das nicht angemerkt.«

»Die letzten zehn Jahre waren schwierig für mich.« Sie warf ihm ein zögerliches, aber freundliches Lächeln zu.

Er zog den Regenmantel aus und legte ihn über ihre Schultern.

»Ich nehme Ihren Mantel nicht«, sagte sie.

»Ich weiß. Ich leihe ihn Ihnen auch nur.«

»Ich brauche ihn nicht.«

Er trat zurück und warf einen Blick auf sie. »Gut. Geben Sie ihn mir zurück.«

Sie lächelte und verdrehte die Augen. »Na gut, wenn Sie darauf bestehen.«

Sie gingen weiter, und ihre Schritte waren für mehrere Minuten das einzige Geräusch.

»Wo gehen wir hin?«, fragte er.

»Ich hatte gehofft, dass es das RR noch gibt.«

»Das gibt's noch. Bis zur nächsten Kreuzung, und dann zwei Querstraßen weiter.«

Sie nickte. »Warum heißt das eigentlich so? RR wie Railroad? Es gibt doch gar keine Schienen in der Nähe.«

»Die sogenannte Underground Railroad. Ein geheimes Routensystem, auf dem Sklaven aus dem Süden in die Nordstaaten flohen. Die meisten Schwarzen, die nach Boston kamen, wurden durch diese Straßenzüge hier geschleust. In diesem Gebäude« – er zeigte auf eine rote Backsteinvilla, die zwischen einem Reihenhaus und einer ehemaligen Kirche eingezwängt stand – »befand sich die erste Druckerpresse, die von Schwarzen betrieben wurde. Edgar Ross hat sie im frühen neunzehnten Jahrhundert eingerichtet.«

Sie warf ihm einen kurzen Seitenblick zu. »Na, Sie kennen sich ja aus.«

»Ich interessiere mich für Geschichte.« Er zuckte entschuldigend mit den Schultern, was bei einem so großen Mann irgendwie niedlich aussah.

»Hier links.«

Sie bogen nach links ab. Diese Straße war älter und ruhiger. Früher waren viele der Garagen und Apartments Mietställe gewesen. Sie hatten dicke Bleiglasfensterscheiben, und die Bäume in der Umgebung sahen so alt wie die Verfassung aus.

»Ihre ernsten Beiträge haben mir besser gefallen als die rührseligen.«

Sie lächelte. »Haben Sie sich von dem Bericht über die bellende Katze nicht gut informiert gefühlt?«

Er schnipste mit den Fingern. »Hoffentlich hat den jemand archiviert.«

Sie hörten einen metallischen Knall, und dann wurde es finster auf der Straße. Jede einzelne Lampe – an der Straße, in den Wohnhäusern und in dem kleinen Bürogebäude am Ende der Straße – ging aus.

Sie konnten einander in dem zinnfarbenen Licht, das die großen Gebäude am Rande des Viertels abstrahlten, noch einigermaßen erkennen. Aber diese Dunkelheit war unheimlich und erinnerte an etwas, das die meisten Städter nur allzu gerne vergaßen: dass wir nicht darauf vorbereitet sind, ohne Bequemlichkeiten zu überleben.

Mit einem Gefühl leichten Erstaunens setzten sie ihren Weg fort. Rachels ganzer Körper war plötzlich in einen hellwachen Zustand versetzt. Sie hörte besser. Sie fühlte mehr. Die Haut kribbelte und empfand die Kälte und Feuchtigkeit ringsum mit neuer Intensität. Adrenalin schoss durch ihre Adern.

So war es auch auf Haiti gewesen. Port-au-Prince, Léogâne, Jacmel. In manchen Gegenden warteten die Menschen immer noch darauf, dass das Licht wieder anging.

Eine Frau trat aus einem Gebäude an der Ecke. Sie hielt eine Kerze in der einen Hand und eine Taschenlampe in der anderen, und als der Strahl der Taschenlampe sie und Brian traf, erkannte Rachel das Schild über ihrem Kopf und sah, dass sie das RR erreicht hatten.

»He, hallo!« Die Frau winkte mit der Taschenlampe, und der Strahl tastete ihre Körper ab. »Was machen Sie denn hier draußen?«

»Wir suchten nach dem Auto der Dame«, sagte Brian. »Dann haben wir beschlossen, nach Ihrer Kneipe zu suchen, und dann wurde es dunkel.«

Er hob seine Hand in die Höhe, und mit einem weiteren metallischen Ächzen gingen die Lichter wieder an.

Sie blinzelten im weichen Neonlicht der Bierwerbung im Fenster und des Kneipenschildes über der Tür.

»Das war ja ein netter Trick«, sagte die Barkeeperin. »Organisieren Sie auch Geburtstagsfeiern?«

Sie hielt ihnen die Tür auf, und sie gingen hinein. Die Kneipe sah noch genauso aus wie in Rachels Erinnerung, vielleicht sogar besser, das Licht ein wenig gedämpfter, und der Geruch nach altem Bier, das sich im schwarzen Gummiboden festgesetzt hatte, ersetzt durch einen schwachen Hickoryduft. In der Jukebox lief gerade Tom Waits. Der Song verklang, als sie ihre Drinks bestellten, und wurde von einem Radiohead-Lied aus der *Pablo-Honey*-Phase ersetzt. Tom Waits konnte sie noch richtig zuordnen, weil der Großteil seiner besten Musik vor ihrer Zeit lag. Aber es war oft ein Schock – wenn auch ein milder –, wenn sie sich eingestand, dass inzwischen erwachsene Menschen in Kneipen standen und tranken, die noch Windeln getragen hatten, als sie in ihrer Collegezeit Radiohead gehört hatte. *Wir altern, während der Rest der Welt zusieht,* dachte sie, *aber wir sind die Letzten, die es erfahren.*

Außer ihnen und Gael, der Barkeeperin, war die Kneipe leer.

Sie hatten ihre Drinks zur Hälfte geleert, als Rachel zu Brian sagte: »Was war los, als wir uns das letzte Mal sahen? Erzählen Sie mal.«

Er wirkte verwirrt.

»Sie hatten einen Antiquitätenhändler bei sich.«

Er schnipste mit den Fingern. »Jack Ahern, nicht wahr? War es Jack?«

»Ja.«

»Wir wollten gerade etwas zu Mittag essen, und dann sind Sie uns über den Weg gelaufen, oben auf dem Beacon Hill.«

»Ja, ja«, sagte sie. »Das sind die Fakten. Aber mir geht es um die Atmosphäre. Sie waren neben der Spur und konnten mich gar nicht schnell genug loswerden.«

Er nickte. »Ja, stimmt, tut mir leid.«

»Sie geben es zu?«

»Natürlich, ja.« Er wandte sich ihr zu und suchte nach den richtigen Worten. »Jack war der Kapitalgeber für eine Tochtergesellschaft, die ich damals aufgebaut habe. Nichts Großes, nur eine Firma, die Holzböden und Fensterläden im gehobenen Bereich herstellt. Jack ist auch ein selbsternannter Moralist, entweder ein Lutheraner oder Calvinist, so genau erinnere ich mich nicht mehr. Jedenfalls etwas Fundamentalistisches aus dem fünfzehnten Jahrhundert.«

»Ich konnte Luther und Calvin auch nie auseinanderhalten.«

Er grinste sie ironisch an. »Jedenfalls war ich damals verheiratet.«

Sie nahm einen tiefen Schluck von ihrem Drink. »Verheiratet?«

»Ja. Es steuerte zwar auf eine Scheidung zu, aber ich war noch verheiratet. Und ich war Verkäufer, ich habe meine Ehe sozusagen meinem moralistischen Käufer mitverkauft.«

»Verstehe.«

»Dann sah ich, wie Sie über die Straße auf mich zukamen, und ich wusste, wenn ich jetzt nicht sofort handle, dann merkt er es. Also wurde ich total hektisch, wie immer, wenn ich wirklich nervös bin, und habe es vermasselt.«

»Was hätte er merken sollen?«

Er legte den Kopf schief und zog eine Augenbraue hoch. »Muss ich das wirklich sagen?«

»Sie erklären sich doch gerade.«

»Er hätte gemerkt, dass ich mich zu Ihnen hingezogen fühle, Rachel. Meine Ex hat mich damit sogar aufgezogen: ›Siehst du dir wieder deine *Freundin* in den Nachrichten an?‹ Meine Freunde wussten es auch. Ich bin mir verdammt sicher, dass es Jack Ahern nicht entgangen wäre, wenn ich mit heraushängender Zunge an der Beacon Street gestanden hätte. Ich meine, Mensch, das war doch schon in Chicopee so gewesen. Das wissen Sie doch.«

»Nein, davon habe ich nichts gewusst.«

»Na gut, ja. Klar, warum sollten Sie.«

»Sie hätten es ruhig erwähnen können.«

»In einer E-Mail? Die Sie zusammen mit Ihrem Bilderbuchgatten gelesen hätten?«

»Er war alles andere als das.«

»Das wusste ich damals nicht. Außerdem war ich verheiratet.«

»Was ist mit Ihrer Frau passiert?«

»Sie hat mich verlassen. Ist nach Kanada zurückgegangen.«

»Das heißt, wir sind beide geschieden.«

Er nickte und hob sein Glas. »Trinken wir darauf.«

Sie stieß mit ihm an, trank ihr Glas aus, und sie bestellten eine neue Runde.

Sie sagte: »Erzählen Sie mir, was Sie an sich nicht mögen.«

»Das ich *nicht* mag? Ich dachte, am Anfang versucht man immer, sich im besten Licht darzustellen. Das ist doch der Sinn der Sache, oder?«

»Was für ein Anfang?«

»Wenn man jemanden neu kennenlernt.«

»Soll das hier etwa ein Date werden?«

»So hatte ich das noch gar nicht betrachtet.«

»Sie haben Ihren Drink, ich habe meinen, wir sitzen einander gegenüber und versuchen herauszufinden, ob wir uns in der Gesellschaft des anderen wohl fühlen. Wohl genug, um das Ganze zu wiederholen.«

»Das klingt wirklich nach einem Date.« Er hob den Zeigefinger. »Es sei denn, es ist ein Vorrundenspiel zu einem Date.«

»Wie beim Fußball?«

»Genau.«

»Wie heißt eigentlich die Vorrunde beim Basketball?«

»Vorrunde.«

»Wirklich? Wie unoriginell.«

»Heißt aber trotzdem so.«

»Und beim Hockey?«

»Keine Ahnung.«

»Ich denke, Sie sind Kanadier.«

»Schon«, räumte er ein, »aber kein besonders guter.«

Beide lachten, und sei es auch nur deshalb, weil sie die erste Stufe aus dem Buch ihrer Mutter – den »Funken« – erreicht hatten. Irgendwo zwischen dem gemeinsamen Weg durch das historische Stadtviertel, in dem ihre Schritte die einzigen Geräusche waren, über den Geruch seines feuchten Regenmantelkragens unter ihrem Kinn, den zweiminütigen Stromausfall und das gemeinsame Betreten der Kneipe, in der Tom Waits leise einen abebbenden Refrain dahinbrummte, bis zu diesem Moment, wo sie bei einem Wodka und einem Scotch miteinander scherzten, hatten sie eine Schwelle überquert. Sie hatten jene Zeit ihres Lebens hinter sich gelassen, in der sie sich ihrer gegenseitigen Anziehung noch nicht bewusst gewesen waren, und waren in eine Zeit aufgebrochen, in der diese Anziehung als selbstverständlich galt.

»Was ich nicht an mir mag?«

Sie nickte.

Er hob sein Glas und ließ die Eiswürfel leise klirren. Alles Spielerische verschwand aus seinem Gesicht, und an seine Stelle trat etwas Trauriges und Verwirrtes, das aber nicht verbittert war. Das gefiel ihr auf Anhieb. Sie war in einem Haus voller Bitterkeit aufgewachsen, und dann, als sie glaubte, sie habe sie endlich hinter sich gelassen, hatte sie sie geheiratet. Von Bitterkeit hatte sie genug.

Brian sagte: »Weißt du, wie es ist, wenn man als Kind beim Sport nie für die Mannschaft ausgewählt wird oder wenn jemand, den man mag, dieses Gefühl nicht erwidert oder wenn einen die eigenen Eltern ablehnen oder ausgrenzen, nicht weil man etwas getan hat, sondern weil sie besoffen und zugedröhnt sind?«

»Ja und ja und ja. Ich kann gar nicht abwarten zu hören, wie's weitergeht.«

Er hatte sein Glas abgestellt und nahm es jetzt wieder in die Hand. »Wenn ich an diese Zeiten denke – und es gab viele von ihnen und zunehmend mehr –, wird mir klar, dass ich immer tief im Inneren geglaubt habe, dass sie recht hatten. Ich *war* es nicht wert, in die Mannschaft aufgenommen zu werden, ich war nicht liebenswert, und meine Familie lehnte mich ab, weil ich es verdiente, abgelehnt zu werden.« Er stellte sein Glas zurück auf den Tresen. »Ich mag an mir nicht, dass ich mich manchmal nicht wirklich mag.«

»Und ganz egal, wie viel Gutes du tust«, sagte sie, »ganz egal, was für ein toller Freund du bist, was für ein toller Partner, was für ein guter Mensch, nichts, wirklich nichts –«

»Nichts«, sagte er.

»Nichts kann jemals überdecken, was für ein Stück Scheiße du in Wahrheit bist.«

Er schenkte ihr ein schönes, breites Lächeln. »Du kennst dich anscheinend ziemlich gut in meinem Kopf aus.«

»Ha!« Sie schüttelte den Kopf. »Nur in meinem eigenen.«

Sie schwiegen eine Weile und tranken ihre Gläser aus. Dann bestellten sie eine neue Runde.

»Trotzdem strahlst du ein erstaunliches Selbstvertrauen aus«, sagte sie. »Diesen Deppen in der Kneipe hast du wie ein Hypnotiseur in den Griff bekommen.«

»Das war ein Idiot. Die sind leicht zu überlisten. Das macht sie ja zu Idioten.«

»Woher soll ich wissen, dass ihr die Sache nicht gemeinsam eingefädelt habt?«

»Welche Sache?«

»Du weißt schon, was ich meine«, sagte sie. »Er macht mir Angst, und du eilst zu meiner Rettung herbei.«

»Aber ich bin doch geblieben, nachdem ich dich da heil herausbekommen habe.«

»Wenn ihr euch abgesprochen hattet, dann hättest du direkt nach mir durch die Tür gehen und mir folgen können.«

Er öffnete den Mund und schloss ihn wieder. Er nickte.

»Stimmt. Wirst du oft auf so anspruchsvolle Art umworben?«

»Nicht, dass ich wüsste.«

»Da hätte ich mich aber ganz schön anstrengen müssen. Hat dieser Typ nicht ursprünglich mit seiner Freundin zusammengesessen? Die haben gestritten, oder?«

Sie nickte.

»Ich hätte also – warte, ich muss das in die richtige Reihenfolge bringen –, hätte wissen müssen, dass du heute Abend in dieses Lokal gehen würdest, hätte einen Freund dazu bringen müssen, mit seiner Freundin hinzugehen und einen Streit mit ihr anzufangen, sie zum Gehen zu bewegen, sich dann aggressiv an dich ranzumachen, alles, damit ich dazwischengehen kann, um dir genug Zeit zum Gehen zu verschaffen, damit ich dann –«

»Ja, ja. Ist schon gut.«

»– durch die Kneipe rennen kann, kaum dass du sie verlassen hast, um hinter dir durch die Tür zu schlüpfen und dir trotz meiner harten Sohlen unbemerkt durch menschenleere, stille Straßen zu folgen.«

»Ja, ich geb's ja zu, ist schon gut.« Sie deutete vage auf seinen Anzug, sein weißes Hemd, seinen schicken Regenmantel. »Du bist halt ziemlich herausgeputzt, und ich versuche zu verstehen, wie das damit zusammenpasst, dass du dich nicht magst. Du strahlst jede Menge Selbstbewusstsein aus.«

»Auf die arrogante Tour?«

»Nein, eigentlich nicht.« Sie schüttelte den Kopf.

»Meistens bin ich selbstbewusst«, sagte er. »Mein rationales Erwachsenen-Ich hat mit dem ganzen alten Scheiß abgeschlossen. Aber da ist noch ein winziger Teil übrig, der zum Vorschein kommt, wenn eine Frau mich um Mitternacht in einer halbdunklen Kneipe fragt, was ich an mir nicht mag.« Er wandte sich ihr wieder ganz zu und wartete. »Wo wir gerade dabei sind …«

Sie räusperte sich, denn einen Augenblick lang hatte sie befürchtet, sie würde zu weinen beginnen. Sie fühlte sich den Tränen nahe, und sie schämte sich dafür. Sie hatte über ein Erdbeben der Stärke 7 auf einer Insel berichtet, in der Armut jenseits jeder menschlichen Vorstellungskraft herrschte. Sie war in einer Sozialbausiedlung einen Monat lang auf den Knien herumgerutscht, um die Perspektive eines Kleinkindes einzunehmen. Einmal war sie im brasilianischen Regenwald in eine Baumkrone sechzig Meter über dem Erdboden geklettert, um dort zu übernachten. Und heute hatte sie es kaum geschafft, dreißig Meilen aus der Vorstadt in die Innenstadt zu fahren, ohne durchzudrehen.

»Ich bin heute geschieden worden«, sagte sie. »Ich habe, wie du weißt, vor einem Jahr meine Stelle verloren – nein, falsch, meine Karriere –, weil ich live vor der Kamera eine

Panikattacke erlitten habe. Ich habe inzwischen Angst vor Menschen. Nicht bestimmten Menschen, sondern, viel schlimmer, Menschen im Allgemeinen. Ich habe die letzten neun Monate fast ausschließlich im Haus verbracht. Ganz ehrlich? Ich kann's kaum erwarten, wieder dorthin zu kommen. Brian, es gibt nichts, was ich an mir mag.«

Er schwieg eine ganze Weile. Schaute sie bloß an. Es war kein intensives oder herausforderndes Anstarren, und es fühlte sich auch nicht wie ein »Nun-mach-mal-halblang«-Starren an. Es war ein offener Blick, nachsichtig, nicht von Kritik getrübt. Sie hätte ihn unmöglich beschreiben können, bis ihr klarwurde, dass es der Blick eines Freundes war.

Dann fiel ihr das Lied auf. Es spielte seit vielleicht einer halben Minute. Lenny Welch, eine der frühesten und hartnäckigsten Eintagsfliegen der Musik, sang seinen einen, einzigen Hit *Since I Fell for You*.

Brian hielt den Kopf schräg, sein Blick ging in eine unbestimmte Ferne. »Dieses Lied lief im Radio, als ich ein Kind war, an dem See, zu dem wir damals immer gingen. Alle Erwachsenen hatten wahnsinnig gute Laune. Erst Jahre später habe ich kapiert, dass sie alle high waren. Ich verstand nicht, warum alle dieselbe Zigarette rauchten. Na, jedenfalls haben sie am See zu diesem Lied getanzt, eine Horde bekiffter Kanadier in Badezeug aus Nylon.«

Aus welchen Tiefen drang das hervor, was sie als Nächstes sagte? Ließ sich der Impuls zurückverfolgen? Oder war es nur eine chemische Reaktion? Verrückt gewordene Neuronen, ein Triumph der Biologie über den Verstand?

»Willst du tanzen?«

»Sehr gern.« Er nahm ihre Hand, und sie gingen zu der

kleinen Tanzfläche in einem dunklen Teil des Gastraumes, der nur vom Schein der Jukebox beleuchtet wurde.

Ihr erster Tanz also. Das erste Mal, dass ihre Handflächen und Oberkörper sich berührten. Das erste Mal, dass sie ihm nah genug war, um zu riechen, was für sie künftig immer Brians Geruch bleiben würde – eine Andeutung von Rauch, vermischt mit dem Geruch seines parfümfreien Shampoos und dem leicht waldigen Duft seiner Haut.

»Ich habe dir den Drink schicken lassen, weil ich nicht wollte, dass du das Lokal verlässt.«

»Weil du auf die Toilette musstest, ich erinnere mich.«

»Nein, ich bin auf die Toilette gegangen, weil ich gleich danach die Nerven verloren habe. Ich wollte einfach nicht, dass du, äh … dass du denkst, ich wäre ein verdammter Stalker. Also bin ich auf die Toilette gegangen, um, keine Ahnung … mich zu verstecken? Ich bin da reingegangen und habe mich an die Wand gelehnt und mir ungefähr zehn Mal gesagt, wie dumm ich bin.«

»Das sagst du doch jetzt nur.«

»Nein. Ich schwöre es. Wenn ich dich im Fernsehen gesehen habe, warst du immer ehrlich. Du hast deine Meinung nie zur Schau gestellt, hast nicht mit der Kamera geflirtet oder irgendwelche Vorurteile raushängen lassen. Ich habe dir immer vertraut. Du warst integer. Das hat man dir angemerkt.«

»Sogar bei der bellenden Katze?«

Sein Gesichtsausdruck wurde ernst, auch wenn sein Ton heiter blieb. »Du solltest das nicht kleinreden. Es gibt Tage, manchmal Wochen in meinem Leben, wo alle mich anlügen, wo alle versuchen, mich auszunutzen. Vom Autoverkäufer zu den Lieferanten, von meinem Arzt, der mir irgendwelche Medikamente unterzujubeln versucht, weil eine Pharmafirma sich dafür gefällig zeigt, bis zu den Fluggesellschaften, den Hotels und den Frauen in den Hotelbars. Ich bin von einer Reise zurückgekommen, und ich habe Kanal 6 angeschaltet, und du … du hast mich nicht angelogen. An manchen Tagen, vor allem, nachdem meine Ehe in die Brüche gegangen war und ich ständig allein war, hat mir das mehr als alles andere bedeutet.«

Ihr fehlten die Worte. Sie war nicht mehr an Komplimente gewöhnt, und sein Vertrauen überwältigte sie.

»Danke«, brachte sie heraus und sah zu Boden.

»Mann, ist das ein trauriges Lied«, sagte er nach einer Weile.

»Stimmt.«

»Willst du aufhören?«

»Nein.« Sie genoss den Druck seiner Handfläche an ihrem Nacken. Sie fühlte sich, als ob sie niemals wieder fallen könnte. Niemals verletzt werden könnte. Niemals verlieren könnte. Niemals wieder verlassen werden könnte. »Nein, lass uns weitertanzen.«

11

Verschiedene Formen von Appetit

Der Anfang ihrer Liebesbeziehung vermittelte ihr ein falsches Gefühl der Ruhe. Sie hatte sich fast schon überzeugt, dass die Panikattacken der Vergangenheit angehörten, obwohl der letzte Ausbruch zugleich der heftigste gewesen war.

Ihr erstes offizielles Rendezvous fand bei einer Tasse Kaffee am Vormittag nach ihrer Begegnung statt. Rachel war am Abend zuvor zu angetrunken gewesen, um noch fahren zu können, und so hatte sie sich ein Zimmer mit Flussblick im Westin am Copley Square gegönnt. Sie hatte über ein Jahr lang nicht mehr in einem Hotelzimmer übernachtet; im Aufzug malte sie sich aus, dass sie beim Zimmerservice eine Kleinigkeit zu essen bestellen und danach einen Film anschauen würde, aber kaum hatte sie sich die Schuhe abgestreift und die Überdecke weggezogen, war sie auch schon eingeschlafen. Um zehn Uhr am nächsten Tag traf sie sich mit Brian im Stephanie's an der Newbury Street. Letzte Reste des Wodkas vom Vorabend schwappten noch in ihrem Blut, und ihr Kopf fühlte sich leicht benebelt an. Brian hingegen sah großartig aus. Er war im Tageslicht sogar noch attraktiver als im Schummerlicht der Kneipe. Sie befragte ihn zu seinem Beruf, und er sagte, er könne damit seine Brötchen bezahlen und seiner Liebe zum Reisen frönen.

»Das kann aber wohl nicht alles sein.«

»Nein, stimmt.« Er lachte leise. »Ich sage dir, was ich den ganzen Tag mache – ich verhandle die Konditionen mit Holzlieferanten, je nachdem, ob es im jeweiligen Monat viel oder wenig Holz gibt. Gab es eine Dürre in Australien, oder hat die Regenzeit auf den Philippinen zu lange gedauert? Solche Faktoren wirken sich auf den Holzpreis aus, was sich wiederum auf den Preis von … tja, wo fange ich an? … von der Serviette da, dieser Tischdecke, jenem Zuckerbeutelchen auswirkt. Ich schlafe schon ein, wenn ich nur darüber spreche.« Er nahm einen Schluck Kaffee. »Was ist mit dir?«

»Mit mir?«

»Ja. Wirst du jemals wieder journalistisch arbeiten?«

»Ich bezweifle, dass mich jemand anstellen würde.«

»Und wenn doch? Vielleicht jemand, der dieses Video nie gesehen hat?«

»Und wo würde ich so jemanden finden?«

»Im Tschad soll der Internetempfang ganz schlecht sein.«

»Im Tschad?«

»Im Tschad.«

Sie sagte: »Gut. Wenn ich es jemals wieder schaffe, ein Flugzeug zu besteigen, dann sause ich zu den Nachrichtensendern in …«

»N'Djamena.«

»Der Hauptstadt des Tschad, genau.«

»Der Name lag dir bestimmt auf der Zunge.«

»Lag er wirklich.«

»Ich weiß.«

»Ich wäre noch darauf gekommen.«

»Das bezweifle ich gar nicht.«

»Vielleicht nicht mit deinem Mund«, sagte sie, »aber mit deinen Augen.«

»Deine sind übrigens wirklich außergewöhnlich.«

»Meine Augen?«

»Dein Mund auch.«

»Du willst dich wohl bei mir einschmeicheln.«

»Genau das habe ich vor.« Sein Gesicht wurde ein wenig traurig. »Hast du schon mal daran gedacht, dass du gar nicht so weit weg müsstest wie in den Tschad?«

»Was willst du damit sagen?«

»Ich frage mich, ob du deinen Wiedererkennungswert nicht überschätzt.«

Sie sah ihn mit gerunzelter Stirn an. »Ich bin in dieser Stadt fast drei Jahre lang an fünf Abenden in der Woche in den Nachrichten aufgetreten.«

»Stimmt schon«, sagte er. »Aber wie viele Menschen sehen die Nachrichten? Vielleicht zwei Prozent in einer Stadt von fünf Millionen? Das wären also hunderttausend Menschen. Und die sind über das gesamte Stadtgebiet verteilt, nicht nur die Innenstadt. Ich wette, dass nur ein oder zwei Menschen in diesem Restaurant dich erkennen würden, und selbst das vielleicht nur, wenn du sie darauf ansprechen würdest und sie zweimal hinschauen.«

»Mir ist nicht ganz klar, ob du meine Stimmung aufheitern oder verschlimmern möchtest.«

»Aufheitern«, sagte er, »was sonst. Du musst dir das vor Augen halten, Rachel. Natürlich haben ein paar Menschen dieses Video gesehen, und ein kleinerer Prozentsatz von ihnen bringt dich bestimmt damit in Verbindung, wenn er dich in der Öffentlichkeit sieht, aber das ist ein schrumpfender Anteil, und er schrumpft jeden Tag mehr. Wir leben in einer Zeit des Wegwerfgedächtnisses. Nichts hält lange an, nicht einmal die Schande.«

Sie rümpfte die Nase. »Du machst bloß schöne Worte.«

»Du bist ja auch schön.«

»Schmeichler.«

Ihr nächstes Treffen war ein gemeinsames Abendessen an der South Shore in der Nähe ihres Hauses. Das dritte fand wieder in Boston statt und war erneut ein Abendessen. Danach küssten sie sich wie Schüler auf offener Straße, sie mit dem Rücken an einen Laternenmast gelehnt. Es fing an zu regnen, und es war nicht das sanfte Nieseln der Nacht, in der sie sich näher kennengelernt hatten, sondern ein Platzregen, der mit einem plötzlichen Kälteeinbruch einherging, als ob der Winter noch einmal mit letzter Kraft zubeißen wollte.

»Komm, wir gehen zu deinem Auto.« Er nahm sie unter seinen Regenmantel. Sie hörte, dass die Regentropfen wie kleine Steine auf den Mantel prasselten, aber mit Ausnahme ihrer Fußknöchel blieb sie trocken.

Sie kamen an einem kleinen Park vorbei, in dem ein Obdachloser auf einer Bank lag.

Er starrte auf die Straße hinaus, als würde er dort etwas Verlorenes suchen. Er hatte sich mit Zeitungen zugedeckt, aber er zitterte in der Kälte. Seine Lippen bebten.

»Das ist ein mieser Frühling«, sagte der Mann.

»Und es ist schon fast Juni«, sagte Brian.

»Um Mitternacht soll es wieder aufklaren.« Rachel fühlte sich plötzlich schuldig deswegen, ein Bett, ein Auto, ein Dach über dem Kopf zu besitzen.

Der Mann reagierte auf diese Nachricht mit einem hoffnungsvollen Spitzen der Lippen und schloss die Augen.

Im Auto drehte sie die Heizung auf und rieb ihre Hände aneinander. Brian steckte den Kopf durch das Fenster, um ihr einen kurzen Abschiedskuss zu geben, doch daraus wurde ein langer, und der Regen schlug auf das Dach.

»Ich bringe dich nach Hause«, sagte sie.

»Meine Wohnung liegt zehn Häuserblöcke in der falschen Richtung. Der Mantel hält mich trocken.«

»Du hast keine Mütze.«

»Mach dir um mich keine Sorgen.« Er trat einen Schritt zurück und brachte aus seiner Manteltasche eine blaue Baseballmütze zum Vorschein. Als er sie aufsetzte, fuhr er mit einem Fingerschnipsen am Mützenschild entlang und salutierte mit einem schiefen Grinsen. »Fahr vorsichtig. Ruf mich an, wenn du zu Hause bist.«

»Einen noch.« Sie lockte ihn mit dem Zeigefinger herbei.

Er beugte sich noch einmal zu ihr herab und küsste sie. Sie nahm einen ganz schwachen Schweißgeruch an der Unterseite seiner Mützenkrempe wahr und schmeckte den Scotch auf seiner Zunge, und dann zog sie kraftvoll am Revers seines Mantels und küsste ihn noch inniger.

Er ging denselben Weg zurück, auf dem sie gekommen waren. Sie schaltete die Scheibenwischer an und wollte losfahren, doch die Fenster waren beschlagen. Sie schaltete die Lüftung ein und wartete, bis die Scheibe aufklarte, ehe sie losfuhr. An der nächsten Ecke wollte sie gerade rechts abbiegen, als sie nach links blickte und Brian sah. Er stand in dem kleinen Park. Er hatte seinen Mantel ausgezogen und deckte damit den Obdachlosen zu.

Er verließ den Park, schlug den Hemdkragen zum Schutz gegen den Wind hoch und ging weiter in Richtung seiner Wohnung.

Bei ihrer Mutter gab es natürlich ein ganzes Kapitel über das, was Rachel gerade beobachtet hatte: »Die Handlung, die den Sprung auslöst«.

Bei ihrer vierten Verabredung kochte er in seiner Wohnung zu Abend. Während er den Geschirrspüler einräumte, zog sie ihr T-Shirt und ihren BH aus und kam mit nichts als einer abgetragenen Schlabberjeans in die Küche. Er drehte sich gerade in dem Moment um, als sie die Arme nach ihm ausstreckte, und er machte große Augen und sagte: »Oh.«

Sie hatte das Gefühl, alles völlig im Griff zu haben – was natürlich nicht stimmte – und die Bedingungen für die erste Vereinigung ihrer Körper diktieren zu können. An diesem Abend begannen sie in der Küche, endeten aber im Bett. Fingen die zweite Runde in der Badewanne an und landeten dann auf der Ablage zwischen den beiden Waschbecken. Weil aller guten Dinge drei sind, gingen sie wieder ins Schlafzimmer, und es klappte erstaunlich gut, obwohl Brian zum Schluss außer einem Schaudern nichts mehr produzierte.

Während des ganzen Sommers klappte es mit dem körperlichen Geben und Nehmen beeindruckend gut. Mit allem anderen ging es langsamer voran. Vor allem, nachdem die Panikattacken zurückkehrten. Meistens holten sie Rachel ein, wenn Brian nicht in der Stadt war. Die erste Grundregel, die sie leider akzeptieren musste, nachdem sie ihn als ihren Partner akzeptiert hatte, bestand darin, dass er oft nicht in der Stadt war. Die meisten seiner Reisen waren kurze zweitägige Abstecher nach Kanada, in den Staat Washington, nach Oregon, zweimal im Jahr nach Maine. Aber andere – nach Russland, Deutschland, Brasilien, Nigeria und Indien – dauerten länger.

Manchmal fühlte es sich zuerst ganz gut an, wenn er weg war – wie eine Rückkehr zu sich selbst. Sie wollte sich nicht als halbes Paar betrachten. Sie wachte am Morgen nach seiner Abreise auf und fühlte sich zu neunzig Prozent wie Rachel Childs. Dann sah sie aus dem Fenster und fürchtete sich vor der Welt, und ihr fiel ein, dass neunzig Prozent immer noch mindestens vierzig Prozent mehr waren, als sie wollte.

Spätestens am zweiten Nachmittag erfüllte allein der Gedanke, das Haus zu verlassen, sie mit einer Hysterie, die sie kaum unterdrücken konnte.

Wenn sie sich die Außenwelt vorstellte oder sich doch einmal hinauswagte, sah sie eine Sturmwolke auf sich zustürzen, sie einkreisen, Stücke aus ihr herausreißen, die alles aus ihr heraussog. Und die ihr im Gegenzug nichts gab. Sie machte all ihre Versuche zunichte, im Guten mit ihr auszukommen, dafür belohnt zu werden, dass sie ihre Ängste in ihr Leben zu integrieren versuchte. Die Sturmwolke zog sie in ihren Strudel, wirbelte sie herum und spuckte sie aus, um sich ihr nächstes Opfer zu suchen.

Während Brian in Toronto war, erstarrte sie in einem Dunkin' Donuts auf der Boylston Street. Zwei Stunden lang saß sie hinter dem Tresen am Fenster und konnte sich nicht von der Stelle rühren.

Als Brian aus Hamburg zurückkam, stieg sie morgens auf der Beacon Street in ein Taxi. Sie hatte vier Straßenblocks zurückgelegt, als ihr klar wurde, dass sie einen Fremden damit beauftragt hatte, sie gegen Bezahlung durch die Stadt zu fahren. Sie sagte ihm, er solle anhalten, gab ihm ein viel zu hohes Trinkgeld und stieg aus. Sie stand auf dem Bürgersteig, und alles sah zu grell, zu scharf aus. Sie hörte alles viel zu deutlich, als hätte jemand Verstärker in ihren Ohren angebracht. Auf der anderen Seite der breiten Massachusetts Avenue sprachen drei Menschen über ihre Hunde. Eine Frau, die vier Meter weiter am Fluss stand, schimpfte ihr Kind auf Arabisch aus. Ein Flugzeug landete am Flughafen Logan. Ein anderes hob ab. All das hörte sie. Sie hörte das Hupen der Autos auf der Massachusetts Avenue, das Brummen der Motoren im Stau auf der Beacon Street und das Aufheulen der beschleunigenden Wagen auf dem Storrow Drive.

Zum Glück stand eine Mülltonne in der Nähe. Sie ging vier Schritte und übergab sich.

Auf dem Rückweg zu der Wohnung, die sie sich mit Brian teilte, starrten die Menschen, an denen sie vorbeiging, sie mit unverhohlener Verachtung und Abneigung an. In ihren Blicken zeichnete sich etwas ab, das Rachel nur als Appetit bezeichnen konnte. Sie überlegten, ob sie im Vorbeigehen nach ihr schnappen sollten.

Eine Seitenstraße weiter kam ein Scientologe auf sie zu, drängte ihr eine Broschüre auf und fragte sie, ob sie einen Persönlichkeitstest machen wolle. Sie sehe so aus, als ob sie eine gute Nachricht gebrauchen könne. Vielleicht würde sie ja etwas über sich selbst lernen, das –

Sie war sich nie ganz sicher, was als Nächstes geschehen war, aber sie hatte den Verdacht, dass sie sich möglicherweise auf ihn übergeben hatte. Als sie in ihre Wohnung zurückkam, fand sie Spritzer von Erbrochenem auf ihren Schuhen, aber bei der großen Mülltonne war eigentlich nichts danebengegangen.

Sie zog sich aus und duschte zwanzig Minuten lang. Als Brian nach Hause kam, trug sie immer noch ihren Bademantel und hatte fast eine ganze Flasche Pinot Grigio ausgetrunken. Er schenkte sich selbst einen Single Malt ein – mit einem Würfel Eis –, setzte sich neben sie auf die Fensterbank, blickte auf die Charles Street hinunter und hörte ihr zu. Als sie aufgehört hatte zu reden, suchte sie vergeblich nach Ekel in seinem Gesicht – den Ekel, den sie so gut von Sebastian kannte. Stattdessen sah sie nichts als … Ja, was eigentlich?

Du meine Güte.

Mitgefühl.

So sieht das also aus, dachte sie.

Er strich sanft ihren Pony zurück und küsste sie auf die Stirn. Er schenkte ihr noch etwas Wein ein.

Dann lachte er leise. »Du hast wirklich auf einen Scientologen gekotzt?«

»Das ist überhaupt nicht lustig.«

»Doch, Schatz, das ist es. Ganz ohne Zweifel.« Er berührte ihr Glas mit seinem und trank.

Sie lachte, aber dann erstarb das Lachen, und sie dachte daran, was für ein Mensch sie einst gewesen war – in der heruntergekommenen Sozialbausiedlung, in den Streifenwagen, wenn sie Polizisten auf der Streife begleitet hatte, in den Hallen der Macht, in den Straßen von Port-au-Prince und in jener endlosen Nacht in dem Lager in Léogâne – und sie erkannte jene Rachel in der, die sie jetzt war, nicht wieder.

»Ich schäme mich so.« Sie sah diesen Mann an, der ein

besserer Mensch war als jeder andere Mann, mit dem sie zusammen gewesen war, auf jeden Fall freundlicher und geduldiger, und dann kamen ihr die Tränen – was ihre Scham nur noch schlimmer machte.

»Wofür solltest du dich schämen?«, sagte er. »Du bist nicht schwach.«

»Ich kann nicht mal aus der Haustür gehen«, flüsterte sie. »Nicht mal in ein Scheißtaxi schaffe ich es.«

»Wir finden Hilfe für dich«, sagte er. »Du wirst der Sache auf den Grund gehen. Du wirst gesund werden. Und wo solltest du schon hingehen wollen?« Er machte eine Geste, die das gesamte Apartment einschloss. »Wo ist es besser als hier? Wir haben Bücher, einen vollen Kühlschrank und eine Xbox.«

Sie ließ ihre Stirn auf seine Brust sinken. »Ich liebe dich.«

»Ich liebe dich auch. Sogar die Hochzeit können wir hier feiern.«

Sie hob den Kopf und sah ihm in die Augen. Er nickte.

Sie heirateten in einer Kirche. Sie war ganz in der Nähe. Nur ihre engsten Freunde nahmen teil – auf ihrer Seite waren das Melissa, Eugenie und Danny Marotta, der auf Haiti ihr Kameramann gewesen war; auf seiner Seite sein Geschäftspartner Caleb, dessen Frau Haya – eine bildschöne japanische Immigrantin, die immer noch Schwierigkeiten mit ihrem Englisch hatte – und Tom, der Barkeeper aus der Kneipe, in der sie sich getroffen hatten. Diesmal führte Jeremy James sie nicht zum Altar – sie hatte seit zwei Jahren nichts von ihm gehört. Als sie Brian gefragt hatte, ob er jemanden aus seiner Familie einladen wolle, hatte er nur den Kopf geschüttelt, und eine Dunkelheit hatte sich wie ein Mantel über ihn gesenkt.

»Wir machen gemeinsam Geschäfte«, sagte er. »Aber ich liebe sie nicht. Ich teile die schönen Dinge meines Lebens nicht mit ihnen.«

Wenn Brian von seiner Familie redete, sprach er immer langsam und präzise.

Sie sagte: »Aber es ist deine Familie.«

Er schüttelte den Kopf. »Du bist meine Familie.«

Nach der Hochzeit gab es einen Sektempfang in der Bristol Lounge. Später spazierte sie mit Brian durch den Boston Common und den Public Garden. Nie in ihrem Leben hatte sie sich besser gefühlt.

Doch als sie an einer Ampel an der Beacon Street warteten, sah Rachel zwei tote Mädchen auf der Straßenüberführung stehen, die zum Esplanade-Park führte. Die in dem verblassten roten T-Shirt und den Jeansshorts war Esther. Die in dem hellgelben Kleid war Widdy. Die beiden Mädchen kletterten auf das Geländer der Überführung. Der Verkehr auf dem Storrow Drive brandete unter ihnen, und sie sprangen kopfüber vom Geländer und verschwanden, ehe sie auf dem Pflaster aufschlugen.

Sie erzählte Brian nichts davon. Sie schaffte es ohne einen weiteren Zwischenfall zurück in die Wohnung, und sie tranken ein wenig Champagner. Sie liebten sich und tranken noch ein wenig Champagner, und dann lagen sie im Bett und sahen zu, wie der Mond rund und voll über der Stadt aufging.

Sie sah, wie die beiden jungen Frauen von der Überführung stürzten und verschwanden. Sie ging in Gedanken all die Menschen durch, die aus ihrem Leben verschwunden waren, nicht nur die wichtigen, auch die unbedeutenden, und auf einmal begriff sie, was sie in der Welt da draußen am meisten fürchtete – dass alle ohne Ausnahme eines Tages aus ihrem Leben verschwinden würden. Sie würde um eine Ecke biegen, und vor ihr würden breite, menschenleere Straßen liegen, auf denen nicht einmal mehr Autos fuhren. Alle hätten sich durch einen galaktischen Hinterausgang davongestohlen, während sie gerade kurz geblinzelt hatte, und sie wäre die einzige Zurückgebliebene.

Der Gedanke war absurd, etwas, worin sich ein Kind mit einem Märtyrerkomplex suhlen würde. Und doch schien er von wesentlicher Bedeutung zu sein, um die Ursachen ihrer Ängste zu verstehen. Sie sah ihren frischgebackenen Ehemann an. Seine Augenlider waren bereits schwer geworden. In jenem Augenblick wusste sie, dass sie ihn aus völlig anderen Gründen geheiratet hatte als Sebastian. Sie hatte Sebastian geheiratet, weil ihr unbewusst klar gewesen war, dass es ihr ziemlich scheißegal sein würde, wenn er sie jemals verließe. Aber sie hatte Brian geheiratet, weil er sie zwar immer wieder kurz verlassen würde – oft genug, um sie zweifeln zu lassen –, aber niemals ganz und gar.

»Woran denkst du?«, fragte Brian. »Du wirkst traurig.«

»Bin ich aber nicht«, log sie. »Ich bin glücklich«, sagte sie, denn auch das stimmte.

Es dauerte achtzehn Monate, bis sie das Apartment wieder verließ.

12

Die Halskette

An einem Wochenende kurz vor ihrem zweiten Hochzeitstag, kurz bevor Brian nach London flog, verließen er und Rachel ihre Wohnung im fünfzehnten Stock, fuhren im Fahrstuhl hinab und traten auf die Straße. Es regnete – es hatte schon die ganze Woche nicht aufgehört zu regnen –, aber es war ein Nieselregen, den sie kaum bemerkte, ehe sie bis auf die Knochen durchnässt war – ganz ähnlich wie in der Nacht ihres Kennenlernens. Brian nahm ihre Hand und führte sie die Massachusetts Avenue entlang. Er wollte ihr nicht sagen, wohin er sie führte, nur, dass sie jetzt so weit sei. Sie würde es schaffen.

Im Verlauf der letzten sechs Monate hatte Rachel die Wohnung ein Dutzend Mal verlassen, aber nur am frühen Morgen oder an Werktagsabenden, wenn die Umstände kontrollierbar erschienen, und oft bei sehr kaltem Wetter. Sie ging in den Supermarkt, aber wiederum nur werktags und in den frühen Morgenstunden, und an den Wochenenden blieb sie immer drinnen.

Aber hier lief sie nun durch das Viertel, mitten am Samstagvormittag. Trotz des Wetters war die Massachusetts Avenue stark bevölkert. Das Gleiche galt für die Querstraßen, vor allem die Newbury Street. Provinzfans der Red Sox waren aus ganz Massachusetts gekommen und hatten die Straße fest im Griff, denn heute sollte das einzige Heimspiel der Woche stattfinden, nachdem in den letzten Tagen ein Match nach dem anderen ins Wasser gefallen war. Und so wimmelte es auf der gesamten Massachusetts Avenue von Menschen mit rotblauen T-Shirts und rotblauen Baseballmützen: feiste Studenten vom Typ Burschenschafter in Jeans und Flipflops, die jetzt schon in die Kneipen drängten; Männer und Frauen mittleren Alters mit Bierbäuchen; Grüppchen von Jugendlichen am Straßenrand – einige lieferten sich gerade ein Gefecht mit Plastikbaseballschlägern. Auf den Straßen standen die Autos im Stau; sie kamen so langsam voran, dass viele Fahrer den Motor ausgeschaltet hatten. Hupen dröhnten und tröteten, und lebensmüde Fußgänger schlängelten sich durch den Verkehr. Ein Bursche grölte »Wir sind Sieger, wir sind Sieger!« und schlug dabei jedes Mal auf einen Kofferraum. Zwischen all den mehr oder weniger abstoßenden Sportfans tummelten sich schwarze und weiße Yuppies sowie Hipster, die erst vor kurzem ihren Abschluss am Berklee College für Musik oder der Universität Boston gemacht hatten und sich nun einer erschreckend chancenlosen Zukunft gegenübersahen. Weiter unten auf der Newbury Street würden sie auf die jungen, reichen Ehefrauen mit Schlauchbootlippen und Schoßhündchen treffen, die in Cafés über jeden noch so kleinen Patzer der Kellner die Augen verdrehten und dann verlangten, den Geschäftsführer zu sprechen. Es war so lange her, dass Rachel sich in eine Menschenmenge gewagt hatte, dass sie fast schon vergessen hatte, wie sich das anfühlte.

»Atmen«, sagte Brian, »einfach atmen.«

»Abgase, oder was?«, sagte sie, als sie die Massachusetts Avenue überquerten.

»Klar. Was uns nicht umbringt ...«

Erst als sie den gegenüberliegenden Bürgersteig erreicht hatten, wurde ihr klar, was er im Sinn hatte. Er wollte sie zur U-Bahn-Station lotsen.

»Warte!« Sie umklammerte mit ihrer freien Hand sein Handgelenk.

Er drehte sich zu ihr um und sah ihr lächelnd in die Augen. »Du schaffst das.«

»Auf gar keinen Fall.«

»Doch«, sagte er leise. »Sieh mich an, Liebes. Sieh mich an.«

Sie sah ihm in die Augen. Brian hatte etwas an sich, das sie, je nach Stimmung, motivieren oder nerven konnte – eine Du-schaffst-das-Ausstrahlung, die fast ans Religiöse grenzte. Er mochte am liebsten Musik, Filme und Bücher, die eine Balance der Dinge bestätigten oder zumindest die Vorstellung, dass guten Menschen auch Gutes widerfuhr. Aber ein Einfaltspinsel war er nicht. In seinen blauen Augen lagen die Einfühlsamkeit und Weisheit eines weit älteren Mannes. Brian erkannte das Schlechte in der Welt, aber er hatte beschlossen, es durch schiere Willenskraft in Schach zu halten.

»Man gewinnt«, hatte er unzählige Male gesagt, »indem man sich weigert zu verlieren.«

Im Moment war sie auf diese Ausstrahlung angewiesen, diese Kreuzung aus Vince Lombardi, dem berühmten Footballtrainer, und einem Selbstverwirklichungs-Guru, jene erbarmungslos optimistische (und manchmal auch nur erbarmungslose) Lebenseinstellung, die ihr zynisches Ich für viel zu amerikanisch gehalten hätte, wenn ihr Ehemann nicht Kanadier gewesen wäre. Im Moment war sie auf einen Brian angewiesen, der sich selbst übertraf, und er enttäuschte sie nicht.

Er drückte ihre Hand. »Ich lasse nicht los.«

»Scheiße.« Sie hörte die unterdrückte Hysterie in ihrer Stimme, obwohl sie lächelte, obwohl sie wusste, dass sie tun würde, was er ihr von ihr verlangte.

Er wiederholte: »Ich lasse nicht los.«

Und ehe sie es sich versah, standen sie auf der Rolltreppe. Keine moderne, breite Rolltreppe. Die Rolltreppe an der Hynes war schmal, finster und steil. Ganz und gar nicht auf dem neuesten Stand. Wenn sie sich aus irgendeinem Grund vorbeugen sollte, würden Brian, sie selbst und alle, die vor ihnen standen, die Treppe hinabstürzen. Sie hielt ihren Kopf aufrecht und den Rücken gerade, während sie abwärtsrollten. Die Lichter wurden immer schwächer, bis der Abstieg sich wie ein Teil eines archaischen Rituals anfühlte, eines Fruchtbarkeitsrituals vielleicht oder eines Geburtsrituals. Hinter ihr standen Fremde, vor ihr standen Fremde. Gesichter und Gestalten wurden vom Dämmerlicht umhüllt. Herzen schlugen wie tickende Bomben.

»Wie geht es dir?«, fragte Brian.

Sie drückte seine Hand. »Ich halte durch.«

Ein einzelner Schweißtropfen rann ihr über die Schläfe, hinter ihrem linken Ohr entlang und über den Nacken, bis er sich an ihrem Rücken, unter ihrer Bluse, auflöste.

Die letzte Panikattacke hatte sie im Aufzug ihres Wohnhauses erlitten, in dem sie heute Morgen mit Brian gefahren war. Das lag sieben Monate zurück. Nein, acht Monate, wie sie mit Stolz bemerkte. Acht, dachte sie und drückte wieder die Hand ihres Mannes.

Sie erreichten den Bahnsteig. Die Menschenmenge war, nachdem sie die schmale Rolltreppe hinter sich gebracht hatten, nicht allzu dicht. Sie legten ein Viertel des Bahnsteiges zurück, und sie stellte überrascht fest, dass ihre Hände trocken waren. Früher war sie ausgiebig gereist. Sich mit Horden von Fremden abwärts in einen dunklen Tunnel zu begeben, um in eine rappelvolle U-Bahn zu steigen, war ihr damals nicht im Geringsten bedrohlich erschienen. Das Gleiche galt für Konzerte, Sportveranstaltungen und Kinos. Selbst in den Zeltstädten und Flüchtlingslagern auf Haiti hatte sie keine Probleme mit der Panik gehabt. Sie hatte dort und direkt nach ihrer Rückkehr zwar viele andere Probleme gehabt – Alkohol, Schmerzmittel, Beruhigungsmittel –, aber keine Panikattacken.

»He« sagte Brian, »bist du noch da?«

Sie lächelte leise. »Das wollte ich gerade dich fragen.«

»Ich bin da«, sagte er. »Direkt neben dir.«

Sie setzten sich auf eine Bank in einer Nische, über der ein großer Fahrplan hing – die grüne Linie, die rote Linie, die blaue Linie, die orangefarbene und die silberne kreuzten sich wie Venen, ehe jede wieder ihrer eigenen Strecke folgte.

Sie hatte jetzt beide Hände in seine gelegt, und ihre Knie berührten sich. Wenn Leute sie anblickten, sahen sie ein attraktives, verliebtes Paar.

»Du bist immer da«, sagte sie. »Außer –«

»Außer wenn ich nicht da bin«, beendete er den Satz, und beide lachten leise.

»Wenn du nicht da bist«, bestätigte sie.

»Aber das sind bloß Reisen, Schatz. Du kannst jederzeit mitkommen.«

Sie verdrehte die Augen. »Ich weiß nicht mal, ob ich in die nächste U-Bahn einsteigen kann. Ich bin mir ganz sicher, dass ich es nicht in ein Flugzeug schaffe.«

»Du kannst in die U-Bahn einsteigen.«

»Ja? Warum bist du dir so sicher?«

»Weil du jetzt stärker bist. Und du bist in Sicherheit.«

»In Sicherheit?« Sie ließ ihren Blick über den Bahnsteig streifen und dann über seine Hände und Knie.

»Ja. In Sicherheit.«

Sie sah ihn an, während der Zug so schnell in die Station einfuhr, dass er Brians widerspenstiges Haar noch mehr durcheinanderbrachte, als es schon war.

»Bist du bereit?«

»Ich weiß nicht.«

Sie standen auf.

»Du bist es.«

»Das sagst du so.«

Sie warteten ab, bis die Passagiere ausgestiegen waren, und traten dann an die Bahnsteigkante.

»Wir steigen zusammen ein«, sagte er.

»Scheiße, scheiße, scheiße.«

»Willst du auf den Nächsten warten?«

Der Bahnsteig war leer. Alle waren eingestiegen.

»Wir können warten«, sagte er.

Die Türen begannen, sich zischend zu schließen, und sie sprang hinein und zog Brian hinter sich her. Die Tür ging kurz wieder auf, aber dann standen sie im Wagen, ein paar alte weißhaarige Damen warfen ihnen pikierte Blicke zu, und ein junger Hispano mit einem Geigenkoffer sah sie neugierig an.

Der Wagen schwankte. Der Zug fuhr in den Tunnel.

»Du hast es geschafft«, sagte Brian.

»Ich habe es geschafft.« Sie küsste ihn. »Mensch!«

Der Wagen schwankte wieder, dieses Mal bei der Einfahrt in eine Kurve, und die Räder kreischten und klackerten. Sie befanden sich fünfzehn Meter unter der Erde und fuhren mit vierzig Stundenkilometern in einer Metallbüchse auf hundert Jahre alten Schienen.

Ich bin hier unten in tiefer Dunkelheit, dachte sie.

Sie sah ihren Mann an. Er studierte eine Anzeige über der Tür, und zusammen mit seinem Blick ging auch sein markantes Kinn in die Höhe.

Und ich habe weniger Angst, als ich je gedacht hätte.

Sie fuhren bis zur Endstation Lechmere. Sie gingen im Nebel nach East Cambridge und aßen in einem Schnellrestaurant im Erdgeschoss des Einkaufszentrums *Galleria* zu Mittag. In einem Einkaufszentrum war sie mindestens so lange nicht gewesen wie in einer U-Bahn, und als sie auf die Rechnung warteten, wurde ihr klar, dass Brian sie mit Absicht hierhergeführt hatte.

»Ich soll wohl durch das Einkaufszentrum spazieren«, sagte sie.

Er spielte den Überraschten. »Mensch, daran hatte ich gar nicht gedacht.«

»Ja klar. Und dann ausgerechnet dieses? Hier wimmelt es von Jugendlichen, und es ist überall laut.«

»Stimmt.« Er reichte dem Kellner seine Kreditkarte auf dem kleinen schwarzen Tablett.

»Oje«, sagte sie.

Er runzelte die Stirn.

»Und wenn ich fände, dass die U-Bahn für einen Tag genug Wagemut war?«, fragte sie.

»Dann würde ich das respektieren.«

Sie wusste, dass das stimmte. Wenn man sie gefragt hätte, was sie an ihrem Ehemann am meisten liebte, dann hätte sie wohl seine Geduld genannt. Sie schien, zumindest in Bezug auf ihre Krankheit, grenzenlos zu sein. Während der ersten Monate nach ihrer letzten Panikattacke – der im Fahrstuhl – hatte sie die fünfzehn Stockwerke zu ihrer Wohnung auf der Treppe zurückgelegt. Und wenn Brian nicht auf Reisen war, ließ er sie nie allein gehen. Er keuchte und schnaufte neben ihr die Treppe hoch.

»Bin ich froh«, sagte er einmal, als sie mit schweiß-glänzenden Gesichtern eine Pause zwischen dem zehnten und elften Stockwerk einlegten, »dass wir damals nicht diese Wohnung auf der zweiundzwanzigsten Etage an der Huntington Street genommen haben.« Er senkte den Kopf und holte tief Luft. »Ich weiß zwar nicht, ob das zu einer Scheidung geführt hätte, aber wir würden auf jeden Fall zur Paartherapie gehen.«

Sie hörte immer noch das Echo ihres Gelächters, das fröhlich und abgekämpft im Treppenhaus in die Höhe stieg. Er hatte ihre Hand genommen und sie die letzten fünf Stockwerke hochgeführt. Sie hatten zusammen geduscht, sich schnell abgetrocknet, und dann hatten sie nackt auf dem Bett gelegen und sich vom Deckenventilator vollends trocknen lassen. Sie hatten sich nicht sofort geliebt, sondern nur dagelegen, sich an den Händen gehalten und über die Absurdität der ganzen Sache gelacht. Und so betrachtete

Brian die Sache: als eine vorübergehende Situation, etwas, das Gott ihnen untergejubelt hatte und das sie so unmöglich ändern konnten wie das Wetter. Anders als Sebastian und einige ihrer Freunde nahm Brian niemals an, dass die Panikattacken etwas wären, das sie kontrollieren konnte. Sie hatte die Attacken nicht, weil sie schwach oder verhätschelt war oder das Theatralische liebte; sie hatte sie, weil sie von ihnen befallen wurde, wie man von körperlichen Krankheiten wie Grippe, Erkältung, Meningitis befallen wird.

Während sie sich liebten, ging der Tag zu Ende, und die Dämmerung zog vor dem Schlafzimmerfenster auf. Der Fluss färbte sich erst violett, dann schwarz, und mit Brian zu schlafen fühlte sich an, als würden sie sich auf jeder Ebene miteinander verbinden, körperlich und geistig – als ob sie miteinander verschmolzen.

Sie behielt diesen Tag als herausragendes Ereignis in Erinnerung, das sich über die folgenden sieben Monate mit anderen herausragenden Ereignissen verband, bis sie auf ihre Ehe zurückblicken konnten und sahen, dass die schönen Tage die weniger schönen bei weitem überwogen. Sie fing an, sich sicherer zu fühlen, so sicher, dass sie, ohne irgendjemanden einzuweihen – weder Brian noch ihre Freundinnen Melissa und Eugenie oder ihre Therapeutin Jane –, wieder den Fahrstuhl benutzte.

Und hier stand sie nun in einem Einkaufszentrum auf einer Rolltreppe, die abwärts in einen Strudel menschlicher Leiber führte. Die meisten waren Jugendliche, wie sie vorhergesagt hatte, denn es war ja Samstag – ausgerechnet Samstag, und ein regnerischer obendrein, die Sorte, die Geschäftsführer von Einkaufszentren herbeisehnen. Sie spürte, dass zahlreiche Augen auf ihr ruhten – ob tatsächlich oder eingebildet, wusste sie nicht –, sie spürte den Druck von Körpern, an denen sie sich vorbeidrängen musste, und sie hörte so viele Stimmen, so viele Gesprächsfetzen –

»... hab gesagt, machst du mir hier einen vor, oder was ...«

»... geh ran, geh schon ran ...«

»... soll ich jetzt etwa alles stehen und liegen lassen? Nur weil er zufällig ...«

»... natürlich nur wenn du magst, ist doch klar ...«

»... Olivia hat auch einen, und die ist nicht mal elf ...«

Sie war überrascht, wie ruhig sie all diese Menschen betrachtete, die auf sie zukamen und an ihr vorbeieilten, mit ihrem aggressiven Konsumbedürfnis, ihrer schalen Befriedigung angesichts von Käufen, die nur um ihrer selbst willen getätigt wurden, und ihrer Sehnsucht nach menschlichem Kontakt – oder nach Distanz (ehe sie zu zählen aufhörte, hatte sie zwanzig Paare gesehen, bei denen der eine den anderen ignorierte und stattdessen lieber in sein Handy sprach). Ihrer unbewussten Suche nach jemandem – irgendjemandem –, der ihnen sagen sollte, warum sie das alles taten, warum sie hier waren, was sie von den Insekten in ihren Kolonien unter der Erde unterschied, die eine bemerkenswerte Ähnlichkeit mit dem dreigeschossigen Einkaufszentrum aufwiesen, durch das sie an diesem Samstagnachmittag spazierte.

Normalerweise waren solche Gedanken einer Panikattacke unmittelbar vorangegangen. Es begann mit einem Kitzeln in der Mitte ihres Oberkörpers. Aus dem Kitzeln wurde das Stoßen eines Kolbens. Ihr Mund wurde so trocken wie die Sahara. Der Kolben verwandelte sich in einen gefangenen, panischen Spatz. Er saß in ihrem ausgehöhlten Ich und flatterte dröhnend mit den Flügeln – *wumm, wumm, wumm, wumm* –, und der Schweiß trat ihr auf die Stirn und rann ihr in Strömen den Hals herab. Atmen zu können war ein Luxus, dessen Ende unmittelbar bevorstand.

Aber heute nicht. Nicht einmal annähernd.

Schon bald überließ sie sich den Freuden, die ein Einkaufszentrum bietet, kaufte einige Blusen, eine Kerze, irgendeine überteuerte Haarspülung. In der Auslage eines Schmuckgeschäftes erregte eine Halskette ihre und Brians Aufmerksamkeit. Zuerst sprachen sie nicht einmal darüber, sondern tauschten nur Blicke aus. Genau genommen, waren es zwei Halsketten, eine kleinere in einer größeren, zwei Stränge schwarzer Onyxperlen auf filigranen Ketten aus Weißgold. Nicht teuer, keineswegs, vermutlich nicht einmal wertvoll genug, um sie ihrer Tochter zu vererben, sollten Brian und sie jemals eine haben, und dennoch …

»Worin liegt die Anziehungskraft?«, fragte sie Brian. »Warum gefällt sie uns?«

Brian sah sie lange an und versuchte, eine Antwort zu finden. »Vielleicht, weil es zwei sind?«

Im Geschäft legte er ihr die Kette um. Der Verschluss bereitete ihm ein wenig Mühe – er ging etwas schwer, aber der Verkäufer versicherte ihnen, dass das normal sei und er sich mit der Zeit lockern würde –, doch dann ordneten sich die Perlen wie von selbst über ihrer Bluse an, direkt unter dem Hals.

Als sie wieder vor dem Schmuckgeschäft standen, befühlte er ihre Handflächen.

»Knochentrocken«, sagte er.

Sie nickte mit großen Augen.

»Komm mit.« Er führte sie zu einem Fotoautomaten unter den Rolltreppen. Er schob die nötigen Münzen in den Schlitz, zog sie mit sich in die Kabine und brachte sie zum Lachen, als er ihre Brüste betastete, während sie den Vorhang hinter sich zuzog. Als das Blitzlicht in der Kabine aufstrahlte, drückte sie ihre Wange an seine, und sie schnitten alberne Grimassen, streckten die Zunge heraus und machten Kussmünder in Richtung der Kamera.

Als sie fertig waren, sahen sie sich den Streifen mit den vier Fotos an. Die Aufnahmen waren so albern, wie sie es erwartet hatten, und auf den ersten beiden ragten ihre Köpfe halb aus dem Bild.

»Ich will, dass du dich noch einmal hineinsetzt«, sagte er. »Nur du.«

»Was?«

»Bitte«, sagte er mit unerwartetem Ernst.

»Na gut …«

»Ich möchte, dass wir uns immer an diesen Tag erinnern. Ich möchte, dass du voller Stolz in die Kamera blickst.«

Allein in der Kabine kam sie sich albern vor. Sie hörte, wie er draußen die Münzen einwarf. Aber sie hatte auch das Gefühl, etwas geleistet zu haben – das hatte er richtig erkannt. Vor einem Jahr hatte sie sich nicht einmal vorstellen können, das Haus zu verlassen. Und jetzt saß sie mitten in einem überfüllten Einkaufszentrum.

Sie starrte in die Kamera.

Ich habe immer noch Angst. Aber es ist kein Entsetzen mehr. Und ich bin nicht allein.

Als sie die Kabine verließ, zeigte er ihr den Streifen mit

den Fotos, und was sie sah, gefiel ihr. Sie sah sogar ziemlich cool aus, nicht wie eine Frau, die man über den Tisch ziehen konnte.

»Jedes Mal, wenn du diese Fotos siehst oder die Kette trägst«, sagte Brian, »sollst du dich daran erinnern, wie stark du bist.«

Sie sah sich im Einkaufszentrum um. »All das ist dein Verdienst.«

Er nahm ihre Hand und küsste sie. »Ich habe dir nur einen Stups gegeben.«

Ihr war zum Weinen zumute. Zuerst wusste sie nicht, warum, aber dann traf sie schlagartig die Erkenntnis.

Er kannte sie.

Er kannte sie, dieser Mann, den sie geheiratet hatte, dieser Mann, mit dem zusammen sie durch das Leben gehen wollte. Er kannte sie.

Und – Wunder über Wunder – er war immer noch bei ihr.

13
Sichtung

Am Montagmorgen, einige Stunden nachdem Brian zum Flughafen aufgebrochen war, versuchte Rachel, die Arbeit an ihrem Buch wiederaufzunehmen. Obwohl sie schon fast ein ganzes Jahr daran gearbeitet hatte, wusste sie immer noch nicht, zu welcher Gattung es gehören würde. Es hatte als eindeutig journalistische Arbeit begonnen, ein Bericht ihrer Erlebnisse auf Haiti, aber nachdem ihr klargeworden war, dass sie den Bericht unmöglich schreiben konnte, ohne ihre eigene Geschichte einzuflechten, verwandelte sich das Buch in eine Art Memoir. Auch wenn sie bislang noch nicht versucht hatte, ihren Zusammenbruch vor laufender Kamera zu thematisieren, wusste sie doch, dass sie ihn in einen Kontext einbetten musste, wenn es so weit war. Also würde sie ein Kapitel über ihre Mutter schreiben müssen, welches wiederum ein Kapitel über die dreiundsiebzig James' erforderte, was wiederum zu einer Überarbeitung der gesamten ersten Hälfte des Buches führen würde. Derzeit hatte sie keine Vorstellung davon, in welche Richtung das Buch steuerte, und sie wusste auch nicht, wie sie ans Ziel gelangen sollte, aber meist machte ihr das Schreiben Spaß. An manchen Tagen stieß sie schon vor der zweiten Tasse Kaffee auf eine Wand. Heute war einer dieser Tage.

Es gab keinen ersichtlichen Grund, warum die richtigen Worte bisweilen nur so aus ihr heraussprudelten und dann wieder mühsam und zäh flossen, aber sie hatte den Verdacht, dass es damit zusammenhing, dass sie ohne rechten Plan schrieb. Im Grunde völlig planlos. Irgendwie hatte sich eine freiere Herangehensweise ergeben, als sie sich als Journalistin erlaubt hätte, und sie überließ sich einem Fluss, den sie selbst nicht ganz verstand, einem Prozess, der sich eher in einem freien Rhythmus als in einer festen Struktur äußerte.

Zwar zeigte sie Brian ihr Manuskript nicht, aber sie sprach mit ihm darüber. Er unterstützte sie wie immer, ohne zu zögern, obwohl sie ein- oder zweimal glaubte, einen leicht herablassenden Ausdruck über sein Gesicht huschen zu sehen, als ob er ihr nicht ganz abnahm, dass das Buch mehr als eine Spielerei wäre, mehr als eine Freizeitbeschäftigung, aus der niemals etwas Ganzes und Endgültiges entstehen würde.

»Wie willst du es nennen?«, fragte er sie eines Abends.

»*Vergänglichkeit*«, sagte sie.

Besser war es ihr bislang noch nicht gelungen, ihre Themen unter einen Hut zu bringen. Weder ihr Leben noch das jener Menschen, die ihr unvergesslich waren, schien jemals richtig Wurzeln zu schlagen. Es schien zu schweben. Schien hilflos auf das Nichts zuzutreiben.

An jenem Vormittag schrieb sie einige Seiten über ihre Zeit beim *Globe,* aber sie fand sie blutleer und, schlimmer noch, geläufig, und so machte sie früh Schluss, duschte ausgiebig und zog sich um. Sie hatte sich mit Melissa zum Mittagessen verabredet.

Sie überquerte die Back Bay im Dauerregen – der endlose Regen, der allgegenwärtige, biblische Regen, wie Brian ihn am Vorabend genannt hatte. Es war eigentlich kein starker Regen, aber er dauerte jetzt schon seit acht Tagen an. Die Teiche und Seen im Hinterland überfluteten die Fahrbahnen und verwandelten die Straßen in Flüsse. Zwei Autos waren bereits mitgerissen worden. Am Wochenende war ein Flugzeug von der Landebahn gerutscht. Verletzte hatte es dabei nicht gegeben. Die Opfer einer Massenkarambolage auf der Interstate 95 hatten weniger Glück gehabt.

Allzu viele Sorgen musste sie sich nicht machen – sie flog nicht, sie fuhr nur selten mit dem Auto (zwei Jahre waren seit dem letzten Mal vergangen), und ihr Apartment lag deutlich über der Straßenhöhe. Brian allerdings flog dauernd. Brian fuhr Auto.

Sie traf sich mit Melissa im Oak Room des Fairmont-Copley-Plaza-Hotels. Der Oak Room hieß allerdings nicht mehr Oak Room. Man hatte ihn kürzlich einer Schönheitsoperation unterzogen, und nachdem er jahrzehntelang als Oak Room seine Dienste getan hatte, wurde aus ihm die OAK Long Bar + Kitchen. Rachel, Melissa und so ziemlich jeder, den sie kannten, nannte ihn trotzdem immer noch den Oak Room.

Rachel war seit einigen Jahren nicht mehr allein am Copley Square gewesen. Zu Beginn ihrer letzten, heftigen Reihe von Panikattacken hatten die Gebäude, die den Platz umgaben – die Old-South-Kirche, die Hauptfiliale der Leihbücherei von Boston, die Dreifaltigkeitskirche, die Hotels Fairmont und Westin und der alles überragende Hancock Tower, der mit seinen verspiegelten blauen Fenstern den

Platz reflektierte –, sich ihr entgegengeneigt und nicht mehr so sehr wie Gebäude gewirkt, sondern wie Mauern, hohe Mauern, die eigens dazu erbaut worden waren, sie einzuschließen. Dabei hatte sie den Copley Square immer für ihre repräsentative Mischung des alten und neuen Boston bewundert – das alte Boston mit dem eleganten Klassizismus und den schimmernden Kalksteinfassaden der Bibliothek und des Fairmont und der Dreifaltigkeitskirche mit ihrem lehmfarbenen Dach und den schweren Bögen und das neue mit seiner eisigen Funktionalität und den klaren, glatten Umrissen des Westin und des Hancock Towers, die der Nostalgie mit aggressiver Gleichgültigkeit gegenüberstanden. Dennoch hatte sie den Platz seit fast zwei Jahren gemieden.

Als sie jetzt zum ersten Mal seit ihrer Hochzeit den Platz betrat, erwartete Rachel, von Herzklopfen und beschleunigtem Puls heimgesucht zu werden. Doch als sie über den burgunderroten Teppich am Eingang des Fairmont ging, fühlte sie nur einen minimal beschleunigten Herzschlag, und auch der beruhigte sich gleich wieder. Vielleicht war es der Regen, der sie so gelassen machte. Mit einem Regenschirm über dem Kopf war sie nichts weiter als ein geisterhafter Schemen in dunkler Kleidung, verborgen unter einer regendichten Kapuze, in einer Stadt voller geisterhafter Schemen in dunkler Kleidung, verborgen unter regendichten Kapuzen. Bei so viel Regen und Düsternis, dachte sie, blieben bestimmt mehr Morde unentdeckt, mehr Affären unbestraft als sonst.

»Hmmm«, sagte Melissa, als sie diesen Gedanken erwähnte. »Wir denken wohl an eine Affäre, wie?«

»Himmel, nein. Ich schaffe es ja kaum aus dem Haus.«

»Quatsch. Du bist doch hier. Du bist am Wochenende mit

der U-Bahn durch die Stadt gefahren und durch ein Einkaufs-zentrum spaziert.« Sie streckte die Hand aus und kniff Rachel in die Wange. »Wir sind jetzt ein großes Mädchen, was?«

Rachel gab ihr einen Klaps auf die Hand, und Melissa lehnte sich zurück und lachte eine Spur zu laut. Rachel hatte einen großen Salat gegessen und langsam ein Glas Weißwein geleert, aber Melissa, die ihren freien Tag hatte, hatte das Essen kaum angerührt und einen Bellini nach dem anderen heruntergestürzt, als ob Prosecco um Punkt Mitternacht verboten werden würde. Sie wurde dadurch munterer und lustiger, aber auch lauter, und Rachel wusste aus Erfahrung, wie schnell der Humor sich in Selbstverachtung verwandeln, die Geistesgegenwärtigkeit sich verdunkeln konnte. Melissa würde nur noch lauter werden. Andere Gäste hatten schon mehrmals in ihre Richtung geschaut, aber das musste nicht unbedingt etwas mit der Lautstärke zu tun haben, sondern konnte genauso gut an Rachel liegen.

Melissa nahm einen Schluck von ihrem Drink, und Rachel sah mit Erleichterung, dass die Schlucke jetzt kleiner wurden. Melissa war Rachels Produzentin bei Dutzenden von Beiträgen auf Kanal 6 gewesen, aber zum Glück bei keinem ihrer Berichte aus Haiti. Als Rachel ihren Zusammenbruch in Cité Soleil hatte, war Melissa auf Hochzeitsreise in Maui. Die Ehe hatte nicht einmal zwei Jahre gehalten, aber im-merhin besaß Melissa noch ihre Stelle, die sie ohnehin weit mehr geliebt hatte als Ted. Also war die Trennung, wie sie stets mit einem strahlend-bitteren Lächeln und zwei in die Höhe gereckten Daumen sagte, für beide Seiten ein Gewinn.

»Wenn du mit jemandem in diesem Raum eine Affäre haben müsstest, wer würde das sein?«

Rachel schaute sich flüchtig um. »Niemand.«

Melissa reckte den Hals und starrte unverhohlen im Raum umher. »Eine ziemliche trübselige Auswahl. Moment, was ist mit dem Typen in der Ecke?«

»Der mit Filzhut und Unterlippenbart?«

»Genau. Der ginge.«

»Ich will keine Affäre mit jemandem, der ›ginge‹. Ich will überhaupt keine Affäre. Und wenn ich müsste, dann nur mit dem ultimativen Mann.«

»Und wie würde der aussehen?«

»Keine Ahnung. Ich bin nicht diejenige, die hier auf Männersuche ist.«

»Der geheimnisvolle dunkelhaarige Fremde, den die Hellseher immer vorhersagen, wäre es jedenfalls nicht. Mit dem bist du ja schon verheiratet.«

Rachel legte den Kopf schief.

Melissa ahmte die Geste nach. »*Ich* kenne ihn nicht.« Sie legte die gespreizten Finger auf ihre Brust. »Immer wenn ich mit deinem zugegebenermaßen attraktiven, zugegebenermaßen charmanten, zugegebenermaßen witzigen und intelligenten Gatten spreche, habe ich hinterher das Gefühl, dass er nicht das Geringste gesagt hat.«

»Ich habe doch selbst gesehen, wie ihr eine halbe Stunde zusammengestanden und geredet habt.«

»Trotzdem weiß ich nichts über ihn.«

»Er kommt aus British Columbia. Er ist –«

»Ich kenne seinen Lebenslauf«, sagte Melissa. »Aber ich kenne Brian nicht. Sein ganzer Charme, wie er einem in die Augen schaut, die Fragen über mich und meine Hoffnungen und Träume sind so unverfänglich, dass ich jedes

Mal überrascht bin, wenn ich am nächsten Tag merke, dass er die ganze Zeit dafür gesorgt hat, dass ich nur über mich selbst spreche.«

»Aber du sprichst gern über dich selbst.«

»Ich *liebe* es, über mich selbst zu sprechen, aber darum geht es nicht.«

»Worum geht es dann?«

»Das wüsstest du wohl gern, Schätzchen.«

»Klar, Schätzchen. Spuck's aus.«

Sie grinsten einander über den Tisch hinweg an. Es war wie früher, als sie noch miteinander gearbeitet hatten.

»Ich frage mich bloß, ob überhaupt irgendjemand Brian wirklich kennt.«

»Mich inbegriffen?« Rachel lachte.

»Vergiss es.«

»Das ist deine Schlussfolgerung.«

»Ich sagte ›Vergiss es‹.«

»Und ich habe dich gefragt, ob ich auch auf der Liste derer stehe, die meinen Mann nicht kennen.«

Melissa schüttelte den Kopf und stellte Rachel eine Frage nach dem Buch, an dem sie schrieb.

»Ich habe Schwierigkeiten, den Text in die richtige Form zu bringen.«

»Was für eine Form?«, fragte Melissa obenhin. »Es gab ein Erdbeben auf Haiti, dann eine Choleraepidemie, dann einen Hurrikan. Und du hast alles mitbekommen.«

»Wenn du es so ausdrückst«, sagte Rachel, »klingt es nach einem Paradefall von Katastrophengeilheit. Und das ist das Letzte, das ich will.«

Melissa machte eine wegwerfende Geste, wie meistens,

wenn Rachel sich auf ein Gebiet begab, das sie nicht verstand oder nicht verstehen wollte.

Bei solchen Gelegenheiten fragte sich Rachel, warum sie überhaupt noch Zeit mit Melissa verbrachte. Melissa liebte das Seichte, so, wie andere nach dem Tiefen suchen, und sie konnte jeden Versuch komplexer Argumentation in eine Zielscheibe für Spott verwandeln, den sie in abwertendem Ton vortrug. Aber in den letzten Jahren hatte Rachel fast all ihre Freunde verloren, und es machte ihr Angst, eines Tages aufzuwachen und überhaupt keine mehr zu haben. Also hörte sie mit halbem Ohr zu, wie Melissa über ihre eigene Arbeit plapperte und sich über die jüngsten Gerüchte ausließ, wer es beim WCJR mit wem trieb.

Rachel warf gelegentlich ein »Mensch« oder »echt wahr« oder »Wahnsinn« ein, wenn das von ihr erwartet wurde, aber ein Teil von ihr beschäftigte sich immer noch mit dem, was Melissa über Brian gesagt hatte, und ihre Verärgerung wuchs. Sie war heute Morgen in bester Stimmung aufgewacht. Sie hatte nichts anderes gewollt, als diese Stimmung am Leben zu erhalten. Sie wünschte sich einfach einen fröhlichen Tag. Und damit meinte sie nicht die aufgesetzte Fröhlichkeit einer Schönheitskönigin oder eines Fernsehpredigers, sondern die hart erarbeitete Fröhlichkeit eines denkenden Menschen, der über das Wochenende mit seinem liebevollen, wenn auch oft anderweitig beschäftigten Ehepartner seine Ängste zu überwinden versucht hatte.

Morgen würden alle Zweifel zurückkehren. Morgen würden leise Verzweiflung und Langeweile wieder an ihr zu nagen beginnen. Aber heute, an diesem regnerischen, wolkenverhangenen Tag, wollte sie kein Elend zulassen. Doch es sah ganz danach aus, als ob Melissa sich entschlossen hätte, ihr einen Strich durch die Rechnung zu machen.

Als Melissa eine weitere Runde bestellen wollte, riss sich Rachel mit dem Vorwand eines Friseurtermins in der Newbury Street los. Sie sah, dass Melissa ihr das nicht abnahm, aber es war ihr egal. Draußen war aus dem strömenden Regen ein leichtes Nieseln geworden, und sie hatte Lust bekommen, durch den Park zur Charles Street zu gehen, dem Fluss bis zu der Fußgängerbrücke zu folgen, die zur Clarendon Street führte, und von dort aus zurück zu ihrer Wohnung zu spazieren. Sie wollte die durchnässte Erde und den nassen Asphalt riechen. Bei diesem Wetter war es in Back Bay leicht, sich Paris oder London oder Madrid vorzustellen und sich als Teil von etwas Größerem zu fühlen.

Melissa wollte noch auf »einen letzten Drink« bleiben, und sie küssten sich zum Abschied auf die Wange. Rachel bog nach rechts ab und ging die St. James Street entlang. Das Hotel, an dem sie vorbeiging, spiegelte sich im Hancock Tower, und sie sah auch sich selbst, als Teil eines gespiegelten Triptychons. Der Großteil der linken Scheibe zeigte den Gehsteig und Rachel, die an seinem Rand entlangging. Einige Taxis ragten ins Bild. Die mittlere Scheibe spiegelte die etwas windschiefe Variante des großen alten Hotels, und die dritte Scheibe zeigte die Gasse zwischen dem Hotel und dem Hancock. Sie war so schmal, dass die meisten sie wohl für einen Durchgang zwischen den Häusern halten würden, falls sie ihnen überhaupt auffiele, und wurde vor allem, wenn auch nicht ausschließlich, von Lieferwagen benutzt. Ein Wäschewagen stand vor einer Doppeltür an der Rückseite des Hotels, und ein schwarzer Chevrolet Suburban wartete im Leerlauf vor der Rückseite des Towers. Seine Abgase vermischten sich mit den Ausdünstungen eines Gullys. Der Regen verwandelte sich in silbrige Tropfen, als er durch die Abgaswolke fiel.

Brian verließ den Hancock Tower und öffnete die schwarze Tür des SUV. Zumindest sah der Mann wie Brian aus. Er konnte es ja nicht sein. Brian saß in einem Flugzeug, das zu diesem Zeitpunkt über dem Atlantik schwebte, auf halber Strecke zwischen Boston und London.

Aber es war Brian – dieselbe markante Kieferpartie, die jetzt, da er auf die vierzig zuging, langsam breiter wurde, dieselben in die Stirn fallenden schwarzen Locken, derselbe weiche kupferfarbene Trenchcoat über dem schwarzen Pullover, in dem er heute Morgen das Haus verlassen hatte.

Sie war drauf und dran, seinen Namen zu rufen, aber etwas an seinem Gesichtsausdruck hielt sie davon ab. Er hatte eine Miene aufgesetzt, die sie noch nie an ihm gesehen hatte – herzlos und zugleich gehetzt. Sie sagte sich, dass dies nicht dasselbe Gesicht sein konnte, das sie nachts vor dem Einschlafen anschaute. Die seltsame Spiegelerscheinung ihres Mannes bestieg jetzt den SUV. Rachel erreichte die Ecke des Hauses in genau dem Moment, als der gespiegelte SUV sich in den echten verwandelte. Er fuhr mit seinen schwarzgetönten Scheiben an ihr vorbei und bog auf die St. James Street ein. Sie drehte sich um die eigene Achse, ihr Mund stand offen, aber kein Laut drang hervor. Sie sah zu, wie er auf die mittlere Spur wechselte, die Ampel an der Dartmouth Street überquerte und auf die Schnellstraße fuhr. Als er in den Tunnel fuhr, verlor sie ihn aus den Augen.

Sie blieb lange Zeit auf dem Gehsteig stehen. Der Regen

wurde wieder stärker. Er prasselte auf ihren Regenschirm und prallte vom Gehsteig ab und durchnässte ihre Fuß-gelenke und Waden.

»Brian«, sagte sie schließlich.

Sie wiederholte seinen Namen, aber diesmal war es keine Aussage mehr, sondern eine Frage.

14

Scott Pfeiffer aus Grafton, Vermont

Sie ging auf dem schnellsten Weg zurück nach Hause. Sie redete sich die ganze Zeit ein, dass die Welt voller Menschen sei, die genau so wie andere aussahen. Sie wusste nicht einmal, wie groß die Ähnlichkeit tatsächlich war; sie hatte nur eine Spiegelung gesehen. Eine Lichtbrechung in einem verregneten Fenster. Wenn sie für einen Augenblick klare Sicht gehabt hätte, wenn er an der Autotür stehen geblieben wäre, und sie wäre rechtzeitig um die Ecke gekommen, um ihn direkt anzusehen, dann hätte sie vermutlich sofort erkannt, dass er ein Fremder war. Er hätte nicht diesen kaum wahrnehmbaren Höcker auf der Nasenwurzel gehabt. Seine Lippen wären dünner gewesen, seine Augen braun statt blau. Er hätte nicht die kleinen Aknenarben unter dem Wangenknochen gehabt, die man nur sah, wenn man ihn küsste. Dieser Fremde hätte die Frau im Regen, die ihn so unverhohlen anstarrte, vielleicht mit einem zögerlichen Lächeln bedacht und sich gefragt, ob etwas mit ihr nicht stimmte. Vielleicht hätte sich auch Wiedererkennen auf seinem Gesicht breitgemacht, und er hätte gedacht: »Das ist doch die Frau von Kanal 6, die vor einiger Zeit vor der Kamera durchgedreht ist.« Vielleicht hätte er sie auch gar nicht bemerkt. Er wäre einfach in den Wagen gestiegen und weggefahren. Und so war es letztlich ja auch geschehen.

Sie wusste sogar, dass Brian einen Doppelgänger hatte. Sie sprachen seit Jahren über ihn: Scott Pfeiffer aus Grafton, Vermont.

Als Brian sein Studium an der Brown University begann, hatten ihm andere erzählt, dass es einen Typen seines Alters gebe, der für den Pizzalieferdienst arbeitete und genau so aussah wie er. Das war so weit gegangen, dass Brian sich irgendwann mit eigenen Augen davon überzeugen wollte. Er hatte sich auf dem Bürgersteig vor dem Pizzaladen postiert, bis er seinen Zwilling mit einer roten Wärmtasche voller Pizzaschachteln hinter dem Tresen hervortreten sah. Brian war zur Seite getreten, als Scott aus dem Laden kam, in einen weißen Lieferwagen mit der Aufschrift Dom's Pizza stieg und losfuhr, um seine Bestellungen auszuliefern. Brian wusste selbst nicht, warum er sich Scott nicht zu erkennen gegeben hatte. Stattdessen hatte er, laut eigenem Eingeständnis, begonnen, ihn »quasi« zu stalken.

»Quasi«, hatte er gesagt, als er ihr die Geschichte erzählte.

»Ich weiß, wie das klingt. Aber wenn du diese Ähnlichkeit mit eigenen Augen gesehen hättest, hättest du verstanden, wie *gruselig* das war. Es wäre einfach zu schräg gewesen.«

»Aber er war doch ein Fremder. Er war Scott –«

»– Pfeiffer aus Grafton in Vermont, ja.« Brian nannte ihn oft so, als ob die genaue Ortsangabe diesen Scott ein bisschen weniger real erscheinen ließe, eher wie eine Figur in einem Sketch. Scott Pfeiffer aus Grafton, Vermont.

»Ich habe ziemlich viele Fotos von ihm gemacht.«

»*Was* hast du getan?«

»Ich habe dir doch gesagt, dass ich ihn gestalkt habe.«

»Du hast ›quasi‹ gesagt.«

»Ich habe ein Zoomobjektiv benutzt. Ich habe mich vor den Badezimmerspiegel in meiner Wohnung in Providence gestellt und die Fotos neben mein Gesicht gehalten – von vorn, von der Seite, linkes Profil, rechtes Profil, Kinn hoch, Kinn runter. Und ich schwöre dir, der einzige Unterschied bestand darin, dass seine Stirn vielleicht zwei, drei Millimeter höher war und er nicht diesen Höcker hatte.«

Der Höcker auf Brians Nasenwurzel war das Ergebnis einer Hockeyverletzung aus der fünften Klasse, bei der sich ein wenig Knorpel verschoben hatte. Er war nur im Profil sichtbar, nicht von vorn, und selbst dann musste man genau hinschauen.

An Weihnachten in seinem zweiten Studienjahr folgte Brian diesem Scott Pfeiffer nach Grafton in Vermont.

»Hat deine Familie dich zu Weihnachten nicht vermisst?«, fragte sie.

»Nicht, dass ich wüsste.« Er sprach mit der tonlosen Stimme – tote Stimme wäre die weniger wohlwollende Beschreibung –, die er immer dann hatte, wenn er von seiner Familie sprach.

Scott Pfeiffer aus Grafton, Vermont, führte die Art von Leben, um das ihn Brian vermutlich niemals beneidet hätte, wenn er es nicht aus der Nähe gesehen hätte. Scott hatte eine Vollzeitstelle bei Dom's Pizza angenommen, um sein Studium an der Johnson-&-Wales-Universität zu finanzieren, wo er im Hauptfach Restaurantmanagement studierte. Brian hingegen hatte als Hauptfach Internationale Finanzen an der Brown-Universität belegt und lebte von einem Jahresgeld, das seine Großeltern für ihn festgesetzt hatten. Er hatte keine Ahnung, wie hoch seine Studiengebühren waren, er wusste bloß, dass seine Eltern sie pünktlich bezahlten. Zumindest war ihm nie etwas anderes zu Ohren gekommen.

Scotts Vater, Bob Pfeiffer, arbeitete als Metzger im örtlichen Supermarkt, und seine Mutter Sally war die Schülerlotsin in ihrer Kleinstadt. Bob war zudem Schatzmeister, Sally die Vizepräsidentin im Rotary Club von Windham County. Und einmal im Jahr fuhren sie zwei Stunden nach Saratoga Springs im Staat New York und übernachteten in demselben Hotel, in dem sie ihre Flitterwochen verbracht hatten.

»Wie viel weißt du über diese Menschen?«, fragte Rachel.

»Man findet viel heraus, wenn man jemanden stalkt.«

Er beobachtete die Familie und hoffte auf einen Skandal. »Inzest«, räumte er ein, »oder dass Bob dabei erwischt wird, wie er einem verdeckten Ermittler auf einem öffentlichen Klo an den Schniedel greift. Am liebsten wäre mir Unterschlagung gewesen, auch wenn ich nicht weiß, was man im Fleischkühlraum eines Supermarktes unterschlagen könnte. Steaks, nehme ich an.«

»Warum solltest du dir das wünschen?«

»Sie waren zu vollkommen. Sie lebten in diesem superhübschen Kolonialhaus direkt an einem Park in der Stadtmitte. Ein weißes Haus natürlich, mit Lattenzaun, einer umlaufenden Veranda und einer richtigen Hollywoodschaukel. Zu Weihnachten saßen sie dort in ihren Pullovern, stellten kleine Heizgeräte auf und tranken heiße Schokolade. Erzählten sich Geschichten. Lachten. Die Tochter, vielleicht zehn Jahre alt, sang ein Weihnachtslied, und alle klatschten. Ich hatte so etwas noch nie zuvor gesehen.«

»Klingt nett.«

»Es war grauenhaft. Wenn jemand so glücklich ist, so *perfekt* – was sagt das über den Rest von uns aus?«

»Aber es gibt solche Menschen«, sagte sie.

»Wo?«, fragte er. »Mir sind sie sonst nie begegnet. Dir vielleicht?«

Sie öffnete den Mund und schloss ihn wieder. Natürlich waren ihr solche Menschen nie begegnet, wie also war sie darauf gekommen, dass es sie gäbe? Sie hatte sich immer für einen ziemlich skeptischen, wenn auch nicht gerade zynischen Menschen gehalten. Und nach Haiti hätte sie geschworen, dass ihr die letzten Reste von Sentimentalität oder Romantik ausgetrieben worden seien. Aber irgendwo tief in ihrem Innern lebte der Glaube fort, dass auf diesem Planeten perfekte, glückliche Menschen existierten.

So etwas gibt es nicht, hatte ihre Mutter ihr oft ins Gedächtnis gerufen. Glück, so hatte ihre Mutter immer gesagt, sei eine Sanduhr mit Sprung.

»Aber du hast selbst gesagt«, erinnerte sie Brian, »dass sie glücklich waren.«

»Es sah jedenfalls ganz danach aus.«

»Aber dann …«

Er lächelte. Triumphierend, aber auch mit einem Hauch von Traurigkeit. »Auf dem Heimweg machte Bob oft Zwischenstation bei einem kleinen schottischen Pub. Eines Tages habe ich mich neben ihn gesetzt. Er hat natürlich zweimal hinsehen müssen, und dann sagte er mir, wie sehr ich seinem Sohn ähnle. Ich habe den Überraschten gespielt. Habe es noch mal getan, als der Barkeeper dasselbe sagte. Bob hat mir einen Drink spendiert, ich habe ihm einen Drink spendiert und so weiter. Er fragte mich, wie ich so lebe, also habe ich ihm davon erzählt. Ich sagte, ich würde an der Fordham studieren, nicht an der Brown, aber abgesehen davon bin ich mehr oder weniger bei der Wahrheit geblieben. Bob sagte mir, er fände New York City nicht so toll. Zu viele Verbrechen, zu viele Immigranten. Beim dritten Drink waren aus den Immigranten ›Bohnenfresser‹ und ›Kanaken‹ geworden. Beim fünften Drink zog er über die ›Nigger‹ und die ›Schwuchteln‹ her. Und die Lesben. Die hat er gehasst, der liebe Bob. Hat gesagt, wenn seine Tochter jemals so was werden sollte, würde er ihr – mal sehen, ob ich das Zitat richtig hinkriege –, er würde ihr die Fotze mit Sekundenkleber zuleimen. Wie sich herausstellte, hatte Bob faszinierende Einfälle für körperliche Züchtigungen, die er seit Jahren bei Scott und Nanette, so hieß seine Tochter, ausprobierte. Als er erst mal so richtig losgelegt hatte, konnte er gar nicht mehr aufhören zu reden. Irgendwann wurde mir klar, dass alles, was ihm seit einer Viertelstunde aus dem Mund blubberte, abscheulich war. Bob war ein kleiner feiger Hosenscheißer und zugleich ein Monster, das sich hinter seiner makellosen Fadheit versteckte.«

»Was ist aus Scott geworden?«

Brian zuckte mit den Schultern. »Der ist nie wieder zurück an die Uni gegangen. Vermutlich ist ihm das Geld ausgegangen. Vor fünfzehn Jahren habe ich mich das letzte Mal nach ihm erkundigt, und da arbeitete er in einer der kleinen Pensionen in Grafton.«

»Und du hast dich ihm nie vorgestellt?«

»Himmel, nein.«

»Warum nicht?«

Er zuckte die Schultern. »Sobald mir klar war, dass sein

Leben nicht besser war als meines, habe ich das Interesse an ihm verloren.«

Und ausgerechnet dieser Scott Pfeiffer aus Grafton in Vermont war Rachel nun durch einen Zufall über den Weg gelaufen. Vielleicht hielt er sich wegen einer Nahrungsmittelkonferenz in der Stadt auf. Vielleicht hatte er etwas aus sich gemacht und besaß eine kleine Kette gehobener Gasthäuser überall in Neuengland. Sie wünschte ihm das Beste. Auch wenn sie ihn niemals kennengelernt hatte, war er ein Teil ihrer Erinnerungen geworden, und sie hoffte, dass er Erfolg hatte.

Aber wie konnte es sein, dass beide die gleiche Kleidung getragen hatten?

Das war ein Detail, das sie nicht einfach abtun konnte, wie sehr sie es auch versuchte. Es fiel ihr nicht schwer zu akzeptieren, dass Brians Doppelgänger sich zufällig in derselben Zweimillionenstadt aufgehalten hatte, aber zu akzeptieren, dass beide Männer einen dünnen kupferfarbenen Regenmantel über einem schwarzen Baumwollpullover mit hohem Kragen, einem weißen T-Shirt und nachtblauen Jeans trugen, das erforderte die Art von Glauben, auf dem Religionen gegründet wurden.

Warte, sagte sie zu sich selbst, während sie die Commonwealth Avenue zu ihrer Wohnung entlangging, *wie willst du die Jeans überhaupt gesehen haben? Zwischen dir und seinen Beinen stand der SUV.*

So, wie sie auch den Rest von ihm gesehen hatte – im Glas gespiegelt. Als Erstes hatte sie sein Gesicht, den Mantel, den

Pullover gesehen. Dann, als die Verwirrung eingesetzt hatte, hatte sie seinen Rücken gesehen, als er in das Auto stieg, sich unter den Türrahmen duckte und seinen Mantel nachzog. Im Moment des Geschehens war ihr nicht klar gewesen, dass sie all das gesehen hatte, aber auf dem Heimweg fügten sich die Teile zu einem Ganzen. Ja, der Mann im Spiegel (oder Scott Pfeiffer aus Grafton in Vermont) hatte eine Jeans in derselben Farbe getragen wie die, in der Brian das Haus verlassen hatte. Die gleiche Jeans, den gleichen Mantel und Pullover, das gleiche weiße T-Shirt.

In der Wohnung redete sie sich das Ganze fast wieder aus. Es gab nun einmal die unwahrscheinlichsten Zufälle. Sie trocknete ihr Haar und ging in das Gästezimmer, das er oft als Arbeitszimmer benutzte. Sie rief auf seinem Handy an. Der Anrufbeantworter ging sofort an. Das war logisch. Entweder flog er noch, oder er war gerade gelandet. Völlig logisch.

Ein Schreibtisch aus hellem Holz stand vor einem Fenster, von dem aus man über den Fluss auf das MIT und Cambridge blicken konnte. Sie wohnten hoch genug, dass man an klaren Tagen Arlington und mit etwas Mühe selbst Bedford ausmachen konnte. Bei diesem Regen sah man natürlich nichts als ein impressionistisches Gemälde, auf dem außer den Silhouetten der Gebäude nichts Besonderes zu sehen war. Normalerweise stand Brians Laptop auf dem Schreibtisch, aber den hatte er mit auf die Reise genommen. Sie stellte ihren eigenen Laptop auf den Tisch und überlegte, was sie tun sollte. Sie versuchte es wieder auf seinem Handy. Anrufbeantworter.

Seine wichtigsten Kreditkarten, eine Amex und eine Visa

mit Bonusmeilenprogramm, liefen über sein Geschäftskonto. Die Kontoauszüge lagen in seinem Büro, auf der anderen Seite des Flusses in Cambridge, direkt am Harvard Square.

Die Auszüge ihrer privaten Kreditkarten waren hingegen leicht zugänglich. Sie rief die Kontobewegungen für die Mastercard auf dem Laptop auf. Zuerst ging sie die letzten drei Monate durch, und als das nichts Ungewöhnliches erbrachte, nahm sie sich die letzten sechs Monate vor. Alles ganz normale Einkäufe. Was hatte sie zu finden erwartet? Selbst wenn sie irgendeine Unregelmäßigkeit fände, einen unerklärlichen Einkauf, eine dubiose Website, wäre das dann der untrügliche Beweis dafür, dass er am frühen Nachmittag am Copley Square gewesen war statt in London? Oder würde sich bloß herausstellen, dass er Pornoseiten besucht hatte oder dass er ihr letztes Geburtstagsgeschenk nicht, wie behauptet, schon einen Monat im Voraus versteckt, sondern auf den letzten Drücker gekauft hatte?

Nicht einmal dafür fanden sich Anhaltspunkte.

Sie rief die Website von British Airways auf und sah sich die Ankunftsinformationen zu Flug 422 von Logan nach Heathrow an.

WETTERBEDINGT VERZÖGERTER ABFLUG
VORAUSSICHTLICHE ANKUNFT: 16:25 UHR (GMT +1)

Das war in fünfzehn Minuten.

Sie ging ihre gemeinsamen Bankkartenauszüge durch, doch es gab keine großen Bargeldabhebungen. Nicht ohne Schuldbewusstsein sah sie, dass er die Karte zuletzt benutzt hatte, als er ihr die Halskette schenkte.

Sie sah auf ihr Handy und versuchte, es zum Vibrieren zu bringen, dazu, dass es »Brian« auf dem Display zeigte. Er würde die ganze Sache aufklären. Am Ende des Anrufes würde sie über ihre eigene Paranoia lachen.

Moment mal. Die Einzelverbindungsnachweise für das Handy. Natürlich. Seine hatte sie zwar nicht – er hatte ein Geschäftshandy, und die Ausgaben wurden von der Firma bezahlt –, aber sie hatte ihre eigenen. Sie drehte sich einmal mit dem Drehstuhl herum und tippte drauflos. Es dauerte kaum eine Minute, da hatte sie die Unterlagen für das letzte Jahr auf dem Bildschirm. Sie rief die Kalenderfunktion ihres Mac auf und verglich die Zeitpunkte, zu denen er unterwegs gewesen war, mit ihren eigenen.

Und da waren sie – Anrufe von seinem Handy, als er in Nome, Seattle, Portland gewesen war. Aber die Einträge sagten ihr nichts. Er hätte von überall anrufen können. Also scrollte sie zu einer anderen Woche – Himmel, diese dunkle, eiskalte Woche im Januar –, als er in Moskau, Belgrad und Minsk gewesen war (oder es behauptet hatte). Und dort, in der fünften Spalte der Abrechnung, standen die Auslandsgebühren, die sie beim Annehmen dieser Anrufe hatte bezahlen müssen. Und es waren keine geringen Gebühren (warum musste sie dafür bezahlen, dass sie an ihr Telefon ging? Sie musste sich nach einem neuen Telefonanbieter umsehen), sondern ziemlich beträchtliche. Solche, die zu Anrufen passten, die vom anderen Ende der Welt kamen.

Als sie wieder die Seite von British Airways anklickte, vibrierte ihr Handy. Brian.

»Hallo«, sagte sie.

Ein langes Zischen, gefolgt von leisem zweimaligem Kna-
cken.

Und dann seine Stimme: »Hallo, Liebling.«

»Hallo«, sagte sie wieder.

»Ich bin –«

»Wo bist –?«

»Was?«

»– du?«

»Ich stehe in der Schlange vor dem Zoll. Und mein
Handy ist gleich platt.«

Auf die Erleichterung, seine Stimme zu hören, folgte sofort Verärgerung. »Die haben keine Steckdosen in der ersten
Klasse? Bei British Airways?«

»Schon, aber meine war kaputt. Alles klar bei dir?«

»Mhm.«

»Bestimmt?«

»Warum nicht?«

»Keine Ahnung. Du klingst bloß so … flach.«

»Muss an der Verbindung liegen.«

Er schwieg eine Weile. Dann: »Gut.«

»Wie lang ist die Schlange?«

»Enorm. Ich bin mir ziemlich sicher, dass ein Flug von
Swiss und einer von Emirates zur gleichen Zeit gelandet
sind.«

Wieder eine Pause.

»Übrigens«, sagte sie, »ich war heute mit Melissa verabredet.«

»Ach ja?«

»Und danach ging ich die –«

Sie hörte abwechselndes Piepen und Klicken.

»Das Handy gibt den Geist auf, Schatz. Tut mir wirklich leid. Ich rufe dich aus dem Ho-«

Die Leitung war tot.

Hatten die Hintergrundgeräusche sich nach einer Warteschlange vor der Zollabfertigung angehört? Wie klang so etwas überhaupt? Ihre letzte Auslandsreise lag eine Weile zurück. Sie versuchte, sich die Situation vor Augen zu führen. Sie war sich ziemlich sicher, dass es läutete, wenn ein Kontrollpunkt frei wurde. Aber sie konnte sich nicht daran erinnern, ob es ein leises oder lautes Läuten war. Jedenfalls hatte sie während des Gesprächs keine solchen Geräusche gehört. Aber wenn die Warteschlange lang war und Brian ganz am Ende stand, befand er sich nicht so nah an den Kontrollpunkten, dass man das Läuten hören würde.

Was hatte sie sonst noch gehört? Nur unbestimmten Lärm. Keine deutlichen Gespräche. Viele Menschen schwiegen, wenn sie in einer Warteschlange standen, vor allem nach einem langen Flug. Sie waren zu müde.

Sie starrte aus dem Fenster auf die Monet-Version der Charles Street und der Cambridge Street. Nicht alle Umrisse waren unvertraut. Flussabwärts konnte sie die stachelige, amorphe Silhouette des Stata Center erkennen, ein Komplex von grellfarbigen Aluminium- und Titangebäuden, deren Formen einen an eine Implosion denken ließen. Normalerweise verabscheute sie moderne Architektur, aber das Stata Center hatte ihr schon immer gefallen. Etwas an seiner scheinbaren Planlosigkeit wirkte aufregend. Flussaufwärts konnte sie die Kuppel vom Hauptgebäude des MIT ausmachen und noch weiter entfernt den Turm der Gedächtniskirche auf dem Harvard Yard.

Sie und Brian hatten einige Male auf dem Rasen des Yard ihr Mittagessen verzehrt. Das Gelände lag nur ein paar Straßenblocks von seiner Firma entfernt, und in ihrem ersten gemeinsamen Sommer hatten sie sich häufiger dort verabredet. Er hatte Burger von Charlie's Kitchen mitgebracht oder Pizza von Pinocchio's. Seine Firmenräume waren bescheiden: sechs Zimmer auf der dritten Etage eines unscheinbaren dreigeschossigen Backsteingebäudes an der Winthrop Street, das eher aussah, als gehöre es in eine alte Textilstadt wie Brockton oder Waltham als in die Nähe einer der weltweit bedeutendsten Universitäten. Auf einem kleinen goldenen Schild am Haupteingang stand *Delacroix Timber Ltd.* Rachel war drei-, vielleicht viermal dort gewesen, und abgesehen von Brian und seinem Juniorpartner Caleb erinnerte sie sich weder an die Namen noch an das Aussehen der anderen Angestellten, außer dass sie jung und nett wirkten und die begierigen Augen von Menschen hatten, die sich nach Erfolg sehnten. Brian hatte erwähnt, dass die meisten von ihnen Praktikanten seien, die hofften, ihren Eifer unter Beweis stellen zu können und in die Hauptfiliale in Vancouver übernommen zu werden.

Die Trennung von seiner Familie, so hatte Brian ihr erklärt, sei immer persönlicher, nie aber geschäftlicher Natur gewesen. Ihm gefiel es im Holzgeschäft. Er beherrschte es gut. Als sein Onkel, der die Geschäfte in den USA aus seinem Büro an der Fifth Avenue in Manhattan gelenkt hatte, bei einem Abendspaziergang mit seinem Hund im Central Park überraschend an einem Schlaganfall starb, trat Brian – der seine Familie nie enttäuscht, bloß verwirrt hatte – an dessen Stelle. Nach einem Jahr war es ihm in Manhattan zu hektisch geworden – »Man kann dort nicht abschalten«, hatte er gesagt –, und er hatte den Firmensitz nach Cambridge verlegt.

Sie sah auf die Uhr in der oberen rechten Ecke des Bildschirms – 16:02 Uhr. Bestimmt war noch jemand im Büro. Auf jeden Fall Caleb, der sowieso wie ein Verrückter arbeitete. Rachel konnte kurz reinschauen, Caleb sagen, dass Brian etwas in seinem Büro liegenlassen und sie gebeten habe, es zu holen. Dann konnte sie sich an seinen Computer setzen oder einen Blick auf die Kreditkartenauszüge in seinen Akten werfen. Und sich vergewissern, dass alles stimmte.

War es ein Verbrechen, seinem Ehemann aus heiterem Himmel zu misstrauen? Das war es, was sie sich fragte, als sie auf der Commonwealth Avenue auf ein Taxi wartete.

Es war kein Verbrechen, nicht einmal eine Sünde, aber es sprach auch nicht gerade für ein felsenfestes Fundament ihrer Ehe. Wie konnte sie ihm so schnell misstrauen, nachdem sie ihn am Nachmittag vor Melissa noch in den höchsten Tönen gelobt hatte? Ihre Ehe war stark, im Gegensatz zu so vielen ihrer Freunde.

Wirklich?

Was war eine starke Ehe? Was war eine gute Ehe? Sie kannte schreckliche Menschen, die wunderbare Ehen führten, verbunden durch ihre Grausamkeit. Und sie kannte wunderbare Menschen, die vor Gott und all ihren Freunden einander ihre unsterbliche Liebe versichert hatten, nur um diese Liebe ein paar Jahre später auf den Müll zu werfen. Letztlich waren, egal, was für gute Menschen sie waren – oder zu sein glaubten –, von der Liebe, die sie so öffentlich kundgetan hatten, nichts als giftige Reue und eine Art von ehrfürchtiger Bestürzung darüber geblieben, wie finster die Straßen, auf die sie sich gewagt hatten, zum Schluss wurden.

Eine Ehe, so hatte ihre Mutter oft gesagt, sei nur so stark wie der nächste Ehekrach.

Rachel glaubte das nicht. Oder wollte es zumindest nicht glauben. Nicht, wenn es um sie und Brian ging. Bei Sebastian hatte sich die Aussage zweifellos bewahrheitet, aber sie und Sebastian waren von Anfang an eine Katastrophe gewesen. Sie und Brian waren das ganze Gegenteil.

Doch ohne eine logische Erklärung dafür, warum sie über einen Mann gestolpert war, der wie ihr Ehemann aussah und dessen Kleidung trug und der ein Gebäude in Boston durch den Hinterausgang verlassen hatte, während er eigentlich in einem Flugzeug nach London hätte sitzen sollen, blieb ihr nur eine einzige rationale Antwort – dass der Mann, der am frühen Nachmittag den Hancock Tower verlassen hatte, Brian gewesen war. Was wiederum hieß, dass er nicht in London war. Was hieß, dass er log.

Sie winkte ein Taxi herbei.

15
Nass

Ich *will nicht, dass er lügt*, dachte sie, als das Taxi die Boston University Bridge überquerte und über den Kreisverkehr auf den Memorial Drive fuhr. *Ich will von alldem überhaupt nichts glauben. Ich will mich genau so fühlen wie am letzten Wochenende – verliebt und vertrauensvoll.*

Aber welche Alternative habe ich? So zu tun, als ob ich ihn nicht gesehen hätte?

Es wäre nicht das erste Mal, dass du etwas siehst, das nicht existiert.

Das war etwas anderes.

Inwiefern?

Ich weiß es einfach.

Der Taxifahrer sprach während der gesamten Fahrt kein Wort. Sie warf einen Blick auf seine Fahrerlaubnis. Sanjay Seth. Er wirkte mürrisch auf dem Foto, fast finster. Sie kannte diesen Mann nicht, und dennoch erlaubte sie ihm, sie zu fahren, so, wie sie Fremden erlaubte, ihr Essen zuzubereiten und ihren Müll zu durchsuchen und ihren Körper abzutasten und ein Flugzeug zu fliegen, in dem sie saß. Und sie hoffte, dass sie dieses Flugzeug nicht gegen einen Berg steuerten oder ihr Essen vergifteten, weil sie einen schlechten Tag hatten. Und im Fall dieses Taxis hoffte sie, dass er nicht beschleunigte und sie zu einem abgelegenen Ort in einem leerstehenden Industriegebiet fuhr und sich auf den Rücksitz neben sie setzte und ihr erklärte, was er von Frauen hielt, die nicht »bitte« sagten. Als sie das letzte Mal in einem Taxi gesessen hatte, hatten solche Gedanken sie dazu gebracht, die Fahrt abzubrechen, aber diesmal umfasste sie ihre Oberschenkel und drückte fest zu. Sie atmete gleichmäßig weiter, nicht zu tief und nicht zu flach, und sah zum Fenster hinaus in den Regen. Und die ganze Zeit redete sie sich gut zu, dass sie diese Situation überleben werde, so wie sie die Fahrt in der U-Bahn und den Besuch des Einkaufszentrums überlebt hatte.

Als sie sich dem Harvard Square näherten, bat sie Sanjay Seth, an der Ecke John F. Kennedy und Winthrop Street zu halten, weil Letztere eine Einbahnstraße war, die in die falsche Richtung führte. Ihr war nicht danach, fünf oder zehn weitere Minuten zu warten, während sich das Taxi durch den Feierabendverkehr schob, nur um den Straßenblock zu umrunden und sie dreißig Meter näher an ihr Ziel zu bringen.

Als sie auf das Gebäude zuging, kam Caleb Perloff gerade heraus. Er zog an der Tür, um sich zu vergewissern, dass sie sich hinter ihm geschlossen hatte. Sein Regenmantel und seine Baseballmütze mit dem Logo der Sox waren so durchnässt wie die Kleidung aller anderen Menschen in der Stadt, und dann drehte er sich um und sah sie auf dem Gehsteig einige Meter von sich entfernt stehen.

Sie erkannte an seinem Gesichtsausdruck, dass er die zwei Sachen nicht unter einen Hut bringen konnte – dass Rachel hier in Cambridge stand, vor Brians Büro, während Brian sich im Ausland aufhielt.

Sie kam sich lächerlich vor. Welche Erklärung konnte

sie dafür vorbringen, dass sie hier stand? Sie hatte während der ganzen Taxifahrt darüber nachgedacht und es nicht geschafft, sich einen plausiblen Grund dafür auszudenken, dass sie in das Büro ihres Mannes gehen wollte.

»Tja, hier ist es also«, sagte sie unbeholfen.

Caleb warf ihr das schlaue Lächeln zu, das typisch für ihn war. »Genau hier.« Er reckte den Hals, um am Gebäude hochzusehen, und blickte dann wieder zu ihr. »Wusstest du, dass der Holzpreis in Andhra Pradesh gestern um einen Zehntelcent gefallen ist?«

»Nein, wusste ich nicht.«

»Aber auf der anderen Seite der Welt, in Mato Grosso –«

»Wo ist das noch mal?«

»Brasilien.« Er rollte das r, während er die Treppe zu ihr herunterkam. »In Mato Grosso ist der Preis um einen halben Cent *gestiegen*. Und alle Zeichen deuten darauf hin, dass er im Verlauf des nächsten Monats weiter steigen wird.«

»Aber in Indien?«

»Dort bekommen wir eine Vergünstigung von einem Zehntelcent.« Er zuckte die Schulter. »Aber die Preisentwicklung ist in Indien gerade ziemlich schwankend. Und die Transportkosten sind höher. Mit wem sollen wir also abschließen?«

»Das ist ein Dilemma«, räumte sie ein.

»Und was ist mit all dem Holz, das wir exportieren?«

»Noch ein Problem.«

»Wir können es ja nicht einfach liegenlassen.«

»Das geht gar nicht.«

»Sonst macht sich das Ungeziefer darüber her. Oder es wird im Regen nass.«

»Du lieber Himmel. Der Regen.«

Er hielt die Hand in den Regen, der gerade nur ein sanftes Nieseln war. »Allerdings war der letzte Monat in British Columbia trocken. Seltsam. Dort trocken, hier nass. Normalerweise ist es genau andersherum.« Er hielt den Kopf schief und sah sie an.

Sie legte den Kopf ebenfalls schief.

»Was führt dich her, Rachel?«

Sie wusste nicht, wie viel Brian den anderen über ihren Gesundheitszustand gesagt hatte. Er hatte behauptet, es nicht erwähnt zu haben, aber sie nahm an, dass er es irgendwem erzählt haben musste, und sei es auch nur nach dem dritten Bier. Sie hatten sich früher oder später sicher gewundert, warum Rachel nicht an dieser oder jener Feier teilgenommen hatte, warum sie das Feuerwerk im Esplanade zum Unabhängigkeitstag abgesagt hatte, warum man sie so selten ausgehen sah. Jemand, der so schlau wie Caleb war, musste irgendwann geschnallt haben, dass er Rachel immer nur in leicht kontrollierbarem Umfeld getroffen hatte (normalerweise in ihrer Wohnung) und in kleinen Gruppen. Aber wusste Caleb auch, dass sie seit zwei Jahren nicht mehr Auto gefahren war? Dass sie bis zum letzten Samstag fast genauso lange nicht mit der U-Bahn gefahren war? Wusste er, dass sie einmal im Gastronomiebereich der Prudential Center Mall stocksteif stehen geblieben war und sich, umgeben von wohlmeinendem Sicherheitspersonal, schwer atmend hinsetzen musste, überzeugt davon, dass sie gleich in Ohnmacht fallen würde, bis Brian kam und sie nach Hause brachte?

»Ich war hier in der Gegend einkaufen.« Sie deutete vage auf den Platz.

Er sah auf ihre leeren Hände.

»Mir hat nichts so recht gefallen«, sagte sie. »Ich habe nur herumgestöbert.« Sie sah durch den Regen auf das Gebäude hinter ihm. »Ich dachte, ich schau mir mal an, wer mit mir um die Aufmerksamkeit meines Mannes konkurriert.«

Er lächelte. »Willst du hochkommen und dich umsehen?«

»Ich gehe nur kurz in sein Büro, um …«

»Er hat etwas in seiner Schublade liegenlassen, das er …«

»Das ist also die Kommandozentrale. Macht es dir etwas aus, wenn ich ein bisschen bleibe? Du kannst die Tür hinter dir schließen.«

»Ist denn etwas neugestaltet worden?«

»Nein.«

»Dann gibt es ja keinen Grund. Ich dachte nur, ich spaziere mal vorbei, ehe ich nach Hause gehe.«

Er nickte, als wäre es das Selbstverständlichste von der Welt. »Sollen wir uns ein Taxi teilen?«

»Prima Idee.«

Sie gelangten an das Ende der Winthrop Street und sahen von dort aus, dass am Taxistand an der Charles Street kein Wagen stand. Der Verkehr, der sich in Richtung des Flusses schlängelte, war genauso schlimm, wenn nicht schlimmer, wie der Verkehr, der den Platz ansteuerte.

Das Schwarz über ihnen grollte. Einige Meilen westlich teilte ein Blitz den Himmel.

»Wollen wir einen trinken gehen?«, fragte Caleb.

»Oder zwei«, sagte sie, als der Wolkenbruch einsetzte. »Ach herrje.«

Ihre Regenschirme boten wenig Schutz, als es zu stürmen begann. Der Regen fiel schwer und prasselnd, und die

Tropfen explodierten auf dem Gehsteig, als sie die Winthrop Street zurückrannten.

»Grendel's oder Shay's?«, rief Caleb.

Sie sah das Shay's auf der anderen Seite der John F. Kennedy Street, weitere fünfzig Meter im Regen entfernt. Und wenn der Verkehr sich in Bewegung setzte, mussten sie auch noch einen Zebrastreifen suchen. Grendel's hingegen war direkt zu ihrer Linken.

»Grendel's.«

»Gute Wahl. Fürs Shay's sind wir sowieso zu alt.«

Im Vorraum stellten sie ihre Regenschirme zu dem Dutzend, das dort bereits an der Wand lehnte. Sie zogen die Mäntel aus, und Caleb nahm seine völlig durchweichte Sox-Mütze ab. Sein Haar war so kurzgeschnitten, dass er nur einmal mit der Hand hindurchfuhr, ehe es wieder trocken war. Sie hängten ihre Mäntel auf und wurden zu einem Tisch geführt. Das Grendel's Den war ein Kellerlokal, und während sie ihre erste Runde bestellten, sahen sie Schuhe aller Art auf dem Kopfsteinpflaster draußen vorbeilaufen. Bald war der Regen so stark geworden, dass niemand mehr vorbeikam.

Das Grendel's gab es schon so lange, dass Rachel sich erinnerte, wie sie in den Neunzigern mit einem getürkten Ausweis an der Tür abgewiesen worden war, und sogar ihre Mutter hatte sich daran erinnert, das Lokal in den frühen Siebzigern regelmäßig besucht zu haben. Die meisten Gäste waren Studenten und Dozenten der Harvard-Universität. Leute von außerhalb schauten normalerweise nur an Sommertagen herein, wenn draußen Tische aufgestellt waren.

Die Kellnerin brachte Wein für Rachel und Bourbon für

Caleb und legte die Speisekarten auf den Tisch. Caleb benutzte seine Serviette, um sich den Nacken und das Gesicht abzutrocknen.

Sie schmunzelten, ohne etwas zu sagen. Einen Regen wie diesen erlebte man nicht alle Tage.

»Wie geht es dem Baby?«, fragte sie.

Er strahlte. »Sie ist zauberhaft. In den ersten neunzig Tagen sehen Neugeborene nichts anderes als die Brüste und das Gesicht ihrer Mutter an. Ich habe mich schon ausgeschlossen gefühlt. Aber am einundneunzigsten Tag hat mich AB direkt angesehen, und von da an war es um mich geschehen.«

Caleb und Haya hatten ihr Baby Annabelle genannt, aber Caleb nannte sie seit ihrer zweiten Lebenswoche nur AB. Inzwischen war sie sechs Monate alt.

»Na dann«, sagte Caleb und hob sein Glas. »Zum Wohl.«

Sie stießen an. »Darauf, dass wir eine Lungenentzündung verhindert haben«, sagte Rachel.

»Hoffentlich.«

Sie tranken.

»Wie geht es Haya?«

»Gut.« Caleb nickte. »Wirklich gut. Sie liebt es, Mama zu sein.«

»Macht ihr Englisch Fortschritte?«

»Sie guckt wahnsinnig viel Fernsehen. Das hilft sehr. Mit etwas Geduld kann man inzwischen ein richtiges Gespräch mit ihr führen. Sie wählt ihre Worte sehr überlegt.«

Caleb war von einer Japanreise mit Haya im Schlepptau zurückgekehrt. Er sprach stockend Japanisch, sie kaum Englisch. Drei Monate später waren sie verheiratet, wenn auch zu Brians Verdruss. Caleb sei nicht der Typ, um eine Familie zu gründen, hatte er gesagt. Und worüber sollten sie sich abends beim Essen unterhalten?

Rachel musste zugeben, dass es ihre Sicht auf Caleb beeinflusst hatte, als er ihr die zarte, schweigsame, unterwürfige Frau vorgestellt hatte, deren Gesicht und Körper tausend feuchte Träume in Gang setzen konnten. Was mochte ihn zu ihr hingezogen haben, wenn nicht ihr Auftreten? Und war die Herr-und-Dienerin-Atmosphäre, die sich ihr mitteilte, wenn sie die beiden zusammen sah, die Nebenerscheinung einer versteckten Machophantasie, die er insgeheim immer verfolgt hatte? Oder war Rachel nur gehässig, weil ihr nicht entgangen war, dass Caleb eine Frau geheiratet hatte, die kein Englisch sprach, Brian aber eine Frau, die ans Haus gefesselt war?

Als sie Brian mit dem Thema konfrontierte, sagte er: »Bei uns ist es etwas anderes.«

»Inwiefern?«

»Du bist nicht ans Haus gefesselt.«

»Da bin ich anderer Ansicht.«

»Du durchlebst nur eine bestimmte Phase. Du wirst dich wieder erholen. Aber er? Soll er etwa ein Kind großziehen? Er ist doch selber eins.«

»Warum ärgert dich das so sehr?«

»Es ärgert mich nicht ›so sehr‹«, sagte er. »Er ist einfach noch nicht so weit.«

»Wie haben sie sich kennengelernt?«

»Du kennst die Geschichte. Er ist wegen eines Vertragsabschlusses nach Japan gefahren und mit ihr zurückgekehrt. Mit dem Vertrag übrigens nicht. Jemand hat ihn unterboten, so ein –«

»Aber wie kann er einfach mit einer Japanerin ›zurück-kehren‹? Es gibt doch Einwanderungsgesetze, die Leute davon abhalten sollen, einfach mal bei uns vorbeizuschauen und dann im Land zu bleiben.«

»Nicht, wenn sie mit einem rechtmäßigen Visum hier ist und er sie heiratet.«

»Aber kommt dir das nicht seltsam vor? Sie trifft ihn da drüben und entscheidet einfach so, ihr Leben hinzuschmeißen und ihn nach Amerika zu begleiten, in ein Land, das sie nie gesehen hat und dessen Sprache sie nicht spricht?«

Er dachte darüber nach. »Du hast nicht unrecht. Wie lautet deine Theorie?«

»Brautkauf im Internet?«

»Kommen die nicht alle von den Philippinen und aus Vietnam?«

»Bestimmt nicht alle.«

»Hm«, sagte Brian. »Brautkauf im Internet. Je länger ich darüber nachdenke, desto mehr traue ich es ihm zu. Womit wir wieder bei meinem Argument wären – dass Caleb einfach nicht reif genug für eine Ehe ist. Also wählt er eine Frau, die er kaum kennt und die kaum mit ihm kommunizieren kann.«

»Wo die Liebe hinfällt«, hatte sie gesagt und ihm damit eine seiner eigenen Lieblingsplattitüden zu schmecken gegeben.

Er hatte das Gesicht verzogen. »Das gilt so lange, bis Kinder ins Spiel kommen. Dann wird daraus eine Geschäftsbeziehung mit garantierter ökonomischer Instabilität.«

Er hatte ja nicht unrecht, aber sie fragte sich, ob er in solchen Augenblicken auch von sich selber sprach, über seine Ängste in Bezug auf die Zerbrechlichkeit ihrer eigenen Beziehung und das mögliche Unheil, das ein Kind in sie hineintragen konnte.

Ein eisiger Gedanke durchfuhr sie, ehe sie ihn aufhalten konnte: *Oh Brian, habe ich dich jemals wirklich gekannt?*

Caleb warf ihr von der anderen Seite des Tisches ein neugieriges Lächeln zu, als ob er fragen wollte: *Wo bist du denn gerade mit deinen Gedanken?*

Ihr Handy auf dem Tisch vibrierte. Brian. Sie widerstand dem kindischen Impuls, es zu ignorieren.

»Na, du.«

»Na, du«, sagte er warm. »Tut mir leid wegen vorhin. Das verdammte Ding ist einfach verreckt. Dann habe ich mir Sorgen gemacht, dass ich meine Netzadapter vergessen haben könnte. Habe ich aber nicht. Und hier bin ich.«

Sie stand auf und entfernte sich einige Schritte von dem Tisch. »Und da bist du.«

»Wo bist du gerade?«

»Im Grendel's.«

»Wo?«

»Dieses Collegelokal in der Nähe deines Büros.«

»Ich kenne das Grendel's, ich frage mich bloß, wie es dich dahin verschlagen hat.«

»Ich sitze mit Caleb zusammen.«

»Aha. Na gut. Kannst du mir sagen, was los ist?«

»Nichts ist los. Was soll schon los sein? Es regnet höllisch, aber abgesehen davon genehmige ich mir nur einen Drink mit deinem Geschäftspartner.«

»Na, das ist doch prima. Was hat dich denn an den Harvard Square verschlagen?«

»Mir war plötzlich danach. Ist ja schon eine Weile her, dass ich hier war. Ich hatte Lust, in einige Buchhandlungen zu gehen. Und dann bin ich einfach losgefahren. Wo wohnst du diesmal? Ich hab's vergessen.«

»Covent Garden. Du hast mal gesagt, das Hotel würde Graham Greene bestimmt gefallen.«

»Wann habe ich das gesagt?«

»Als ich dir letztes Mal ein Foto geschickt habe. Nein, vorletztes Mal.«

»Schick mir noch mal eines.« Kaum dass die Wörter ihren Mund verlassen hatten, schoss Adrenalin wie ein Sturzbach durch ihren Körper.

»Was?«

»Ein Foto.«

»Es ist zehn Uhr abends.«

»Dann ein Selfie aus der Lobby.«

»Hm?«

»Schick mir einfach ein Foto von dir.« Wieder explodierte eine Supernova aus Adrenalin mitten in ihr. »Ich vermisse dich.«

»Verstehe.«

»Tust du's?«

»Klar.« Eine Pause, und dann: »Alles in Ordnung bei dir?«

Sie lachte, und das Geräusch klang schrill in ihren Ohren. »Alles ist in Ordnung. Völlig in Ordnung. Warum fragst du andauernd?«

»Du klingst ein bisschen komisch.«

»Bin wohl müde«, sagte sie. »Und dann dieser ganze Regen.«

»Dann sprechen wir uns also morgen früh.«

»Klingt gut.«

»Hab dich lieb.«

»Ich dich auch.«

Sie legte auf und ging zurück zum Tisch. Caleb sah hoch, als sie sich setzte. Sein Daumen tippte auf der Tastatur seines Handys herum, aber er lächelte ihr zu. Sie wunderte sich immer, dass es Menschen gab, die mit einer Person reden und gleichzeitig einer anderen eine SMS schicken konnten. Normalerweise waren das Computerfreaks und Technikfans, und so einer war wohl auch Caleb.

»Wie geht's ihm?«

»Er klang gut. Müde, aber gut. Begleitest du ihn manchmal auf diesen Reisen?«

Caleb schüttelte den Kopf und fuhr dort, auf seinem Handy herumzutippen. »Er ist das Gesicht der Firma. Er und sein alter Herr. Außerdem hat er den nötigen Geschäftssinn. Ich sorge bloß dafür, dass die Züge pünktlich fahren.«

»Stört dich das nicht?«

»Überhaupt nicht.« Nach einigen weiteren Sekunden steckte er sein Handy weg. Er faltete die Hände auf dem Tisch und sah sie an, um ihr zu bedeuten, dass sie jetzt wieder seine volle Aufmerksamkeit genoss. »Ohne Menschen wie mich im Hier und Jetzt würde diese zweihundert Jahre alte Holzfirma keine weiteren sechs Monate überleben. Manchmal – nicht jeden Tag, aber manchmal – kann man mit einer schnellen Geschäftsabwicklung zwei oder drei Millionen Dollar einsparen.«

Die Kellnerin kehrte zurück, und sie bestellten eine weitere Runde.

Caleb schlug die Speisekarte auf. »Ist es dir recht, wenn ich etwas esse? Ich bin heute Vormittag um zehn ins Büro gegangen und bis fünf nicht von meinem Schreibtisch weggekommen.«

»Sicher.«

»Und du?«

»Ich könnte auch was vertragen.«

Die Kellnerin kehrte mit ihren Getränken zurück und nahm die Bestellung auf. Als sie ging, bemerkte Rachel einen Mann, der ungefähr im gleichen Alter wie Brian war, vielleicht vierzig, und mit einer älteren Frau zusammensaß, die eine elegante und geschäftsmäßige Ausstrahlung hatte. Sie war vielleicht sechzig, aber sie sah immer noch verdammt attraktiv aus. Normalerweise hätte Rachel herauszufinden versucht, was diesen Eindruck so eindringlich vermittelte – waren es ihre Kleidung, die Art, wie sie saß, ihre Frisur, die unverkennbare Intelligenz ihrer Mimik? –, doch stattdessen richtete sie ihre Aufmerksamkeit auf den Mann. Er hatte sandblondes Haar, das an den Schläfen grau wurde, und trug einen Dreitagebart. Er trank ein Bier und trug einen goldenen Ehering. Er hatte außerdem exakt die gleiche Kleidung an, die Brian heute Morgen getragen hatte, mit Ausnahme des Regenmantels: Bluejeans, weißes T-Shirt, schwarzer Rollkragenpullover.

War es das, was ihr entgangen war, während sie sich zu Hause vergraben hatte? Es war ja nicht so, dass sie niemals aus dem Haus gegangen wäre, aber oft war es auch nicht gewesen. Vielleicht hatte sie einige neue Moden verpasst. Wann zum Beispiel hatten alle Männer beschlossen, sich nur noch jeden dritten oder vierten Tag zu rasieren? Wann waren Hüte wieder in Mode gekommen? Woher kamen diese bunten Tennisschuhe? Warum hatten alle Freizeitradler entschieden, sich in hautenges Elasthan zu kleiden, das über und über mit Markennamen bedruckt war, als ob sie sich sponsern lassen müssten, um zu Starbucks zu fahren?

Als Rachel noch aufs College gegangen war, hatte da nicht jeder dritte Junge ein Karohemd, ein T-Shirt mit V-Ausschnitt und zerrissene Jeans getragen? Wenn sie jetzt in die Hotelbars ginge, die von Verkäufern mittleren Alters frequentiert wurden, wie viele würden dann hellblaue Oxfordhemden und hellbraune Hosen tragen? War es also nicht durchaus möglich, dass die Kombination aus dunklem Pullover, weißem T-Shirt und Jeans – die in ihrer Schlichtheit vermutlich nie ganz aus der Mode gekommen war – gleichzeitig von drei verschiedenen Männern in Boston-Cambridge getragen wurde? Wenn sie jetzt durch ein Einkaufszentrum ginge, würde sie vermutlich noch einige weitere Männer mit diesem Outfit sehen, ganz zu schweigen von den Schaufensterpuppen in den Filialen von J. Crew und Vince.

Ihr Essen wurde gebracht. Caleb machte kurzen Prozess mit seinem Burger, und sie verschlang ihren Salat. Ihr war gar nicht aufgefallen, wie hungrig sie war.

Nachdem sie ihre Teller geleert hatten, saßen sie in der Wärme des gedämpften Lichts und der einbrechenden Abenddämmerung. Der Regen hatte nachgelassen, und ein ständiger Strom von Passanten kehrte zurück und ging auf dem Kopfsteinpflaster knapp über ihren Köpfen entlang.

Er lächelte, als er sein Glas an die Lippen hob.

Sie fühlte den Alkohol in ihrem Blut, als sie zurücklächelte.

Ein Mal – mehr nicht – waren sie einen Moment lang allein miteinander gewesen. Das war, als Brian und sie sich gerade erst kennengelernt hatten. In der Speisekammer der Wohnung eines Freundes von Brian in der Fenway Street. Rachel hatte Oliven geholt, Caleb war, wenn sie sich recht erinnerte, mit einer Packung Cracker herausgekommen, und sie hatten kurz innegehalten, als sie aneinander vorbeigingen. Ihre Augen waren sich begegnet, und keiner hatte den Blick gesenkt. Dann wurde eine Art Wettbewerb daraus – wer würde als Erster blinzeln?

»Hi«, hatte sie gesagt.

»Hi.« Das Wort drang tief aus seiner Kehle hervor.

Vasokonstriktion, hatte sie gedacht. Der Prozess, durch den die Hautkapillaren sich zusammenziehen, um die Körperkerntemperatur anzuheben. Entsprechender Anstieg der Atemfrequenz und des Herzschlags. Erröten.

Sie neigten sich im selben Moment zueinander, und ihre Köpfe berührten sich, Rachels Brüste drückten gegen seinen Brustkorb, und seine rechte Hand strich über ihre linke, als er sie auf ihre Hüfte legte. Dieses leichte Streifen ihrer Hände war von all den Punkten, an denen sich ihre Körper in diesen ein oder zwei Sekunden trafen, der intimste. Als seine Hand auf ihrer Hüfte zum Ruhen kam, drehte sie sich weg und wich seitlich in die Vorratskammer aus. Er stieß ein leises Geräusch aus – ein seltsam glucksendes Lachen, in dem sich Verblüffung, Frust und Verwirrung mischten –, und als sie sich zu ihm umdrehte, war er bereits verschwunden.

Vasodilatation: Wenn die Körperkerntemperatur zu hoch ist, weiten sich Blutgefäße unter der Haut, damit die Hitze aus dem Körper strömen kann und die Kerntemperatur wiederhergestellt wird.

Es dauerte fast fünf Minuten, bis sie endlich diese verdammten Oliven gefunden hatte.

Sie trank ihren Wein, und Caleb trank seinen Bourbon, und um sie herum füllte sich das Lokal. Bald konnten sie die Tür nicht mehr sehen. Vor einiger Zeit hätte sie das durchaus in Panik versetzen können, aber heute Abend schien dadurch alles nur noch wärmer und vertrauter zu werden.

»Wie kommt Brian mit all dem Regen klar?«, fragte Caleb.

»Du kennst ihn – er hat eine positive Grundeinstellung. Er ist vermutlich der einzige Mensch in der Stadt, der deshalb noch nicht aus der Haut gefahren ist.«

Caleb schüttelte den Kopf. »Genau wie im Büro. Wir haben alle das Gefühl abzusaufen, und er sagt: ›Gibt doch eine schöne Stimmung.‹«

Sie beendeten den Satz gemeinsam. »Dasselbe sagt er zu Hause auch immer. Ich frage: ›Was für eine Stimmung? Jammer und Depression?‹ Er sagt: ›Nein. Ich find's schön. Irgendwie sinnlich.‹ Ich sagte: ›Schatz, das war es vielleicht am ersten Tag, aber das ist zehn Tage her.‹«

Caleb lachte leise in sein Glas und nahm einen Schluck. »Der Mann würde noch in der schlimmsten Situation was Schönes entdecken.«

Rachel trank von ihrem Wein. »Es ist ein großartiges Talent.«

»Auf jeden Fall.«

»Aber es kann auch anstrengend sein.«

»Es kann einen völlig fertigmachen. Ich kenne niemanden,

der Positivität so braucht wie dieser Mann. Und das Komische ist, es ist nicht mal dieser Grußkartenoptimismus, sondern echtes positives Denken. Wir schaffen das. Verstehst du?«

»Aber hallo. Wer, wenn nicht ich.« Sie lächelte, als sie an ihren Mann dachte. Konnte Filme ohne Happy End nicht ausstehen, genauso wenig wie Bücher, deren Helden starben, oder Lieder über Entfremdung.

»Ich kapier's ja«, hatte er ihr einmal gesagt. »Ich habe Sartre am College gelesen, ich hatte Freunde, die mich in ein Konzert von den *Nine Inch Nails* geschleppt haben. Die Welt ist ein sinnloses, chaotisches Durcheinander, in dem nichts eine echte Bedeutung hat. Ich hab's verstanden. Ich habe bloß entschieden, diese Philosophie nicht zu leben, weil sie mir nicht hilft.«

Brian hielt nichts von Niedergeschlagenheit, das hatte sie mit Bewunderung und einigem Ärger einsehen müssen. Er hielt nichts von Hoffnungslosigkeit oder Existenzialismus oder Gejammer. Brian hielt etwas von Zielen und Strategien. Brian hielt etwas von Hoffnung und Hilfe.

Einmal, als sie in einer reizbaren Laune gewesen war, hatte Brian gesagt: »Alles ist möglich«, und sie hatte geantwortet: »Nein, Brian, das stimmt nicht. Den Hunger auf der Welt zu beseitigen ist nicht möglich, und mit flatternden Armen zu fliegen ist auch nicht möglich.«

Ein kleines, seltsames graues Feuer loderte in seinen Augen auf. »Niemand setzt sich heute noch langfristige Ziele. Immer soll alles sofort passieren.«

»Wovon sprichst du?«

»Dass alles möglich ist, wenn man wirklich daran glaubt, wenn man eine vernünftige Strategie hat und wenn man bereit ist, für einen Sieg alles zu geben.« Er spreizte die Arme weit auseinander.

Sie hatte ihn angelächelt und das Zimmer verlassen, und kurz darüber nachgedacht, ob der Mann, den sie geheiratet hatte, vielleicht ein kleines bisschen verrückt war.

Andererseits musste sie nie befürchten, dass er klagte oder meckerte oder quengelte. Sebastian war, wenig überraschend, ein Jammerlappen gewesen. Ein Pessimist, für den das Glas immer halbleer war und der auf tausend kleine und große Arten zeigte, dass er glaubte, die Welt erwache jeden Morgen, um ihm gegen das Schienbein zu treten. Brian begann hingegen jeden Tag, als ob irgendwo ein Geschenk für ihn versteckt wäre. Und wenn er es nicht fand, gab es keinen Grund, sich darüber zu beklagen.

Noch so ein Spruch von ihm: »Eine Beschwerde, die nicht nach einem Ausweg sucht, ist eine Krankheit, die nicht nach Heilung sucht.«

Caleb sagte: »Den bringt er liebend gern im Büro. Ich nehme an, irgendwann wird im Wartebereich ein Schild damit hängen.«

»Man muss aber zugeben, dass er den Spruch wirklich beherzigt. Hat er jemals mehr als ein paar Minuten lang schlechte Laune gehabt?«

Er nickte. »Da hast du recht. Manche würden ihm sogar in eine brennende Höhle folgen – sie wären überzeugt, dass er sie auf der anderen Seite heil wieder herausbringt.«

Das gefiel ihr. Es ließ ihren Mann einen Augenblick lang heroisch erscheinen, wie einen Anführer.

Sie lehnte sich in ihrem Stuhl zurück und Caleb auf seinem, und eine Minute lang schwiegen beide.

»Du siehst gut aus«, sagte Caleb schließlich. »Ich meine, du siehst natürlich immer gut aus, aber heute siehst du …«

Sie beobachtete ihn, während er nach dem richtigen Wort suchte.

Er fand es. »Du siehst selbstsicher aus.«

Hatte das schon einmal jemand über sie gesagt? Ihre Mutter hatte immer gesagt, sie wäre so gehetzt, dass sie wohl selbst ihren Kopf vergessen würde, wenn er nicht fest auf ihrem Hals säße. Zwei frühere Partner und ihr Ex-Ehemann hatten sie »ängstlich« genannt. In ihren Zwanzigern hatten Alkohol, Zigaretten und Bücher, immer Bücher, sie an ihrem Ort verankern können. Als sie mit dem Rauchen aufhörte, ersetzte ein Laufband den Lesesessel am Fenster, bis ihr Arzt ein Schienbeinkantensyndrom diagnostizierte, sowie einen nicht unwesentlichen Gewichtsverlust bei einem Körper, der noch nie zum Übergewicht geneigt hatte. Der Arzt überredete sie, das Laufen durch Yoga zu ersetzen. Das funktionierte eine Zeitlang gut, aber letztlich führte Yoga bei ihr zu Visionen, und die Visionen führten nach ihrem Haiti-Erlebnis zu Panikattacken.

Selbstsicher. Das hatte ihr noch niemand gesagt. Wodurch mochte Rachel Childs-Delacroix selbstsicher wirken?

Ihr Handy auf dem Tisch vibrierte. Eine SMS von Brian. Sie öffnete sie. Sie lächelte.

Da stand Brian, noch in den Kleidern, die er heute früh getragen hatte, und lächelte sie breit, wenn auch ein wenig erschöpft an. Sein Haar war von der Reise zerzaust. Hinter ihm ein holzgetäfelter Eingang, eine breite Doppeltür, große gelbe Laternen links und rechts der Tür und über alldem der Name des Etablissements: Covent Garden Hotel. Er hatte ihr im Lauf der Jahre einige Fotos von dort geschickt – das Hotel lag in einer ordentlichen, geschwungenen Londoner Straße voller Geschäfte und Restaurants in roten Backsteinbauten mit weißen Verkleidungen. Der Türsteher, oder wer auch immer das Foto gemacht hatte, musste den Gehsteig verlassen haben, um die gesamte Fassade des Hotels auf das Bild zu bekommen.

Brian winkte, und ein vielsagendes Grinsen dominierte sein attraktives, erschöpftes Gesicht, als ob er ihr signalisieren wollte, dass ihm klar sei: Dies war kein normales Foto, sie vermisste ihn nicht »einfach so«, dies war eine Art Test.

Und den hast du ja nun wahrlich bestanden, dachte sie, als sie das Handy in die Tasche steckte.

Caleb und sie teilten sich ein Taxi. Seine Fahrt dauerte länger; er lebte im Seaport District. Während der kurzen Strecke zu ihrer Wohnung unterhielten sie sich über den Dauerregen und seine Auswirkungen auf die heimische Konjunktur. Die Red Sox zum Beispiel näherten sich einem Oberliga-Rekord für Spiele, die wegen des Regens abgesagt werden mussten.

Vor ihrem Haus beugte sich Caleb vor, um sie auf die Wange zu küssen, und sie hatte sich bereits abgewandt, als seine Lippen sie trafen.

Sie ging unter die Dusche, und das heiße Wasser auf ihrer Haut, die den ganzen Tag lang von kaltem Regen gepiesackt worden war, fühlte sich so wohlig an, dass es ihr fast sündhaft vorkam. Sie schloss die Augen und sah Caleb erst in dem Lokal und dann in der Speisekammer vor sich, und dann dachte sie an Brian, wie er vor einigen Tagen mit ihr unter der Dusche gestanden hatte und wie er hinter sie geglitten und mit dem Seifenstück über ihre Brustwarzen gefahren war, an ihrem Hals empor und wieder herab, in immer kleiner werdenden Kreisen am Bauch entlang.

Sie ahmte diese Bewegungen jetzt nach und stellte sich vor, wie er zwischen ihren Beinen hart wurde. Sie hörte, wie sich ihr Atem mit dem Geräusch des Wasserstrahls vermischte, als aus Brian Caleb wurde und Caleb aus Brian, und sie ließ die Seife fallen und stützte sich mit einer Hand an der Wand ab. Sie dachte daran, wie Brian neulich unter der Dusche gestanden hatte, und an Brian, wie er breit grinsend vor dem Covent Garden Hotel stand, die blauen Augen voll jungenhafter Schadenfreude. Caleb verschwand. Mit einem einzelnen Finger brachte sie sich zu einem Höhepunkt, der ihren Körper wie ein Schwall heißen Wassers durchflutete.

Danach lag sie schläfrig im Bett, als ihr ein seltsamer Gedanke durch den Kopf ging:

Als er beschlossen hatte, Essen zu bestellen, hatte Caleb gesagt, er habe den ganzen Tag – von zehn Uhr früh bis fünf Uhr nachmittags – am Schreibtisch verbracht. Er sei nicht aufgestanden, habe kein einziges Mal den Raum verlassen. Aber als sie vor dem Gebäude angekommen war, hatte er es gerade verlassen. Er war noch nicht einmal unter dem Vordach hervorgetreten.

Und dennoch waren sein Mantel und sein Hut klatschnass gewesen.

16

Wiedereintritt

Freitag. Die Rückkehr.

Sie hatte überlegt, ihn am Flughafen abzuholen, aber sie besaß kein Auto mehr. Sie hatte es verkauft, als sie mit Brian zusammengezogen war; zu der Wohnung gehörte nur ein Garagenplatz. Danach war sie Mietwagen gefahren, wenn sie irgendwohin musste. Aber dann kamen die Vorfälle im Dunkin' Donuts, in der Einkaufspassage und die Sache mit dem Scientologen. Danach hatte Brian sie gebeten, das Autofahren aufzugeben.

Als sie ihre Fahrerlaubnis hätte verlängern müssen, kam es zu einem ihrer heftigeren Streits. Sie konnte sich nicht vorstellen, auf die Verlängerung zu verzichten, aber er hatte widersprochen und gesagt, sie schulde ihm – *schulde* ihm – seinen Seelenfrieden. »Das hat nichts mit dir zu tun«, hatte sie ihn über den Küchentresen hinweg angeschrien. »Warum glaubst du immer, dass alles mit dir zu tun hat?«

Mr. Unerschütterlich hatte auf die Arbeitsoberfläche geschlagen. »Wer wurde gerufen, als du in der Einkaufspassage zusammengebrochen bist? Und wer wurde gerufen, als –?«

»Beschuldigst du mich, dass ich deine Zeit gestohlen habe? Ist es das?« Sie wand ein Geschirrtuch um ihre Hand und zog daran, bis das Blut sich unter ihrer Haut sammelte.

»Nein, nein, nein. Auf so eine Diskussion lasse ich mich nicht ein.«

»Nein, nein, nein«, äffte sie ihn nach. Sie kam sich wie ein Arschloch vor, aber sie fühlte sich auch gut, weil der Streit sich bereits seit einer Woche abgezeichnet hatte.

Eine Millisekunde lang glaubte sie, einen an Hass grenzenden Zorn in seinen Augen gesehen zu haben, ehe er einen langen, langsamen Atemzug tat. »Ein Aufzug fährt keine hundert Stundenkilometer.«

Sie war immer noch mit jenem Aufflackern von Wut beschäftigt. *War das, was ich gerade gesehen habe, der wahre Brian?*

Schließlich sah sie ein, dass die Wut nicht zurückkehren würde. Zumindest nicht heute. Sie ließ das Geschirrtuch auf den Tresen fallen. »Wie meinst du das?«

»Eine Panikattacke in einem Fahrstuhl oder einem Einkaufszentrum oder einem Park oder auf einem Bürgersteig, oder was weiß ich, kann dich nicht tödlich verletzen. In einem Auto schon.«

»So ist es doch gar nicht. Wenn ich Auto fahre, habe ich keine Panikattacken.«

»Du bekommst diese Attacken doch erst seit ein paar Jahren. Woher willst du wissen, wie die nächste aussieht? Ich möchte keinen Anruf bekommen und hören, dass du irgendwo gegen einen Laternenmast gefahren bist.«

»Ach du meine Güte.«

Er sagte: »Ist das denn so unwahrscheinlich?«

»Nein«, räumte sie ein.

»Völlig außerhalb des Möglichen?«

»Nein.«

»Was ist, wenn du keine Luft mehr bekommst und so stark schwitzt, dass du nicht mehr richtig siehst und jemanden an einem Zebrastreifen überfährst?«

»Jetzt willst du mich unter Druck setzen.«

»Nein, ich stelle nur eine Frage.«

Letztlich schlossen sie einen Kompromiss. Sie verlängerte ihre Fahrerlaubnis, versprach aber, keinen Gebrauch davon zu machen.

Aber nun war sie durch ein Einkaufszentrum spaziert, war mit der U-Bahn gefahren, war auf dem Copley Square gewesen, hatte sich in einem Taxi durch den strömenden Regen fahren lassen, hatte in einem überfüllten Kellerlokal gesessen, und das alles, ohne dass ihr Herz zu rasen begonnen hatte, ohne dass ihre Halsschlagader gezuckt hätte. Wäre es da nicht toll, am Logan Airport mit dem Auto auf ihn zu warten? Natürlich würde er erschrecken, aber würde der Stolz auf sie nicht letztlich seine Sorge überwiegen?

Aber dann fiel ihr ein, dass er selbst mit dem Wagen zum Flughafen gefahren war und ihn dort auf dem Parkplatz abgestellt hatte.

Damit hatte sich das erledigt. Ihre Dankbarkeit, diesen Kelch an sich vorüberziehen lassen zu können, rief ein leichtes Schuldgefühl hervor – sie kam sich feige und schwach vor –, aber vielleicht war es besser, dass sie nicht fuhr, solange noch die leiseste Furcht in ihr war.

Als er durch die Tür kam, zeigte sein Gesicht noch den leicht verblüfften Eindruck eines Mannes, der sich mit seiner Alltagsroutine neu zu verbinden versucht, jenem Teil seines Lebens, in dem Flughäfen und Hotels und Zimmerservice und dauernder Kleidungswechsel keine Rolle spielen. Er sah den Zeitungskorb, den sie neben das Sofa gestellt hatte, nachdenklich an, als ob er ihn nicht zuordnen könnte. Er konnte es wirklich nicht, da sie den Korb erst während seiner Abwesenheit gekauft hatte. Er rollte seinen Koffer in eine Ecke, zog seinen kupferfarbenen Regenmantel aus und sagte mit unsicherem Lächeln: »Hallo.«

»Hallo.« Sie zögerte kurz, ehe sie die Wohnung durchquerte und auf ihn zuging.

Wenn er länger als vierundzwanzig Stunden fort gewesen war, gab es bei seiner Rückkunft immer ein paar unsichere Momente. Als ob sie unbeholfen auf ihre Wiedervereinigung zustolperten. Immerhin hatte er ihr gemeinsames Leben verlassen, die Dinge, die sie als »Wir« ausmachten, so dass sie die Woche damit verbracht hatten, zwei getrennte »Ichs« zu werden. Und gerade als das zur neuen Normalität geworden war, tauchte er wieder auf. Und sie versuchten, wieder herauszufinden, wo das »Ich« endete und das »Wir« begann.

Sie küssten sich, doch es war ein trockener, fast keuscher Kuss.

»Bist du müde?«, fragte sie, denn er sah erschöpft aus.

»Ja. Ja, bin ich.« Er sah auf seine Uhr. »Da drüben ist jetzt ungefähr Mitternacht.«

»Ich habe dir ein Abendessen gemacht.«

Er lächelte offen und unbefangen – das erste richtige Brian-Lächeln, seit er zur Tür hereingekommen war. »Wirklich wahr? Du verwöhnst mich wie eine Hausfrau ihren heimkehrenden Mann? Danke, mein Schatz.«

Er küsste sie ein zweites Mal, diesmal mit etwas mehr Feuer. Sie spürte, dass sich etwas in ihr lockerte, und erwiderte den Kuss auf die gleiche Art.

Sie setzten sich und aßen gedünsteten Lachs mit Vollkornreis und Salat. Er fragte sie, wie ihre Woche gewesen sei, und sie befragte ihn über London und die Konferenz, die anscheinend nicht gut gelaufen war.

»Diese Ausschüsse werden eingerichtet, um der Welt weiszumachen, dass man beim Holzabbau einen Pfifferling auf die Umwelt geben würde. Dann besetzt man den Ausschuss mit irgendwelchen Branchenfuzzis, die sich – außer für die örtlichen Nutten – nur dafür interessieren, dass alles beim Alten bleibt.« Er rieb sich die Augen und seufzte. »Ach, es ist deprimierend.« Er sah auf den leeren Teller hinab. »Und bei dir?«

»Was soll mit mir sein?«

»Als wir telefoniert haben, hast du immer ein bisschen neben der Spur gewirkt.«

»Nein, mir geht's gut.«

»Bestimmt?«

»Mhm.«

Er gähnte hinter vorgehaltener Hand und warf ihr einen erschöpften Blick zu. Es war klar, dass er ihr nicht glaubte. »Ich gehe dann mal duschen.«

»In Ordnung.«

Er räumte die Teller ab und stellte sie in den Geschirrspüler. Als er auf das Schlafzimmer zusteuerte, sagte sie: »Schon gut. Willst du es wirklich wissen?«

Er drehte sich kurz vor der Tür um und stieß einen leisen Seufzer der Erleichterung aus. »Natürlich will ich es wissen.«

»Ich habe deinen Doppelgänger gesehen.«

»Meinen Doppelgänger?«

Sie nickte. »Er ist am Montagnachmittag hinter dem Hancock Tower in einen schwarzen Chevrolet Suburban gestiegen.«

»Als ich im Flieger saß?« Er starrte sie verwirrt an. »Einen Moment, ich bin ziemlich fertig ... äh, du hast also einen Typen gesehen, der wie ich aussah und –«

»Nein, ich habe deinen Doppelgänger gesehen.«

»Du hast also vielleicht Scott –«

»– Pfeiffer aus Grafton, Vermont, gesehen? Ich habe es in Betracht gezogen. Das Problem war nur, dass der Typ exakt die gleichen Kleider trug wie du.«

Er nahm das mit einem langsamen Nicken auf. »Du dachtest, du hättest nicht meinen Doppelgänger gesehen. Du dachtest, du hättest mich gesehen.«

Sie schenkte ihnen noch ein wenig Wein nach und brachte ihm das Glas. Sie setzte sich auf die Rückenlehne des Sofas. Er lehnte sich gegen den Türrahmen.

»Ja.«

»Ah.« Er schloss die Augen und lächelte, und eine schwere Last schien aus seinem Körper zu steigen und durch den Lüfter über ihm davonzuschweben. »Das heißt, der komische Ton und das Selfie, das ich dir schicken sollte, das war nur, weil du dachtest ...« Er riss die Augen auf. »*Was* hast du gedacht?«

»Ich wusste nicht, was ich denken sollte.«

»Nun, du hast entweder gedacht, dass Scott Pfeiffer eine Reise nach Boston gemacht hat, oder, dass ich gelogen habe, als ich sagte, ich würde nach London fliegen.«

»Ungefähr so, ja.« Es klang jetzt so albern.

Er verzog das Gesicht und trank einen Schluck Wein.

»Was?«, fragte sie. »Sag schon.«

»So wenig hältst du also von uns?«

»Nein.«

»Du dachtest, ich würde ein Doppelleben führen.«

»Das habe ich nicht gesagt.«

»Was denn sonst? Du behauptest, du hättest mich auf einer Straße in Boston gesehen, während ich in einer Boeing 767 saß, die zu diesem Zeitpunkt wahrscheinlich gerade über Grönland hinwegflog. Also nimmst du mich in die Mangel, als ich von Heathrow aus anrufe, und beklagst dich, weil ich mein Handy nicht geladen habe –«

»Ich habe mich nicht beklagt.«

»Nein? Und dann willst du ein Foto von mir haben, um zu beweisen, dass ich wirklich in London bin, und gehst mit meinem Geschäftspartner aus und fragst den auch noch aus?«

»Ich werde mir so was nicht anhören.«

»Warum solltest du auch? Du müsstest ja Verantwortung dafür übernehmen, warum du dich wie ein Arschloch benimmst.« Er senkte den Kopf und hielt erschöpft die Hand in die Höhe. »Weißt du was? Ich bin viel zu müde, ich kann jetzt sowieso nichts Hilfreiches sagen. Und ich muss diese Sache erst mal verdauen. In Ordnung?«

Sie versuchte zu entscheiden, wie wütend sie sein wollte und ob sie sauer auf ihn oder auf sich selbst war. »Du hast mich ›Arschloch‹ genannt.«

»Nein, ich sagte, dass du dich so benommen hast.« Ein schwaches Lächeln. »Das ist zwar nur ein kleiner Unterschied, aber ein wichtiger.«

Sie erwiderte sein schwaches Lächeln und legte ihm die Hand auf den Brustkorb. »Geh duschen.«

Er schloss die Schlafzimmertür hinter sich, und sie hörte das Wasser laufen.

Sie stand vor seinem Regenmantel. Sie setzte ihr Glas auf einem Beistelltisch ab und fragte sich, warum sie kein schlechtes Gewissen hatte. Er hatte ja recht: Es war beleidigend, wenn sie dem Mann, mit dem sie seit zwei Jahren verheiratet war, unterstellte, dass er sie über seinen Aufenthaltsort täuschte. Aber sie hatte kein schlechtes Gewissen. Die ganze Woche lang hatte sie sich eingeredet, dass sie auf eine optische Täuschung hereingefallen sei. Das Foto bewies es. Ihre gemeinsame Vergangenheit, in der er sie ihres Wissens niemals angelogen hatte, bewies es auch.

Warum fühlte sie sich also nicht im Irrtum? Warum hatte sie kein schlechtes Gewissen, dass sie ihm nicht vertraute? Natürlich nicht aus ganzem Herzen, nicht mit völliger Gewissheit. Aber ein wenig schon, mit einem nagenden Zweifel daran, dass alles so war, wie es sein sollte.

Sie nahm seinen Regenmantel von der Stuhllehne, über die er ihn gelegt hatte – eine der Sachen, die sie gar nicht leiden mochte. Konnte er ihn nicht einfach auf einen Bügel im Garderobenschrank hängen?

Sie griff in die linke Tasche und fand ein Flugticket für den heutigen Tag – Heathrow-Logan – und ein wenig Kleingeld. Auch sein Reisepass war da. Sie öffnete ihn und blätterte durch die Seiten mit den Visa der vielen Länder, die er besucht hatte. Das Problem war, dass sich die Stempel nicht in einer bestimmten Reihenfolge befanden. Wie es schien, standen sie bunt durcheinander auf den Seiten, die der zuständige Grenzbeamte an diesem Tag zufällig aufschlug. Sie lauschte dem gedämpften Wasserrauschen aus dem Badezimmer und blätterte weiter – Kroatien, Griechenland, Russland, Deutschland, und dann kam der richtige Stempel: Heathrow am zehnten Mai dieses Jahres. Sie steckte den Pass in seinen Mantel zurück und fasste in die andere Tasche: eine Magnetkarte des Covent Garden Hotels in der Monmouth Street 10 und ein kleiner, daumengroßer Kassenzettel aus einem Zeitungsladen in der Monmouth Street 17. Er war auf den gestrigen neunten Mai, 05 / 09 / 14, 11:12 Uhr, ausgestellt und bezeugte, dass Brian eine Zeitung, ein Päckchen Kaugummi und eine Flasche Orangina gekauft, mit einer Zehnpfundnote bezahlt und 4,53 Pfund als Wechselgeld erhalten hatte.

Die Dusche wurde abgedreht. Sie steckte die Magnetkarte zurück in die Manteltasche und legte den Mantel zurück auf die Stuhllehne. Aber sie ließ den Kassenzettel in die Tasche ihrer Jeans gleiten. Sie wusste nicht, warum. Es war purer Instinkt.

17
Gattis

Immer wenn sich der Abend ihres Kennenlernens jährte, kehrten Brian und Rachel in das *RR* zurück und tanzten zu *Since I Fell for You*. Wenn man das Lied heutzutage überhaupt noch auf einer Jukebox fand, handelte es sich normalerweise um die Version von Johnny Mathis, aber in der Jukebox des *RR* gab es das Original von Lenny Welch, der nach diesem Lied nie wieder einen Hit gelandet hatte.

Das Lied handelte weniger von der Liebe als von dem Verlust, der Klage eines Menschen, der sich hoffnungslos in eine herzlose Person verliebt hat, die ihn – oder sie, je nachdem, welche Version man hörte – letztlich zweifellos zerstören würde. Seit sie das erste Mal zusammen getanzt hatten, hatte sie viele Fassungen gehört: die von Nina Simone, Dinah Washington, Charlie Rich, George Benson, Gladys Knight, Aaron Neville und Mavis Staple. Und das waren nur die bekanntesten. Rachel hatte auf iTunes nachgeschaut und zweihundertvierundsechzig Varianten gefunden, vorgetragen von so ziemlich jedem, von Louis Armstrong bis Captain & Tennille.

Dieses Jahr hatte Brian den gesamten hinteren Teil des Lokals gemietet und einige Freunde eingeladen. Melissa kam, und Danny Marotta, Rachels früherer Kameramann bei Kanal 6. Danny brachte seine Frau Sandra mit und Sandra ihre Arbeitskollegin Liz. Annie, Darla und Rodney, die sich inzwischen alle vom *Globe* hatten abwerben lassen, kamen auf einen Sprung vorbei. Caleb kam mit Haya, die es fertigbrachte, in einem schlichten schwarzen Etuikleid und flachen schwarzen Schuhen alle anderen zu überstrahlen. Ihr Haar trug sie hochgesteckt, was ihren sanft und elegant geschwungenen Nacken betonte, und alles an ihr wirkte durch das Baby, das sie auf den Armen trug, irgendwie nur noch sinnlicher. Das Baby war perfekt, das gute Aussehen der dunkelhaarigen Eltern hatte ein Kind mit völlig symmetrischem Gesichtsschnitt hervorgebracht, Augen von tiefem, samtigem Schwarz und einer Haut mit der Farbe von Wüstensand kurz nach dem Sonnenuntergang. Rachel ertappte Brian, der in diesen Dingen normalerweise sehr zurückhaltend war, wie er mehrere Male kaum den Blick abwenden konnte, als Haya und AB an ihm vorbeigingen wie zwei Sagengestalten, die gerade einem Schöpfungsmythos entstiegen waren. Haya zog auch die Blicke einiger junger Praktikanten aus Brians und Calebs Firma auf sich – es hatte keinen Sinn, sich ihre Namen zu merken, bei der nächsten Feier wären sie längst durch neue Gesichter ersetzt –, und das, obwohl ihre Begleiterinnen alle blendend aussahen und die straffe, makellose Haut von Frauen Anfang zwanzig zur Schau trugen.

Bei anderer Gelegenheit hätte Rachel vielleicht einen Stich der Eifersucht gespürt oder zumindest einen gewissen Konkurrenzdruck – immerhin hatte die Frau gerade ein Kind zur Welt gebracht und sah schon wieder so aus, als ob sie einer Doppelseite in einem Katalog für Damenunterwäsche entstiegen wäre –, aber an diesem Abend wusste Rachel genau, wie gut sie selbst aussah. Nicht auf eine offensive Art. Sondern auf eine elegante, unaufdringliche Art, die jedermann im Raum signalisierte, dass sie es nicht nötig hatte, zur Schau zu stellen, was Gott ihr an guten Körperproportionen mitgegeben hatte (und was von guten Genen – und Pilates – bislang an Ort und Stelle gehalten worden war).

Sie und Haya hatten im Verlauf des Abends Gelegenheit, ein paar Worte am Tresen zu wechseln, während AB im Kindersitz zu den Füßen ihrer Mutter schlief. Sie hatten einander im letzten Jahr kaum gesehen und wegen der Sprachbarriere bislang selten mehr als ein »Hallo« im Vorübergehen gewechselt, aber Caleb hatte gesagt, Hayas Englischkenntnisse hätten sich in der Zwischenzeit rasch verbessert. Rachel beschloss, den Stier bei den Hörnern zu packen, und stellte fest, dass Caleb nicht übertrieben hatte: Haya sprach gut, wenn auch langsam.

»Wie geht es dir?«

»Ich bin … zufrieden. Wie geht es dir?«

»Prima. Und Annabelle?«

»Sie ist … eigen.«

Rachel warf einen Blick auf das Kind, das mitten im Trubel einer Feier friedlich schlief. Als Haya sie zuvor auf dem Arm gehalten hatte, hatte sie kein einziges Mal gequengelt oder protestiert.

Haya starrte Rachel an. Ihr schönes Gesicht wirkte ausdruckslos, ihre Lippen waren fest geschlossen.

»Vielen Dank, dass ihr beide gekommen seid«, sagte Rachel schließlich.

»Ja. Er … ist mein Mann.«

»Deshalb bist du gekommen?« Rachel spürte, dass ein

schwaches Lächeln um ihre Lippen spielte. »Weil er dein Mann ist?«

»Ja.« Hayas Augen blickten verwirrt. Rachel hatte Gewissensbisse, als ob sie eine Frau über kulturelle und sprachliche Grenzen hinweg bedrängen würde. »Du siehst … sehr schön aus, Rachel.«

»Danke. Du aber auch.«

Haya blickte zu dem Baby hinab. »Sie … wacht auf.«

Rachel hatte keine Ahnung, was ihr diese Prophezeiung eingegeben hatte, aber ungefähr fünf Sekunden später öffneten sich Annabelles Augen.

Rachel kniete neben ihr nieder. Sie wusste nie, wie sie mit Babys sprechen sollte. Im Verlauf der Jahre hatte sie Menschen beobachtet, die auf eine Art mit Neugeborenen kommunizierten, die sie als unnatürlich empfand – sie brabbelten in einem infantilen Tonfall mit ihnen, den niemand jemals benutzte, der nicht gerade mit einem Baby, einem Tier oder sehr alten und gebrechlichen Menschen sprach.

»Hallo«, sagte sie zu Annabelle.

Das Kind starrte sie mit den Augen seiner Mutter an – so klar und unbeeinflusst von Skepsis und Ironie, dass Rachel sich wie auf einem Prüfstand vorkam.

Sie legte einen Finger auf Annabelles Brust, und das Kind schloss die Hand darum und zog.

»Du hast aber einen festen Griff«, sagte Rachel.

Annabelle ließ ihren Finger los und sah mit leichtem Unbehagen zur Abdeckung ihres Kindersitzes hoch, als ob sie überrascht wäre, diese dort vorzufinden. Ihr Gesicht verzog sich, und Rachel blieb nur noch Zeit zu sagen: »Nein, nein«, ehe Annabelle losheulte.

Hayas Schulter strich an Rachels entlang, als sie nach dem Griff des Kindersitzes griff. Sie hob den Sitz hoch und stellte ihn auf den Tresen. Sie schaukelte ihn vor und zurück, und das Baby hörte sofort auf zu weinen. Rachel fühlte sich beschämt und inkompetent.

»Du weißt wirklich, wie man mit ihr umgeht«, sagte sie.

»Ich bin ... ihre Mutter.« Haya wirkte wieder ein wenig verwirrt. »Sie ist müde. Hungrig.«

»Natürlich«, sagte Rachel, denn das schien die richtige Antwort zu sein.

»Wir müssen gehen. Danke, dass ihr ... uns zu eurer ... Feier eingeladen habt.«

Haya hob ihre Tochter aus dem Kindersitz und nahm sie auf den Arm, so dass die Wange des Babys an ihrem Hals ruhte. Mutter und Tochter sahen aus, als wären sie aus einem Stück gemacht, als teilten sie sich dieselbe Lunge, als sähen sie durch dieselben Augen. Der Anblick ließ Rachel und ihre Feier frivol erscheinen. Und ein wenig traurig.

Caleb kam herüber, um den Kindersitz, die rosafarbene Wickeltasche und die weiße Musselindecke zu nehmen, und er begleitete seine Frau und seine Tochter nach draußen zum Auto und küsste beide zum Abschied. Rachel beobachtete sie durch das Fenster und wusste, dass sie nicht haben wollte, was sie hatten. Andererseits wusste sie, dass sie es eben doch haben wollte.

»Du siehst großartig aus«, sagte Brian, als jemand – Rachel hatte Melissa im Verdacht – einen Dollar in die Jukebox geworfen und die Taste B17, *Since I Fell for You,* gedrückt hatte, so dass sie notgedrungen schon zum zweiten Mal an diesem Abend zu dem Lied tanzen mussten. Er hob die Augenbrauen angesichts des Bildes, das sie zusammen in dem Ganzkörperspiegel an der rückwärtigen Wand abgaben, und sie betrachtete sich selbst. Sie war überrascht, so, wie sie immer im ersten Sekundenbruchteil überrascht war, wenn sie sich ansah und bemerkte, dass sie nicht mehr dreiundzwanzig war. Jemand hatte ihr einmal gesagt, dass jeder vor seinem geistigen Auge ein festes Bild von sich selbst habe – bei manchen war es fünfzehn, bei anderen fünfzig. Ihr Gesicht war in den letzten vierzehn Jahren länger und faltiger geworden. Ihre Augen hatten sich verändert – nicht die graugrüne Farbe, aber sie wirkten weniger selbstsicher und weniger elektrisiert. Ihr Haar, dessen dunkle kirschrote Tönung unter den meisten Umständen schwarz wirkte, trug sie kurzgeschnitten mit einem seitlichen Pony – die Frisur ließ die härteren Konturen ihres herzförmigen Gesichtes weicher erscheinen.

Das zumindest hatte ihr ein Fernsehproduzent gesagt, als er sie dazu überredete, ihr Haar nicht nur schneiden, sondern auch glätten zu lassen. Vor diesem Gespräch war es immer wirr und wild gewesen, und sie hatte es schulterlang getragen. Aber der Produzent, der seine Kritik nach den Worten »Ich meine es nicht böse« vorgetragen hatte – Worte, die immer etwas Böses einleiten –, hatte gesagt: »Du bist zwar nicht perfekt, aber die Kamera weiß das nicht. Die Kamera liebt dich. Und deshalb lieben uns unsere Chefs.«

Dieser Produzent war natürlich Sebastian gewesen. Sie hatte so viel von sich selbst gehalten, dass sie ihn geheiratet hatte.

Während Brian und sie über die Tanzfläche schwangen, erkannte sie, wie viel besser er war als Sebastian. Ein Fortschritt in jeder Richtung – er sah besser aus, er war freundlicher, war der bessere Gesprächspartner. Er war auch witziger und klüger, obwohl er versuchte, diesen Teil seines Charakters herunterzuspielen, während Sebastian ihn immer zu betonen versucht hatte.

Aber da war wieder die Vertrauensfrage. Sebastian mochte eine Arschgeige sein, aber er war eine authentische Arschgeige. Eine so große Arschgeige, dass er es nicht einmal für nötig hielt, diese Tatsache zu verbergen. Sebastian hatte nie etwas verborgen.

Bei Brian war sie sich in letzter Zeit nicht mehr so sicher. Sie waren sich seit seiner Rückkehr von der Reise mit enervierender Höflichkeit begegnet. Es gab nichts, was ihr Misstrauen belegt hätte, also ließ sie die Sache auf sich beruhen. Und das schien ihm gerade recht zu sein. Dennoch schlichen sie in der Wohnung umeinander herum, als umkreisten sie einen Behälter voller Anthrax. Sie hielten ihre Gespräche kurz, damit sie nicht etwas erwähnten, das zu einem Konflikt führen konnte – seine Angewohnheit, die Kleider vom Vortag einfach auf dem Bettpfosten hängen zu lassen, ihre Neigung, das Toilettenpapier nicht zu wechseln, solange noch ein einzelnes Blatt an der Papprolle hing –, und sie wählten ihre Worte mit größter Vorsicht. Bald schon hatten sie ganz aufgehört, mögliche Konfliktthemen anzusprechen, weil dies ohnehin nur zu Feindseligkeiten führte. Sie lächelten einander morgens distanziert an, sie lächelten einander abends distanziert an. Sie verbrachten mehr Zeit vor ihren Laptops oder an ihren Handys. In der letzten Woche hatten sie sich nur einmal geliebt, und das war wie die sexuelle Version ihres distanzierten Lächelns gewesen – so verbindend wie Wasser, so intim wie ein Werbebrief.

Als das Lied endete, klatschte die Gruppe, und einige pfiffen, und Melissa schlug mit einer Gabel gegen ihr Weinglas und rief: »Küssen! Küssen!«, bis sie schließlich nachgaben.

»Fühlst du dich gerade genauso gehemmt wie ich?«, fragte sie Brian, als sie sich in seinen Armen zurücklehnte.

Brian antwortete nicht. Er versuchte, etwas einzuordnen, das gerade hinter ihr geschah.

Als seine Hände sich von ihr lösten, drehte sie sich um und trat einen Schritt beiseite.

Ein Mann hatte den Raum betreten. Er war Anfang fünfzig, mit langem grauem Haar, das er zu einem Pferdeschwanz zusammengebunden hatte. Er war ziemlich dünn, trug ein schlichtes graues Sakko über einem blauweißen Hawaiihemd und eine dunkle Jeans. Seine Haut war lederartig und sonnenverbrannt. Seine blauen Augen strahlten flammend hell.

»Brian!« Er breitete die Arme aus.

Brian tauschte einen schnellen Blick mit Caleb aus – das passierte so rasch, dass Rachel ihn verpasst hätte, wenn sie nicht zehn Zentimeter von seinem Gesicht entfernt gestanden hätte –, und dann breitete sich ein Lächeln auf seinem Gesicht aus, und er näherte sich dem Mann.

»Andrew.« Er umfasste den Oberarm des Mannes mit einer Hand und schüttelte ihm die Hand mit der anderen. »Was führt dich nach Boston?«

»Eine Vorstellung im Lyric.« Andrew hob die Augenbrauen.

»Das ist großartig.«

»Wirklich?«

»Etwa nicht?«

Andrew zuckte mit den Schultern. »Das Stück ist nichts Besonderes.«

Caleb brachte zwei Drinks. »Andrew Gattis ist zurück. Ist Stoli immer noch das Gift deiner Wahl?«

Andrew kippte den ersten Wodka mit einem Schluck herunter und reichte Caleb das Glas zurück. Er nahm das zweite Glas, nickte zum Dank und nippte daran. »Schön, dich zu sehen.«

»Gleichfalls.«

Andrew lachte in sich hinein. »Wirklich?«

Caleb lachte und klopfte ihm auf die Schulter. »Ist das alles, was du heute Abend sagst?«

»Andrew, das ist meine Frau Rachel.«

Rachel schüttelte Andrew Gattis die Hand. Sie war überraschend weich, sogar zart.

»Freut mich, Rachel.« Er warf ihr ein wissendes, draufgängerisches Lächeln zu. »Sie sind schlau.«

Sie lachte. »Wie bitte?«

»Sie sind schlau.« Er schüttelte immer noch ihre Hand. »Das sehe ich. Das sieht doch jeder. Das Aussehen, klar, Brian mochte schon immer schöne Frauen, aber die –«

»Sei nett«, sagte Brian.

»– Klugheit, das ist was Neues.«

»He, Andrew.« Brians Stimme war sehr leise.

»He, Brian.« Er ließ ihre Hand los, aber seine Augen ruhten noch immer auf ihr.

»Rauchst du noch?«

»E-Zigaretten.«

»Ich auch.«

»Ohne Scheiß?«

»Kommst du kurz mit raus?«

Andrew legte den Kopf zur Seite und sah Rachel an. »Das sollte ich wohl, oder?«

»Was?«

»Mit Ihrem Gatten eine dampfen.«

»Warum nicht?«, sagte sie. »Auf die alten Zeiten. Sie haben sich bestimmt eine Menge zu erzählen.«

»Hmm.« Er sah sich im Raum um und wandte sich wieder ihr zu. »Zu welchem Lied haben Sie gerade getanzt?«

»*Since I Fell for You.*«

»Wer tanzt denn dazu?« Andrew warf beiden einen verdutzten Blick zu. »Das ist doch ein Lied ohne Hoffnung. Über emotionale Gefangenschaft.«

Rachel nickte. »Ich vermute, wir versuchen postironisch zu sein. Oder metaromantisch. Ich weiß nie so genau, welches von beiden es ist. Aber ich will Sie nicht von Ihrer E-Zigarette abhalten, Andrew.«

Er tippte an einen imaginären Hut und drehte sich zu Brian und Caleb um.

Die drei gingen schon auf die Tür zu, da drehte sich Andrew Gattis plötzlich um. Er sagte zu Rachel: »Googeln Sie es.«

»Was?«

Brian und Caleb waren fast schon an der Tür, als sie merkten, dass er ihnen nicht gefolgt war.

»*Since I Fell for You*. Googeln Sie es.«

»Soweit ich weiß, gibt es zweihundert Coverversionen.«

»Ich spreche nicht von dem Lied.«

Brian machte kehrt, und Andrew spürte es. Er drehte sich um und schloss sich Brian an. Sie gingen gemeinsam zum Rauchen hinaus.

Sie beobachtete, wie die drei Männer draußen auf der Straße ihren Dampf ausstießen. Sie lachten viel, wie die besten Freunde, und sie gebärdeten sich sehr kumpelhaft – mit Abklatschen, Schulterklopfen, Schubsen. Einmal packte Brian Andrew im Nacken und zog ihn zu sich heran, so dass sie sich Stirn an Stirn berührten. Beide lächelten, lachten sogar, Brian redete wie ein Wasserfall, und die beiden nickten mit Köpfen, die so verwachsen aussahen wie bei siamesischen Zwillingen.

Als sie die Umklammerung lösten, erstarb ihr Lächeln einen Augenblick lang, und dann schaute Brian durch das Schaufenster hinein, suchte Augenkontakt mit Rachel und hob den Daumen, als ob er sagen wollte: *Ist alles in Ordnung, ist alles in Ordnung.*

Dies ist ein Mann, rief sie sich in Erinnerung, *der dir bei Sturm und Regen seinen Mantel geben würde.*

Als sie zurückkehrten, schien sich Andrew für jeden im Raum mehr zu interessieren als für Rachel. Er flirtete eine Weile mit einer Angestellten von Delacroix Timber Ltd., baggerte Melissa an, unterhielt sich längere Zeit mit Caleb – beide wirkten sehr ernst – und betrank sich mit erstaunlicher Schnelligkeit. Eine Stunde nach seiner Ankunft konnte er kaum noch geradeaus sehen.

»Er konnte noch nie mit Alkohol umgehen«, sagte Brian, nachdem Andrew die Handtasche einer Praktikantin versehentlich von der Stuhllehne gerissen hatte und bei dem Versuch, sie wieder zurückzuhängen, den Barstuhl umwarf.

Alle lachten, auch wenn kaum jemand die Situation komisch zu finden schien.

»Der Typ ist eine Spaßbremse«, sagte Brian. »Schon immer gewesen.«

»Woher kennt ihr euch?«, fragte Rachel.

Brian hörte sie nicht. »Warte, ich kümmere mich darum.«

Er ging hinüber und half Andrew, den Barstuhl aufzuheben. Er legte eine Hand auf dessen Arm, und Andrew riss den Arm zurück, wobei ein halbvolles Bierglas vom Tresen fiel. »Hast du mir was in den verdammten Drink getan, Bri?«

»Beruhig dich«, sagte Caleb. »Beruhig dich doch.«

Der Barkeeper, Gails Bodybuilder-Neffe Jarod, kam mit verkniffenem Gesichtsausdruck auf sie zu. »Alles in Ordnung hier?«

»Andrew?«, sagte Brian. »Der Herr fragt, ob alles in Ordnung sei. Ist alles in Ordnung?«

»Zu Befehl, Käpt'n. Alles tipptopp.«

Das gefiel Jarod gar nicht. »Ich rufe Ihnen besser ein Taxi nach Hause, Sir. Hören Sie mir zu?«

Andrew setzte einen übertrieben starken britischen Akzent auf. »Gewiss, mein guter Schankwirt. Und ich zöge es vor, wenn meine Wege sich nicht mit denen der hiesigen Gendarmerie kreuzten.«

Jarod sagte zu Brian: »Schaffen Sie Ihren Freund in ein Taxi.«

»Wird gemacht.«

Jarod hob das Glas auf, das hinter den Tresen gefallen war. Erstaunlicherweise war es nicht zerbrochen. »Er ist ja immer noch hier.«

»Ich kümmere mich darum«, sagte Brian.

Andrew hatte jetzt den finsteren, nach innen gerichteten Blick eines gereizten Betrunkenen. In ihrer Jugend hatte Rachel an vielen bedauerlichen Abenden ähnliche Blicke bei ihrer Mutter und ihren Freunden gesehen.

Andrew nahm sein Jackett von der Rückenlehne eines Barstuhls und hätte auch diesen beinahe umgeworfen. »Hast du immer noch die Hütte an der Baker Lane?«

Rachel hatte keine Ahnung, zu wem er sprach. Seine Augen waren zu Boden gerichtet.

»Komm jetzt«, sagte Brian.

»Fass mich nicht an, verdammt.«

Brian hielt die Hände in die Höhe wie ein Postkutschenfahrer im Wilden Westen während eines Raubüberfalls.

»Das ist die pure Wildnis dort«, sagte Andrew. »Aber du hast es ja schon immer gern wild gehabt, Bri.«

Er stolperte in Richtung Tür, und Brian ging mit immer noch halberhobenen Armen hinter ihm her.

Draußen auf dem Gehsteig geschahen zwei Dinge fast gleichzeitig: Das Taxi hielt, und Andrew versuchte, Brian einen Kinnhaken zu verpassen.

Brian wich dem Schlag mühelos aus und fing den torkelnden Andrew auf, als wäre dieser eine Frau in einem alten Film, die gerade in Ohnmacht fiel. Er stellte ihn auf die Beine und verpasste ihm eine heftige Ohrfeige.

Alle sahen es. Sie hatten beobachtet, wie die Situation eskalierte, seit die beiden das Lokal verlassen hatten. Einige der jungen Praktikanten rangen nach Luft. Einige lachten. Ein junger Typ sagte: »Ach du Scheiße. Mit dem Boss legt man sich besser nicht an, was?«

Die Geschwindigkeit und beiläufige Leichtigkeit des

Schlages ließen ihn doppelt brutal aussehen. So schlug man keinen Mann, der einen bedrohte, so schlug man ein nervendes Kind. Es lag Verachtung in dem Schlag. Andrews Schultern bebten, und es war klar, dass er weinte.

Rachel beobachtete, wie Brian etwas zu dem Taxifahrer sagte, der aus seinem Wagen ausgestiegen war und versuchte, die Fahrt mit einem Betrunkenen abzulehnen. Aber Brian drückte ihm einige Scheine in die Hand, und sie verfrachteten Andrew gemeinsam auf den Rücksitz.

Als Brian in die Kneipe zurückkam, wirkte er überrascht, dass der Vorfall so viel Beachtung gefunden hatte. Er nahm Rachels Hand und küsste sie und sagte: »Tut mir leid.«

Sie war in Gedanken immer noch bei dem Schlag und seiner mühelosen Grausamkeit. »Wer war das?«

Sie gingen zum Tresen, und Brian bestellte einen Scotch, steckte Jarod fünfzig Dollar für seine Unannehmlichkeiten zu und wandte sich ihr zu. »Ein alter Freund. Ein peinlicher, nervtötender, nie erwachsen gewordener alter Freund. Hast du nicht auch welche von der Sorte?«

»Ja, natürlich.« Sie nahm einen Schluck von seinem Scotch. »Früher zumindest hatte ich welche.«

»Wie bist du sie losgeworden?«

»Sie sind mich losgeworden.«

Das löste etwas in ihm aus. Sie sah den Schmerz in seinen Augen, und in diesem Augenblick liebte sie ihn mehr als je zuvor.

Er streckte dieselbe Hand aus, mit der er eben noch seinen Freund geschlagen hatte, und strich ihr über den Nacken.

»Dummköpfe«, flüsterte er. »Sie waren alle Dummköpfe.«

18
Kulturschock

Am Morgen nach der Feier hatte sie einen Kater. Während Brian am Fluss joggte, setzte sie sich an den Computer und recherchierte.

Als Erstes suchte sie nach *Since I Fell for You*. Wie erwartet listete die erste Seite nichts als Links zu den verschiedenen Versionen des Liedes auf. Auf der zweiten Seite stieß sie auf einen Hinweis auf eine Folge einer Serie, *L. A. Law,* die im Fernsehen gelaufen war, als sie noch zur Grundschule ging. Sie erinnerte sich, dass ihre Mutter die Serie wie gebannt verfolgt hatte – die Hand vor den Mund geschlagen –, als eine der Figuren, eine Frau mit hoher Frisur und breitem Revers, in einen Fahrstuhlschacht fiel. Rachel gab die Episode mit dem Titel *Since I Fell for You* bei IMDb ein, aber als sie die Beschreibung las, klingelte nichts.

Auf der dritten Seite fand sie einen Link zu einem Film aus dem Jahr 2002, bei dem Robert Hays, Vivica A. Fox, Kristy Gale und Brett Alden mitspielten, mit Gastauftritten von Stephen Dorff und Gary Busey. Sie klickte auf den Link und erhielt eine 404-Fehlermeldung, dass die Seite nicht mehr existierte. Also öffnete sie ein neues Fenster und suchte nach »Since I Fell for You Film 2002«.

Trotz ihrer Eingabe bezogen sich die meisten Suchergebnisse immer noch auf das Lied. Doch schließlich fand sie einen Link mit dem Titel »Since I Fell for You / Mai-Dezember (2002) VHS«. Als sie ihn anklickte, wurde sie zu eBay weitergeleitet, und das Foto einer Videokassette erschien auf dem Bildschirm. Die Vergrößerungsfunktion war nutzlos, aber nach einer Weile konnte sie die Gesichter der beiden Hauptdarsteller identifizieren. Der Mann war derselbe Typ, der auch in *Die unglaubliche Reise in einem verrückten Flugzeug* die Hauptrolle gespielt hatte. Die Frau hatte mit einiger Sicherheit in *Independence Day* mitgespielt – diese Knalltüte, die das Leben aller in Gefahr gebracht hatte, weil sie ihren Hund retten wollte. Rechts von dem Foto stand eine Beschreibung, die vermutlich von der Rückseite der Kassettenhülle stammte:

Witwer Tom (Hayes) verliebt sich in die hübsche Haushälterin LaToya (Fox), die halb so alt ist wie er. Derweil verlieben sich auch Toms Sohn (Alden) und LaToyas behinderte Mitbewohnerin (Gale) ineinander. Gefühlvolle Drama-Komödie, die die Frage aufwirft, ob an Liebe je etwas Falsches sein kann.

Rachel navigierte zurück zur IMDb und verglich die Einträge von Robert Hay und Vivica A. Fox miteinander. Sie fand keine weiteren Verbindungen oder Informationen. Mit gebührender Sorgfalt überprüfte sie auch die Einträge von Stephen Dorff, Gary Busey und den anderen beiden Schauspielern, von denen sie noch nie gehört hatte: Kristy Gale und Brett Alden.

Dorff und Busey führten den Film nicht einmal in ihren Einträgen auf. Kristy Gale schien eine sehr kurze Karriere im B-Movie-Bereich gehabt zu haben, und war in einer einzigen größeren Kinoproduktion aufgetreten, nämlich als *Mädchen auf dem Einrad* in *Scary Movie 3*. Ihre Seite war seit dem Jahr 2007 nicht mehr aktualisiert worden, und das war auch das Jahr ihres letzten Eintrages, eines Films namens *Tödlicher Mord*. (Rachel wunderte sich: Gab es einen Mord, der nicht tödlich war?)

Zu Brett Alden existierte keine eigene Seite. Nach dieser einzigen, abseitigen Hollywooderfahrung hatte er anscheinend seine Sachen gepackt und war heimgerannt, nach Iowa oder Wisconsin. Rachel klickte wieder auf das geöffnete eBay-Fenster, kaufte das Video für 4,87 $ und wählte die Option »Expresslieferung«.

Sie holte sich eine zweite Tasse Kaffee und setzte sich, immer noch im Schlafanzug, wieder an den Laptop. Sie sah hinaus auf den Fluss. In der vergangenen Nacht hatte es aufgehört zu regnen. Und am Morgen war die Sonne – ja, die Sonne! – aufgegangen. Draußen sah nicht nur alles sauber aus, sondern geradezu poliert. Der Himmel erinnerte an eine gefrorene Flutwelle, und die Bäume entlang des Flusses wirkten wie aus Jade geschnitzt. Und hier saß sie in ihrer Wohnung, mit einem Kater, der in ihrem Kopf hämmerte und in ihrem Brustkorb pochte und jede Synapse zum Stottern brachte. Sie öffnete ihren Musikordner und wählte eine Wiedergabeliste, die sie zusammengestellt hatte, um ihre Nerven an schwierigen Tagen zu beruhigen – The National, Lord Huron, Atoms for Peace, My Morning Jacket und dergleichen –, und begann eine Suche nach der Baker Lane.

Es gab drei solcher Straßen – die größte im Staat Washington, eine weitere in der kanadischen Arktis, eine dritte in

Maine. Die in Washington sah touristisch aus, die in Kanada wurde größtenteils von Inuit bewohnt, und die in Maine führte durch die Wildnis, sechzig Kilometer von der nächsten Stadt entfernt. Was die Nähe zu einer Großstadt anbelangte, so lag sie näher an Quebec Stadt als an Bangor.

»Campingausflug?«

Sie drehte sich auf dem Bürostuhl zu ihm um: Brian, schweißnass vom Joggen, stand drei Meter entfernt hinter ihr und trank aus einer Wasserflasche.

»Schaust du mir über die Schulter?« Sie lächelte.

Er entgegnete ihr Lächeln. »Bin gerade reingekommen, habe den Hinterkopf meiner Frau gesehen und die Worte ›Baker Lane‹ auf dem Monitor dahinter.«

Sie grub die Zehen in den Teppich und drehte sich auf dem Stuhl hin und her. »Dein Freund hat die Baker Lane letzte Nacht erwähnt.«

»Welcher Freund?«

Sie warf ihm einen ungläubigen Blick zu.

»Es waren mehrere da.«

»Und wie vielen von denen hast du eine runtergehauen?«

»Ach so.« Er trat einen kleinen Schritt zurück und nahm einen Schluck Wasser.

»Genau. *Ach*. Worum ging es dabei eigentlich?«

»Er hat sich betrunken, wir wären fast aus unserer Lieblingskneipe geworfen worden, und dann hat er draußen auf dem Gehsteig versucht, mir einen Schwinger zu verpassen.«

»Aber warum?«

»*Warum?*« Er starrte sie auf eine Weise an, die sie entfernt an ein Reptil erinnerte. »Er ist ein Säufer. War er immer schon.«

»Und warum hat Caleb ihm dann gleich zwei Wodka auf einmal gebracht?«

»Weil Caleb nun mal so ist. Keine Ahnung. Frag ihn selbst.«

»Das ist doch seltsam. Wer bringt denn einem starken Trinker jede Menge Schnaps, sobald er zur Tür hereinkommt.«

»Jede Menge?«

Sie nickte. »Jede Menge.«

Er zuckte die Schultern. »Wie gesagt, da musst du Caleb fragen. Vielleicht das nächste Mal, wenn ihr euch amüsiert, während ich weg bin.«

Sie zog scherzhaft einen Schmollmund – sie wusste, dass ihn das unweigerlich auf die Palme brachte. »Fühlst du dich etwa bedroht?«

»Das habe ich nicht gesagt.« Er versuchte, locker zu wirken, während die Temperatur im Raum um mehrere Grad stieg.

»Traust du deinem Geschäftspartner etwa nicht?«, fragte sie. »Oder deiner Frau?«

»Ich vertraue euch beiden. Ich finde es bloß seltsam, dass du, nachdem du dich fast zwei Jahre lang eingeschlossen hast, in ein Taxi nach Cambridge steigst und dort zufällig meinem Geschäftspartner über den Weg läufst.«

»Ich bin ihm nicht zufällig über den Weg gelaufen. Ich bin zu eurem Büro gefahren.«

Er ging in die Hocke und drehte die Flasche zwischen den Händen. »Was wolltest du da?«

»Ich dachte, dass du mich anlügst.«

»Das schon wieder?« Sein Lachen klang unangenehm.

»Allerdings.«

»Du weißt schon, wie verrückt du klingst?«

»Nein. Tue ich das?«

Er hob und senkte sich ein paarmal in der Hocke, als ob er seine Waden auf den Schuss aus der Startpistole vorbereiten wolle. »Du dachtest, ich wäre in Boston, während ich in Wahrheit im Flieger saß, zehn Kilometer hoch in der Luft.«

Sie kräuselte die Nase. »Wenn du es wirklich warst.«

»Du hast mich regelrechte Prüfungen ablegen lassen, um zu beweisen, dass ich tatsächlich in London war. Prüfungen, die ich erfolgreich bestanden habe. Aber das hat dir nicht gereicht« – er stieß ein jähes, ungläubiges Lachen aus, das eher wie ein Husten klang –, »stattdessen siehst du mich seit einer Woche an, als ob ich … der Anführer einer Schläferzelle wäre.«

»Oder«, sagte sie, »du könntest wie dieser Typ sein, der sich für einen Rockefeller ausgegeben hat.«

»Genau.« Er nickte, als ob diese Schlussfolgerung völlig logisch wäre. »Der hat Menschen umgebracht, nicht wahr?«

Sie erwiderte sein Starren. »Ich glaube schon, ja.«

»Seine Frau hat er aber am Leben gelassen«, sagte er.

»Das war anständig von ihm.« Sie spürte, wie sich ein unerklärliches Grinsen auf ihrem Gesicht breitmachte.

»Hat ihr Kind entführt, aber das Tafelsilber dagelassen.«

»Platzdecken sind wichtig.«

»He.«

»Was?«

»Warum grinst du?«

»Und warum grinst du?«

»Weil die Sache so albern ist.«

»Voll und ganz«, stimmte sie zu.

»Und? Wollen wir weiter darauf herumreiten?«

»Ich weiß nicht.«

Er kniete zu ihren Füßen nieder, ergriff ihre Hand und sah ihr in die Augen. »Ich bin letzten Montag mit British Airways nach London geflogen.«

»Du musst nicht –«

»Der Flug hatte wegen des Wetters fünfundsiebzig Minuten Verspätung. Ich habe mir die Zeit damit vertrieben, durch Terminal E zu spazieren und eine *Us Weekly* zu lesen, die jemand an einem leeren Gate liegengelassen hatte. Eine Reinigungskraft hat mich dabei erwischt. Hat dir schon mal ein Flughafenputzmann einen missbilligenden Blick zugeworfen? Nicht schön.«

Sie grinste und schüttelte den Kopf. »Wirklich, ich glaube dir.«

»Dann habe ich bei Dunkin' Donuts einen Becher Kaffee gekauft, und dann begann das Boarding. Ich stieg ein und stellte fest, dass die Steckdose in meinem Sitz nicht funktionierte. Dann bin ich ungefähr eine Stunde lang eingeschlafen. Bin aufgewacht, habe meine Unterlagen für die Vorstandssitzung gelesen, auch wenn ich wusste, dass das sinnlos war, und habe einen Film gesehen. *Denzel lässt sich nichts gefallen.*«

»So hieß der?«

»Im Ausland, ja.«

Sie sah ihm wieder in die Augen. Irgendwas passiert immer, wenn man jemandem in die Augen sieht: Man gibt Macht ab, man nimmt sie oder teilt sie. Sie kamen zu dem wechselseitigen Entschluss, ihre Macht zu teilen.

Sie legte ihre Hand sanft an seinen Kopf. »Ich glaube dir.«

»So hast du dich aber nicht benommen.«

»Und ich wünschte, ich könnte dir den Grund dafür nennen. Liegt vermutlich bloß an dem verdammten Regen.«

»Es regnet nicht mehr.«

Sie nickte zustimmend. »Aber überleg mal, wie viel ich diese Woche geschafft habe: die U-Bahn, das Taxi, ich bin sogar auf dem Copley Square gewesen.«

»Das weiß ich.« Die Anteilnahme in seinem Gesicht – die Liebe – war so echt, dass es weh tat. »Und ich bin verdammt stolz auf dich.«

»Ich weiß, dass du nach London geflogen bist.«

»Sag es noch einmal.«

Sie stupste mit ihrem nackten Fuß sanft die Innenseite seines Oberschenkels an. »Ich weiß, dass du nach London geflogen bist.«

»Vertrauen wir einander jetzt wieder?«

»Wir vertrauen einander jetzt wieder.«

Er küsste sie auf die Stirn. »Ich gehe duschen.« Er berührte ihre Hüften mit beiden Händen, als er aufstand.

Sie lehnte sich im Sessel zurück, den Rücken zum Laptop, zum Fluss, zu diesem Schönwettertag, und fragte sich, ob sie schuld daran war, dass sie beide die ganze Woche so neben der Spur gewesen waren. Ob Brian sich seltsam verhielt, weil sie sich seltsam verhalten hatte.

Sie war in den letzten zwei Wochen mit der U-Bahn gefahren, durch ein Einkaufszentrum spaziert, auf dem Copley Square gewesen und hatte einem fremden Taxifahrer vertraut – und all das zum ersten Mal in zwei Jahren. Für die meisten Menschen waren das Kleinigkeiten, aber für sie war es gewaltig. Aber vielleicht hatten diese Leistungen sie auch zu Tode erschreckt. Jeder Schritt, mit dem sie sich aus ihrer Komfortzone entfernte, war entweder ein Schritt weiter auf dem Weg zu ihrer geistigen Gesundheit – oder zu einem weiteren Zusammenbruch. Und nach so vielen Fortschritten würde sich ein weiterer Zusammenbruch zehnmal so vernichtend anfühlen.

Während der letzten zwei Jahre war ein einziger Refrain in ihrem Kopf erklungen: *Ich kann nicht dahin zurück. Ich kann nicht dahin zurück.* Jede beschissene Minute an jedem beschissenen Tag.

Es war also nicht unwahrscheinlich, dass sie versuchte, all diese Veränderungen, die ihr zwar Befreiung versprachen, sie zugleich aber auch mit weiterer Gefangenschaft bedrohten, unbewusst abzuwehren, indem sie sich in etwas anderes hineinsteigerte. Das Ganze hatte auf einer glaubwürdigen Grundlage begonnen – sie hatte den Wiedergänger ihres Mannes an einem Ort gesehen, an dem ihr Mann nicht hätte sein können –, aber sie hatte es wirklich über jedes rationale Maß hinaus übertrieben.

Er war ein guter Mensch. Der beste, den sie jemals kennengelernt hatte. Damit war er vielleicht nicht der Beste auf der Welt, aber doch der Beste für sie. Mit der Ausnahme der »Sichtung«, wie sie den Vorfall inzwischen benannt hatte, hatte er ihr nie einen Grund zum Misstrauen gegeben. Wenn sie unvernünftig war, war er verständnisvoll. Wenn sie verängstigt war, beruhigte er sie. Sie war irrational, er vermittelnd. Sie verzweifelte, er blieb geduldig. Und als es für sie an der Zeit gewesen war, sich wieder hinaus in die Welt zu wagen, hatte er das erkannt und sie begleitet. Er hatte ihre

Hand gehalten, ihr beruhigend zugesprochen. Er war immer für sie da gewesen. Ob sie blieben oder gingen, er hielt ihr den Rücken frei.

Und *diesem Mann*, dachte sie, als sie sich zurück zum Fenster drehte und ihre eigene geisterhafte Spiegelung über dem Fluss und der grünen Uferböschung sah, willst du misstrauen?

Als er unter der Dusche hervorkam, erwartete sie ihn auf dem Waschtisch, und ihr Schlafanzug lag vor ihr auf dem Boden. Er wurde steif, noch während er die wenigen Schritte auf sie zuging. Nachdem er in sie eingedrungen war, fühlte sich die Situation für kurze Zeit ein wenig merkwürdig an – der Waschtisch war schmal, es gab viel Kondenswasser, ihr Rücken quietschte auf dem nassen Spiegel, er rutschte zweimal fast aus – aber sie erkannte in seinen Augen, in seinem Blick voll schockierter Verwunderung, dass er sie liebte wie kein Mann zuvor. Seine Liebe schien manchmal in ihm zu kämpfen, aber das machte ihr Wiederauftauchen umso wertvoller.

Wir haben gewonnen, dachte sie. *Wir haben wieder gewonnen.*

Als sie sich die Hüfte zum wiederholten Mal am Wasserhahn stieß, schlug sie vor, auf dem Boden weiterzumachen. Sie kamen auf ihrem Schlafanzug zum Höhepunkt, und ihre Fersen gruben sich in seine Kniekehlen – für Gott, wenn er denn zusah, musste das ein seltsamer Anblick sein, dachte sie; ein seltsamer Anblick auch für die Toten, falls diese ihnen durch Zeit und Raum irgendwie zuschauen konnten –, aber das war ihr egal. Sie liebte ihn.

Am nächsten Morgen ging er zur Arbeit, während sie noch schlief. Als sie ihren begehbaren Kleiderschrank betrat, um ihre Kleider auszuwählen, stand sein Koffer offen auf dem Holzgestell, das er normalerweise zusammengeklappt neben seinen Schuhen aufbewahrte. Der Koffer war größtenteils gepackt, nur eine Stelle für seinen Kulturbeutel war frei geblieben. Eine Kleiderhülle mit drei Anzügen hing an einem Haken daneben.

Morgen würde er seine nächste Reise antreten, eine der langen, auf die er ungefähr alle sechs Wochen ging. Diesmal würde er nach Moskau fliegen, hatte er gesagt, außerdem nach Krakau und Prag. Sie hob einige seiner Hemden hoch und bemerkte, dass er nur einen Pullover und einen dünnen Mantel eingepackt hatte, den Regenmantel, den er auch auf seiner letzten Reise getragen hatte. Für Osteuropa im Mai kam ihr das wenig vor. Würde die Durchschnittstemperatur dort nicht zwischen vier und zehn Grad liegen?

Sie überprüfte das rasch auf ihrem Smartphone.

In Wahrheit waren für alle drei Städte fünfzehn Grad und mehr vorhergesagt.

Sie ging zurück ins Schlafzimmer, ließ sich auf das Bett fallen und fragte sich, was mit ihr nicht stimmte. Er hatte jede Prüfung bestanden, die sie ihm gestellt hatte. Nachdem sie sich gestern geliebt hatten, war er die ganze Zeit aufmerksam und witzig gewesen. Sie hatte sich in seiner Gesellschaft wohl gefühlt. Ein Traummann.

Und zum Dank überprüfte sie den Wetterbericht, um zu sehen, ob er das Richtige für die Orte eingepackt hatte, an die er zu reisen vorgab.

Vorgab. Da war es schon wieder! Vielleicht sollte sie ihre Sitzungen bei Jane eine Weile verdoppeln, um diese Paranoia unter Kontrolle zu bringen. Vielleicht sollte sie ihre Zeit nützlicher verbringen, als auf der faulen Haut zu liegen und sich auszumalen, warum ihre Ehe ein Schwindel sein musste. Sie sollte an ihrem Buch weiterarbeiten. Sie sollte so lange auf dem Schreibtischsessel sitzen bleiben, bis ihre Blockade sich aufgelöst hatte.

Sie stand auf und trug den Wäschekorb zu der Nische, in der sie die Waschmaschine und den Trockner aufeinandergestellt hatten. Sie ging seine Hosentaschen durch, weil er immer Münzen in den Taschen vergaß, und fand insgesamt siebenundsiebzig Cent und einige zerknüllte Bankkartenbelege. Sie überprüfte die Belege – natürlich tat sie das – und stieß auf zwei Abhebungen über zweihundert Dollar – die Summe, die Brian üblicherweise am Automaten zog, wenn er Bargeld brauchte. Sie warf die Belege in den kleinen Abfallkorb aus Weidengeflecht und gab das Kleingeld in die gesprungene Tasse, die zu diesem Zweck auf einem Regal stand.

Sie ging ihre eigenen Hosentaschen durch und fand nichts darin, bis sie auf den Beleg stieß, den sie vor mehr als einer Woche aus seinem Regenmantel gestohlen hatte. Na ja, »gestohlen« war ein harsches Wort. Sich angeeignet. Das klang besser. Sie setzte sich auf den Boden, lehnte sich gegen die Waschmaschine und glättete das Papier auf ihrem Knie. Wieder fragte sie sich, was sie so beunruhigte. Es war bloß ein Kassenzettel aus einem Geschäft in London, in dem er am neunten Mai, 05/09/14, um 11:12 Uhr ein Päckchen Kaugummi, eine *Daily Sun* und eine Flasche Orangina gekauft hatte, für eine Gesamtsumme von 5,47 Pfund. Die Adresse des Geschäftes lautete Monmouth Street 17 und lag damit nur wenige Schritte vom Covent Garden Hotel entfernt.

Jetzt ging das schon wieder los. Es war *nur* ein Kassenzettel. Sie warf ihn in den Abfall. Sie füllte Waschmittel in die Maschine ein und stellte sie an. Sie verließ die Nische.

Sie kam zurück. Sie zog den Bon aus dem Korb und sah ihn sich erneut an. Etwas an dem Datum stimmte nicht. 05/09/14. Der neunte Mai 2014. Ja, zu der Zeit war Brian in London gewesen. Monat, Tag, Jahr. Aber in Großbritannien wurden Daten nicht auf diese Weise geschrieben. Wenn dieser Kassenzettel wirklich aus einem Geschäft in London stammte, stünde dort nicht 05/09/14. Dort stünde 09/05/14.

Sie steckte den Zettel in die Tasche ihrer Schlafanzughose und schaffte es gerade noch ins Badezimmer, ehe sie sich übergab.

Sie überlebte das Abendessen mit ihm, auch wenn sie sehr schweigsam war. Als er fragte, ob etwas nicht in Ordnung sei, sagte sie, dass ihre Allergien verrücktspielten und das Manuskript so viel mehr Arbeit mache, als sie erwartet hatte. Als er nicht nachließ, sagte sie: »Ich bin einfach müde. Können wir es dabei belassen?«

Er nickte, und ein resignierter und ernüchterter Ausdruck machte sich auf seinem Gesicht breit: ein Märtyrer, der die feindseligen Kapricen seines launischen Eheweibes ertragen muss.

Sie schliefen im selben Bett. Sie hatte nicht geglaubt, dass sie einschlafen könnte, und die erste Stunde lag sie da, eine Wange gegen das Kissen gedrückt, und beobachtete ihn beim Schlafen.

Wer bist du?, wollte sie ihn fragen. Am liebsten hätte sie sich rittlings auf ihn gesetzt, mit den Fäusten auf seiner Brust getrommelt und die Frage herausgeschrien.

Was hast du mir angetan?

Was habe ich mir selbst angetan, als ich mich für dich entschied? Als ich mein Leben untrennbar mit deinem verband?

Wohin führen deine Lügen?

Wenn du ein Betrüger bist, was bedeutet das für mein Leben?

Irgendwann fiel sie in einen unruhigen Schlaf, und am nächsten Morgen erwachte sie mit einem erschrockenen »Oh« auf den Lippen.

Während er duschte, ging sie ins Wohnzimmer und sah aus dem Fenster auf den kleinen roten Ford Focus herunter, den sie sich gestern beim Autovermieter um die Ecke ausgeliehen hatte. Selbst aus dieser Höhe erkannte sie den orangefarbenen Strafzettel, den eine Politesse unter den rechten Scheibenwischer geklemmt hatte. Das hatte sie erwartet; sie hatte den Wagen gestern in einer für Anwohner reservierten Parkzone abgestellt, weil das die einzige Möglichkeit war, das Auto dort zu haben, wo sie es heute brauchte – in Sichtweite der Tiefgaragenausfahrt ihres Wohnhauses.

Sie zog einen Jogginganzug und ein Kapuzenshirt an. Als sie hörte, dass Brian die Dusche abstellte, klopfte sie sanft an die Badezimmertür.

»Was gibt's?«

Sie öffnete die Tür und lehnte sich gegen den Türrahmen. Er hatte ein Handtuch um die Hüfte geschlungen, und Kiefer und Kinn waren mit Rasierschaum bedeckt. Er hatte gerade die Wangen einschäumen wollen, aber jetzt sah er sie an. Ein Klecks violetter Rasiercreme lag auf seiner rechten Handfläche.

»Ich gehe ins Sportstudio.«

»Jetzt?«

Sie nickte. »Diese Trainerin, die ich so gut finde, ist dienstags immer nur um diese Zeit da.«

»Na gut.« Er kam zu ihr herüber. »Dann sehen wir uns in einer Woche.«

»Guten Flug.«

Sie standen da, die Gesichter kaum zehn Zentimeter voneinander entfernt. Seine Augen suchten ihre, doch ihr Blick blieb unbewegt.

»Tschüss.«

»Ich liebe dich«, sagte er.

»Tschüss«, sagte sie noch einmal und schloss die Tür hinter sich.

19

Alden Minerals Ltd.

Als sie am Vortag den Mietwagen von Zipcars von seinem Stellplatz auf den Parkstreifen vor ihrem Haus gefahren hatte, hatte sie eine Distanz von zwei Straßenblocks zurückgelegt, und selbst das hatte ihre Nerven strapaziert. Als sie jetzt zusah, wie Brian die Garage verließ und die Auffahrt zur Straße hochfuhr, schlug ihr das Herz bis zum Hals. Brian fuhr auf die Commonwealth Avenue und ordnete sich sofort auf der linken Spur ein. Sie fuhr ruckelnd an. Ein Taxi raste links an ihr vorbei. Eine Hupe ertönte. Das Taxi wich ihr aus, und der Fahrer warf die Hände in die Höhe angesichts dieser Idiotin, die nicht zur selben Zeit fahren und auf den Verkehr achten konnte.

Sie stand halb auf dem Parkstreifen, halb auf der Spur, und Hitze wallte durch ihren Kopf und ihre Kehle.

Gib auf.

Versuch es bei seiner nächsten Reise noch einmal.

Aber sie wusste, dass sie es niemals schaffen würde, wenn sie jetzt auf diese Stimme hörte.

Sie würde das nächste Jahr (oder die nächsten Jahre) im Haus verbringen, erfüllt von Furcht, Misstrauen und Ärger, bis all diese Gefühle zu einer Art Balsam würden, einer widersinnigen Salbe, dem Handschmeichler, den sie streichelte, bis dieses Streicheln jedes andere Streicheln ersetzt hätte, das sie jemals wieder geben oder empfangen würde. Und das Schlimmste daran war, dass sie sich einreden würde, dass das mehr als genug sei.

Sie verließ den Parkstreifen und fuhr auf die Commonwealth Avenue. Sie hörte ihren Atem, immer ein schlechtes Zeichen. Wenn sie ihren Atem nicht in den Griff bekäme, würde sie hyperventilieren, vielleicht ohnmächtig werden und einen Unfall verursachen, so, wie Brian es vorausgesagt hatte. Sie atmete langsam durch gespitzte Lippen aus. Brian bog nach links auf die Exeter Street ab. Sie ordnete sich hinter dem Taxi ein, das beinahe in sie reingefahren war, und nahm dieselbe Abbiegung. Sie atmete wieder aus, genauso langsam, und ihr Atem nahm einen kontrollierbaren Rhythmus an. Ihr Herz hingegen raste weiterhin wie ein eingesperrtes Tier, das den Bauern mit einer Axt in der Hand kommen sah. Sie umfasste das Steuer mit beiden Händen wie eine alte Dame oder ein Fahrlehrer. Ihr Nacken war starr, ihre Handflächen feucht, ihre Schulterblätter zusammengezogen.

Brian bog hinter dem Westin Hotel nach links ab, und sie verlor ihn für einen Moment aus den Augen, was gerade an dieser Stelle besonders blöd war. Er hatte hier zu viele Optionen: Er konnte die Auffahrt zur Interstate nehmen, geradeaus auf die Stuart Street fahren oder rechts auf die Dartmouth in Richtung South End abbiegen. Sie sah seine Bremslichter in dem Moment, als er Letzteres tat und an dem Einkaufszentrum zu seiner Rechten vorbeifuhr. Das Taxi, das ihr bislang Deckung geboten hatte, fuhr geradeaus weiter. Sie bog rechts ab. Brian war ihr einen halben Block voraus, aber zwischen ihnen fuhren keine Autos. Wenn sie noch näher auffuhr, könnte er ihr Gesicht im Rückspiegel sehen.

Sie hatte am Vortag über eine Verkleidung nachgedacht, aber der Gedanke war ihr irgendwie lächerlich erschienen. Was sollte sie schon tun – sich einen Groucho-Marx-Schnurrbart aufmalen? Eine Hockeymaske aufsetzen? Nun trug sie eine Ballonmütze, was sie sonst selten tat, und eine Sonnenbrille mit großen, runden Gläsern, die er noch nie an ihr gesehen hatte. Wenn er sie von weitem sähe, würde er sie kaum erkennen, aber aus der Nähe war das etwas anderes.

Er bog nach links auf die Columbus Avenue ab, und ein Auto reihte sich zwischen ihnen ein – ein schwarzer Kombi mit New Yorker Nummernschild. Rachel hielt sich einige Kilometer lang hinter ihm. Alle drei Wagen fuhren von der Columbus auf die Arlington, von der Arlington auf die Albany und dann in Richtung der Interstate 93. Als ihr klar wurde, dass sie möglicherweise auf die Autobahn fahren würden, hatte sie das Gefühl, sie müsste sich gleich auf das Armaturenbrett übergeben. Der Stadtverkehr war schlimm genug mit seinem Lärm, den Presslufthämmern, die an Baustellen den Asphalt aufbrachen, den Fußgängern, die aus heiterem Himmel über die Zebrastreifen schossen, den anderen Autos, die knapp vor ihr einscherten oder sich von hinten an ihre Stoßstange hängten. Aber das alles passierte bei vierzig Stundenkilometern.

Ihr blieb nicht viel Zeit zum Nachdenken, denn schon fuhr Brian auf die I-93 in Richtung Süden. Rachel folgte, und es kam ihr vor, als ob die Auffahrt sie in sich hineinsaugen würde. Brian gab Gas und schoss quer über drei Fahrbahnen auf die linke Spur. Sein Infiniti schaukelte auf den

Rädern. Sie trat auf ihr eigenes Gaspedal, und das unmittelbare Ergebnis war etwa so effektiv, als hätte sie auf einen Felsbrocken getreten und erwartet, dass er zu galoppieren begänne. Der kleine Ford fuhr im Schneckentempo weiter, und dann beschleunigte die Schnecke ein wenig das Tempo, und dann beschleunigte sie es noch ein wenig mehr. Als der Wagen ungefähr die neunzig Stundenkilometer erreicht hatte, auf die Brian fast sofort beschleunigt hatte, hatte der Infiniti bereits einen Vorsprung von vierhundert Metern. Sie trat weiter auf das Gaspedal und fuhr rechts von ihm auf der mittleren Spur, und als sie Dorchester in Richtung Milton passierten, hatte sie genug Entfernung wettgemacht, um ihn mit fünf Autos Abstand perfekt im Visier zu haben.

Sie hatte sich so sehr auf die anstehende Aufgabe konzentriert, dass sie das anfängliche Entsetzen, auf der Autobahn zu fahren, völlig vergessen hatte. Jetzt kehrte es langsam zurück, aber nicht als Entsetzen, sondern als dauerhaftes Flattern im Kehlkopf und als seltsames Druckgefühl im ganzen Körper. Es war, als ob ihr Skelett in jedem Moment die Haut durchbrechen könnte.

Hinzu kam ein Gefühl des Verrats und des Zorns, das giftig wie Rohrreiniger war. Denn jetzt war offenkundig, was sie im Grunde von Anfang an vermutet hatte: dass Brian nicht zum Flughafen fuhr. Logan lag fünfundzwanzig Kilometer in die entgegengesetzte Richtung.

Als sie die 93 verließen und auf die 95 in Richtung Süden fuhren und die Schilder Richtung Providence wiesen, erwog sie die Möglichkeit, dass er vom T. F. Green Airport aus fliegen wollte, dem einzigen großen Flughafen in Rhode Island. Sie kannte Menschen, die ihn dem stets überfüllten Logan

Airport vorzogen, aber sie wusste auch mit Sicherheit, dass es von dort keinen Direktflug nach Moskau gab.

»Er will gar nicht nach Moskau fliegen«, sagte sie laut.

Einige Meilen später wurde ihre Einschätzung bestätigt, denn fünfzehn Kilometer vor dem Flughafen betätigte Brian den Blinker und wechselte geschmeidig die Spur. In Providence, an der Ausfahrt Brown University, verließ er die Autobahn. Hier trafen zwei Stadtviertel aufeinander: College Hill und Federal Hill. Mehrere andere Autos nahmen dieselbe Ausfahrt, und auch Rachel fuhr zwei Autos hinter ihm von der Autobahn. Am Ende der Ausfahrt bog Brian rechts ab, aber die beiden Autos zwischen ihnen fuhren nach links.

Sie verlangsamte, als sie sich der Kreuzung näherte, um ihm so viel Vorsprung wie möglich zu lassen, aber das erwies sich schon bald als unnötig. Ein Porsche überholte sie mit lautstark beschleunigendem Motor und wechselte kurz vor ihr die Spur. Sie war noch nie so glücklich über einen Potenzprotzer in seinem Potenzprotzerauto gewesen, denn jetzt hatte sie wieder einen Sichtschutz vor Brian.

Doch das war nicht von langer Dauer. Bei der ersten Ampel wechselte der Porsche auf die Linksabbiegerspur, legte einen Kavaliersstart hin und überholte Brian, noch während sie die Kreuzung überquerten. Dann röhrte er davon.

Blöder Angeber, dachte Rachel. So eine Scheiße.

Jetzt gab es keinen Puffer mehr zwischen ihr und ihrem Ehemann und keine Möglichkeit zu kontrollieren, ob er in den Rückspiegel sah und sie erkannte. Sie hielt sich vier Wagenlängen hinter ihm, aber der Fahrer hinter ihr reckte bereits den Hals, um an ihrem Auto vorbeizusehen, als ob er feststellen wollte, warum sie die unverzeihliche Sünde beging, nicht mit dem Auto vor ihr Schritt zu halten.

Sie kamen durch ein Viertel voller historischer Schindelhäuser, armenischer Bäckereien und Kirchen aus Kalkstein. Einmal reckte Brian den Kopf nach rechts und nach oben – ein Blick in den Rückspiegel –, und sie hätte in der ersten Schrecksekunde fast eine Vollbremsung hingelegt. Doch zum Glück sah er nur auf die Straße, die hinter ihm lag.

Zwei Straßenblocks weiter entdeckte sie, wonach sie Ausschau gehalten hatte: der Seitenstreifen verbreiterte sich vor einem Doughnutladen und einer Tankstelle. Sie blinkte. Sie fuhr vor dem Doughnutladen an den Straßenrand und machte sich bereit, direkt hinter dem grünen Chrysler wieder auf die Straße zu fahren.

Aber gleich hinter dem grünen Chrysler kam ein brauner Prius, und hinter dem Prius kam ein kupferfarbener Jaguar, und direkt hinter dem Jaguar fuhr ein Toyota 4Runner mit riesigen Rädern, und hinter dem SUV kam zu allem Überfluss ein Kleinbus. Als sie endlich den Seitenstreifen verlassen konnte, lag sie nicht nur fünf Wagen zurück, sondern hing auch hinter dem Kleinbus fest, der zu groß war, um an ihm vorbeizusehen. Und selbst wenn sie an ihm hätte vorbeisehen können, hätte sie bloß auf die Rückseite des 4Runner gestarrt, der sogar noch höher war.

Der Verkehr hielt an der nächsten Ampel, und sie hatte keine Ahnung, ob Brian schon über die Ampel gefahren war, ehe diese auf Rot gesprungen war.

Sie setzten sich wieder in Bewegung. Sie folgte den Wagen vor ihr in schnurgerader Linie, denn auf diesem Teil der Strecke gab es keine Kurven. *Gib mir nur eine einzige*

Kurve, betete sie, *damit ich ihn wenigstens flüchtig zu Gesicht bekomme.*

Zwei Kilometer weiter gabelte sich die Straße. Der Prius,
der Kleinbus und der 4Runner bogen alle nach rechts auf
die Bell Street ab, während der Chrysler und der Jaguar auf
dem Broadway blieben.

Es gab nur ein Problem – Brians Infiniti fuhr nicht mehr
vor dem Chrysler. Er war nirgendwo zu sehen.

Sie schrie zwischen zusammengebissenen Zähnen ihre
Wut heraus und packte das Steuer so fest, dass es sich anfühlte, als würde sie es jeden Moment aus der Halterung
reißen.

Sie machte eine Kehrtwende mit quietschenden Reifen.
Sie tat das, ohne nachzudenken und ohne Warnung, so dass
sie wütendes Hupen von dem Auto hinter ihr und dem auf
der anderen Spur kassierte, das ihretwegen scharf abbremsen
musste. Es war ihr egal. Sie spürte keine Furcht, sie spürte
Wut und Enttäuschung. Aber vor allem Wut.

Sie fuhr die ganze Strecke zurück, bis zur Tankstelle und
dem Doughnutladen, wo sie ihn aus dem Blick verloren
hatte. Sie wendete erneut – diesmal blinkte sie vorher und
bog etwas feinfühliger ab – und fuhr dieselbe Strecke noch
einmal. Sie sah in jede Seitenstraße, so gut das bei fünfzig
Stundenkilometern ging.

Wieder erreichte sie die Gabelung. Widerstand dem
Drang, einen weiteren Schrei auszustoßen. Widerstand dem
Drang zu weinen. Sie bog links auf den Parkplatz vor einer
Zweigstelle der Veteranenvereinigung vfw ab und drehte
wieder um.

Wäre sie nicht von einer roten Ampel aufgehalten worden, hätte sie ihn niemals gefunden. Aber genau so kam es. Und als sie vor der Ampel stand und wartete, eine weitere Tankstelle und eine trostlose Versicherungsagentur zu ihrer Rechten, entdeckte sie in der Querstraße ein großes viktorianisches Gebäude mit einem weißen Schild auf dem Rasen davor, auf dem die Unternehmen aufgelistet waren, die darin ihre Büros und Praxen hatten. Und dort, auf einem Parkplatz, unter einer schmiedeeisernen Feuerleiter seitlich des Gebäudes, stand Brians Infiniti.

Sie fand einen Parkplatz sechs Häuser hinter dem viktorianischen Gebäude. Ging auf dem Gehsteig zurück. Die Straße wurde von alten Eichen und Ahornbäumen gesäumt, und die schattigen Bereiche des Gehsteigs waren immer noch ein wenig feucht von dem Tau, der sich am Morgen unter den Bäumen gesammelt hatte. Die Mailuft war gleichermaßen von Gerüchen des Verfalls und der Wiedergeburt erfüllt. Selbst jetzt, während sie sich einem Gebäude näherte, in dem ihr Ehemann die Wahrheit über sich selbst verbarg – oder doch zumindest *eine* Wahrheit über sich selbst –, spürte sie, wie die Straße und die frische Luft sie beruhigten.

Das Schild auf dem Rasen führte drei Psychiater auf, einen Allgemeinmediziner, ein Mineralunternehmen, eine Rechtstitelversicherung und zwei Anwälte. Rachel hielt sich im Schatten der großen Bäume, bis sie die Gasse erreicht hatte, die seitlich des Gebäudes verlief. Ein großes Schild wies darauf hin, dass nur Bewohner des Hauses Seaver Street 232 in der Gasse parken durften, und einige kleinere Schilder an der Hausfassade vermerkten, welcher Parkplatz wem gehörte. Brians Infiniti stand auf dem Parkplatz, der für Alden Minerals Ltd. reserviert war.

Sie hatte noch nie von Alden Minerals Ltd. gehört, und doch kam ihr der Name vage vertraut vor. Aber sie war sich sicher, noch nie von der Firma gehört zu haben. Ein weiteres Paradox in einer Woche voller Widersprüche.

Alden Minerals Ltd. hatte sein Büro im zweiten Stock, Suite 210. Nichts schien dagegen zu sprechen, die Treppe hochzustürmen, in das Büro zu platzen und herauszufinden, was genau ihr lügender Ehemann im Schilde führte. Dennoch zögerte sie. Sie stellte sich an einer geschützten Stelle unter die Feuerleiter, lehnte sich gegen die Hauswand und versuchte, eine logische Erklärung für all dies zu finden. Manche Männer unternahmen die seltsamsten Dinge, um für ihre Frauen beispielsweise eine Überraschungsparty zu organisieren.

Nein. Das stimmte nicht. Niemand täuschte einen Aufenthalt in London vor, während er in Boston war, oder behauptete, er flöge nach Moskau, wenn er nach Providence fuhr. Für diese Situation gab es keine plausible Erklärung.

Es sei denn …

Was?

Es sei denn, er ist ein Spion, dachte sie. *Spione tun so etwas, oder?*

Genau, Rachel, stimmte ihr eine sarkastische Stimme zu, die der ihrer Mutter zum Verwechseln ähnlich klang, *sicher machen Spione so etwas. Betrügerische Ehemänner und Soziopathen allerdings auch.*

Sie lehnte sich an das Gebäude und wünschte, sie hätte nicht mit dem Rauchen aufgehört.

Wenn sie ihn jetzt sofort zur Rede stellte, was würde ihr das bringen? Die Wahrheit? Wohl eher nicht – dazu hatte er sie zu lange erfolgreich angelogen. Und was auch immer er ihr erzählen würde, sie würde ihm sowieso nicht glauben. Er könnte ihr seinen CIA-Ausweis zeigen, und sie würde bloß an das Foto denken, das er ihr »aus London« geschickt hatte (wie hatte er *das* eigentlich gefälscht?), und ihm sagen, dass er sich seinen Ausweis sonst wohin stecken könne.

Ihm jetzt gegenüberzutreten würde ihr überhaupt nichts bringen.

Schwerer zuzugeben war natürlich, dass sie ihre Beziehung – oder wie immer sie diese von nun an nennen würde – in die Tonne treten konnte, wenn sie ihn konfrontierte, ob er nun log oder nicht. Und dazu war sie noch nicht bereit. Es war zwar eine beschämende Erkenntnis, aber noch würde sie es nicht verkraften, wenn er ihr Leben auf immer verließ. Sie stellte sich vor, wie ihre Wohnung ohne seine Kleider, seine Bücher, seine Zahnbürste und seinen Rasierer aussehen würde, ohne seine Lieblingsgerichte im Kühlschrank, seinen bevorzugten Scotch in der Hausbar, oder, schlimmer noch, mit dem Scotch, vergessen und zurückgelassen als peinigende Erinnerung, bis Rachel ihn in die Spüle goss. Sie stellte sich vor, dass die von ihm abonnierten Zeitschriften noch monatelang eintreffen würden und wie ihre langen, leeren Tage in endlos lange Abende übergehen würden. Seit ihrem Zusammenbruch vor laufenden Kameras hatte sie die meisten ihrer Freunde verloren. Es gab noch Melissa, ja, aber Melissa war die Sorte Freundin, die von ihr erwartete, dass sie sich »zusammenriss« und »nach vorn schaute« und – *Entschuldigung, Kellner, könnte ich davon noch einen bekommen, aber diesmal mit weniger Eis* – die Sache »hinter sich ließ«. Abgesehen von ihr waren ihre Freunde im

Grunde gar keine Freunde, sondern Gelegenheitsbekanntschaften; es war schließlich nicht ganz leicht, mit jemandem in Kontakt zu bleiben, der sich so sehr abschottete wie sie.

In den letzten Jahren war Brian ihr einziger treuer und beständiger Freund gewesen. Sie verließ sich auf ihn, so, wie Bäume sich auf ihre Wurzeln verlassen. Er war ihre ganze Welt. Der rationale Teil von ihr wusste, dass sie sich natürlich – *natürlich* – von ihm abnabeln musste. Er war ein Betrüger. Und ihr Haus war auf Sand gebaut. Und doch –

Er kam aus dem Hintereingang des Gebäudes und überquerte direkt vor ihr die Straße. Er schrieb jemandem eine SMS, während er zu seinem Auto ging, und er stand weniger als zwei Meter entfernt von ihr unter der Feuerleiter. Sie wartete darauf, dass er sie entdeckte. Sie legte sich schon die Worte zurecht. Er trug jetzt einen dunkelblauen Anzug mit weißem Hemd, silberschwarzkarierter Krawatte und dunkelbraune Schuhe. Über seiner Schulter hing eine Laptoptasche aus braunem Leder. Er stieg in den Infiniti und ließ die Tasche von der Schulter auf den Beifahrersitz gleiten. Mit einer Hand tippte er weiter auf seinem Handy, während er mit der anderen die Tür schloss. Er zog sich den Sicherheitsgurt über die Brust. Er ließ den Motor an, immer noch tippend, und dann musste er den »Sende«-Button gedrückt haben, denn er legte das Telefon auf den Beifahrersitz und fuhr rückwärts aus der Parklücke, die Augen auf den Rückspiegel gerichtet. Er hätte seinen Blick bloß zwanzig Zentimeter senken müssen, und er hätte sie direkt angestarrt. Vermutlich wäre sein Schreck so groß gewesen, dass er direkt in den Laternenpfahl auf der anderen Seite gefahren wäre. Aber das geschah nicht. Er setzte in einer

Kurve zurück, und dann sah er nach vorn auf die Seaver Street. Dann bog er links ab.

Sie rannte zu ihrem Wagen und war froh über die Turnschuhe, die sie als Teil ihrer Jogging-Kostümierung angezogen hatte. Sie stieg ins Auto und wendete, fuhr die Straße hoch und raste über die Kreuzung, als die Ampel von Gelb auf Rot sprang. Eine Minute später sah sie ihn auf dem Broadway. Drei Autos fuhren zwischen ihnen.

Sie folgte ihm zurück nach College Hill. An einem Straßenblock, der irgendwo zwischen Verfall und Sanierung stagnierte, fuhr er an den Straßenrand. Sie hielt fast zwanzig Meter hinter ihm vor einem mit Brettern vernagelten Reisebüro und einem ehemaligen Plattenladen. Dahinter befand sich ein Möbelgeschäft, das den Markt für schwarzlackierte Kommoden zu dominieren schien, und danach folgten ein Schnapsladen und ein Geschäft für Fotoapparate namens Little Louie's. Dem Fotogeschäft würde es auf lange Sicht bestimmt nicht besser ergehen als dem Plattenladen und dem Reisebüro (Schnapsläden würden hingegen weltweit die Stellung halten), aber noch war Little Louie's geöffnet. Brian betrat den Laden. Sie überlegte, auszusteigen und zu sehen, was er dort machte, aber sie tat diese Idee schnell als unpraktisch und zu riskant ab. Sie behielt recht, denn zwei Minuten später verließ Brian den Laden schon wieder. Hätte sie ihrem Impuls nachgegeben, hätte er sie mitten auf dem Gehsteig überrascht. Er fuhr los, und sie folgte ihm. Als sie an dem Fotogeschäft vorbeifuhr, sah sie, dass es drinnen ziemlich dunkel war; im Schaufenster waren bloß Fotos von Kameras ausgestellt und Zeitungsanzeigen ans Glas geklebt. Sie hatte keine Ahnung, was in diesem Geschäft vor sich ging, aber sie nahm an, dass der Verkauf von Kameras dabei keine herausragende Rolle spielte.

Brian führte sie aus Providence heraus, durch eine Reihe immer kleiner werdender Städte, in denen die alten Schindelhäuser immer heruntergekommener aussahen. Hie und da tauchten Bauernhöfe auf. Dann bog er bei einem Einkaufszentrum ab, das relativ neu zu sein schien. Er fuhr an einer Bäckerei an der Ecke des Einkaufszentrums vorbei und hielt vor einem kleinen freistehenden Bankgebäude auf einem Parkplatz. Er stieg aus und betrat die Bank, die Laptoptasche wieder über seiner Schulter.

Sie hielt auf dem Parkplatz des Einkaufszentrums vor einem Drogeriemarkt und einem Schuhdiscounter. Während sie wartete, nahm sie ihr Telefon aus dem Becherhalter und sah, dass sie eine SMS erhalten hatte.

Sie öffnete die Nachricht. Sie war von Brian, und er hatte sie vor zwanzig Minuten gesendet, als er das Gebäude an der Seaver Street verlassen hatte und direkt an ihr vorbeigekommen war.

Wir stehen auf der Startbahn, Schatz. starten bald. Landen in ca. 10 Stunden. hoffentlich bist Du noch wach, wenn ich anrufe. Hab dich lieb.

Zehn Minuten später kam er ohne die Laptoptasche aus der Bank.

Er stieg in den Infiniti und verließ den Parkplatz.

Sie folgte ihm zurück nach Providence. Er hielt bei einem Floristen und kaufte einen Strauß weißer und rosafarbener Blumen, und ihr drehte sich der Magen um. Sie war nicht sicher, ob sie bereit war, ihm dorthin zu folgen, wohin er jetzt fuhr. Er hielt ein weiteres Mal und kaufte eine Flasche Sekt in einem Wein- und Spirituosengeschäft. Jetzt *wusste* sie, dass sie noch nicht bereit war. In Federal Hill bog er von der Hauptstraße ab; einer Gegend, die lange Zeit eine italoamerikanische Hochburg und das Machtzentrum der Mafia von Neuengland gewesen war, aber inzwischen zu einem hübschen, gentrifizierten Wohnviertel wie viele andere geworden war, mit schicken Restaurants und roten Backsteinreihenhäusern.

Er hielt auf einem Parkplatz vor einem dieser Häuser. Die Fenster standen an diesem milden Tag offen, und weiße Vorhänge wehten in den weißen Holzrahmen. Sie parkte auf der anderen Straßenseite, einige Häuser weit entfernt von dem Teil des Bürgersteigs, wo er mit seinem Blumenstrauß in der Hand stand. Er steckte zwei Finger in den Mund und stieß einen lauten, scharfen Pfiff aus, etwas, das sie ihn in all der Zeit, in der sie zusammen waren, noch nie hatte tun sehen. Doch nicht nur der Pfiff war neu. Er bewegte sich auch anders, hielt die Schultern höher, die Hüften lockerer und federte auf den Fußballen mit dem Selbstvertrauen eines Tänzers.

Er ging die Treppe hoch, und die Eingangstür wurde geöffnet.

»Oh nein«, flüsterte Rachel. »Oh nein, oh nein, oh nein.«

Eine Frau stand in der Tür, ungefähr fünfunddreißig Jahre alt. Sie hatte lockiges blondes Haar und ein längliches hübsches Gesicht. Aber nicht das war es, was Rachels Aufmerksamkeit erregte, als Brian ihr die Blumen und den Sekt reichte, auf dem Treppenabsatz niederkniete und ihren schwangeren Bauch küsste.

Sie erinnerte sich nicht mehr daran, wie sie es zurück zur Schnellstraße geschafft hatte. Ihr ganzes restliches Leben würde sie sich fragen, wie ein völlig nüchterner Mensch ein Kraftfahrzeug durch eine mittelgroße Stadt lenken konnte, ohne sich daran zu erinnern.

Sie hatte Brian geheiratet, weil er zuverlässig zu sein schien. Weil er ein Macher war. Aufrichtig bis zum Anschlag. Ein Mann, der sie niemals betrügen und belügen würde. Und ganz gewiss niemals ein Doppelleben führte.

Und doch hatte sie beobachtet, wie ihr Mann das Reihenhaus mit einem um die Taille seiner schwangeren Ehefrau oder Freundin gelegten Arm betreten und die Tür hinter sich geschlossen hatte. Rachel hatte keine Ahnung, wie lange sie im Auto gesessen und das Haus angestarrt hatte, aber es hatte gereicht, um festzustellen, dass die Farbe von der Fensterbank im zweiten Stock ein wenig abblätterte, dass das Kabel einer verrosteten Satellitenschüssel vom Dach hing und vor der Fassade des Gebäudes baumelte. Das Fenster war makellos weiß; die offenbar erst vor kurzem gereinigte Fassade war rot. Auf der Eingangstür prangte ein Türklopfer aus Zinn. Die Tür war schwarz und sah aus, als ob sie im Verlauf des letzten Jahrhunderts viele Male lackiert worden wäre.

Und dann fuhr sie auf dem Highway und hatte keine Ahnung, wie sie dorthin gekommen war.

Sie hatte gedacht, dass sie weinen würde. Sie weinte nicht. Sie hatte gedacht, dass sie zittern würde. Sie zitterte nicht. Sie hatte gedacht, dass sie Trauer fühlen würde, und vielleicht tat sie das auch. Vielleicht fühlte sich Trauer so an – eine völlige Taubheit, ein Sieden im Nichts. Eine verätzte Seele.

Hinter der Grenze zu Massachusetts verengte sich die dreispurige Schnellstraße auf zwei Spuren. Ein Auto versuchte, sie rechts zu überholen, als die rechte Spur auslief. Schilder hatten seit drei Kilometern auf die Verengung hingewiesen. Der Fahrer des anderen Wagens hatte die Hinweise bewusst bis jetzt ignoriert.

Er beschleunigte.

Sie beschleunigte.

Er beschleunigte noch ein wenig. Sie beschleunigte noch ein wenig. Er lenkte auf ihre Spur. Sie blieb auf der Spur. Er beschleunigte erneut. Sie beschleunigte mit nach vorn gerichtetem Blick. Er hupte. Sie blieb auf der Spur. Dreißig Meter weiter endete seine Spur. Er beschleunigte, und sie schnitt ihm den Weg ab, so gut das mit einem Ford Focus eben ging. Er musste abbremsen. Sekunden später tauchte er hinter ihr auf.

Sie bemerkte den Mercedesstern auf seiner Kühlerhaube. Das passte. Er zeigte ihr den Mittelfinger und hupte. Ein kahlköpfiges Exemplar in einem teuren Auto, mit dünner Nase und verkniffenen Lippen, dessen Backen durchzuhängen begannen. Sie beobachtete im Rückspiegel, wie er fluchte und wütete, und sie las mehrfach das Wort *Scheiße* von seinen Lippen ab und das Wort *Fotze* noch ein wenig öfter. Wahrscheinlich war sein Armaturenbrett inzwischen mit Speichelflecken gesprenkelt. Er versuchte, auf die Überholspur zu fahren, wohl um ihr den Weg abzuschneiden, aber der Verkehr zu ihrer Linken war zu dicht, und so hupte er einfach weiter und streckte den Mittelfinger in ihre Richtung aus und schrie in seinem Wagen herum, was für eine Fotze sie sei, was für eine Drecksfotze.

Sie trat auf die Bremse. Und es war kein leichtes Abbremsen. Sie senkte ihre Geschwindigkeit einen Augenblick lang um mindestens zehn Stundenkilometer. Seine Augenbrauen schossen über den Rand seiner Sonnenbrille. Sein Mund erstarrte zu einem erschrockenen O. Er hielt sein Steuer umfasst, als ob es plötzlich unter Strom stünde. Rachel lächelte. Rachel lachte.

»Leck mich am Arsch«, sagte sie zu ihrem Rückspiegel, »du Würstchen von einem Mann.« Sie war sich nicht sicher, ob die Wörter irgendeinen Sinn ergaben, aber es fühlte sich gut an, sie auszusprechen.

Zwei Kilometer weiter hatte sich der Verkehr ausreichend geordnet, dass der Mercedesfahrer auf die linke Spur ausscheren konnte. Er fuhr nun auf gleicher Höhe wie sie. Normalerweise hätte sie geradeaus geschaut – normalerweise? Ein »normalerweise« gab es nicht. Drei Tage zuvor hätte sie es nicht einmal hinter ein Lenkrad geschafft – aber heute drehte sie den Kopf und sah ihn an. Er hatte seine Brille abgenommen, und seine Augen waren genauso klein und stumpf, wie sie es erwartet hatte. Sie sah ihn unbewegt an, während sie mit hundertzwanzig Stundenkilometern über den Highway raste. Sie sah diesen kleinen Mann ganz ruhig an, bis der Zorn in seinen Augen sich in erst Verwirrung und dann in Schuldbewusstsein verwandelte. Dann näherte sich sein Ausdruck einer Art Enttäuschung an – als wäre sie eine Tochter im Teenageralter, die länger weggeblieben war, als ihre Eltern erlaubt hatten, und nach Schnaps und Cocktails riechend nach Hause kam. Er schüttelte den Kopf, eine Geste der Machtlosigkeit, und wandte den Blick zurück auf die Straße. Nach einem letzten Blick tat Rachel es ihm gleich.

Zu Hause angekommen, stellte sie den Ford auf dem Parkplatz des Autovermieters ab und bestieg den Fahrstuhl in den fünfzehnten Stock. Als sie auf ihre Wohnungstür zuging, fühlte sie sich einsamer als ein Astronaut. Entwurzelt. Unberührt. An Grenzen vorbeischwebend, ohne die Aussicht auf jemanden, der sie bei der Hand nahm und zurückbrachte. Es half nicht, dass von den vier Wohnungen im fünfzehnten Stock nur Brians und ihre regelmäßig bewohnt wurde. Die drei anderen gehörten ausländischen Investoren. Von Zeit zu Zeit begegneten sie einem älteren chinesischen Paar oder der Frau eines deutschen Finanziers, samt drei Kindern, Kindermädchen und Einkaufstüten. Sie hatte keine Ahnung, wem die dritte Wohnung gehörte. Im Penthouse über ihnen wohnte ein junger Mann, den sie das Finanzbaby nannten, weil er wahrscheinlich für einen Investmentfonds arbeitete. Das Bürschchen war so jung, dass er wahrscheinlich lesen gelernt hatte, als Rachel ihre Unschuld verlor. Soweit sie wusste, benutzte er die Wohnung, um seiner Vorliebe für Nutten zu frönen. Ansonsten hörten oder sahen Rachel und Brian ihn nie.

Meistens gefiel ihr diese Stille und Ungestörtheit, aber

als sie jetzt den Flur entlangging, war sie eine Verstoßene, ein Nichts, ein Dummkopf, ein Tier, das von seiner Herde abgeschnitten war, eine idiotische Träumerin, die endlich aufgewacht war. Sie hörte den Kosmos über sich lachen.

Hast du etwa geglaubt, du albernes Mädchen, du hättest die Liebe verdient?

Die Wohnung überwältigte sie. Jede Wand, jede Ecke, jeder Blick. Das waren *sie* gewesen, das war *ihres* gewesen. All die Orte, an denen sie sich geliebt hatten, all die Stellen, an denen sie sich unterhalten oder gestritten oder gemeinsam gegessen hatten. Die Kunstwerke, die sie gemeinsam ausgesucht hatten, die Teppiche, die Esszimmermöbel, die sie in einem Antiquitätenladen in Sandwich gefunden hatten. Sein Geruch in seinem Badehandtuch, die Zeitung mit dem zur Hälfte gelösten Kreuzworträtsel. Die Vorhänge und Glühbirnen und Kosmetikartikel. Einiges davon würde sie in ihr neues Leben mitnehmen – wie auch immer ihr neues Leben aussähe –, aber fast alles andere fühlte sich zu sehr nach *ihnen* an, als dass es jemals wirklich allein *ihres* werden konnte.

Sie musste sich einen Moment lang Luft verschaffen, also fuhr sie im Fahrstuhl zurück in die Eingangshalle, um die Post zu holen. Dominick saß auf seinem Platz hinter dem Empfangstresen und las eine Zeitschrift. Vermutlich die eines Mieters; vielleicht sogar ihre. Er sah hoch und nickte ihr mit einem strahlenden Lächeln zu, hinter dem absolut nichts steckte, und widmete sich dann wieder seiner Lektüre. Sie ging an ihm vorbei, öffnete ihren Briefkasten und zog den Stapel Post heraus, der sich darin befand. Sie warf Wurfsendungen und Werbepost in die Recyclingtonne, bis nur noch drei Rechnungen übrig waren.

Sie verließ den Vorraum und warf Dominick ein »Schönen Tag noch« zu.

»Ihnen auch, Rachel.« Als sie die Aufzüge erreicht hatte, rief er: »Ach ja, ich habe etwas für Sie. Tut mir leid, ich hätte es fast vergessen.«

Sie drehte sich um, und er ging den Behälter mit Paketen und großen Sendungen durch. Er reichte ihr einen braunen Briefumschlag. Sie erkannte den Absender zuerst nicht – *Pat's Book Nook & More* in Barnum, Pennsylvania –, aber dann erinnerte sie sich an die VHS-Kassette, die sie neulich Abend bestellt hatte. Sie wog den Brief auf ihrer Handfläche ab; das musste es sein.

Zurück in der Wohnung, öffnete sie den Umschlag und zog die Videokassette hervor. Die Hülle war angeschlagen, etwas Pappe an den Ecken fehlte. Robert Hays und Vivica A. Fox sahen sie mit fröhlichem Lächeln und zur Seite geneigten Köpfen an. Rachel öffnete eine Flasche Pinot Noir, die ihr während des Films Gesellschaft leisten sollte, bevor ihr klarwurde, dass sie keinen Videorekorder hatte. Besaß überhaupt noch jemand einen? Sie wollte gerade im Netz schauen, ob es einen zu kaufen gab, als ihr einfiel, dass sie in ihrem Lagerraum drüben in Brooklyn einen hatten. Sie würde wieder einen Wagen mieten und einige Kilometer während der Hauptverkehrszeit fahren müssen. Und wofür eigentlich? Für einen Film, von dem ein Betrunkener gesagt hatte, dass sie ihn sich anschauen solle. Sie wusste jetzt, dass ihr Ehemann eine andere Frau in einem anderen Staat hatte. Was konnte sie aus einem obskuren Film aus dem Jahr 2002 noch erfahren?

Sie trank einen Schluck Pinot, drehte die Videokassette

um und stellte fest, dass die Filmbeschreibung auf der Rückseite tatsächlich mit derjenigen übereinstimmte, die sie bei eBay gelesen hatte. Über der Beschreibung waren zwei kleine Fotos zu sehen. Eines zeigte Robert und Vivica, wie sie auf einem Gehsteig standen, miteinander sprachen und sich dabei breit anlächelten. Das zweite Foto zeigte einen jungen Mann, der sich über eine junge Frau in einem Rollstuhl beugte. Der junge Mann presste seine Lippen an ihren Hals, sie warf vor Entzücken den Kopf zurück. Das mussten die beiden Nebendarsteller sein, dachte sie, die arme Kristy Gale und der Bursche … wie hieß er noch mal? Sie schaute auf der Darstellerliste nach – richtig, Brett Alden.

Sie stellte ihr Weinglas kurz auf dem Küchentresen ab und schloss die Augen.

Alden Minerals Ltd.

Deshalb war ihr der Firmenname so bekannt vorgekommen.

Sie sah sich das Miniaturbild in der rechten oberen Ecke an. Da er sich vorbeugte, um Kristy Gales Hals zu küssen, war Brett Aldens Gesicht nur halb zu sehen. Man erkannte nur sein Haar (dunkel, füllig und widerspenstig), seine Stirn, die linke Seite seines Gesichts – ein Auge, einen Wangenknochen, die Hälfte der Nase, der Lippen.

Aber sie kannte diese Lippen, diese Nase, diesen Wangenknochen, dieses blaue Auge. Der Haaransatz hatte sich etwas nach oben verschoben, die Haut nahe der Schläfe war ein wenig faltig geworden.

Aber es war Brian. Das stand außer Frage.

21

P380

Und wenn er zurückkäme?

Sie lag mit geschlossenen Augen auf dem Sofa, als der Gedanke sie jäh hochfahren ließ.

Was, wenn er durch die Wohnungstür käme und wüsste, dass sie es wusste? Polygamie war verboten. Sich zu seinem finanziellen Vorteil als eine andere Person auszugeben, ebenfalls. Rachel verstand vielleicht nicht viel von diesen Dingen, aber so viel verstand sie doch: Sie war Zeugin gleich mehrerer Straftaten geworden. Sie vermutete, dass Männer, die ein Doppelleben führten, auf ihre Enttarnung nicht besonders freundlich reagierten.

Sie ging zu ihrem begehbaren Kleiderschrank und langte nach dem oberen Regal, wo er seine Schuhe aufbewahrte. Hinter den Schuhen bewahrte er eine Schusswaffe auf. Eine P380 Subcompact, kaum größer als ein Handy, aber seiner Versicherung zufolge dennoch in der Lage, jeden Eindringling niederzustrecken, der keine schusssichere Weste trug.

Sie war nicht da. Rachel stand auf den Zehenspitzen und tastete die linke Seite des Regals ab, bis ihre Finger die Wand berührten.

Sie hörte ein Klicken im vorderen Teil der Wohnung. Wirklich? Vielleicht hatte jemand die Vordertür geöffnet, vielleicht hatte sich die Klimaanlage eingeschaltet, vielleicht war gar nichts zu hören gewesen.

Die Waffe war weg. Und das bedeutete …

Nein. Da war sie ja. Ihre Finger schlossen sich um das schwarze Gummi des Griffes. Ein Paar Slipper fiel auf den Boden, als sie die Pistole hervorzog. Die Waffe war gesichert. Sie ließ den Ladestreifen in ihre Hand rutschen, um sicherzugehen, dass er geladen war, und dann schob sie ihn zurück, bis er einrastete. Früher hatten sie öfter an einem Schießstand in der Freeport Street in Dorchester geübt, und Brian hatte gescherzt, dass Dorchester wohl das einzige Viertel in der Stadt sei, dessen Bewohner das Schießen nicht erst lernen mussten. Ihr hatte die Atmosphäre am Schießstand gefallen, das *knack knack knack* der Gewehre in den benachbarten Schießbahnen, das *knall knall knall* der Pistolen. Das *brrrrapt* der Sturmgewehre entzückte sie weniger, weil es sie an tote Schüler und tote Kinogänger denken ließ. Man fühlte sich dort wie in einem Vergnügungspark für überaggressive Kinder, denn die meisten Schützen hätten ihre Schießfähigkeiten längst nicht mehr trainieren müssen; einige wollten sich wohl einfach nur vorstellen, wie es sich anfühlte, einen Einbrecher oder gewalttätigen Exfreund zu töten oder eine finstere Horde von Bandenmitgliedern niederzumähen. Sie durfte dort auch andere Waffen als die P380 ausprobieren, und sie erwies sich als eine gute Pistolenschützin. Mit Gewehren wusste sie weniger gut umzugehen, aber die P380 war genau das Richtige für sie. Bald konnte sie alle sieben Patronen – sechs im Magazin, eine im Lager – auf die richtige Bahn lenken. Danach ging sie nicht mehr zu dem Schießstand.

Sie vergewisserte sich mit einem schnellen Blick, dass sie die Vordertür mit der Kette gesichert hatte – was immer sie aus dem begehbaren Kleiderschrank gehört haben mochte, war also kein zurückkehrender Brian gewesen. In der Küche öffnete sie den Laptop und startete eine Suche nach »Alden Minerals Ltd.«. Ein Bergbauunternehmen in Providence, der Hauptstadt des Bundesstaates Rhode Island, dem eine einzige Grube auf Papua-Neuguinea gehörte. Gemäß der kürzlich erfolgten Bewertung der Grube durch die Beratungsfirma Borgeau Engineering verfügte die Mine über Ressourcen von mehr als 400 000 000 Feinunzen. Ein neuerer Artikel im *Wall Street Journal* berichtete von einem Gerücht, dass das auf Papua-Neuguinea dominierende Bergbauunternehmen Vitterman Copper & Gold aus Houston eine freundliche Übernahme von Alden Minerals erwäge.

Alden Minerals war in Familienbesitz. Die Geschäftsführer hießen Brian und Nicole Alden. Rachel fand keine Fotos von ihnen. Sie brauchte auch keine. Sie wusste, wie sie aussahen.

Sie rief Glen O'Donnell beim *Globe* an. Sie und Glen waren zusammen aufgestiegen, erst beim *Patriot Ledger,* dann beim *Globe*. Sie hatte investigativ gearbeitet, er im Wirtschaftsressort. Nachdem sie fünf Minuten lang Nettigkeiten ausgetauscht hatten – sie erfuhr, dass er mit seinem Lebenspartner ein Mädchen aus Guatemala adoptiert und ein Haus in Dracut gekauft hatte –, fragte sie Glen, ob er ihr den Gefallen tun würde, sich Alden Minerals näher anzuschauen.

»Klar«, sagte er. »Ich melde gleich wieder bei dir.«

»Oh, du musst nicht –«

»Ist mir doch ein Vergnügen. Hab sowieso gerade nichts zu tun. Ich rufe dich gleich zurück.«

Ein Glas Pinot später saß sie im Wohnzimmer vor dem Panoramafenster und sah zu, wie sich die Nacht über Arlington, Cambridge und den Fluss senkte. Während die Welt sich erst kupfern, dann blau färbte, versuchte sie, sich ein Leben ohne Brian vorzustellen. Sie befürchtete, dass die Panikattacken zurückkehren würden, sobald die erste Benommenheit abgeklungen war. Alle Fortschritte, die sie in den letzten sechs Monaten gemacht hatte, wären vergebens gewesen. Nicht nur, dass sie ganz von vorn anfangen müsste, sie fürchtete auch, dass diese Abfolge von Schocks – oh, dein Mann hat eine andere Frau; oh, dein Mann führt ein Doppelleben; oh, du kennst vielleicht nicht einmal den richtigen Namen deines Mannes – sie völlig haltlos zurücklassen würde. Eine leichte Hysterie machte sich bereits in ihrer Kehle bemerkbar, als sie sich vorstellte, dass sie wieder mit der Welt in Kontakt treten musste, mit Menschen, mit Fremden, die sie nicht retten konnten und die vor ihrem Schmerz davonlaufen würden, sobald sie ihn rochen. Eines Tages würde sie den Fahrstuhl nicht mehr besteigen können, am nächsten Tag müsste sie sich vielleicht schon die Lebensmittel liefern lassen. In einigen Jahren würde sie aufwachen und feststellen, dass sie sich nicht mehr erinnern konnte, wann sie zuletzt das Gebäude verlassen hatte. Sie würde keine Macht mehr über sich selbst haben – und über ihre Ängste.

Und woher war diese Macht gekommen? Sie war aus ihr selbst gekommen, natürlich. Aber sie war auch von ihm gekommen. Aus seiner Liebe. Oder dem, was sie dafür gehalten hatte.

Ein Schauspieler. Brian war ein Schauspieler. Während ihres Streits nach seiner »Rückkehr« aus London, als er Clark Rockefeller erwähnte, hatte er es ihr quasi unter die Nase gerieben. Und das bedeutete, dass Brian nicht nur kein Brian war, sondern auch kein Delacroix. Aber wie war das möglich?

Sie ging wieder online und suchte nach »Brian Delacroix«. Die Biographie, die daraufhin erschien, entsprach dem, was Brian ihr erzählt hatte – vierzig, Angestellter bei *Delacroix Timber Ltd.*, einer kanadischen Holzhandelsfirma mit Beteiligungen in sechsundzwanzig Ländern. Sie klickte auf »Bilder« und fand lediglich vier Fotos, aber da war er, ihr Brian – dieselbe Frisur, dieselbe Kinnpartie, dieselben Augen, dieselbe … nicht dieselbe Nase.

Ihr Brian hatte gleich über der Scheidewand, am Ansatz des Nasenbeins, einen Höcker. Nicht wahrnehmbar von vorn, aber im Profil erkennbar, auch wenn man ihn selbst dann leicht übersehen konnte. Aber wenn man darauf achtete, bestand kein Zweifel – er hatte einen Höcker auf dem Nasenrücken.

Brian Delacroix hatte ihn nicht. Zwei der Fotos waren Profilaufnahmen. Kein Höcker. Die anderen beiden Fotos waren von vorn aufgenommen. Sie sah sie sich genauer an, und je länger sie in die Augen von Brian Delacroix blickte, desto klarer wurde ihr, dass sie diesen Menschen noch nie zuvor gesehen hatte.

Ihr Brian Delacroix / Brett Alden war ein Schauspieler. Andrew Gattis, sein unbequemer Freund aus der Vergangenheit, war ein Schauspieler. Caleb kannte beide recht gut. Lag es da allzu fern zu vermuten, dass auch Caleb ein Schauspieler war?

Während die Dunkelheit sich über den Fluss senkte, schickte sie ihm eine SMS.

Magst du kurz vorbeikommen?

Er antwortete eine Minute später.

Klar. Brauchst du was?
Jemanden, der anpacken kann. Ich ordne ein paar Sachen, ehe B zurück ist.
In 15 min?
Danke.

Ihr Handy vibrierte. Glen.

»Hallo.«

»Hallo«, sagte er. »Warum interessierst du dich für diese Firma, Rachel?«

»Wieso?«

»Das ist eine kleine Klitsche, der eine lausige Grube in Papua-Neuguinea gehört. Aber …« Sie hörte, wie er ein paarmal mit der Maus klickte. »Vielleicht sind sie doch keine so kleine Klitsche. Man munkelt, dass ein Beratungsunternehmen eine Bewertung vorgenommen habe und herausfand, dass Alden Minerals auf Ressourcen von vierhundert Millionen Feinunzen sitzen könnte.«

»So etwas Ähnliches habe ich auch schon gelesen«, sagte sie. »Was sind eigentlich Feinunzen?«

»Ein Maß für Edelmetalle. Bei Alden Minerals ist es

Gold. Die sind im wahrsten Sinne des Wortes eine Goldmine. Der Hauptkonkurrent in jener Region – der einzige Konkurrent, den sie haben – ist Vitterman Copper & Gold, und die sind dafür bekannt, dass sie mit harten Bandagen kämpfen. Vitterman würde nie im Leben zulassen, dass es in ihrem Revier eine Goldader gibt, die ihnen nicht gehört. Also wird es irgendwann zu einer feindlichen Übernahme kommen. Deshalb hat Alden scheinbar versucht, die Ergebnisse des Beratungsunternehmens geheim zu halten. Leider brauchten sie dringend Kapital. Sie haben sich mehrfach mit Cotter-McCann getroffen.«

»Wer ist das?«

»Eine Gesellschaft, die Risikokapital zur Verfügung stellt. Letzte Woche hat Cotter-McCann mehrere Parzellen bebaubaren Landes in der Nähe der Gemeinde Arawa in Papua-Neuguinea gepachtet. Was sagt dir das?«

Rachel hatte zu viel Wein getrunken, als dass ihr das irgendwas gesagt hätte. »Keine Ahnung.«

»Also, mir sagt es, dass Cotter-McCann frisches Kapital in Alden Minerals gepumpt und wahrscheinlich etliche Anteile an der Mine erworben hat. Sobald die Sache Gewinn abwirft, werden sie Alden Minerals rausdrängen und sich die Taschen vollstopfen. Das ist ihr Geschäft, es sind Finanzhaie. Schlimmer als Haie, sagen manche. Selbst Haie hören auf zu fressen, wenn sie satt sind.«

»Alden Minerals wird also scheitern.«

»›Scheitern‹ trifft es nicht ganz. Sie werden übernommen, entweder von Vitterman oder von Cotter-McCann. Sie sind über Nacht in die Oberliga aufgestiegen. Aber ich glaube nicht, dass sie der Situation gewachsen sind.«

»Ah.« Es gelang ihr einfach nicht, all die Informationen zu einem sinnvollen Ganzen zusammenzusetzen. »Danke, Glen.«

»Gern. Du, Melissa hat mir erzählt, dass du allmählich wieder unter Menschen gehst.«

»Hat sie das?« Rachel konnte nur mühsam einen Wutschrei unterdrücken.

»Ihr müsst mal zu uns rauskommen und Amelia kennenlernen. Wir würden uns unheimlich freuen.«

Eine Welle der Verzweiflung erfasste sie. »Das wäre toll.«

»Alles in Ordnung bei dir?«

»Ja, klar. Bin bloß erkältet.«

Einen Moment schien es, als würde er sich damit nicht abspeisen lassen. Aber dann sagte er: »Gib gut auf dich acht, Rachel.«

Caleb klingelte, und Rachel drückte den Türöffner. Sie hatte ihre Beweisstücke auf dem Küchentresen neben ein Whiskeyglas und eine Flasche Bourbon gelegt, aber das fiel ihm zunächst nicht auf. Er wirkte zerstreut und abgekämpft.

»Hast du vielleicht einen Drink für mich?«

Sie zeigte auf den Bourbon.

Er setzte sich auf einen der Schemel am Küchentresen und goss sich einen Whiskey ein. Was sonst noch auf dem Tresen lag, nahm er gar nicht wahr. »War ein harter Tag.«

»Ach, für dich auch«, sagte sie.

Er nahm einen tiefen Zug aus dem Glas. »Manchmal glaube ich, dass Brian recht hatte.«

»In welcher Hinsicht?«

»Heiraten. Kinderkriegen. Ist ein ganz schöner Balanceakt, und manchmal frage ich mich, ob ich nicht zu viele Bälle gleichzeitig jongliere.« Er warf einen Blick auf die Gegenstände auf dem Tresen und wirkte abgelenkt. »Was soll ich für dich tragen?«

»Eigentlich gar nichts.«

»Und warum …?« Er runzelte die Stirn, als er eines von Brians Flugtickets sah, den Bon aus dem Laden in Covent Garden, einen Ausdruck von dem Foto, das Brian vor dem Covent Garden Hotel zeigte, die Videokassette von *Since I Fell for You.*

Caleb nahm einen Schluck von seinem Whiskey und sah zu ihr hinüber.

»Ihr habt das Datum falsch geschrieben.« Sie deutete auf den Bon.

Er warf ihr ein verwirrtes Lächeln zu.

»Ihr habt es in der Reihenfolge Monat, Tag, Jahr geschrieben. In Großbritannien wäre es Tag, Monat, Jahr.«

Er warf einen Blick auf den Bon, dann sah er wieder zu ihr hinüber. »Ich habe keine Ahnung, was du –«

»Ich bin ihm gefolgt.«

Caleb goss sich einen zweiten Whiskey ein.

»Nach Providence.«

Caleb war still geworden.

Das Gebäude um sie herum war genauso still. Das Finanzbaby war eindeutig nicht da; sie hätte sonst seine Schritte gehört. Die anderen Bewohner der fünfzehnten Etage waren auch nicht zu Hause. Es fühlte sich an, als säßen sie in einem Adlerhorst in einem Wald, der in irgendeiner entlegenen Weltgegend lag.

»Er hat eine schwangere Frau.« Sie goss sich Wein nach.

»Er ist ein Schauspieler. Aber das wusstest du ja. Weil« – sie deutete mit dem Weinglas in der Hand auf ihn – »du ja auch ein Schauspieler bist.«

»Ich weiß nicht, was du –«

»Schwachsinn.« Sie stürzte die Hälfte des Weins hinunter. Wenn sie in diesem Tempo weitertränke, würde sie bald die zweite Flasche öffnen müssen. Aber das kümmerte sie nicht, denn es fühlte sich gut an, ein Ziel für ihre Wut zu haben. Es vermittelte ihr die Illusion von Macht. Und sie war an einem Punkt angelangt, an dem sie sich gern Illusionen machte, wenn sie damit das Entsetzen in Schach halten konnte.

»Was glaubst du zu wissen?«, fragte er.

»Was fällt dir ein, mit mir in diesem Ton zu sprechen?«

»Welchem Ton?«

»Einem herablassenden.«

Er hielt die Hände in die Höhe, als würde ein Räuber mit der Pistole auf ihn zielen.

Sie sagte: »Ich habe gesehen, dass Brian nach Providence gefahren ist. Ich habe Brian bei Alden Minerals gesehen. Ich habe gesehen, dass Brian in ein Fotogeschäft gegangen ist und in einen Blumenladen und in eine Bank. Ich habe Brian und seine schwang–«

»Was soll das heißen: Er ist in ein Fotogeschäft gegangen?«

»Dass er in ein Fotogeschäft gegangen ist.«

»Das auf dem Broadway?«

Ihr war nicht klar, womit sie bei ihm einen Nerv getroffen hatte, aber es war unverkennbar. Caleb starrte finster seine Spiegelung in der marmornen Arbeitsplatte an und warf seinem Glas einen düsteren Blick zu, ehe er dessen Inhalt in einem Zug leerte.

»Was hat es mit dem Fotogeschäft auf sich?« Nach einer längeren Pause sagte sie: »Caleb –«

Er streckte den Zeigefinger in die Höhe und rief jemanden auf seinem Handy an. Während sie wartete, hörte sie das Klingeln am anderen Ende. Innerlich regte sie sich über den erhobenen Zeigefinger auf, mit dem er sie zum Schweigen gebracht hatte, über die Verachtung, die aus dieser Geste sprach. Sie fühlte sich an Dr. Felix Browner erinnert; auch der hatte sie einmal auf dieselbe Weise abgekanzelt.

Er legte auf und versuchte es sofort unter einer anderen Nummer. Auch dort meldete sich niemand. Er drückte wieder auf die »Aus«-Taste, und dann presste er seine Hand so stark zusammen, dass sie glaubte, das Handy müsse zerspringen.

Er sagte zu ihr: »Erzähl mir noch –«

Sie drehte ihm den Rücken zu. Sie holte die Weinflasche, die neben dem Ofen auf der Arbeitsplatte stand, und sah ihn nicht an, während sie ihr Glas vollgoss. Das war zwar eine kleinliche Geste, aber sie fühlte sich deshalb nicht weniger gut an. Als sie sich wieder zu ihm umdrehte, verschwand sein zorniger Blick und machte einem typischen Caleb-Lächeln Platz: jungenhaft und schläfrig.

»Erzähl mir noch ein bisschen mehr von dem, was du in Providence gesehen hast.«

»Erst du.« Sie stellte sich ihm gegenüber auf die andere Seite des Tresens und setzte ihr Weinglas ab.

»Es gibt nichts, was ich dir erzählen könnte.« Er zuckte mit den Schultern. »Ich weiß nichts.«

Sie nickte. »Dann geh.«

Aus seinem schläfrigen Lächeln wurde ein leises Lachen. »Warum sollte ich?«

»Wenn du nichts weißt, Caleb, dann weiß ich auch nichts.«

»Ah.« Er öffnete den Verschluss der Whiskeyflasche und goss sich zweifingerbreit ein. Er schraubte die Flasche zu und ließ den Whiskey im Glas kreisen. »Bist du dir hundertprozentig sicher, dass Brian das Fotogeschäft betreten hat?«

Sie nickte.

»Wie lange war er drinnen?«

»Wer ist Andrew Gattis?«

Er warf ihr einen »Gut-gekontert«-Blick zu, als er einen Schluck trank. »Er ist Schauspieler.«

»Ich weiß. Sag mir etwas, das ich noch nicht weiß.«

»Er war bei der Trinity Repertory Company in Providence.«

»Die Schauspielschule.«

Er nickte wieder. »Dort haben sie sich alle kennengelernt.«

»Mein Mann ist also Schauspieler.«

»Mehr oder weniger, ja. Jetzt zu dem Fotogeschäft. Wie lange war er dort?«

Sie musterte ihn über den Tresen hinweg. »Höchstens fünf Minuten, würde ich sagen.«

Er mahlte mit dem Kiefer. »Hatte er irgendwas bei sich, als er rauskam?«

»Wie heißt Brian mit richtigem Namen?« Sie konnte die Worte fast nicht glauben, als sie aus ihrem Mund kamen. Welche Frau erwartete, eine solche Frage über ihren Ehemann stellen zu müssen?

»Alden«, sagte er.

»Brett?«

Er schüttelte den Kopf. »Brian. Brett war sein Künstlername. Ich bin dran.«

Sie schüttelte den Kopf. »Nein, nein, nein. Du hast Informationen vor mir zurückgehalten, seit wir uns kennen. Ich habe erst heute Abend damit angefangen. Ich stelle zwei Fragen, und dann darfst du mir eine stellen.«

»Was machst du, wenn mir das nicht passt?«

Sie wedelte mit den Fingern in Richtung der Wohnungstür. »Dann kannst du dich verpissen, mein Freund.«

»Du bist betrunken.«

»Ich bin angeheitert«, sagte sie. »Was geht in dem Büro in Cambridge vor sich?«

»Gar nichts, das wird nie benutzt. Es gehört einem Freund. Wenn wir es brauchen – zum Beispiel, wenn du vorbeikommen willst und wir eine Vorwarnung bekommen –, richten wir es her. Wie eine Bühne.«

»Und wer sind die Praktikanten?«

»Du hast deine zwei Fragen schon gestellt.«

Aber in diesem Moment erkannte sie die Antwort, als ob sie in einer Gloriole aus Neonlicht vom Himmel geschwebt wäre.

»Sie sind Schauspieler«, sagte sie.

»*Klingeling!*« Caleb sah auf einen imaginären Kasten vor seinen Augen. »Hauptgewinn. Hatte Brian etwas bei sich, als er das Fotogeschäft verließ?«

»Ich habe nichts gesehen.«

Er sah ihr prüfend in die Augen. »Ist er davor oder danach bei der Bank gewesen?«

»Das ist die zweite Frage.«

»Sei nett.«

Sie musste so sehr lachen, dass sie sich fast übergeben hätte. Sie lachte auf die Art, wie die Opfer von Flutkatastrophen und die Überlebenden von Erdbeben lachen. Nicht, weil etwas komisch war, sondern weil gar nichts komisch war.

»Nett?«, sagte sie. »*Nett?*«

Caleb legte die Fingerspitzen beider Hände aneinander und senkte die Stirn darauf. Ein Betender. Ein Märtyrer, der darauf wartete, von einem Bildhauer in Stein gehauen zu werden. Als kein Bildhauer kam, hob er den Kopf. Sein Gesicht war aschgrau, seine Augen lagen dunkel in ihren Höhlen. Er alterte so schnell, dass sie dabei zusehen konnte.

Sie schwenkte ihr Weinglas, aber sie trank nicht. »Wie hat er das Foto aus London gefälscht?«

»Ich war das.« Er ließ das Whiskeyglas auf dem Küchentresen eine volle Umdrehung kreiseln. »Er schrieb mir eine SMS und erklärte, was los war. Du hast mir im Grendel's direkt gegenübergesessen. Ich musste bloß ein paar Tasten auf dem Handy drücken, ein Bild von hier und eines von da nehmen und das Ganze durch ein Fotoprogramm jagen. Wenn du es dir in hoher Auflösung auf einem anständigen Computerbildschirm angesehen hättest, hätte es vermutlich nicht standgehalten, aber für einen Schnappschuss bei Abendlicht ging es allemal durch.«

»Caleb«, sagte sie, und der Wein machte sich jetzt definitiv bemerkbar, »in was bin ich verwickelt?«

»Wie meinst du das?«

»Heute Morgen, beim Aufwachen, war ich jemandes Frau. Jetzt bin ich … tja, was bin ich? Eine seiner Frauen? In einer seiner Existenzen? Was bin ich?«

»Du bist du«, sagte er.

»Was *bedeutet* das?«

»Du bist du«, sagte er. »Unverändert. Du bist rein. Du hast dich nicht verändert. Dein Mann ist nicht der, für den du ihn gehalten hast. Das stimmt. Aber das ändert nichts daran, wer du bist.« Er streckte die Hand über den Tresen aus und ergriff ihre Finger. »Du bist du.«

Sie zog ihre Finger aus seiner Hand zurück. Er ließ seine Hände auf dem Tresen liegen. Sie sah ihre eigenen Hände an, die beiden Ringe an ihnen. Ihr Verlobungsring bestand aus einem runden Diamantsolitär, der auf einem Platinring zwischen fünf weiteren runden Diamanten saß. Einmal hatte sie ihn zum Reinigen zu einem Juwelier in der Water Street gebracht (sie erinnerte sich, dass Brian ihn empfohlen hatte), und der alte Eigentümer hatte einen Pfiff ausgestoßen, als er die Diamanten sah.

»Ein Mann, der Ihnen so wertvolle Steine schenkt«, hatte er gesagt und prüfend durch seine Lupe geblickt, »der muss Sie wirklich lieben.«

Ihre Hände begannen zu zittern, als sie ihre Haut und die Juwelen ansah, und sie fragte sich, ob irgendetwas in ihrem Leben real sei. Die letzten drei Jahre waren zuerst ein Kriechen, dann ein Klettern in Richtung ihrer geistigen Gesundheit gewesen, in Richtung der Rückgewinnung ihres Lebens und ihrer selbst, eine Abfolge von winzigen Schritten in einem Tsunami aus Zweifel und Entsetzen. Eine blinde Frau, die eine Reihe von Korridoren in einem fremden Gebäude entlanggeht, das betreten zu haben sie sich nicht erinnern konnte.

Und wer war gekommen, um sie zu führen? Wer hatte

ihre Hand genommen und geflüstert: »Vertraue mir, vertraue mir«, bis sie es schließlich tat? Wer hatte sie ins Sonnenlicht geführt?

Brian.

Brian hatte an sie geglaubt, als alle anderen sie längst aufgegeben hatten. Brian hatte sie aus der Hoffnungslosigkeit herausgeführt.

»Das alles war eine Lüge?« Erstaunt hörte sie, wie die Worte ihren Mund verließen, und ebenso erstaunt war sie, als sie die Tränen auf den Marmor des Küchentresens fallen sah, auf ihre Hände und ihre Ringe. Sie rollten an ihrer Nase entlang, von den Wangenknochen herab und in ihre Mundwinkel; sie brannten ein bisschen.

Sie wollte ein Taschentuch holen gehen, aber Caleb nahm erneut ihre Hände.

»Ist in Ordnung«, sagte er. »Lass es raus.«

Sie wollte ihm sagen, dass gar nichts in Ordnung sei und ob er bitte ihre Hände loslassen könne.

Sie zog ihre Hände aus seinen. »Geh.«

»Was?«

»Hau einfach ab. Ich will allein sein.«

»Du solltest jetzt nicht allein sein.«

»Mir geht's bald wieder besser.«

»Nein«, sagte er, »du weißt zu viel.«

»Ich …?« Sie brachte den Rest dieser Drohung nicht über die Lippen. Es war doch eine Drohung, oder?

»Er würde nicht wollen, dass ich dich allein lasse.«

Jetzt wiederholte sie seine Worte. »Weil ich zu viel weiß.«

»Du weißt, was ich meine.«

»Nein, das weiß ich nicht.«

Sie hatte die Pistole in dem Sessel drüben beim Panorama-fenster liegen gelassen.

»Brian und ich haben an dieser Sache sehr lange gearbei-tet«, sagte er. »Es steht viel Geld auf dem Spiel.«

»Wie viel?«

»Eine Menge.«

»Und du glaubst, dass ich die Geschichte weitererzähle?«

Er lächelte und trank etwas Bourbon. »Ich glaube nicht, dass du es tust, aber ich glaube, dass du es tun *könntest*.«

»Mhmm.« Sie ging mit dem Weinglas zum Fenster hin-über, aber Caleb folgte ihr sofort. Sie standen neben dem Sessel und sahen auf die Lichter von Cambridge hinaus, und wenn Caleb herabschaute, würde er die Waffe sehen. »Hast du deshalb eine Frau geheiratet, die kein Englisch spricht?«

Er schwieg, und sie versuchte, nicht zum Sessel zu sehen.

»Eine Frau, die in diesem Land niemanden kennt?«

Er starrte in die Nacht hinaus, dann blickte er unver-wandt Rachels Spiegelung im Fenster an und näherte sich mit der Hüfte dem Sessel.

»Hat Brian deshalb eine Frau geheiratet, die sich nicht aus dem Haus traut?«

Irgendwann sagte Caleb: »Diese Sache könnte für uns alle gut ausgehen.« Er sah ihrer Spiegelung in die Augen. »Verdirb sie nicht.«

»Drohst du mir?«, fragte sie leise.

»Ich denke, du warst diejenige, die heute Abend mit dem Drohen angefangen hat, Kleine.« Und er sah sie so an, wie Lehrer Paul, der Vergewaltiger, sie auf Haiti angesehen hatte.

So zumindest fühlte es sich in diesem Augenblick an.

»Weißt du, wo Brian ist?«, fragte sie.

»Ich weiß, wo er sein könnte.«

»Kannst du mich zu ihm bringen?«

»Warum sollte ich?«

»Weil er mir eine Erklärung schuldig ist.«

»Oder?«

»Oder was?«

»Das ist es, was ich dich frage. Setzt du uns unter Druck?«

»Caleb«, sagte sie, und sie hasste den flehenden Unterton in ihrer Stimme, »bring mich zu Brian.«

»Nein.«

»*Nein?*«

»Brian besitzt etwas, das ich brauche. Etwas, das meine Familie braucht. Es gefällt mir nicht, dass er es besitzt, ohne mir davon zu berichten.«

Der Wein vernebelte noch immer ihre Sinne. Sie versuchte, wieder klar im Kopf zu werden. »Brian hat etwas, das du …? Das Fotogeschäft?«

Caleb nickte. »Das Fotogeschäft.«

»Was?«

»Er hat etwas, das ich brauche. Und du bist etwas, das er braucht.« Er drehte sich zu ihr um; der Sessel stand zwischen ihnen. »Deshalb werde ich dich jetzt noch nicht zu ihm bringen.«

Sie griff nach unten, packte die Pistole, entsicherte sie und zielte auf seinen Oberkörper.

»Doch«, sagte sie. »Das wirst du.«

22
Die Schneefräse

Als Caleb sie in seinem silberfarbenen Audi nach Süden fuhr, sagte er irgendwann: »Du kannst die Waffe jetzt weglegen.«

»Nein«, sagte sie. »Ich halte sie gern in der Hand.«

Das stimmte nicht. Sie hielt die Waffe überhaupt nicht gern in der Hand. Sie fühlte sich an wie ein totes Ungeziefer, das jederzeit wieder zum Leben erwachen konnte. Ihre Fähigkeit, ein Leben mit dem Krümmen eines Fingers auf immer zu beenden, zählte plötzlich zu den hässlichsten Konzepten, die ihr je untergekommen waren. Und sie hatte damit auf einen Freund gezielt. Selbst jetzt, in diesem Moment, deutete sie mit der Waffe in seine Richtung.

»Könntest du sie wenigstens wieder sichern?«

»Dann würde es zu lange dauern, bis ich den Abzug drücken kann.«

»Aber du wirst diesen Abzug nicht drücken. Ich bin es doch. Und du bist du. Kapierst du nicht, wie absurd diese Situation ist?«

»Doch«, sagte sie. »Absurd ist sie ganz bestimmt.«

»Und da wir uns nun geeinigt haben, dass du mich nicht erschießen wirst –«

»Darüber haben wir uns nicht geeinigt.«

»Aber ich fahre«, sagte er, und sein Ton klang halb hilfsbereit, halb herablassend. »Nehmen wir an, du erschießt mich. Was dann? Bleibst du seelenruhig auf dem Beifahrersitz, während der Wagen über die Autobahn schlingert?«

»Dafür gibt es Airbags.«

»Das nehme ich dir nicht ab.«

»Wenn du versuchst, mir die Pistole abzunehmen«, sagte sie, »bleibt mir keine andere Wahl, als dich zu erschießen.«

Er riss das Lenkrad herum, und der Wagen schlingerte auf die Nachbarspur. Er lächelte sie an. »Hat sich unangenehm angefühlt, was?«

Sie spürte, wie das Machtgefüge sich veränderte, und sie wusste aus ihrer Erfahrung mit Gefahrenzonen, ihren Patrouillen mit der Polizei und den langen Nächten auf Haiti, dass man in einem solchen Fall die Macht sofort wieder an sich reißen musste, bevor es zu spät war.

Seine Augen waren auf die Straße gerichtet. Ohne einen Ton ließ sie die Sicherung wieder einrasten. Sie drehte sich auf dem Sitz zur Seite, beugte sich ein wenig vor und schlug mit den Pistolengriff fest auf seine Kniescheibe. Der Wagen schlingerte erneut. Jemand hupte.

Caleb stieß zischend die Luft aus. »Verdammte Scheiße! Was ist denn in dich gefahren? Diese Scheiß-«

Sie schlug erneut zu, genau auf dieselbe Stelle.

Es gelang ihm nur knapp, den Wagen vor einem weiteren Ausscheren zu bewahren. »*Hör auf!*«

Sie konnten von Glück sagen, wenn nicht in ebendiesem Moment ein anderer Fahrer die Notrufnummer anrief, um einen betrunkenen Fahrer zu melden, und Calebs Autokennzeichen durchgab.

Sie entsicherte die Waffe wieder.

»Hör auf«, wiederholte er. Zusammen mit seiner Wut und der vorgespielten Selbstgewissheit klang in seiner Stimme nun ein deutliches Timbre von Furcht mit. Er hatte keine Ahnung, was sie als Nächstes tun würde, und die verschiedenen Möglichkeiten jagten ihm auf jeden Fall Angst ein.

Und damit hatte sich das Machtgefüge zurückverlagert.

Er verließ die Autobahn in Dorchester, an der südlichen Spitze der Neponset Avenue. Er fuhr nördlich auf den Gallivan Boulevard, hielt sich im Kreisverkehr rechts, und zunächst glaubte sie, dass sie die Brücke nach Quincy überqueren würden, doch stattdessen hielt er auf die Auffahrt der innerstädtischen Autobahn zu. Im letzten Moment drehte er nach rechts ab und fuhr auf eine Straße, die dringend neu asphaltiert werden musste. Sie holperten dahin, bis er rechts abbog und sie in eine Gegend voller verwitterter, halbverfallener Wohnhäuser, Lagerhäuser aus Wellblech und Trockendocks brachte, in denen kleine Schiffe gebaut wurden. Am Ende der Straße befand sich der Jachthafen von Port Charlotte, auf den Sebastian sie während ihrer Segeltouren in der Massachusetts Bay während ihres ersten gemeinsamen Sommers hingewiesen hatte. Sebastian, der ihr gezeigt hatte, wie man sich auf einem Schiff nachts an den Sternen orientiert. Sebastian, der nie so glücklich gewesen war wie auf dem Wasser, wenn der Wind sein blondes Haar zerzauste.

Direkt hinter dem fast leeren Parkplatz befanden sich ein Restaurant und ein Jachtklub. Beide Gebäude waren frisch gestrichen und machten einen erstaunlich hoffnungsvollen Eindruck für einen Jachthafen ohne Jachten. Das größte Boot, das am Dock festgemacht war, war ungefähr vierzehn Meter lang. Die meisten anderen schienen betagte hölzerne

Fischerboote zu sein. Einige neuere waren aus Fiberglas. Das schönste von ihnen war ungefähr elf Meter lang. Der Rumpf war blau gestrichen, das Steuerhaus weiß, das Deck hatte die Farbe von dunklem Honig, ähnlich wie Teakholz. Es fiel ihr deshalb auf, weil ihr Mann auf dem Deck stand, im grellen Licht ihrer Frontscheinwerfer.

Caleb stieg aus dem Wagen aus. Er zeigte auf Rachel und sagte zu Brian, dass seine Frau die Sache nicht gut aufgenommen habe. Rachel bemerkte mit Genugtuung, dass Caleb hinkte, als er auf das Schiff zueilte. Sie hingegen bewegte sich langsam voran, die Augen auf Brian geheftet. Er erwiderte ihren Blick fest, sah nur manchmal für einen Sekundenbruchteil in Calebs Richtung.

Wenn sie gewusst hätte, dass sie ihn erschießen würde, hätte sie dann das Boot betreten?

Sie hätte sich umdrehen und zur Polizei gehen können. Mein Mann ist ein Betrüger, hätte sie sagen können. Sie stellte sich einen schmierigen Polizisten vor, der hinter dem Schalter stand und antwortete: »Sind wir das nicht alle, Gnädigste?« Ja, sie war sich sicher, dass es ein Verbrechen war, sich für einen anderen Menschen auszugeben und zwei Ehefrauen zu haben, aber waren das schwere Verbrechen? Konnte Brian nicht einfach Einspruch einlegen, und die ganze Sache würde sich in Wohlgefallen auflösen? Dann hätte sie sich wieder zum Gespött gemacht, wieder würde sie zu der gescheiterten Zeitungsreporterin werden, zur tablettensüchtigen Fernsehreporterin, ein schlechter Witz und eine Frau, die das Haus nicht verlassen konnte. Sie würde den einheimischen Komödianten wochenlang frisches Material liefern, sobald sich herausstellte, dass sie, die durchgeknallte Reporterin, einen Betrüger geheiratet hatte, der ein Doppelleben mit einer anderen Frau führte.

Sie folgte Caleb die Laufplanke hinauf zum Boot. Er ging an Bord. Als sie das Gleiche tun wollte, hielt Brian ihr seine Hand hin. Sie starrte sie so lange an, dass er sie schließlich fallen ließ. Er bemerkte die Pistole. »Soll ich dir meine zeigen? Damit ich mich sicherer fühlen kann?«

»Nur zu.« Sie betrat das Deck. In diesem Moment packte Brian ihr Handgelenk und drehte ihr die Waffe aus der Hand. Er zog seine eigene Pistole, einen gedrungenen .38er Revolver, unter seinem Hemd hervor und legte beide auf einen Tisch am Heck. »Sobald wir draußen auf dem Wasser sind, Schatz, sag einfach Bescheid, wenn du auf mich schießen willst. Das schulde ich dir.«

»Du schuldest mir mehr.«

Er nickte. »Und ich werde es wiedergutmachen.« Er löste eine Leine von der Klampe, und ehe sie recht begriffen hatte, dass sie den Motor hörte, stand Caleb schon mit der Hand am Steuer unter dem Schutzdach, und sie tuckerten auf dem Neponset River in Richtung der Bay.

Brian setzte sich auf die Bank an einer Seite des Decks, und sie setzte sich ihm gegenüber. Der Tisch befand sich zwischen ihnen.

»Du besitzt also ein Boot«, sagte sie.

Er beugte sich vor, die Hände zwischen den Knien verschränkt. »Stimmt.«

Port Charlotte blieb hinter ihnen zurück. »Werde ich es jemals lebend verlassen?«

Er legte den Kopf auf die Seite. »Natürlich. Warum nicht?«

»Weil ich dein Doppelleben aufdecken könnte.«

Er lehnte sich zurück und löste nachdenklich die Hände voneinander. »Und was sollte dir das bringen?«

»Mir bringt das gar nichts. Aber dich bringt es in den Knast.«

Er zuckte mit den Schultern.

»Du glaubst mir nicht.«

»Wenn du willst, drehen wir sofort um und bringen dich zurück. Dann kannst du zur nächsten Polizeiwache fahren und denen deine Geschichte erzählen. Falls sie dir glauben – und machen wir uns nichts vor, um deine Glaubwürdigkeit ist es in dieser Stadt nicht allzu gut bestellt –, dann schicken sie bestimmt jemanden los. Morgen oder übermorgen oder Dienstag in einer Woche oder wann immer sie dazu kommen. Bis dahin bin ich längst abgehauen. Sie werden mich nie finden – und du auch nicht.«

Die Vorstellung, ihn nie wiederzusehen, stach ihr wie eine Klinge ins Herz. Brian zu verlieren – zu wissen, dass er irgendwo da draußen lebte, ohne ihn jemals wiederzusehen – wäre wie der Verlust einer Niere für sie. Das war zwar eine verrückte Reaktion, aber leugnen ließ sie sich nicht.

»Warum bist du überhaupt noch hier?«

»Ich konnte meinen Zeitplan nicht so schnell anpassen, wie es mir lieb war.«

»Was redest du da?«

»Uns bleibt nicht viel Zeit«, sagte Brian.

»Zeit wofür?«

»Vertrauen.«

Sie starrte ihn an. »*Vertrauen?*«

»Leider, ja.«

Sie hätte vermutlich tausend Dinge auf diese unfassbare Absurdität entgegnen können, aber alles, was sie herausbrachte, war: »Wer ist sie?«

Kaum hatte sie die Worte gesagt, hätte sie sie am liebsten zurückgenommen. Er hatte ihr alle Fundamente unter den Füßen weggezogen, die sie in den vergangenen drei Jahren ihres Lebens mühsam aufgebaut hatte, und sie benahm sich wie ein eifersüchtiger Teenager.

»Wer?«, fragte er.

»Die schwangere Frau, die du in Providence versteckst.«

Diesmal kam sein Lächeln einem Grinsen nahe, als er den Blick zum sternenlosen Himmel hob. »Sie ist Teilhaberin.«

»An deiner Mineralgesellschaft?«

»Indirekt schon, ja.«

Sie spürte, dass sie allmählich in den Rhythmus ihrer üblichen Streitereien verfielen – sie nahm normalerweise den offensiven Part ein, er den defensiv-ausweichenden, womit er sie meist noch aggressiver machte wie ein Hund, der einen Aufziehhasen jagt. Ehe sich die Situation weiter verschlimmerte, stellte sie die entscheidende Frage.

»Wer bist du?«

»Ich bin dein Ehemann.«

»Du bist nicht mein –«

»Ich bin der Mann, der dich liebt.«

»Du hast mich angelogen. Alles, was unser Leben ausgemacht hat, ist eine Lüge. Das ist nicht Liebe. Das ist –«

»Sieh mir in die Augen. Sag mir, ob du darin Liebe siehst oder nicht.«

Sie blickte ihm in die Augen. Zuerst sarkastisch, dann zunehmend fasziniert. Das Gefühl war da, ohne Frage.

Wirklich? Er war immerhin Schauspieler.

»*Deine* Form von Liebe«, sagte sie.

»Das stimmt«, sagte er, »was sonst?«

Caleb drosselte den Motor. Sie befanden sich ungefähr zwei Meilen vom Ufer entfernt in der Bay; die Lichter von Quincy waren rechts von ihnen zu sehen, die von Boston zu ihrer Linken. Im Westen wurde die glatte Fläche des tintenschwarzen Wassers von den zerklüfteten Kämmen und Klippen von Thompson Island unterbrochen. In dieser Dunkelheit ließ sich unmöglich sagen, ob die Insel siebzig oder siebenhundert Meter entfernt lag. Es gab irgendeine Jugendeinrichtung auf Thompson, aber wer dort sein mochte, lag jetzt im Bett und schlief, denn es war kein einziges Licht zu sehen. Kleine Wellen brachen sich leise am Schiffsrumpf. In einer ähnlich dunklen Nacht hatte sie Sebastian einmal mit nichts als ihren Fahrlichtern zum Hafen gelotst. Den größten Teil der Fahrt hatten sie nervös gekichert. Aber Caleb hatte jegliches Licht mit Ausnahme der kleinen Lampen gelöscht, die zu ihren Füßen im Deck eingelassen waren.

Hier draußen in der undurchdringlichen Dunkelheit einer mondlosen Nacht, so wurde ihr klar, könnten Brian und Caleb sie ohne weiteres umbringen. Vielleicht hatten sie die ganze Situation so eingefädelt, dass sie glaubte, die Ereignisse, die sie zu dem Schiff und zur Bucht und in diese unerbittliche Finsternis geführt hatten, selbst bestimmt zu haben, während es in Wahrheit andersherum war.

Plötzlich erschien es ihr wichtig, Brian nach seinem richtigen Namen zu fragen.

»Alden«, antwortete er. »Brian Alden.«

»Kommst du aus einer Familie von Holzhändlern?«

Er schüttelte den Kopf. »So glanzvoll war es nicht.«

»Kommst du überhaupt aus Kanada?«

Er schüttelte den Kopf. »Ich bin aus Grafton in Vermont.«

Er beobachtete sie vorsichtig, während er eine Plastikhülle mit Erdnüssen aus seiner Tasche nahm – die Art, die man im Flugzeug bekommt –, und sie öffnete.

»Du bist Scott Pfeiffer«, sagte sie.

Er nickte.

»Aber du heißt nicht Scott Pfeiffer.«

»Nein. Das ist der Name eines Jungen, mit dem ich zusammen auf der Highschool war. Er hat mich im Lateinunterricht immer zum Lachen gebracht.«

»Und dein Vater?«

»Stiefvater. Das war der Typ, den ich beschrieben habe. Rassist, schwulenfeindlich und immer in Sorge, dass die ganze Welt sich gegen ihn verschworen hat, um alles zunichtezumachen, an das er jemals glaubte. Paradoxerweise war er aber auch ein netter Typ und ein guter Nachbar, der immer bereit war, einem beim Aufstellen eines Zaunes oder beim Reparieren einer Regenrinne zu helfen. Ein Herzinfarkt hat ihn umgehauen, als er gerade den Schnee vor dem Haus eines Nachbarn schippte. Der Nachbar hieß Roy Carrol. Und das Komische daran ist, dass Roy nie nett zu ihm gewesen war. Mein Vater hat den Schnee vor seinem Haus weggeschippt, weil das seinem Begriff von Anstand entsprach und weil Roy angeblich zu arm war, um jemandem dafür zu bezahlen, und weil er in einem Eckhaus wohnte. Weißt du, was Roy am Tag nach der Beerdigung meines Vaters tat?« Brian warf sich eine Erdnuss in den Mund. »Ist losgegangen und hat sich eine Schneefräse für dreitausend Dollar gekauft.«

Er bot ihr Erdnüsse an, und sie schüttelte den Kopf. Sie war auf einmal wie betäubt, fast gefühllos – als hätte sie gerade eine 3-D-Simulation betreten und dies wäre die Szene, in die man sie versetzt hatte.

»Und dein leiblicher Vater?«

»Den habe ich nie richtig kennengelernt.« Er zuckte mit den Schultern. »Das haben wir gemein.«

»Was ist mit Brian Delacroix? Wieso ausgerechnet diese Identität?«

»Das weißt du doch, Rachel. Ich habe es dir erzählt.«

Richtig, sie wusste es. »Der hat an der Brown studiert.«

Brian nickte.

»Und du warst der Pizzalieferant.«

»Lieferung in höchstens vierzig Minuten, oder Sie bezahlen nur die Hälfte.« Er lächelte. »Jetzt weißt du, warum ich so schnell fahre.« Er schüttelte ein paar Erdnüsse aus dem Beutel in die Hand.

»Warum«, fragte sie, »sitzt du da und isst Erdnüsse, als ob alles wie immer wäre?«

»Weil ich hungrig bin.« Er warf sich noch eine Nuss in den Mund. »Es war ein langer Flug.«

»Du bist nicht geflogen.« Sie knirschte mit den Zähnen, atmete dann tief durch.

Er sah sie stirnrunzelnd an, und sie hätte ihm am liebsten einen Schlag ins Gesicht verpasst. Sie wünschte, sie hätte nicht so viel getrunken. Sie musste jetzt klar denken, aber davon war sie weit entfernt. Sie hätte ihre Fragen gern fein säuberlich in genau der richtigen Reihenfolge gestellt.

»Du bist nicht geflogen«, sagte sie, »weil du nicht in diesem Beruf arbeitest und weil du nicht Brian Delacroix bist, was bedeutet, dass unsere Ehe nicht rechtsgültig ist und du mich angelogen hast, und zwar über …« Sie hielt inne. Sie spürte die Dunkelheit, die sie umgab und innerlich ausfüllte. »Alles.«

Er klopfte sich die Erdnusskrümel von den Händen und steckte die leere Plastikverpackung ein.

»Nicht über alles.«

»Wirklich. Was stimmt denn?«

Er deutete mit den Fingern eine Verbindung zwischen ihm und ihr an. »Das.«

Sie machte die Geste nach. »*Das* ist einen Scheißdreck wert.«

Er besaß tatsächlich die Frechheit, verletzt zu wirken. »Nein, das stimmt nicht, Rachel. Es existiert. Und es ist wichtig.«

Caleb gesellte sich zu ihnen. »Sag mir, was es mit dem Fotogeschäft auf sich hat, Brian.«

Brian sagte: »Was soll das? Spielt ihr ›Guter-Bulle-böser-Bulle‹ mit mir? Wollt ihr mich beide in die Zange nehmen?«

»Rachel sagt, sie sei dir zu Little Louie's gefolgt.«

Ein herzloser Ausdruck machte sich auf Brians Gesicht breit. So hatte er ausgesehen, als er Andrew Gattis geschlagen hatte, als er im Regen den Hancock Tower verlassen hatte, und bei einem Streit mit Rachel war dieser Ausdruck auch einmal über sein Gesicht gehuscht, wenn auch nur für eine Sekunde. »Wie viel hast du ihr erzählt?«

»Gar nichts.«

»Du hast ihr überhaupt nichts erzählt?«

Einen Moment lang kam es ihr vor, als würde Brians Stimme komisch klingen, als hätte er sich versehentlich in die Zunge gebissen oder sich geschnitten.

»Ich habe nur gesagt, dass wir Schauspieler sind.«

»Sonst nichts?« Seine Stimme klang jetzt wieder wie seine eigene.

»Hallo? Ich stehe hier«, sagte sie.

Brian sah sie mit ausdruckslosen Augen an. Nein, nicht ausdruckslos. Sterbend. Das Licht wich aus ihnen. Sie fühlte sich winzig in seinem Blick. Er ließ seine Augen mit einem Ausdruck über ihren Körper gleiten, der zugleich kalt und lüstern war – der Ausdruck eines Mannes, der sich Pornographie anschaut, auch wenn er gar nicht weiß, ob er in der Stimmung dazu ist.

Caleb sagte: »Warum bist du in das Fotogeschäft gegangen, Brian?«

Brian wollte Caleb mit einem erhobenen Zeigefinger zum Schweigen bringen, während seine Augen immer noch über Rachels Körper glitten. Calebs Gesicht war deutlich anzusehen, wie sehr ihm die Abschätzigkeit dieser Geste gegen den Strich ging.

»He, fuchtel nicht mit dem Finger vor mir herum! Und versuch bloß nicht, mich herumzukommandieren, als ob ich dein Angestellter wäre. Sind die Pässe bereit?«

Brian lachte leise, während sich sein Gesicht gleichzeitig verhärtete. »Sachte, mein Guter. Heute Abend solltest du dein Glück nicht herausfordern.«

Caleb ging einen Schritt auf Brian zu. »Du hast gesagt, dass sie erst in vierundzwanzig Stunden fertig wären.«

»Ich weiß, was ich gesagt habe.«

»Geht es dabei um sie?« Caleb zeigte auf Rachel. »Sie und ihre Macke? Scheiße, Brian, Menschen könnten sterben, weil –«

»Ich weiß, dass Menschen sterben könnten«, sagte Brian. »Meine Frau könnte sterben. Mein Kind könnte –«

»Eine Frau und ein Kind, die du gar nicht haben solltest.«

»Aber bei dir ist es in Ordnung, ja?« Caleb ging zwei weitere Schritte auf Brian zu. »Bei *dir* ist es in Ordnung.«

»Sie war in Kriegsgebieten«, sagte Brian. »Sie ist kampferprobt.«

»Sie ist eine Neurotikerin, die kaum das Haus verlassen kann.«

Rachel sagte: »Was habt ihr zwei –?«

Caleb trat ganz nah an Brian heran und deutete mit dem Finger auf sein Gesicht. »Du hast mich bei den Scheißpässen angelogen. Du hast uns alle in Gefahr gebracht. Wir werden abkratzen, weil du mit dem Schwanz denkst.«

Dann ging alles sehr schnell.

Brian schlug Calebs Finger beiseite. Caleb rammte Brian eine hastig geballte Faust seitlich in den Schädel. Brian stand halb von seinem Stuhl auf, während Caleb zu einem zweiten Schlag ausholte, der Brian am Hals treffen sollte. Er verfehlte ihn weitgehend. Brian versenkte seine Faust mit voller Wucht in Calebs Solarplexus. Während Caleb sich vor Schmerz krümmte, schlug ihm Brian so fest aufs Ohr, dass Rachel das Bersten des Knorpels hörte.

Caleb stolperte zur Seite. Er fiel auf ein Knie und schnappte verzweifelt nach Luft.

Sie rief: »Hört sofort auf!«, doch es klang lächerlich.

Brian rieb sich den Hals an der Stelle, wo Caleb ihn getroffen hatte, und spuckte ins Wasser.

Caleb zog sich am Tisch hoch. Dann hielt er plötzlich ihre Waffe in der Hand. Sie sah, wie er die Pistole entsicherte, und zuerst war ihr gar nicht klar, was gerade passierte. Es war surreal, so unwirklich, wie sich schon der ganze Tag angefühlt hatte. Sie waren Brian, Rachel und Caleb, normale Leute, langweilige sogar, nicht die Sorte von Menschen, die mit Feuerwaffen herumfuchtelten. Und doch hatte sie selbst Caleb mit dieser Waffe gezwungen hierherzufahren.

Und jetzt zielte er damit auf Brians Kopf. »So, du Held, jetzt sag mir endlich, wo diese Scheiß-«

Brian holte aus und versetzte Calebs Hand einen Schlag. Die Waffe ging los. Sie war nicht so laut, wie sie auf dem Schießstand immer geklungen hatte, wo sie links und rechts von Abtrennungen umgeben war. Sie klang wie eine Schreibtischschublade, die man mit einem Fußtritt schließt. Dem Mündungsfeuer nach zu urteilen, schoss die Kugel ungefähr in Rachels Richtung. Aber sie schrie nicht auf. Brian riss die Waffe aus Calebs Hand und trat ihm die Beine unter dem Leib weg, und das alles mit einer Leichtigkeit, die nahelegte, dass er Erfahrung mit solchen Kämpfen besaß. Caleb fiel auf den Rücken, und Brian trat ihm in die Brust und den Bauch, mit einer Wucht, als ob er ihn zu Tode treten wollte.

»Du zielst mit einer Waffe auf mich?«, schrie Brian. »Für wie bescheuert hältst du mich eigentlich?«

Mit jedem Satz teilte Brian einen Tritt aus.

»Willst du mich bescheißen?« Brian trat ihm in den Bauch. »Meine Frau runtermachen?«

Eine Blutblase zerplatzte vor Calebs Mund.

»Meine Frau ficken? Ist es das, was du willst?« Brian trat ihm in den Unterleib. »Meinst du, ich merke nicht, wie du sie ansabberst? Sie anglotzt? Wie du sie dir *vorstellst*?«

Als Brian zu treten begonnen hatte, hatte Caleb ihn noch angefleht aufzuhören. Jetzt lag er nur noch regungslos da.

»Brian, hör auf.«

Brian drehte sich zu ihr um, und sein Augen wurden schmal, als er seine eigene Waffe in ihrer Hand sah. Sie erinnerte sich nicht daran, sie aufgehoben zu haben, aber sie spürte ihr Gewicht – sie war viel schwerer als ihre Pistole, die in Brians Hand wie ein Spielzeug aussah.

»Aufhören?«, fragte er.

»Aufhören«, wiederholte sie. »Du bringst ihn um.«

»Und was geht dich das an?«

»Brian, bitte.«

»Was würde sich in deinem Leben ändern, wenn er tot wäre? Wenn ich tot wäre? Oder einfach weg? Du würdest das Gleiche machen wie immer – drinnen hocken und rausgucken. Du würdest nichts mit der Welt zu tun haben. Du würdest nichts bewirken. Vergiss ihn. Welchen Unterschied macht es überhaupt, ob *du* auf der Welt bist?«

Diese Worte schienen ihn ebenso sehr zu überraschen wie sie. Er zwinkerte mehrmals nervös mit den Augen. Er sah zu dem lichtlosen Himmel hoch und dann auf die schwarze Bay. Sah Caleb an. Sah wieder Rachel an. Und sie konnte zusehen, wie ihm eine Erkenntnis dämmerte: Wenn er zurückkehrte und mit einem leeren Boot an Land anlegte, würde kein Mensch etwas davon merken.

Er hob die Waffe. Zumindest hatte es für sie den Anschein, als ob er die Waffe höbe. Nein, es stimmte. Er hob sie wirklich. Hob sie in einer fließenden Bewegung von den Knien vor die Brust.

Und sie erschoss ihn.

Sie schoss so, wie man es ihr beigebracht hatte. Massenschwerpunkt. Die Kugel direkt ins Herz.

Brian stolperte rücklings, und das Blut breitete sich auf seinem Hemd aus und tropfte zu Boden.

Caleb sah sie mit einer Mischung aus Entsetzen und Dankbarkeit an.

Brian ließ die Waffe – ihre Waffe – fallen. »Scheiße«, sagte er.

Und in seinen Augen war all diese Liebe. Und all diese Furcht. Worte verließen seinen Mund, begleitet von einem Schwall Blut, das an seinem Kinn hinabrann. Und wegen des Blutes und seiner Angst konnte sie nicht verstehen, was er ihr sagte.

Er stolperte zurück, seine Hand gegen die Brust gepresst. Er fiel vom Boot.

Und jetzt hörte sie deutlich, was er zu ihr gesagt hatte, was zunächst verloren gegangen war, als die Wörter zusammen mit dem Blut seinen Mund verließen. »Ich liebe dich.«

Warte. Warte. Brian, warte.

Sie sah sein Blut auf dem Deck und einen kleinen Spritzer auf dem weißen Schaumpolster auf der Bank vor der Reling.

Warte, dachte sie wieder.

Wir wollten doch zusammen alt werden.

III

Rachel in der Welt
2014

23
Dunkel

Als Erstes nahm sie ihre Uhr ab. Dann ihre Kette – dieselbe, die er ihr vor drei Wochen in der Einkaufspassage gekauft hatte. Sie schleuderte die Schuhe von sich. Riss sich den Anorak vom Leib, gefolgt von ihrem T-Shirt und ihren Jeans. Das alles legte sie zusammen mit der Pistole, mit der sie geschossen hatte, auf den Tisch.

Sie ging an Caleb vorbei und in den Schiffsraum hinab. Gleich rechts neben der Tür fand sie eine Leuchtpistole und einen Erste-Hilfe-Kasten, aber keine Taschenlampe. Doch, ein paar Schritte weiter am Tresen entlang lag eine, aus gelbem Plastik und schwarzem Gummi. Sie probierte sie aus. Funktionierte wunderbar. Sie warf einen Blick auf den Griff – solarbetrieben. Wenn sie jetzt noch genug Zeit gehabt hätte, nach einer Druckluftflasche zu suchen, hätte sie ewig unter Wasser bleiben können. Sie ging hinaus an Deck, wo Caleb an der Reling auf sie wartete.

»Hör zu«, sagte er. »Er ist tot. Und wenn nicht –«

Sie ließ ihn einfach stehen. Sie stieg auf die Reling. Caleb sagte: »Warte«, aber sie sprang schon ins Wasser. Die Kälte umklammerte ihr Herz, ihre Kehle, ihre Eingeweide. Sie bohrte sich ihr in die Schläfen und strömte wie Säure durch ihre Nebenhöhlen.

Die Taschenlampe war sogar noch heller, als sie gehofft

hatte, und sie beleuchtete eine limettengrüne Welt aus Moos und Seegras, Korallen und Sand und schwarzen Felsbrocken von der Größe primitiver Gottheiten. Sie tauchte durch das Grün hinab und fühlte sich fremd wie ein unnatürlicher Eindringling in der Welt der Natur. Einer Urwelt, die so alt war, dass sie bereits existiert hatte, bevor es Sprache, Menschlichkeit, Bewusstsein überhaupt gab.

Ein Schwarm Kabeljau schwamm kaum einen Meter entfernt an ihr vorbei. Dann sah sie Brian. Er lag ungefähr fünf Meter unter ihr auf dem Sand, neben einem Felsen, der so alt war wie die Welt. Sie schwamm zu ihm hinab und hielt sich Wasser tretend vor ihm. Sie weinte, ihre Schultern zuckten, und er starrte sie aus toten Augen an.

Es tut mir leid.

Ein dünner Blutstreif drang aus dem Loch in seiner Brust.

Ich habe dich geliebt, ich habe dich gehasst, ich weiß nicht, wer du bist.

Sein Körper war leicht nach rechts gekippt, sein Kopf lag auf der linken Schulter.

Ich hasse dich. Ich liebe dich. Ich werde dich für den Rest meines Lebens vermissen.

Sie starrte ihn an, und sein Leichnam starrte zurück, bis ihre Lungen brannten, bis ihre Augen brannten und sie es nicht länger aushielt.

Lebewohl.

Lebewohl.

Als sie hinaufschwamm, sah sie, dass Caleb die Schiffs-strahler aufgedreht hatte. Der Bootsrumpf hob und senkte sich auf der Wasseroberfläche, sieben Meter über und ungefähr fünfzehn Meter entfernt von ihr. Sie strampelte zur

Wasseroberfläche und war schon halb dort, als etwas direkt über dem Knie an ihrem Oberschenkel entlangstrich. Sie schlug nach ihrem Bein, aber dort war nichts. Stattdessen fiel ihr die Taschenlampe aus der Hand. Sie fiel schneller, als es Rachel nach oben zog, und sie sah noch, wie sie auf den sandigen Grund fiel – ein strahlend gelbes Auge, das zur Welt hinaufsah.

Sie durchbrach die Wasseroberfläche, holte tief Luft, und dann schwamm sie zum Schiff. Als sie an Bord kletterte, bemerkte sie steuerbord eine winzige Insel, die ihr in der Dunkelheit zuvor nicht aufgefallen war. Ein Stückchen Land, nur für Vögel und Krebse, gerade groß genug, um sich mit dem halben Gesäß daraufzusetzen. Ein einziger, kränklich dünner Ahorn ragte vom Felsuntergrund auf; der Wind hatte ihn um fünfundvierzig Grad gebogen. Mehrere hundert Meter entfernt lag, wie sie richtig vermutet hatte, Thompson Island, nun zwar etwas deutlicher sichtbar, aber genauso lichtlos wie zuvor.

Auf dem Boot nahm sie die Kleidung mit in die Kabine und ignorierte Caleb, der mit gesenktem Kopf, die Hände zwischen den Knien, an Deck saß. Hinter dem Bett gab es ein kleines WC mit einer Schiebetür. Über der Toilette hing ein Foto von Brian und ihr, das sie noch nie gesehen hatte. Sie erinnerte sich jedoch an den Zeitpunkt der Aufnahme, denn damals hatte Brian Melissa zum ersten Mal getroffen. Sie hatten im North End zu Mittag gegessen, waren danach nach Charlestown spaziert und hatten auf der grasbewachsenen Anhöhe in der Nähe des Bunker-Hill-Denkmals gesessen. Melissa hatte das Foto geschossen. Rachel und Brian saßen darauf Rücken an Rücken, das Denkmal ragte hinter ihnen in die Höhe. Sie lächelten – nichts Ungewöhnliches auf Fotos, aber ihr Lächeln war echt. Sie strahlten Glück aus. In jener Nacht hatte er ihr zum ersten Mal gesagt, dass er sie liebte. Sie hatte ihn eine halbe Stunde warten lassen, ehe sie seine Liebesbekundung erwiderte.

Sie saß einige Minuten lang auf der Toilette und flüsterte Dutzende Male seinen Namen, und sie weinte geräuschlos, bis ihr die Kehle zuschwoll. Sie wollte ihm sagen, wie leid es ihr tue, dass sie ihn getötet hatte, und sie wollte ihm sagen, wie sehr sie ihn hasste, weil er sie belogen hatte, aber die Wahrheit war, dass sie nichts davon auch nur annähernd so stark empfand wie seinen Verlust und den Verlust der Frau, die sie in seiner Gegenwart gewesen war. In Haiti waren ihr viele ihrer elementaren Gefühle fast gänzlich genommen worden – ihr Mitgefühl, ihr Mut, ihre Anteilnahme, ihre Willenskraft, ihre Integrität, ihr Selbstwertgefühl –, und Brian hatte als Einziger daran geglaubt, dass sie zurückkehren würden. Er hatte sie davon überzeugt, dass sie wieder wachsen und gedeihen würden.

»Oh, Rachel«, hörte sie ihre Mutter sagen – und sie hatte es mehr als einmal gesagt –: »Ist es nicht traurig, dass du dich nur dann lieben kannst, wenn ein anderer dir die Erlaubnis dazu erteilt?«

Sie sah in den Spiegel, und es schockierte sie zu sehen, wie sehr sie ihr ähnelte, der berühmten Elizabeth Childs, der Frau, deren Bitterkeit alle mit Mut verwechselt hatten.

»Du kannst mich mal, Mutter.«

Sie zog ihre Unterwäsche aus und trocknete sich mit einem dicken Handtuch ab, das sie auf einem Regal gefunden hatte. Sie zog ihre Jeans, ihr T-Shirt und den Anorak wieder an, fand eine Bürste und brachte, so gut es ging, ihre Frisur in Ordnung, und dann starrte sie im Spiegel erneut ihre Mutter an – ungefähr zu dem Zeitpunkt, als *Die Treppe* veröffentlicht worden war –, aber auch eine neue Version von Rachel. Eine Mörderin. Sie hatte jemandem das Leben genommen. Dass es sich um das Leben ihres Ehemannes handelte, machte diesen Umstand weder besser noch schlechter; die Tat selbst war schwerwiegend, ganz egal, wer der Getötete war. Sie hatte ein menschliches Leben von diesem Planeten getilgt.

Hatte er *wirklich* die Waffe gehoben?

Sie hatte es geglaubt.

Aber hätte er den Abzug gedrückt?

Sie war sich so sicher gewesen.

Und jetzt? Jetzt wusste sie gar nichts mehr. War der Mann, der einem Obdachlosen nachts im strömenden Regen seinen Mantel gegeben hatte, eines Mordes fähig? Derselbe Mann, der ihre kranke Psyche drei Jahre lang aufgebaut hatte – ohne ein einziges ungeduldiges Wort oder einen einzigen frustrierten Blick? Konnte ein solcher Mann einen Mord begehen?

Nein, dieser Mann konnte es nicht. Aber dieser Mann war Brian Delacroix, und der hatte niemals existiert.

Brian Alden hingegen konnte einem alten Freund einen Schlag verpassen, ohne mit der Wimper zu zucken. Er konnte seinen Partner und besten Freund mit so viel Wut treten, dass man glaubte, er werde erst damit aufhören, wenn er ihn getötet hätte. Brian Alden hatte die Waffe gehoben, um sie auf sie zu richten. Nein, er hatte nicht direkt auf sie gezielt, und nein, er hatte den Abzug nicht gedrückt.

Weil sie ihm keine Gelegenheit dazu gegeben hatte.

Sie ging wieder hoch an Deck. Sie fühlte sich ruhig. Zu ruhig. Und sie erkannte, was diese Ruhe war: die Wirkung des Schocks. Sie spürte sich selbst in ihrem Körper, aber den Körper spürte sie nicht.

Sie fand ihre Waffe an der Stelle, wo Brian sie auf das Deck hatte fallen lassen. Sie steckte sie am Rücken in den Hosenbund. Sie nahm Brians Waffe vom Tisch. Sie ging damit auf Caleb zu, und seine Augen wurden klein, doch es war zu spät, sie aufzuhalten.

Sie warf die Pistole an seinem Kopf vorbei ins Meer. Dann sah sie zu ihm hinab.

»Hilf mir, das Blut vom Deck zu spülen.«

24
Kessler

Auf der Rückfahrt im Auto hatte Caleb starke Schmerzen beim Atmen. Brian hatte ihm offenbar mindestens eine Rippe gebrochen. Sie erreichten die Stadt, aber Caleb ignorierte die erste Ausfahrt nach Back Bay. Zunächst dachte sie, er wolle die nächste Ausfahrt nehmen, aber als er auch an der vorbeifuhr, fragte sie: »Was tust du?«

»Ich fahre.«

»Wohin?«

»Ich habe ein Haus, das sicher ist. Wir müssen dorthin und unsere nächsten Schritte überlegen.«

»Ich muss in meine Wohnung.«

»Nein, musst du nicht.«

»Oh doch.«

»Es gibt Menschen, die jetzt stocksauer sind und uns vielleicht schon im Nacken sitzen. Wir müssen aus dieser Stadt raus, nicht in sie rein.«

»Ich brauche meinen Laptop.«

»Scheiß auf deinen Laptop. Mit dem Geld, das wir haben werden, kannst du dir einen neuen kaufen.«

»Es geht nicht um den Laptop, sondern um das Buch, das ich darauf gespeichert habe.«

»Lad es dir halt noch mal herunter.«

»Kein Buch, das ich lese, sondern eines, das ich schreibe.«

Er warf ihr einen wilden Blick zu. Sein Gesicht war im Licht der grellen Straßenlaternen kreidebleich, es wirkte gespenstisch, und sein Ausdruck war hilflos. »Du hast keine Sicherheitskopie?«

»Nein.«

»Irgendwo in der Cloud?«

»*Nein.*«

»Warum zum Teufel nicht?«

»Ich brauche meinen Laptop«, wiederholte sie, als die Ausfahrt näher kam. »Bring mich nicht dazu, die Pistole noch mal herauszuholen.«

»Du brauchst dein Buch nicht bei all dem Geld, dass –«

»Es geht nicht ums Geld!«

»Es geht immer ums Geld!«

»Nimm die Ausfahrt.«

»Scheiße!« Er schrie das Wort zum Wagendach und fuhr auf die Ausfahrt.

An der Grenze zum North End verließen sie einen kurzen Tunnel, bogen nach links ab und fuhren durch den Regierungsbezirk in Richtung Back Bay.

»Ich wusste nicht, dass du ein Buch schreibst«, sagte er. »Ist es ein Krimi? Science-Fiction?«

»Nein. Es ist ein Sachbuch. Über Haiti.«

»Klingt schwer verkäuflich.« Wie er das sagte, klang es fast vorwurfsvoll.

Sie lachte bitter auf. »Als ob du davon eine Ahnung hättest.«

Er warf ihr ein entschuldigendes Lächeln zu. »Ich sage dir bloß die Wahrheit.«

»Deine Wahrheit«, sagte sie.

In ihrer Wohnung angekommen, ging sie in ihr Zimmer und wechselte die Kleider. Sie zog einen trockenen BH und trockene Unterwäsche an und tauschte die Jeans gegen schwarze Leggings, ein schwarzes T-Shirt und einen grauen Pullover aus ihrer Studienzeit an der New York University. Sie klappte den Laptop auf und zog die Dateien mit dem Buchinhalt in einen Ordner – etwas, das sie vermutlich längst hätte machen sollen. Sie adressierte eine E-Mail an sich selbst und schickte den Ordner als Anhang. *Voilà.* Jetzt hatte sie von jedem beliebigen Computer aus Zugriff auf ihr Buch.

Als sie ihr Zimmer mit dem Laptop unter dem Arm verließ, sah sie, das Caleb sich, genau wie sie es vermutet hatte, einen Whiskey eingeschenkt hatte. Wegen der Tritte in den Unterleib konnte er nur schlecht sitzen, also trank er seinen Bourbon im Stehen am Küchentresen und starrte sie dabei unverhohlen an.

Sie sagte: »Ich dachte, du hättest es eilig.«

»Vor uns liegt eine einstündige Autofahrt.«

»Na, dann trink in Gottes Namen.«

»Was hast du getan?«, fragte er mit heiserer Flüsterstimme. »Was hast du getan?«

»Ich habe meinen Mann erschossen.« Sie öffnete den Kühlschrank, aber dann konnte sie sich nicht mehr erinnern, was sie dort suchen wollte, und schloss ihn wieder. Sie ging mit einem Glas an den Tresen und goss sich etwas Bourbon ein.

»Aus Notwehr?«

»Du warst doch dabei«, sagte sie.

»Ich lag auf dem Boden. Ich weiß nicht einmal, ob ich ganz bei Bewusstsein war.«

Die Mehrdeutigkeit irritierte sie. »Heißt das, du hast nichts gesehen?«

»Genau.«

Das klang nun allerdings gar nicht mehrdeutig. Was würde er eines Tages im Zeugenstand aussagen? Würde er sagen, dass sie gehandelt habe, um sein Leben und ihres zu retten? Oder würde er sagen, er sei »nicht ganz bei Bewusstsein« gewesen?

Wer bist du, Caleb?, wollte sie ihn fragen. *Nicht in deinem Alltagsleben, sondern in deinem Inneren.*

Sie nahm einen Schluck von ihrem Bourbon. »Er hat die Waffe in meine Richtung geschwenkt, und ich sah in seinem Gesicht, was passieren würde. Also habe ich zuerst geschossen.«

»Du bist so ruhig.«

»Ich fühle mich nicht so.«

»Du klingst wie ein Roboter.«

»Das trifft es schon eher.«

»Dein Mann ist tot.«

»Das weiß ich.«

»Brian.«

»Ja.«

»Tot.«

Jetzt sah sie ihn über den Tresen hinweg an. »Ich weiß, was ich getan habe. Ich spüre es bloß nicht.«

»Wahrscheinlich stehst du unter Schock.«

»Ich denke schon.« Eine schreckliche Erkenntnis trieb irgendwo in den Tiefen ihres Schädels ihr Unwesen: dass ihr Körper sich trotz all der Trauer, die jeden Moment aus ihr herauszubrechen drohte, auf eine Art lebendig fühlte, wie sie es seit Haiti nicht mehr gespürt hatte. Ihre Gefühle würden sie zerstören, sobald sie aufhörte, sich auf die unmittelbar anstehenden Probleme zu konzentrieren – also ging es jetzt erst einmal darum, in Bewegung zu bleiben und sich auf den nächsten Schritt zu fokussieren.

»Willst du zur Polizei gehen?«

»Die würden mich fragen, warum ich ihn erschossen habe.«

»Weil er mich zu Tode treten wollte.«

»Sie würden wissen wollen, warum.«

»Und wir werden sagen, dass er durchgedreht ist, weil du sein Doppelleben aufgedeckt hast.«

»Und sie werden nicht denken, dass es passiert ist, weil ihr einander bescheißen wolltet?«

»Darauf werden sie nicht kommen.«

»Darauf werden sie als Erstes kommen. Dann werden sie wissen wollen, in welcher Art von Firma ihr Partner wart und ob ihr euch in letzter Zeit über Geld gestritten habt. Also, in was auch immer ihr beide verwickelt wart, es hat euch hoffentlich kein Mordmotiv geliefert. Denn *dann* würden sie nicht nur zu dem Schluss kommen, dass wir beide etwas miteinander hatten, sondern auch, dass du Brian geschäftlich über den Tisch ziehen wolltest. Und *dann* werden sie wissen wollen, warum ich die Waffe ins Wasser geworfen habe.«

»Und warum?«

»Vielleicht, weil ich total durcheinander war? Geschockt? Überfordert? Such's dir aus. Ich kann mir trotzdem keine Situation vorstellen, in der ich, sobald Brians Tod ans Licht kommt, nicht im Gefängnis lande. Wenn auch nur für drei

oder vier Jahre. Und ich werde nicht ins Gefängnis gehen.«
Jetzt spürte sie etwas, ein Flattern der Furcht, das an Hysterie
grenzte. »Ich werde nicht in einem winzigen Raum sitzen, zu
dem jemand anderes den Schlüssel hat. Auf gar keinen Fall.«

Caleb beobachtete sie mit leicht geöffnetem Mund. »In
Ordnung. In Ordnung.«

»Das mache ich nicht mit.«

Caleb nahm noch einen Schluck Bourbon. »Wir müssen
los.«

»Wohin?«

»An einen sicheren Ort. Haya und das Baby sind schon
dort.«

Sie nahm ihren Laptop und den Schlüsselbund vom
Küchentresen, doch dann hielt sie inne. »Seine Leiche wird
wieder auftauchen.« Diese Erkenntnis trat etwas in ihr los.
Plötzlich fühlte sie sich etwas weniger betäubt, etwas weniger ruhig. »Ist doch so, oder?«

Er nickte.

»Dann müssen wir zurück.«

»Und was würden wir dann tun?«

»Die Leiche beschweren, damit sie unten bleibt.«

»Womit?«

»Keine Ahnung. Mit Backsteinen. Einer Bowlingkugel.«

»Wo sollen wir« – er warf einen Blick auf die Uhr am
Mikrowellenherd – »um elf Uhr abends eine Bowlingkugel
herbekommen?«

»Seine Hanteln liegen im Schlafzimmer. Zwei Stück.«

Er starrte sie an.

»Die kleinen. Die man mit einer Hand hebt. Je zehn Kilo.
Zwei sollten doch reichen.«

»Wir sprechen darüber, Gewichte an Brians Leiche zu befestigen?«

»Ja, klar.«

»Das ist absurd.«

Nichts daran war absurd. Ihr Verstand wusste genau, was zu tun war. Und vielleicht war ihr Schock gar kein richtiger Schock, sondern eine Reaktion ihres Verstandes, der sich aller unnötigen Informationen entledigte, um nur das zu verarbeiten, was wirklich zählte. Das Gleiche hatte sie in dem Zeltlager in Leógâne empfunden, als sie von Zelt zu Zelt, von Baum zu Baum gehuscht war. Völlige Klarheit des Handelns: in Bewegung bleiben und sich verstecken. Größere existenzielle Fragen spielten keine Rolle, es gab keine Grautöne, nichts als Schwarz und Weiß. Ihre Sinne – Riechen, Sehen und Hören – dienten einzig dem Zweck ihres Überlebens. Ihre Gedanken schweiften nicht ab, sondern marschierten zielstrebig geradeaus.

»Das ist absurd«, sagte Caleb wieder.

»Die ganze Situation ist absurd.«

Sie wollte gerade ins Schlafzimmer gehen, um die Hanteln zu holen, als es an der Tür klingelte. Es war nicht die Sprechanlage, die normalerweise summte, wenn jemand unten vor dem Gebäude stand. Und es war nicht das Haustelefon, über das der Portier Besucher ankündigte. Es war die kleine Türklingel vor ihrer Eingangstür, keine drei Meter entfernt.

Sie schaute durch das Guckloch und sah einen Schwarzen mit gepflegtem Ziegenbärtchen. Er trug einen braunen Filzhut, eine lange Lederjacke, darunter ein weißes Hemd mit einer schmalen schwarzen Krawatte. Hinter ihm standen zwei Polizistinnen in Uniform.

Ohne die Sicherheitskette zu entfernen, öffnete sie die Tür einen Spaltbreit. »Ja?«

Der Mann hielt eine goldene Dienstmarke und einen Ausweis der Polizei von Providence hoch. Er hieß Trayvon Kessler. »Detective Kessler, Mrs. Delacroix. Ist Ihr Mann zu Hause?«

»Nein.«

»Erwarten Sie ihn heute noch zurück?«

Sie schüttelte den Kopf. »Er ist heute auf eine Dienstreise gegangen.«

»Wohin?«

»Nach Russland.«

Kessler hatte eine sehr sanfte Stimme. »Wäre es Ihnen recht, wenn wir hereinkämen und uns ein paar Minuten lang unterhielten?«

Wenn sie gezögert hätte, wäre die Situation eskaliert. Also öffnete sie die Tür. »Treten Sie ein.«

Er nahm den Hut ab, als er über die Türschwelle trat, und legte ihn auf die Sitzfläche des Stuhls zu seiner Linken. Sein Schädel war kahlrasiert, was sie irgendwie bereits geahnt hatte, und glänzte im Dämmerlicht des Eingangs. »Dies ist Officer Mullen«, sagte er und zeigte auf die blonde Polizistin mit den hellen, freundlichen Augen und Sommersprossen, die zu der Farbe ihres Haares passten, »und das ist Officer Garza.« Er deutete auf die dunkelhaarige, korpulente Frau mit dem wissbegierigen Blick, der bereits die Wohnung in sich aufnahm. Ihr Blick fiel auf Caleb, der mit einer Flasche Bourbon am Küchentresen stand. Rachel bemerkte, dass sie die Weinflasche, die sie früher am Tag geleert hatte, am Ende des Tresens hatte stehen lassen, zwischen einem leeren

Weinglas und dem Becherglas mit Eiswürfeln, das sie gerade zur Hälfte mit Bourbon gefüllt hatte. Es sah aus, als ob sie eine Party feiern würden.

Caleb kam zu ihnen herüber, schüttelte den Polizisten die Hand und stellte sich als Brians Geschäftspartner vor. In der darauffolgenden Stille, als die drei Polizisten mit ihren geübten Blicken die Wohnung musterten, wurde Caleb nervös.

»Ihr Vorname ist Trayvon?«, fragte er Kessler, und Rachel hätte vor Entsetzen am liebsten die Augen geschlossen.

Kesslers Blick richtete sich auf die Whiskeyflasche und die leere Weinflasche. »Ja, aber alle nennen mich Tray.«

»Wie dieser junge Bursche in Florida, richtig?«, fragte Caleb. »Der von einem Typen von der Bürgerwehr umgebracht wurde?«

Kessler sagte: »Ja, der hatte denselben Vornamen. Und Sie? Haben Sie noch nie jemanden getroffen, der Caleb heißt?«

»Doch, klar.«

»Also …« Kessler wartete mit gerunzelter Stirn.

»Trayvon ist eben seltener.«

»Vielleicht dort, wo *Sie* herkommen.«

Rachel ertrug dieses Palaver nicht mehr. »Detective, warum suchen Sie meinen Mann?«

»Wir wollen ihm bloß ein paar Fragen stellen.«

»Sie kommen aus dem Staat Rhode Island?«

»Ja, Ma'am. Von der Polizeibehörde in Providence.«

»Was hat mein Mann mit der Polizei von Providence zu tun?« Sie war angenehm überrascht, mit welcher Leichtigkeit sie in die Rolle der verdatterten Ehefrau schlüpfte.

»Sie haben eine Prellung unter dem Auge«, sagte Kessler zu Caleb.

»Bitte?«

Kessler zeigte auf Calebs Gesicht, und jetzt sah Rachel es auch: einen roten Streifen in der Hautfalte unter Calebs rechtem Unterlid, der mit jeder Sekunde deutlicher wurde. »Sehen Sie sich das mal an, Officer Mullen.«

Die blonde Polizistin neigte sich ein bisschen vor, um besser sehen zu können. »Wo haben Sie sich das denn geholt, Sir?«

»An einem Regenschirm«, sagte Caleb.

»Einem Regenschirm?«, fragte Officer Garza. »Hat der Sie angesprungen und gebissen?«

»Nein, ein Typ in der U-Bahn hatte einen, als ich herkam. Ich arbeite in Cambridge. Er trug den Schirm über der Schulter, und als wir an seiner Haltestelle ankamen, hat er sich zu schnell umgedreht und ihn mir versehentlich ins Auge gestoßen.«

»Autsch«, sagte Kessler.

»Allerdings.«

»Muss doppelt so weh getan haben, wenn man bedenkt, wie wenig es diese Woche geregnet hat. Am Monatsanfang, das war wirklich der Wahnsinn. Aber in letzter Zeit? Wann hat es zuletzt geregnet?« Er schien seine Frage ins Leere zu richten.

»Ist bestimmt zehn Tage her«, sagte Officer Mullen.

»Warum schleppt dieser Typ dann einen Scheißregenschirm mit sich herum?« Wieder schien sich Kesslers Frage an keine bestimmte Person zu richten, und ein verwirrtes Lächeln umspielte sein hageres Gesicht. »Entschuldigen Sie die derbe Sprache«, sagte er zu Rachel.

»Kein Problem.«

»Wir leben schon in einer verrückten Welt, wenn Menschen mit Regenschirmen herumspazieren, obwohl es gar nicht regnet.« Er sah wieder auf die Flaschen und Gläser auf dem Tresen. »Ihr Mann ist also in Russland?«

»Ja.«

Er wandte sich zu Caleb, der genau das befürchtet zu haben schien. »Und Sie wollten etwas vorbeibringen?«

»Hm?«, sagte Caleb. »Nein.«

»Geschäftspapiere oder dergleichen?«

»Nein«, sagte Caleb.

»Das heißt … sagen Sie Bescheid, wenn ich zu persönlich werde …«

»Nein, nein.«

»Aber warum sind Sie hier? Der Mann verlässt das Land, und Sie schauen auf einen Drink bei seiner Frau vorbei? Einfach so?«

Ihrem Gesichtsausdruck nach zu urteilen, schien Officer Mullen das genauso befremdlich zu finden. Officer Garza wanderte im Wohnzimmer herum.

Rachel sagte: »Wir sind alle miteinander befreundet, Detective. Mein Mann, Caleb und ich. Ich würde es vorziehen, wenn Sie Ihre altmodischen Vorstellungen für sich behalten könnten. Ich finde, dass ein Mann und eine Frau sehr wohl als gute Freunde miteinander Zeit verbringen dürfen, während der Ehemann auf Reisen ist.«

Kessler lehnte sich ein wenig zurück und schenkte ihr ein breites Lächeln. »Ist ja gut«, sagte er, und ein leises Lachen begleitete seine Worte. »Ist in Ordnung. Ich nehme alles zurück. Und ich entschuldige mich, wenn ich Sie beleidigt haben sollte.«

Sie nickte.

Er reichte ihr eine Fotografie. Ein Blick, und das Blut schoss ihr ins Gesicht. Sie spürte es am Haaransatz, hinter den Augen und hart pulsierend im Herzen. Brian hatte einen Arm um die schwangere Frau gelegt, die sie an diesem Nachmittag gesehen hatte. Sie war auch auf diesem Foto schon schwanger, doch Brians Haar war noch etwas weniger grau als jetzt. Sie saßen auf einem weißen Rattansofa, das sehr gut zu der weißen Holztäfelung an der Wand hinter ihnen passte. Es war eine Wand, wie man sie in Strandhäusern findet oder zumindest in einem Haus in einem Strandort. Über ihnen hing eine Reproduktion der *Wasserlilien* von Monet. Brian war stark gebräunt. Er und die Frau lächelten strahlend. Sie trug ein Sommerkleid mit blauem Blumenmuster. Er trug ein rotes Flanellhemd und Cargoshorts. Ihre linke Hand ruhte beiläufig auf seinem rechten Oberschenkel.

»Sie sehen auf einmal aus, als ob es Ihnen nicht gutginge, Ma'am.«

Sie sagte: »Wie soll ich denn aussehen, Detective, wenn Sie mir ein Foto geben, auf dem mein Mann mit einer anderen Frau zu sehen ist?«

Er streckte ihr die Hand entgegen. »Kann ich es zurückhaben?«

Sie gab es ihm.

»Kennen Sie die Frau?«

Sie schüttelte den Kopf.

»Sie haben sie noch nie gesehen?«

»Nein.«

»Wie steht es mit Ihnen?« Er reichte Caleb die Fotografie. »Kennen Sie diese Frau?«

»Nein.«

»*Nein?*«

»Nein«, sagte Caleb.

»Tja, dann haben Sie die Gelegenheit zum Kennenlernen verpasst.« Trayvon Kessler steckte die Fotografie wieder in die Tasche seiner Lederjacke. »Sie wurde vor acht Stunden tot aufgefunden.«

Rachel fragte: »Was?«

»Ein Schuss ins Herz und einer in den Kopf. Es war vermutlich der Aufmacher in den Abendnachrichten. Aber die haben Sie wohl nicht gesehen.« Er warf erneut einen Blick auf den Tresen. »Sie waren ja mit anderen Dingen beschäftigt.«

»Wer war sie?«, fragte Rachel.

»Sie hieß Nicole Alden. Viel mehr weiß ich nicht. Keine Vorstrafen, keine Feinde, hat in einer Bank gearbeitet. Ihren Mann hat sie allerdings gekannt.«

»Das ist ein altes Foto«, sagte sie. »Es könnte sogar aus der Zeit stammen, als ich meinen Mann noch nicht kannte. Weshalb sollte er also noch in Kontakt mit ihr stehen?«

»Sie sagen, er sei in Russland?«

»Genau.« Sie holte ihr Handy und rief die letzte SMS auf, die er ihr geschickt hatte und in der er behauptete, am Logan Airport zu sein und auf der Startbahn im Flugzeug zu sitzen. Sie zeigte Kessler die SMS.

Kessler las sie und gab ihr das Handy zurück. »Ist er selbst zum Flughafen gefahren, oder hat er ein Taxi genommen?«

»Er ist selbst gefahren.«

»In dem Infiniti?«

»Ja.« Sie hielt inne. »Woher wissen Sie –?«

»Welches Auto er fährt?«

»Ja.«

»Weil ein Infiniti FX 45, unter dieser Adresse auf den Namen Ihres Mannes registriert, heute Nachmittag vor dem Haus des Opfers gefunden wurde. Und ein Zeuge sah, wie Ihr Mann das Haus zum ungefähren Tatzeitpunkt verließ.«

»Was? Und dann? Ist er einfach weggegangen und hat das Auto stehen lassen?«

»Können wir uns setzen?« Er deutete mit dem Kopf in Richtung des Küchentresens.

Alle fünf setzten sich auf Barstühle an den Tresen, mit Kessler in der Mitte, als wäre er der Vater bei einem Familientreffen.

»Unser Zeuge sagt, dass Ihr Mann in dem Infiniti gekommen sei, aber eine Stunde später in einem blauen Honda wieder weggefahren wäre. Benutzen Sie manchmal eines dieser Kartenprogramme, bei dem man die Straße tatsächlich sehen kann?«

Sie nickten beide.

»Die Firmen, die die Karten erstellen, fahren dazu in einem Kleinbus herum und filmen die Straßen. Sie sehen also Bilder, die vor Monaten oder Wochen aufgenommen wurden, aber nicht vor Jahren. Ich habe also die Adresse des Opfers im Internet eingegeben, und dann habe ich die Straßenansicht aufgerufen und ein bisschen herumgeklickt. Und jetzt raten Sie, was ich gefunden habe?«

»Einen blauen Honda«, sagte Caleb.

»Einen blauen Honda, der auf halber Strecke zur nächsten Querstraße auf der Ostseite der Straße geparkt war. Ich habe mir das Kennzeichen notiert, die Nummer bei der Kraftfahrzeugbehörde überprüfen lassen und erfahren, dass der Wagen auf einen gewissen Brian Alden registriert ist. Dann habe ich mich bei der Kraftfahrzeugbehörde nach Brian Alden erkundigt und ein Führerscheinfoto erhalten, das Ihrem Mann aufs Haar gleicht.«

»Um Gottes willen«, sagte Rachel, und es bedurfte keiner großen Mühe, den Ausruf überzeugend klingen zu lassen. »Wollen Sie mir etwa sagen, dass mein Mann nicht mein Mann ist?«

»Ich will Ihnen sagen, dass Ihr Mann möglicherweise mehr als ein Leben führt, Ma'am, und darüber würde ich gern mit ihm reden.« Er verschränkte die Hände auf dem Küchentresen und lächelte sie an. »Unter anderem.«

Nach einer Weile sagte sie: »Ich weiß nur, dass er in Russland ist.«

Trayvon Kessler schüttelte den Kopf. »Er ist nicht in Russland.«

»Ich weiß nur, was er mir gesagt hat.«

»Und es sieht ganz danach aus, als hätte er gelogen, Ma'am. Geht er oft auf Geschäftsreise?«

»Mindestens einmal monatlich.«

»Wohin?«

»Meistens nach Kanada und an die Westküste. Aber er reist auch nach Indien, Brasilien, Tschechien und Großbritannien.«

»Da sind ja richtig tolle Reiseziele dabei. Begleiten Sie ihn manchmal?«

»Nein.«

»Warum nicht? Ich würde mir an Ihrer Stelle gern mal Rio anschauen oder durch Prag spazieren.«

»Ich bin krank.«

»Krank?«

»Zumindest bis vor kurzem.«

Sie spürte, wie alle Blicke auf ihr ruhten, vor allem die der beiden Polizistinnen, die sich sicher fragten, unter welcher Krankheit ein verwöhntes Luxusgeschöpf wie sie wohl leiden mochte.

»Ich konnte deshalb nicht aus dem Haus gehen«, sagte sie. »Fliegen ging gar nicht.«

»Heißt das, Sie leiden unter Flugangst?« Kesslers Stimme klang verständnisvoll.

»Unter anderem.«

»Haben Sie Platzangst?«, fragte er.

Sie sah in seine Augen, die viel zu klug aussahen.

»Ich habe einen Abschluss in Psychologie.« Wieder dieser verständnisvolle Tonfall.

»Sie wurde nie offiziell diagnostiziert«, sagte sie schließlich und glaubte, Officer Mullen seufzen zu hören. »Aber ich hatte definitiv Symptome, die darauf hindeuteten.«

»Hatten? In der Vergangenheitsform?«

»Brian hat mir geholfen, die Angst zu überwinden.«

»Aber nicht so sehr, dass Sie ihn bei einer seiner Geschäftsreisen begleiten konnten.«

»Noch nicht, nein.«

»Wollen Sie, dass wir Sie in Schutzgewahrsam nehmen?«

Er sagte das so beiläufig, dass es einen Augenblick dauerte, ehe sie den Sinn seiner Worte begriff.

»Warum?«

Er drehte sich auf seinem Küchenschemel um. »Officer Garza, haben Sie das andere Foto da?«

Garza gab ihm eine Fotografie, und er legte sie auf den

Tresen, damit sie und Caleb sie sehen konnten. Die blonde Frau lag mit dem Gesicht nach unten auf einem Küchenboden, ihre untere Körperhälfte befand sich außerhalb des Bildes. Blut war unter ihrem Oberkörper hervorgequollen und bildete eine Lache über ihrer linken Schulter. Ihre linke Wange und ein Teil der Kühlschranktür waren ebenfalls blutbespritzt. Aber der schlimmste Teil des Bildes, der, von dem Rachel wahrscheinlich für den Rest ihres Lebens verfolgt werden würde, war die schwarze Furche in ihrem Kopf. Es sah nicht danach aus, als ob jemand sie erschossen hätte; es sah aus, als ob jemand ein Stück aus ihrem Schädel herausgebissen hätte. Und das Loch, das dieser Biss hinterlassen hatte, hatte sich sofort mit Blut gefüllt, das sich über ihr Haar ergoss und es schwarz färbte.

»Wenn Ihr Mann das getan hat, und –«

»Das hat mein Mann nicht getan«, sagte sie laut.

»Ich behaupte gar nicht, dass er es war, aber er ist unseres Wissens der Letzte, der sie gesehen hat. Lassen Sie uns also annehmen, nur einen Moment lang *annehmen,* Mrs. Delacroix, dass er es gewesen ist …« Er drehte sich auf dem Barhocker um und zeigte zur Tür. »Sie wissen, Ma'am, er hat einen Schlüssel zu dieser Tür.«

Der nützt ihm jetzt auch nichts mehr, dachte sie.

Laut sagte sie: »Deshalb wollen Sie mich also in Gewahrsam nehmen?«

»Schutzgewahrsam, Ma'am. Schutzgewahrsam.«

Rachel schüttelte den Kopf.

»Officer Mullen, vermerken Sie bitte, dass Mrs. Delacroix unsere Empfehlung, sie in Schutzgewahrsam zu nehmen, abgelehnt hat.«

»Ist vermerkt.« Mullen kritzelte etwas auf einen Notizblock.

Kessler tippte mit dem Finger auf die Marmoroberfläche des Küchentresens, als ob er prüfen wollte, ob sie echt sei, dann sah er sie wieder an. »Sind Sie bereit, mit uns aufs Revier zu kommen und eine Aussage darüber zu machen, wann Sie Ihren Mann zum letzten Mal gesehen haben?«

»Ich habe Brian zum letzten Mal heute Morgen um acht Uhr gesehen, als er zum Flughafen fuhr.«

»Er ist nicht zum Flughafen gefahren.«

»Das behaupten Sie. Es muss aber nicht heißen, dass Sie recht haben.«

Er tat das mit einem leichten Schulterzucken ab. »Ich habe aber recht.«

Er strahlte gleichermaßen Gleichmut und Skepsis aus. Diese seltsame Mischung vermittelte ihr das Gefühl, dass er all ihre Antworten bereits kannte, ehe sie ihren Mund verlassen hatten, dass er nicht nur in sie hineinschauen, sondern auch ihre Zukunft sehen konnte, dass er wusste, welchen Ausgang die Dinge für sie nehmen würden. Sie konnte seinem neugierigen Blick kaum standhalten, ohne auf die Knie zu fallen und um Gnade zu betteln. Wenn sie mit diesem Mann jemals in einen Verhörraum ginge, würde sie den nur in Handschellen verlassen.

»Ich bin müde, Detective. Ich würde gern schlafen gehen und den Anruf meines Mannes aus Moskau abwarten.«

Er nickte und tätschelte ihr die Hand. »Officer Mullen, bitte vermerken Sie, dass Mrs. Delacroix sich geweigert hat, uns zur Beantwortung weiterer Fragen auf die Wache zu begleiten.« Er griff in die Innentasche seines Mantels und legte seine Visitenkarte vor sie auf den Tresen: »Meine persönliche Handynummer steht auf der Rückseite.«

»Danke.«

Er stand auf. »Mr. Perloff.« Seine Stimme klang plötzlich lauter und schärfer, auch wenn er Caleb den Rücken zuwandte.

»Ja?«

»Wann haben Sie Brian Delacroix zum letzten Mal gesehen?«

»Gestern Nachmittag, als er das Büro verließ.«

Kessler drehte sich zu ihm um. »Sie sind Partner in einer Holzfirma, ist das richtig?«

»Ja.«

»Und Sie wussten nichts von dem Doppelleben Ihres Geschäftspartners?«

»Nein.«

»Würden Sie mit auf die Wache kommen und uns das näher erläutern?«

»Ich bin auch ziemlich müde.«

Kessler warf einen weiteren Blick auf den Tresen, ehe er zu Rachel hochsah. »Natürlich.« Er gab Caleb eine seiner Visitenkarten.

»Ich werde Sie anrufen«, sagte Caleb.

»Das werden Sie in der Tat, Mr. Perloff. In der Tat. Darf ich Ihnen etwas sagen?«

»Natürlich.«

»Wenn Brian Delacroix so viel Dreck am Stecken hat, wie ich glaube –« Er beugte sich zu Caleb vor und sprach in einem Flüsterton, der gerade laut genug war, dass alle ihn hören konnten. »Dann heißt das, dass auch Sie nicht sauber sind.« Er schlug Caleb fest auf die Schulter und lachte, als ob sie alte Freunde wären. »Dass Sie mir also nicht abhauen, ja?«

Officer Mullen machte sich Notizen auf ihrem Schreibblock, während die drei Polizisten zur Tür gingen. Officer Garza bewegte den Kopf langsam von einer Seite zur anderen, als ob alles, was sie sah, an eine zentrale Datenbank übertragen würde. Detective Kessler blieb kurz vor der Reproduktion des Rothko-Gemäldes stehen, das Brian aus seiner alten Wohnung mitgebracht hatte. Kessler musterte das Bild und lächelte leicht. Dann sah er zu ihr zurück und hob die Augenbrauen, wie um ihr zu ihrem guten Geschmack zu gratulieren. Sein Lächeln wurde breiter, und das, was sie in seinem Gesicht las, gefiel ihr gar nicht.

Sie verließen die Wohnung.

Caleb stürzte sich sofort auf den Bourbon. »Oh Gott«, sagte er. »Oh Gott.«

»Beruhige dich.«

»Wir müssen abhauen.«

»Bist du verrückt? Du hast doch gehört, was er gesagt hat.«

»Wir müssen bloß das Geld holen.«

»Welches Geld?«

»*Das* Geld.« Er stürzte den Inhalt seines Glases hinunter. »So viel Geld, dass diese Scheißkerle uns nie zu fassen kriegen. Geld holen, ins Versteck fahren. Verdammt. Mist. Scheiße.« Er öffnete den Mund, um einen weiteren Kraftausdruck vom Stapel zu lassen, schloss ihn dann aber wieder. Seine Augen wurden groß und feucht. »Nicole. Nicht Nicole.«

Sie beobachtete ihn. Er drückte die Handballen gegen die Unterlider und atmete durch gespitzte Lippen aus.

»Nicht Nicole«, sagte er noch einmal.

»Du kanntest sie also.«

Er blitzte sie an. »Natürlich kannte ich sie.«

»Wer war sie?«

»Sie war …« Er atmete wieder tief aus. »Sie war eine Freundin von mir. Sie war ein guter Mensch. Und jetzt ist sie …« Er funkelte sie an. »Brian, dieses Arschloch. Ich habe ihm gesagt, dass er nicht warten soll. Ich habe ihm gesagt, dass es egal wäre, ob du dahinterkommst oder nicht. Wir hätten dich entweder geholt, wenn die Luft rein gewesen wäre, oder er hätte dich halt vergessen müssen.«

»Moment mal«, sagte sie. »Ich? Worauf habt ihr gewartet? Was sollte ich –?«

Die Klingel läutete. Sie blickte zur Tür und sah, dass Trayvon Kesslers Filzhut noch auf dem Stuhl neben der Tür lag. Sie durchquerte den Raum und nahm den Hut. Als sie die Tür öffnete, hielt sie ihn in der Hand.

Aber auf der anderen Seite der Türschwelle stand nicht Detective Kessler.

Es waren zwei weiße Männer, die wie Versicherungsangestellte oder Hypothekenmakler aussahen: mittelalt, nichtssagend, leicht zu vergessen.

Mit Ausnahme der Waffen, die sie in den Händen hielten.

25
Welcher Schlüssel?

Jeder der beiden Männer hielt eine Glock 9 mm in der Leistengegend, die Hände über Kreuz, die Mündungen auf den Boden gerichtet. Wenn jemand im Hausflur vorbeikäme, sähe er nur die Männer, nicht die Waffen.

»Mrs. Delacroix?«, sagte der Mann auf der Linken. »Schön, Sie zu sehen. Dürfen wir hereinkommen?« Er machte eine Bewegung aus dem Handgelenk, als wolle er sie mit dem Pistolenlauf verscheuchen, und sie trat zurück.

Sie betraten die Wohnung und schlossen die Tür hinter sich.

Caleb sagte: »Wer zum Teufel sind diese –?«, und dann sah er ihre Waffen.

Der Kleinere der beiden, der auch gesprochen hatte, zielte auf Rachels Oberkörper. Der Größere richtete seine Waffe auf Calebs Kopf. Dann zeigte er mit ihr zum Esszimmertisch.

»Am besten, wir setzen uns erst einmal«, sagte der Kleinere.

Rachel erkannte sofort seinen Hintergedanken: Die Essecke war im Wohnzimmer am weitesten von den Fenstern entfernt. Von der Eingangstür aus sah man sie nur, wenn man die Wohnung betrat, die Tür hinter sich schloss und nach links schaute.

Sie setzten sich an den Tisch. Da sie nicht wusste, wohin damit, legte Rachel den Hut von Detective Kessler vor sich ab. Ihr Hals war wie zugeschnürt. Feuerameisen ergriffen Besitz von ihrem ganzen Körper.

Der kleinere Mann hatte traurige Augen und eine beginnende Glatze, über die er notdürftig seine letzten Haare gekämmt hatte. Er war circa fünfundfünfzig Jahre alt und hatte eine Wampe. Er trug ein ausgefranstes weißes Polohemd unter einer himmelblauen Windjacke, wie sie zu Rachels Studienzeit in Mode gewesen war.

Sein Partner war vielleicht fünf Jahre jünger. Er hatte volle graue Haare und einen modischen Dreitagebart. Er trug ein schwarzes T-Shirt unter einem Sakko, das eine Nummer zu groß für ihn war und ziemlich billig aussah. Die Schulterpartie war an den Enden ausgebeult – offenbar hatte das Sakko zu lange auf billigen Drahtbügeln gehangen –, und zwischen den ausgebeulten Stellen und den Jackenaufschlägen hatten Haarschuppen eine Schneelandschaft gebildet.

Beide Männer sahen nach verfehlten Träumen und gescheitertem Ehrgeiz aus. Das war vermutlich der Grund dafür, dachte Rachel, dass sie jetzt hier saßen und normale Bürger mit Waffen bedrohten. Der mit der himmelblauen Windjacke sah aus, als ob er Ned heißen könnte. Den mit den Schuppen taufte sie Lars.

Sie hatte gehofft, dass diese Vermenschlichung ihr Entsetzen mildern würde, aber das Gegenteil war der Fall, vor allem, nachdem Ned einen Schalldämpfer auf die Mündung seiner Glock geschraubt hatte und Lars seinem Beispiel gefolgt war.

»Wir haben keine Zeit«, sagte Ned. »Deshalb bitte ich

Sie beide, in Ihrem eigenen Interesse auf Ausflüchte zu verzichten. Kein ›Ich weiß überhaupt nicht, wovon Sie reden‹. In Ordnung?«

Rachel und Caleb starrten ihn an.

Er rümpfte die Nase und schloss kurz die Augen. »Ich habe ›in Ordnung?‹ gesagt.«

»Ja«, sagte Rachel.

»Ja«, sagte Caleb.

Ned sah Lars an, und Lars sah Ned an, und dann wandten sich beide wieder Rachel und Caleb zu.

»Rachel«, sagte Ned. »Sie heißen doch Rachel, oder?«

Rachel hörte das Zittern in ihrer Stimme, als sie »Ja« antwortete.

»Rachel«, sagte er, »stehen Sie doch bitte mal auf.«

»Was?«

»Stehen Sie auf, Herzchen. Im Ernst. Direkt hier vor mir.«

Sie stand auf, und das Zittern ihrer Stimme schien ihr in die Beine gefahren zu sein.

Neds Nase, rotgeädert und voller Mitesser, befand sich auf Höhe ihres Bauchs. »Gut, gut. Bleiben Sie genau dort stehen, und rühren Sie sich nicht vom Fleck.«

»In Ordnung.«

Ned lehnte sich in seinem Stuhl zurück, um Caleb besser im Blick zu haben. »Sie sind sein Geschäftspartner, richtig?«

Caleb sagte: »Wessen?«

»Ah-ah-ah.« Ned klopfte mit dem Griff seiner Glock auf den Tisch. »Worauf haben wir uns geeinigt?«

»Ach, Brian«, sagte Caleb rasch. »Brians Geschäftspartner, ja, der bin ich.«

Ned sah Lars an und verdrehte die Augen. »Ach, Brian.«

»Ach, *der* Brian«, sagte Lars.

Ned quittierte das mit einem melancholischen Lächeln. »Also, Caleb, wo ist der Schlüssel?«

Caleb sagte: »Welcher Schlüssel?«

Ned schlug Rachel in den Magen. Er schlug so hart zu, dass sie spürte, wie sich seine Knöchel unterhalb ihrer Luftröhre in ihren Bauch bohrten und wie sie vom Boden abhob. Sie stürzte zu Boden und blieb liegen, nach Luft ringend, ihre Eingeweide in Flammen, ihr Bewusstsein eine schwarze zähe Masse, unfähig zu denken. Als sich ihre Lungen langsam wieder mit Luft füllten und ihr Bewusstsein wieder ein wenig aufklarte, nahm der Schmerz zu. Sie presste ihren Kopf gegen den Fußboden und schaffte es, sich auf Hände und Knie hochzustemmen. Sie rang nach Luft. Aber der Schmerz war nichts im Vergleich zu der Erkenntnis, dass sie heute Nacht sterben würde. *Nicht demnächst. Nicht irgendwann. Sondern wahrscheinlich innerhalb der nächsten fünf Minuten. Und ganz klar heute Nacht.*

Ned hob sie hoch. Er packte ihre Schultern. Er schien besorgt, dass sie in Ohnmacht fallen könnte. »Alles in Ordnung?«

Sie nickte, und einen Augenblick lang glaubte sie, sich übergeben zu müssen.

»Sagen Sie es.« Er sah ihr direkt in die Augen. Ned, der gute Samariter.

»Alles in Ordnung.«

»Gut.«

Sie wollte sich hinsetzen, aber er hielt sie aufrecht.

»Tut mir leid«, sagte er, »aber vielleicht müssen wir das wiederholen.«

Sie konnte die Tränen nicht zurückhalten. Sie versuchte es, aber die Erinnerung an seine Knöchel, die Atemnot, den heftigen und jähen Schmerz, der ihr die Fähigkeit zum Denken geraubt hatte, überwältigte sie und – am schlimmsten – die Vorstellung, dass es noch einmal passieren würde, dass dieser Mann mit dem traurigen Blick, dem schütteren Haar und der besorgten Stimme sie wieder und wieder schlagen würde, bis er bekam, was er wollte, oder bis sie tot war – je nachdem, was als Erstes eintrat.

»Pssst«, sagte Ned. »Drehen Sie sich um. Er soll Ihr Gesicht sehen können.«

Er legte ihr die Hände auf die Schultern und drehte sie, so dass sie Caleb zugewandt war. »Mein erster Schlag, junger Mann, galt dem Solarplexus der Dame. Tut höllisch weh, führt aber nicht wirklich zu ernsten Verletzungen. Mein nächster Schlag trifft ihre Nieren.«

»Ich weiß nichts.«

»Natürlich wissen Sie was. Sie sind der Computertyp. Sie stecken von Anfang an in der Sache drin.«

»Brian hat sein eigenes Ding gemacht.«

»Ach ja?«

Calebs Augen tanzten. Sein Gesicht war schweißbedeckt, und er sah für jeden erkennbar wie der verängstigte Schuljunge aus, der er – das wurde Rachel jetzt klar – schon immer gewesen war. Er warf ihr einen Blick zu, und zuerst hielt sie den Ausdruck in seinen Augen für Mitgefühl, aber dann erkannte sie zu ihrem Entsetzen, dass es Verlegenheit war. Scham. Mitleid. Er war beschämt, weil er wusste, dass er nie den Mut haben würde, sie zu retten. Er bemitleidete sie, weil er wusste, dass sie sterben würde.

Er wird mir die Nieren zu Brei schlagen, Caleb. Sag ihm,
was du weißt.

Ned strich mit dem Schalldämpfer über Rachels rechte
Schläfe und über ihr Dekolleté. »Zwingen Sie mich nicht,
es zu tun, junger Mann. Ich habe eine Tochter. Ich habe
Schwestern.«

Caleb sagte: »Sehen Sie –«

»Es gibt kein ›Sehen Sie‹, Caleb. Es gibt kein ›Moment
mal‹ oder ›Ich kann Ihnen das erklären‹ oder ›Das alles ist ein
großes Missverständnis‹.« Ned atmete tief durch die Nase
ein wie ein Mann, der versucht, die Fassung zu bewahren.
»Es gibt nur eine Frage und eine Antwort. Sonst nichts.«

Rachel spürte hinten an ihrer rechten Hüfte, dass sein
Penis steif wurde. Er war hart, dieser Vater einer Tochter,
dieser Bruder von Schwestern. Ungeheuer, so hatte ihre
Mutter einst gesagt, und ihre eigenen Erfahrungen hatten
es bestätigt, sehen nicht wie Ungeheuer aus, sie sehen wie
Menschen aus. Noch seltsamer: Sie wissen oft gar nicht, dass
sie Ungeheuer sind.

»Wo ist der Schlüssel?«, fragte Ned.

»Welcher Schlüssel?«, fragte Caleb, und sein ganzes Gesicht bebte.

Es hörte auf zu beben, als Ned ihm eine Kugel durch den
Kopf jagte.

Sie wusste zuerst nicht, was geschehen war. Sie hörte, wie
sich die Kugel mit einem klatschenden Geräusch ins Fleisch
bohrte. Sie hörte Caleb überrascht aufjaulen – das letzte
Geräusch, das er je machen sollte. Sein Kopf schlug hart
zurück, als ob er gerade den komischsten aller Witze gehört
hätte. Sein Kopf wurde wieder nach vorn gerissen, doch war

er jetzt mit einem Blutschleier bedeckt, und Rachel öffnete den Mund zu einem Schrei.

Ned drückte ihr den Schalldämpfer seitlich in den Hals. Er war heiß genug, um ihr die Haut zu verbrennen, wenn er ihn lange genug dort ließe. »Wenn Sie schreien, muss ich Sie töten. Ich will Sie nicht töten, Rachel.«

Aber er würde es tun.

Nein, Rachel, er *wird* es tun. Sobald sie hier fertig sind. In dem Moment, wo sie bekommen, was sie wollen. Einen Schlüssel. Was ist das für ein verdammter Schlüssel? Brian hatte so viele Schlüssel an seinem Schlüsselring, dass man schon sehr genau hinschauen musste, um zu bemerken, dass er einen hinzugefügt hatte. Aber wenn er den Schlüssel besaß, nach dem sie suchten, dann befand er sich vermutlich genau dort: an seinem Schlüsselring.

Und den trug er bei sich.

Am Grund der Massachusetts Bay.

Calebs Leichnam rutschte zur Seite, und er wäre auf den Boden gefallen, hätte sich seine Schulter nicht am Stuhl verkantet. Einen Moment lang war das Tropfen des Blutes von seinem Gesicht das einzige Geräusch im Raum.

»Die Antwort auf meine nächste Frage«, sagte Ned, »ist also definitiv nicht ›Welcher Schlüssel?‹.«

Egal, welche Antwort du gibst, er wird dich töten.

Sie nickte.

»Nicken Sie, weil Sie die Antwort haben oder weil Sie zustimmen, dass es ein großer Fehler wäre, ›Welcher Schlüssel?‹ zu sagen?« Er nahm die Waffe von ihrem Hals. »Sie dürfen sprechen. Ich weiß, dass Sie nicht schreien werden.«

»Was soll ich Ihnen sagen?«

Auf der anderen Seite des Tisches stand Lars auf. Er war sichtlich gelangweilt. Bereit zu gehen. Und das war weit verstörender, als wenn er versucht hätte, bedrohlich zu wirken. Was hier gerade geschah, war gleich zu Ende. Und der Punkt hinter diesem Satz wäre eine Kugel in einem anderen Kopf – und diesmal würde es ihrer sein.

»Also gut, los geht's«, sagte Ned. »Wir suchen nach einer einzigen Antwort: nach der richtigen. Rachel«, sagte er mit äußerster Zartheit und Besorgnis: »Wo ist der Schlüssel?«

»Brian hat ihn.«

»Und wo ist Brian?«

»Ich weiß es nicht«, sagte sie, aber als Ned die Waffe hob, fügte sie eilig hinzu: »Aber ich habe eine Ahnung.«

»Eine Ahnung?«

»Er hat ein Boot. Niemand weiß das.«

»Wie heißt es, und wo ankert es?«

Sie kannte den Namen nicht. Sie hatte nicht hingeschaut. Sie sagt: »Es ankert –«

Die Klingel läutete.

Alle drei sahen zur Tür, dann zueinander, dann wieder zur Tür.

»Wer könnte das sein?«, fragte Ned.

»Ich habe keine Ahnung.«

»Ihr Mann?«

»Der würde nicht klingeln.«

Es läutete wieder. Dann klopfte jemand an die Tür. »Mrs. Delacroix, hier ist Detective Kessler.«

»Detective Kessler.« Ned wiederholte die beiden Wörter mit Bedacht. »Hm.«

»Ich habe meinen Hut vergessen, Ma'am.«

Ned und Rachel sahen gleichzeitig auf den Filzhut herab, den Rachel auf den Tisch gelegt hatte.

Kessler klopfte erneut, nachdrücklicher diesmal, wie ein Mann, der daran gewöhnt ist, auch dann an Türen zu klopfen, wenn sein Eintreten nicht erwünscht ist. »Mrs. Delacroix?«

»Ich komme«, rief Rachel.

Ned warf ihr einen Blick zu.

Rachel sah zurück. *Was hätte ich tun sollen?*

Ned und Lars sahen sich an. Sie schienen auf telepathischem Weg zu einem Entschluss zu kommen. Ned reichte ihr den Hut. Er hielt ihr die Handfläche vor das Gesicht. »Sehen Sie, wie breit meine Hand ist?«

»Ja.«

»So weit öffnen Sie die Tür. Und dann geben Sie ihm seinen Hut und schließen sie.«

Sie wollte zur Tür gehen, aber er packte ihren Arm am Ellbogen und drehte sie mit dem Gesicht zu Caleb. Der Blutschleier auf seinem Gesicht wurde dunkler. Wären sie auf Haiti, wäre sein Gesicht längst von Fliegen bedeckt.

»Wenn Sie auch nur ein Jota von meinen Anweisungen abweichen, sehen Sie genauso aus.«

Sie begann zu zittern, und er drehte sie zur Tür um.

»Hören Sie auf zu zittern«, flüsterte er.

»Wie?« Ihre Zähne klapperten.

Er schlug sie fest auf den Hintern. Sie sah zu ihm zurück, und er grinste sie an, weil das Zittern aufgehört hatte. »Jetzt haben Sie einen neuen Trick gelernt.«

Sie nahm den Hut und durchquerte das Wohnzimmer. Links von der Tür war ein Haken, an dem ihre Tasche hing –

eine kleine Umhängetasche aus braunem Leder, ein Weihnachtsgeschenk von Brian. Sie legte ihre Hand auf den Türknauf und entschied, was sie tun würde, während sie es bereits tat. Sie ließ sich keine Zeit zum Nachdenken, ließ ihnen keine Zeit zum Nachdenken. Sie öffnete die Tür weiter als die erlaubten zehn Zentimeter, öffnete sie so weit, dass Detective Trayvon Kessler über ihre linke Schulter sehen konnte, dass er den Flur sah, der zum Schlafzimmer führte, die Tür der Gästetoilette, den Küchentresen. Sie zog ihre Tasche vom Haken, überschritt die Türschwelle und gab ihm seinen Hut – und das alles in einer einzigen, fließenden Bewegung.

Die Kugel traf sie im Rücken, zerschmetterte ihr Rückgrat, trieb die Knochensplitter in ihren Blutkreislauf, als sie zusammenbrach und in Detective Kesslers Arme fiel. Der Sturz hinderte ihn daran, seine eigene Waffe zu ziehen. Ned feuerte immer weiter, schoss Kessler in den Kopf, die Schulter, den Arm. Kessler brach unter Rachels Gewicht zusammen. Sie fielen übereinander auf den Marmorboden, und Ned und Lars stellten sich über sie. Sie sahen mit leeren Gesichtern auf sie herab und schossen, bis ihre Leichen zu tanzen begannen …

»Detective.« Sie schloss die Tür hinter sich. »Ich hatte mich schon gefragt, ob Sie deshalb zurückkommen würden. Ich wollte Sie gerade auf Ihrem Handy anrufen.«

Er schloss sich ihr an, als sie auf die Fahrstühle zuging. »Sie verlassen das Haus?«

Sie sah ihn über die linke Schulter hinweg an. Brian, Sebastian und zwei Exfreunde hatten ihr gesagt, dass dies ihr verführerischster Blick sei. Sie sah, dass sie auch bei Trayvon Kessler einen Treffer gelandet hatte, als er nervös zwinkerte, wie um die Wirkung abzuwehren. »Ich versuche nur, dem ganzen Trubel zu entfliehen.«

»Macht man das nicht besser, indem man sich schlafen legt?«

»Darf ich Ihnen etwas anvertrauen? Ein Geheimnis?«

»Ich liebe Geheimnisse. Deshalb bin ich Polizist geworden.«

Sie erreichten die Fahrstühle. Sie drückte auf den Abwärtsschalter und riskierte einen Blick zurück zur Wohnungstür. Was würde sie tun, wenn sie sich öffnete? Zur Treppe laufen?

Dann würden sie sie einfach im Treppenhaus töten.

»Ich bin eine heimliche Raucherin. Und mir sind die Kippen ausgegangen.«

»Ah.« Er nickte mehrmals. »Ich wette, er weiß davon.«

»Hmm?«

»Ihr Mann. Ich wette, er weiß, dass Sie rauchen, lässt es sich aber nicht anmerken. Wo ist Mr. Perloff?«

»Der ist auf dem Wohnzimmersofa eingeschlafen.«

»Ich bin sicher, dass Ihr Mann damit auch keine Probleme hat; wenn ein anderer Mann bei Ihnen übernachtet. Er ist sehr fortschrittlich, Ihr Mann. Nichts Altmodisches am guten alten Brian.«

Sie sah auf die Anzeige über dem linken Fahrstuhl und stellte fest, dass er im dritten Stock festhing. Die Anzeige über dem rechten Fahrstuhl zeigte überhaupt keine Zahl an. Er war nachts abgeschaltet. Wahrscheinlich war er mit einer Zeitschaltuhr versehen, um Stromkosten zu sparen.

Scheiß Zeitschaltuhren, dachte sie und sah zurück zu ihrer Wohnungstür.

»Erwarten Sie, dass sie aufgeht?«, fragte Trayvon Kessler.

»Wie bitte?«

»Ihre Tür. Sie schauen sie die ganze Zeit an.«

Wenn Ned und Lars jetzt mit gezückten Waffen heraus-kämen, wären sie Kessler gegenüber im Vorteil. Aber wenn sie es ihm erzählte – dass sie in ihrer Wohnung waren und was sie getan hatten –, würde er seine Waffe ziehen, sie mit dem Körper abschirmen und Verstärkung rufen. Und der ganze Alptraum wäre vorbei.

Sie musste es ihm nur sagen. Und sich damit abfinden, dafür ins Gefängnis zu gehen.

»Wirklich? Ich stehe etwas neben mir.«

»Warum das?«

»Könnte daran liegen, dass ich vom Doppelleben meines Mannes erfahren habe.«

»Darum also.« Er sah auf die Anzeige über dem Fahr-stuhl. »Wollen wir die Treppe nehmen?«

Sie zögerte keinen Moment. »Sicher.«

»Nein, Augenblick. Er bewegt sich.«

Der Fahrstuhl kroch vom dritten in den vierten Stock, und dann nahm er Fahrt auf und schoss vom vierten über den fünften, sechsten, siebten in den neunten Stock.

Und hielt an.

Sie sah Kessler an.

Er zuckte die Schultern, als ob er »Was kann ich dafür« sagen wollte.

Sie sagte: »Ich nehme die Treppe«, und wollte schon los-gehen.

»Er bewegt sich wieder.«

Das rote Licht sprang von neun auf zehn, und dann

schoss es von elf auf vierzehn. Und blieb stehen. Sie hörte Gelächter aus dem Fahrstuhlschacht. Die Leute, die im vierzehnten Stock ausstiegen, klangen schon am Dienstag so betrunken wie Samstagabendheimkehrer.

Trayvon Kessler stand mit dem Rücken zum Gang, als Ned aus ihrer Wohnung trat. Sie wollte laut schreien. Sie wollte zur Treppe rennen: Das rote EXIT-Zeichen winkte wie die Hand Gottes. Kessler folgte ihrem Blick und drehte sich um, während Ned auf sie zugeschlendert kam. Seine Hände waren leer, die Waffe hatte er vermutlich am Rücken in den Hosenbund geschoben, wo sie der Saum seiner blauen Windjacke verdeckte.

»Rachel«, sagte er. »Lange nicht gesehen.«

»Ned.« Sie sah seine Augen kurz verwirrt aufflackern. »Ich war viel zu Hause und habe mir Essen kommen lassen.«

Ned wandte sich zu Detective Kessler um. »Ned Hemple.« Er streckte die Hand aus.

»Trayvon Kessler.«

»Was führt die Polizei von Providence nach Boston?«

Kessler wirkte einen Moment verwirrt, bis er zu seinem Gürtel hinabsah, wo die goldene Dienstmarke steckte.

»Ich gehe ein paar Spuren nach.«

Der Fahrstuhl hielt mit einem Klingeln, und die Türen öffneten sich. Sie stiegen ein. Kessler drückte den Erdgeschossschalter.

26

Mundstück

I st alles in Ordnung, Rachel?« Ned sah sie an, als sich der Fahrstuhl in Bewegung setzte, und sein Gesicht war ein einziger Ausdruck von Sorge.

»Klar. Warum?«

»Na ja, ich wollte bloß …« Er wirkte betreten, als er sich Trayvon Kessler zuwandte. »Ich wohne neben Rachel und Brian. Tut mir leid, ich sollte besser meine große Klappe halten.«

Kessler quittierte das mit einem Grinsen. »Sollte er besser seine große Klappe halten, Rachel?«

»Meinetwegen nicht.«

Kessler deutete mit der Hand auf Ned. »Fahren Sie fort, Mr. Hemple.«

Ned druckste herum und sah einen Augenblick lang betreten auf seine Schuhe. »Ich habe vor ein paar Minuten ein, äh, ein bisschen Geschrei gehört. Ich nehme an, Sie sind mit Brian aneinandergeraten. Das passiert mir mit Rosemary auch. Da ist ja nichts bei. Hoffe bloß, dass alles wieder okay ist.«

»Geschrei?« Kesslers Grinsen wurde breiter.

»Menschen streiten sich eben«, sagte Ned.

»Oh, ich weiß, dass Menschen sich streiten«, sagte Kessler. »Ich bin bloß überrascht, dass Rachel sich mit Brian gestritten hat. Vor einigen Minuten war das, sagen Sie?«

Der Fahrstuhl hielt im siebten Stock, und Mr. Cornelius, dem drei Nachtklubs in Fenway gehörten, stieg ein. Er warf allen ein höfliches Lächeln zu und tippte dann weiter auf seinem Smartphone herum.

Ned hatte sie Kessler auf dem Silbertablett serviert. Selbst wenn sie sich von beiden lösen konnte, sobald sie die Lobby erreicht hatten – und sie hatte keine Ahnung, wie sie das schaffen sollte –, würde Kessler, diesmal mit einem Durchsuchungsbefehl, in ihre Wohnung zurückkehren und Caleb tot vorfinden. Nicht schlafend. Tot.

Sie sah, dass die beiden sie anschauten und auf ihre Antwort warteten. »Es war nicht Brian, Ned. Danke.«

»Nein?«

»Es war sein Geschäftspartner. Sie haben ihn ein paarmal gesehen. Caleb?«

Ned nickte. »Gutaussehender Typ.«

»Genau der.«

Ned sagte zu Kessler: »Aber wie sage ich immer zu meiner Frau: Aussehen ist nicht alles.«

Rachel sagte: »Er wollte nach Hause fahren, aber ich habe es ihm nicht erlaubt. Zu viel Bourbon.«

Kessler sagte: »Aber er war mit der U-Bahn unterwegs.«

»Was?«

»Er hat uns gesagt, dass er mit der U-Bahn aus Cambridge kam.«

»Aber er wohnt im Seaport-Distrikt, und er wollte nicht mit der U-Bahn heimfahren. Er wollte sich mein Auto leihen. Deswegen haben wir uns gestritten.«

Herrje, mit wie vielen Details sollte sie hier noch jonglieren?

»Aha.«

»Klingt plausibel«, sagte Ned in einem Ton, der das Gegenteil suggerierte.

»Warum sollte er nicht einfach ein Taxi nehmen?«, fragte Kessler.

»Oder eine Mitfahrgelegenheit mit Uber organisieren?«, warf Ned ein.

»Genau.«

»Das müssen Sie ihn schon selbst fragen, wenn er wieder nüchtern ist«, sagte sie.

Mr. Cornelius beobachtete sie. Ihm schien nicht ganz klar zu sein, was hier abging, aber dass die Situation angespannt war, konnte ihm nicht entgehen.

Sie erreichten die Lobby.

Sie nahm an, dass Kessler sich beim Verlassen des Gebäudes von ihr verabschieden würde. Selbst wenn sie Kessler in ein Gespräch auf dem Gehsteig verwickeln konnte, um ihn aufzuhalten, würde Ned nur so tun, als ob er wegginge. Und sobald Kessler wirklich wegfuhr, würde Ned wiederauftauchen. Oder sie einfach von der gegenüberliegenden Straßenseite aus erschießen.

Sie legte die Hand in den Nacken und fummelte an dem Verschluss ihrer Halskette herum. Wenn sie ihn ein wenig verdrehte, könnte sie ihn vielleicht zerreißen. Die Perlen würden zu Boden fallen. Die beiden Männer würden sich bücken, um sie aufzuheben. Und sie konnte durch den Postraum abhauen.

»Hat Sie was gestochen?«, fragte Kessler.

»Bitte?«

»Juckt es?«, fragte er. »Im Nacken?«

Jetzt sah auch Ned sie an.

Sie ließ die Hand sinken. »Ja, ein wenig.«

Sie betraten die Lobby. Mr. Cornelius bog rechts ab zu den Fahrstühlen, die in die Tiefgarage führten. Ned und Kessler gingen weiter.

Dominick stand hinter seinem Pult und sah zu ihnen hoch. Er schien leicht irritiert über die Anwesenheit von Kessler und Ned, nickte Rachel aber zu und widmete sich wieder seiner Zeitschrift.

»Nicht in die Tiefgarage?«, fragte sie Ned.

»Hmm?« Ned folgte ihrem Blick zu den Fahrstühlen. »Nein.«

»Haben Sie auf der Straße geparkt?«, fragte sie.

Ned hatte seinen Schritt schon beschleunigt. Er warf ihr einen Blick über die Schulter zu. »Nein, ich gehe nur spazieren.«

»Alle scheinen heute Abend spazieren zu gehen«, sagte Kessler. Er klopfte sich auf den Bauch. »Ich sollte vielleicht auch ein bisschen mehr für meine Figur tun.«

Er zog die Eingangstür nach innen auf und ließ ihnen mit großer Geste den Vortritt. Ned ging durch die Tür, gefolgt von Rachel.

Auf dem Gehsteig sagte Rachel zu Ned: »Viel Spaß bei Ihrem Spaziergang. Grüßen Sie Rosemary von mir.«

»Wird gemacht.« Ned streckte Kessler die Hand entgegen. »War nett, Sie kennenzulernen, Detective.«

»Gleichfalls, Mr. Temple.«

»Hemple«, sagte Ned und schüttelte ihm die Hand.

»Natürlich. Entschuldigung.« Kessler senkte die Hand. »Auf Wiedersehen, Sir.«

Einige betretene Sekunden lang rührte sich keiner von ihnen vom Fleck. Schließlich drehte Ned sich um und stapfte, die Hände in den Taschen, davon. Rachel warf Kessler, der auf irgendetwas zu warten schien, einen raschen Seitenblick zu. Als sie wieder auf die dunkler werdende Straße sah, war Ned verschwunden.

»Das ist also Ned.«

»Das ist Ned.«

»Sind er und Rosemary schon lange verheiratet?«

»Ewig.«

»Und das ohne Ehering. Dabei kommt er mir gar nicht vor wie so'n linksintellektueller Typ, der Ringe als Symbol für gesellschaftliche Unterdrückungsmechanismen ansieht.«

»Vielleicht hat er ihn nur zum Reinigen weggebracht.«

»Das könnte natürlich sein«, sagte Kessler. »Was macht er beruflich, unser Freund Ned?«

»Ich weiß es nicht so genau.«

»Das hatte ich mir schon gedacht. Komisch, oder?«

»Ich glaube, er ist in irgendeinem Produktionsbetrieb.«

»Produktionsbetrieb?«, sagte Kessler. »Wer produziert denn in diesem Land noch was?«

Sie zuckte mit den Schultern. »Sie wissen, wie es heutzutage mit den Nachbarn ist.«

»Nein, eigentlich nicht. Sagen Sie es mir.«

»Alle sind auf ihre Privatsphäre bedacht.« Sie lächelte ihn schmallippig an.

Er öffnete die Beifahrertür zu einem dunklen viertürigen Ford. »Kommen Sie, ich fahre Sie zu dem Laden, wo Sie Ihre Zigaretten kaufen.«

Sie sah zurück. Alle sieben Meter warf eine Laterne ihren Lichtkreis auf die Straße. Dazwischen lag Dunkelheit.

»Gern.« Sie stieg ins Auto.

Kessler stieg auch ein, legte seinen Hut zwischen ihnen ab und fuhr los. »Ich habe schon einige scheißschwierige Fälle gehabt, wenn Sie meine Ausdrucksweise entschuldigen. Aber dies ist mit der schlimmste, der mir in letzter Zeit unterkam. Eine tote Blondine in Rhody, ein Vermisster mit Doppelleben, seine lügende Ehefrau –«

»Ich lüge nicht.«

»Oho!« Er drohte ihr halb scherzhaft mit dem Finger. »Aber sicher tun Sie das, Mrs. Delacroix. Sie lügen so oft, dass ich mit dem Zählen schon gar nicht mehr mitkomme. Und Ihr Nachbar, der verheiratete Mann mit der abgetragenen Windjacke und den Hosen vom Klamottendiscounter, der keinen Ehering trägt – solche Typen wohnen nicht in Häusern wie Ihrem. Der wusste nicht mal, wo die Tiefgarage ist, und der Portier hat ihn auch noch nie gesehen, so viel ist klar.«

»Das ist mir nicht aufgefallen.«

»Da haben Sie aber Glück, dass ich Polizist bin. Wir werden nämlich dafür bezahlt, auf solchen Scheiß zu achten.«

»Sie sagen ziemlich oft ›Scheiß‹.«

»Was dagegen?«, fragte er. »Ist doch ein prima Wort. Substantiv, Adverb, Adjektiv. ›Scheiß‹- ist scheißnützlich.« Er bog nach links ab. »Das Problem mit Ihren Lügen ist, dass ich nicht weiß, warum und worüber Sie lügen. Der Fall ist noch zu frisch. Aber dass Sie lügen – Scheiße, darauf könnte ich schwören.«

Sie hielten an einer Ampel, und sie war sich sicher, dass

Ned gleich neben dem Fahrerfenster auftauchen und in das Auto feuern würde.

Die Ampel sprang auf Grün, und Kessler bog noch einmal links ab und parkte vor einem Lebensmittelgeschäft in der Boylston Street, gegenüber einem Einkaufszentrum. Er drehte sich zu ihr, und die ganze aufgesetzte Heiterkeit wich aus seinem Gesicht. An ihre Stelle trat ein unidentifizierbarer Ausdruck.

»Nicole Alden« sagte er, »wurde förmlich hingerichtet. Das war ein professionell ausgeführter Mord. Und glauben Sie mir, ich habe genug davon gesehen, um das beurteilen zu können. Es ist also gar nicht so unwahrscheinlich, dass Ihr Mann in seinem anderen Leben ein Profi ist. Jemand, der beruflich … Sie wissen schon: Leben beendet. Und entweder er oder einer seiner Freunde könnte beschließen, bei Ihnen vorbeizuschauen. Und wissen Sie was, Rachel?« Er beugte sich so nah zu ihr vor, dass sie sein Pfefferminzbonbon riechen konnte. »Die werden Sie – Scheiße noch mal – auch hinrichten.«

Er konnte sie nicht retten. Selbst wenn er es gewollt hätte, und das bezweifelte sie. Seine Aufgabe bestand darin, den Mordfall Nicole Alden erfolgreich aufzuklären. Mit der engstirnigen Selbstgewissheit eines Polizisten hatte er entschieden, dass er das am besten erreichen konnte, indem er Brian den Mord zuschrieb. Aber wenn Brian nicht wieder auftauchte, würde Kessler tiefer graben. Vielleicht würde er herausfinden, dass sie sich kurz vor dem Tod des Opfers in Providence aufgehalten hatte. Die Mietwagen von Zipcars waren bestimmt mit Peilsendern ausgestattet, damit der Firma kein Auto abhandenkam. Man würde schnell herausfinden, dass Rachel auf der Straße vor Nicole Aldens Haus geparkt hatte. Und damit liegt der Rest scheinbar auf der Hand: Ehefrau entdeckt, dass ihr Mann eine andere hat, die ein Kind von ihm erwartet, und bringt sie um. Und falls dieses Szenario noch nicht vernichtend genug war, gab es da noch den Geschäftspartner ihres Mannes, der tot an ihrem Esstisch saß. Und die Untersuchung des Gerichtsmediziners würde ergeben, dass der besagte Partner bereits tot gewesen war, als Rachel gegenüber Kessler behauptet hatte, dass er gesund und munter und lediglich auf ihrem Sofa eingeschlafen sei.

»Ich mag es nicht, wenn man mich unter Druck setzt«, sagte sie zu Detective Kessler.

»Ich setze Sie nicht unter Druck. Ich nenne bloß die Fakten.«

»Was Sie nennen, sind Vermutungen. Auf die denkbar bedrohlichste Weise.«

»Es ist keine Vermutung«, sagte er, »wenn ich bemerke, dass Sie jetzt gerade Angst vor etwas haben.«

»Das hatte ich vorher auch schon.«

Er schüttelte langsam den Kopf, dieser abgebrühte Polizist, der in ihr eine verwöhnte Yuppie-Frau sah, die noch nicht mal einer geregelten Arbeit nachging. Wahrscheinlich hatte er ihren begehbaren Kleiderschrank vor Augen, der mit teuren Sportklamotten, Louboutin-Schuhen und seidenen Hosenanzügen gefüllt war, mit denen sie in Restaurants essen ging, die sich kein Polizist leisten konnte.

»Das glauben Sie vielleicht, aber es stimmt nicht. Auf dieser Welt gibt es finstere Dinge, die im Fernsehen oder in Büchern nicht vorkommen.«

In jener Nacht im Lager von Léogâne waren die Männer im Schein der brennenden Mülltonnen durch Schlamm und Hitze gestreift, in den Händen ihre Macheten und Flaschen mit billigem Fusel. Gegen zwei Uhr morgens hatte Widdy zu ihr gesagt: »Wenn ich mich jetzt von ihnen fangen lasse, werden sie nur …« – sie hatte mit der einen Hand einen Kreis geformt und darin den Zeigefinger der anderen Hand hin- und herbewegt –, »aber wenn wir sie warten lassen, werden sie vielleicht wütend und …« – sie war sich mit demselben Zeigefinger über die Gurgel gefahren.

Widdy – Widelene Jean-Calixte mit vollständigem Namen – war elf Jahre alt gewesen. Rachel hatte sie überredet, sich versteckt zu halten. Aber das hatte, wie von Widdy vorausgesehen, die Männer nur noch wütender gemacht. Und kurz nach Sonnenaufgang hatten sie Widdy gefunden. Hatten sie beide gefunden.

»Mit Finsternis in dieser Welt kenne ich mich ein bisschen aus«, sagte Rachel zu Trayvon Kessler.

»Ja?« Er sah ihr in die Augen.

»Ja.«

»Und was wissen Sie darüber?«, sagte er leise.

»Wenn man auf sie wartet, ist man so gut wie tot.«

Sie stieg aus dem Auto. Er kurbelte sein Fenster herunter. »Wollen Sie mich loswerden?«

Sie lächelte. »Ja.«

»Ich bin Polizist. Ich weiß, wie man Leute im Auge behält.«

»Aber Sie sind aus Providence. Das hier ist Boston.«

Er nickte knapp. »Wenn wir uns das nächste Mal sehen, habe ich einen Durchsuchungsbefehl dabei, Mrs. Delacroix.«

»Alles klar.« Er fuhr los. Sie gab sich nicht einmal die Mühe, so zu tun, als ginge sie in den Laden hinein, sondern wartete, bis Kessler an der nächsten Ecke rechts abbog. Dann überquerte sie die Boylston Street und ging zu dem Taxistand vor dem Hotel. Sie stieg in das erste Taxi und wies den Fahrer an, zum Jachthafen von Port Norfolk zu fahren.

Der Parkplatz am Hafen war leer, und sie bat den Fahrer, einige Minuten zu warten, um sicherzugehen, dass ihr niemand gefolgt war, doch hier herrschte bereits Nachtruhe, es war völlig still, und man konnte hören, wie die Boote gegen die Stege schlugen und die alten Holzbauten in der nächtlichen Brise knarrten.

Zurück an Bord, ging sie in die Kombüse, schaltete das Licht ein und zog die Schlüssel aus der Schublade, wo sie sie hatte liegenlassen, als sie das Boot losbanden. Dann löste sie die Leinen, startete den Motor und fuhr mit voll aufgedrehten Scheinwerfern raus in den Hafen. Zwanzig Minuten später sah sie Thompson Island im Sternenlicht auftauchen, und nur eine Minute später erreichte sie die winzige Insel mit dem krummen Baum. Sie kehrte zurück in die Kombüse, und diesmal hatte sie genug Zeit, die Taucherausrüstung zu finden: Maske, Flossen, Druckluftflasche. Sie kramte weiter herum und fand noch eine Taschenlampe und einen Taucheranzug in mittlerer Frauengröße, der, so nahm sie an, der verstorbenen Nicole Alden gehört hatte. Sie schlüpfte in den Anzug, legte die Druckluftflasche, die Flossen und die Maske an und ging zurück zum Achterschiff. Sie setzte sich auf das Seitendeck und sah in den Himmel. Die Wolkenbank von vorhin war weitergezogen, und die Sterne standen so nah beieinander, als suchten sie den Schutz der Herde. Sie kamen ihr nicht wie Himmelskörper vor, wie Götter oder Gottesdiener, sondern wie Verstoßene, Exilanten, verloren in den Weiten eines tintenschwarzen Himmels. Was hier unten wie eine dichte Anhäufung von Sternen aussah, verstreute sich dort oben in unermessliche Weiten. Selbst eng nebeneinanderliegende Sterne waren Lichtjahre voneinander entfernt, einer dem anderen nicht näher als Rachel einer Stammesfrau aus der Sahara des fünfzehnten Jahrhunderts.

Wenn wir wirklich so allein sind, dachte sie, welchen Zweck hat das dann alles?

Sie lehnte sich zurück und ließ sich ins Meer fallen. Sie schaltete die Taschenlampe ein und sah bald die andere Taschenlampe, die ihr vorhin heruntergefallen war und ihr jetzt vom Grund der Bucht entgegenblinkte. Als sie tiefer hinabglitt, sah sie, dass die Lampe etwa zwanzig Meter entfernt von jenem Felsen im Sand gelandet war, neben dem Brian lag. Sie richtete die Lampe auf den Felsen und bewegte den Strahl immer weiter abwärts, bis er den Sand beleuchtete.

Da war keine Leiche.

Sie musste die Felsen verwechselt haben. Sie lenkte den Strahl nach links, und in etwa zwanzig Metern Entfernung sah sie einen weiteren Felsen. Sie schwamm auf ihn zu, war sich jedoch schon auf halber Strecke sicher, dass Form und Farbe nicht stimmten. Sie hatte Brian an einem hohen, kegelförmigen Felsen zurückgelassen. Einem wie dem, an dem sie gerade hinabgetaucht war. Sie schwamm zurück und schwenkte währenddessen die Taschenlampe abwechselnd von links nach rechts. Noch weiter nach links. Noch weiter nach rechts. Kein anderer Felsen ähnelte auch nur annähernd dem, an dem sie Brians Leiche zurückgelassen hatte. Dem, vor dem sie jetzt hin- und herschwamm.

Dies hier war der Felsen, an dem sie ihn zurückgelassen hatte. Da war sie sich sicher. Sie erkannte ihn an der Tiefe der Krater und an seiner Kegelform.

War Brian von der Strömung fortgetrieben worden? Oder, schlimmer noch, hatte ihn ein Hai mit sich gerissen? Sie tauchte genau dorthin, wo sie ihn zuletzt gesehen hatte. Sie suchte den Sand nach Vertiefungen ab, nach einem Bein- oder Gesäßabdruck, aber das Wasser hatte längst alles wieder eingeebnet.

Dann sah sie zufällig etwas Schwarzes, schwärzer als der Felsen. Es war nur eine kleine Bewegung an der linken Felskante. Sie paddelte hinüber und leuchtete um die Ecke, und sah zunächst nichts.

Doch dann sah sie alles.

Es war ein Mundstück.

Sie schwamm zur Rückseite des Felsens. Das Mundstück hing an einem Schlauch, der an einer Druckluftflasche befestigt war.

Sie sah durch das dunkle Wasser hinauf zum Rumpf des Bootes.

Du lebst.

Sie stieß sich in Richtung Oberfläche ab.

Bis ich dich finde.

27
Es

S ie lenkte das Schiff nach Thompson Island und fand
die Anlegestelle nur vierhundert Meter von dort entfernt, wo Brian ins Wasser gefallen war. Ein Boot lag dort
natürlich nicht. Egal, was für ein Boot hier gelegen hatte, es
war längst fort.

Und er war an Bord.

Auf das Taxi musste sie lange warten. Es war vier Uhr morgens, und der Mann in der Taxivermittlung wusste nicht,
wo der Jachthafen Port Norfolk lag. Sie hörte, wie er etwa
eine halbe Minute lang auf seiner Tastatur herumtippte, ehe
er »Zwanzig Minuten« ins Telefon brummte und auflegte.

Sie stand auf dem dunklen Parkplatz und stellte sich vor,
was in diesem Moment alles schiefgehen konnte. Trayvon
Kessler hatte sich vielleicht einen Durchsuchungsbefehl besorgt. (*Nein, Rachel, dazu müsste er erst nach Providence
fahren, einen Richter finden, sich mit dem juristischen Pa-
pierkram herumschlagen. Frühestens bei Sonnenaufgang
hätte er das Dokument, aber vermutlich nicht einmal dann.
Atme durch. Atme tief durch.*)

Durchatmen? Brian war am Leben. Ned hatte Caleb erschossen. Sie konnte Neds Gesicht vor sich sehen, als er den
Abzug drückte: wolfsähnlich, völlig im Reinen mit seiner

raubtierhaften Dominanz. Er hatte einen anderen Menschen angeschaut, der einen Meter von ihm entfernt saß, und er hatte dessen Leben so einfach ausgelöscht, wie ein Habicht ein Eichhörnchen mit seinen Krallen packt. Ned empfand kein Vergnügen beim Töten, aber auch kein Bedauern.

Brian war irgendwo da draußen und versuchte, ihr zu entkommen. Er lebte. (Hatte sie das in ihrem tiefsten Inneren nicht schon die ganze Zeit geahnt?) Doch Rachegedanken konnte sie sich jetzt, zur Geisterstunde auf diesem leeren Parkplatz, nicht leisten.

Ned und Lars waren irgendwo da draußen und verfolgten sie.

Smartphones konnte man aufspüren. Man konnte sie in Peilsender und Abhörgeräte für feindliche Truppen verwandeln, ganz leicht war das. Wenn Ned und Lars es schafften, sich in ihr Smartphone zu hacken, würden sie wissen, wo sie war.

In zweihundert Metern Entfernung, am Anfang der ausgefahrenen Straße, die von Tenean Beach hierherführte, leuchteten Scheinwerfer auf. Die Lichter hüpften hoch und runter, nach links und rechts und strahlten immer heller, während sie näher kamen. Es konnte ein Taxi sein. Es konnte Ned sein. Sie krallte ihre Finger um die Waffe in ihrer Tasche, die Waffe, mit der Brian versucht hatte, sie zu töten. Oder so getan hatte, als wollte er sie töten. Sie legte ihren Finger an den Abzug und entsicherte die Waffe, auch wenn ihr klar war, dass das nichts nützen würde. Wenn tatsächlich Ned und Lars in dem Auto saßen, konnten sie einfach im allerletzten Moment beschleunigen und sie überfahren. Und sie konnte nichts dagegen tun.

Die Scheinwerfer tasteten den Parkplatz ab, das Auto beschrieb einen Bogen und hielt vor ihr an. Es war braun und weiß, und die Türen trugen die Aufschrift »Boston Taxi«. Im Wagen saß eine weiße Frau mittleren Alters mit einer hellbraunen Afrofrisur. Rachel stieg ein, und sie ließen den Hafen hinter sich.

Zwei Straßenblocks vor ihrer Wohnung ließ sie sich absetzen und ging durch eine Seitengasse, während am Himmel ein grauer Tag aufzog. Sie überquerte die Fairfield Street und ging die Einfahrt des Parkhauses bis zum Gittertor hinab. Auf dem Zahlenfeld links neben dem Gitter tippte sie den Code ein, das Gitter hob sich, und sie betrat die Tiefgarage. Sie nahm den Fahrstuhl bis zum elften Stock, dann die Treppen bis zum fünfzehnten. Kurz darauf stand sie vor ihrer Wohnungstür.

Mit diesem Schritt hatte sie besonders gerungen. Wenn Ned oder Lars noch in der Wohnung wären, würde sie sterben, sobald sie eintrat. Falls – nein, sobald – Trayvon Kessler mit seinem Durchsuchungsbefehl zurückkäme und die Tür aufbrechen ließ, musste sie wissen, was er dahinter vorfinden würde. Während der Rückfahrt vom Hafen hatte sie überlegt, ob sie dieses Risiko eingehen sollte. Ned und Lars, so hatte sie schließlich entschieden, mussten davon ausgehen, dass sie nicht zurückkehrte. Es war zu unwahrscheinlich. Als sie mit dem Schlüssel in der Hand vor ihrer Tür stand, überlegte sie, ob die beiden vielleicht damit rechneten, dass sie derart dumm handelte. Mit Leuten wie Ned und Lars hatte sie keine Erfahrung. Diese hingegen hatten jede Menge Erfahrung mit dummen Gänsen wie ihr. Auf der anderen Seite der Tür erwartete sie entweder Tod oder Erkenntnis. Außerdem eine Notreserve an Bargeld, die Brian in einem Fußbodensafe aufbewahrte. Nicht viel, ein paar tausend, aber doch genug, um sich eine Weile über Wasser zu halten, sollte Kessler ihre Kreditkarten gesperrt haben. Einerseits glaubte sie nicht, dass er das konnte, andererseits: Was wusste sie schon über die Vorgehensweise einer Mordkommission. Vielleicht stand sie inzwischen tatsächlich unter Mordverdacht. In ein paar Stunden vielleicht sogar schon zweifach.

Sie schaute abwechselnd auf das Schloss und den Schlüssel in ihrer Hand. Sie atmete tief durch. Als sie ihre Hand hob, zitterte sie. Sie ließ sie wieder sinken und holte noch ein paarmal tief Luft.

Brian lebte. Brian hatte sie in diese Situation gebracht. Irgendwie, irgendwo würde sie ihn finden, und dann musste er dafür bezahlen.

Oder sie würde in den nächsten dreißig Sekunden sterben.

Sie steckte den Schlüssel ins Schloss, drehte ihn aber nicht. Sie stellte sich vor, wie ein Kugelregen durch die Tür schlug und sie an Kopf, Hals und Oberkörper traf. Sie schloss die Augen und versuchte, sich zu zwingen, den Schlüssel umzudrehen. *Dreh ihn um.* Doch sobald sie das getan hätte, musste sie vorwärtsgehen, in die Wohnung hinein. Und dazu war sie noch nicht bereit. Sie war nicht bereit.

Wenn sie tatsächlich hinter der Tür stünden und gehört hätten, wie sie den Schlüssel ins Schloss steckte, hätten sie sie einfach durch die Tür erschießen können. Dass sie es nicht getan hatten, bedeutete allerdings nicht, dass sie nicht da waren. Vielleicht warteten sie geduldig, warfen sich gegenseitig Blicke zu, grinsten sich sogar an, schraubten Schall-dämpfer auf ihre Pistolen, zielten auf die Türöffnung und warteten auf den Moment, in dem sie die Tür öffnen würde.

Sie würde sie warten lassen. Wenn sie da drinnen waren, hatten sie den Schlüssel im Schloss gehört. Früher oder später würden die beiden, wenn sie nicht hineinging, die Tür öffnen.

Andererseits, Rachel, du dumme Kuh, beobachten die bei-den dich vielleicht durch den Spion. Sie machte einen Schritt nach rechts neben die Tür, holte die Pistole aus ihrer Tasche und entsicherte sie.

Sie wartete fünf Minuten, die sich wie fünfzig anfühlten. Sie sah wieder auf die Uhr. Nein, es waren fünf.

In irgendeinem Zeitkontinuum sind wir alle tot, sobald wir geboren werden. Dieser Logik zufolge war sie irgendwo schon lange tot, sah in ebendiesem Moment durch ein Zeit-portal zurück und lachte über all die Schwierigkeiten, die die leibhaftige Rachel zu bewältigen hatte.

Ich bin schon tot, sagte sie sich. Sie drehte den Schlüs-sel im Schloss, schlug die Tür nach innen auf und richtete den Lauf der Waffe geradeaus in die Wohnung, was völlig nutzlos war, sollten Lars oder Ned links oder rechts von ihr stehen.

Aber sie waren nicht da. Caleb saß noch immer am Tisch, seine Haut war kreidebleich, sein Gesicht blutverkrustet. Sie schloss die Tür hinter sich und schob sich rechts an der Wand entlang bis zur geöffneten Tür des Gäste-wcs. Der kleine Raum schien leer zu sein. Sie spähte durch den Spalt zwischen Rahmen und Tür und sah, dass sich niemand darin versteckte.

Sie arbeitete sich langsam zum Schlafzimmer vor und griff nach dem Türknauf. Doch ihre schweißnasse Hand rutschte ab. Sie wischte sich die Hand an der Hose ab und fuhr mit dem Ärmel über den Türknauf. Mit der linken Hand packte sie ihn, in der rechten hielt sie die Waffe. Sie stieß die Tür auf. Sie stellte sich vor, dass Lars auf ihrem Bett säße und sie erwartete. Ein leiser Knall, und sie läge verblutend auf dem Rücken.

Er war nicht da. Der Raum schien leer zu sein. Aber das Gefühl, das sie beim Eintreten in die Wohnung gehabt hatte, verstärkte sich: Die waren besser als sie. Wenn sie wirklich hier waren, dann *war* sie bereits tot. Sie betrat das Schlafzimmer, und mit plötzlich einsetzendem Fatalismus überprüfte sie die beiden begehbaren Kleiderschränke. Seit Léogâne hatte sie sich dem Tod nicht so nah gefühlt. Sie spürte förmlich, wie er durch die Dielen aufstieg, sich in ihrem Körper ausbreitete, sich mit ihrem Blut verband und sie durch den Fußboden hinab in eine andere Welt zog.

Das war es, was auf sie wartete, schon immer auf sie gewartet hatte: diese andere Welt; ob sie oben oder unten war, weiß oder schwarz, warm oder kalt – sie unterschied sich grundlegend von dieser Welt mit ihren Annehmlichkeiten, Ablenkungen und alltäglichen Ärgernissen. Vielleicht war diese andere Welt ein Nichts. Vielleicht war sie reine Abwesenheit. Abwesenheit eines Selbst, Abwesenheit von Sinn, Abwesenheit einer Seele oder Erinnerung.

Jetzt verstand sie. In Haiti, noch vor den Ereignissen im Zeltlager, bereits in Port-au-Prince, wo Leichen die Straßen säumten, sich auf dem Krankenhausparkplatz türmten und sich in der Hitze aufblähten, dort schon wurde die Wahrheit der Leichen zu ihrer eigenen: Wir sind nichts Besonderes. Eine kleine Kerzenflamme erleuchtet uns, und wenn diese Flamme erlischt und das Licht aus unseren Augen weicht, ist es so, als hätten wir niemals existiert. Unser Leben gehört uns nicht, wir haben es nur geliehen.

Sie durchsuchte den Rest der Wohnung, aber es war klar, dass sie nicht hier waren. Ihr erster Instinkt war der richtige gewesen: Hätten sie sie töten wollen, hätten sie es direkt an der Tür getan. Sie ging zurück ins Schlafzimmer und packte Wanderstiefel, mehrere Paar warme Socken und einen schweren Wollmantel in einen Rucksack. Mit einer Sporttasche in der Hand ging sie in die Küche und packte ein Tranchiermesser ein sowie ein Schälmesser, eine Taschenlampe, Batterien, ein halbes Dutzend Energieriegel, mehrere Flaschen Wasser und den Inhalt der Obstschale, die auf dem Tresen stand. Sie stellte die Tasche und den Rucksack an die Tür und ging zurück ins Schlafzimmer. Sie zog eine Cargohose an, ein langärmeliges Thermoshirt und einen Kapuzenpullover. Sie band sich die Haare zu einem Pferdeschwanz zusammen und setzte eine Baseballmütze auf. Sie öffnete den Fußbodensafe in Brians Schrank, nahm alles Geld heraus und trug es zusammen mit der Waffe ins Badezimmer. Geld und Waffe legte sie auf die Ablage, und dann schaute sie lange in den Spiegel. Die Frau, die ihr entgegensah, war erschöpft und wütend. Angst hatte sie auch, aber es war keine lähmende Angst. Dann sagte sie zu sich selbst, im Ton mitfühlender Bestimmtheit, wie ihn eine ältere Schwester gegenüber einer jüngeren anschlagen würde: »Es ist nicht deine Schuld.«

Was ist »es«?

Es, das waren Widdy und Esther und die Ex-Nonne Veronique und all die Toten von Port-au-Prince. *Es* waren die Giftigkeit ihrer Mutter und die Abwesenheit ihres Vaters und dass Jeremy James sie verlassen hatte. *Es* war Sebastians Enttäuschung über so ziemlich alles, was sie tat. *Es* war das Gefühl, das sie hatte, seitdem sie denken konnte, ihr Gefühl, unverzeihlich unzulänglich und unzumutbar zu sein.

Und die Stimme in ihrem Kopf hatte recht – *es* war in den allermeisten Fällen nicht ihre Schuld.

Außer bei Widdy. Widdy war ihre nicht wiedergutzumachende Schuld. Widdy war seit vier Jahren tot. Und Rachel, die ihren Tod zu verschulden hatte, war jetzt vier Jahre älter.

Sie nahm ein Bild von sich und Brian von der Kommode. Ihr inoffizielles Hochzeitsfoto. Sie sah seine verlogenen Augen und sein verlogenes Lächeln, und sie wusste, dass sie ebenso verlogen war wie er. An fast jedem Tag ihres Lebens, von der Grundschule an, über Highschool, College, Uni und dann im Job, hatte sie eine Rolle gespielt. Sobald diese Rolle dem Publikum nicht mehr gefiel, hatte sie sie abgelegt und war in eine neue geschlüpft. Und immer so weiter. Doch nach Haiti, nach Widdy, war ihr der Rollenwechsel nicht mehr gelungen. Geblieben waren nur ihr hohles, zusammengebasteltes Selbst und die gesamte auf ihr lastende Schuld.

Wir sind Lügner, Brian. *Wir.*

Sie verließ das Schlafzimmer. Im Wohnzimmer stellte sie fest, dass ihr Laptop nicht mehr auf dem Küchentresen lag, wo sie ihn zurückgelassen hatte. Sie sah sich ein paar Minuten nach ihm um, vermutete aber schnell, dass Lars und Ned ihn mitgenommen hatten.

Nun gut. Sie hatte ein Smartphone.

Was sie nicht hatte, war ein Auto. Doch selbst wenn Kessler ihre Kreditkarten nicht hatte sperren lassen, konnte sie keines mieten. Sonst hätte man sie in null Komma nichts aufgespürt. Sie sah sich noch einmal in der Wohnung um, als ob sie ihr etwas sagen könnte, schaute überallhin, außer zu der Leiche am Esstisch. Aber plötzlich wurde ihr klar, dass sie genau dort nachschauen musste.

Der Schlüsselanhänger steckte in der Vordertasche von Calebs Jeans. Als sie um den Tisch ging, sah sie die Wölbung. In sein Gesicht sah sie nicht. Das brachte sie nicht fertig.

Was ist mit Haya?, dachte sie. *Was mit AB?* Auf der Feier vor vier Tagen hatte Caleb seine Tochter hochgehoben, und sie hatte seine Oberlippe gepackt und daran gezogen wie an einer Schublade. Er hatte sie gewähren lassen und gelacht, auch als es schon sichtbar weh tat. Und als Annabelle die Lippe endlich losließ, hatte er sie an seine Brust gedrückt, seine Nase in ihrem Haar vergraben und ihren Duft eingesogen.

Caleb war Schauspieler gewesen. Wie Brian. Wie sie. Aber die Schauspielerei war nur eine Sache. Den Vater hatte er nicht gespielt. Mit seinen Liebsten spielte er nicht. Seine Träume und Hoffnungen für die Zukunft waren echt gewesen.

Er war, das erkannte sie jetzt, ihr Freund gewesen. Nicht nur – wie sie zuvor immer dachte – Brians Freund, Brians Geschäftspartner, weil diese Rollen (wieder dieses Wort) schon fest verteilt gewesen waren, als sie Brian kennengelernt hatte. Denn mit der Zeit war zwischen ihnen eine Vertrautheit und ein Gefühl der Geborgenheit gewachsen, die man nur Freundschaft nennen konnte.

Sie fasste in seine Tasche. Der Jeansstoff war steif, aber sein Körper war noch steifer. Die Totenstarre hatte eingesetzt, und sie brauchte eine volle Minute, um den Schlüsselbund aus der Tasche herauszubekommen. Dabei kam ihr in den Sinn, dass er noch leben würde, wenn sie nicht unbedingt ihr Buchmanuskript hätte holen wollen.

Aber nein. *Nein, nein, nein,* flüsterte ihr die Stimme der großen Schwester ins Ohr. Er war hiergeblieben, um etwas zu trinken. Um seine Gedanken zu ordnen, bevor er sich auf die einstündige Fahrt machte. Und außerdem hatten Brian und er dieses Spiel, was für ein Spiel auch immer, schon vor langer Zeit zu spielen begonnen.

Jetzt sah sie ihn an. Eine ganze Minute lang.

»Es ist nicht meine Schuld.« Tränen rollten ihre Wange hinab, und sie wischte sie fort. »Aber du wirst mir fehlen«, sagte sie und verließ die Wohnung.

28

Pömpel

Sie tankte Calebs Audi voll. Ihr wurde klar, dass sie seit vierundzwanzig Stunden nichts gegessen hatte, und so frühstückte sie im Paramount an der Charles Street. Hunger hatte sie nicht, aber sie aß, als hätte sie welchen. Sie fuhr zurück zum Copley Square, stellte das Auto an einer Parkuhr in der Stuart Street ab und betrat die schmale Seitenstraße, die vom Copley Plaza Hotel zum Hancock Tower führt. Sie ging an der Laderampe und dem Hintereingang vorbei, aus dem Brian gekommen war, als sie ihn bei Regen in den schwarzen SUV hatte steigen sehen. Sie umrundete das Gebäude, lief die St. James Street hoch und sah für einen Moment ein Dutzend Rachels, die in den Scheiben ihr Spiegelbild hin- und herwarfen. Sie bildeten ein durchlässiges Band, eine Art Kette aus gebastelten Rachel-Puppen. Als sie um die Ecke bog, ergriffen die Puppen die Flucht. Sie sah sie nie wieder.

Es war fast neun Uhr, und die Straßen füllten sich mit morgendlichen Pendlern. Sie erreichte den Eingang des Wolkenkratzers und folgte dem Menschenstrom durch die Drehtür. Das Schild mit den Firmennamen befand sich rechts neben dem Schalter des Sicherheitsdienstes. Sie ging den Buchstaben A durch, fand aber keinen Eintrag zu Alden Minerals. Sie schaute unter B nach und fand nichts, das ihr relevant erschien. Aber unter C, da war es – Cotter-McCann, die Risikokapitalgesellschaft, die Glen O'Donnell erwähnt hatte. Auch wenn es keine vollständige Gewissheit gab, konnte man doch mit einigem Recht vermuten, dass Brian hier gewesen war, um den Leuten von Cotter-McCann einen Teil der Mine zu verkaufen.

Sie verließ das Gebäude und ging einen Block zurück bis zur Hauptfiliale der Bostoner Leihbücherei. Sie durchquerte das McKim-Gebäude und ging in das Johnson-Gebäude, wo die Computer standen. Dort recherchierte sie, ob Cotter-McCann einen Anteil an Alden Minerals erworben hatte. Sie fand nichts außer einer Meldung im Wirtschaftsteil des *Globe,* aus der Glen seine Information bezogen haben musste. Jedenfalls erfuhr sie daraus nichts Neues.

Sie tippte »Baker Lane« in die Suchmaschine ein, arbeitete sich bis zu einer Satellitenkarte vor und vergrößerte die Ansicht, bis sie die einzigen Häuser in der Gegend erkennen konnte: acht Dächer an der Nordostseite des Sees, entlang der kanadischen Grenze. Drei weitere Häuser, die weiter westlich standen, hätte sie beinahe übersehen. Sie druckte mehrere Ansichten der Region aus, die sie jedes Mal ein wenig mehr verkleinerte, bis sie eine einigermaßen brauchbare Darstellung des Areals zu haben meinte. Sie nahm die Seiten aus dem Drucker, löschte den Browserverlauf und verließ die Bibliothek.

Unmittelbar vor Haiti hatte Rachel für das Regionalfernsehen einen Beitrag über Steuervergünstigungen gemacht, mit denen der Staat versuchte, Filmfirmen aus Hollywood nach Massachusetts zu locken. Um die Wirkung auf die regionale Wirtschaft herauszufinden, hatte sie Manager der Hollywood-Studios und Mitglieder des Haushaltsausschusses interviewt, außerdem ein paar Schauspieler aus der Gegend, einige Location-Scouts und eine Casting-Direktorin. Die Casting-Direktorin hieß Felicia Ming. Rachel hatte sie als eine verlebte Tratschtante in Erinnerung. Sie hatten sich ein paarmal auf einen Drink getroffen, ehe Rachel nach Port-au-Prince geflogen war. Sie hatten sich aus den Augen verloren, aber dann hatte Felicia ihr nach ihrem Zusammenbruch einige freundliche E-Mails geschrieben, und Rachel hatte ihre Nummer noch in ihrem Handy gespeichert.

Vor der Bibliothek stehend, rief sie Felicia an und fragte, wie man einen Schauspieler finden konnte, der in einem der hiesigen Theater auftrat.

»Was willst du denn von ihm?«

Rachel versuchte es mit einer Antwort, die der Wahrheit ziemlich nahe kam. »Er ist neulich Abend in einer Kneipe mit meinem Mann aneinandergeraten.«

»Oh, erzähl mal!«

»Ach, er tut mir einfach leid. Er hat ganz schön was abbekommen, und ich will mich bei ihm entschuldigen.«

»Haben sie sich deinetwegen geprügelt?«

Rachel hoffte, dass ihr Instinkt ihr die richtige Antwort eingab. »Ja, ich fürchte schon.«

»Na, das nenne ich eine spektakuläre Rückkehr«, sagte Felicia Ming. »Kaum weilst du wieder unter den Lebenden, liegen dir die Kerle zu Füßen.«

Rachel rang sich ein Lachen ab. »Genau, wie es sein soll.«

»Für wen arbeitet er denn im Augenblick?«, fragte Felicia.

»Für The Lyric Stage.«

»Wie heißt er?«

»Andrew Gattis.«

»Einen Moment.«

Während Rachel wartete, lief ein Obdachloser mit seinem Hund vorbei. Rachel dachte an den Abend, als Brian so einer bedürftigen Seele seinen Mantel gegeben hatte. Sie streichelte den Hund und gab dem Obdachlosen zehn Dollar, und dann war Felicia wieder in der Leitung.

»Er wohnt im Demange. Das ist eine Genossenschaftswohnanlage in Bay Village.« Sie nannte Rachel die Adresse. »Wollen wir mal wieder einen trinken gehen? Jetzt, wo du wieder unter den Lebenden weilst?«

Irgendwie tat es Rachel leid, Felicia anzulügen. »Sehr gern.«

Zwanzig Minuten später stand sie auf einem Gehsteig in Bay Village und klingelte an Andrew Gattis' Tür.

Die Stimme, die durch die Sprechanlage drang, klang erschöpft.

»Ja?«

»Mr. Gattis, hier ist Rachel Delacroix.«

»Wer?«

»Brians Ehefrau.« Die darauf folgende Pause war so lang, dass sie schließlich sagte: »Mr. Gattis, sind Sie noch da?«

»Bitte gehen Sie.«

»Nein, das werde ich nicht tun.« Sie war überrascht, wie ruhig und bestimmt ihre Stimme klang. »Ich werde hier unten warten. Irgendwann müssen Sie das Haus verlassen. Und wenn Sie sich durch die Hintertür davonschleichen, komme ich heute Abend in Ihre Vorstellung und provoziere einen Tumult. Also, sollten wir nicht besser –«

Sie hörte den Summer, packte den Türgriff und betrat das Gebäude. In der Lobby roch es nach Putzmitteln und Linoleum und auf dem Weg in die zweite Etage nach indischem Essen. Eine Frau ging mit einer schnaufenden Französischen Bulldogge an ihr vorbei, die aussah wie eine Mischung aus Mops und Beutelratte.

Gattis wartete an der Tür mit der Nummer 24 auf sie. Er hatte strähnige graue, vom Nikotin gelblich verfärbte Haare, die er sich zu einem Knoten zusammenband, während er sie in die Wohnung führte. Sie war einfach geschnitten: Küche und Wohnzimmer rechter Hand, Schlaf- und Badezimmer links. Das Fenster im Wohnzimmer führte auf eine Feuertreppe.

»Kaffee?«

»Gern, danke.«

Sie nahm an einem kleinen runden Tisch am Fenster Platz, und er brachte zwei Tassen Kaffee und stellte Kaffeesahne und eine Zuckerdose dazu. Im Morgenlicht sah er noch schlechter aus als am Samstagabend betrunken in der Kneipe. Seine Haut war schuppig. Seine Nasenflügel waren von roten und blauen Adern durchzogen. Seine Augen waren trübe.

»In einer Stunde beginnt meine Probe, und ich muss noch duschen. Wir sollten also zur Sache kommen.«

Sie nippte an ihrem Kaffee. »Sie und Brian haben zusammen geschauspielert.«

»Caleb auch.« Er nickte. »Brian war ungewöhnlich talentiert. So was habe ich nie wiedergesehen. Uns allen war klar, dass er es zu Ruhm bringen kann, wenn er es nicht vorher vermasselt.«

»Was ist passiert?«

»So allerlei. Er hatte keine Geduld. Und vielleicht hatte er zu wenig Respekt vor der Schauspielerei, weil ihm alles zuflog. Wer weiß. Er war voller Wut, daran erinnere ich mich. Charmant und voller Wut. Eine ziemlich romantische Mischung. Die Mädels waren total verrückt nach ihm. Nichts für ungut.«

Sie zuckte die Schultern und nahm einen Schluck von ihrem Kaffee. Was man über Andrew Gattis auch sagen mochte, sein Kaffee war gut. »Weshalb war er so wütend?«

»Weil er arm war. Brian musste jobben. Wir waren den ganzen Tag an der Schule und hatten Unterricht. Schauspiel, Improvisation, Bewegungsimprovisation. Wir hatten Tanzkurse, Schreibkurse und Kurse für Bühnenbild und Regie. Gesangsunterricht, Sprechunterricht und einen Kurs, der Alexander-Technik hieß und in dem man lernte, den eigenen Körper als Instrument einzusetzen. Ihn nach eigenem Willen zu verändern. Die Arbeit war kein Zuckerschlecken. Abends um sechs fielen einem die Augen zu, die Muskeln taten weh, und der Kopf drehte sich. Dann ging man entweder ins Bett oder in die Kneipe. Nicht aber Brian. Brian ging bis zwei Uhr früh arbeiten. Und um sieben fing der Unterricht wieder an. Die meisten von uns waren Mitte zwanzig, also voller Elan, aber selbst in diesem Alter fragten wir uns, wie er das fertigbrachte. Und dann war alles für die Katz, weil er rausgeflogen ist.«

»Sie haben ihn von der Schule geworfen?«

Gattis nickte und nahm einen großen Schluck Kaffee. »Rückblickend glaube ich, dass er auf Speed oder Koks war, um das Tempo durchzuhalten. Jedenfalls wurde er im zweiten Jahr immer gereizter. Wir hatten da so einen Professor, einen totalen Vollidioten namens Nigel Rawlins. So'n Typ, der einen erst brechen und dann wieder aufbauen will, aber ich glaube, vom Aufbauen hatte er in Wirklichkeit keine Ahnung. Er wollte die Leute einfach nur brechen. Er war bekannt dafür, Studenten zum Aufgeben zu bringen. An einem Morgen machte er einen Studenten fertig, der noch weniger Kohle hatte als Brian. Er hatte Brians leere Taschen, aber nicht sein Talent, nicht mal ansatzweise. Sie proben also eine Szene, die auf dem Männerklo spielt, und der Junge hat einen Monolog darüber, wie man ein verstopftes Klo befreit – war wohl ein Studentenstück –, aber er kriegt die Szene einfach nicht hin. Da tobte Nigel los. Er hat den Jungen in der Luft zerrissen, was für ein furchtbarer Schauspieler er sei, ein schrecklicher Mensch, eine Schande als Sohn und als Bruder, und jeder, der ihn zum Freund habe, müsse sich schämen. Schon seit Monaten hatte er den Jungen zusammengestaucht, aber an diesem Morgen war es so schlimm wie noch nie. Er machte immer weiter, auch als der Junge ihn anflehte aufzuhören. Aber Nigel war völlig gefangen in seiner Wutschleife: Der Junge sei ein Stück Scheiße, das den Abfluss verstopft, und es sei Nigels Aufgabe, ihn aus der Klasse zu jagen, ehe er alle anderen mit in die Kloake zöge. Und dann kam Brian – niemand hatte gesehen, wie er die Bühne verlassen hatte –, also, er kam mit einem *echten* Pömpel, nicht mit irgendeinem Requisit, sondern mit einem, von dem noch die Pisse tropfte. Er warf Nigel zu Boden und pfropfte ihm den Pömpel über Mund und Nase und fing an … zu pumpen. Einmal gelang es Nigel, den Kopf vom Boden zu heben und nach Brians Bein zu greifen, da schlug Brian ihm so hart ins Gesicht, dass es bis in die hinterste Ecke zu hören war. Dann pumpte er mit dem Pömpel so lange weiter, bis Nigel ohnmächtig wurde.« Andrew lehnte sich zurück und leerte seine Kaffeetasse. »Am nächsten Morgen haben sie Brian rausgeworfen. Er trieb sich noch eine Weile in Providence rum, fuhr Pizza aus, aber ich glaube, es wurde ihm zu peinlich, dass Leute, mit denen er zuvor Party gemacht hatte, ihm nun verschwitzte Scheine zusteckten. Eines Tages verschwand er, und dann hörte ich neun Jahre nichts mehr von ihm.«

Sie ließ das Gesagte eine Weile auf sich wirken und wünschte, sie hätte es nicht gehört, denn nun begann sie wieder, den verlogenen Scheißkerl zu mögen, wenn auch nur für einen kurzen Moment. »Was passierte mit dem anderen Studenten? Dem, der so fertiggemacht wurde?«

»Sie meinen Caleb?«

Sie lachte in sich hinein, traurig und überrascht. Gattis füllte ihnen Kaffee nach.

»Wann haben Sie Brian zuletzt gesehen? Vor Samstagabend, meine ich.«

»Das ist zehn Jahre her, vielleicht zwölf.« Er sah aus dem Fenster. »Ich weiß es nicht mehr genau.«

»Wohin würde er gehen, um sich zu verstecken?«

»In seine Hütte in Maine.«

»Baker Lake.«

Er nickte.

Sie zeigte ihm eines der Satellitenfotos. Er betrachtete es eine Weile und griff nach einem Edding auf der Fensterbank. Er zog einen Kreis um die drei abseits liegenden Dächer.

»Die anderen acht Hütten gehören zu einem Jagdlager.

Aber diese drei hier, die gehören Brian. Im Jahr 2005 haben wir dort ein Treffen der Schauspielklasse abgehalten. Viele sind nicht gekommen, aber es hat Spaß gemacht. Fragen Sie mich nicht, woher er das Geld dafür hatte, danach habe ich ihn nie gefragt. Er mochte die mittlere Hütte am liebsten. Damals war sie grün angestrichen und hatte eine rote Tür.«

»Und das war im Jahr 2005?«

»Oder 2004.« Er drehte sich zur Badezimmertür um. »Ich muss jetzt duschen.«

Sie steckte die Fotos zurück in die Tasche und bedankte sich für den Kaffee und für die Zeit, die er sich genommen hatte.

»Ich weiß nicht, ob das von Belang ist«, sagte er, als sie an der Tür angekommen war, »aber ich habe ihn nie jemanden so anschauen sehen, wie er Sie anschaut.« Achselzuckend fügte er hinzu: »Aber er ist natürlich ein sehr guter Schauspieler.«

Er stand im Rahmen der Badezimmertür. Sie hielt seinem Blick stand und sah, wie sich seine Augen veränderten, während er wahrscheinlich eine ähnliche Veränderung in ihren wahrnahm.

»Warten Sie«, sagte sie langsam.

Andrew Gattis wartete.

»Er hat Sie dafür bezahlt, zur Party zu kommen, nicht wahr? Die Schlägerei war inszeniert.«

Andrew Gattis strich über den Türrahmen, einen Rahmen, der über die Jahre so häufig neu lackiert worden war, dass die Tür bestimmt nicht mehr richtig schloss. »Und wenn es so wäre?«

»Warum helfen Sie ihm?«

Er deutete ein Schulterzucken an. »Als wir jung waren, zu einer Zeit, die für unsere Entwicklung sehr wichtig war, waren Brian und ich sehr enge Freunde. Jetzt ist er da, wo er ist, und ich bin da, wo ich bin.« Er sah sich in dem Zimmer um, das plötzlich düster und abweisend wirkte. »Und ich bin mir nicht mehr sicher, wer wir sind. Wenn man so viel Zeit in der Haut anderer Menschen verbringt, kennt man sich in seiner eigenen nicht mehr aus. Vielleicht fühlt man sich dann nur noch Leuten verpflichtet, die einen von früher kennen – als das eigene Selbst noch nicht hinter Bühnenerfahrung und Theaterschminke verschwunden war.«

»Das verstehe ich nicht«, sagte sie.

Er zuckte noch einmal die Schultern. »Ich habe Ihnen doch erzählt, dass wir an der Schauspielschule jede Richtung belegen mussten, egal, was wir studierten – Tanzen, Schauspiel, Schreiben.« Er grinste sie an, aber es war ein schwaches, distanziertes Grinsen. »Tja, Brian war zwar ein verdammt guter Schauspieler. Aber wissen Sie, was seine wahre Leidenschaft war?«

Sie schüttelte den Kopf.

»Regie.« Er verschwand im Badezimmer und machte die Tür hinter sich zu. Rachel war ein wenig überrascht, dass sie tatsächlich schloss.

29

Genug

Sie fuhr auf der Interstate 95 durch Massachusetts, New Hampshire und bis ins tiefste Maine, nach Waterville. Dort musste sie die Interstate verlassen und die 201 nehmen. Um sie herum war es zunächst landwirtschaftlich, dann zunehmend menschenleer, dann leicht ätherisch, Luft und Himmel waren dunstig, das Land verschwand allmählich hinter einem Dickicht aus turmhohen Bäumen. Dann war der Himmel fort, und alles, was sie von der Welt sah, waren braune Stämme, dunkle Baumwipfel und eine aschgraue Straße, die unter ihren surrenden Rädern verschwand. Es fühlte sich an, als würde sie unter einer dichten Wolkenschicht fahren, doch bald hatte sie den Eindruck einer Nachtfahrt – um drei Uhr nachmittags an einem Tag Ende Mai.

Zwischen zwei Waldstücken fuhr sie wieder über freies Land. Meilenweit nichts als Grün. Farmland, nahm sie an, auch wenn weder Häuser noch Silos zu sehen waren, nur weite, gepflegte Weideflächen, auf denen Kühe und Schafe grasten und hin und wieder ein Pferd. Ihr Handy steckte im Flaschenhalter, und als sie hinsah, stellte sie fest, dass es hier draußen keinen Empfang mehr gab. Als sie wieder hochblickte, standen Schafe – oder Ziegen, sie hatte beides nie auseinanderhalten können – zwei Meter vor ihr auf der

Straße. Sie riss das Lenkrad herum, kam von der Straße ab und krachte in einen schmalen Graben. Ihr Kopf schlug gegen das Dach, ihr Kinn prallte aufs Lenkrad. Alle vier Räder hoben von der Erde ab. Wie eine Art Rakete schoss der Wagen wieder aus dem Graben und landete mit einer Ecke der vorderen Stoßstange auf der Straße. Der Airbag schlug ihr ins Gesicht, und sie schmeckte Blut: Sie hatte sich auf die Zunge gebissen. Das Heck des Fahrzeugs stieg in die Höhe, und auch der vordere Teil löste sich vom Boden. Sie überschlug sich zweimal. Glas splitterte, Metall knirschte, und sie schrie laut auf.

Dann war Ruhe.

Sie saß aufrecht. Mehrere Male schüttelte sie den Kopf, und aus ihrem Haar fielen kleine Glassplitter. Sie blieb noch eine Weile so sitzen, das Kinn auf dem Airbag wie auf einem Kissen, bis sie sicher war, dass ihr nichts weh tat. Sie schien sich nichts gebrochen zu haben, und außer der Zunge blutete nichts. Ihr Hinterkopf pochte, ihr Nacken war steif, die Muskeln rund ums Rückgrat steinhart, aber ansonsten schien alles noch ganz zu sein. Alles, was sich zuvor auf den Ablagen und im Handschuhfach befunden hatte, war nun auf dem Armaturenbrett, dem Beifahrersitz und im Fußraum verteilt: Straßenkarten, Versicherungskarten, Fahrzeugpapiere, Taschentuchpakete, Geldmünzen, Stifte und ein Schlüssel.

Sie löste den Sicherheitsgurt.

Sie beugte sich hinüber zum Beifahrersitz. Sie schob eine zersplitterte Sonnenbrille beiseite und hob den Schlüssel von der Matte auf. Er war schmal und silbern. Kein Haustürschlüssel, kein Autoschlüssel. Für ein Schließfach, für ein Vorhängeschloss oder für einen Safe.

War dies *der* Schlüssel? Das bedeutete, dass Caleb ihn gehabt hatte, nicht Brian. Das bedeutete, dass Caleb lieber sein Leben gelassen hatte, als ihn herzugeben.

Vielleicht war es auch nur irgendein Schlüssel.

Sie steckte ihn in die Tasche und stieg aus. Das Auto stand mitten auf der Straße. Die Schafe oder Ziegen waren längst verschwunden. Der Wagen hatte sichelförmige Schleuder-streifen hinterlassen, die sich von der Straßenmitte zum Straßenrand schlängelten und dort endeten, wo sie von der Fahrbahn abgekommen war. Ein Splitterregen aus Glas zeigte an, wo der Wagen auf der Straße aufgeschlagen war. Die weißroten Scherben lagen zusammen mit Chromteilen, Stücken aus schwarzem Hartplastik und einem abgerissenen Türgriff weit verstreut auf der Fahrbahn.

Sie stieg wieder ein und versuchte, den SUV zu starten. Der Motor sprang an, und es ertönte das Signal, das sie auf-forderte, den Gurt anzulegen. Mit dem Schälmesser, das sie im Gepäck hatte, entfernte sie den Airbag.

Sie stieg aus und öffnete die Motorhaube, sah aber nichts Besorgniserregendes. Sie kontrollierte die Reifen: Die sahen ganz ordentlich aus. Sie schaltete das Licht ein – was schon eher Probleme machte. Der vordere rechte Scheinwerfer war zertrümmert. Der linke war zwar zersplittert, funktionierte aber. Hinten war es umgekehrt – von dem Bremslicht auf der Fahrerseite war nur noch ein metallener Hohlraum übrig. Das Bremslicht auf der Beifahrerseite hätte hingegen glatt für einen Autoprospekt herhalten können.

Sie betrachtete das ausgedehnte Weideland, den Wald hinter und vor sich. Es konnte Stunden dauern, bis Hilfe kam. Vielleicht aber auch nur Minuten. Sie wusste es nicht.

Als sie, zehn Minuten vor dem Unfall, zuletzt auf den Zähler geschaut hatte, war sie siebzig Meilen von Baker Lane entfernt gewesen. Blieben noch fünfundsechzig Meilen. Brian hatte Andrew Gattis dafür bezahlt, dass er am Samstag zu ihrer Feier kam und ihr ein paar Hinweise gab. Er wollte, dass sie über Baker Lane Bescheid wusste. Vielleicht wollte er sie hierherlocken, um sie zu töten; darüber hatte sie in den letzten Stunden viel gegrübelt. Doch wenn er sie hätte umbringen wollen, hätte er das auf dem Boot tun können. Stattdessen hatte er seinen eigenen Tod inszeniert – durch ihre Hand. Jedes Mal, wenn sie Baker Lane auf den Karten angeschaut hatte, war es ihr wie eine Tür vorgekommen. Als ob man ein anderes Land beträte, wenn man den See überquerte. Führte Brian sie zu dieser Tür?

So oder so gab es keine Alternative, die sie nicht ins Gefängnis gebracht hätte. Es galt jetzt, Brian zu finden, oder das Spiel war aus.

»Weiter geht's«, flüsterte sie, stieg wieder ins Auto und fuhr los.

Über ihr folgte die Sonne ihrem Lauf.

Sie verließ die Landstraße bei einem Ort namens The Forks – die Gabelungen. Sie nahm an, dass der Ort so hieß, weil von hier aus zahlreiche Wanderwege in die nordöstliche Wildnis führten – auf ihrer Karte waren das kaum erkennbare Linien, die wie Adern von der Landstraße abgingen und sich dann wie ein hoffnungsloser Irrgarten immer weiter verzweigten. Inzwischen war die Dunkelheit über sie hereingebrochen, es war so dunkel wie in einem deutschen Märchen oder wie bei einer Sonnenfinsternis.

Sie bog auf eine Straße namens Granger Mills Passage ein und war einige Meilen gefahren – vielleicht auch nur zwei, es ging hier langsam voran –, ehe sie merkte, dass sie offenbar die Abzweigung auf die Old Mill Lane verpasst hatte. Sie drehte um und fuhr durch die Dunkelheit, bis auf der linken Seite der Straße eine schmale, kaum erkennbare Abzweigung auftauchte. Kein Schild verriet ihr den Namen oder das Ziel der Straße. Sie bog ab, fuhr etwa vierhundert Meter, und dann war die Straße zu Ende. Sie schaltete das verbliebene Fernlicht ein, und alles, was sie jenseits des Kühlergrills sehen konnte, war eine etwa meterhohe Böschung und dahinter ein Feld. Die Straße war nie eine richtige Straße gewesen, nur die Idee einer Straße, die man bald wieder aufgegeben hatte.

Da es keinen Platz zum Wenden gab, fuhr sie mit dem ramponierten und scheppernden suv im Rückwärtsgang zurück, wobei sie versuchte, den Weg mit Hilfe des noch funktionierenden Bremslichtes zu erkennen. Zweimal kam sie von der Straße ab. Als sie auf der Granger Mills Passage angekommen war, fuhr sie drei Meilen zurück in Richtung The Forks, bis neben einem Feld eine Parkbucht auftauchte. Dort hielt sie und schaltete den Motor aus.

Sie saß im Dunkeln. Heute konnte sie nicht mehr weiterfahren. Sie saß im Dunkeln und betete, dass Brian stillhielt, wenigstens bis zum nächsten Morgen.

Sie saß im Dunkeln, und ihr wurde klar, dass sie seit mehr als sechsunddreißig Stunden nicht geschlafen hatte.

Sie kletterte auf den Rücksitz, zog ihren Mantel aus dem Rucksack, wickelte sich darin ein und benutzte den Rucksack als Kopfkissen.

Jetzt saß sie nicht mehr im Dunkeln, jetzt lag sie im Dunkeln. Sie schloss die Augen.

Die Sonne weckte sie.

Sie sah auf die Uhr. Es war halb sieben Uhr morgens. Der Nebel hing tief über den Feldern, doch von der Sonne erwärmt stiegen bereits erste Schwaden rauchähnlich zum Himmel auf. Etwa drei Meter entfernt von ihr glotzte eine Kuh durch einen windschiefen Stacheldrahtzaun und wedelte mit dem Schwanz, um die Fliegen zu verscheuchen. Rachel setzte sich auf und wünschte, sie hätte eine Zahnbürste dabei. Sie trank eine der Wasserflaschen leer und aß einen Energieriegel. Sie stieg aus dem Auto, räkelte sich und atmete die frische Luft ein. Sie pinkelte neben das Auto, und die Kuh, deren Schwanz sich wie der Zeiger eines Metronoms hin- und herbewegte, musterte sie unbeteiligt. Dann stieg sie ins Auto, wendete und fuhr los.

Bis Baker Lane waren es nur fünfundzwanzig Meilen, aber dafür brauchte sie drei Stunden. Aus einer notdürftigen Straße wurde etwas, das man bestenfalls als Wanderpfad bezeichnen konnte. Sie war froh, am Abend angehalten zu haben, denn sonst hätte ihre Fahrt unweigerlich in einem Graben oder einem Teich geendet. Bald befand sie sich so tief in der Wildnis, dass die Wege keine Namen mehr hatten. Einige, die man auf der Karte sah, waren längst von Büschen und Unkraut überwuchert. Sie benutzte den Kompass des suv, um sich Richtung Nordosten zu halten. Die unbefestigten, steinigen Wege knirschten unter den Rädern, und der Wagen wurde durchgerüttelt wie die Gondel eines Fahrgeschäfts auf dem Jahrmarkt. Normalerweise wurde ihr bei dieser Art von Bewegung zuverlässig schlecht, aber sie umklammerte das Lenkrad und konzentrierte sich auf die nächste scharfe Kurve oder einen plötzlich aufragenden Steinbrocken, und es ging ihr gut.

Das Weideland war unkrautüberwucherten Feldern gewichen, die dann wieder vom Wald verdrängt worden waren – von jener Sorte dichten Waldes, von der Brian behauptet hatte, dass sie mit seiner Familiengeschichte und seinem beruflichen Werdegang untrennbar verbunden sei. Nun verstand sie, dass Brian ein Symbol für sich gewählt hatte, welches das genaue Gegenteil seiner eigentlichen Existenz war. Holz war zuverlässig und robust, man konnte ihm über Generationen hinweg Vertrauen schenken.

Brian aber war der größte Lügner, der ihr je begegnet war. Und als Journalistin waren ihr etliche Lügner begegnet.

Warum also hat er dich täuschen können?

Weil du es zugelassen hast.

Und warum hast du es zugelassen?

Weil ich mich sicher fühlen wollte.

Sicherheit ist eine Illusion, die wir unseren Kindern vermitteln, damit sie besser einschlafen.

Dann wollte ich eben ein Kind sein.

Der Weg endete an einer kleinen Lichtung. Andere Wege gab es nicht. Nur dieser kleine sandige Platz voller Unkraut und dahinter wieder Wald. Sie sah auf ihre Karte, aber sie war zu ungenau, um die Stelle anzuzeigen. Sie schaute sich die Satellitenfotos an: War dies der kleine blasse Fleck, der nur etwa drei Meilen vom Jagdlager entfernt war? Sie zog ihre Wanderstiefel an und versicherte sich, dass die P380 gesichert war, ehe sie sie hinterm Rücken in den Hosenbund steckte. Sie hatte keine drei Meter auf dem unebenen Weg zurückgelegt, da waren ihr das Gewicht und der Druck der Waffe schon unangenehm geworden, und sie steckte sie in die Manteltasche.

Die Bäume waren gigantisch. Ihre Kronen ließen kaum Sonnenlicht hindurch. Bestimmt lebten in diesen Wäldern Bären, und einen Moment lang überkam sie Panik. Wann hatte sie das letzte Mal ihre Regel gehabt? Genau, vor zehn Tagen. Ihr Blut würde also keine Raubtiere anlocken. Aber diese Wälder sahen so aus, als wäre allein ihr Körpergeruch schon genug. Auf diesen Wegen war seit Ewigkeiten kein Mensch mehr gegangen. Und sollte einmal ein Jäger vorbeigekommen sein, war er bestimmt leiser gewesen als sie. Sie bewegte sich wie ein unbeholfenes Stadtmädchen, trat auf knisterndes Laub und knackende Zweige und schnaufte laut.

Sie hörte den See, ehe sie ihn sah. Er plätscherte nicht, und es schlugen auch keine Wellen ans Ufer. Er war einfach da, wie ein Hohlraum, wie fehlende Masse, die ihr linkes Ohr von einem Druck befreite, den sie zuvor gar nicht wahrgenommen hatte. Dabei war sie noch nicht einmal am Ufer angekommen. Doch bald blitzten kleine blaue Flecken zwischen den Baumstämmen auf. Sie ging darauf zu, und wenige Minuten später stand sie am Rand des Wassers. Es gab kein richtiges Ufer, nur die Waldkante, die zwei Meter vor dem Wasser endete. Sie ging eine halbe Stunde am See entlang, dann veränderte sich das Licht vor ihr, und die Baumstämme wurden heller. Sie schritt jetzt schneller aus, und der letzte Baum gab die Lichtung frei.

Die erste Hütte, die sie sah, hatte keine Fenster mehr, und das Dach war zur Hälfte abgedeckt. Eine Wand war eingestürzt. Die Hütte daneben aber war die, die Gattis beschrieben hatte: einst grün mit einer verblichenen roten Tür. Aber es war klar, dass sie instand gehalten wurde und jemand dafür sorgte, dass der Wald sie nicht überwucherte. Das Fundament hatte keine Risse, die Eingangstreppe war gefegt, und die Fenster waren unbeschädigt, wenn auch staubig.

Die Bretter knarrten, als sie die vier Stufen zum Eingang hochstieg. Sie holte die Pistole aus der Jacke und versuchte, die Tür zu öffnen. Der Knauf ließ sich drehen, und sie drückte die Tür auf. Innen roch es muffig, aber nicht verschimmelt oder faulig. Es roch nach Wald, nach Kiefern, Moos und Borke. Der Kamin war gefegt. Er sah nicht so aus, als wäre er in letzter Zeit benutzt worden. In der winzigen Küche lag Staub auf dem Tresen. Im Kühlschrank befanden sich Wasservorräte, drei Dosen Guinness und ein paar Gewürzstreuer, die laut Haltbarkeitsdatum noch lange verwendbar waren.

In dem ebenfalls kleinen Wohnzimmer – die ganze Hütte war nicht größer als vierzig Quadratmeter – standen ein braunes Ledersofa und ein kleines Bücherregal, in dem sich Abenteuerromane und Ratgeber über positives Denken aneinanderreihten. Keine Frage, dies war Brians Hütte. Im Badezimmer fand sie seine Zahnpasta und sein Shampoo. Im Schlafzimmer stand ein Doppelbett mit Messingrahmen. Es quietschte, als sie sich daraufsetzte. Sie schaute sich noch ein wenig in der Hütte um, fand aber keinen Hinweis darauf, dass kürzlich jemand da gewesen wäre. Sie ging hinaus und suchte das Areal rund um die Hütte nach Fußspuren ab – vergeblich.

Vollkommen erschöpft setzte sie sich auf die Veranda. Eine Träne lief ihr übers Gesicht, dann noch eine. Sie wischte sie mit einer Handbewegung fort. Dann holte sie tief Luft, stand auf und schüttelte heftig den Kopf. Nicht genug damit, dass sie zum Auto zurücklaufen müsste, um wieder in die Zivilisation zu gelangen. Schlimmer noch: Der Tag ging rasch zu Ende, und sie würde, da nur ein Scheinwerfer funktionierte, wieder am Straßenrand übernachten müssen. Am schlimmsten aber war, dass es nichts mehr gab, wohin sie zurückkehren konnte. Mittlerweile hatte die Polizei Caleb sicher gefunden und herausbekommen, dass sie in der Nacht von Nicole Aldens Ermordung in Providence gewesen war. Die Beweislage reichte vielleicht nicht zu einer Verurteilung aus, aber bis zum Prozess würde sie bestimmt in Untersuchungshaft sitzen. Das konnte ein Jahr dauern, vielleicht länger. Und wer sagte denn, dass die Beweislage *nicht* zu einer Verurteilung ausreichte? Für den Mord an Caleb wäre dies sicher der Fall. Bestimmt würde ein Polizist zu Protokoll geben, dass sie gelogen hatte und Caleb entgegen ihrer Behauptung in ihrer Wohnung schon tot gewesen war. Und wenn sie einem einmal eine Lüge nachgewiesen hatten, waren die Geschworenen leicht davon zu überzeugen, dass jedes Wort von ihr gelogen war. Einmal Lügner – immer Lügner: Vor den Geschworenen war das ein gewichtiges Argument.

Sie hatte also kein Zuhause. Kein Leben, das auf sie wartete. Sie hatte zweitausend Dollar in bar. Sie hatte eine Tasche mit Kleidung zum einmaligen Wechseln im Auto, von dem sie sich trennen musste, sobald sie einen Busbahnhof fand.

Aber welchen Bus sollte sie nehmen?

Und wie sollte sie mit zweitausend Dollar überleben, wenn ihr Gesicht auf jedem Fernseher und auf jeder Nachrichtenseite im Internet präsent war?

Während sie durch den Wald zurücklief, durchdachte sie ihre Möglichkeiten und gelangte zu dem traurigen Schluss, dass ihr nur zwei Optionen blieben: sich der Polizei zu stellen oder die Waffe in ihrer Tasche gegen sich selbst zu richten.

Sie setzte sich auf einen Stein. Sie hatte den See seit einer Stunde hinter sich gelassen, und noch immer sah sie nur Bäume. Sie holte die Waffe aus der Tasche und wog sie in der Hand. Brian war wahrscheinlich längst über alle Berge, vielleicht sogar schon auf einem anderen Kontinent. Egal, in welchen Betrug er mit Alden Minerals und der Mine in Papua Neuguinea verwickelt war – er hatte es geschafft. War mit den Gewinnen auf und davon.

Man hatte sie ausgenutzt. Das war vielleicht das Schlimmste. Dass man sie benutzt hatte, um sich ihrer dann zu entledigen. Sie hatte keine Ahnung, zu welchem Zweck, und konnte sich ihre Rolle in alldem nicht erklären. Sie war einfach die Betrogene, die Belogene, das unverzeihlich naive Bauernopfer.

Wie lange würde ihr Körper hier zwischen den Bäumen liegen, ehe ihn jemand fände? Tage? Monate? Würden Tiere kommen und daran fressen? Jahre später würde vielleicht jemand ein paar Knochen finden, und die Polizei käme, um den Rest auszubuddeln. Und so würde sich das Rätsel um die vermisste, des Mordes an zwei Menschen verdächtigte Journalistin aufklären. Eltern würden sich ihres Schicksals bedienen, um es missratenen Jugendlichen warnend vor Augen zu halten. Siehst du, würden sie sagen, sie ist auch nicht entkommen. Die Gerechtigkeit hat gesiegt, die Verhältnisse wurden gewahrt, und sie hat ihre gerechte Strafe bekommen.

Widdy stand vielleicht fünfzehn Meter von ihr entfernt und lächelte sie an. Ihr Kleid war nicht blutverschmiert, ihr Hals war unversehrt. Auch wenn sie den Mund beim Sprechen nicht öffnete, hörte Rachel sie deutlicher als das Zwitschern der Vögel.

Du hast es versucht.

»Nicht genug.«

Sie hätten dich umgebracht.

»Dann wäre ich besser gestorben.«

Und wer würde dann meine Geschichte erzählen?

»Niemand wird deine Geschichte hören wollen.«

Aber ich habe gelebt.

Rachels Tränen fielen auf die Erde und ins Laub. »Du warst arm. Und schwarz. Und hast auf einer Insel gelebt, um die sich alle einen Dreck scheren.«

Dir war sie nicht egal.

Rachel starrte durch die Bäume auf das Mädchen. »Du musstest sterben, weil ich dich überredet habe, dich zu verstecken. Du hattest recht. Hätten sie dich früher gefunden, hätten sie dich vergewaltigt, aber sie hätten dir nicht die Kehle durchgeschnitten. Sie hätten dir das Leben gelassen.«

Welches Leben?

»*Ein* Leben!«, schrie Rachel.

So ein Leben hätte ich nicht gewollt.

»Ich will aber, dass du lebst«, sagte Rachel flehentlich. »Es ist wichtig, dass du lebst.«

Aber ich bin tot. Lass mich gehen, Miss Rachel. Lass mich gehen.

Rachel starrte sie an. Und dann starrte sie nur noch auf einen Baum. Sie wischte sich mit dem Ärmel über Augen und Nase. Sie räusperte sich. Sie sog die Waldluft tief in ihre Lungen.

Und sie hörte die Stimme ihrer Mutter. Auch das noch. Es musste an der Dehydrierung, der Erschöpfung oder dem niedrigen Blutzuckerspiegel liegen, oder vielleicht hatte sie sich die Waffe doch schon an den Kopf gehalten und abgedrückt. Vielleicht war sie auch schon tot. Auf jeden Fall hörte sie nun die rauchige Stimme von Elizabeth Childs.

Leg dich hin, sagte ihre Mutter mit müdem Wohlwollen, *dann sind wir bald wieder zusammen. Und es wird sein wie in der Woche, als du krank im Bett lagst und ich nicht von deiner Seite gewichen bin. Ich koche dir all deine Lieblingsgerichte.*

Rachel schüttelte den Kopf, als könnte ihre Mutter sie sehen, als könnten die Bäume sie sehen, als wäre sie nicht völlig allein. Fühlte es sich so an, wenn Menschen verrückt wurden? Wenn sie an Straßenecken mit sich selbst redeten, in Türeingängen schliefen, mit wunder und von Schwären übersäter Haut?

Scheiß drauf.

Rachel steckte die Waffe in die Tasche und stand auf. Sie ließ den Wald auf sich wirken. Und sie wusste, dass sie nicht sterben würde, um Brian oder Kessler oder sonst wem einen Gefallen zu tun, der sie für zu schwach zum Überleben hielt.

»Ich bin nicht verrückt«, sagte sie zu ihrer Mutter, sagte sie zu den Bäumen. »Und ich will nicht mit dir zusammen im Jenseits sein, Mutter.« Sie sah zum Himmel. »Ein Leben mit dir war mehr als genug.«

Es war ein Uhr, als sie den SUV erreichte. Der Weg zurück zur 201 würde zwei Stunden dauern. Dann wären es drei Stunden bis zu einer Stadt, in der es einen Busbahnhof gab. Hoffentlich fuhren dort nach sechs Uhr noch Busse. Immer vorausgesetzt, die Polizei hielt sie nicht an, weil sie einen SUV fuhr, der geradewegs vom Schrottplatz zu kommen schien.

Sie setzte sich ans Steuer und lenkte den Wagen wieder auf die unbefestigte Straße. Sie war etwa eine halbe Meile gefahren, als eine männliche Stimme von hinten sagte:

»Was in aller Welt ist denn mit Calebs Auto passiert? Du siehst dagegen übrigens gut aus.«

Er hatte auf der Rückbank gelegen, richtete sich nun etwas auf und lächelte sie im Rückspiegel an.

Brian.

30
Das Ur-Ich

Sie trat mit Wucht auf die Bremse, hielt den Wagen an und schnallte sich los. Brian saß noch nicht ganz aufrecht, als sie sich durch die beiden Vordersitze hindurchzwängte und ihm ins Gesicht schlug. Sie hatte noch nie jemanden geschlagen, schon gar nicht mit der Faust – die Knöchel taten viel mehr weh, als sie gedacht hätte –, aber sie hatte einen Treffer gelandet, und der erste Schlag in sein Gesicht ergab ein durchdringendes und hartes Geräusch, wie sie es noch nie gehört hatte. Sie sah, wie ihm Tränen in die Augen schossen und ihm die Sicht nahmen.

Und sie schlug noch einmal zu. Mit den Knien fixierte sie seine Schultern. Sie schlug ihm aufs Ohr und aufs Auge und noch einmal seitlich ins Gesicht. Er versuchte, sie abzuschütteln, aber die Schwerkraft war auf ihrer Seite, und sie wusste, dass sie jetzt nicht nachlassen durfte. Sie hörte seine Bitte aufzuhören, hörte, wie ihre eigene Stimme ihn immer wieder einen Hurensohn nannte, sah, wie seine Augen vor der Wucht ihrer Faust zurückschreckten. Er bekam seine rechte Schulter frei, und sie kippte unglücklich auf die linke Seite. Er stützte sich im Fußraum und am Sitz ab. Sie fiel zurück durch die beiden Vordersitze. Er konnte sich aufrichten und kam bedrohlich auf sie zu.

Sie trat ihm ins Gesicht.

Wenn das überhaupt ging, hatte sie ihn noch härter getroffen als beim ersten Schlag. Knochen und Knorpel krachten, und sein Hinterkopf schlug gegen die Heckscheibe. Er öffnete und schloss mehrmals den Mund, als wolle er nach Luft schnappen, dann verdrehte er die Augen und verlor das Bewusstsein.

Ich. Habe. Jemanden. Bewusstlos. Geschlagen.

Ihr entwich ein kurzes Lachen, als sie sah, wie Brians Augen unter den geschlossenen Lidern zuckten. Ihre rechte Hand schwoll an und war voller Blut. Voll von seinem Blut. Geschockt und überrascht stellte sie fest, dass sein Gesicht übel zugerichtet war. Und sie war sich ziemlich sicher, dass es vor fünf Minuten noch nicht so ausgesehen hatte.

War ich das?

Sie nahm den Autoschlüssel und die Waffe, stieg aus und stand auf der Straße. Sie hatte wahnsinnige Lust auf eine Zigarette, so wie zuletzt vor sieben Jahren, als sie mit dem Rauchen aufgehört hatte. Stattdessen atmete sie die unglaublich frische Waldluft ein und konnte nicht mehr verstehen, wie sie noch vor wenigen Stunden über Selbstmord hatte nachdenken können, übers Aufgeben.

Von wegen aufgeben. Ich gebe erst auf, wenn ich sterbe. Und ich sterbe ganz sicher nicht durch meine eigene Hand.

Seine Tür öffnete sich quietschend, und seine Hände tauchten über der Scheibe auf. Der Rest von ihm blieb verborgen. »Bist du fertig?«

»Womit?«

»Damit, mich zusammenzuschlagen.«

Ihre rechte Hand brannte vor Schmerz, aber sie umklammerte dennoch die Pistole. »Ja, ich glaube schon.«

Er hob seinen Kopf übers Auto hinaus, und sie richtete die Pistole auf ihn.

»Verdammte Scheiße!« Er duckte sich wieder.

Mit drei großen Schritten ging sie um das Auto herum und richtete die Waffe auf seine Brust. »Platzpatronen?«

Er nahm die Hände vom Kopf und kam aus seiner gebückten Haltung heraus, als würde er sich plötzlich in sein Schicksal ergeben. »Was?«

»Hast du diese Pistole auch mit Platzpatronen geladen?«

Er schüttelte den Kopf. Sie drückte ihm die Waffe auf die Brust.

»Wirklich nicht!« Er hob erneut die Hände. Also hatte er vielleicht doch noch nicht aufgegeben. »Da sind echte Kugeln drin.«

»Ja?«

Seine Augen wurden größer, weil er plötzlich in ihre sah und erkannte, was sich darin spiegelte.

Sie drückte ab.

Brian fiel zu Boden. Das heißt, er schlug zunächst gegen das Auto, weil er versuchte, der Kugel links auszuweichen. Er rutschte vom SUV, landete auf dem Boden, die Hände noch immer in die Höhe gereckt, in der weltweit gültigen, wenn auch wirkungslosen Bitte-nicht-Schießen-Geste.

»Steh auf«, sagte sie.

Er stand auf, sah auf das Stück Borke, das sie aus der dünnen Kiefer rechts neben ihm geschossen hatte. Blut tropfte aus seiner Nase, über die Lippen und von seinem Kinn herab. Er wischte es mit dem Unterarm ab und spuckte einen roten Batzen ins grüne Gras neben der Straße.

»Das hier sieht nach echtem Blut aus. Wie hast du das mit dem falschen Blut im Mund auf dem Boot gemacht?«

»Rate mal!« Ein Lächeln zeigte sich in seinen Augen, nicht aber auf seinen Lippen.

Sie dachte an das Boot zurück, an ihre Unterhaltung. Sie sah ihn vor sich, wie er ganz ruhig dasaß, während sie ihn zur Rede stellte wegen der zweiten Frau, des zweiten Lebens. Und er saß da und kaute.

»Die Erdnüsse«, sagte sie.

Er hielt ihr halbherzig seine nach oben zeigenden Daumen hin. »Zwei davon waren Zündladungen, mit denen man Einschusslöcher simuliert.« Er schaute vorsichtig zur Waffe. »Was soll das hier werden, Rachel?«

»Ich weiß es noch nicht genau, Brian.« Sie ließ die Waffe für einen Augenblick sinken.

Er hob seine Hände. »Wenn du mich umbringst – und das könnte ich dir nicht mal übelnehmen –, bist du am Ende. Kein Geld, keine Möglichkeit zu fliehen, wegen Mordes gesucht, gejagt –«

»Zwei Morde.«

»Zwei?«

Sie nickte.

Er nahm diese Information auf und sprach weiter: »Außerdem wirst du von ein paar ziemlich schlimmen Typen gejagt. Wenn du mich umbringst, bleiben dir noch zwei, vielleicht drei Tage in Freiheit. Und dann stecken sie dich in Gefängnisklamotten. Und ich weiß doch, dass du es gern stilvoll hast, Süße.«

Sie hob die Waffe wieder. Er hob die Hände und sah sie mit gerunzelter Stirn an. Sie tat es ihm gleich. Und in diesem

Moment – warum zum Teufel? – fühlte sie sich mit ihm verbunden, hatte das Gefühl, lachen zu müssen. Die Wut war noch da, der Verrat und der Zorn, dass er ihr Vertrauen missbraucht hatte, dass er ihr *Leben* zerstört hatte … und doch waren einen Moment lang all die alten Gefühle wieder da.

Sie musste sich beherrschen, um nicht zu lächeln.

»Apropos stilvoll,« sagte sie, »so siehst du gerade nicht aus.«

Er berührte mit den Fingern sein Gesicht und bemerkte das Blut. Er betrachtete sein Spiegelbild in der Scheibe des SUV. »Ich glaube, du hast mir die Nase gebrochen.«

»Hörte sich ganz so an.«

Er tupfte sich das Gesicht mit dem Saum seines T-Shirts ab. »Ich habe hier in der Nähe ein Versteck mit einem Verbandskasten. Können wir da hingehen?«

»Warum sollte ich dir irgendeinen Gefallen tun, Schätzchen?«

»Weil ich dort außerdem einen SUV stehen habe, der nicht aussieht, als hätte ihn jemand eine Brücke hinuntergestürzt, *Schätzchen.*«

Sie fuhren zurück zur Lichtung und waren noch keine zehn Meter in den Wald hineingegangen, als ein perfekt getarnter waldgrüner Range Rover vor ihnen stand, ein Modell aus den frühen Neunzigern, mit etwas Rost an den Radkästen und ein paar Beulen in den hinteren Kotflügeln, aber die Reifen waren neu, und der Wagen sah aus, als würde er noch zwanzig Jahre fahren. Sie hielt die Waffe weiterhin auf Brian gerichtet, während er einen Verbandskasten aus einer großen Segeltuchtasche im Kofferraum holte. Er setzte sich bei geöffneter Heckklappe auf die Kofferraumkante und wühlte in dem Kasten herum, aus dem er schließlich einen Rasierspiegel herausholte. Er begann, die Wunden mit Alkohol abzutupfen, wobei er hin und wieder vor Schmerz aufstöhnte und das Gesicht verzog.

»Wo soll ich anfangen?«, fragte er.

»Wo kannst du anfangen?«

»Oh, das ist einfach. Du bist erst seit der zweiten Halbzeit dabei. Ich habe das Ganze vor langer Zeit ins Rollen gebracht.«

»Und was heißt ›das Ganze‹?«

»In meinem Geschäft nennt man das ›Salzen‹.«

»Und was für ein Geschäft ist das?«

Leicht gekränkt und verwundert sah er zu ihr auf, als sei er ein ehemaliger Filmstar, den sie nicht erkannt hatte. »Ich bin ein Gauner.«

»Ein Betrüger.«

»Mir ist Gauner lieber. Klingt schwungvoller. ›Betrüger‹ klingt nach einem Typen, der dir faule Kleinaktien andreht.«

»Dann bist du eben ein Gauner.«

Er nickte und reichte ihr zwei Desinfektionstücher für ihre Hand.

Sie nickte zum Dank, steckte die Waffe in den Hosenbund und trat ein paar Schritte zurück, um sich die Knöchel abzutupfen.

»Vor etwa fünf Jahren habe ich von einer bankrotten Mine in Papua-Neuguinea gehört. Ich gründete eine Firma und kaufte die Mine.«

»Was weißt du denn über Minen?«

»Nichts.« Er versuchte, das Blut in seiner Nase mit einem

Wattestäbchen zu stillen. »Mannomann«, sagte er sanft, fast bewundernd, »du hast mich ganz schön zugerichtet.«

»Die Mine.« Wieder unterdrückte sie ein Lächeln.

»Wir kauften also die Mine. Und parallel dazu gründete Caleb eine Beraterfirma mit einer komplett erfundenen Vorgeschichte in Lateinamerika, die über Generationen zurückreichte. Durchaus glaubwürdig, wenn man nicht zu genau hinsah. Drei Jahre später unterzog die Firma namens Borgeau Engineering die Mine einer ›unabhängigen‹ Prüfung. Zu diesem Zeitpunkt hatten wir sie längst gesalzen.«

»Was bedeutet ›gesalzen‹?«

»Man besprüht eine Mine an leicht, aber nicht zu leicht zugänglichen Stellen mit Goldpartikeln. Bei einer Prüfung der Mine wird eine Art Hochrechnung vorgenommen – wenn an ausgewählten Stellen ein bestimmter Prozentsatz an Gold gefunden wird, lässt sich daraus die Menge des Goldes insgesamt ableiten, die in der Mine zu finden ist. Und unsere unabhängige Beratungsfirma –«

»Borgeau Engineering.«

»Alle Achtung, du lernst schnell. Also, deren Prüfung ergab, dass wir auf Ressourcen von vierhundert Millionen Feinunzen Gold saßen statt auf nur vier Millionen.«

»Was den Wert der Aktien steigen lässt.«

»Wenn wir welche gehabt hätten. Hatten wir aber nicht. Aber immerhin wurden wir für unsere Konkurrenten in der Region bedrohlich.«

»Vitterman.«

»Du hast recherchiert!«

»Ich habe zehn Jahre lang als Journalistin gearbeitet.«

»Stimmt. Was hast du noch herausgefunden?«

»Dass du vermutlich einen Kredit von einer Risikokapitalgesellschaft namens Cotter-McCann bekommen hast.«

Er nickte. »Und aus welchem Grund würden die uns Geld leihen?«

»Auf den ersten Blick, um eure Firma gegen eine feindliche Übernahme durch Vitterman zu stärken, während ihr genug Gold aus der Mine holt, um die Firma vor einer solchen Übernahme zu schützen.«

Wieder nickte er.

»Aber«, sagte sie, »es heißt überall, dass Cotter-McCann eine Heuschrecke ist.«

»Das ist wohl wahr«, bestätigte er.

»Sie wollten sich also deine kleine Mine mit all ihren Gewinnen unter den Nagel reißen.«

»Genau.«

»Aber es würde gar keine Gewinne geben.«

Jetzt sah er sie vorsichtig an und betupfte die letzte Wunde.

»Wie hoch war der Kredit?«

»Siebzig Millionen.« Er lächelte, als er das sagte.

»In bar?« Sie hatte Mühe, ihre Stimme unter Kontrolle zu halten. Er nickte. »Und weitere vierhundertfünfzig Millionen in Aktienoptionen.«

»Aber diese Optionen sind wertlos.«

»*Sí.*«

Sie ging eine Weile auf und ab, unter ihren Füßen knirschten Laub und Tannennadeln, und dann verstand sie. »Alles, was du von Anfang an wolltest, waren die siebzig Millionen.«

»Bingo.«

»Und hast du sie bekommen, deine siebzig Millionen?«

Er warf den letzten blutigen Tupfer in eine Plastiktüte und hielt sie ihr hin. »Klar doch. Das Geld liegt bei einer Bank auf den Kaimaninseln und wartet darauf, dass ich es abhole.«

Sie warf ihre eigenen blutigen Tupfer in die Tüte. »Und was ist der Haken an deinem tollen Plan?«

Er wurde ernst. »Der Haken ist, dass wir, als wir das Geld von hier auf die Kaimaninseln überwiesen haben, unter Zeitdruck standen. Transaktionen dieser Art bleiben nicht lange verborgen, schon gar nicht vor einer Firma wie Cotter-McCann. Wir haben zwei Fehler gemacht – wir unterschätzten, wie *schnell* sie das mit der Überweisung merken würden, denn wir wussten nicht, dass sie jemanden hatten, der auf der Gehaltsliste des Heimatschutzministeriums steht und einen SAR in Gang setzte.«

»Was ist ein SAR?«

»*Suspicious Activity Report*. Ein Bericht über verdächtige Aktivitäten. Uns war durchaus klar, dass sie uns melden würden, aber normalerweise gibt es eine Zeitverzögerung zwischen dem Augenblick der Meldung und dem Moment, in dem der Auftraggeber davon erfährt.«

»Und womit hast du außerdem nicht gerechnet?«

»Hast du eine Stunde Zeit?«, fragte er, und seine Stimme klang bedrückt. »Wenn du so einen Versuch startest, können fünfhundert Sachen schiefgehen und nur eine gelingen. Wir haben nicht damit gerechnet, dass sie einen Peilsender an meinem Auto anbringen. Und das haben sie nicht getan, weil sie zu diesem Zeitpunkt misstrauisch gewesen wären. Sie taten es, weil es bei ihnen zum normalen Vorgehen gehört.«

»Und bis wohin haben sie dich verfolgt?«

»Bis zu Nicole. So wie du auch.« Seine Stimme klang plötzlich rauh und belegt. Sie hätte es für echte Trauer gehalten, wenn sie nicht gewusst hätte, was für ein guter Schauspieler er war. »Sie haben mich wahrscheinlich um zehn Minuten verpasst. Aber Nicole war noch da, und sie haben sie getötet.« Er atmete langsam und kontrolliert durch den Mund aus. Dann stand er ruckartig auf, schlug die Heckklappe zu und klatschte in die Hände. »Noch irgendwas, was du ganz dringend und unbedingt jetzt wissen musst?«

»Hundert Dinge.«

»*Unbedingt* jetzt?«, wiederholte er.

»Wie hast du so tot aussehen können? Dort unten auf dem Meeresgrund? Mit dem Blut, das aus dir herausfloss, und dem …« Sie ruderte mit den Armen und verstummte.

»Schauspielerei«, sagt er. »Das mit dem Blut war einfach. Das waren Squibs, Zündladungen. Die in meiner Brust waren schon dort befestigt, als du an Bord kamst. Die im Mund waren in der Tüte mit den Erdnüssen, das weißt du ja schon. Die Druckluftflasche lag schon bereit, ich musste es nur rechtzeitig zu dem Felsen schaffen. Du bist mir übrigens ganz schön schnell nachgetaucht. Ich hatte kaum Zeit, mich in Position zu bringen.«

»Dein Blick«, sagte sie ungeduldig. »Du hattest die Augen und das Gesicht eines Toten.«

»Meinst du so?«

Er sah aus, als hätte ihm jemand eine Spritze mit Strychnin in den Nacken gejagt. Jeder Glanz wich aus seinen Augen und seinem Gesicht. Aber nicht nur sein Gesicht schien unglaublich leblos, auch sein Geist schien entwichen zu sein.

Sie bewegte ihre Hand vor seinen Augen, aber sie blieben bewegungslos und ohne ein Blinzeln.

»Wie lange kannst du so bleiben?«

Er atmete aus. »Ungefähr zwanzig Sekunden länger.«

»Und wenn ich dort unten geblieben wäre und dich weiter angeschaut hätte?«

»Oh, vierzig Sekunden, höchstens eine Minute lang hätte ich es noch ausgehalten. Aber du bist ja nicht geblieben. Und das ist es, worauf ein guter Gauner setzt – dass Menschen vorhersehbar reagieren.«

»Außer, sie heißen Cotter-McCann.«

»Gut gekontert.« Er klatschte wieder in die Hände, und der gespenstische Ausdruck des Todes schwand aus seinem Gesicht. »Wir stehen immer noch unter Zeitdruck. Hast du etwas dagegen, wenn ich dir den Rest unterwegs erkläre?«

»Unterwegs wohin?«

Er zeigte in Richtung Norden. »Kanada. Wir treffen uns dort morgen früh mit Caleb.«

»Caleb?«, fragte sie.

»Ja. Wo ist der eigentlich abgeblieben? Im Versteck?«

Sie sah ihn an und wusste nicht, was sie sagen sollte.

»Rachel.« Er hielt inne, die Hand an der Fahrertür.

»Sag mir bitte, dass du vom Boot aus zu dem Versteck gefahren bist.«

»Wir haben es nicht bis dorthin geschafft.«

Er wurde blass. »Wo ist Caleb?«

»Er ist tot, Brian.«

Er verbarg das Gesicht in den Händen. Dann ließ er die Hände sinken und drückte sie flach gegen die Scheiben des

Range Rovers. Er senkte den Kopf und schien eine volle Minute lang nicht zu atmen.

»Wie ist er gestorben?«

»Sie haben ihm ins Gesicht geschossen.«

Er trat vom Auto zurück und sah sie an.

Sie nickte.

»Wer?«

»Ich weiß es nicht. Zwei Männer, die nach einem Schlüssel suchten.«

Er sah hilflos aus. Schlimmer noch: verlassen. Er schaute mit verstörtem Blick in Richtung Wald, so als ob er wieder in Ohnmacht fallen würde, dann rutschte er an der Seite des Range Rovers hinab und setzte sich auf den Boden. Er zitterte. Weinte.

Diesem Brian war sie in den vergangenen drei Jahren nie begegnet. Sie hatte nie auch nur etwas annähernd Vergleichbares gesehen. Brian knickte nicht ein. Brian brach nicht zusammen. Brian brauchte keine Hilfe. Sie beobachtete, wie seine Gestalt in sich zusammensackte, wie ihm der Kern seines Wesens abhandenkam. Sie sicherte die Waffe, steckte sie am Rücken in den Hosenbund und setzte sich ihm gegenüber. Er wischte sich über die Augen und sog durch seine feuchte, noch blutig schimmernde Nase stockend Luft ein.

Seine Hände und seine Lippen bebten, als er fragte: »Hast du gesehen, wie er starb?«

Sie nickte. »Er war mir so nah wie du jetzt. Der Typ hat einfach abgedrückt.«

»Wer waren die?« Er atmete stoßartig durch den Mund.

»Ich weiß es nicht. Sie sahen aus wie Versicherungsvertreter. Keine hochklassigen, sondern solche, die vor Einkaufszentren rumlungern und einem eine Versicherung andrehen wollen.«

»Wie bist du ihnen entkommen?«

Sie erzählte es ihm, und er kam wieder ein wenig zu sich. Jetzt zitterte er nicht mehr, und seine Augen klarten auf.

»Er hatte den Schlüssel«, sagte er. »Es ist vorbei. Das verdammte Spiel ist aus.«

»Was für einen Schlüssel?«

»Den für das Bankschließfach.«

Sie befühlte den Schlüssel in ihrer Tasche mit den Fingern. »Die Bank auf den Kaimaninseln?«

Er schüttelte den Kopf. »Rhode Island. Am letzten Tag hatte ich ein schlechtes Gefühl, eine böse Vorahnung. Oder vielleicht war es nur eine kindische Panik. Ich deponierte unsere Pässe in der Bank. Ich dachte, wenn sie mich erwischen, könnte Nicole sie dort abholen. Dann haben sie Nicole erwischt. Daraufhin habe ich den Schlüssel Caleb gegeben.«

»Welche Pässe?«

»Meinen, Calebs, Hayas, den des Babys, Nicoles und deinen.«

»Ich habe keinen Reisepass mehr.«

Erschöpft stand er auf und streckte ihr seine Hand entgegen. »Doch, hast du.«

Sie ergriff seine Hand und ließ sich von ihm auf die Beine helfen. »Das wüsste ich doch. Er ist vor zwei Jahren abgelaufen.«

»Ich habe dir einen neuen besorgt.« Er hatte ihre Hand noch nicht losgelassen. Und sie hatte ihre noch nicht zurückgezogen. »Woher hattest du das Foto?«

»Von dem Automaten aus dem Einkaufszentrum damals.«

Nicht schlecht, dachte sie. *Nicht schlecht.*

Sie holte den Schlüssel aus der Tasche. Sie hielt ihn hoch und erlebte, wie Brian innerhalb einer Viertelstunde zum zweiten Mal von den Toten auferstand.

»Ist es der?«

Er blinzelte mehrere Male und nickte dann.

Sie steckte ihn zurück in ihre Tasche. »Warum hatte Caleb ihn?«

»Caleb sollte die Pässe abholen. Wir konnten uns gegenseitig mühelos für den anderen ausgeben. Seine Version meiner Unterschrift sah echter aus als das Original.« Er blickte in den sich verfinsternden Himmel.

»Du und ich, wir sollten uns nach Kanada absetzen und die anderen an einem Ort namens Saint-Prosper treffen. Von dort aus sollte es nach Quebec City gehen, und dann hätten wir per Flugzeug das Land verlassen.«

Sie sah ihm in die Augen, er erwiderte ihren Blick, und keiner von beiden sprach ein Wort, bis sie sagte: »Wir sollten zu sechst das Land verlassen?«

»Ja, das war der Plan.«

»Du, dein bester Freund, seine Frau und sein Kind, und deine beiden Frauen.«

Er ließ ihre Hand los. »Nicole war nicht meine Frau.«

»Wer war sie dann?«

»Meine Schwester.«

Sie trat einen Schritt zurück und betrachtete genau sein Gesicht, um zu sehen, ob er die Wahrheit sagte oder nicht. Aber was wusste sie schon. Drei Jahre lang hatte sie mit ihm zusammengelebt und hatte weder seinen richtigen Namen noch seine Geschichte oder seinen Beruf gekannt. Vorgestern hatte er sie glauben lassen, er sei tot, hatte am Meeresgrund seine leblosen Augen auf sie gerichtet. Diesem Mann sah man seine Lügen nicht an wie normalen Menschen.

»War deine *Schwester* schwanger?«

Er nickte.

»Wer ist der Vater?«

»Dafür ist jetzt keine Zeit.«

»Wer ist der Vater?«

»Ein Typ namens Joel. Er hat zusammen mit ihr in der Bank gearbeitet. Verheiratet, drei Kinder. Es war eine Affäre. Aber Nicole wollte immer ein Kind, und auch nachdem sie mit Joel Schluss gemacht hatte, wollte sie das Kind behalten. Sie brauchte Joels Hilfe nicht, wir würden ja siebzig Millionen haben. Willst du Joel kennenlernen? Ich kann das arrangieren. Dann kannst du ihn fragen, ob seine tote Ex-Geliebte im sechsten Monat von ihm schwanger war, als man sie in ihrer Küche hinrichtete, weil ihr Bruder« – er lief nun aufgebracht hin und her – »ihr *unfassbar bescheuerter* Bruder sein Auto vor ihrer Tür stehengelassen hatte, als er nach Boston zurückfuhr, um dich mit Schocktherapie in die Wirklichkeit zurückzuholen.«

Ihr Lachen klang wie ein Bellen. »Was hast du? Du hast versucht, mich mit Schocktherapie in die Wirklichkeit zurückzuholen?«

Er sah aus wie die Unschuld in Person.

»Genau.«

»Das ist der größte Schwachsinn, den ich je gehört habe.«

»Du musstest zur Flucht bereit sein. Ich konnte ja nicht damit rechnen, dass Cotter-McCann nur drei Monate braucht, um den Köder zu schlucken. Ich hatte mit sechs gerechnet. Aber sie haben zu früh angebissen, weil sie aggressiv sind und gierig und weil sie wollen, dass alles nach ihrem eigenen Zeitplan läuft. Ich habe nicht damit gerechnet, dass sie an demselben Tag, an dem sie das Geld auf unser Konto überweisen, gleich eine unabhängige Beraterfirma damit beauftragen würden, die Mine zu überprüfen. Und ich habe auch nicht damit gerechnet, dass sie ein zweiköpfiges Killerkommando auf mich ansetzen. Also musste ich Plan A überspringen, Plan B fallen lassen und sofort zu Plan C kommen und dich wachrütteln. Und siehe da, es hat funktioniert.«

»Nichts hat funktioniert. Gar nichts –«

»Hast du noch Angst vorm Fahren?«

»Nein.«

»Angst davor, ein Taxi zu nehmen?«

»Nein.«

»Hast du noch Angst vor der Wildnis und offenen Plätzen? Und was ist mit Fahrstühlen? Tauchen im Meer? Hattest du eine einzige Panikattacke, seit diese ganze Geschichte ihren Lauf genommen hat?«

»Woher soll ich das wissen? Ich bin in Panik, seit ich dich hinten aus dem Hancock Tower herauskommen sah.«

»Stimmt.« Er nickte. »Und du hast diese Panik überwunden, Minute für Minute, weil du handeln musstest. Du hast getan, was getan werden musste. Mich umzubringen hat ganz nebenbei auch dazugehört.«

»Du bist aber nicht gestorben.«

»Ja, tut mir leid.« Er legte seine Hände auf ihre Schultern. »Du hast keine Angst mehr, weil du aufgehört hast, auf andere zu hören, und nur noch auf dein Ur-Ich hörst. Du hättest dich einfach weiter verkriechen können. Ich habe die Spuren nicht mit Leuchtfarbe gelegt, ich wollte, dass du dich anstrengst. Du hättest dem Anschein Glauben schenken können – die Visastempel zum Beispiel sahen echt genug aus –, aber du hast deinem Instinkt vertraut, Schatz. Du hast nach dem gehandelt, was du hier wusstest.« Er zeigte auf ihr Herz. »Nicht hier.« Er zeigte auf ihren Kopf.

Sie sah ihn lange an. »Sag nicht ›Schatz‹ zu mir.«

»Warum nicht?«

»Weil ich dich hasse.«

Er dachte darüber nach. Zuckte die Schulter. »So denken wir oft über die Dinge, die uns wachrütteln.«

31
Sicheres Versteck

S ie ließen Calebs geschrotteten SUV im Wald stehen und
fuhren mit dem Range Rover dreihundert Meilen südwärts nach Woonsocket, Rhode Island, gleich südlich der
Grenze von Massachusetts und etwa fünfzehn Meilen nördlich von Providence. Unterwegs hatten sie viel Zeit zum
Reden, nutzten sie jedoch nur fürs Wesentliche. Sie hatten
lange genug Radio gehört, um mitzubekommen, dass man
sie beide in zwei Todesfällen in zwei verschiedenen Staaten
für »Personen von besonderem polizeilichen Interesse«
hielt. Die Polizeikräfte in Providence und in Boston ver-
rieten nicht, warum sie glaubten, dass die Ermordung einer
Bankangestellten in Providence mit dem Mord an einem
Geschäftsmann in Boston zu tun hätte, doch waren sie fest
entschlossen, mit Brian Alden, dem Bruder des Opfers in
Providence und Geschäftspartner des Opfers in Boston, und
dessen Frau Rachel Childs-Delacroix in Kontakt zu treten.
Die auf die beiden »Personen von besonderem polizeilichen
Interesse« zugelassenen Handfeuerwaffen waren in ihrem
Heim in Back Bay nicht gefunden worden, deshalb musste
man davon ausgehen, dass sie bewaffnet waren.

»Ganz ehrlich, mein Leben ist im Eimer«, meinte Rachel
irgendwo in der Nähe von Lewiston, Maine. »Selbst wenn
ich meinen Ruf wiederherstellen könnte.«

»Ziemlich großes ›wenn‹«, meinte Brian.

»Und um das hinzukriegen, müsste ich mich finanziell ruinieren.«

»Und in der Zwischenzeit im Bau sitzen.«

Sie warf ihm einen bösen Blick zu, den er nicht mitbekam, weil er sich auf die Straße konzentrierte. »Und selbst dann könnten sie mich immer noch mit Nebenklagen zuschmeißen.«

Brian nickte. »Behinderung der Justiz, zum Beispiel. Die Bullen mögen es nicht besonders, wenn man vergisst, ihnen zu sagen, dass da eine Leiche am Esstisch hockt. Unerlaubtes Verlassen des Tatorts, widerrechtliche Flucht, rücksichtsloses Fahren, mir fallen sicher noch ein paar mehr ein.«

»Das ist nicht lustig«, sagte sie.

Er sah sie an. »Wann habe ich den Anschein erweckt, dass ich das lustig finde?«

»In diesem Augenblick. Du bist sarkastisch und bissig.«

»So höre ich mich an, wenn ich es mit der Angst kriege.«

»Du kriegst es mit der Angst? Du?«

Er runzelte die Stirn. »Mehr als das. *Falls* niemand unser Versteck entdeckt hat und wir dort alles tun können, was wir tun müssen, *falls* wir es nach Providence schaffen, ohne geschnappt zu werden, *falls* wir in die Bank kommen und das Schließfach öffnen können, in dem ich die Reisepässe und das Fluchtgeld deponiert habe, *falls* wir es aus der Bank schaffen und wir aus Providence wegkommen, Haya und das Baby schnappen können und einen Flughafen finden, wo uns niemand sucht und unsere Gesichter nicht über alle heimischen Fernseher und die neun Monitore flimmern, auf denen in der Flugzeugbar CNN läuft, und *falls* uns nicht jemand in Amsterdam erwartet, ja, dann überleben wir vielleicht das Jahr. Aber ich würde die Chancen, dass wir all diese Hürden nehmen, schätzen auf, ach, keine Ahnung, schlecht bis völlig unmöglich.«

»Amsterdam«, meinte sie. »ich dachte, die Bank sei auf den Kaimaninseln.«

»Ist sie auch, aber da werden sie sicher auf uns warten. Falls wir es nach Amsterdam schaffen, können wir alles in die Schweiz überweisen lassen.«

»Und was wollen wir in Amsterdam?«

Brian zuckte mit den Schultern. »Mir hat Amsterdam immer gefallen. Du wirst es mögen. Die alten Kanäle sind hübsch. Da fahren allerdings 'ne Menge Fahrräder rum.«

»Du hörst dich an, als wolltest du mit mir dort Urlaub machen.«

»Aber das ist doch der Plan, oder?«

»Wir sind nicht zusammen«, entgegnete sie.

»Nicht?«

»Nein, du verlogener Haufen Scheiße. Ab jetzt ist das Ganze rein geschäftlich.«

Er fuhr für einen Augenblick das Fenster herunter und ließ sich den Fahrtwind ins Gesicht pusten, um wach zu werden. Dann fuhr er es wieder hoch.

»Okay«, meinte er, »du willst die Geschäftsnummer durchziehen. Ich hingegen bin verliebt in dich.«

»Von Liebe hast du doch nicht die leiseste Ahnung.«

»Schätze, da sind wir unterschiedlicher Meinung.«

»Hast du je nach meinem Vater gesucht?«

»Was?«

»Als ich dich kennenlernte, warst du Privatdetektiv.«

»Das war ein Schwindel. Mein erster, um genau zu sein.«

»Du warst also nie wirklich ein Privatschnüffler?«

Er schüttelte den Kopf. »Das hab ich mir nur als Tarnung aufgebaut, um all die Angestellten eines Tech-Start-ups überprüfen zu können, das in der Gegend aufmachen wollte.«

»Warum eine Tarnung, um Leute zu überprüfen?«

»Die Firma hatte 64 Angestellte, wenn ich mich recht erinnere. 64 Geburtsdaten, 64 Sozialversicherungsnummern, 64 Lebensläufe.«

»Du hast 64 Identitäten gestohlen.«

Er nickte schnell, aber stolz. »Eine davon findet sich auf deinem Pass.«

»Und als ich in deinem Büro auftauchte?«

»Da habe ich versucht, dir die Idee auszureden, mich anzuheuern.«

»Aber als ich ein paar Monate später wieder auftauchte, da hast du einfach mein Geld genommen und –«

»Ich habe nach deinem Vater gesucht, Rachel. Ich hab mir den Arsch aufgerissen dabei. Wenn ich nur klug genug gewesen wäre, darauf zu kommen, dass James sein Familienname ist, aber das war ich nicht. Dafür habe ich jeden einzelnen Professor mit Vornamen James überprüft, der in den letzten zwanzig Jahren in der Gegend gelehrt hat. Die einzige ehrliche Arbeit, die ich je als Privatschnüffler erledigt hab, war für dich.«

»Aber warum?«

»Weil du anständig bist.«

»Was bin ich?«

»Du bist anständig. Du bist einer der wenigen durch und durch anständigen Menschen, die ich jemals kennengelernt habe. Und du bist es wert, für dich und mit dir zu kämpfen. Du bist alles wert.«

»Du bist ein solcher Lügner. Du schwindelst mal wieder. Du schwindelst mich an.«

Er dachte darüber nach. Schließlich meinte er: »Als ich dich an dem Abend in der Bar traf, da haben Caleb und Nicole auf mich eingeredet, ich solle die Sache mit uns beenden. Trickbetrüger können kein Liebesleben haben, sagten sie, nur ein Sexleben. Und das aus dem Mund meiner Schwester, die sich am Ende von einem verheirateten Kerl schwängern lässt. Sie gibt mir Ratschläge in Sachen Liebe. Und Caleb, der schließlich eine Frau heiratet, die kein Englisch kann. Das sind meine lieben Seelsorger.« Er schüttelte den Kopf. »›Verlieb dich nicht.‹ Tja, das hat ja bei uns allen ganz prima geklappt, verflucht.«

Sie zwang sich, ihn nicht anzuschauen, und starrte zur Windschutzscheibe hinaus.

»Ich bin dir verfallen, weil man das nun mal tut, wenn man die Frau trifft, deren Gesicht man sehen möchte, wenn man stirbt. Man fällt und fällt. Und wenn man richtig Glück hat, dann verfällt sie einem auch, und man kommt nie wieder dort an, wo man vorher war, denn wenn das so toll gewesen wäre, dann hätte man ja niemandem verfallen müssen. Ich bin dir verfallen, mit allem. Ich hatte gerade diesen Schwindel aufgezogen. Ich habe dich in der Nacht kennengelernt, als ich die Papiere für die Mine unterzeichnet hatte. Caleb und ich wollten das in der Bar feiern, aber dann habe ich dich gesehen und hab ihm eine SMS geschrieben, ich hätte mittags verdorbenen Thunfisch gegessen, und so ist er allein woanders essen gegangen. Und ich schaute zur Bar und dachte: ›Da sitzt Rachel Childs. Ich habe mal versucht, ihren Vater zu finden. Ich habe sie früher in den Nachrichten gesehen.‹ Ich habe mich gefragt, wer wohl das Glück hatte, mit dir nach Hause zu gehen. Dann hat sich dieses besoffene Arschloch an dich rangemacht, und ich bin dir zur Hilfe gekommen, und der Witz war, du dachtest, ich würde dir was vormachen. Das fand ich immer toll. Dann bist du gegangen, und ich bin dir hinterher, um dich zu suchen.« Er sah sie an. »Ich fand dich. Und dann sind wir spazieren gegangen, der Strom fiel aus, und wir haben unsere phantastische Bar entdeckt.«

»Was lief noch mal, als wir da rein sind?«

»Tom Waits.«

»Welcher Song?«

»*Long Way Home.*«

»*16 Shells from a Thirty-Ought-Six* wäre passender gewesen.«

»Das ist nicht nett.« Er rutschte auf seinem Sitz rum und legte sein Handgelenk wieder auf das Lenkrad. »Dir mögen meine Methoden nicht gefallen, Rachel, und es mag für dich unerfreulich sein, dass ich meinen Lebensunterhalt mit langfristigen Betrügereien verdiene. Aber während du vielleicht aufhören kannst, mich zu lieben, kann ich das umgekehrt nicht. Ich wüsste gar nicht, wie.«

Beinahe hätte sie ihm das abgekauft, wenn auch nur für einen Augenblick, doch dann fiel ihr ein, um wen es sich handelte – um einen Schauspieler, Trickbetrüger, Gauner, einen professionellen Lügner.

»Die Menschen, die sich lieben«, entgegnete sie, »ruinieren sich nicht gegenseitig das Leben.«

Er lachte sanft. »Oh doch, das tun sie. Darum geht es doch bei der Liebe – wo zuvor einer war, sind nun zwei, und das ist so viel unbequemer, unordentlicher und unsicherer. Soll ich mich dafür entschuldigen, dein Leben zerstört zu haben? Okay. Tut mir leid. Aber was habe ich denn zerstört? Deine Mutter ist tot, deinen Vater hast du nie gekannt, deine Freunde sind bestenfalls flüchtige Bekannte, und du gehst nie aus der Wohnung. Was für ein Leben habe ich dir da genommen, Rachel?«

Gute Frage, fand sie, als sie bei Sonnenuntergang nach Woonsocket kamen.

Eine verblasste, leergefegte Textilstadt mit ein paar hoffnungsvollen Ansätzen architektonischer Aufwertung, die den allgemeinen Eindruck von Verlassenheit nicht wettmachten. Leere Geschäfte säumten die Main Street. Hinter den Häusern erhoben sich die alten Textilfabriken, die Fenster waren eingeschlagen oder ganz verschwunden, die Ziegelwände mit Graffiti besprüht, die Natur eroberte die unteren Stockwerke zurück und riss Löcher in die Fundamente. Dieses massive Ausrangieren der amerikanischen Industrie, dieser Wandel einer wertschöpfenden Kultur hin zu einer Kultur, die nur noch Dinge zweifelhaften Wertes konsumierte, hatte vor Rachels Geburt stattgefunden. Sie war in dieser Leere aufgewachsen, in diesen Erinnerungen anderer Menschen an einen Traum, der in seiner Zerbrechlichkeit wahrscheinlich schon beim Aufblühen zum Scheitern verurteilt gewesen war. Falls es je einen Gesellschaftsvertrag zwischen dem Land und seinen Bürgern gegeben hatte, so war dieser schon lange aufgekündigt, bis auf die Hobbes'sche Übereinkunft, die schon galt, als unsere Vorfahren erstmals aus den Höhlen stolperten und nach Essbarem suchten: Habe ich erst mal meins, was kümmert mich deins.

Brian fuhr ein paar dunkle, hügelige Straßen entlang und dann hinunter zu einer alten, allein stehend am Fluss gelegenen Textilfabrik aus vier langgestreckten mehrstöckigen Gebäuden. Jedes einzelne Gebäude hatte mindestens hundert Fenster zur Straße hinaus und dieselbe Anzahl noch einmal auf der Flussseite. Mittig gelegene hohe Fenster waren doppelt so groß wie die übrigen. Brian fuhr um den Komplex herum zu einer Reihe überdachter Gänge, die die Gebäude miteinander verbanden, so dass der Komplex von oben betrachtet wie ein doppeltes H aussehen musste.

»Ist das dein sicheres Versteck?«, fragte sie.

»Nein, das ist eine alte Fabrik.«

»Und wo ist dein Versteck?«

»In der Nähe.«

Langsam fuhren sie an kaputten Fenstern und mannshohem Unkraut vorbei. Schotter, Steine und Glassplitter knirschten unter den Reifen.

Brian nahm sein Handy und schickte eine SMS. Ein paar Sekunden später vibrierte es bei der Antwort. Er steckte das Handy wieder ein und umkreiste die Fabrik noch zweimal. Am oberen Ende des Grundstücks schaltete er die Scheinwerfer aus und rollte eine kleine Anhöhe hinauf, die dem Geräusch nach etwas flussaufwärts von einem Staudamm lag. Oben, zum Teil verdeckt durch eine Gruppe halbtoter Bäume, stand ein kleines, zweigeschossiges Ziegelhaus mit einem schwarzen Mansardendach. Er parkte das Auto bei laufendem Motor, und sie saßen da und beobachteten das

Haus. »Da hat früher der Nachtwächter gewohnt. Seit die Textilfabrik in den Siebzigern pleiteging, gehört der Stadt das ganze Gelände. Der Boden dürfte größtenteils verseucht sein, aber niemand hat das Geld, das zu überprüfen. Deshalb haben wir das Haus so gut wie geschenkt bekommen.« Er rutschte auf seinem Sitz hin und her. »Das Haus ist solide gebaut, und man hat einen guten Überblick. Unmöglich, sich zu nähern, ohne gesehen zu werden.«

»Wem hast du denn geschrieben?«, fragte Rachel.

»Haya.« Er nickte zum Haus hinüber. »Sie ist mit Annabelle da drin. Wollte ihr nur sagen, dass ich komme.«

»Und warum gehen wir nicht hinein?«

»Kommt schon noch.«

»Und worauf warten wir?«

»Darauf, dass meine Ungeduld größer wird als meine Angst.« Er sah zum Haus hinauf. Im hinteren Hausteil brannte Licht. »Wenn alles in Ordnung ist, sollte Haya zurückschreiben: ›Alles okay. Komm rein.‹«

»Und?«

»Sie hat nur den ersten Teil geschrieben.«

»Na ja, es ist nicht ihre Muttersprache. Und sie ist verängstigt.«

Brian kaute eine Weile von innen an der Wange. »Wir können ihr nichts über Caleb sagen.«

»Müssen wir aber.«

»Wenn sie denkt, dass er nur aufgehalten wird und in ein paar Tagen in Amsterdam zu uns stößt, dann reißt sie sich zusammen. Aber wenn nicht?« Er drehte sich zu Rachel um und berührte sie an der Hand. Sie zog sie fort. »Wir können es ihr nicht sagen, Rachel. Rachel?«

»Was?«

»Wenn das den Bach runtergeht, bringen die uns alle um. Das Baby auch.«

Sie starrte ihn im dunklen Wageninneren an.

»Wir dürfen ihr keinen Grund geben, noch launischer zu werden, als sie es eh schon ist. Wir sagen es ihr in Amsterdam.«

Sie nickte.

»Sprich es aus, bitte.«

»Wir sagen es ihr in Amsterdam.«

Brian schaute sie lange an und fragte dann: »Hast du deine Waffe noch?«

»Jep.«

Er griff unter den Sitz, zog eine Glock 9 mm hervor und steckte sie hinter den Rücken.

»Du hattest die ganze Zeit eine«, sagte sie.

»Scheiße, Rachel«, entgegnete er mit einem fahrigen Seufzer, »ich hab drei.«

Sie gingen im Dunkeln zweimal ums Haus, bevor Brian sie die abgenutzten Hinterstufen zu einer Tür hinaufführte, die mit den Jahren fast vollständig ausgeblichen war. Die Dielen knarzten unter den Schuhen, und das Haus selbst ächzte in dem für die Jahreszeit kalten Wind, eher Frühherbst als Frühsommer.

Brian ging über die Veranda, kontrollierte rund ums Haus alle Fenster sowie die Haustür und kam dann wieder nach hinten. Er schloss auf, und sie gingen hinein.

Links von ihnen ging eine Alarmanlage los; Brian gab auf der Tastatur Rachels Geburtsdatum ein, und der Lärm erstarb.

Der Hausflur führte von der Hintertür an einer Eichentreppe vorbei direkt zur Haustür. Es roch sauber, aber staubig, vielleicht ganz leicht nach Mehltau, was auch durch hartnäckiges Putzen wohl nicht zu beseitigen war. Er zog zwei Stiftleuchten aus der Jackentasche, reichte ihr eine und schaltete seine an.

Haya hockte unter dem Briefschlitz der Haustür, Werbesendungen rechts neben ihr, eine Waffe in der Hand.

Brian winkte ihr zu, lächelte sie warmherzig an und ging durch den Flur zu ihr. Sie ließ die Waffe sinken, er umarmte sie linkisch, und dann standen die beiden vor ihr.

»Baby schläft.« Sie zeigte nach oben.

»Du brauchst Schlaf«, sagte Brian. »Du siehst müde aus.«

»Wo ist Caleb?«

»Haya, die bösen Männer verfolgen ihn vielleicht. Er wollte sie nicht hierherführen. Zu Annabelle und dir. Verstehst du?«

Ihr Atem ging zu schnell. Sie biss sich so fest auf die Oberlippe, dass Rachel schon fürchtete, sie würde bluten. »Er ... lebt?«

Himmel.

»Ja«, beschwichtigte Brian sie. »Er wird über Maine abhauen. Weißt du noch, dass wir darüber gesprochen haben? Er wird nach Kanada gehen und von Toronto aus fliegen. In Maine kann ihn keiner finden. Wir kennen die Gegend. Kennst du ›Gegend‹?«

Haya nickte zweimal. »Er wird ... okay?«

»Alles wird gut«, sagte Brian mit einer Bestimmtheit, die Rachel hasste.

»Er geht nicht an sein ... Handy.«

»Das haben wir dir doch erklärt. Man kann ein Handy orten, Haya. Wenn einer von uns glaubt, er wird verfolgt, dann rührt er das Handy nicht an.« Brian nahm ihre Hände. »Es wird alles gut. Morgen früh sind wir hier weg.«

Haya sah Rachel an, von Frau zu Frau, ein Blick, der alle Sprachbarrieren überwand: *Kann ich diesem Mann vertrauen?*

Rachel blinzelte zustimmend. »Schlaf. Du musst dich ausruhen.«

Haya ging die dunkle Treppe hinauf; Rachel musste den Impuls unterdrücken, ihr nachzulaufen und zu gestehen, dass alles eine Lüge war. Hayas Mann war tot. Der Vater ihres Kindes war tot. Das Kind und sie würden mit zwei doppelzüngigen Fremden fliehen, die sie anlogen und weiter anlügen würden, bis sie die Flucht nicht mehr scheitern lassen konnte.

Haya wandte sich oben an der Treppe nach rechts und verschwand aus Rachels Blickfeld.

Brian las ihre Gedanken. »Was willst du ihr denn sagen?«

»Dass ihr Mann tot ist«, flüsterte sie.

»Fein. Na los.« Er machte eine einladende Handbewegung in Richtung Treppe.

»Sei nicht so grausam«, meinte sie nach einer Weile.

»Sei nicht so ablehnend«, entgegnete er, »es sei denn, du lässt Taten folgen.«

Gemeinsam suchten sie das Erdgeschoss ab, Zimmer für Zimmer, doch es war leer.

Erst dann schalteten sie das Licht ein.

»Bist du sicher, dass das klug ist?«, fragte sie.

»Wenn sie von dem Haus wüssten«, antwortete er, »dann

hätten sie draußen in der Fabrik gewartet oder hier drinnen. Haben sie aber nicht, also ist das Haus immer noch sicher. Nicole hat es nicht ausgeplaudert. Wahrscheinlich, weil sie niemand gefragt hat. Haya hat das obere Schlafzimmer.« Plötzlich sackte sein Körper vor Erschöpfung zusammen, und auch Rachel bemerkte, dass sie völlig erledigt war. Mit der Schusshand deutete er unbestimmt die Treppe hinauf. »Vor dem Bad ist ein Wäscheschrank. Das erste Schlafzimmer links hat eine Kommode mit Sachen in deiner Größe. Lass uns duschen, ich setze Kaffee auf, dann machen wir uns an die Arbeit.«

»Was haben wir denn zu arbeiten?«

»Ich werde dir ein wenig das Fälschen beibringen.«

32

Geständnis

Mit nassen Haaren und einer Tasse Kaffee saß Rachel in T-Shirt, Kapuzenpulli und Trainingshose, die wie versprochen ihre Größe hatten, mit ihrem Mann – *war er das noch?* – am Tisch, während er einen Block weißes Papier und einen Stift vor sie legte. Daneben platzierte er mehrere Dokumente mit der Unterschrift seiner Schwester.

»Ich soll Nicole sein?«

»Für die fünf Minuten, die es wohl dauern wird, um in die Bank und wieder hinauszugehen, wirst du Nicoles letztes Pseudonym annehmen.« Er kramte in einer Sporttasche und holte schließlich einen kleinen, mit Gummiband zusammengehaltenen Stapel an Ausweis- und Kreditkarten hervor. Dann zog er einen in Rhode Island ausgestellten Führerschein aus dem Stapel. Er war auf den Namen Nicole Rosovich ausgestellt. Als er den Führerschein vor sie auf den Tisch legte, schüttelte er kurz den Kopf. Rachel hatte den Eindruck, dass er es selbst nicht bemerkte.

»Ich sehe ihr überhaupt nicht ähnlich«, wandte sie ein.

»Ähnliche Figur«, argumentierte er.

»Die Augen sind anders.«

»Dafür habe ich farbige Kontaktlinsen.«

»Sie sind anders geformt.« Sie zeigte auf sie. »Ihre sind größer. Ihre Lippen sind schmaler.«

»Aber Nase und Kinn sind ähnlich.«

»Jeder kann sehen, dass ich das nicht bin.«

»Ein braver Mann mittleren Alters mit den üblichen zwei Komma zwei Kindern, dem langweiligsten Job der Welt und der, wie ich annehme, langweiligsten Frau der Welt? Er wird sich bei der heißen Blondine in seinem Büro vor drei Monaten an eins erinnern – dass sie eine heiße Blondine war. Also machen wir dich zur Blondine. Das mit dem ›heiß‹ ist eh schon klar.«

Rachel ging nicht auf die Schmeichelei ein. »Hast du auch die richtige Haartönung?«

»Ich habe Perücken. Dieselben, die sie getragen hat.«

»Heutzutage haben Banken eine Software zur Gesichtserkennung, weißt du?«

»Nicht in dieser Bank«, entgegnete er. »Deshalb hab ich sie ja ausgesucht. Im Zweifel gehst du zum Familienbetrieb. Diese Bank gibt es schon seit drei Generationen in Johnston. Die haben sich erst vor vier Jahren einen Bankautomaten angeschafft, und das auch erst, nachdem die Kunden eine Unterschriftenaktion gestartet haben. Der Besitzer, mit dem du dich treffen wirst, ist zugleich der Direktor und wickelt alle Schließfachtransaktionen ab. Sein Name lautet Manfred Thorp.«

»Du willst mich verarschen«, sagte sie.

Er setzte sich auf den Stuhl neben ihr. »Nein, wirklich. Er hat mir erzählt, der Name Manfred reiche in der Familie ewig weit zurück. In jeder Generation muss es mindestens ein Kind namens Manfred geben, und er, so sagte er, habe den Kürzeren gezogen.«

»Wie gut kennst du ihn?«

»Bin ihm nur einmal begegnet.«

»Und du weißt das alles über ihn.«

Er zuckte mit den Schultern. »Die Menschen reden gern mit mir. Mein Vater war genauso.«

»Und wer *war* dein Vater?« Sie drehte ihren Stuhl zu ihm hin. »Dein leiblicher Vater.«

»Jamie Alden«, antwortete er fröhlich. »Die Leute nannten ihn Lefty.«

»Weil er Linkshänder war?«

Brian schüttelte den Kopf. »Nein, weil er jeden Ort, an dem er war, und jede Person, die er kannte, einfach links liegenließ. Verließ die Armee, ohne Bescheid zu sagen, schmiss vielleicht zwanzig Jobs hin, ließ vor meiner Mutter drei Frauen sitzen und noch zwei nach ihr. Immer wieder mal tauchte er in meinem Leben auf und verschwand, bis er eines Tages in Philadelphia an den falschen Juwelier geriet. Der Kerl war bis an die Zähne bewaffnet, und Lefty hatte es nicht so mit Waffen. Er hat meinen Dad umgelegt.« Er zuckte mit den Schultern. »Wer das Schwert nimmt, kommt durch das Schwert um, schätze ich.«

»Und wann war das?«

Er schaute an die Decke und überlegte. »Als ich auf der Theaterschule war.«

»Als sie dich rausgeschmissen haben?«

Er honorierte ihre treffende Bemerkung mit schräggelegtem Kopf und einem schmalen Lächeln. So blieb er eine Weile, sah über den Tisch und nickte schließlich. »Am Tag nachdem ich von seinem Tod erfahren habe, ja, da habe ich Professor Nigel Rawlins die Scheiße aus dem Leib geprügelt.«

»Mit einem Pömpel.«

»War grade zur Hand.« Bei der Erinnerung musste er plötzlich kichern.

»Was denn?«

»Das«, sagte er, »das war ein guter Tag.«

Sie sah ihn kopfschüttelnd an. »Man hat dich wegen Gewalttätigkeit von der Theaterschule geschmissen.«

Er nickte. »Und Körperverletzung.«

»Was ist denn daran ein guter Tag?«

»Ich habe rein instinktiv gehandelt. Ich wusste, dass es falsch war, was er mit Caleb machte, und ich wusste, was ich tun musste, war richtig. Soweit ich weiß, hat Nigel seinen Job behalten, möglich, dass er immer noch seine zweitklassigen Tipps in Method Acting an Studenten weitergibt. Aber ich verwette meinen Anteil an den siebzig Millionen, dass er nie wieder einen Studenten so behandeln wird, wie er Caleb oder all die anderen Opfer vor ihm behandelt hat. Denn jetzt hat er stets den Gedanken im Hinterkopf, dass einer der anderen Studenten in seiner Klasse den Psycho Brian Alden spielen und ihm das Gesicht mit einem Pömpel bearbeiten könnte. Was ich an dem Tag getan habe, war genau das, was getan werden musste.«

»Und ich?«, fragte sie nach einer Weile.

»Was ist mit dir?«

»Ich handle nicht rein instinktiv. Ich gehe nicht auf die Welt zu.«

»Natürlich tust du das. Du bist nur nicht mehr in Übung. Aber jetzt bist du wieder da, Baby.«

»Nenn mich nicht Baby.«

»Okay.«

»Wie lange läuft dieser Minenschwindel schon, vier Jahre?«

Er dachte nach und rechnete im Kopf. »Kommt ungefähr hin, ja.«

»Und wie lange gibst du dich schon als Brian Delacroix aus?«

So etwas wie Scham zeigte sich auf seinem Gesicht. »Zwanzig Jahre, mit Unterbrechungen.«

»Warum?«

Er schwieg eine ganze Weile und überdachte die Frage, so als würde er sie das erste Mal hören. »Damals in Providence habe ich in einer Pizzeria gearbeitet, als ein Kollege eines Nachts meinte: ›Dein Doppelgänger sitzt in der Bar auf der anderen Straßenseite.‹ Also ging ich rüber, und tatsächlich saß da Brian Delacroix mit mehreren anderen Typen, die alle nach Geld ausschauten, und einem Haufen heißer Frauen. Kurz gesagt blieb ich so lange in der Bar, bis ich wusste, welcher Mantel ihm gehörte, und hab ihn geklaut. Ein wunderschöner Mantel – schwarzer Kaschmir mit blutrotem Futter. Jedes Mal, wenn ich ihn anzog, fühlte ich mich …«, er suchte nach Worten, »… bedeutend.« Sein Blick war der eines kleinen Jungen, der sich in der Shopping Mall verlaufen hatte. »Ich konnte den Mantel nicht allzu häufig tragen, nicht in Providence, das Risiko wäre zu groß gewesen, ihm über den Weg zu laufen, aber als ich von der Schauspielschule flog, ging ich nach New York und zog den Mantel überallhin an. Ging ich zu einem Vorstellungsgespräch, zog ich ihn an und kriegte den Job. Sah ich eine Frau, die mir gefiel, zog ich ihn an und, *Abrakadabra*, landete sie in meinem Bett. Mir war schnell klar, dass es eigentlich nicht der Mantel an sich war. Es war das, was er verbarg.«

Sie runzelte die Stirn und sah ihn an.

»Der Mantel«, erläuterte er, »verbarg meinen alten Herrn, der mich im Stich ließ, und meine besoffene Mutter, verbarg die Bruchbude, in der wir lebten und die immer ein bisschen nach dem Typen roch, der an einer Überdosis krepiert war, bevor wir dort eingezogen waren; er verbarg all die beschissenen Weihnachtsfeste und Geburtstage, die wir nie feierten, und die Lebensmittelgutscheine vom Sozialamt und die Stromsperren und die besoffenen Arschlöcher, die bei meiner Mutter rumhingen, und dass ich irgendwann wahrscheinlich auch eines von diesen betrunkenen Arschlöchern im Leben einer Frau werden würde, der es wie meiner Mutter ging. Ich würde dieselben Scheißjobs haben und dieselben Bargeschichten, würde ein paar Kinder in die Welt setzen, die ich vernachlässigte, bis sie alt genug waren, mich zu hassen. Aber wenn ich den Mantel anzog, dann lag nichts davon in meiner Zukunft. Ich zog ihn an und war nicht Brian Alden, ich war Brian Delacroix. Und Brian Delacroix an seinem schlechtesten Tag zu sein war tausendmal besser als Brian Alden an seinem besten Tag.«

Diese Beichte schien ihn erschöpft zu haben und war ihm zugleich peinlich. Nachdem er sich eine Weile die Wandtäfelung angeschaut hatte, seufzte er und besah sich die Unterlagen, die seine Schwester unterschrieben hatte. Ein Blatt davon drehte er so, dass die Schrift auf dem Kopf stand. »Der Trick beim Fälschen einer Unterschrift besteht darin, sie als Form zu betrachten, nicht als Unterschrift. Versuch mal, die Form nachzuzeichnen.«

»Aber dann ist sie ja falsch rum.«

»Ach, richtig, hab ich ganz vergessen. Na, dann lassen wir es besser.«

Sie versetzte ihm einen Stoß mit dem Ellbogen. »Halt den Mund.«

»Autsch.« Brian rieb sich die Rippen. »Ich bring es dir richtig herum bei, wenn du es auf dem Kopf raushast. In Ordnung?«

»Na gut.« Sie nahm den Stift zur Hand.

Im Gästeschlafzimmer konnte sie ihn hinter der Wand hören, erst wälzte er sich im Bett hin und her, dann fing er an zu schnarchen. Sie wusste also, dass er auf dem Rücken lag, denn in Seitenlage schnarchte er nie. Das bedeutete auch, dass sein Mund offen stand. Normalerweise würde sie ihn anstupsen – ganz sanft, mehr war nicht nötig –, und dann drehte er sich zur Seite. Sie stellte sich vor, das jetzt zu tun, doch das würde bedeuten, mit ihm in ein Bett zu steigen, doch traute sie sich das gerade nicht zu.

Auf der einen Seite war das total irrsinnig – ihr Leben könnte wegen dieses Mannes morgen oder sogar noch heute Nacht zu Ende gehen. Aus keinem anderen Grund. Er hatte Dämonen entfesselt, die erst Ruhe geben würden, wenn sie tot oder im Gefängnis war. Sich von ihm körperlich angezogen zu fühlen war also völliger Wahnsinn.

Andererseits jedoch konnte ihr Leben morgen oder sogar heute noch enden, und dieses Wissen machte sie empfänglicher für ihre Sinneswahrnehmungen. Alles, was sie sah, roch und spürte, war wie verwandelt, schärfer. Sie konnte das Wasser durch die Leitungen rauschen hören, roch das Metall im Fluss und hörte die Nager im Fundament herumhuschen. Ihre Haut fühlte sich wie neu an. Wenn sie die Fadenzahl dieses Lakens schätzen würde, läge sie sicher fast richtig, wettete sie, und das Blut rauschte durch ihre Adern wie ein Nachtzug durch die Wüste. Sie schloss die Augen und stellte sich vor, sie würde so aufwachen wie einmal zu Beginn ihrer Beziehung, als sie seinen Kopf zwischen ihren Schenkeln vorfand und sich seine Zunge und Lippen sanft, unsagbar sanft über ihre Scham bewegten, die so feucht war wie das dampfende Bad, das sie sich im Traum gerade hatte einlaufen lassen. Als sie an jenem Morgen gekommen war, hatte sie mit der linken Ferse so fest gegen seine Hüfte getreten, dass er einen blauen Fleck davontrug. Er griff nach der schmerzenden Stelle, während er weiter den Mund bewegte, um ihn zu entkrampfen, was sehr albern und gleichzeitig sehr sexy aussah, und sie kicherte und zitterte noch vom Orgasmus und verspürte kleine energetische Nachbeben, als sie sich entschuldigte. Sie ließ ihren Geschmack auf seinen Lippen, als sie ihn küsste, und, einmal angefangen, konnte sie nicht mehr damit aufhören, bis sie nach Luft schnappen musste, tief und gierig. Über die Jahre hatte er immer wieder mal von diesem Kuss gesprochen und gesagt, dass es der beste gewesen sei, den er je erlebt hätte, sie sei damit so tief in ihn eingedrungen, dass er sie in seiner intimsten Dunkelheit hätte spüren können. Und nachdem sie ihn zum Höhepunkt gebracht hatte, lagen sie mit verschwitzter Stirn blöde grinsend in ihrem klapprigen Bett, und sie überlegte laut, ob Sex wohl einen eigenen kleinen Lebenszyklus hätte.

»Was meinst du damit?«, hatte er gefragt.

»Na ja, es fängt mit einem Gedanken oder einem Kribbeln an, ganz klein, und dann wächst es.«

Er sah an sich herab. »Oder es schrumpft.«

»Na ja, klar, danach. Aber nehmen wir mal an, es wächst

und wächst und nimmt an Kraft zu, und dann gibt es diese Explosion und danach eine Art Tod, ein Sterben, ein Abnehmen der Erwartungen, und dann macht man die Augen zu und verliert das Bewusstsein.«

Jetzt schlug sie in dem fremden Bett die Augen auf und war davon überzeugt, dass sie deswegen an Sex mit einem Mann dachte, den sie gerade hasste, weil der Tod so bedrohlich nah war. Ihr Zorn auf ihn war unermesslich, und doch musste sie das Verlangen unterdrücken aufzustehen, barfuß um die Ecke in sein Zimmer zu schleichen und ihn so zu wecken, wie er es an jenem Morgen mit ihr getan hatte.

Dann ging ihr auf, dass es ihr nicht um Sex ging. Überhaupt nicht. Es ging nicht mal um die Berührung.

Sie ging den Flur entlang und betrat sein Zimmer. Seine Atmung veränderte sich, als sie leise die Tür hinter sich schloss. Sie wusste, er war aufgewacht und versuchte, sich an die Dunkelheit zu gewöhnen, während sie ihr T-Shirt und die Unterwäsche auszog und an der Tür liegenließ. Sie kletterte aufs Bett, aber anders herum, die Füße an seinem Ellbogen.

»Kannst du mich sehen?«, fragte sie.

»Fast.« Er legte eine Hand auf ihren Fuß, rührte sich aber nicht weiter.

»Ich will, dass du mich siehst. Das ist alles, mehr nicht.«

»Okay.«

Sie brauchte eine Minute, um sich zu sammeln. Ihr war nicht ganz klar, was sie hier tat, nur dass es wichtig war. Bedeutsam. »Ich habe dir doch von Widdy erzählt.«

»Das Mädchen auf Haiti, ja.«

»Das meinetwegen ums Leben gekommen ist.«

»Du hast ja nicht –«

»Sie ist meinetwegen umgekommen, ich habe sie nicht selbst getötet«, unterbrach Rachel ihn, »aber sie hatte recht – wenn ich zugelassen hätte, dass sie sie vier, ja selbst zwei Stunden früher geschnappt hätten, dann wären sie noch halbwegs bei Verstand gewesen. Vielleicht hätten sie sie leben lassen.«

»Aber was für ein Leben denn?«

»Das hat sie auch gesagt.«

»Was?«

»Vergiss es.« Sie holte tief Luft und spürte die Wärme seiner Hand, die über ihren Fuß strich. »Nicht.«

»Was?«

»Streicheln.«

Er hielt inne, ließ aber die Hand dort liegen, was sie gehofft hatte. »Ich hab dir doch erzählt, dass sie zu ihnen gehen wollte und ich es ihr ausgeredet habe, aber später haben sie sie aufgespürt.«

»Ja«, sagte er.

»Und wo war ich in der Zeit?«

Brian machte den Mund auf, aber es kam kein Ton heraus.

»Das hast du mir nie gesagt«, musste er schließlich einräumen. »Ich habe immer angenommen, dass ihr beiden getrennt worden seid.«

»Wurden wir aber nicht. Erst ganz zum Schluss. Ich war bei ihr, als sie sie aufspürten.«

»Und …?« Er setzte sich ein wenig auf.

Rachel räusperte sich. »Der Anführer des … Rudels, anders kann man sie nicht nennen, war Josué Dacelus. Heute ist er die Nummer eins in der Verbrecherszene, habe ich gehört, damals war er nur ein kleiner Gauner.« Sie sah übers Bett zu ihrem Mann hinüber, während nächtlicher Wind an den Fenstern des alten Hauses rüttelte. »Sie entdeckten uns kurz vor Sonnenaufgang. Sie zogen Widdy weg von mir. Ich wehrte mich, aber die Kerle drückten mich zu Boden und bespuckten mich. Sie traten mir in den Rücken und versetzten mir ein paar Schläge gegen den Kopf. Widdy schrie nicht, sie weinte nur, so, wie ein Mädchen in ihrem Alter über ein totes Haustier weinen würde, verstehst du? Einen Hamster vielleicht. Ich weiß noch, ich dachte, *darüber* sollte ein elfjähriges Mädchen weinen. Ich habe noch mal versucht, sie aufzuhalten, aber oh Mann, das hat sie erst recht wütend gemacht. Ich war ja vielleicht eine Weiße mit einem Presseausweis, mich zu vergewaltigen und umzubringen war erheblich riskanter, als das Gleiche mit haitianischen Mädchen und ehemaligen Nonnen zu tun, aber die Kerle waren kurz davor, alle Bedenken über Bord zu werfen, wenn ich so weitermachte. Ich schaute Widdy hinterher, wie sie fortgezerrt wurde. Und da schiebt mir Josué Dacelus den Lauf seiner dreckigen .45er in den Mund und schiebt ihn vor und zurück, rein und raus, über Zähne und Zunge, wie einen Schwanz, und sagt: ›Willst du mutig sein? Oder willst du leben?‹«

Einen Augenblick lang stockte sie. Sie saß nur da, und Tränen liefen an ihr herunter.

»Himmel«, flüsterte Brian. »Du weißt, du hättest nichts –«

»Er wollte, dass ich es laut sage.«

»Was?«

Sie nickte. »Er zog mir die Waffe aus dem Mund und

zwang mich, sie anzuschauen, während die Kerle sie weg-
brachten, und er zwang mich, es zu sagen.« Mit einer Handbewegung trocknete sie sich die Wangen und wischte sich
die Haare aus dem Gesicht. »Ich. Möchte. Leben.« Sie ließ
den Kopf sinken, und die Haare fielen ihr wieder vors Gesicht. »Und ich sagte es laut.«

Als sie ein, zwei Minuten später den Kopf wieder hob,
hatte Brian sich nicht gerührt.

»Das wollte ich dir aus irgendeinem Grund sagen«, erklärte sie. »Aus welchem, weiß ich gar nicht genau.«

Sie zog ihren Fuß unter seiner Hand hervor und stand
auf. Er sah zu, wie sie Unterwäsche und T-Shirt wieder anzog. Das Letzte, was sie hörte, als sie das Zimmer verließ,
war sein Flüstern: »Danke.«

33
Die Bank

Rachel wurde durch das weinende Baby geweckt.

Es war kurz nach Sonnenaufgang. Sie ging den Flur entlang, und das Weinen ließ nach; Haya zog Annabelle gerade auf einem Wickeltisch neben einer Wiege die Windel aus. Brian oder Caleb hatten, sogar daran gedacht, ein Mobile aufzuhängen und die Wände rosa zu streichen. Haya trug karierte Männer-Boxershorts und darüber ein Green-Day-T-Shirt, das Rachel von Caleb kannte. Nach der Unordnung des Bettlakens zu urteilen, hatte Haya sich die ganze Nacht über hin und her geworfen. Sie ließ die dreckige Windel und die Feuchttücher in eine Plastiktüte zu ihren Füßen fallen und nahm eine frische Windel aus einer Ablage unter dem Tisch.

Rachel nahm die Tüte. »Ich werfe es weg.«

Haya gab keinerlei Anzeichen, dass sie sie gehört hätte, und zog Annabelle die frische Windel an.

Annabelle schaute ihre Mutter an, sah dann zu Rachel hinüber und fixierte sie mit warmen dunklen Augen.

»Haben Frauen in Amerika … Geheimnisse vor Mann?«, fragte Haya.

»Manche schon«, antwortete Rachel. »Frauen in Japan auch?«

»Ich weiß nicht«, meinte sie in ihrer üblichen, leicht abgehackten Sprechweise. Dann fügte sie an: »Vielleicht, weil ich nie in Japan war.«

Eine völlig veränderte Haya starrte plötzlich Rachel an, eine Haya voller Raffinesse und bitterer Erkenntnis.

»Du bist keine Japanerin?«

»Ich komme aus dem beschissenen San Pedro«, flüsterte Haya und richtete den Blick auf die Tür hinter Rachel.

Rachel ging hin und schloss sie. »Und warum hast du …?«

Haya atmete so fest aus, dass ihre Lippen bebten. »Ich hab Caleb reingelegt. Ich wusste von Anfang an, dass er ein Trickbetrüger war. Ich war ganz überrascht, dass er mir nicht auf die Schliche gekommen ist.«

»Wie habt ihr euch denn kennengelernt? Wir haben alle gedacht, das wäre so eine Katalogbrautsache.«

Sie schüttelte den Kopf. »Ich war eine Nutte. Er war mein Freier. Die Frau, die den Escortservice führte, sagte immer allen, die noch nicht bei mir gewesen waren, dass ich erst seit drei Wochen im Land sei, neu im Geschäft und so weiter.« Haya zuckte mit den Schultern. Sie hob Annabelle vom Wickeltisch und legte sie an die linke Brust. »Das trieb den Preis in die Höhe. Dann tauchte Caleb auf, und von Anfang an ergab das Ganze überhaupt keinen Sinn – er sah zu gut aus, um dafür bezahlen zu müssen. Es sei denn, er hätte auf Gewalt oder echt abgeschrägten Sex gestanden, aber das tat er nicht. Nicht mal im Ansatz. Missionarsstellung, sehr zärtlich. Beim zweiten Mal sprach er hinterher davon, dass ich die perfekte Frau für ihn sei – ich würde meinen Platz und meine Rolle kennen und die Sprache nicht sprechen.« Sie lächelte reumütig. »Er sagte: ›Haya, du kannst mich zwar nicht verstehen, aber ich könnte mich in dich verlieben.‹ Ich sah seine Uhr, seinen Anzug und sagte: ›Liebe?‹ Schaute ihn an wie ein verlorenes Kind, zeigte auf uns beide und sagte: ›Ich liebe.‹« Sie strich ihrem Baby über den Kopf und schaute ihm beim Nuckeln zu. »Er kaufte mir das ab. Zwei Monate später blätterte er dem Besitzer des Service hundert Riesen hin, um mich loszukaufen. Seitdem habe ich immer zugeschaut und hingehört, wie Brian und er diesen Betrug aufgezogen haben.«

»Warum erzählst du mir das alles?«

»Weil ich meinen Anteil will.«

»Damit habe ich nichts zu –«

»Ist Caleb tot?«

»Nein«, antwortete Rachel schroff, so als sei sie fast beleidigt über diese absurde Frage.

»Das glaube ich dir nicht«, entgegnete Haya. »Also, pass auf – wenn ihr beiden mich sitzenlasst, dann verpfeife ich euch, bevor ihr auch nur in die Nähe eines Flughafens kommt. Und nicht nur an die Cops. Ich gehe zu Cotter-McCann. Und die werden euch finden und dich in den Arsch ficken, bis du krepierst.«

Rachel nahm ihr das ab. »Und warum erzählst du *mir* das alles?«

»Weil Brian das Risiko eingehen würde, wenn er es wüsste. Er ist ein Spieler. Aber du, du bist nicht so selbstmörderisch.«

Nein?, dachte Rachel. *Da hättest du mich mal gestern sehen müssen.*

»Ich sage es dir, weil du darauf achten wirst, dass er mir zuliebe zurückkommt.« Sie wies auf das Baby. »Uns zuliebe.«

Als Haya Brian fragte, ob Caleb noch leben würde oder

471

nicht, spielte sie wieder ihre perfekte Rolle; Brian legte sich gerade zurecht, was zu tun war, falls irgendjemand auftauchte, während sie unterwegs waren.

Brian log sie ebenso an, wie Rachel es getan hatte. »Nein. Es geht ihm gut.« Dann fragte er Haya: »Welches Rollo ziehst du zu?«

»Das orange«, antwortete sie. »In …« Sie deutete in die Richtung.

»Der Speisekammer«, betonte Brian.

»Speisekammer«, wiederholte sie.

»Und wann?«

»Wenn du … schreiben.«

Brian nickte. Er streckte die Hand über den Küchentisch aus. »Haya? Alles wird gut.«

Haya sah ihn an und sagte kein Wort.

Cumberland Savings & Loan war, wie angekündigt, ein Unternehmen in Familienbesitz, das eine lange Geschichte in Providence County, Rhode Island, vorzuweisen hatte. Die Ladenzeile, an die die Bank angrenzte, war bis Ende der Achtziger noch Farmland gewesen. Nahezu jedes Stück Land in Johnston, Rhode Island, war mal Farmland gewesen, und als die Familie Thorp ins Bankgeschäft eingestiegen war, hatten sie vor allem einen Kundenkreis gehabt – Farmer. Jetzt wucherten Einkaufszentren, wo sich früher die Farmen erstreckten, Panera-Bäckereifilialen hatten die Gemüsestände verdrängt, und die Farmersöhne weigerten sich schon lange, auf einen Traktor zu steigen, dem sie einen Arbeitsplatz in einem Industriegebiet und eine Terrassenhausranch mit travertingedeckten Küchentheken vorzogen.

Die Panera-Filiale machte einen Spitzenumsatz, wenn man nach den vielen Autos davor urteilte. Vor der Bank jedoch standen weniger Autos, als Rachel um halb zehn auf den Parkplatz fuhr. Sie zählte elf Stück. Zwei standen in der Nähe der Eingangstür auf reservierten Plätzen – ein schwarzer Tesla auf dem Platz des »Bankpräsidenten«, ein weißer Toyota Avalon auf dem Platz des »Cumberland S&L Angestellter des Monats«. Der Tesla irritierte sie – als Brian Manfred Thorp beschrieben hatte, hatte sie sich einen aufgedunsenen Vororttölpel vorgestellt, in hellbraunem Jackett und leuchtend blauer Krawatte, vielleicht sogar mit Männertitten und Doppelkinn. Der Tesla passte so gar nicht ins Bild. Sie kratzte sich an der Nase, um so ihren Mund zu verdecken, falls sie jemand beobachtete. »Manfred fährt einen Tesla?«

»Na und?« Brian lag auf der Rückbank unter einer Malerplane.

»Ich versuche nur gerade, ihn mir vorzustellen.«

»Dunkle Haare, jung, geht ins Fitnessstudio.«

»Du hast gesagt, er sei mittleren Alters.« Wieder kratzte sie sich an der Nase, sprach in die Handfläche und kam sich dabei lächerlich vor.

»Fast, habe ich gesagt. Er ist etwa Mitte dreißig. Was siehst du noch auf dem Parkplatz? Tu so, als ob du in dein Handy sprichst.«

Ach ja. Das hatte er erwähnt.

Sie hob ihr Handy ans Ohr und sprach hinein. »Zwei Wagen vor dem Eingang. Vier andere mitten auf dem Parkplatz. Fünf Angestelltenfahrzeuge am anderen Ende an der Böschung.«

»Woher weißt du, dass sie Angestellten gehören?«

»Die stehen alle zusammen am Rande des Parkplatzes, wo es doch jede Menge günstigere Stellplätze gibt. Was normalerweise bedeutet, dass der Abschnitt für die Angestellten vorgesehen ist.«

»Aber Manfreds Wagen steht vor dem Eingang?«

»Ja. Neben dem ›Angestellten des Monats‹.«

»Sieben Angestelltenwagen? Das sind zu viele für eine so kleine Bank. Siehst du irgendwelche Leute in einem davon?«

Rachel schaute genau hin. Ein kleiner Anstieg führte zu einem großen Rot-Ahorn hinauf, der wahrscheinlich schon dort gestanden hatte, als die ersten Puritaner eintrafen. Er hatte lange Äste und üppiges Blattwerk. Die fünf Fahrzeuge darunter hätten genauso gut unter einer Brücke stehen können, so wenig Sonne erreichte sie. Wenn es ein verdächtiges Fahrzeug darunter gab, dann das in der Mitte. Der Fahrer hatte rückwärts eingeparkt, die anderen vier mit der Schnauze voran. Das Emblem auf dem Kühlergrill verriet ihr, dass es sich um einen Chevy handelte. Von der Länge her ein Fünftürer, aber der schattige Stellplatz machte es ihr unmöglich hineinzuschauen.

»Schwer zu sagen«, antwortete sie Brian. »Sie stehen im Schatten.« Sie griff nach dem Schalthebel. »Soll ich hinfahren?«

»Nein, nein. Du stehst doch schon. Das würde komisch aussehen. Und du kannst wirklich nicht reinschauen?«

»Nein. Und wenn ich zu lange hinstarre und es sitzt jemand drin, würde das doch verdächtig wirken, nicht?«

»Guter Punkt.«

Sie atmete tief aus. Das Blut rauschte durch ihre Adern,

und das Pochen ihres Herzschlags hallte ihr in den Ohren. Am liebsten hätte sie laut geschrien.

»Schätze, jetzt können wir nichts anderes mehr machen, als es zu versuchen«, meinte Brian.

»Na toll«, sagte sie ins Handy. »Einfach richtig toll, verdammt.«

»Es könnte auch jemand in der Bank sein. Jemand, der einfach dasitzt und die Broschüren durchblättert oder so. Vielleicht haben sie eine falsche Dienstmarke gezückt und der Bank gesagt, sie würden alles observieren und so weiter. So würde ich das jedenfalls machen.«

»Ist die Person da drin klug genug, um eine Perücke zu erkennen, was meinst du?«

»Keine Ahnung.«

»Sind sie klug genug, mich in dieser Verkleidung zu erkennen?«

»Kei. Ne. Ah. Nung.«

»Und mehr hast du nicht auf der Pfanne? Drei Kreuze und keine Ahnung?«

»Das ist doch der Trick bei allen Betrügereien. Willkommen im Klub. Schulden werden am Monatsende beglichen und Parken auf den Rasenflächen verboten.«

»Scheiße.« Rachel stieg aus.

»Warte.«

Sie griff nach ihrer Tasche. »Was denn?«

»Ich liebe dich über alles«, sagte er.

»Du bist so ein Arschloch.« Sie hängte sich die Tasche über die Schulter und warf die Tür zu.

Sie ging auf die Bank zu und musste den Drang unterdrücken, zu den fünf Fahrzeugen im Schatten des Ahorns hinüberzuschauen. So, wie die Sonne stand, würde sie vermutlich kurz vor der Tür das richtige Licht erwischen, aber ihr fiel kein Vorwand ein, ganz beiläufig den Kopf derart weit nach links zu drehen. Sie sah ihr Spiegelbild in der Eingangstür – honigblondes schulterlanges Haar, das ihr völlig unnatürlich vorkam, obwohl Brian ihr versichert hatte, sie sei es nur nicht gewohnt; hellblaue fremde Augen; dunkelblauer Rock, rosa Bluse, schwarze Ballerinas, die Uniform einer Vorgesetzten in einer mittelgroßen Softwarefirma, eine Arbeit, die Nicole Rosovichs Rechnungen beglich, behauptete sie. Ihr BH hatte die Farbe der Bluse; sie hatten entschieden, einen Push-up-BH zu nehmen, ein bisschen Dekolleté, nichts Offensichtliches, aber auch nicht so wenig, dass Manfred Thorp nicht ab und zu mal einen Blick riskieren würde. Sie wäre auch nackt in die Bank getanzt, wenn das geholfen hätte, ihn davon abzuhalten, den Rest von ihr genauer zu begutachten. Zehn Schritte von der Eingangstür entfernt wollte sie nur noch umdrehen und weglaufen. Die jüngste Reihe von Panikattacken hatte sie zumindest darauf vorbereitet, dass die Angst sie packen würde – staubtrockene Zunge, hämmernder Herzschlag, rauschendes Blut, alle Bilder zu scharf, alle Geräusche zu laut –, bislang hatte sie bei einer Panikattacke allerdings noch nie weiterhin normal erscheinen müssen. Aber wenn sie jetzt nicht oscarreife Ruhe ausstrahlte, würde sie sterben oder verhaftet werden.

Rachel betrat die Bank.

Gleich hinter der Eingangstür hing eine Plakette zur Geschichte des Hauses. Auch in der Bank selbst gab es eine Reihe von Fotos von früher. Die meisten von ihnen waren sepiagetönt, obwohl die Bank erst 1948, nicht 1918 gegründet worden war. Man sah, wie zwei Männer in schlechtsitzenden Anzügen und zu kurzen, zu blumigen Krawatten zu ihrer Eröffnung ein Band durchtrennten. Man sah sie meilenweit umgeben von Farmland. Man sah sie umringt von Traktoren und anderen landwirtschaftlichen Maschinen bei einer Art Feiertag.

Die Tür zu Manfred Thorps Büro war so alt wie das erste Foto. Das Holz war solide und rötlich braun gestrichen. Die Glaswände zu seinem Büro waren mit Holz- oder Kunstholzjalousien geschlossen. Es war nicht zu erkennen, ob Manfred überhaupt anwesend war.

In der Bank gab es keinen Kundenschalter. Rachel musste an der Kasse hinter einer älteren Frau warten, die häufig seufzte, bis die beiden Kassierer ungefähr gleichzeitig mit ihren Kunden fertig waren. Der Mann, dunkler, schmaler Schlips über einem rotkarierten Hemd, nickte der älteren Frau zu. Seine Kollegin fragte: »Kann ich Ihnen behilflich sein, Miss?«

Sie warf Rachel ein unbestimmtes Lächeln zu und machte überhaupt den Eindruck einer Person, die im Gespräch kaum anwesend ist, ihren Text aber gut genug kann, um so zu tun als ob. Sie war etwa dreißig, trug ein ärmelloses Top, um ihre wohlgeformten Arme und die Kunstbräune besser vorführen zu können. Sie hatte glattes braunes Haar, das ihr bis auf die Schultern fiel, trug am linken Ringfinger einen Stein von der Größe eines japanischen Mittelklassewagens, und sie wäre schön gewesen, wenn ihr Gesicht nicht so gestrafft ausgesehen hätte, als wäre sie beim Orgasmus vom Blitz getroffen worden. Sie ließ ihre toten Augen aufblitzen und fragte: »Was können wir heute für Sie tun?«

Ashley, so stand es auf ihrem Namensschild.

»Ich muss bitte an mein Schließfach«, sagte Rachel.

Ashley rümpfte die Nase ob dieses Überfalls. »Können Sie sich ausweisen?«

»Ja, natürlich.« Rachel zückte Nicole Rosovichs Führerschein und ließ ihn in den Drehteller unter der Glasabtrennung fallen.

Ashley schob ihn mit zwei Fingern zurück. »Den brauch ich nicht. Den brauchen Sie bei Mr. Thorp, wenn er Zeit hat.«

»Und wann wird das sein?«

Wieder schenkte Ashley ihr dieses nichtssagende Lächeln. »Wie bitte?«

»Wann hat Mr. Thorp denn Zeit?«

»Sie sind ja nicht die erste Kundin des Tages, Ma'am.«

»Das habe ich auch nie behauptet. Ich wollte nur wissen, wann Mr. Thorp Zeit hat.«

»Hmm.« Ashley lächelte sie schon wieder an, doch diesmal angespannt und mit schwindender Geduld. Wieder runzelte sie die Nase. »Bald.«

»In zehn Minuten? Oder fünfzehn? Was glauben Sie?«

»Nehmen Sie bitte im Wartebereich Platz, Ma'am. Ich werde ihn wissen lassen, dass Sie hier sind.« Sie entließ sie, indem sie ihr über die Schulter schaute und sagte: »Kann ich Ihnen behilflich sein, Sir?«

Rachel wurde von einem Mann mit schlohweißen Haaren und einem schüchternen, entschuldigenden Blick verdrängt, den er ablegte, kaum dass sie den Schalter verlassen hatte.

Sie setzte sich im Wartebereich zu einer Frau Mitte zwanzig mit blauschwarz gefärbten Haaren, ein paar New-

Age-Tattoos an Hals und Handgelenken und dunkelblauen Augen. Sie trug teure Bikerstiefel, eine ebenso teure verschlissene Jeans und über zwei Trägerhemden in Schwarz und Weiß ein weißes Baumwollhemd, das makellos gebügelt, aber zwei Nummern zu groß war. Sie blätterte durch ein örtliches Immobilienmagazin. Nach ein paar Blicken hatte Rachel herausgefunden, dass die Frau, abgesehen von den gefärbten Haaren, eigentlich recht hübsch war und die Art von Körperhaltung besaß, die man mit Supermodels und Absolventinnen eines Mädcheninternats in Verbindung brachte.

Nicht die Art von Person, von der man denken konnte, dass sie für Cotter-McCann arbeitete und ihre Zeit damit verbrachte, eine Bank zu observieren. Tatsächlich sah sie Rachel kaum an und konzentrierte sich auf die Seiten des Magazins.

Allerdings handelte es sich um eine Immobilienfachzeitschrift, und die Häuser auf dem Cover waren von der Sorte Einsteigerhaus, womit man diese Frau so gar nicht in Verbindung brachte. Alles an ihr sah nach Innenstadt-Loft aus. Andererseits hatte Rachel auch schon in so manchen Wartezimmern durch Magazine geblättert, die sie normalerweise nicht in die Hand nehmen würde; einmal hatte sie, während sie auf die Reparatur ihres Wagens wartete, einen ganzen Artikel über Chromverzierungen für eine Harley gelesen und war ganz fasziniert davon gewesen, wie sehr dieser Artikel einem anderen ähnelte, den sie vom Friseur kannte und in dem es um Accessoires für die Frühlingsgarderobe ging.

Trotzdem, bei der Art, wie die Frau das Magazin las, es mit gerunzelter Stirn studierte, die Augen – auffällig? – fest auf die Buchstaben gerichtet, fragte sich Rachel, warum sie hier wohl saß. Jessie Schwartz-Stone, Leiterin der Rechnungsstelle, saß in einem typischen, von Glas umschlossenen Büro und tippte mit der Radiergummispitze eines Bleistifts auf der Zahlentastatur ihres Computers, die Kassierer hatten gerade keine Kunden. Das ebenfalls von Glas umschlossene Büro des Vizedirektors Corey Mazzetti war leer.

Sie wartet auf denselben Typen wie du, sagte sich Rachel. Vielleicht hat sie ebenfalls ein Schließfach. Nichts, was man bei einer Zwanzigjährigen in einer Kleinbank zwanzig Meilen von der nächsten mittelgroßen Stadt entfernt erwartet, aber vielleicht war das Schließfach ja ein Erbe.

Wer vererbt schon ein Schließfach, Rachel?

Wieder warf sie einen Blick zu der Frau hinüber und ertappte sie dabei, wie sie sie unverwandt anstarrte. Sie warf Rachel ein Lächeln zu – zur Bestätigung? Triumphierend? Einfach nur als Gruß? – und vertiefte sich wieder in ihr lächerliches Magazin.

Die braune Tür ging auf, und da stand Manfred Thorp in einem hellen Nadelstreifenhemd, einem schmalen roten Schlips und dunkler Anzughose. Wie Brian schon gesagt hatte, wirkte er recht fit. Er hatte dunkle Haare und dunkle Augen, die Rachel nicht mochte – sie wirkten verschleiert, aber das kam vielleicht daher, weil seine Augenhöhlen recht groß waren für sein Gesicht. Er sah die beiden Frauen in dem Wartebereich an und sagte: »Miss …« Er blickte auf ein Stück Papier. »Miss Rosovich?«

Rachel stand auf, strich sich den Rock glatt und dachte: Okay, worauf wartet *sie* dann, verdammt?

Sie schüttelte Manfred Thorps Hand, und er führte sie in

sein Büro. Er schloss die Tür hinter ihr, und sie stellte sich vor, wie die Frau im Wartebereich in ihre Tasche griff, das Handy zückte und Ned oder Lars eine SMS schrieb: *Sie ist in der Bank.*

Ned und Lars würden dann, falls sie den Parkplatz aus einem der Autos unter dem großen Rot-Ahorn beobachteten, alles absuchen. Sie würden Brian sicher finden – unter einer Plane auf dem Rücksitz eines Wagens zu liegen war nicht gerade ein sicheres Versteck. Einer von ihnen würde die Tür öffnen, Brian die Mündung des Schalldämpfers an die Stirn drücken und – *Paff!* – die Rückbank mit seiner Hirnmasse bespritzen. Dann würden sie nur noch warten müssen, bis sie aus der Bank kam.

Nein, nein, Rachel. Sie brauchten Brian doch lebend, um das Geld wieder auf ihr Konto rücküberweisen zu lassen. Sie würden Brian also nicht töten.

Aber wozu brauchten sie sie?

»Also, wie kann ich Ihnen behilflich sein?«

Manfred sah sie komisch an und wartete darauf, dass sie etwas sagte.

»Ich müsste bitte an mein Schließfach.«

Thorp zog eine Schublade auf. »Natürlich. Darf ich bitte Ihren Führerschein sehen?«

Sie öffnete ihre Tasche und wühlte nach ihrem Portemonnaie. Sie zog es heraus, öffnete es, zückte den falschen Ausweis und reichte ihn Thorp.

Er schaute ihn sich nicht mal an. Er war zu sehr damit beschäftigt, sie anzuglotzen. Sie hatte sich in seinen Augen nicht getäuscht – sie waren vielleicht nicht grausam, aber herzlos und besitzergreifend. Alles, was er über sich und seinen Platz in der Welt dachte, war schmeichelhaft für ihn.

»Sind wir uns schon mal begegnet?«, fragte er.

»Da bin ich mir sicher«, antwortete Rachel. »Mein Mann und ich haben das Schließfach vor etwa sechs Monaten gemietet.«

Er drückte auf ein paar Tasten und warf einen Blick auf den Monitor. »Das war vor fünf Monaten.«

Wie ich schon sagte, dachte sie, *vor* etwa *sechs Monaten, du Arsch.*

»Und Sie haben unbegrenzten Zugang.« Wieder tippte er auf der Tastatur. »Wenn alles in Ordnung ist, können wir Sie nach unten begleiten.« Er hielt ihren Führerschein an den Monitor – er verglich wohl die Unterschriften, nahm sie an – und drückte die Augen zusammen. Dann setzte er sich hin, schob den Stuhl auf den Rädern ein Stück zurück. Er warf ihr einen Blick zu, schaute auf den Monitor und dann wieder auf den Führerschein in seiner Hand.

Ihre Kehle schnürte sich zu.

Kein Sauerstoff hinein, keiner hinaus.

Im Büro war es wahnsinnig heiß, so als stünde es auf einer Felsplatte über dem Schlund eines aktiven Vulkans.

Er ließ ihren Führerschein zu Boden fallen.

Er beugte sich seitwärts, hob ihn auf und klopfte ihn am Knie ab. Dann griff er nach dem Telefon, und Rachel war kurz davor, die Waffe aus ihrer Tasche zu ziehen, sie auf ihn zu richten und ihm zu befehlen, sie auf der Stelle zu dem verfluchten Schließfach zu bringen.

Sie konnte sich keine Welt vorstellen, in der ein solches Szenario gut ausgehen würde.

»Nicole«, sagte Thorp mit dem Hörer in der Hand.

»Hm-hm«, hörte sie sich sagen.

»Nicole Rosovich.«

Rachel wurde bewusst, dass sie so fest an der Unterlippe sog, dass es wahrscheinlich so aussah, als hätte sie sich dabei das Kinn eingesaugt. Sie öffnete den Mund und sah ihn wartend über den Schreibtisch hinweg an.

Er zuckte mit den Schultern. »Cooler Name. Hat einen guten harten Klang an sich.« Er drückte auf einen Knopf am Telefon. »Trainieren Sie?«

Sie lächelte. »Pilates.«

»Sieht man.« Dann sagte er ins Telefon: »Bringen Sie bitte die Schlüssel ins Büro, Ash«, und legte auf. Er gab ihr den Führerschein zurück. »Einen Augenblick nur.«

Die Erleichterung überflutete sie wie aufwallende Hitze, doch dann griff er in eine Schublade und meinte: »Nur noch eine schnelle Unterschrift.«

Er schob ihr eine Unterschriftenkarte über den Schreibtisch zu.

»So etwas benutzen Sie noch?«, fragte sie leichthin.

»Solange der alte Herr noch unter uns weilt.« Er sah zur Zimmerdecke hinauf. »Gott sei Dank tut er das noch, wie ich jeden Tag sage.«

»Nun, schließlich hat er das alles aufgebaut.«

»Hat er nicht. Das war mein Großvater. Er ist nur –« Er unterbrach sich. »Ach, egal.« Er zog einen Montblanc aus der Hemdtasche und reichte ihn ihr über den Tisch. »Wenn Sie so freundlich wären.«

Zum Glück hatte sie den Führerschein noch nicht wieder eingesteckt. Er lag auf dem Schreibtisch neben ihrem Ellbogen. Nach zweistündigem Üben letzte Nacht hatte sie begriffen, dass die einzige Möglichkeit, eine Unterschrift nachzumachen, darin bestand, sie als Form zu begreifen, wenn sie richtig herum war – vor allem dann. Letzte Nacht hatte sie es auch am besten hinbekommen, wenn sie nur kurz hinschaute und sie dann in einem Zug hinschrieb. Aber das war letzte Nacht am Küchentisch in Woonsocket gewesen, da hatte es noch nicht gezählt.

Ich krieg das hin.

Sie schaute auf den Führerschein, nahm die Unterschrift in sich auf und setzte den Stift auf die Karte. Sie war schon halb mit der Unterschrift fertig, als die Tür hinter ihr aufging.

Rachel sah sich nicht um und schrieb zu Ende.

Ashley ging zu Thorps Tischseite hinüber und reichte ihm den Schlüsselring. Sie blieb dort stehen und starrte Rachel an, als wüsste sie, dass ihr Name nicht Nicole lautete, und als würde sie die Haarklammern sehen, die ihre Perücke festhielten.

Manfred ging den Schlüsselring durch, bis er den richtigen Schlüssel gefunden hatte. Er bemerkte Ashley, die neben ihm stand.

»Haben Sie Pause?«

»Entschuldigung, Manny?«

»Danke für die Schlüssel, aber wir haben eine Bank zu betreiben.«

Ashley lächelte ihn an, und Rachel wusste, dass Thorp später dafür würde büßen müssen. Sie wusste einfach so, dass die beiden miteinander schliefen, was für die leergesichtige Frau neben Manny auf den Fotos vielleicht eine

Neuigkeit war, vielleicht auch nicht, sicher aber für die beiden hoffnungsvollen dicklichen Jungen auf denselben Fotos. Ashley ging hinaus. Rachel nahm an, dass Manny seine Frau betrog, weil sie so ein leeres Gesicht hatte, seine Jungen aber, weil sie so fett waren. Und das weißt du noch nicht mal, oder, du Hurensohn? Weil du keinerlei Integrität besitzt. Deshalb haben ja auch die Gelübde – die, die man in der Kirche ablegt, oder die, die man vor sich selbst ablegt – keinerlei Bedeutung für dich.

Er warf noch nicht mal einen Blick auf die Unterschriftenkarte, bevor er hinter seinem Schreibtisch hervorkam. »Dann wollen wir mal.«

Sie verließen das Büro; die junge Frau aus dem Wartebereich war verschwunden. Hatte sie vielleicht auf einen Freund oder eine Freundin gewartet? Sie hatten sich hier verabredet, weil ihr Lover noch etwas bei der Bank erledigen musste, bevor sie über die Straße zu Chili's gehen konnten. Sie war nicht mehr in der Bank, zumindest nicht, soweit Rachel das überblicken konnte. Das war es also – sie hatte sich mit einem Freund oder einer Freundin getroffen, und nun saßen sie drüben und bestellten sich das Tequila-Limetten-Hühnchen.

Oder Möglichkeit zwei: Sie hatte Rachel erkannt, Ned, Lars oder irgendeinem dieser Männer eine SMS geschrieben und fuhr nun nach Hause, um glaubhaft leugnen zu können, etwas zu wissen, falls die Polizei sie jemals nach der Frau mit der blonden Perücke fragen sollte, die an jenem Morgen gegen 10 Uhr 15 auf dem Parkplatz erschossen worden war.

Manny blieb vor einer zweieinhalb Meter hohen Tresortür stehen. Er trat vor ein Tastenfeld und gab ein paar Ziffern ein. Dann machte er einen Schritt nach links und legte seinen Daumen auf einen Fingerscanner. Die Safetür öffnete sich. Er zog sie auf. Nun standen sie vor einem Gitter. Das öffnete er mit einem der Schlüssel an dem Ring und führte Rachel in den Tresorraum.

Sie standen da, umgeben von Schließfächern, und Rachel ging auf, dass sie Brian nie nach der Nummer gefragt hatte.

Und er hatte sie ihr nie gesagt.

Wie kann man nur Stunden damit verbringen, jemandem beizubringen, eine Unterschrift zu fälschen, Wochen, ja Monate zubringen, sich auf diesen Fall vorzubereiten, falsche Papiere anfertigen, falsche Pässe, die richtige Bank aussuchen … und trotzdem der eigenen Frau nicht die beschissene Nummer des Schließfachs sagen?

Männer.

»… falls Sie Privatsphäre brauchen.«

Manny hatte mit ihr gesprochen. Sie folgte seinem Blick zu einer schwarzen Tür links von ihr.

»Haben Sie den Privatraum benutzt, als Sie das letzte Mal hier waren?«

»Nein«, hörte sie sich sagen. »Das habe ich nicht.«

»Werden Sie ihn heute brauchen?«

»Ja.« Es musste hier sechshundert Schließfächer geben. Für eine kleine Farmergemeinde? Was verwahrten denn die Leute hier – Omas Rezepte? Daddys Timex?

»Also«, sagte Manny.

»Also.«

Er ging zur Mittelwand voraus. Sie griff nach dem Schlüssel in ihrer Tasche, hielt ihn zwischen Daumen und Zeigefinger und spürte die eingravierten Ziffern dort. Sie ließ den

Schlüssel in die Handfläche fallen – 865 – und Manny steckte den eigenen Schlüssel in das Fach mit der Nummer 865. Sie steckte ihren Schlüssel in das zweite Schloss, und beide drehten zugleich. Er zog die Kassette heraus und ließ sie auf dem linken Unterarm ruhen.

»Sie möchten also Privatsphäre?«

»Ja.«

Er reckte sein Kinn in Richtung Tür, und sie öffnete sie. Der Raum dahinter war winzig, nur vier Stahlwände, ein Tisch, zwei Stühle und schwache weiße Beleuchtung aus versenkten Lampen.

Manny stellte die Kassette auf den Tisch. Sie standen nur ein paar Zentimeter voneinander entfernt, er schaute sie unverwandt an, und Rachel ging auf, dass dieses Arschloch tatsächlich auf den »richtigen Augenblick« wartete, so als würde sein Charme derart universell und anziehend wirken, dass Frauen keine andere Chance hatten, als sich in seiner Gegenwart wie Pornostars zu verhalten.

»Ich brauch nicht lange.« Sie ging um den Tisch herum und nahm die Handtasche von der Schulter.

»Sicher, sicher. Bis später.«

Sie gab sich nicht mal den Anschein, ihn gehört zu haben, und blickte erst auf, als er die Tür hinter sich schloss.

Dann öffnete sie die Kassette.

Darin lag, wie versprochen, die Kuriertasche, mit der sie Brian vor vier Tagen in die Bank hatte gehen sehen. War das erst vier Tage her? Im Nachhinein kam es ihr wie eine Ewigkeit vor.

Sie zerrte die Tasche aus dem engen Fach und hielt sie an den Henkeln fest, während sie sich ausrollte. Das Bargeld lag obenauf, wie er gesagt hatte, Bündel mit Hundertern, ein Bündel mit Tausendern, säuberlich mit Gummibändern zusammengehalten. Die Bündel steckte sie in die Tasche. Blieben noch die sechs Reisepässe.

Sie griff hinein und zog sie heraus; als sie sah, dass es sich nur um fünf Pässe handelte, stieg ihr ein kleiner Schwall Galle und Mageninhalt auf.

Nein.

Nein, nein, nein, nein.

Sie flehte die versenkten Lichter und die kalten Stahlwände an:

Bitte nicht. Tu mir das nicht an. Nicht jetzt. Nicht, nachdem ich schon so weit gekommen bin. Bitte.

Reiß dich zusammen, Rachel. Schau dir erst die Pässe an, bevor du alle Hoffnung verlierst.

Sie schlug den ersten Pass auf – Brians Gesicht starrte sie an. Sein jüngstes Pseudonym lautete »Hewitt, Timothy«.

Sie schlug den nächsten Pass auf – Calebs. Sein Name war »Branch, Seth«.

Als sie nach dem dritten Pass griff, zitterten ihr die Hände. So sehr, dass sie einen Augenblick innehalten und sie zu Fäusten ballen musste. Dann drückte sie die Fäuste gegeneinander und atmete, ein und aus.

Sie schlug den dritten Pass auf und sah erst den Namen – »Carmichael, Lindsay«.

Dann das Foto:

Nicole Alden.

Der vierte Pass: »Branch, Kiyoko«. Haya sah sie an. Der fünfte und letzte – das Baby. Sie schrie nicht auf, schleuderte nichts durch die Gegend, warf keinen Stuhl um. Sie setzte sich auf den Boden, legte die Hände vor die Augen und starrte in ihre eigene Dunkelheit.

Ich habe zugesehen, wie mein Leben vorbeizog, dachte sie. *Bei jedem einzelnen Schritt habe ich zugesehen, ohne etwas zu tun, und das habe ich vor mir gerechtfertigt, indem ich mir sagte, nur Zeugin zu sein. In Wahrheit habe ich ganz bewusst nichts getan.*

Bis jetzt.

Und schau, was es mir eingebracht hat. Ich bin allein. Und dann werde ich sterben. Alles andere ist Fassade. Geschenkpapier. Verkaufsmasche und PR.

Unter dem Geld in ihrer Tasche fand sie eine Packung Taschentücher und wischte sich das Gesicht ab. Sie ertappte sich dabei, wie sie in die Tasche starrte, das Geld nahm die linke Hälfte ein, rechts ihre Schlüssel, ihr Portemonnaie, die Waffe.

Doch so lange sie auch dort hineinstarrte, und es mochten zehn Minuten oder eine gewesen sein – sie hatte keine Ahnung, am Ende wusste sie, dass sie kein zweites Mal die Waffe auf ihn richten und abdrücken konnte. Solchen Mumm hatte sie nicht.

Sie würde ihn gehen lassen.

Ohne seinen Pass – scheiß drauf, der blieb hier – und ohne das Geld, denn damit würde sie davonspazieren.

Aber töten konnte sie ihn nicht. Und warum nicht?

Weil sie ihn liebte, bei Gottes Namen. Zumindest diese Illusion von ihm. Zumindest das. Die Illusion, die Gefühle, die er in ihr geweckt hatte. Nicht nur während der falschen Glückseligkeit der Ehe, auch in den letzten Tagen. Lieber lebte sie die Lüge, die Brian spielte, als der Wahrheit von allem anderen in ihrem Leben ins Gesicht zu sehen.

Sie ließ die Taschentücher in die Tasche fallen, schob das Geldbündel darüber und sah etwas Dunkelblaues aufblitzen. Es tauchte zwischen zwei Geldbündeln auf wie eine Karte, mit der man einen Stapel teilte.

Sie zog das blaue Etwas hervor. Es war ein amerikanischer Reisepass.

Sie schlug ihn auf.

Ihr eigenes Gesicht starrte sie an – eins der Fotos, die sie an diesem regnerischen Samstag vor drei Wochen in der Galleria Mall gemacht hatten. Das Gesicht einer Frau, die sich bemüht, stark zu wirken, es aber noch nicht ganz raushat.

Aber sie versuchte es zumindest.

Sie steckte alle sechs Pässe zu dem Geld und ging hinaus.

34
Der Tanz

Als sie die Bank verließ, sah sie sich erneut nach der Frau mit den Tattoos und der makellosen Haltung um, aber wenn sie noch im Gebäude war, dann dort, wo Rachel sie nicht sehen konnte. Hinter dem Wartebereich bog sie nach rechts ab und sah Thorp hinter dem Kassenfenster, wie er mit vorgerecktem Kinn zu Ashley schaute. Die beiden blickten auf, als sie an ihnen vorbeiging, Thorp öffnete den Mund, als wolle er noch etwas rufen, doch sie ging zur Tür hinaus auf den Parkplatz.

Jetzt hatte sie den perfekten Blickwinkel auf die Autos unter dem Baum, und die Sonne spielte ebenfalls mit. Von den vier verbliebenen Fahrzeugen war nur eines offensichtlich besetzt: der Chevy, der rückwärts eingeparkt hatte. Hinter dem Lenkrad saß ein Mann. Es war immer noch zu schattig, um sein Gesicht erkennen zu können, aber es war erkennbar ein Männerkopf – kantig, mit übermäßig großen Ohren. Es war nicht zu erkennen, ob er ein Killer oder ein Schnüffler war oder einfach nur ein Angestellter, der blaumachte, ein Freier, der sich einen blasen ließ, oder ein ortsfremder Handelsreisender, der zu früh zu einer Verabredung gekommen war, um nicht in den Berufsverkehr zwischen acht und zehn Uhr auf der I-95 in Providence zu geraten.

Sie schaute stur geradeaus, als sie zwischen dem Wagen

des Angestellten des Monats und einem Van, der auf dem Behindertenparkplatz stand, hindurchging. Der Van hatte ebenfalls rückwärts eingeparkt, die Schiebetür befand sich neben ihrer linken Schulter, und sie konnte schon das Geräusch hören, wie sie aufgezogen wurde, und sehen, wie Hände sich ausstreckten und sie ins Wageninnere zerrten.

Sie ließ den Van hinter sich; von rechts näherte sich ein langer schwarzer SUV. Sie schaute mit einer merkwürdig distanzierten Faszination zu, wie die getönte Scheibe an der Fahrerseite nach unten glitt und der Fahrer seinen Arm durch die Öffnung streckte, noch bevor die Scheibe ganz in der Türfüllung verschwunden war. Der Fahrer trug einen dunklen Anzug, aus dem am Handgelenk eine weiße Hemdmanschette ragte. Rachel hatte nicht daran gedacht, nach der Waffe in ihrer Tasche zu greifen oder zumindest zu versuchen, Schutz hinter dem Van zu finden, bevor der Arm ganz ausgestreckt war; zwischen Zeige- und Mittelfinger baumelte eine Zigarette, und der Fahrer, der sich gegen die Kopfstütze zurückgelehnt hatte, pustete dankbar eine Qualmwolke aus. Er warf ihr im Vorbeifahren ein müdes Lächeln zu, so als wolle er sagen: *Geht doch nichts über die kleinen Freuden im Leben, oder?*

Erst als der SUV vorbeigerollt war, steckte sie die Hand in die Tasche, entsicherte die P380 und ließ ihre Hand dort, als sie zum Range Rover kam. Sie öffnete die Tür mit der linken Hand und stieg ein. Die Tasche stellte sie auf den Beifahrersitz, die Waffe legte sie auf die Konsole zwischen den Sitzen, Finger am Abzug. »Bist du noch da?«, fragte sie.

»Hab ein paar Geburtstage gefeiert in der Zwischenzeit«,

antwortete er ruhig. »Was zum Henker hat denn so lang gedauert?«

»Ehrlich jetzt?« Sie nahm den Finger vom Abzug, sicherte die Waffe und steckte sie in den Leerraum zwischen ihrem Sitz und der Konsole. »So werde ich willkommen geheißen?«

»Meine Güte, Schätzchen, du siehst richtig gut aus. Ist das ein neuer Fummel? Du siehst aus, als hättest du abgenommen. Nicht, dass du das nötig gehabt hättest.«

»Leck mich«, sagte sie und hörte überrascht ein kleines Kichern, das den Worten folgte.

Brian lachte. »Böse. Na, wie lief's? Ach, übrigens, vielleicht solltest du mal den Wagen starten und den Handytrick anwenden, wenn wir uns weiter unterhalten wollen.«

Sie startete den Motor. »Könnten die nicht annehmen, dass ich eine Freisprechanlage für das Handy habe?«

»Du hast keinen Kopfhörer auf, und du fährst einen Wagen Baujahr '92.«

Sie hielt sich das Handy ans Ohr. »*Touché.*«

»Hat jemand die Bank observiert?«

Sie fuhr los und bog in Richtung Ausfahrt ab. »Schwer zu sagen. Da saß eine Frau im Wartebereich, bei der bin ich mir immer noch nicht sicher.«

»Und der Parkplatz?«

»Ein Typ in einem Wagen auf dem Angestelltenplatz. Konnte nicht erkennen, ob er uns beobachtet oder nicht.«

Sie kam zur Straße.

»Nach rechts«, sagte Brian.

Sie fuhren eine leicht ansteigende Straße hoch und kamen dann an einer Gruppe Schindelhäuser vorbei – die meisten rot, ein paar blau, der Rest in so einem verblichenen Graubraun wie das eines alten Baseballs. Hinter den Häusern erstreckte sich die Straße für mehrere Meilen geradeaus und führte zwischen zwei Weideflächen hindurch. Der Himmel vor Rachel war so blau, wie sie es nur aus ihren Träumen und aus alten Filmen in Technicolor kannte. Im Südosten bildete sich eine Wolkenbank, warf aber keinen Schatten auf die Felder. Sie verstand, warum Brian sich gerade diese Straße ausgesucht hatte – meilenweit gab es keine Kreuzungen. Wie es aussah, befand sich alles, was von Johnstons Farmland übriggeblieben war, genau hier.

»Und?«, fragte Brian nach etwa zwei Meilen.

»Was, und?« Rachel musste aus irgendeinem Grund lachen.

»Siehst du irgendjemanden im Rückspiegel?«

Sie schaute hinein. Die Straße hinter ihr war ein metallisch graues Band; niemand war zu sehen. »Nein.«

»Wie weit zurück kannst du schauen?«

»Zwei Meilen, schätze ich.«

Nach einer weiteren Minute fragte er: »Und jetzt?«

Wieder schaute sie nach. »Nichts. Niemand.«

»Rachel?«

»Brian?«

»Rachel«, begann er wieder.

»Brian …«

Er setzte sich auf, und das Grinsen, das auf seinem Gesicht erschien, war fast zu breit für den Wagen.

»Wie fühlst du dich heute?«, fragte er. »Genau in diesem Augenblick? Ganz fürchterlich schlecht oder verdammt gut?«

Sie sah seine Augen im Rückspiegel und nahm an, dass ihre ebenso vor Adrenalin leuchteten wie seine. »Ich fühle mich …«

»Raus damit.«

»Verdammt gut.«

Brian klatschte in die Hände und johlte.

Rachel gab Gas, schlug gegen das Wagendach und johlte mit.

Nach zehn Minuten kamen sie zu einem weiteren kleinen Einkaufszentrum.

Das hatte sie schon auf der Herfahrt bemerkt; es bestand aus einem Postamt, einem Subsandwich-Laden, einem Schnapsladen, einer Marshalls-Filiale und einem Waschsalon.

»Was wollen wir denn hier?« Brian sah auf die niedrigen Gebäude hinaus, die alle grau waren, bis auf das Marshalls, dessen Weiß zu einem Eierschalenton verblich.

»Ich hab nur schnell was zu erledigen.«

»Jetzt?«

Sie nickte.

»Rachel«, sagte er und schaffte es nicht, den herablassenden Ton zu unterdrücken: »Wir haben keine Zeit für –«

»Streitereien?«, ergänzte sie. »Finde ich auch. Ich beeile mich.«

Sie ließ den Schlüssel stecken und die Tasche, die sie aus der Bank getragen hatte, vor seinen Füßen stehen. Sie brauchte bei Marshalls zehn Minuten, um ihre Nicole-Rosovich-Verkleidung abzulegen und sich in Jeans, dunkelrotes T-Shirt mit V-Ausschnitt und eine schwarze Kaschmir-Strickjacke zu kleiden. Sie reichte der Kassiererin die

Preisschilder, stopfte ihre bisherige Kleidung in eine Plastiktüte, bezahlte und ging.

Brian sah sie herauskommen und setzte sich auf, doch als er sah, wie sie ihm schnell mit den Fingern zuwinkte und ins Postamt ging, verdüsterte sich seine Miene.

Fünf Minuten später kam sie wieder heraus. Als sie sich hinter das Lenkrad setzte, saß Brian auf dem Beifahrersitz, und die Tasche stand zu seinen Füßen. Er wirkte erheblich blasser, kleiner und ein wenig kränklich. Offenbar hatte er die Tasche durchwühlt – oben schaute ein Bündel Scheine heraus.

»Du hast meine Tasche durchsucht«, stellte Rachel fest. »So viel zum Vertrauen.«

»Vertrauen?« Das Wort klang wie ein Hickser. »Mein Pass fehlt. Deiner auch.«

»Nein.«

»Wo sind sie?«

»Meinen habe ich«, versicherte sie ihm.

»Na, wie schön.«

»Finde ich auch.«

»Rachel?«

»Brian?«

Seine Stimme war nur noch ein Flüstern. »Wo ist mein verfluchter Pass?«

Rachel griff in die Plastiktüte, zog einen Einlieferungsschein heraus und gab ihn ihm.

Er strich ihn auf dem Oberschenkel glatt und starrte ihn eine Weile an. »Was ist das?«

»Ein Einlieferungsschein. Global Express. United States Postal Service. Das da oben rechts ist die Sendungsverfolgungsnummer.«

»Das sehe ich«, entgegnete er. »Ich sehe auch, dass das an dich adressiert ist als Gast des InterContinental in Amsterdam.«

Sie nickte. »Ist das ein gutes Hotel? Warst du da schon mal? Sah auf der Website gut aus, also habe ich es gebucht.«

Er sah sie an, als wolle er etwas schlagen. Oder jemanden. Sie womöglich. Oder sich. Das Armaturenbrett vielleicht.

Eher sie.

»Was hast du denn ins InterContinental in Amsterdam geschickt, Rachel?«

»Deinen Pass.« Sie startete den Range Rover und verließ den Parkplatz.

»Was meinst du damit, meinen Pass?« Seine Stimme wurde noch leiser, falls das überhaupt möglich war. Das war so in einem Streit, kurz bevor er explodierte.

»Ich meine damit«, sagte sie ganz langsam wie zu einem sehr kleinen Kind, »dass ich deinen Pass nach Amsterdam geschickt habe. Wo ich morgen Abend sein werde, so ist es geplant. Du wiederum wirst noch hier in den Staaten sein.«

»Das kannst du nicht machen«, sagte er.

Sie sah ihn an. »Das habe ich schon getan.«

»Das kannst du doch nicht machen«, wiederholte er als Schrei. Und dann hämmerte er gegen das Wagendach.

Rachel wartete ab, ob er noch gegen etwas anderes schlagen wollte. Nach etwa einer Meile sagte sie: »Brian, du hast mich in unserer ganzen Ehe angelogen, und in dem Jahr davor auch. Hast du tatsächlich geglaubt, ich würde das auf sich beruhen lassen? Und sagen: ›Ach herrje, du großer Tölpel, ja, danke, dass du auf mich achtgegeben hast‹?« An einem Schild zur 95 bog sie ab, doch bis zur Interstate waren es noch zehn Meilen.

»Dreh um, verdammt«, forderte er.

»Um was zu tun?«

»Hol den Pass zurück.«

»Das geht nicht, wenn du die Post einmal eingeliefert hast. Dann wäre das Behinderung eines staatlichen Angestellten bei der Ausübung seiner Dienstpflichten oder so ähnlich.«

»Dreh um.«

»Was hast du vor?« Wieder war sie überrascht, dass den Worten ein Kichern folgte. »Zurückfahren und ein Postamt überfallen? Ich würde mal schätzen, dass es dort Kameras gibt, Brian. Vielleicht kriegst du den Pass ja, aber dann hast du auch Cotter-McCann, die örtliche Polizei, die Staatspolizei und – da das ja sicherlich ein bundesweites Verbrechen ist – das FBI am Arsch. Ist das wirklich die Option, für die du dich jetzt entscheiden willst?«

Er sah sie von der Seite aus finster an.

»Du hasst mich gerade«, stellte sie fest.

Er blickte weiter finster.

»Tja«, sagte sie, »wir hassen stets, was uns aufschreckt.«

Wieder schlug er gegen das Dach. »Ach, Scheiße.«

»Oh, mein Herz«, sagte sie, »möchtest du, dass ich dir deine übrigen Optionen erläutere?«

Er schlug das Handschuhfach mit der Faust auf und zog eine Schachtel Zigaretten und ein Feuerzeug heraus. Dann zündete er sich eine Zigarette an und öffnete das Fenster einen Spalt.

»Du *rauchst*?«, fragte sie.

»Du hast was von Optionen gesagt.«

Sie streckte die Hand aus. »Gib mir auch eine.«

Er reichte ihr die seine und zündete sich eine neue an; sie fuhren die verwaiste Straße entlang, rauchten, und Rachel fühlte sich einen Augenblick lang riesengroß. »Du könntest mich umbringen«, begann sie.

»Ich bin kein Mörder«, winkte er mit müder Entrüstung ab, irgendwo zwischen charmant und beleidigend.

»Und wenn, dann kommst du nie an deinen Pass. Bei all den Leuten, die hinter dir her sind, würden die dir für einen neuen Pass ein Vermögen berechnen und dich trotzdem an Cotter-McCann verscherbeln.«

Sie sah ihm in die Augen und erkannte, dass sie einen Volltreffer gelandet hatte. »Du hast niemanden mehr, dem du noch vertrauen kannst, richtig?«

Er schnippte die Asche durch den Fensterspalt hinaus. »Das ist dein Angebot? Vertrauen?«

Sie schüttelte den Kopf. »Nein, das fordere ich ein.«

Nach einer Weile fragte er: »Und wie sieht das aus?«

»Das sieht so aus, dass du ein paar Tage wie eine Ratte durch die Gegend huschst und alle dich jagen, während Haya, Annabelle und ich an den Grachten in Amsterdam entlangflanieren.«

»Dir gefällt die Vorstellung«, sagte er.

»Und nach einer Weile erhältst du den Pass, den ich dann in die Staaten zurückgeschickt habe.«

Brian zog so fest an der Zigarette, dass der Tabak brennend knisterte. »Das kannst du mir nicht antun.«

Sie schnippte ihre Kippe zum Fenster hinaus. »Aber das habe ich doch schon, Schätzchen.«

»Ich habe dich gerettet«, sagte er.

»Was hast du?«

»Ich habe dich aus deinem selbstgebauten Gefängnis befreit. Ich habe verflucht noch mal Jahre gebraucht, um dich so weit zu bringen. Wenn das nicht Liebe ist, was dann –«

»Du willst mir weismachen, dass du mich liebst?« Sie hielt am Straßenrand. »Dann bring mich außer Landes, verschaff mir Zugang zu dem Geld, und *vertraue* darauf, dass ich dir den Pass schicke.« Sie bohrte mit dem Finger ein Loch in die Luft zwischen ihnen und war ganz überrascht über das schnelle Auftauchen und die unendliche Tiefe ihres Zorns. »Und warum, Brian? Weil kein anderes Angebot auf dem Tisch liegt.«

Er senkte den Blick und sah hinaus auf die graue Straße, den blauen Himmel und die Felder, die von den Verlockungen des Sommers schon gelb wurden.

Jetzt, dachte sie, jetzt kommt der Augenblick, wo er dich bedroht.

»Okay«, sagte er.

»Was, ›okay‹?«

»Du kriegst, was du willst.«

»Und was wäre das?«

»Offenbar alles«, sagte er.

»Nein«, entgegnete sie, »nur Vertrauen.«

Er lächelte sein Spiegelbild reumütig an. »Wie gesagt …«

Brian schickte Haya von der Interstate aus eine sms. Zum zweiten Mal in vierundzwanzig Stunden gefiel ihm ihre Antwort überhaupt nicht.

Wie verabredet, schrieb er:

Wie steht's?

War alles in Ordnung, sollte sie zurückschreiben:

Bestens.

War irgendetwas schiefgelaufen, sollte sie antworten:

Alles in Ordnung.

Nach einer Viertelstunde schrieb sie zurück:

Alles okay.

In Woonsocket dirigierte er sie den Haupthügel hinauf und dann ein paar Blocks weiter südwärts. Sie bogen in eine staubige Straße ein, die an einem Berg aus Müll, Resten von Rigipsplatten und verbogenem Betonstahl endete. Von dort aus hatten sie einen ausgezeichneten Blick auf Fluss, Fabrik und Nachtwächterhaus. Er zog ein Fernglas aus dem Handschuhfach und stellte es scharf, während er auf das Haus hinuntersah.

»Die Jalousie in der Speisekammer ist immer noch oben«, stellte er fest.

Der Spatz in ihrer Brust flatterte kurz mit den Flügeln.

Brian reichte ihr das Fernglas, und sie schaute selbst nach. »Vielleicht hat sie es vergessen.«

»Ja, vielleicht«, meinte er.

»Aber deine Anweisungen waren ziemlich klar.«

»Aber meine Anweisungen waren ziemlich klar, ja.«

Sie saßen da und beobachteten das Haus für eine Weile, reichten sich das Fernglas hin und her, suchten nach irgendeiner Bewegung. Einmal dachte Rachel, sie hätte am linken Fenster im ersten Stock gesehen, dass sich die Jalousie bewegte, hätte es aber nicht beschwören können.

Trotzdem, sie wussten es.

Sie wussten es einfach.

Ihr Magen zog sich zusammen, und einen Augenblick lang war die Erdatmosphäre zu dünn.

Sie beobachteten noch eine Weile das Haus, dann übernahm Brian das Lenkrad, und sie fuhren durch die Nachbarschaft; er fuhr ein paar Blocks weiter als am Tag zuvor, und sie näherten sich der Fabrik von der nördlichen Seite. Sie fuhren über eine alte Zufahrtsstraße auf das Gelände, die parallel zur Eisenbahn verlief; bei Tag wirkte das Gerippe der Fabrik noch jämmerlicher und prächtiger zugleich, wie die sonnengebleichten Knochen eines hingemetzelten Gottkönigs und seines einst majestätischen Gefolges.

Sie entdeckten den Pick-up; er stand ein paar Meter tief im Schutz des Gebäudes, das dem Fluss am nächsten stand. Es gab keine nördliche Außenwand mehr, und ein Großteil des ersten Stocks war verschwunden. Der Pick-up war eine Monstermaschine, ein schwarzer riesiger Sierra, nichts als stahlharte Form und Funktion; Räder und Seiten waren mit getrocknetem Schlamm verdreckt.

Brian legte eine Hand auf die Motorhaube. »Nicht mehr heiß, aber noch warm. Allzu lange sind die noch nicht hier.«

»Wie viele?«

Brian schaute in die Kabine. »Schwer zu sagen. Fünf Sitzplätze. Aber ich bezweifle, dass sie zu fünft sind.«

»Warum?«

Er zuckte mit den Schultern. »Mannstunden sind teuer.«

»Siebzig Millionen in den Wind schießen auch«, entgegnete sie.

Er sah sich eine Weile in der Fabrik um; Rachel kannte ihn gut genug, um zu wissen, dass er die neue Situation verarbeitete, die Umgebung abscannte, ohne wirklich hinzuschauen.

»Willst du dich mit ihnen anlegen?«, fragte sie.

»Ich *will* nicht.« Er riss die Augen auf. »Aber ich sehe keine andere Möglichkeit.«

»Wir könnten das hier auslassen und einfach verschwinden.«

Brian nickte. »Du bist gewillt, Haya und das Baby einfach zurückzulassen?«

»Wir könnten die Polizei anrufen. Haya hat keine Ahnung. Sie kann immer behaupten, von nichts gewusst zu haben.«

»Wenn die Polizei auftaucht, wer sollte dann die Kerle da drin daran hindern, Haya und das Baby abzuknallen? Oder die Cops? Oder sich mit den Geiseln zu verschanzen?«

»Nichts«, musste sie zugeben.

»Willst du also immer noch abhauen? Und sie hierlassen?«

»Und du?«

»Hab dich zuerst gefragt.« Er warf ihr ein winziges Lächeln zu. »Was hat dieses Arschloch auf Haiti noch mal gesagt?«

»›Möchtest du gut sein? Oder möchtest du leben?‹«

Brian nickte.

»Kannst du uns hier wegschaffen?«, fragte sie.

»Ich kann dich hier wegschaffen. Ich kann mich zwar selbst nicht so wegschaffen, wie ich es geplant habe, aber dich kann ich wegschaffen, Schätzchen.«

Rachel ging nicht auf die Anspielung ein. »Sofort?«

Er nickte. »Auf der Stelle.«

»Wie sehen unsere Chancen aus?«

»*Unsere* Chancen?«

»Meine Chancen«, verbesserte sie sich.

»Etwa fifty-fifty. Jede Stunde steigen die Chancen für

Cotter-McCann um fünf Prozent. Nehmen wir auch noch eine verängstigte Frau und ein Baby mit – aber nur, wenn wir sie aus den Händen dieser Kerle befreien können, die erheblich mehr Ahnung davon haben nachzuladen als wir –, sinken eure Erfolgschancen noch weiter.«

»Die Chancen sind also ausgeglichen. Aber wenn wir zu dem Haus dort gehen« – sie deutete zum anderen Ende des Fabrikgeländes –, »ist es wahrscheinlicher, dass wir sterben.«

Seine Augen weiteten sich noch mehr, und er nickte heftig. »Erheblich wahrscheinlicher, ja.«

»Und wenn ich sagen würde, dass ich wegwill, bringst du mich dann auf der Stelle weg?«

»Das habe ich nicht gesagt. Ich sagte, das ist eine Möglichkeit.«

Sie sah durch die verkohlten Balken und das kaputte Dach hinauf in den blauen Himmel. »Wir haben keine Wahl.«

Brian wartete ab.

»Wir verschwinden zu viert.« Sie holte mehrmals schnell Luft, wovon ihr schwindlig wurde. »Oder es verschwindet keiner von uns.«

»Okay«, flüsterte er, und sie erkannte, dass er mindestens so verängstigt war wie sie selbst. »Okay.«

Sie ließ die Bombe platzen. »Haya spricht perfekt Englisch.«

Er blinzelte sie an.

»Sie ist in Kalifornien aufgewachsen. Sie hat Caleb nur was vorgespielt.«

Er gab ein ungläubiges hohes Kichern von sich. »Warum?«

»Damit er sie aus einem beschissenen Leben rettet, wie es scheint.«

Brian schüttelte so sehr den Kopf, dass er einem Hund nach dem Baden ähnelte. Dann grinste er. Das altvertraute Brian-Lächeln – überrascht darüber, dass das Leben noch derartige Überraschungen für ihn parat hatte, und zutiefst amüsiert.

»Verdammt«, sagte er, »endlich mag ich sie.« Er nickte ein Mal. »Das hat sie dir gesagt?«

Rachel nickte.

»Warum?«

»Damit wir gar nicht erst auf die Idee kommen, sie sitzenzulassen.«

»Das war durchaus im Bereich des Möglichen«, räumte er unumwunden ein. »Immer. Aber ich lasse doch nicht zu, dass Calebs Kind hier stirbt. Nicht mal für siebzig Millionen.«

Er hob den Deckel der Ersatzradwanne des Rovers und zog eine kurze, hässliche Schrotflinte mit Pistolengriff hervor.

»Wie viele Waffen brauchst du denn noch?«, fragte sie.

Er schaute zu dem Haus hinüber und lud die Schrotflinte. »Du hast mich ja schießen sehen – ich bin scheiße. Eine Schrotflinte gleicht das ein wenig aus.« Er schloss die Heckklappe.

Ganz unabhängig davon, dass er gerade behauptet hatte, Calebs Tochter nicht einfach zurücklassen zu können, änderte das nichts an der Tatsache, dass er Rachel auf der Stelle mit der hässlichen Waffe hätte umlegen können. Das wäre zwar nicht notwendigerweise eine kluge Entscheidung gewesen, doch kluge Entscheidungen waren ein Luxus, der sich gerade in Luft auflöste.

Das schien allerdings nicht sein vordringlichster Gedanke

zu sein. Also öffnete sie die Fahrertür des Pick-ups. Die Fußmatte war mit trockenem Lehm verschmiert. Sie schaute über die Rückenlehne und sah, dass die Fußmatte vor dem Beifahrersitz ebenso verkrustet war. Wo immer sie in letzter Zeit nach Brian oder ihr gesucht hatten, waren sie ziemlich durch den Dreck gestapft. Sie öffnete die hintere Tür auf der Fahrerseite – die Matten dort waren makellos sauber. Sie rochen noch nach Neuwagen.

Rachel zeigte es Brian. »Es sind nur zwei.«

»Es sei denn, der andere Wagen steht irgendwo anders.«

Daran hatte sie nicht gedacht. »Ich dachte, du denkst immer positiv.«

»Sagen wir mal, das ist eine Ausnahme.«

»Ich meine –«, sie unterbrach sich. Sie ließ die Hand sinken. Ihr war so speiübel wie schon lange nicht mehr. Das sagte sie Brian auch.

»Wo ist ein Scientologe, wenn man einen braucht.« Er deutete mit der Schrotflinte zum anderen Ende des Gebäudes hinüber, vorbei an den Hügeln aus Erde und Müll und all den Mauerbrocken, die aus der Wand gefallen waren, als die Plünderer die Kupferkabel herausgerissen hatten. »Gleich am Ende gibt es eine Treppe. Wenn du nach unten gehst, findest du einen Tunnel.«

»Einen Tunnel?«

Brian nickte. »Den haben Caleb und ich in den letzten paar Monaten gebuddelt. Als du gedacht hast, dass ich außer Landes bin.«

»Wie nett.«

»Wir dachten, wenn wir jemals im Haus sind und die Zeit haben, den Gegner zu sehen, der uns auf den Fersen ist, dann könnten wir uns rausschleichen und von hier aus fliehen. Du kannst dort runter –«

»*Ich?*«

»Wir, okay. Wir kriechen hinüber und –«

»Wie eng ist es da drin?«

»Oh, sehr eng«, antwortete er. »Es ist eher ein Nadelöhr. Wenn ich jetzt eine Pizza gegessen hätte, würde ich wahrscheinlich steckenbleiben.«

»Da mach ich nicht mit«, erklärte sie.

»Willst du lieber sterben?« Brian wedelte mit der Schrotflinte, als sei sie eine Verlängerung seines Arms.

»Ich würde lieber über der Erde sterben als darunter, ja.«

»Hast du eine bessere Idee?«, bemerkte er scharf.

»Ich habe noch nicht mal deine gehört. Bis jetzt habe ich nur ›Tunnel‹ gehört. Und richte das verfluchte Ding zu Boden, okay?«

Er warf einen Blick auf die Waffe, zuckte entschuldigend mit der Schulter und richtete sie zu Boden.

»Mein Plan lautet«, sagte er ruhig, »wir nehmen den Tunnel unter dem Haus. Wir tauchen im hinteren Schlafzimmer im Erdgeschoss auf. Wir landen im Haus, während sie durch die Fenster Ausschau nach uns halten.«

»Und was wird sie daran hindern, uns abzuknallen?«

»Na, wir haben den Überraschungsvorteil.«

»Den Überraschungsvorteil?«, wiederholte sie.

»Ja.«

»Das sind Profis. Ein Guter mit einer Waffe kann doch keinen Bösen mit einer Waffe schlagen, wenn der Böse ganz locker mit einer gewalttätigen Konfrontation umgehen kann und der Gute nicht.«

»Na gut«, räumte er ein, »du bist dran.«

»Was?«

»Du bist dran«, wiederholte er. »Mach mir einen besseren Vorschlag.«

Rachel überlegte eine Weile. Mit all dem Schrecken im Nacken war es schwierig zu denken. Schwierig, an etwas anderes zu denken als an *Wegrennen*.

Sie teilte ihm ihre Idee mit.

Als sie fertig war, kaute er auf der Unterlippe, dann auf der Innenwange, dann auf der Oberlippe. »Das ist gut.«

»Findest du?«

Er sah sie an, als würde er überlegen, wie ehrlich er sein sollte.

»Nein«, räumte er schließlich ein, »ist es nicht. Aber besser als meine Idee.«

Sie trat zu ihm hin. »Es gibt nur ein großes Problem dabei.«

»Und das wäre?«

»Wenn du nicht deinen Part übernimmst, bin ich in einer Minute tot.«

»Vielleicht noch schneller«, meinte er.

Sie trat einen Schritt zurück und zeigte ihm den Stinkefinger. »Und woher weiß ich, dass du deinen Part übernimmst?«

Er zog die Zigarettenschachtel aus der Jackentasche und bot ihr eine an. Rachel winkte ab. Er schob sich eine zwischen die Lippen, zündete sie an und steckte die Schachtel ein.

»Wir sehen uns, Rachel.« Er zuckte kurz mit den Schultern, ging durch die Fabrik auf das Haus des Nachtwächters zu und sah nicht zurück.

35
Familienfoto

Sie lenkte den Range Rover an den Gleisen entlang, die zwischen der Fabrik und dem Fluss entlangführten, verließ die Gleise gleich hinter dem letzten Ziegelgebäude, holperte über Betonblöcke und Felsbrocken und hoffte nur, dass der Benzintank an der Unterseite des Fahrzeugs davon verschont blieb. So fuhr sie weiter, bis sie die kleine Straße fand, die Brian ihr beschrieben hatte, und blieb dicht an der hinteren Seite des Hügels, der zum Haus des Nachtwächters führte.

Kurz vor der Hügelkuppe gab sie Gas und schleuderte über den höchsten Punkt, wobei sich der Rover so sehr nach links neigte, dass sie Angst hatte umzukippen. Also gab sie entgegen ihrer Impulse noch kräftiger Gas, bis alle vier Räder kräftig zupackten und das Fahrzeug auf die Lichtung hinter dem Haus schoss.

Ned und Lars traten auf die hintere Veranda. Sie waren bewaffnet. Ned reckte überrascht und triumphierend den Kopf in ihre Richtung, einen Blick in seinen kleinen Augen, den sie schon häufig gesehen hatte, ein Blick, der sie jedes Mal kleinmachte und zugleich auf die Palme brachte:

Dummes Mädchen.

Sie stieg aus, achtete aber darauf, den Wagen zwischen sich und der Veranda zu haben.

»Renn nicht weg«, sagte Ned. »Sonst müssen wir dich nur jagen. Und die Geschichte wird genauso enden, nur dass wir dann noch ein wenig stinkiger sind, verdammt.«

Ned hielt die Glock in der Hand, mit der er Caleb erledigt hatte; der Schalldämpfer war bereits aufgeschraubt. Die Begleitmusik ihres Todes, fürchtete sie, war ein leises *Pffft*. Andererseits hielt Lars ein großes Jagdgewehr in den Armen, von der Art, mit der man einen Bären erlegen konnte, nahm sie an, vielleicht kam ihr Tod also mit einem lauten Knall.

Die beiden traten gleichzeitig von der Veranda auf sie zu.

Sie richtete ihre Pistole über die Motorhaube auf sie und sagte: »Stehen bleiben.«

Ned streckte die Hände hoch und sah Lars an. »Ich glaube, sie hat uns erwischt.«

War Brian irgendwo in Sicherheit, beobachtete er die Szene mit einem Lächeln auf den Lippen?

Lars ging weiter auf den Rover zu, ging aber schräg seitlich davon. Ned ebenfalls, allerdings in die andere Richtung. Mit jedem Schritt kamen sie näher, gingen aber immer weiter auseinander.

»Stehen bleiben, verflucht.«

Lars schlenderte noch ein paar Schritte weiter und blieb stehen.

Gut möglich, dass Brian einen zweiten Pass besaß. Vielleicht ließ er sie einfach sterben und gab alles Geld allein aus.

»Was wird das?«, fragte Ned. »Ochs am Berge, eins, zwei, drei?«

Er machte zwei Schritte.

Brian!, wollte sie schreien. *Brian!*

Sie streckte den Arm über der Haube aus. »Stopp, habe ich gesagt.«

»Aber du hast nicht ›Eins, zwei, drei‹ gesagt.« Er ging einen Schritt weiter.

»Stopp!« Ihre Stimme wurde vom Haus zurückgeworfen und hallte den Hügel hinunter.

Neds Stimme klang unverändert geschmeidig. »Rachel, ich weiß, du hast schon ein paar Filme gesehen, in denen kleine Mädchen mit Waffen die großen bösen Jungs mit Waffen in Schach halten. Aber, Schätzchen, im wirklichen Leben funktioniert das so nicht. Du hast zugelassen, dass wir von der Veranda herunterkommen. Und dann hast du zugelassen, dass wir uns deutlich voneinander entfernen. Was bedeutet, dass du jetzt, in diesem unseren wirklichen Leben, nicht beide von uns erschießen kannst, bevor einer von uns dich erschießt. Nein, ich werde dich erschießen oder er, und das wird nicht sonderlich schwierig werden.«

Brian, Himmel. Wo zum Teufel bist du? Lässt du mich hängen?

Ihre Hand zitterte derart, dass sie den Ellbogen auf die Motorhaube stützte, um sie zu beruhigen. Sie richtete die Waffe auf Ned, doch konnte sie so Lars nicht mit abdecken.

Ned runzelte beim Anblick ihres zitternden Ellbogens auf der Haube die Stirn. »Siehst du, was ich meine?«

Oh, Shit. Shit. Shit. Lässt du mich hängen?

Aus dem Augenwinkel heraus bemerkte sie, wie Lars weitere zwei Schritte machte. »Bitte«, flehte sie. »Rührt euch nicht.«

Ned musste lächeln. Schachmatt.

Oben weinte das Baby.

Lars sah hinauf. Ned behielt weiter Rachel im Auge.

Dann trat Brian auf die Veranda, hob die Schrotflinte und drückte ab.

Die Ladung durchschlug Lars' Rücken. Sie trat auf der anderen Seite wieder aus, während er seine Waffe noch in den Händen hielt. Schrot und Gewebeteile schlugen gegen die Beifahrerseite des Rovers, das Gewehr fiel ihm aus den Händen und landete auf der Motorhaube. Lars ging in die Knie, und Rachel schoss auf Ned.

Sie konnte sich tatsächlich nicht daran erinnern, abgedrückt zu haben, aber das musste sie ja wohl, denn er schrie auf wie ein Reporter bei einer Sportveranstaltung, der ein Foul kommentierte, ein bestürztes, angewidertes »Aahh«, dann stolperte er rückwärts der Veranda entgegen, und sie sah, dass er keine Waffe mehr in der Hand hatte.

Sie trat um den Wagen und richtete die Waffe weiter auf ihn. Ned sah sie auf sich zukommen, sah auch Brian, der die Schrotflinte auf ihn richtete. Brian zitterte der Arm, aber das war bei einer Schrotflinte egal – ihrer war nun ruhig, wie sie überrascht feststellte.

Es gab noch einen dumpfen Aufprall, als Lars' Gesicht im Staub landete.

Rachel nahm Neds Waffe. Sie behielt sie und stopfte ihre eigene in den Hosenbund ihrer Jeans. Dann standen sie beide vor Ned und fragten sich, was sie jetzt machen sollten.

Sie hatte Ned ein Loch in die Schulter gestanzt. Sein linker Arm baumelte herab, so als sei da nichts mehr, womit er ihn oben halten könnte; ihre Kugel hatte ihm wohl das Schlüsselbein zertrümmert.

Er sah sie an und atmete flach durch den Mund. Er

wirkte einsam und verloren, wie ein Handelsreisender am Ende einer schlechten Woche. Blut breitete sich auf seinem hellbeigen Hemd aus und durchnässte die linke Seite seiner Jacke, eine dieser karierten, fleecegefütterten Hemdjacken, wie sie viele Bauarbeiter trugen.

»Wo ist dein Handy?«, fragte Brian.

Ned griff in die rechte Tasche seiner Kordhose und verzog dabei das Gesicht. Er gab Brian ein Klapphandy.

Brian schlug es auf, scrollte durch die Liste der Anrufe, dann die der Textnachrichten. »Wann seid ihr hier angekommen?«, fragte er.

»Gegen neun«, antwortete Ned.

Brian öffnete eine der Textnachrichten. »Du hast irgendwem geschrieben ›Wir haben C‹. Was heißt das?«

»Perloffs Frau war Zielobjekt C. Du bist A.« Er reckte müde den Kopf in Rachels Richtung. »Die da ist B.«

Wieder hörten sie aus der Entfernung das Baby weinen.

»Wo ist Haya?«, fragte Rachel.

»Die ist oben, gefesselt«, antwortete Ned. »Bei dem Baby. Das Baby liegt in der Wiege und kann ja noch nicht rausklettern. Die gehen nirgendwohin.«

Brian schaute sich noch einmal die Anrufliste und die Textnachrichten an. Dann steckte er das Handy ein. »Keine SMS, kein Anruf seit halb zehn. Warum nicht?«

»Es gab nichts zu melden. Wir haben auf dich gewartet, Brian. Haben nicht gedacht, dass du auftauchst.«

»Wie heißt du?«, fragte Rachel.

»Macht doch keinen Unterschied«, meinte Ned.

Darauf fiel Rachel nichts ein.

»Wie habt ihr das hier gefunden?«, fragte Brian.

Ned blinzelte ein paarmal und ächzte, als er sich auf der Treppe aufzusetzen versuchte. »Aus den Dokumenten der Scheinfirma auf dem Laptop deines Kumpels. Dieselbe Firma, die vor zwei Jahren die Proben aus Jakarta besorgt hatte, hat auch das Haus gekauft.«

»Wo habt ihr denn noch gesucht?«

»Sorry«, winkte Ned ab. »Selbst wenn ich euch helfen könnte – und ich würde bestimmt alles für eine Flasche Wasser geben –, ich weiß nur das, was zu meinem Auftrag und in meine Abteilung gehört, nichts weiter.«

Rachel holte eine Flasche Wasser aus dem Rover und kam zurück, um sie Ned zu geben, doch der mühte sich mit seiner Brieftasche ab und zog mit einer Hand ein Foto heraus. Die Brieftasche ließ er auf die Veranda fallen. Wenn sie wirklich hätte wissen wollen, wie er hieß, hätte sie sie aufheben und auf dem Führerschein nachschauen können. Rachel ließ die Brieftasche liegen.

Er reichte ihr das Foto und nahm die Wasserflasche.

Es zeigte ein blondes, elf-, zwölfjähriges Mädchen mit breitem Kinn, großen Augen und einem zaghaften Lächeln, das seinen Arm um einen braunhaarigen Jungen gelegt hatte, der ein paar Jahre jünger war und Neds schmale Lippen und breite Nase besaß; das Lächeln des Jungen wirkte größer und selbstsicherer als das seiner Schwester.

»Das sind meine Kinder.«

Brian sah herüber. »Nimm das verfluchte Ding weg.«

Ned sah Rachel in die Augen und sprach weiter, so als habe er Brian nicht gehört. »Caylee, meine Tochter, die ist richtig klug, weißt du? Sie hat das Kumpel-Programm in ihrer Schule initiiert. Das ist das, wo –«

»Stopp«, unterbrach ihn Rachel.

»– wo die älteren Kinder, so wie sie, die Erst- und Zweit-klässler als Mentoren begleiten und sich mit ihnen anfreun-den, damit sie keine Angst haben. Das war Caylees Idee. Sie hat ein großes Herz.«

»Stopp«, wiederholte Rachel.

Ned trank einen Schluck Wasser. »Und Jacob, das ist mein Sohn, der –«

Brian richtete die Schrotflinte auf Ned. »Halt die Fresse!«

»Okay!« Ned kleckerte sich etwas Wasser auf den Schoß. Er hatte wohl gedacht, Brian würde abdrücken. »Okay, okay.«

Sie sah zu, wie er zitternd noch einen Schluck Wasser trank, und wollte sich zu einem kalten Herzen zwingen, doch das klappte nicht.

Ned trank noch einen Schluck und fuhr sich ein paarmal mit der Zunge über die Lippen. »Danke, Rachel.«

Plötzlich wollte sie ihm nicht mehr in die Augen schauen.

»Mein Name«, sagte er zu ihr, »mein Name ist –«

»Tu das nicht«, flüsterte sie. »Nicht.«

Ihre Blicke kreuzten sich, er sah sie lange an, lang genug, dass sie den kleinen Jungen und den entsetzlichen Mann in ihm sehen konnte. Dann ergab er sich und schaute weg.

Brian trat an den Rand des Hügels, holte aus und schleu-derte Neds Handy in einem hohen Bogen von sich, dass es in den Fluss platschte. Er sprach mit dem Rücken zu ihnen. »Was sollen wir jetzt mit dir anstellen, Mann?«

»Darüber habe ich auch nachgedacht.«

Brian drehte sich um. »Da wette ich.«

»Ihr seid keine Mörder.«

Brian reckte den Kopf in Richtung Lars. »Dein Straßen-köter da sieht das wohl anders.«

»Er hat die Waffe auf deine Frau gerichtet. Er war eine tödliche Bedrohung. Du hast getan, was getan werden musste. Das ist etwas anderes, als jemanden hinzurichten. Etwas ganz, ganz anderes.«

»Was hättest du an unserer Stelle getan?«, fragte Rachel.

»Oh, ihr wärt schon längst tot«, meinte Ned. »Aber ich habe meine Seele ja schon vor ewigen Zeiten verkauft, Ra-chel. Du hast deine noch.« Ned richtete sich wieder auf der Treppe auf. »Ob ihr mich nun umbringt oder fesselt, das kommt auf dasselbe heraus. Die Firma wird ein zweites Team schicken, wenn sie es nicht schon getan hat. Ich bin denen doch scheißegal. Ich bin nur ein einfacher Soldat. Ob die mich nun lebend oder tot vorfinden, die Geschichte bleibt dieselbe – die werden euch weiterjagen. Vielleicht holen sie einen Arzt, vielleicht auch nicht, aber die werden euch ver-folgen. Ich meine, ob ihr mich leben lasst oder erschießt, das Ergebnis ist dasselbe. Aber wenn ihr mich einfach abknallt, müsst ihr jeden Abend den Blick in den Spiegel ertragen.«

Brian und Rachel dachten darüber nach und sahen sich an.

Langsam stand Ned auf und stützte sich dazu an der Säule rechts von der kaputten Brüstung ab.

»He«, sagte Brian.

»Wenn ich schon sterbe, dann lieber aufrecht.«

Brian sah Rachel verwirrt an, und sie erwiderte den Blick. Ned hatte recht – auf Lars und ihn zu schießen, war leicht gewesen, als es keine Zeit gab, darüber nachzudenken. Aber jetzt …

Oben weinte das Baby. Schriller diesmal, ängstlicher.

»Da stimmt was nicht«, meinte Brian. »Willst du mal bei ihr nachschauen?«

Rachel hatte nicht die leiseste Ahnung davon, was es hieß, bei einem Baby nachzuschauen. Sie hatte noch nie den Babysitter gespielt. Und der Gedanke, da oben in der Falle zu sitzen, wenn hier unten etwas ganz fürchterlich schiefging, war verstörender, als hier Wache zu halten.

»Ich bleibe hier.«

Brian nickte. »Wenn er sich rührt, knallst du ihn über den Haufen.«

Das sagt sich so leicht.

»Da kannst du drauf wetten«, sagte sie.

Brian ging die Stufen hinauf und hielt Ned den Lauf der Schrotflinte unters Kinn. »Keinen Scheiß.«

Ned erwiderte nichts, sondern schaute nur ungefähr in Richtung der leerstehenden Fabrikgebäude.

Brian betrat das Haus.

Als er verschwunden war, fühlte sie sich nur noch halb so stark und doppelt so schwach.

Ned wankte stehend an dem Pfosten. Er ließ die Wasserflasche fallen und wollte schon umfallen, behielt aber das Gleichgewicht, indem er im letzten Augenblick nach dem Pfosten griff.

»Du verlierst zu viel Blut«, stellte Rachel fest.

»Ich verliere zu viel Blut«, bestätigte Ned. »Gibst du mir das Wasser?«

Sie tat ein paar Schritte, blieb aber stehen. Sie ertappte ihn dabei, wie er sie beobachtete, und für einen Sekundenbruchteil wirkte er längst nicht so hilflos, sondern hungrig und sprungbereit.

»Das Wasser«, sagte er.

»Hol es dir selbst.«

Er stöhnte und streckte die Hand nach der Flasche aus, seine Finger krallten sich in das Stoßbrett der Stufe darüber.

Über ihnen öffnete sich ein Fenster. In den dann folgenden zwei, drei Sekunden geschahen mehrere Dinge gleichzeitig:

Brian rief: »Sie haben Haya erschossen!«

Ned sprang von der Veranda und rammte Rachel den Kopf gegen die Brust.

Er griff nach ihrer Waffe.

Rachel riss ihre Schusshand frei.

Ned stieß seine heile Schulter gegen Rachels Kinn.

Brian rief: »Erschieß ihn!«

Rachel drückte ab und fiel zu Boden.

Ned löste sich von ihr, sie hörte ihn stöhnen und feuerte erneut. Der erste Schuss war auf nichts gerichtet – reine Selbstverteidigung. Den zweiten Schuss zielte sie im Wegrollen auf Neds Beine, die davoneilten. Den letzten Schuss gab sie ab, als sie auf die Knie kam, und zielte dabei auf sein Gesäß, als er oben an der Höhe ankam.

Er verschwand hinter dem Hügel; vielleicht hatte sie ein Geräusch gehört, einen Aufschrei vielleicht, als sie den dritten Schuss abgefeuert hatte, vielleicht auch nicht. Womöglich hatte sie sich das nur eingebildet.

Sie sprang auf, rannte zum Abhang und sah ihn unten auf Knien. Sie sprang in das Gestrüpp und das hohe Gras, das Unkraut, die Flaschen und alten Burgerverpackungen und kam den Hügel hinunter; die Waffe hielt sie hoch neben ihr rechtes Ohr.

Ned war wieder auf den Füßen und stolperte auf das erste Ziegelgebäude zu. Als sie den Fuß des Hügels erreichte, hielt er sich den Bauch und torkelte voran; er schaffte es bis zu einem alten Bürostuhl mit rostigen Füßen und einem rostigen Metallrahmen. Jemand hatte den Sitz horizontal aufgeschlitzt; der herausquellende Schaumstoff war braun. Ned setzte sich hin und sah zu, wie sie auf ihn zukam.

Rachels Handy vibrierte. Sie hielt es sich ans Ohr.

»Alles okay?«, fragte Brian.

»Ja.«

Rachel sah den Hügel hinauf zu Brian, der auf der hinteren Veranda stand, das Baby an die Schulter gedrückt, die Schrotflinte in der anderen Hand.

»Brauchst du mich?«

»Nein«, antwortete sie. »Alles im Griff.«

»Sie haben ihr in den Kopf geschossen.« Brians Stimme klang belegt. »In dem Zimmer mit dem Baby.«

»Okay«, sagte sie. »Ich schaff das schon, Brian. Ich komme gleich.«

»Beeil dich«, drängte er.

»Warum musstet ihr sie umbringen?«, fragte sie Ned, als sie bei ihm ankam.

Er drückte eine Hand auf die Austrittswunde. Eine der Kugeln – sie hatte keine Ahnung, welche – hatte ihn irgendwo im Rücken getroffen und war an der rechten Hüfte ausgetreten.

»Leistungsprämie«, antwortete er.

Sie gab eine Art Lachen von sich. »Was?«

Ned nickte. »Der Stundenlohn ist Mist. Wir werden leistungsbezogen bezahlt.« Er sah zu der Ruine hinüber, und sein Kopf wankte dabei. »Mein alter Herr hat in so einer Fabrik drüben in Lowell geschuftet.«

»Cotter-McCann könnte ein Apartmenthaus daraus machen oder ein Einkaufszentrum«, sagte Rachel. »Ein Casino, meinetwegen. Die holen die siebzig Millionen in einem Jahr wieder rein.«

Er runzelte müde die Stirn. »Der Boden ist wahrscheinlich verseucht.«

»Ist denen doch egal.« Sie hoffte, er würde einfach verbluten, verdammt, wenn sie weiterredete. »Bis die Leute krank werden, haben die doch schon ihr Geld abgezogen und sind längst über alle Berge.«

Ned dachte darüber nach, nickte und zuckte mit den Schultern.

»Sie hat doch gar nichts gewusst. Sie sprach kaum Englisch.«

»Die Polizei hat Dolmetscher«, entgegnete er. »Und in ihren letzten Minuten hat sie prima Englisch gesprochen. Kannst du mir glauben.« Er wurde langsam grau im Gesicht, aber die Hand, die er gegen die Wunde presste, sah immer noch fest und kräftig aus. Er sah sie mit entschuldigendem Blick aus Welpenaugen an. »Ich hab die Regeln nicht gemacht, Rachel. Ich kontrolliere gar nichts. Ich mache nur meinen Job, damit meine Familie was auf dem Teller hat, und manchmal sitze ich nachts wach wie andere Väter und hoffe, dass das Leben meiner Kinder besser sein wird als mein eigenes. Dass sie mehr Chancen haben werden, als ich hatte.«

Sie folgte seinem Blick über die Fabrikanlage. »Und, glaubst du das?«

»Nein.« Ned schüttelte den Kopf. Er besah sich das Blut, das in seinen Schoß floss, und die Stimme brach ihm. »Schätze, diese Tage sind vorüber.«

»Komisch«, meinte Rachel. »So langsam frage ich mich, ob es diese Tage jemals gegeben hat.«

Etwas in Rachels Stimme brachte Ned dazu aufzuschauen. Das Letzte, was er sagte, war: »Nicht.«

Sie zielte aus einem Meter Entfernung auf seine Brust, doch ihr Arm zitterte derart heftig, als sie abdrückte, dass die Kugel ihn am Hals traf. Für einen Augenblick drückte er sich starr gegen die Rückenlehne, keuchte wie ein durstiger Hund und sah blinzelnd zum Himmel hinauf. Seine Lippen bewegten sich, doch er gab keinen Ton von sich; Blut sammelte sich unter seiner Kehle und tropfte in den Spalt zwischen Rahmen und Polsterung.

Er hörte auf zu blinzeln. Seine Lippen bewegten sich nicht mehr.

Rachel ging den Hügel hinauf.

Brian stand mit Annabelle an die Schulter gelehnt da. Sie hatte die Augen geschlossen, und der Mund stand ihr halb auf. Sie schlief.

»Willst du Kinder haben?«, fragte sie ihn.

»Was?«

»Eine einfache Frage.«

»Ja«, antwortete Brian, »ich will Kinder haben.«

»Außer diesem?«, fragte sie. »Schätze, das ist jetzt unsere Tochter, Brian.«

»Unsere?«

»Ja.«

»Ich habe keinen Pass.«

»Nein, das hast du nicht. Aber du hast unser Kind. Willst du noch eins?«

»Wenn ich überlebe?«

»Wenn du überlebst«, musste sie einräumen.

»Ja«, sagte er.

»Willst du Kinder mit mir haben?«, fragte Rachel.

»Mit wem denn sonst?«, entgegnete Brian.

»Sag es.«

»Ich will Kinder mit dir haben«, sagte Brian. »Mit keiner anderen.«

»Warum denn nicht?«

»Weil ich keine andere liebe, Rachel. Nie geliebt habe.«

»Ach.«

»Ich will ein paar Kinder.« Brian nickte.

»Ein paar?«

»Ein paar.«

»Bringst du sie auch zur Welt?«

»Und schon spielt sie die erste Geige«, sagte er zu dem Baby an seiner Schulter. »Ist es denn zu glauben?«

Rachel sah zum Haus hinüber. »Ich verabschiede mich von Haya.«

»Du brauchst da nicht hineinzugehen.«

»Doch. Ich muss ihr die letzte Ehre erweisen.«

»Sie haben ihr den Kopf weggepustet, Rachel.«

Sie zuckte zusammen. Haya hatte derart entschlossen den Wunsch verfolgt, jemand anderes zu sein als das, was das Schicksal für sie vorgesehen hatte, dass Rachel, die die »wahre« Haya ja erst vor ein paar Stunden kennengelernt hatte, sie nicht mit halb weggeschossenem Gesicht in einer schwarzen Blutlache liegen sehen wollte. Aber wenn sie sich das nicht anschaute, dann würde Haya auch nur eine von denen sein, die sich in Luft auflösten. Und schon bald würde es ganz leicht sein, so zu tun, als hätte es Haya nie gegeben.

Wenn das jemals in deiner Macht stehen sollte, wollte sie Brian sagen (was sie aber nicht tat), dann solltest du von deinen Toten künden. Du musst einfach. Du musst in das Energiefeld dessen treten, was von ihrem Geist, ihrer Seele, ihrer Essenz übrig ist, und es durch den eigenen Körper ziehen lassen. Und vielleicht wird ein Hauch davon an dir haftenbleiben und in deine Zellen eingehen. Und durch diese Verbindung werden die Toten weiterleben.

Stattdessen sagte sie nur zu Brian: »Nur weil es unangenehm ist, heißt das noch lange nicht, dass ich es vermeiden sollte.«

Das gefiel Brian gar nicht, doch er sagte nur: »Und danach müssen wir weg.«

»Wie denn?«

Er zeigte zum Fluss hinüber. »Ich habe ein Boot da unten.«

»Ein Boot?«

»Ein großes Boot. Das bringt uns nach Halifax. Ihr zwei seid in zwei Tagen außer Landes.«

»Und was machst du?«

»Ich werde mich vor aller Augen verstecken.« Er legte dem Baby eine Hand auf den Kopf und küsste es aufs Ohr. »Es mag dir vielleicht aufgefallen sein, dass ich darin ganz gut bin.«

Rachel nickte. »Vielleicht zu gut.«

Er legte traurig den Kopf zur Seite und sagte nichts.

»Und was, wenn wir auf dem Wasser nicht schnell genug

vorankommen?«, fragte sie. »Oder wenn einer von uns sich verletzt, sich den Knöchel bricht oder so was?«

»Dann gibt es einen Plan B.«

»Wie viele Pläne hast du denn?«

Brian dachte darüber nach. »Ein halbes Alphabet.«

»Und was ist mit mir?«

»Hm?«

»Hast du auch einen Plan B für mich?«

Er stand ihr gegenüber mit dem schlafenden Baby an der Schulter, ließ die Schrotflinte fallen und fasste eine Strähne ihres Haars zwischen Daumen und Zeigefinger. »Für dich gibt es keinen Plan B.«

Schließlich sah sie zu dem Haus hinter ihm hinüber. »Ich werde ihr die letzte Ehre erweisen.«

»Ich warte so lange.«

Sie drehte sich um und ging ins Haus. Bis auf eine waren alle Jalousien geschlossen, es war kühl und dunkel drinnen. Rachel blieb am Fuß der Treppe stehen. Sie stellte sich Hayas Leiche vor und war sich plötzlich nicht mehr so sicher. Beinahe hätte sie kehrtgemacht. Doch dann stellte sie sich die Haya vor, die sie am Vormittag im Schlafzimmer gesehen hatte, die wahre Haya, die sie zum allerersten Mal ansah, mit Augen so bedeutungsvoll und schwarz wie die Nacht. Rachel grübelte über Hayas Entschlossenheit nach – die Willenskraft, den Mumm, der nötig war, um so umfassend jemand anderes zu werden, dass der Kampf um die Vorherrschaft zwischen der unterdrückten und der unterdrückenden Person für keine der beiden Seiten zu gewinnen war. Jede der beiden müsste doch sicherlich die andere in einem unentwegten Kampf in Schach halten. Doch ganz gleich, wie der Kampf ausgegangen war, keine von beiden würde jemals zurückkehren.

Nicht anders bei Brian Alden, ging ihr auf, seit er den geklauten Mantel von Brian Delacroix angelegt hatte. Und nicht anders bei Elizabeth Childs und Jeremy James und sogar Lee Grayson. Irgendwann im Laufe des Lebens waren sie die eine Version gewesen, dann die andere Version, und etwas von diesen Versionen hatte sich an Rachel gerieben und ihr Leben verändert, ja ihr vielleicht erst Leben verliehen. Auch andere Menschen danach. Und dann waren Elizabeth und Lee noch weiter gegangen und an dem Ort gelandet, wo sich nun Haya wiederfand. Sie hatten sich ein weiteres Mal verändert.

Und was war mit Rachel? Was war sie, wenn nicht unentwegt im Wandel? Unentwegt unterwegs. So anpassungsfähig wie all diese anderen, wenn es um die Reise ging, aber nicht, was das Ende betraf. Sie ging die Treppe hinauf. Dabei spürte sie seinen Reisepass, der mit ihrem eigenen zusammen in der Vordertasche ihrer Jeans steckte. Und sie spürte, wie die Dunkelheit um sie herum zunahm.

Keine Ahnung, wie das enden wird, sagte sie der Dunkelheit. *Keine Ahnung, wo ich in alldem hingehöre.*

Doch während sie weiter hinaufstieg, lag die einzige Antwort der Dunkelheit darin, noch schwärzer zu werden.

Irgendwo dort oben aber mochte es Licht geben, ganz sicher aber, wenn sie wieder hinausging.

Und sollte dies wegen einer Fügung des Schicksals nicht so sein, wenn alles, was von der Welt noch blieb, Nacht war, ohne eine Chance, sie jemals abzuschütteln?

Dann würde sie sich eben mit der Nacht anfreunden.

Danksagung

Dank an …

Dan Halpern und Zachary Wagman für die Überarbeitungen und die Geduld.

Ann Rittenberg and Amy Schiffman für die zusätzliche Beratung (und die Geduld).

Meinen ersten Lesern – Alix Douglas, Michael Koryta, Angie Lehane, Gerry Lehane und David Robichaud –, die all die Lücken füllten, wo es um das Nachrichtengeschäft ging.

Ein besonderer Dank gilt Mackenzie Marotta, die all die Bälle jongliert hat und alle Züge pünktlich fahren ließ.